I

UN PLAT DE COULEUVRES

1

DÉBORAH PENNAC MÈNE UNE VIE SANS MYSTÈRE. D'humeur toujours égale, un léger sourire plaqué sur les lèvres, le dos bien droit, elle marche dans la rue telle une reine visitant son royaume, d'un pas fier et assuré, regard à l'affût. Elle ne semble jamais en représentation mais inspire pourtant une certaine idée de la perfection. À trente ans, son visage est dépourvu de la moindre ridule et sa peau, claire et souple, se tend sur un front si grand qu'il en paraît presque disproportionné. Il lui confère ce côté étrange et évanescent qui n'est pas sans rappeler celui de certains extraterrestres dans les films de science-fiction. Elle ne cherche pas à le cacher, voire à l'adoucir, malgré les conseils insistants de son coiffeur qui lui taillerait volontiers une frange cache-misère.

— *Ça redistribuerait les proportions de votre visage, ma chérie…*

— *Vous me trouvez vraiment un air si dur ?*

Tout bien considéré, non. Au contraire, l'ensemble est même harmonieux. Toutefois, pris séparément, chacun de ses traits, la moindre de ses caractéristiques revêt une allure singulière. Et il n'y a pas que ce grand front, il y a aussi ces yeux immenses, ronds comme des billes, d'un doré presque jaune, incandescent. Des yeux qui vous fascinent lorsqu'ils se plantent dans les vôtres, vous envoûtent quand ils se font velours. Le nez et la bouche, minuscules et charnus à la fois, donnent du caractère à un menton de chaton, de fillette, de poupée. Ses longs cheveux ont cette couleur incertaine qu'on nomme « blond vénitien ». Leurs reflets roux délavé pourraient affadir son visage de porcelaine, mais ils l'éclairent davantage, comme pour rendre hommage à sa beauté déroutante et lumineuse. Car Déborah possède un charme atypique, insolent. Il y a en elle une part de sublime qu'on a envie de toucher, de s'approprier, mais qu'on n'ose approcher et se contente d'admirer de loin.

Celle qui l'observe à cet instant précis, c'est Frederika Migneault, sa voisine. La jeune quarantaine dynamique, elle a quitté son Canada natal il y a bientôt quinze ans pour suivre un mari français rongé par le mal du pays. De leur union est né un petit Joachim qui, s'il est devenu le centre de ses préoccupations, n'a pas empêché sa mère de monter sa boîte de communication en free-lance. Frederika, comme toutes les femmes actives, court après le temps. Elle en manque pour elle, pour son mari, pour son fils, pour ses amis. Elle n'est sûrement pas la mère ou l'épouse idéale mais, d'une certaine façon, ça la rassure d'avoir une marge de progression. Et s'il y a bien une qualité qu'elle possède, c'est la compassion. Frederika témoigne d'une loyauté sans faille envers ses proches. Elle est une amie précieuse, une confidente si bienveillante que même Déborah a fini par s'ouvrir à elle. C'est dire.

Si Déborah Pennac mène une vie sans mystère, elle demeure une énigme pour son entourage. Réservée à l'extrême, presque farouche, elle ne se confie pas facilement. À l'écouter, tout est toujours merveilleux, parfait. Sa vie, sa maison, son mari… Beaucoup l'envient secrètement et aimeraient être à sa place. Pourtant David n'est pas souvent là. Il faut dire qu'il a un métier très prenant qui lui demande d'être constamment sur les routes. Déborah a cessé de travailler quand ils se sont installés dans le quartier, il y a de cela sept ans, bien qu'elle n'ait pas encore d'enfant. Frederika s'est longtemps demandé à quoi sa voisine pouvait bien occuper ses journées, toute seule dans cette grande maison. À sa place, elle se serait sûrement ennuyée. Mais tout – l'ennui comme le reste – semble glisser sur la jeune femme, à l'instar de la pluie qui s'abat actuellement sur elle. Son allure n'a pas changé, son dos ne se voûte pas pour conserver un peu de chaleur, sa tête reste droite : on croirait qu'elle ne sent pas les gouttes glacées. D'ailleurs, Déborah n'est pas assez couverte pour un mois d'avril. Elle a dû se laisser tromper par le soleil matinal qui éclairait les bourgeons du quartier, donnant à cette journée de faux airs printaniers...

De toute façon, il y a quelque chose de naïf chez sa jeune voisine. C'est précisément cette candeur qui, combinée à sa réserve, la protège des jalousies malveillantes des autres femmes. Le beau sexe est ainsi fait que dès qu'un jupon un peu trop froufroutant s'agite alentour, il se sent en danger et mord...

Mais Déborah Pennac ne fait pas dans le tape-à-l'œil. Sa féminité se décline dans des tenues classiques aux couleurs de l'automne. Elle doit mesurer environ un mètre soixante, bien que précisément ce soit difficile à déterminer : elle est toujours juchée sur des escarpins vertigineux qui chaloupent sa démarche en une danse hypnotique pour qui a la chance d'être derrière elle et de contempler le balancement gracieux de ses fesses. Mais aucun homme du quartier n'oserait plus de quelques regards à la dérobée. Ni un mot, encore moins un compliment. Comme si évoquer sa beauté risquait de la galvauder. Et puis, ce n'est pas ce genre de femme : elle est bien trop pudique pour encourager les flatteries. Bien trop amoureuse, aussi.

Si Déborah est sortie sans se soucier du temps qu'il faisait, c'est que David doit être sur le point de rentrer. Elle cesse aussitôt toute activité personnelle dès qu'il est dans les parages. Plus rien ne compte excepté lui et ses moindres désirs. Évidemment, cela hérisse Frederika qui, en bonne Canadienne féministe, n'a jamais pu se faire aux habitudes machistes de certains Français. Et elle a eu beau chercher les meilleurs arguments possibles pour encourager Déborah à s'émanciper un peu, elle a jusque-là toujours fait chou blanc. Mais elle n'a pas dit son dernier mot.

— Eh oh ! Tu veux attraper la mort ou quoi ?

Frederika, abritée sous un immense parapluie, s'élance à la rencontre de sa voisine. Parvenue à son niveau, elle le place d'autorité au-dessus de la tête de Déborah.

— Ce n'est qu'un peu d'eau, pas de quoi fouetter un chat ! rigole la jeune femme.

— Un chat mouillé, c'est précisément à ça que tu ressembles ! Tu n'as pas consulté la météo avant de sortir ?

— Non, David rentre plus tôt que prévu, et je devais faire des courses… Je suis partie un peu précipitamment.

— C'est bien ce que je pensais…

Frederika réprime un soupir. Ça ne sert à rien de braquer son amie. Elle l'accompagne jusqu'à la porte d'entrée et s'apprête à regagner sa maison, mais Déborah la retient.

— Tu ne veux pas boire un thé ? J'ai un peu de temps devant moi tout de même.

— Avec plaisir !

Déborah Pennac qui veut prendre du temps pour elle, malgré l'arrivée imminente de son merveilleux David, ce n'est pas tous les jours qu'on voit ça ! Frederika se prend soudain à espérer : peut-être sa voisine n'est-elle pas tout à fait perdue à la cause des femmes, après tout ?

Déborah met la bouilloire sur le feu et entreprend de ranger ses courses.

— Ça ne peut pas attendre que tu aies les cheveux secs ?

— Oh non ! Je ne voudrais pas que la crème tourne. Ce soir, je cuisine un risotto aux truffes pour David.

— Je peux t'aider à ranger alors, lance Frederika en se levant.

— Surtout pas ! Tu ne sais pas où vont les provisions. Chaque chose à sa place, comme dit David ! Il aime que tout soit en ordre.

— Et si jamais ça ne l'était pas ? risque la Canadienne.

— Il serait contrarié… Et je n'ai pas envie de contrarier mon mari. Pourquoi, c'est mal ?

Frederika a le sentiment de marcher sur des œufs. La réponse de son amie était un poil trop agressive pour ne rien cacher. La Canadienne sait bien que David est un macho doublé d'un tyran domestique. Combien de fois a-t-elle surpris le regard humide de sa voisine, au hasard de leurs rencontres dans le quartier ? Combien de fois a-t-elle remarqué ses tremblements lorsque Déborah évoque les « contrariétés » de son mari ? Cette fois-ci, Frederika ne retient pas son soupir, mais ce n'est plus de l'agacement, juste de la peine.

— Évidemment que non, ce n'est pas mal, ma belle. Aucune femme ne veut contrarier l'homme qu'elle aime.

— Tu sais, c'est vraiment quelqu'un de bien !

— Évidemment… je sais que tu l'aimes… mais…

— Il n'y a pas de mais ! Il m'aime aussi.

— Il me semble tout de même très exigeant…

— Il veut juste tirer le meilleur de moi, il m'aide à progresser !

Cette fois encore, Frederika doit se faire violence pour ne pas protester. Comment expliquer à la jeune femme que ce n'est pas ça, l'amour ? Comment lui démontrer que les brimades constantes ne sont pas destinées à l'aider mais à l'enfoncer, lui faire perdre toute confiance en elle, afin de mieux l'isoler et la contrôler ? En de rares occasions, Déborah s'est laissée aller aux confidences. Elle lui a déjà dit sa peur de mal faire, la nécessité d'entretenir cette maison de façon obsessionnelle, de crainte que David ne la lui fasse récurer à 3 heures du matin. Frederika la voit s'agiter, s'épuiser pour plaire à son mari : tout tourne autour de lui, il est son seul repère. Déborah est sous emprise, Frederika l'a bien compris et elle n'est pas la seule. Dans une petite ville de banlieue, les mères au foyer aiment discuter entre elles. Et si ce n'est pas pour critiquer la voisine un peu trop jolie, ça peut être pour évoquer ses malheurs et se consoler ainsi de ses propres misères. Toutes, sans exception, s'accordent à dire que « cet homme-là ne mérite pas sa femme, elle pourrait prétendre à tellement mieux, belle comme elle est ! Et courageuse avec ça ! C'est qu'il a su y faire… Il faut reconnaître qu'il est charmant… comme tous les *pervers narcissiques* ».

Le jour où l'une d'elles a lâché ces deux mots-là – que la plupart connaissaient déjà pour en avoir entendu parler dans des magazines féminins ou à la radio –, ça a été un immense soulagement pour Frederika, qui arrivait enfin à nommer le problème et donc à justifier ses craintes, mais dans le même temps ça a réveillé en elle une compassion décuplée. Elle s'est juré qu'elle ne lâcherait jamais sa voisine et parviendrait, petit à petit, à lui ouvrir les yeux. Alors elle tient bon, reste patiente, et surtout présente, en attendant que Déborah ait une révélation.

— Tu es déjà très bien comme tu es, je ne vois pas comment tu pourrais être meilleure, répond Frederika en lui déposant un baiser sur la joue.

— Tu ne peux pas comprendre… Toi tu travailles, tu es l'exemple même de la réussite.

— Tu pourrais reprendre ton activité.

— Non. C'est important pour David de subvenir seul à nos besoins. Et on se débrouille plutôt bien, non ? C'est grâce à lui que nous vivons dans cette belle maison ! s'emballe-t-elle. C'est grâce à lui que j'ai ce train de vie ! C'est grâce à lui que je me sens comme une princesse !

En disant cela, Déborah sait pertinemment quelle image elle renvoie de son couple. Et surtout d'elle-même. Celle d'une épouse complètement soumise, qui a abdiqué toute personnalité, renoncé à ce qu'elle était par amour. Mais elle se moque de passer aux yeux des autres pour une femme faible et influençable. Alors, moins pour persuader sa voisine que pour s'en convaincre elle-même, elle plante ses yeux dorés dans ceux de Frederika et lui répète à quel point son homme a tout pour plaire. Elle le lui martèle encore et encore. Jusqu'au trop-plein. Jusqu'à l'overdose. Jusqu'au moment où la Canadienne renonce à la contredire et décide de rentrer chez elle, de la laisser seule dans son immense maison de poupées peuplée de rêves de fillette.

— Merci d'avoir partagé ce thé avec moi... et de ta compréhension, lâche Déborah, l'air un peu piteuse, en la raccompagnant jusqu'à la porte.

Frederika feint de ne pas remarquer le voile de tristesse dans les yeux de la jeune femme. Elle la prend gentiment dans ses bras en l'invitant à lui rendre bientôt visite à son tour, puis traverse la cour, referme les grilles du portail derrière elle, se retourne et lui fait signe, cœur serré, boule à l'estomac, comme quand on a le pressentiment qu'un drame pourrait se jouer sans qu'on puisse y changer quoi que ce soit.

Déborah agite doucement une main et sourit à sa voisine, persuadée qu'elle a su trouver les mots justes pour la convaincre, puis elle se retranche dans sa maison parfaite en attendant son mari parfait. Ce qu'elle ignore, c'est que par-delà la façade flatteuse et l'apparente robustesse de la construction, les fondations s'effritent, en proie à un mal dévorant. Elle a beau se persuader qu'elle maîtrise parfaitement son environnement et que les choses iront immanquablement dans le sens qu'elle désire, le ver sera bientôt dans le fruit et le dévorera jusqu'au trognon.

Oui, Déborah Pennac est loin d'imaginer que d'ici quelques semaines, tout ce qu'elle tenait pour acquis va s'écrouler et qu'elle aura bientôt perdu sa beauté, tous ses espoirs, peut-être même sa vie.

2

SUR LES PHOTOS QU'IL A SOIGNEUSEMENT SÉLECTIONNÉES, David, trente-huit ans, est toujours incroyablement beau, sexy, et on voit qu'il le sait. Barbe de trois jours savamment travaillée, chemise blanche impeccablement repassée ouverte sur un torse à peine velu, ou cuir de baroudeur pour se donner des allures de mauvais garçon : tout est pensé, étudié pour attiser le désir des femmes et susciter l'envie des hommes. Il n'en est pas un qui ne voudrait lui ressembler, vivre sa vie ne serait-ce que le temps d'une journée, et surtout d'une nuit. Avec un physique pareil, toutes les portes s'ouvrent à coup sûr. Les cuisses aussi. David a le teint mat, la mâchoire et les épaules carrées, d'épais cheveux noirs qu'on devine aussi vigoureux que soyeux, et ce regard charmeur du baratineur à qui on pardonne tout. Car il n'a pas qu'une belle gueule, il a aussi ce charisme, ce sourire ravageur, cette mâle assurance auxquels il est impossible de résister. David occupe l'espace et éclipse les autres hommes dès qu'il entre dans une pièce : il a le geste vif, la parole sûre, le rire sonore, il mange avec appétit, boit avec gourmandise, et aime passionnément les femmes. C'est un ambitieux qui se donne les moyens d'obtenir ce qu'il désire, quitte à jouer sur des apparences qui le servent mais, au fond, l'indifèrent.

La séduction, c'est son fonds de commerce : il aide les autres hommes à gagner en « assertivité » afin de collectionner les conquêtes, rencontrer la femme de leur vie, ou encore obtenir une promotion qu'ils briguent. Lors de ses shows à l'américaine facturés quatre cents euros la demi-journée, il regonfle à bloc l'ego de son audience, des mâles laissés pour compte dans la redoutable guerre des sexes ou l'impitoyable course à la performance. Il leur transmet de sa foi, de son énergie, devient un miroir magnifiant, et leur renvoie toutes leurs potentialités gâchées comme autant d'opportunités à venir. Pendant quelques heures, leur souhait le plus cher est exaucé : ils ont le sentiment d'être comme lui. David n'a jamais terminé une de ses conférences autrement que sous un tonnerre d'applaudissements, qu'il goûte toujours comme il se doit. Puis il reste encore une bonne heure pour signer des autographes et dispenser quelques derniers conseils ou encore rediriger ses aficionados vers sa boutique en ligne. Ça lui plaît de faire ça. Il se sent utile et se dit que s'il parvient à changer la vie ne serait-ce que d'un seul des hommes présents, alors ses efforts en valent la peine.

La conférence va bientôt se terminer. Le public est chaud comme la braise, les tabous ont volé en éclats, tout le monde se lâche : l'audience est à point.

— N'oubliez pas : ce qui fait la différence, c'est l'aplomb !

— Facile à dire pour toi ! crie un des participants. Avec la gueule que tu as, tu aurais pu être acteur ! Pour nous, c'est une autre paire de manches !

Rires dans l'assemblée. Les disciples attendent la réponse du maître, impatients.

— Qui a parlé ? Montre-toi !

Le type se lève et salue ses acolytes. Jean, baskets, T-shirt fantaisie, lunettes à la mode. Le trentenaire de base. Maigre, la peau déjà un peu molle, le teint blafard. Un intello. Instituteur ou ingénieur en informatique. Habituellement, il doit être plutôt réservé, mais galvanisé par les sifflements des autres, il s'enhardit et lève les bras en signe de défi. David rigole de bon cœur.

— OK… Comment tu t'appelles ?

— Marius. Tu vois, je n'ai pas qu'un physique, plaisante l'homme, mais aussi un prénom au summum du glamour.

— Et tu fais quoi dans la vie, Marius ?

— Je suis ingénieur en informatique.

Bingo. Il est rare que David se trompe. Il a une espèce de don pour calibrer les gens, les observer et tirer parti de ses déductions. Le reste, c'est du gâteau.

— Je l'aurais parié ! Et tu sais pourquoi ?

— Menteur ! Facile ! le provoquent les autres, surexcités.

— Parce que tu en as le look, reprend David sans se démonter, avec ton jean mal coupé, ton T-shirt d'ado attardé et tes lunettes de bigleux qui s'est usé les yeux sur son écran. Tu ne fais pas de sport : pour toi, l'esprit prévaut. Tu manges mal, sûrement devant ta bécane. Et si tes verres n'étaient pas si épais, on verrait mieux à quel point tu as le regard vif, la pensée fluide.

— C'est bien ce que je dis : je n'ai pas ton physique.

— Mon physique ! C'est sûr, je pourrais être acteur. Je me verrais bien en James Bond, entouré de créatures de rêve en maillot de bain ! Je pourrais… Pourtant personne n'aurait parié un kopeck sur moi il y a trente ans ! J'étais un petit gros à lunettes, et pour tout arranger je bégayais. Je vous laisse deviner mon surnom : Porcinet !

La clameur enfle dans la salle, entre stupeur, incrédulité et éclats de rire.

— Ah, mais vous pouvez vous moquer ! Il n'y a rien que je n'aie déjà entendu. Si vous m'aviez croisé à l'époque, vous m'auriez prédit une brillante carrière de puceau. Je ne ressemblais à rien. Rien sur quoi les femmes se seraient retournées, pourtant je peux me vanter aujourd'hui d'avoir mis les plus belles dans mon lit !

— Et tu continues !

Pour toute réponse, David montre son alliance en levant l'annulaire bien haut, comme on fait un doigt d'honneur. Les gars rigolent de plus belle.

— Et mon bégaiement était si prononcé que le temps que je dise *b... b... bonjour*, la fille était déjà mariée et mère de trois enfants ! Pas génial pour déclamer des textes devant une caméra, hein ? Ni même pour parler à un groupe de mâles en délire !

Toutes dents dehors, David sourit à l'amphithéâtre hystérique. Les mecs l'applaudissent, sifflent. Ils se sentent maintenant prêts à bouffer le monde, à gober n'importe quelle histoire pourvu qu'elle les fasse fantasmer et qu'ils puissent s'y projeter. Ce qui plaît tant dans les conférences de David – outre son discours ultrapositif, la musique qui fait vibrer les cordes sensibles et les jeux de lumière –, c'est son art du *storytelling*. David Pennac n'a pas son pareil pour vous embarquer dans des anecdotes qui jouent directement avec vos émotions et vous donnent l'impression qu'il parle de vous. C'est un conteur, un orateur hors pair, un artiste du charme. Quelqu'un d'extérieur qui aurait raté le début de l'histoire vous rétorquerait qu'il s'agit de manipulation pure et simple, d'une certaine maîtrise des ficelles bien connues des commerciaux et des dragueurs en série, et qu'elles sont tellement grosses qu'ils font peine à voir, tous ces pigeons qui ont payé pour être bernés... Mais la personne qui a vraiment assisté aux conférences ne pourrait lui donner raison. Car toute la force du personnage de David, c'est qu'il n'en est pas un. Il se présente tel quel à son auditoire, dans sa sincérité du moment. Il parle juste, il reste honnête. Il est vraiment convaincu par tout ce qu'il raconte. Il a d'ailleurs tellement foi en ce qu'il relate qu'il ne voit pas l'intérêt d'user d'artifices et de fausses histoires. Il est si fier de ce qu'il est devenu, de ce qu'il a réussi à conquérir qu'il n'envisage pas un instant d'enjoliver son passé. Il se donne complaisamment en pâture aux sceptiques et aux journalistes, à quiconque le traiterait d'imposteur. Les critiques, il s'en fiche : il est la preuve vivante que sa méthode fonctionne et qu'on peut infléchir son destin. Pour ce faire, il n'y a qu'une seule option :

— Contrôle des événements, maîtrise de soi, force de caractère. J'ai débarqué aux États-Unis alors que j'étais encore adolescent. J'étais un jeune difficile. Mal dans ma peau, agressif, je me cherchais sans cesse des excuses pour expliquer mes échecs. C'était évidemment toujours la faute des autres, jamais la mienne ! ironise-t-il. Ma mère ne m'encourageait pas assez, mon frère me volait la vedette avec sa belle gueule, mon père m'avait abandonné en mourant… J'ai songé pour la première fois au suicide alors que je n'avais pas dix ans.

Silence dans la salle. L'hilarité est retombée. C'est le moment de les attraper par les sentiments, d'attendrir leur esprit critique, de les séduire au sens étymologique du terme, c'est-à-dire de les mener ailleurs, loin des sentiers battus et confortables, de leur faire perdre leurs repères pour mieux les cueillir.

— Mais même pour ça, je n'étais pas doué. Alors j'ai tenté de survivre à moi-même, d'exister. Mal. En prenant toute la place. Physiquement, pour commencer. Parce que je voulais qu'on me remarque. Je voulais qu'on me plaigne pour mon obésité, ce handicap qui sautait aux yeux quand mon bégaiement ne se remarquait pas d'emblée. Pourtant, lui aussi, il occupait le terrain ! Il réclamait toute l'attention et la concentration de mon interlocuteur peinant avec moi pour ces mots traîtres qui butaient sur ma langue, allant même jusqu'à bégayer lui aussi, par pur mimétisme…

Dans le public, quelques sceptiques émettent de petits rires gênés. D'autres, émus, se reconnaissent dans l'adolescent à problèmes et l'admirent d'autant plus d'être devenu ce qu'il est aujourd'hui. Tous, enfin, sont pendus à ses lèvres et crèvent d'envie de savoir comment il a pu s'en sortir.

— J'ai atterri dans une école privée, même pas bilingue, avec obligation de me débrouiller en anglais, de me faire comprendre par des personnes qui avaient plus le sens de la discipline que de l'écoute. Là-bas, pas question d'invoquer des phobies scolaires ou autres prétextes fallacieux pour rater les cours. Obèse ou pas, je devais faire le même nombre de tours de stade que ceux de ma classe. Bègue ou pas, je finirais mon exposé, pas question d'être excusé. J'avais exactement la même place que les autres, peu importe si ça m'était plus difficile. Ah ça, j'en ai bavé... Je l'ai mouillé, mon oreiller, avec mes larmes de crocodile. Mais personne n'est venu me consoler. J'étais aussi seul qu'avant mon départ, mais cette fois-ci je ne pouvais me le cacher à moi-même. C'était donc ça, la vie : une traversée solitaire où rien ne vous était accordé juste pour vos beaux yeux. Certains de mes camarades de classe se pavanaient au volant de décapotables offertes par leurs parents, d'autres collectionnaient des filles tout droit sorties du magazine de mes rêves. Et moi, je n'avais rien d'autre qu'une carte postale de ma mère de loin en loin, et l'envie qui enflait comme un feu insatiable menaçant de me dévorer. L'envie d'avoir aussi ma part du gâteau. L'envie de saisir à bras-le-corps ce que je touchais à peine du doigt. Là-bas je n'étais personne. Je n'avais pas à tenir un rôle dont je ne voulais pas et si je n'étais personne, alors je pouvais être tout le monde, devenir qui je souhaitais : moi. Le vrai moi. Celui que je maintenais prisonnier, redoutant ce qu'il pouvait accomplir. Et j'ai fait sauter les barrages. Chaque jour après les cours, j'ai couru, j'ai sué, pleuré, vomi de douleur pour excréter la graisse qui me défigurait. J'ai usé mon miroir à lui déclamer les phrases les plus compliquées pour défier mon bégaiement et je me suis enfin trouvé. Je suis parti de beaucoup plus loin que toi, Marius. Donc, si j'ai réussi, tu peux aussi le faire ! Tu n'aimes pas ton corps ? OK, change-le ! Ah ça, tu ne gagneras pas dix centimètres... Mais des muscles et de l'estime de soi, oui ! Tu es timide avec les filles ?

Elles te trouvent gauche et ennuyeux ? Toi, fais l'effort de t'intéresser à elles ! Donne-leur le sentiment d'être des reines ! Fais-les rêver à chaque instant, au lieu de parler de tes programmations sous Linux !

— Mais je veux qu'on m'aime tel que je suis !

— Sauf qu'on n'aime jamais personne tel qu'il est ! Pas d'emblée, en tout cas. Ce qui fait qu'une femme voudra te connaître, Marius, c'est l'attirance qu'elle aura pour toi dans un premier temps. J'entends bien que tu es un pur esprit, mon gars, et que tu méprises le sport et tous ces connards de bodybuildés qui te volent la vedette en boîte alors qu'ils ont du mou de veau à la place du cerveau. Mais j'ai un scoop pour toi : c'est pas la cervelle qu'on suce ! Mets-y du tien avec les filles et fais-leur la conversation, intègre les codes, sois galant… Ne va pas croire que les femmes n'aiment pas ça ! Qu'elles auront le sentiment que tu les respectes si tu proposes de partager l'addition au resto : tu passeras juste pour un goujat, ou pour un pote ! Marius, tu veux conclure ? Tu y mets le prix, tu investis et tu t'investis ! Tu la fais rêver ! Tu lui vends du mâle alpha capable de la protéger ! Tu la rassures, tu la fais rire ! Tu la charmes ! À la fin du dîner, elle ne doit plus savoir où elle habite, seulement se sentir unique et belle. Tu dois être le prince charmant ! Elle aura bien le temps de découvrir ton vrai visage plus tard… une fois qu'elle sera amoureuse.

Un rapide coup d'œil à sa montre : 14 h 15. David avait vu juste, la conférence va se terminer plus tôt que prévu et c'est tant mieux, cette tournée des villes du sud de la France l'a épuisé. Le rythme est très soutenu, mais il est bien obligé d'occuper le terrain en attendant la sortie de son livre. Encore un petit quart d'heure de discussion et il passe aux choses sérieuses : la promotion de son ouvrage.

— Et n'oubliez pas ! *Tout pour plaire* paraît en octobre dans toutes les bonnes librairies ! Il n'y est pas seulement question de ma méthode, je dévoile aussi des pans entiers de mon passé et, croyez-moi, ça va faire du bruit ! Mais je ne vous en dis pas plus, de telles révélations méritent bien de dépenser une vingtaine d'euros…

Les applaudissements n'en finissent pas. David Pennac salue, sort de la scène. On le bisse. Il revient, par deux fois. Il lève les bras au ciel pour former le V de victoire, se plie en deux comme un comédien qu'on acclame. Les fans commencent à descendre les gradins, DVD sous le bras pour une signature à la volée, main tendue pour une virile poignée d'encouragement. L'orateur quitte l'amphithéâtre en nage. Il baigne littéralement dans sa sueur et les endorphines quand il rejoint enfin sa loge.

La maquilleuse l'attend. Quand la porte se referme, David se départ aussitôt de son sourire commercial : son visage se fige et prend une expression neutre. Il ferme les yeux un instant, immobile, goûte le silence de la petite pièce confortable et laisse échapper un long soupir.

— Faites vite, j'ai hâte de prendre une douche !

David s'installe dans le siège et se verse un Coca bien frais sur une rondelle de citron. Il saisit le verre et se le passe quelques secondes sur le front, le temps que la femme imbibe son premier coton de lait démaquillant. Sur la table, un jeu d'écouteurs pour son téléphone. Il le branche à son smartphone avant de composer le numéro de sa femme.

— Salut, ma puce, c'est moi. J'ai terminé tôt, comme prévu. Je rentrerai donc ce soir, vers 21 heures J'ai hâte, tu me manques… Je t'aime. Rappelle-moi quand tu auras ce message.

Il est aux antipodes de l'homme bravache qui fanfaronnait sur scène quelques minutes auparavant. La maquilleuse lui masse doucement le visage en prenant un air attendri.

— Elle en a de la chance, votre femme, d'avoir un mari aussi attentionné !

— Elle le sait.

Le trajet lui a pris à peine cinq heures. Il faut dire qu'il a roulé comme un fou, pressé de rejoindre son foyer. Déborah lui aura préparé un risotto au citron et aux truffes, son préféré, comme chaque fois qu'il s'est absenté plus d'une semaine. Il a avalé les derniers kilomètres du périphérique en slalomant entre les voitures, ne ralentissant que lorsque son détecteur de radars carillonnait. Saint-Denis, Épinay-Villetaneuse, Deuil-la-Barre… que des banlieues dites « sensibles » à traverser avant d'atteindre son havre de paix. Puis la pancarte de Montmorency et ses charmantes demeures en meulière, toutes habitées par des notables, des gens bien qui préfèrent l'entre-soi à la mixité sociale. Enfin il se gare sur sa place de stationnement et attrape le téléphone portable qu'il avait laissé sur la banquette arrière. Coup d'œil nerveux à l'écran : Déborah ne l'a pas rappelé. Il n'aime pas ça. Il aperçoit quelques messages de félicitations de la part de son éditeur et des organisateurs de sa tournée. Tout le monde l'adore, tout le monde l'adule, la vie est belle. Il se déplie douloureusement et sort de sa voiture, constatant au passage qu'il a dû être sacrément crispé pendant tout le trajet pour se sentir aussi ankylosé. Un passage rapide par le coffre arrière, pour attraper sa valise et une énorme peluche pour Déborah. Il lui rapporte toujours un cadeau un peu fou de ses déplacements, du pot de rillettes à la brosse WC, en passant par des diamants ou un bon pour un massage dans un spa. Elle ne sait jamais à quoi s'attendre avec lui, et c'est le but.

David a beau être fourbu, il retrouve toute sa vigueur pour rejoindre sa femme. À peine a-t-il ouvert la porte qu'il lance un tonitruant « Hello ! » qui reste pourtant sans écho. Contrarié, il pose sa valise et la peluche dans l'entrée, et va droit dans la cuisine. Déborah n'a pas dû l'entendre. Elle s'affaire au-dessus de ses casseroles mais a déjà versé du vin dans deux verres.

— Enfin seuls ! s'exclame-t-il en pénétrant dans la pièce qui embaume le citron et la truffe.

— Pas tout à fait…, répond-elle en se retournant.

Ça ne ressemble pas à sa femme, cette phrase laconique, ce ton anxieux. C'est alors seulement que David remarque la silhouette, sur sa droite. Celle d'un homme adossé au mur faisant face à Déborah. Un homme dont la présence ne lui dit rien qui vaille et assombrit d'un coup sa perspective de passer une bonne soirée.

— Je crains de ne pas saisir, chérie…

— Je voulais te faire une surprise, déclare l'homme.

Mais ce n'est vraiment pas le genre de surprise que peut apprécier David. Comment ce salopard a-t-il bien pu entrer chez lui ? Il a dû baratiner Déborah ou, pire, la menacer.

Contrôle des événements, maîtrise de soi, force de caractère. David inspire un grand coup et se prépare à affronter l'intrus. Il va le raccompagner gentiment jusqu'à la sortie et le faire déguerpir de chez lui, de sa vie. Tout sera à nouveau sous contrôle d'ici quelques minutes.

Or il a beau se convaincre qu'il maîtrise parfaitement son environnement et que les choses iront immanquablement dans le sens qu'il désire, il sera bientôt forcé de constater qu'on ne chasse pas si facilement les ombres du passé. Oui, David Pennac est encore loin d'imaginer que, d'ici à quelques semaines, tout ce qu'il tenait pour acquis va s'écrouler et qu'il aura perdu sa superbe, et tout contrôle, parce qu'à trop ignorer ses démons, on finit par échouer en enfer…

3

— AH BEN DITES DONC, faut surtout pas vous gêner ! Une énorme Africaine en boubou se tortille sur son strapontin, repoussant comme elle peut la tête du malotru qui l'a prise pour oreiller.

— Le métro c'est pas fait pour dormir, monsieur, y a des lits pour ça !

L'homme émerge péniblement de ce qui ressemblait plus à un coma d'ivrogne qu'à un petit somme. Au prix d'un effort presque surhumain, il décolle ses paupières et les ouvre sur des prunelles si vertes que la femme, fascinée, en oublie un instant son agacement. Il est aussi blond qu'elle est noire, aussi fin qu'elle est large. Tout les oppose : leurs cultures, leurs origines, leurs croyances, leurs accents. Ils sont aux antipodes de ce que la nature peut produire chez l'humain. À eux deux, ils laissent deviner toute la palette des physiques possibles. Le contraste est saisissant, étrangement beau dans le cadre crasseux de la rame bondée. Doisneau en aurait sûrement fait un tableau sublime.

— Désolée, madame, vous auriez dû me pousser.

L'Africaine grimace en agitant une main devant son nez.

— Pfiou ! Mais c'est qu'en plus tu as une haleine épouvantable, mon garçon ! La nuit a été agitée à ce que je vois !

— Oui, madame, agitée mais bonne ! La nuit a été bonne…

Il lui adresse un sourire de sale gosse qui réveille aussitôt son instinct maternel. D'ailleurs, il pourrait être son fils… Elle lui rend son sourire et le sermonne un peu. Il a passé l'âge de faire la fête comme ça, non ? Il n'a pas de métier ? De femme qui l'attend ?

— Si, madame.

— Alors, qu'est-ce que tu fais la nuit à traîner et à boire ? Tu devrais prier le Seigneur pour qu'Il te donne un peu plus de volonté. Un homme qui court les rues au lieu de travailler et de rester avec sa femme, ça ne donne jamais rien de bon !

— Promis, je le ferai.

Sacha Mendel se lève péniblement, place une main sur son cœur et s'incline pour saluer la passagère. À son haussement de sourcils, il voit bien qu'elle ne le croit qu'à moitié, mais peu importe. Il descend de la rame, place des écouteurs dans ses oreilles et lance la musique, volume à fond. Ça le réveille, l'isole et le grise à la fois. Soudain, tout autour de lui, le monde devient punk et s'agite en un mystérieux ballet sur une batterie déchaînée et la voix d'un chanteur engagé. Il sort de la station de métro en remontant le col de son caban en laine, souffle un peu sur ses longs doigts pour faire circuler le sang et en profite pour renifler cette haleine qui incommodait tant sa voisine de transport. Grimace : elle n'avait pas tort. Sacha sort un paquet de cigarettes de sa poche, et parvient à en allumer une malgré le vent et la pluie. Aspirant longuement la première bouffée, il laisse le pic de nicotine faire son effet. Putain qu'il aime ce petit vertige, cette sensation de décoller tout en s'enracinant un peu plus dans le bitume !

Semblant reprendre peu à peu conscience du monde extérieur, Sacha regarde l'heure sur son portable et presse le pas, sourcils froncés, dos voûté. Il est de ces hommes dont on a l'impression qu'ils s'excusent sans cesse d'être trop grands. Mais ce n'est qu'une illusion. Sacha est plutôt du genre extraverti. Généreux, expansif, il a le rire franc et la blague facile. Il aime sortir avec ses potes – un peu trop peut-être –, histoire d'oublier le quotidien autour de quelques verres. Oui, si on l'observe bien, on remarque forcément l'œil qui pétille d'intelligence, les gestes amples et assurés, la posture fière, presque altière. Mais ce n'est pas le plus intéressant. Ce qui vaut vraiment la peine d'être vu chez Sacha, c'est ce qui transparaît quand il ne se sent plus regardé, quand il n'y a plus de scène et qu'il n'est pas en représentation. C'est un tout autre homme qu'on découvre alors, malgré des traits qu'on juge au mieux un peu banals, au pire vaguement ingrats. Il a une peau claire légèrement rosie par le froid, des rides déjà marquées pour son âge. Sacha aura bientôt quarante-quatre ans, mais on lui en donne facilement cinquante. Le problème avec les visages expressifs, c'est qu'ils se creusent très tôt de profonds sillons. Enfin, c'est un problème pour qui est soucieux de son apparence. Sacha, s'il est toujours propre sur lui, ne fait pas de fixation inutile sur son physique. Il n'est pas ce que l'on pourrait appeler un « beau mec », mais il sait avoir un charme fou qui, lui, ne vieillira jamais. Il a ce je-ne-sais-quoi qui illumine son visage quand il sourit, ce petit quelque chose dans le regard qui vous enveloppe et vous embarque malgré vous… Sacha Mendel n'est pas beau, il est séduisant, sans avoir besoin d'en faire des tonnes. Il s'habille sobrement : jean, pull noir à maille fine, chaussures de cuir. En été, il troque le pull contre un T-shirt non griffé. En hiver, il se couvre d'un long manteau, un caban épais et chaud dont la laine est assortie à ses yeux. Parfois il songe à mettre une casquette, comme le faisaient son père et son grand-père, mais il n'a pas encore osé sauter le pas, de peur de sombrer définitivement du côté des vieux, ou d'être accusé de vouloir singer Sherlock Holmes. Pourtant, ça cacherait habilement une partie de ce grand front barré de rides qui grignote chaque jour davantage un peu de terrain à sa tignasse. Sacha n'a jamais vraiment compris comment la discipliner, celle-là : une crinière couleur miel, fournie, un peu rebelle. Sa carnation, sa blondeur, il les tient de ses ancêtres, des Juifs polonais en partie décimés par la Shoah. C'est peut-être de ce triste héritage que lui vient cette urgence de vivre, de s'amuser, indissociable de la certitude que tout n'est que gesticulation, que toute espérance est vaine et que la nature humaine ne peut être source que de déception.

Oui, quand on ne regarde plus Sacha Mendel qu'à la dérobée, lorsque enfin il cesse de cacher son vrai visage, on peut alors voir un homme triste et désabusé derrière le trublion qui rit un peu trop fort. Un homme qui s'ennuie parce qu'il n'a plus d'espoir. Un homme qui souffre de sa lucidité et la boit jusqu'à la lie, la noie jusqu'à l'oubli dans les vapeurs de whisky. Et une fois qu'on a vu la douleur et l'ennui, on peut plonger à nouveau dans ses yeux, explorer davantage les méandres du regard un peu trop voilé. Et ce qu'on y trouve est encore plus sombre que le reste – la raison pour laquelle ses sorties se sont intensifiées et que désormais chacune de ses beuveries le laisse sur le carreau. On y devine l'énergie colossale qu'il lui faut déployer pour fuir des souvenirs récurrents, des souvenirs si terribles qu'ils ne franchiront jamais la barrière de ses lèvres. Des souvenirs qui ne savent rien faire d'autre que de cogner chaque nuit aux portes de son âme. Chaque nuit, au point de lui faire craindre le sommeil lui-même, de le rendre insomniaque, jusqu'à ce qu'il finisse par s'effondrer dans le métro... Sans les coups de coude de la femme en boubou, qui sait s'il ne serait pas encore englué dans les cauchemars qui le tourmentent dès qu'il trouve un peu de répit, le nez plongé dans l'horreur de la faute qu'il a commise et qu'il ne sait pas comment expier...

Colère. Frustration. Peur. Voilà ce qu'un observateur averti pourrait remarquer chez Sacha Mendel lorsqu'il baisse la garde. Mais Sacha ne la baisse que rarement. Voire jamais. En tout cas, certainement pas aujourd'hui.

Le voilà arrivé sur l'île de la Cité. Il longe les quelques véhicules garés en épi de part et d'autre de la lourde porte en bois, coupe la musique, ôte ses écouteurs et jette la deuxième cigarette qu'il a allumée pendant le trajet, regrettant de ne pas pouvoir la garder, puis pénètre dans l'imposant bâtiment du 36, quai des Orfèvres. Direction ses fameux escaliers noirs et la mythique brigade criminelle. Sacha Mendel a le cœur qui bat un peu trop vite et sue plus que de raison. Il prend une grande inspiration pour dompter sa peur et gravit les marches quatre à quatre, l'air presque léger. À peine a-t-il atteint sa destination que le commissaire divisionnaire le cueille, d'un ton peu amène.

— T'es en retard. Vingt minutes qu'on t'attend !

Alex Toussaint lui fait signe de le suivre et se dirige vers son bureau de sa démarche si particulière. Car Alex, la quarantaine – en années comme en surcharge pondérale –, ne marche pas, il jette ses jambes tendues légèrement sur le côté en un dandinement régulier qui lui donne des allures de pingouin ou de culbuto. Mais il ne faut pas se fier à son apparente bonhomie : derrière les rondeurs, il y a un esprit acéré et vif, d'un pragmatisme à toute épreuve. Mendel lui emboîte le pas et pénètre dans une pièce aux murs jaunis où l'accueillent froidement deux détachés de l'IGPN[1].

— Commandant Mendel, nous ne vous espérions plus…

Celui qui a pris la parole a le physique de l'emploi. Quarante-deux, quarante-trois ans, petit, des cheveux bruns coupés « à la papa » par un coiffeur de quartier, des lunettes aussi rondes que son visage, l'homme a beau tenter de se donner un look jeune, avec son jean et son blouson de cuir, il ressemble à un gratte-papier. À un petit fonctionnaire sans imagination ni ambition. L'homme se prénomme Paul Prévert.

— Comme le poète ? demande Sacha.

— Exactement, mais nous ne sommes pas parents…

1. Inspection générale de la Police nationale, anciennement IGS. (*N.d.É.*)

— Je vous vois pourtant un sacré point commun : Prévert me faisait déjà chier à l'école !

Le sourire de l'homme, attaché au petit effet que produit habituellement son prestigieux patronyme, se fige en un rictus qui fait peine à voir. Ses yeux, qui de toute façon n'ont rien d'engageant, se durcissent derrière les verres d'hypermétrope. Prévert affiche un visage pincé. Toussaint lance un regard navré à Mendel. L'air de dire : « Fais un effort, bordel ! » Or, à l'évidence, Sacha n'en a aucune envie. Et tant pis si ce Prévert n'a pas d'humour.

L'autre gars se racle la gorge. Non qu'il se sente gêné par la saillie de Mendel, mais parce qu'il entend bien asseoir son autorité. Il est plus gradé que Prévert, et c'est lui qui va mener l'interrogatoire. Grand, massif, il a dû être sportif dans une vie antérieure. Rugbyman peut-être. En tout cas, il en a la carrure. Aujourd'hui, il s'entretient sûrement en salle, en soulevant bêtement de la fonte pour se donner l'illusion qu'il est toujours fort. La cinquantaine, quelque chose d'animal dans sa mâchoire puissante, il ressemble à un rottweiler, du genre qui ne lâche jamais sa proie. Et pour couronner le tout, il s'appelle Christian Sauvage. Ça ne s'invente pas. Sacha sourit et observe les deux hommes. Le poète est un caniche sans intérêt, c'est le rottweiler qu'il doit convaincre…

— Avant toute chose, l'informe Sauvage, je tiens à vous préciser que l'interrogatoire sera entièrement retranscrit, transmis et archivé par nos soins à l'IGPN dans le cadre de l'affaire Strano. En conséquence de quoi je vous demanderai, commandant Mendel, d'être le plus précis et factuel possible, et bien sûr de nous dire toute la vérité. Avez-vous des questions à poser avant que nous commencions ?

— Non.

— Bien. Nous pouvons donc compter sur votre entière coopération ?

— Affirmatif.

Les deux hommes semblent satisfaits. Pourtant, Mendel vient de leur servir son premier mensonge.

4

L'INVITÉ SURPRISE DE DÉBORAH engloutit son verre cul sec pour se donner du courage. Il reste là, sans rien dire, et se laisse calmement scruter, juger, mépriser. David ne s'en prive pas et ses yeux s'accrochent à tous les détails signant leurs différences : les cernes sombres et profonds qui lui dévorent les joues, la barbe mal entretenue sur la peau blafarde, le T-shirt informe qu'il a renoncé à troquer contre une chemise pour faire meilleure impression, les tatouages qui lui bariolent les bras des poignets jusqu'aux épaules.

— C'est pratique, tes dessins de taulard pour camoufler les marques de piqûre ! crache David.

— Je ne touche plus à ça.

— Ben voyons...

David poursuit son inspection : le jean est archi-usé ainsi que les baskets en toile qui semblent avoir fait dix fois le tour du monde, les cheveux sont en pétard, coupés il y a au moins trois mois, le visage est émacié, le corps un peu trop mince, les muscles secs, le dos se voûte légèrement, les mains tremblent...

— T'es en manque ? ajoute David.

— Quoi ?... Non !

— Tu trembles.

— Tu m'intimides.

— Fallait pas venir.

— Pourtant je suis là.

— Qu'est-ce que tu veux ?

— J'avais envie de te voir.

— Comme ça, après huit ans ?

— Non, pas *comme ça*...

L'homme se racle la gorge. Il n'est pas là par hasard, c'est sûr. Il est trop nerveux pour n'avoir rien à se reprocher, trop maigre pour n'avoir rien à demander. Déborah lui verse un nouveau verre de vin. Il en avale la moitié et manque s'étrangler.

— Qu'est-ce que t'as fait, cette fois ? T'as chopé le sida avec une aiguille contaminée ? T'as renversé un gamin quand t'étais bourré ?

— Arrête, s'il te plaît... C'est déjà pas facile...

À ces mots, David éclate d'un rire forcé et se passe nerveusement la main dans les cheveux. « C'est pas facile ! » répète-t-il en exagérant le ton. Il lance alors un regard noir à Déborah.

— T'aurais pas dû le laisser entrer, bébé... Mais qu'est-ce qui t'a pris, hein ? !

La jeune femme se tord les mains de stress. On dirait une gamine prise en faute. Ses lèvres tremblent. Elle semble au bord des larmes.

— Je... je suis désolée... pardon, chéri... il m'a...

— Je ne lui ai pas vraiment laissé le choix, la coupe l'homme.

— Qu'est-ce que tu lui as fait ?

David a serré les poings, prêt à lui bondir dessus.

— Rien, je t'assure, mon amour ! intervient la jeune femme. Tu devrais le laisser parler... Écouter ce qu'il a à te dire... Je vais voir Emma pendant ce temps...

— Emma ? Qui c'est, Emma ?

Déborah et le visiteur échangent aussitôt un regard gêné. Il demeure là, figé comme une statue de sel. Aucun son ne semble vouloir filtrer de sa bouche et les secondes s'égrènent au ralenti, emplissant la cuisine d'un silence de plus en plus oppressant. Il faut absolument le rompre, dire quelque chose avant que les deux hommes ne se sautent à la gorge, avant qu'un drame ne se produise… Déborah sait qu'elle doit intervenir, mais que sa marge de manœuvre est limitée. Ne pas braquer son mari, surtout ne pas provoquer une de ses terribles colères qui ne demandent qu'à exploser. Ne pas non plus faire sentir à l'autre qu'il n'est qu'un parasite malfaisant, le genre qu'on regrette d'avoir connu, d'avoir laissé entrer dans sa vie… Il ne le supporterait pas, c'est évident. Passant de l'un à l'autre, les yeux de la jeune femme reflètent les mille questions et angoisses qui l'animent, sans parvenir à se poser, comme si elle assistait à un match de tennis virtuel. Que dire ? Comment calmer le jeu sans en payer les frais ? Que doit faire une bonne épouse dans ce genre de situation ? Qu'attend David de sa femme ?

— Emma est ta nièce.

Déborah a parlé très vite, dans un souffle, un murmure. Désormais incapable de supporter cette situation une seconde de plus, elle s'empresse de quitter la pièce en frôlant David de la main. Il reste un instant interloqué.

— Pardon ? J'ai bien entendu ?

— Elle a quatre ans. Elle est ce que j'ai de plus précieux…

— Toi ? Un enfant ? !

— Oui. Tu es tonton.

Pour encaisser le choc, David se ressert du vin à son tour. Alors comme ça son frère Nicolas, non content de faire irruption dans sa vie après un silence assourdissant de huit ans, mêle Déborah et une petite fille à leurs histoires de famille. Habile. Il a toujours été doué pour jouer avec les gens…

— Où est la mère ? lâche David en tentant de réprimer son énervement grandissant.

Dans ce qui semble être un effort surhumain pour répondre sans craquer Nicolas Pennac lève les yeux au ciel, il inspire un grand coup, bloque sa respiration et reste en apnée, hors du temps pour quelques instants, hors de cette cuisine, hors de la vie de ce frère qu'il s'était juré de ne jamais revoir avant le jour de son enterrement... Mais bourreau et victime finissent toujours par se recroiser : ils s'attirent, encore et encore, ont beau s'agiter en une danse macabre, tenter de s'éloigner afin de se survivre, ils sont condamnés à se retrouver pour se livrer une lutte sans merci, à laquelle au moins l'un des deux ne réchappera pas. Alors, si Nicolas demeure en apnée pour s'accorder un illusoire sursis, prendre du recul, essayer d'émouvoir ce frère arrogant, c'est aussi afin de mieux maîtriser ce qu'il va dire ensuite, ne pas éveiller ses soupçons et l'amener exactement là où il le souhaite.

— Je ne sais pas où est la maman d'Emma. Elle a disparu depuis un mois.

— Nous y voilà !

Mais loin d'afficher un air victorieux, David accuse le coup, affligé. Il s'adosse au réfrigérateur et se passe la main sur le visage. Il est fatigué et pressent que la nuit va être longue. La présence de son frère signe le début des ennuis. C'est toujours comme ça avec lui. Nicolas, le petit frère à la gueule d'ange qui faisait chavirer le cœur des institutrices malgré ses notes déplorables, le manipulateur qui volait les commerçants du quartier sans qu'ils s'en aperçoivent, le sale gamin effronté à qui leur mère passait tout et qui n'avait jamais cessé de tester ses limites... Ce frère qui lui avait volé son enfance avec ses belles manières et son goût du vice, sa façon de lui faire porter le chapeau pour tous ses méfaits... Ce frère qui avait enfin arrêté de lui faire de l'ombre lorsqu'il était parti aux États-Unis, amorçant une fulgurante dégringolade, de séjours en prison en occupation de squats avec d'autres drogués, ce frère qu'il n'avait pas revu depuis les obsèques de leur mère quatre ans auparavant, à qui il n'avait pas adressé la parole depuis huit ans après qu'il eut débarqué complètement défoncé à sa soirée d'anniversaire et s'était donné en spectacle devant ses amis… Non, David pensait ne plus jamais le revoir. Et il croyait surtout en avoir fini avec cette rivalité fraternelle qui l'avait rongé durant toute son enfance. Mais rien à faire : Nicolas a beau être un peu négligé, la vie peut bien l'avoir malmené, il garde toujours cette beauté insolente que David lui envie. Et en plus, aujourd'hui, il est papa. Avant lui. Et ça, David ne le digère pas. Comment ce loser a-t-il pu trouver une femme qui accepte de lui donner un enfant ? Sûrement une paumée qui vient juste de réaliser son erreur et a décidé de fuir cette espèce de pervers…

— Qu'est-ce que tu lui as fait pour qu'elle se barre sans sa môme ?

— Ne m'aboie pas dessus, je n'ai pas besoin de ça ! Tu ne vois pas que ça me mine ?

— Pour que ça te mine, il faudrait que tu aies un cœur… Qu'est-ce que t'as encore fait ?

— Rien. Laura et moi, on traversait une période un peu difficile, on se disputait pas mal, c'est vrai… Mais de là à disparaître, je ne comprends pas.

David s'apprête à sortir une autre vacherie quand Déborah réapparaît dans la cuisine.

— C'est incompréhensible, en effet. Une mère ne laisse pas son enfant comme ça. Si j'avais la chance d'avoir une aussi adorable petite puce, jamais je ne pourrais l'abandonner ! s'insurge-t-elle.

— Laura n'était pas très maternelle… À vrai dire, c'est moi qui voulais un enfant.

David lève un sourcil dubitatif.

— Je vois bien que tu ne me crois pas. Mais j'ai une vie rangée maintenant. Enfin… j'avais.

— Bon, qu'est-ce que tu veux, Nicolas ? Pourquoi tu es chez moi ?

Déborah lance aussitôt un regard accusateur à son mari.

— Chéri, ce n'est pas la peine de l'agresser comme ça ! J'imagine que ce n'est pas facile de revenir après toutes ces années. Ton frère doit vraiment être désemparé.

— Tu ne le connais pas comme moi, bébé…

La jeune femme soupire, mais refuse de céder aux arguments de son mari. Nicolas est là, il est hors de question de le mettre dehors avec sa fille. Elle rallume le feu sous le wok et questionne alors son beau-frère sur cette disparition mystérieuse, émet des hypothèses.

— Elle a pu avoir un accident, faire une mauvaise rencontre, devenir amnésique…

— La police a cherché dans les hôpitaux, les morgues… Rien.

— En tout cas, je ne peux pas concevoir qu'elle ait abandonné purement et simplement son enfant. Ce n'est pas possible !

David contemple son épouse, si belle et si naïve. Déborah ne peut imaginer un instant qu'une mère n'aime pas sa progéniture… C'est d'ailleurs peut-être pour cela qu'il ne lui a jamais raconté son enfance, afin de ne pas briser cette candeur.

— Certaines femmes ne sont juste pas maternelles, se contente-t-il de répondre. C'est ainsi.

Nicolas a baissé la tête, comme pour fuir, lui aussi, des souvenirs insupportables.

— Pourquoi pas, après tout, admet à regret la jeune femme. Même si j'ai du mal à l'accepter.

— Parce que tu as un grand cœur, ma chérie.

David l'embrasse dans le cou. Elle sourit et en profite pour lui chuchoter quelque chose à l'oreille.

— Certainement pas ! se défend-il.

Elle plonge alors ses yeux dorés dans les siens, avec cet air de biche effarouchée qu'il aime tant.

— S'il te plaît !

Il soupire et finit par accepter.

— Tu as de la chance, lâche-t-il à son frère. Ma femme est un ange, et si tu restes ici ce soir c'est seulement grâce à elle, que les choses soient claires !

— Elles le sont. Merci ! Je ne sais plus quoi faire… Je ne m'en sors pas avec la petite… Merci, vraiment !

— C'est temporaire. Et ne crois pas que je te pardonne pour autant !

— Tu le feras quand tu verras que j'ai changé.

David le fait taire d'un geste agacé et débouche une seconde bouteille, un meursault grand cru qui se mariera parfaitement avec le plat qui mijote.

— Déborah nous prépare un risotto au citron et aux truffes…

— Quel festin ! s'exclame Nicolas, enthousiaste.

David tique un peu. Depuis combien de temps son frère n'a-t-il pas pris un vrai repas ? À en juger par sa maigreur, il ne se régale pas tous les jours… Qu'en est-il de la fillette qui dort à l'étage ? Une angoisse lui étreint soudain la gorge. Et, malgré sa rancœur, ses réflexes d'aîné reprennent peu à peu le dessus.

— Allez viens, on va finir l'apéro sur le canapé. Tu n'y vois pas d'inconvénient, chérie ?

— Bien sûr que non, mon amour ! Vous avez beaucoup de choses à vous dire, je comprends. Et puis, je préfère cuisiner seule, tu le sais.

— Ma femme est géniale, commente David à l'intention de son frère.

— Ça m'en a tout l'air…

Les deux hommes pénètrent dans le salon. Nicolas sort un paquet de cigarettes de son jean.

— Je peux ?

— Oui, mais sur la terrasse alors…

Une fois dehors, David inspire à pleins poumons l'air vif d'avril. Son frère frissonne un peu en allumant sa clope.

— T'es pas bien épais, commente l'aîné.

— T'en veux une ?

— Non, j'ai arrêté.

— C'est bien.

— Et toi ? La came ?

— C'est du passé.

— T'es jamais tenté de recommencer ?

— Tout le temps. Dans ces moments-là, je fume. Ou je mange des bonbons.

— Des bonbons ? T'es sérieux ?

— Oui, sourit Nicolas en en extirpant quelques-uns de sa poche. Tu vois.

Dans sa paume, deux bonbons à l'orange et un au citron surnagent au milieu de nombreux emballages vides, pliés et noués de façon presque obsessionnelle.

— Et ça marche ?

— La plupart du temps… Dis-moi, tu as une superbe baraque !

— Ne change pas de conversation. Ça veut dire quoi, la plupart du temps ?

— Ça veut dire que je me bats, David. Je me bats. Je n'ai jamais eu ta force de caractère… Toi, il suffit que tu veuilles quelque chose pour que tu l'obtiennes.

— Ça n'a pas toujours été le cas, c'est une question de travail, de volonté.

— Que je n'ai pas. Et que j'ai toujours admirée, chez toi, vraiment. Tu as tout. Une femme adorable, une carrière florissante, une maison magnifique…

— Les plus belles façades cachent parfois de sacrés vices de forme. Cette baraque est trop humide : une vraie éponge… Du coup, elle se fissure de partout.

— Une sorte de colosse aux pieds d'argile…

— Exactement.

Silence. Pas évident de faire la conversation à un frère qu'on ne connaît plus.

— T'as vraiment aucune idée de ce qui a pu arriver à ta femme ? Tu disais que vous traversiez une phase difficile…

— Pas au point qu'elle me quitte sans explication. Certes, j'étais peu présent ces derniers temps, à cause de mon livre…

— Ton *livre* ? le coupe David, abasourdi.

— Oui… J'ai écrit un roman. Sous mon nom cette fois. J'en avais assez de faire le nègre et j'ai trouvé un éditeur qui croit en moi. Prestigieux, en plus.

— Et on peut savoir qui ?

David pensait pourtant l'avoir définitivement éradiquée, mais la revoilà, la pointe de jalousie si familière, qui le replonge des années en arrière. Nicolas s'allume une deuxième cigarette et tend machinalement le paquet à son frère. David la prend, le regard dans le vide.

— Alors c'est qui ? insiste-t-il.

— C'est top secret, pour l'instant. Question de superstition, mais je peux te dire que c'est une grosse maison d'édition. Ils misent beaucoup sur mon livre : sa sortie est prévue pour septembre, la rentrée littéraire, t'imagines ?

— Ils t'ont filé un à-valoir de combien ? Ça au moins, tu peux me le dire !

— Quinze mille euros.

— C'est énorme pour un premier roman !

— Oui, ils y croient très fort…

Le visage de Nicolas perd un instant cette expression de lassitude qu'il affichait depuis le début de leurs retrouvailles. Il s'anime, s'illumine même. David tire sur sa cigarette en une grande bouffée qu'il recrache aussitôt en toussant.

— C'est bien pour toi. Que dit la police ?

— De mon à-valoir ? plaisante le jeune homme.

— T'as signalé la disparition de ta femme, je suppose...

— Oui, évidemment. Jusqu'ici ils n'ont pas fait grand-chose. Son téléphone a été retrouvé dans une poubelle, il n'y a donc pas moyen de la tracer. Et je n'ai jamais eu l'impression qu'on me prenait très au sérieux jusqu'à présent.

— Jusqu'à présent ?

— La BRDP[1] a transféré le dossier à la Crim'. J'y suis convoqué après-demain.

— C'est bien.

— Je ne sais pas...

— Comment ça, tu ne sais pas ?

— C'est con mais ça me fait peur. J'ai peur qu'ils m'accusent. Le mari est toujours le premier qu'on suspecte dans ce genre d'affaire, non ?

— Toi, tu as quelque chose à te reprocher...

— Je t'ai dit que non !

— Et je te connais suffisamment pour savoir que tu mens.

— Tu me connais ? Tu n'as pas pris de nouvelles depuis huit ans et tu me connais ?

— Tu n'en as pas donné non plus...

— Tu ne voulais plus me voir, putain !

— Et ça n'a pas changé... Mais par la force des choses, tu es chez moi, avec une petite fille qui plus est. Alors arrête de me servir tes salades et dis-moi la vérité. Il s'est forcément passé un truc grave pour qu'elle parte comme ça.

Nicolas sort un bonbon de sa poche, ouvre l'emballage et gobe la sucrerie dans un bruit de succion que David trouve répugnant. Son frère est nerveux, ses doigts tremblent tandis qu'il s'applique à lisser et plier méticuleusement le papier.

— Je ne peux pas te répondre, lâche-t-il dans un souffle.

1. Brigade de Répression de la Délinquance contre la Personne. (*N.d.É*)

— J'en étais sûr ! Tu ne peux pas t'empêcher de chercher les emmerdes ! File-moi une autre clope, j'en ai besoin, là.

— Les mauvaises habitudes ont la vie dure, tu vois bien, répond Nicolas en lui tendant le paquet. On ne se débarrasse pas comme ça de ses mauvais penchants…

— Il suffit d'avoir la volonté de le faire. Dès demain, je ne toucherai plus au tabac et ça ne me manquera pas.

— Repenti ou non, tu resteras toute ta vie un fumeur, un gros et un bègue.

— Ta gueule.

— Quoi ? Ça te dérange que je parle de ça ? Pourquoi ?

— Parce que j'ai tourné la page. C'est du passé.

— Le passé… Ce n'est rien d'autre qu'illusion. Tôt ou tard, on finit par devoir régler l'addition.

Quelque chose a sensiblement changé dans le regard de Nicolas. De provocateur, il est presque devenu menaçant.

— De quoi tu parles ?

— Tu le sais pertinemment.

David blêmit. Oui, il voit très bien à quoi son frère fait allusion. Mais il est hors de question que Nicolas sème la pagaille dans sa vie bien rangée en sortant les cadavres du placard. Il ne le laissera pas faire… Si Nicolas lui reproche de mal le connaître, l'inverse est aussi vrai : David n'est plus le gamin mal dans sa peau qui se laissait dominer par son petit frère. Aujourd'hui, plus rien ni personne ne lui barre longtemps la route et Nicolas en fera les frais s'il insiste trop.

— Rassure-moi : tu n'es pas venu pour remettre *ça* sur le tapis ?

— Tu ne te dis pas que *ça* peut être lié à la disparition de ma femme, David ? L'idée ne t'a même pas effleuré l'esprit ?

— Conneries !

— Réfléchis, David… On finit toujours par payer pour ses fautes, toi comme moi.

— Je n'ai rien à payer, moi. Je n'ai rien fait !

— Tu sais bien que si. Il ne peut pas y avoir prescription pour ce qu'on a fait.

Hors de lui, David saisit son frère par le col et le plaque contre le mur. Soudain, il n'est plus l'homme charmeur au sourire impeccable que rien ne peut atteindre, mais un loup féroce aux yeux exorbités prêt à tout pour protéger son secret.

— Je te répète que je n'ai rien à me reprocher et si tu évoques encore cette histoire ne serait-ce qu'une seule fois, je te fous dehors avec ta môme, c'est compris ?

Le regard de David est on ne peut plus clair. Il y brille l'éclat de la rage, celle d'un homme capable de tout pour préserver sa carrière, son couple, sa vie.

— OK, OK ! T'as raison, j'ai rien dit…

Nicolas Pennac range le petit nœud en papier dans sa poche, tire fort sur sa cigarette et sourit, les yeux dans le vague.

Les choses n'ont pas tant changé que ça : il sait toujours quelles ficelles actionner avec David.

5

NON SEULEMENT SACHA MENDEL BOIRAIT BIEN UN CAFÉ, mais il allumerait aussi volontiers une clope. Pas sûr que les gars de l'IGPN apprécient. Le commandant Mendel donnerait n'importe quoi pour être ailleurs tout en sachant qu'il n'a aucun moyen de se soustraire à cet interrogatoire. C'est la procédure habituelle. Pas de quoi fouetter un chat, juste du temps à perdre en détails ennuyeux avec deux inspecteurs aux noms évocateurs : Prévert et Sauvage, le Caniche et le Rottweiler. On pourrait croire à une fable de La Fontaine, ça le fait sourire.

— Vous avez pu récupérer depuis l'exfiltration ?

La sollicitude de Prévert lui semble sincère, pourtant Sacha ne peut cacher l'antipathie que l'inspecteur lui inspire. Ainsi va la vie, les faibles cherchent toujours à se faire aimer des dominants. Jamais on ne verra un rottweiler sauter dans les bras de son maître pour se faire cajoler. Les molosses n'ont pas besoin de flatteries pour se sentir exister.

— Encore heureux, sinon autant ne plus faire que de l'administratif.

Sous le coup de la pique, Prévert se rembrunit.

— Je vois..., se contente-t-il de répondre.

Sauvage prend le relais et lui demande de résumer les faits.

— Il y a quelque temps, se lance Sacha en soupirant, TRACFIN[1] et la brigade financière se sont intéressés à Gabriel Strano, homme d'affaires d'origine sicilienne de quarante et un ans résidant à Paris. Strano est à la tête de nombreuses boutiques un peu partout en Europe. Les commerces en question présentent tous la particularité de surfer sur des modes et d'être aussi faciles à ouvrir qu'à fermer. Il s'est agi, selon les époques, de centres de télécopie puis d'appels à l'étranger à moindre coût, de magasins de désimlockage et de remplacement d'écrans tactiles, ou encore, plus récemment, de vente de cigarettes électroniques. Strano monte à peu près une dizaine de nouvelles affaires par an, deux fois plus que ce que peuvent se permettre ses homologues. Sans parler de son train de vie. Il est propriétaire d'un deux cents mètres carrés sur l'île Saint-Louis, roule en Harley de collection quand il ne transporte pas sa famille dans une Aston Martin hors de prix, et claque une fortune considérable en pompes et fringues de luxe. Il voyage aussi beaucoup, notamment en Sicile.

— Pour raisons... familiales, je suppose, ironise Sauvage.

— Vous supposez bien. Gabriel Strano est le petit-fils de Sylvio Strano, un des parrains historiques du milieu. La coïncidence est... stupéfiante, n'est-ce pas ?

— En effet, sourit Prévert.

Sacha n'a pas demandé au Caniche de rire à ses blagues. Agacé, il poursuit sans tenir compte du petit gratte-papier.

1. Traitement du Renseignement et Action Contre les Circuits Financiers clandestins. (*N.d.É.*)

— Mais Strano est habile. Entendu par la brigade financière, il a été en mesure de fournir des livres de comptes parfaitement clean. Trop, même. Il a été mis sur écoute par les stups, mais ça n'a rien donné. Il ne prononce jamais les mots clés que nous guettons pour pouvoir l'interroger à nouveau. Il se méfie H24. Non seulement son réseau semble être tentaculaire, mais lui-même est brillant, toujours en alerte. Nous n'avions pas le début d'un commencement de preuve. Pour le coincer, il fallait le faire de l'intérieur. C'est comme ça que je me suis retrouvé en sous-marin avec le capitaine Lionel Petitjean, de la brigade des stups.

— Pourquoi mettre la Crim' sur l'affaire ? s'enquiert Sauvage auprès du commissaire Toussaint.

— Les collègues des stups ont essayé d'approcher certains employés des boutiques de Strano, dans l'espoir qu'ils les rencardent sur ses activités. À trois reprises, ils ont ferré un gars un peu plus bavard que les autres qui leur a promis des révélations. À trois reprises, le gars a disparu comme par enchantement. D'où notre implication dans l'enquête.

— Strano a un don pour effacer les gens qui le dérangent, renchérit Mendel. Un véritable magicien.

— Vous avez donc été chargés d'infiltrer son réseau. Comment ?

Sauvage se caresse le menton d'un air songeur. À l'évidence, se dit Sacha, il aime cette histoire qui mêle trafic, meurtres, mafia. Il doit s'ennuyer ferme à l'IGPN. Peut-être même regrette-t-il le temps où il était, lui aussi, sur le terrain. Le Rottweiler a besoin de rêver, de bander un peu sur une histoire de mafieux pour se donner l'illusion d'être encore utile. Il veut des coups de feu, de la violence, un roman noir peuplé de truands. Et Sacha est tout disposé à lui servir la soupe.

— J'ai repris un bar de nuit dans le vingtième arrondissement, sous un faux nom. Un choix stratégique puisque le local était cerné par six boutiques de Strano. Nous savions que c'était dans ce quartier qu'il venait le plus souvent. Mon bar ouvrait juste avant la fermeture de ses commerces. Quelques flyers avec promesse de *happy hours*, des figurantes bien roulées au zinc et ses employés sont vite devenus des habitués. Après ça, que du classique : j'ai lancé la rumeur que j'avais fait de la taule, je leur ai laissé entendre que j'avais de la poudre à leur fourguer... Et en bon commerçant soucieux de la concurrence, Strano a fini par débarquer dans mon bar pour me faire une proposition impossible à refuser...

— C'est-à-dire ?

— Il a proposé de me fournir lui-même la drogue et de multiplier mes bénéfices par quatre.

— C'est un début de preuve, non ?

— On voit que vous ne le connaissez pas !

Quand Gabriel Strano poussa la porte du bar de Mendel, il se fit d'abord passer pour un simple client. Pourtant, il avait quelque chose d'éminemment anachronique en ces lieux. Grand, fin, racé, il possédait ce je-ne-sais-quoi dans la démarche qui lui donnait des allures de félin, de panthère. Le teint mat, une crinière faussement désordonnée, un profil grec, il posait sur la clientèle ce regard distant qu'ont les fous et les sages. Tout en lui criait la réussite, sentait le fric à plein nez. Strano était blindé de thune et il ne s'en cachait pas. Il en était fier. Le port de tête arrogant, le sourire en coin qu'il affichait non-stop, tout trahissait son sentiment de supériorité.

Au premier abord, Sacha le détesta. Peut-être parce que le mafieux représentait tout ce qu'il abhorrait et combattait depuis des années : l'absence de scrupules et la malhonnêteté. Peut-être aussi parce qu'il était tout ce que le commandant ne serait jamais : serein. C'était ça le plus marquant, le plus surprenant. Strano avançait dans le bar, dans la vie, avec une tranquille assurance, comme si le monde lui appartenait, comme s'il se savait pertinemment au-dessus de tous, de tout. Pantalon droit, chemise en soie, veste cintrée, le tout sur mesure et du même noir profond.

Lorsqu'il pénétra dans le bar, Sacha crut d'abord à une erreur d'aiguillage. Que venait faire un curé dans ce lieu de perdition ?

— Vous l'avez pris pour un curé ? s'étonne Prévert.

— Oui. Il portait un foulard de soie blanc sous le col de sa chemise. La chemise n'était pas boutonnée jusqu'en haut, alors, de loin, il ressemblait à un curé. Ce qui l'a trahi, ce sont ses pompes...

Strano vouait un culte aux chaussures. Il les choisissait toujours avec beaucoup de soin et claquait une fortune tant dans leur achat que dans leur entretien. Ce jour-là, il arborait des souliers noir et blanc en croco, des chaussures de gangster comme on n'en fait plus. Aucun curé ne portant ça, c'était une façon plus ou moins subtile de faire comprendre qui il était.

Strano s'installa au bar et commanda avec un grand sourire un Godfather, cocktail à base de whisky et d'amaretto.

— *Vous savez qui je suis ?*

— *Vos employés m'ont prévenu que vous passeriez.*

— *Bien, donc pas besoin de faire les présentations.*

L'homme était malin. Pas une fois il ne prononcerait son propre nom ni celui d'une drogue quelconque pendant la discussion.

— *Si jamais j'avais besoin de me... détendre avec des produits peu recommandés par l'OMS du genre... cigarettes,* dit-il en se touchant le nez à la manière des cocaïnomanes, *il paraît que vous auriez de quoi me fournir. Je me trompe ?*

— *Non*, répondit Mendel en affichant un air méfiant.

— *Et pour ce petit commerce parallèle à vos activités légales, votre fournisseur vous offre combien sur les bénéfices ?*

— *Dix pour cent.*

— *C'est pas mal. Mais c'est dangereux quand on a déjà fait de la taule... Le moindre petit trafic, même de simples cigarettes, peut coûter quelques embêtements.*

— *Vous allez me dénoncer ?*

— Non, je viens vous apporter la paix de l'esprit, au contraire. Il se trouve que je connais quelques gars qui, eux, se procurent des cigarettes en plus grande quantité et à moindre coût que votre fournisseur. La crise aidant, les gens ne rechignent pas à faire quelques économies sur le produit, surtout quand on vient le leur proposer dans un bar sympa où ils sont détendus. Imaginons que vous vous sentiez soudain une âme de mécène et laissiez ces petits gars développer leur esprit d'entreprise dans votre bar... Imaginons que je vous garantisse qu'ils écouleront trois fois plus de marchandise que vous et que, non content d'être hors du business en cas de problème avec les flics, vous continuerez de percevoir dix pour cent sur les bénéfices. Vous diriez quoi ?

— Qu'en cas de pépin, je tomberais quand même. Et si on parle de gros écoulement de... cigarettes, ça peut me coûter très cher.

— Seulement si vous êtes vraiment au courant de leur petite affaire, mais vous ne les repérerez même pas parmi votre clientèle...

Quelque chose dans son attitude disait à Mendel que Strano n'avait pas fait le chemin jusqu'ici pour essuyer un refus. Ça tombait bien, puisque Sacha était précisément là pour ça. Le policier devait néanmoins donner le change et faire mine de négocier.

— Quinze pour cent.

Strano étira les lèvres en un sourire carnassier. Négocier, c'est ce qui lui était le plus facile.

— Onze.

— Quinze.

— Douze.

— Quinze.

— Va pour quinze pour cent.

Il serait allé jusqu'à vingt.

— Vous serez remercié tous les mardis. Les petites sommes sont plus faciles à écouler. Je suis ravi que nous fassions affaire !

Les yeux fermés, Strano but une gorgée de son cocktail, un air extatique plaqué sur le visage.

— *Comment je saurai que vous me versez bien ce que vous avez garanti ?*

— *Ah, les maths et vous ça fait deux, n'est-ce pas ? Là où vous touchiez dix jusqu'à présent, vous toucherez dorénavant quarante-cinq.*

— *Et en cas de problème, si l'un de vos amis se fait prendre ?*

— *Il disparaîtra avant d'être interrogé.*

— *Disparaîtra ?*

Mais Gabriel Strano se contenta de vider son verre et de repartir comme il était venu, de cette démarche étrange donnant l'impression qu'il flottait au-dessus du monde, un peu comme Jésus marchait sur l'eau.

Toutes les semaines, Sacha trouva donc la somme promise derrière le comptoir. Il parvint, à force de copinage et de recoupements d'informations, à constituer un organigramme précis des fonctions parallèles des collaborateurs de Strano. Peu à peu, il laissa entendre qu'il dépensait l'argent gagné dans des parties de poker qu'il perdait le plus souvent, demandant implicitement aux gars du mafieux de plaider sa cause auprès de leur patron pour qu'il lui confie d'autres missions au black. Mais les jours passaient et Strano, prudent, ne l'avait toujours pas introduit au cœur de son business…

— Petitjean semble avoir eu plus de chance que vous, intervient Sauvage.

— Il connaissait mieux ce milieu que moi. Il avait tous les codes. Petitjean revenait d'une infiltration de cinq mois qui avait mal tourné. Il était censé être en cavale et n'avait eu aucun problème pour se faire recruter comme chauffeur.

— Selon les rapports du capitaine Petitjean, il se contentait de promener Strano d'un point A à un point B et n'aurait pas été impliqué dans quoi que ce soit qui aurait pu compromettre le chef du réseau.

— Je crois qu'il mentait. Je suis au contraire convaincu qu'il collectait des preuves contre lui et que c'est à cause de ça qu'il s'est fait descendre.

— Pourquoi ne nous en aurait-il pas fait part ? Pourquoi ne pas vous l'avoir dit à vous ?

— Pour commencer, nous n'étions pas supposés nous connaître, et comme on ne se croisait presque jamais seuls, c'était compliqué d'en parler. De plus, Petitjean aimait faire cavalier seul. Il recherchait les honneurs, pas à partager le succès d'un coup de filet. Son orgueil était démesuré.

— C'est peut-être bien ce qui l'a perdu, rebondit Prévert. Il semble que sa prudence se soit quelque peu relâchée au fil du temps. Il a même rendu visite à sa femme pendant son infiltration. Il a pu éveiller les soupçons de Strano…

— Possible, répond Sacha. C'était effectivement une erreur de rejoindre son épouse. Mais à sa décharge, Charlotte Petitjean n'est qu'une sale petite égoïste qui lui faisait sûrement du chantage affectif pour qu'il rentre.

Le commandant a parlé avec une telle véhémence, qu'il s'ensuit un silence édifiant dont les uns et les autres tentent de s'extirper à grands renforts de raclements de gorge.

— Quoi qu'il en soit, reprend le Caniche, il se peut que sa couverture ait sauté à cause de ça. Il y a dix jours, donc, nous avons retrouvé le corps du capitaine Petitjean sur un terrain de démolition dans le treizième arrondissement. Il avait les mains attachées dans le dos et une balle dans le crâne. Bien sûr, nous n'avons retrouvé aucune trace de l'arme ni de la douille.

— Ça ressemble à une exécution, intervient le commissaire Toussaint.

— Ça ne veut pas forcément dire que sa couverture avait sauté ! proteste Mendel.

— Vous voyez une autre explication ?

Sacha réfléchit un instant. Que pourrait-il dire de plus qui n'orienterait pas les soupçons sur lui ? Rien.

— Non. Mais je n'approuve pas votre décision de me retirer de l'enquête. J'ai toujours été prudent. Strano ne se doute de rien, j'en suis certain.

— Nous ne souhaitons pas courir le risque de perdre un autre de nos hommes, répond Prévert.

— Écoutez, je suis à ça de le coincer, j'en suis certain. Strano est prêt à me confier d'autres responsabilités et j'ai surpris une conversation entre ses hommes, l'autre soir, ils parlaient d'un rendez-vous avec un *membre éminent de la famille*. La rencontre doit se faire ici, à Paris. Laissez-moi retourner au bar et glaner plus d'infos !

— Non, vos éléments sont trop maigres au vu du risque. En outre, le bar est fermé. La version officielle est que vous êtes parti avec la caisse suite à une plainte pour attouchements sur une mineure. C'est fini pour vous, désolé.

— Mais on ne peut pas perdre le bénéfice de plus de huit mois de travail ! Vous avez une idée de ce que j'ai investi dans cette affaire ?

— Huit mois, c'est déjà beaucoup, réplique Prévert. Ça peut même finir par nous *contaminer*. Vous aviez déjà, selon nos sources, l'interrogatoire musclé et la colère à fleur de peau. Certains chuchotent à présent que vous avez adopté les méthodes du milieu…

— Qui a dit ça ?! C'est n'importe quoi ! Et puis qu'est-ce que vous en savez, vous, de la réalité du terrain ? Vous ne bougez jamais votre gros cul de fonctionnaire !

Sacha est hors de lui. Il ne supporte décidément pas que cette enquête lui échappe. Impossible qu'on la lui retire ! Prévert, jusque-là plutôt indulgent, se referme alors sur lui-même.

— Je vous conseille de modérer vos propos, commandant, votre irrévérence a des limites, de même que ma patience. Nous vous évitons une bavure, vous devriez nous en être reconnaissant !

— Mon collègue a raison, reprend Sauvage avec autorité. Vous êtes à bout, ça se voit. Alors prenez quelques jours de congé et occupez-vous un peu de votre épouse, je me suis laissé dire que votre couple avait pâti de cette longue mission…

À ces mots, Sacha lance un regard noir à son supérieur.

— Je ne veux pas prendre de congé.

— Alors mettez-vous sur une nouvelle affaire, plus calme, le temps de laisser les choses retomber.

— Oui, et ce n'est pas ce qui manque, reprend le divisionnaire. Tu choisis ce que tu veux, je ne peux pas t'offrir mieux !

— Ce que je veux…, reprend Sacha entre ses dents.

— À condition de rester dans le cadre. Tu peux faire ça, non ?

Mais Mendel s'est déjà levé de sa chaise et se contente de hausser les épaules. Il salue Sauvage à la hâte et ignore complètement Prévert avant de quitter la pièce. Ses débordements datent de bien avant l'affaire Strano. Il n'y peut rien, c'est un sensitif, un impulsif. Certes, avec ses suspects, il lui arrive parfois de dépasser les bornes, d'être violent, à la limite du harcèlement. Toutefois, il a ses raisons. Il sait qu'il est du bon côté, celui de la loi. Alors qu'on ne vienne pas l'emmerder avec ses méthodes, et surtout pas des gars qui ne savent plus rien du terrain.

Rester dans le cadre ? Ça le fait bien marrer, tiens ! Tout autant que le plat de couleuvres qu'ont avalé ces deux guignols de l'IGPN.

6

DEPUIS LA FENÊTRE DE SA CUISINE, Frederika Migneault fait un signe de tête à sa voisine d'en face, dans sa salle de bains, et soupire à s'en fendre l'âme. Richard, son mari, vient se placer derrière elle et l'enlace tendrement. Ils forment un couple uni, éperdument amoureux et respectueux l'un de l'autre, malgré leurs vingt ans d'écart.

— Que t'arrive-t-il, mon amour ?

La jeune femme enveloppe les bras de son mari dans les siens et presse tendrement ses mains.

— Je crois que Déborah pleure…

L'homme regarde discrètement à travers la vitre. Leur voisine semble en effet se frotter les yeux pour sécher des larmes. Richard sait à quel point elle émeut son épouse.

— On dirait bien…

— J'aimerais tellement pouvoir l'aider, Richard !

— Tu l'aides déjà en lui montrant que tu es là et que tu répondras présente, si un jour elle trouve la force de partir.

— Mais si elle ne la trouve pas ?

— Alors ce sera son choix. Peut-être qu'elle n'est pas aussi malheureuse que tu l'imagines.

— Non mais regarde-la ! Ne me dis pas qu'elle va bien ! Elle est complètement soumise à son mari. Toute sa vie tourne autour de lui !

— Il y a des femmes qui aiment ça, tu sais. Tu ne la connais peut-être pas si bien.

— Arrête, tu veux ? David la coupe totalement du reste du monde et il la terrorise, ça se voit comme le nez au milieu de la figure ! Tu entends ses cris comme moi ! Il passe son temps à lui hurler dessus…

— Là, tu exagères, ils ne se disputent pas plus que nous. Franchement, tu ne devrais pas t'en mêler. Tu ne sais pas ce qui se passe vraiment chez eux.

— C'est bien français, ça ! s'emporte-t-elle. Mais j'ai aussi des yeux, figure-toi…

— Qu'est-ce que tu entends par là ?

Frederika semble hésiter un instant. Déborah est toujours plantée devant la fenêtre de sa salle de bains, elle ne voudrait pas que la jeune femme lise sur ses lèvres. Elle recule alors un peu et chuchote à l'oreille de son mari, comme si sa voisine pouvait aussi l'entendre.

— Je crois qu'il la bat.

Voilà, les mots sont lâchés. Froids et coupants. Le genre de mots qui ne peuvent jamais être vraiment oubliés.

— C'est grave ce que tu dis !

— Je sais. Mais j'ai remarqué des bleus sur ses bras, c'est pour ça qu'elle les couvre presque tout le temps. La première fois que je les ai aperçus, elle s'est dépêchée de rabattre ses manches, comme si je l'avais prise en faute. Elle est devenue blême et je t'assure qu'elle m'a lancé un regard terrifié.

— Pourquoi ne pas lui en avoir parlé ?

— Ce n'est pas si facile, chéri. Je crois qu'elle aurait nié... qu'elle aurait trouvé des excuses à David. Elle est complètement soumise à ce type. Je suis sûre que c'est un pervers narcissique.

— Tu sais ce que j'en pense !

— Oh, vous, les psys, dès qu'on touche à votre cuisine, vous préférez cracher dans la soupe plutôt que la servir...

Richard soupire. Ce terme est tellement à la mode que tout le monde l'utilise à tort et à travers. Un patron un peu caractériel ? C'est un pervers narcissique. Une femme un peu séductrice ? Une perverse narcissique. Un ami qui demande un peu trop souvent de l'aide ? C'est un pervers narcissique... Dès que les gens sont contrariés par le comportement de quelqu'un, se sentent lésés d'une façon ou d'une autre, ils crient au loup. Chaque époque a son prédateur désigné, celui qui explique à lui seul nos angoisses et tous les mauvais choix que l'on peut faire. Ainsi, les « cas » d'enlèvement par des extraterrestres ont vu le jour aux États-Unis, à l'époque de la guerre froide, quand l'étranger faisait peur, avec sa flopée de laboratoires secrets et ses désirs de conquête spatiale. Aujourd'hui, on craint moins l'inconnu, qu'Internet et la télévision nous donnent l'impression d'avoir dompté, que l'intime. Le complot n'est plus hors les murs mais bien à l'intérieur, dans les cercles les plus resserrés. « Pervers narcissique » est un terme fourre-tout, comme l'a été « psychopathe » avant lui. On s'y décharge de toute la responsabilité de ses échecs, de ses déprimes, de son découragement. À une époque où notre libre-arbitre s'effiloche comme peau de chagrin au gré des lavages de cerveau médiatiques, où la pression de la crise, la menace de tout perdre rendent les choses plus incertaines que jamais, l'homme étranglé de toute part, manipulé par la publicité, manipulé par les financiers, manipulé par une course à la consommation qui lui fait vivre une vie aux antipodes de celle dont il rêvait, s'est inventé un nouveau persécuteur. Un persécuteur personnifiant son sentiment d'impuissance, un persécuteur vorace et dominateur, un Narcisse dévorateur d'élan vital : le pervers narcissique.

— Attends, ma belle, je ne dis pas que les pervers narcissiques n'existent pas, nuance le psychiatre. Je dis juste que c'est une accusation lourde et que s'il est un peu frimeur et autoritaire, David Pennac n'est pas forcément le salaud que tu crois...

Richard Migneault dépose un baiser sur la tempe de son épouse et l'attire vers le centre de la pièce : ils ont assez épié leur voisine comme ça !

— Oui mais s'il l'est vraiment et qu'on ne fait rien..., insiste Frederika. Dieu sait ce qui peut arriver. Le coup ou la gifle de trop... Un jour où elle aura été moins docile que d'habitude... Où elle aura peut-être tenté de s'enfuir... Et à ce moment-là, qu'est-ce qu'on racontera à la police ? Qu'on n'était pas sûrs, qu'on attendait des preuves plus flagrantes ? Et qu'est-ce qu'on fera avec notre conscience ?

De l'autre côté de la rue, Déborah sourit d'un air las en regardant les Migneault se retrancher chez eux après avoir baissé leurs stores et referme la fenêtre qu'elle avait entrebâillée pour dissiper la buée de la salle de bains. David et son frère ne vont pas tarder à rentrer de leur partie de tennis et elle a encore des choses à faire. Quarante-huit heures à peine que Nicolas a débarqué chez eux et David a déjà changé. Et pas en bien. Manifestement ravi que Nicolas ait besoin de lui et que le rapport de force qu'il a subi durant son enfance se soit inversé, il endosse complaisamment son rôle d'aîné. Plus facilement que ce que la jeune femme avait imaginé. Il s'efforce d'en mettre plein la vue à son frère et lui énumère avec gourmandise la liste de ses succès, de ses activités, de ses amis prestigieux... Amis qui ne le sont pas tant que ça puisqu'ils n'ont jamais daigné leur rendre visite, ce qui, elle doit bien se l'avouer, l'arrange : Déborah n'a aucune confiance dans l'entourage de David. Nicolas, quant à lui, semble admiratif et relance volontiers son frère sur son sujet de prédilection, à savoir lui-même.

La nature humaine lui semble parfois bien curieuse, mais Déborah se dit que c'est une bonne chose que Nicolas ait pu s'installer chez eux, le temps que chacun trouve enfin ce qu'il cherche. D'ici là, elle fera tout pour arrondir les angles et leur être aussi agréable que possible, afin que leurs retrouvailles se passent au mieux sans être trop fusionnelles ou au contraire conflictuelles. C'est tout un art de jouer les tampons, les médiateurs, sans en avoir l'air. Mais c'est son rôle et Déborah tient à l'assumer le plus parfaitement possible. C'est aussi la raison pour laquelle elle accepte d'ores et déjà les longs moments qu'ils vont passer ensemble, loin d'elle, comme si elle était quantité négligeable. Il faut parfois savoir s'effacer pour servir une cause juste et, Déborah en est persuadée, ce qui se passe actuellement est ce qui pouvait arriver de mieux. Et puis, égoïstement, elle adore avoir du temps juste pour elle et la petite. Emma est une gamine attachante. Pas encore très éveillée, mais douce et souriante. Une vraie petite poupée avec ses rêves de princesse et ses petites robes à volants. Une fillette comme elle aimerait en avoir une…

Déborah soupire et lance un énième regard au test de grossesse posé sur le lavabo. Le petit hublot censé dévoiler un trait bleu ne s'ouvre sur rien d'autre qu'un buvard désespérément immaculé. Elle le saisit et se touche machinalement le ventre. L'espace d'un instant, elle croise son propre regard dans le miroir, celui d'une femme consciente du vide qu'elle porte en elle et qui menace de se creuser. Mais pas question qu'elle offre ce visage défait à son mari et qu'il découvre sa peine, sa douleur muette, ce terrible sentiment d'avoir été boudée par la vie, désertée par sa propre âme. Non, elle doit cacher ce visage-là. Après tout, il existe une solution à chaque problème et elle aussi deviendra mère un jour. Parce que sinon, elle s'asséchera complètement et sera anéantie sans espoir de rémission…

Déborah range le test dans sa trousse de maquillage et sourit à son reflet. Oui, c'est mieux comme ça. C'est la Déborah qu'on connaît et qu'on aime, une femme optimiste et toujours tournée vers les autres, pas une geignarde qui se lamente parce qu'elle n'est pas fichue de tomber enceinte. Elle lève les yeux au plafond, pour chasser les dernières larmes, et remarque au passage que l'absorbeur d'humidité posé sur une des étagères est plein. Elle se hisse sur la pointe des pieds, attrape l'objet et en vide le contenu dans le lavabo. Cette maison est aussi humide qu'une cave et c'est quotidiennement qu'elle doit lutter contre les moisissures qui viennent moucheter ses murs. Déborah émet un claquement de langue agacé, attrape une paire de gants en caoutchouc ainsi qu'une brosse à récurer, et commence à frotter les parois de la cabine de douche. La jeune femme ne ménage pas ses efforts, bien que les champignons microscopiques la dégoûtent. Elle s'applique à faire de cet endroit un lieu de vie agréable où David se sente bien, où il puisse tomber ses défenses et se sentir à l'abri de tout.

Il règne un silence quasi religieux, à l'exception du bruit du bois qui travaille et de l'air qui s'engouffre ici ou là. Déborah est d'un naturel paisible, elle apprécie la solitude et le calme qu'elle met à profit pour lire ou vaquer à ses occupations de femme au foyer. De l'autre côté du couloir filtre la respiration régulière d'Emma. La petite fait la sieste avec, par intermittence, un gazouillement adorable. Ça fait sourire Déborah qui prend soin de ne pas frotter trop fort, pour ne pas la réveiller.

Soudain, la vitre de la pièce se met à vibrer et des basses viennent résonner jusque dans l'estomac de la jeune femme.

Girl my love's gonna last, just as long as my high
(And I'm high all day, every day)
You can trust every word I'm gonna say will be a lie...

Elle se lève d'un bond et aperçoit la voiture de David s'avancer dans la rue. Il n'a pas pu s'en empêcher ! Il roule au ralenti, toutes fenêtres ouvertes, « My Medicine » de Snoop Dogg à fond, air de caïd planqué derrière ses Ray Ban, tout ça pour en mettre plein la vue à son frangin. Les deux hommes ont l'air ravis : elle entend leurs éclats de rire d'ici. Puis la musique cesse enfin. Deux minutes plus tard, David crie :

— Débo, t'es là ?

La jeune femme se précipite en bas.

— Oui !

David l'embrasse langoureusement devant Nicolas.

— Vous vous êtes bien amusés ? dit-elle un peu gênée.

Question à ne pas poser. Les deux hommes entreprennent aussitôt de lui raconter par le menu les deux matchs qu'ils ont disputés. Ça se chamaille, ça discute encore le point. David en a gagné un, Nicolas l'autre. Il faudra faire la belle.

— Je veux bien la faire, minaude la jeune femme.

Mais sa blague tombe à plat. Même pas sûr qu'ils l'aient entendue. Déborah a l'impression d'être complètement transparente. Pourquoi lui demander de venir si c'est pour l'ignorer ? Et elle qui est descendue dans la seconde ! Elle se mettrait des baffes. Les deux frères sont surexcités. Hors d'elle, la jeune femme explose :

— C'était bien la peine de faire autant de simagrées pour vous revoir !

Les deux hommes stoppent net leur hilarité.

— Mais qu'est-ce qui te prend ? demande David.

— Il me prend que vous passez de la détestation totale à une complicité de gamins, voilà ce qui me prend !

— Tu ne préfères pas ça ? risque Nicolas.

— Je ne comprends pas non plus comment toi tu peux être soudain si léger alors que tu prétendais être abattu par la disparition de ta femme ! T'as une drôle de façon de montrer ton inquiétude.

— J'essaie juste de me changer les idées, c'est un crime ?

— Non mais avoue que c'est bizarre ! Il y a même de quoi se demander si tu nous as dit la vérité...

— Mais ça va pas de balancer ça ? s'étrangle Nicolas.

— Bébé, pourquoi t'es énervée comme ça ?

— Parce que vous arrivez la bouche en cœur, en faisant un bruit pas possible, alors que j'ai mis une demi-heure à endormir la petite, et vous n'en avez rien à fiche !

La jeune femme est furieuse. Finalement, c'est plus difficile qu'elle ne pensait d'être reléguée au second rang. Surpris par la réaction de sa femme, David marque un temps d'arrêt.

— Bon, écoute, tu vas te calmer maintenant, dit-il d'une voix ferme. Elle est pas non plus en sucre, Emma. Il n'y en a que pour elle depuis deux jours !

— Parce que c'est la seule qui semble avoir besoin de moi !

— OK, euh, je vais me doucher...

Nicolas s'enfuit en direction de l'escalier. Il ne tient pas à être mêlé à leur dispute, ni à montrer sa propre colère. Car lui aussi est énervé. Contre lui-même. Déborah a raison, il a relâché son attention. Il doit être plus vigilant, penser à jouer juste. Et son rôle est celui d'un homme abandonné, pas celui du fils prodigue. Depuis la salle de bains où il se déshabille à la hâte, Nicolas perçoit des éclats de voix et cela le fait sourire.

— ... et si tu veux un sandwich, tu n'as qu'à te le préparer toi-même ! Je suis pas ta bonne !

— Tu y ressembles à s'y méprendre, la provoque David en désignant les gants roses qu'elle n'a pas pris le temps d'ôter.

Déborah accuse l'insulte, visage fermé, larmes aux yeux. Son mari, conscient d'être allé un peu trop loin, tente de se rattraper.

— Je ne le pensais pas.

Mais la jeune femme, hors d'elle, se remet à hurler.

— J'en ai marre ! Marre que tu me traites comme une moins que rien !

— Arrête, bébé, je t'ai dit que je ne le pensais pas... Je te demande pardon, mais arrête de crier. Tu vas réveiller Emma, et puis pense aux voisins !

— Je m'en fous des voisins ! De toute façon, ils ne sont pas dupes !

— Dupes de quoi ? demande-t-il en se rapprochant d'elle, inquiet.

— Ne me touche pas ! Laisse-moi tranquille, tu m'entends ?

À peine a-t-elle terminé sa phrase que les pleurs de la fillette se mettent à retentir dans la maison. Déborah lance alors un regard accusateur à son mari et se précipite à l'étage.

L'enfant est écarlate, le visage trempé de larmes. Elle s'accroche aux barreaux du lit que la jeune femme a acheté pour elle, en poussant des cris de cochon qu'on égorge.

— Je suis là, ma puce, je suis là... Tu as eu peur, je sais, je sais... Ce n'est rien.

Déborah la sort avec précaution et la serre tendrement contre elle. Elle la berce doucement, pour la consoler autant qu'elle a besoin de l'être. La petite hoquette encore un moment, puis finit par se calmer.

— Tu es en nage, ma chérie. Viens, je vais te rafraîchir un peu.

Déborah la conduit jusqu'à la salle de bains et tend l'oreille pour savoir si son beau-frère y est encore. Pas un bruit. Elle se risque à frapper trois coups à la porte qui s'ouvre brusquement sur un Nicolas à moitié nu, une simple serviette autour des hanches. Ses cheveux mouillés sont ramenés en arrière, sur son torse légèrement velu perlent de minuscules gouttelettes. Il a posé ses mains de part et d'autre de l'embrasure, dans une position quasi christique. Il est beau. La jeune femme est fascinée par ce corps si différent de celui de son mari. C'est difficile à croire qu'ils soient frères. Nicolas est si fin, ses muscles si nerveux... Et ses tatouages tellement troublants : une femme aux traits asiatiques, prise dans un enchevêtrement de signes tribaux… de ronces symboliques… Elle se demande si le dessin a une signification particulière.

— Bah alors, ma puce, t'as fait un cauchemar ? demande-t-il en déposant un baiser sur la joue de sa fille.

Déborah sursaute, comme prise en faute.

— Je crois surtout que c'est nous qui lui avons fait peur…

Nicolas lui sourit. A-t-il surpris son regard se balader sur sa peau nue ?

La petite tend les bras vers son papa, les yeux bouffis de larmes et de sommeil.

— L'avantage des chagrins d'enfant, c'est qu'ils peuvent être chassés par un éclat de rire !

Joignant le geste à la parole, Nicolas recule vers le lavabo, fait couler un peu d'eau et éclabousse la petite qui se tortille en riant dans les bras de sa tante.

— Arrête ! Tu vas en mettre partout !

— Et alors ? Je nettoierai !

— Ben voyons !

— Je ne suis pas David, moi. Je sais me servir d'une serpillière, répond-il en aspergeant sa belle-sœur.

— Ah non ! Pas moi !

— Oh, ce que tu peux être rabat-joie…

— C'est faux.

— Non, c'est vrai !

— Tu vas voir si je suis rabat-joie !

La jeune femme se précipite vers lui, place ses doigts sous le robinet et transforme le filet d'eau en geyser. Emma éclate de rire pendant que son père se défend comme il peut. Il implore sa pitié en se dirigeant vers la douche, mais en profite pour saisir le pommeau et actionner l'eau en direction de Déborah. Elle lui tourne aussitôt le dos pour protéger la fillette, la pose par terre et se jette sur son beau-frère pour le désarmer. Trempés, ils luttent un instant, plus proches qu'ils ne l'ont jamais été depuis qu'il est arrivé dans cette maison. Déborah se penche davantage sur le jeune homme, tend le bras, l'effleure au passage, et parvient à couper l'arrivée d'eau. Au moment de reprendre sa position initiale, une main la retient. Nicolas la presse contre son torse et, dans la spontanéité de l'instant, dépose un baiser sur ses lèvres. Tétanisée, la jeune femme se met aussitôt à trembler. Elle a l'air perdue, effrayée et tourne la tête vers la porte grande ouverte.

— Il n'est pas là, se contente de répondre Nicolas.

Ses pupilles dilatées, ainsi que la serviette tendue qui menace de quitter ses hanches, trahissent son désir.

— Tu es tellement belle, murmure-t-il en effleurant un de ses seins sous le chemisier trempé.

— Je… je ne peux pas…

Pourtant elle n'esquisse aucun mouvement de recul et se laisse caresser. Ils sont hors du temps en cet instant éminemment érotique, malgré la présence de la petite à deux pas, ou celle de David un étage au-dessous. Nicolas a cette façon de la regarder comme si elle était une déesse, comme si elle avait le pouvoir de le sauver de lui-même… Il est attiré par elle, c'est évident. Si David voyait ça, il ferait peut-être plus attention à sa femme. Et se souviendrait qu'il l'aime… Après tout, ce ne serait pas compliqué de lui faire comprendre que Nicolas n'est pas insensible à ses charmes, ni de le faire douter de la réciprocité de ses sentiments… Bien sûr, connaissant le tempérament de son mari, ce serait jouer un jeu dangereux…

Déborah se dégage doucement de l'emprise de son beau-frère.

— Tu es sûre ?

— Oui.

— Je crois que non, et que ce n'est plus qu'une question de temps avant que tu ne craques.

— Je ne craquerai pas.

— David ne te mérite décidément pas, soupire-t-il en rajustant la serviette-éponge.

— Pourquoi tu dis ça ?

— Parce qu'il n'a pas ta droiture.

— Quoi ? Il t'a parlé de quelque chose ? Il voit quelqu'un d'autre ?

La voix de la jeune femme vient subitement de monter d'un cran. Si David a une maîtresse, elle veut le savoir.

— Ça t'étonnerait tant que ça ?

— Réponds-moi !

Sans un mot, Nicolas se lève et la pousse doucement vers la sortie, puis dépose un baiser sur son front.

— Je dois me préparer, mon rendez-vous est dans une heure.

Il a refermé la porte, laissant Déborah seule avec ses doutes, ses craintes, le désir qu'elle lui a laissé entrevoir. Et ce projet un peu fou, mais diablement tentant, de se servir de son beau-frère pour rendre son mari jaloux.

Il est 18 h 30. Sacha Mendel tourne comme un lion en cage dans le bâtiment qui commence à se vider. Les collègues de l'équipe de nuit ne vont pas tarder à prendre le relais. Pour sa part, il ferait bien journée double. Tout plutôt que rentrer chez lui et subir les éternelles jérémiades de Marion, son épouse. Seulement voilà, quoi faire en attendant d'aller sur le terrain ? C'est bien joli de lui proposer de se choisir une affaire, il n'y en a pas une qui l'excite plus que ça…

— Je vais aller m'en griller une ! lance-t-il à la cantonade.

Mais tous sont trop occupés à clore leur travail en cours, pressés de partir au plus vite, pour lui répondre. Sacha hausse les épaules, prend son caban et se dirige vers la sortie. En passant devant le bureau du capitaine Fialaix, il remarque que ce dernier interroge un type. Sacha s'arrête un instant, le temps d'enfiler son manteau, et tend l'oreille.

— Bougez-vous le cul au lieu de me faire perdre mon temps !

L'homme a l'air en colère. Il fait de grands gestes, se gratte le nez, met les mains dans ses poches, les ressort pour gesticuler à nouveau. Enfin un peu d'animation ! Sacha Mendel s'appuie contre l'embrasure de la porte et assiste à la fin de l'entretien d'un air amusé. Le type fait soudain volte-face et le bouscule en sortant. L'espace d'une fraction de seconde, Sacha a une impression de déjà-vu qui l'électrise. Il a déjà croisé cet homme, mais où ?

— Désolé, grogne l'inconnu.

— Mais non, ne vous excusez pas, vous avez illuminé ma journée !

L'inconnu ne comprend pas, mais il n'a pas de temps à perdre. Il n'a qu'une hâte, partir d'ici. Il quitte les lieux sans dire un mot, laissant Sacha à ses interrogations quant à son identité.

Mendel entre dans le bureau de Fialaix.

— C'était sportif, on dirait.

— C'est clair.

— Sacré baratineur en tout cas !

— Pourquoi tu dis ça ?

— Parce qu'il t'a baladé d'après ce que j'ai vu de l'entretien.

— Tu crois ?

— J'en suis sûr. En langage non verbal, il y a des signes qui ne trompent pas. Se gratter le nez signifie souvent qu'on est en train de dire un gros mensonge... Laisser les mains dans ses poches, qu'on a quelque chose à cacher, qu'on n'est pas complètement d'accord avec ce qu'on prétend...

— Tu te prends pour le Mentalist ou quoi ?

— Non, je m'intéresse à ces trucs-là, c'est tout.

Sacha se garde bien d'expliquer qu'il a potassé des bouquins de PNL[1] en vue de son entretien avec l'IGPN.

— Alors, reprend-il, il essayait de te faire avaler quoi, ce mec ?

---

1. Programmation neuro-linguistique. (*N.d.É.*)

— Oh, sa femme a disparu du jour au lendemain et il se retrouve avec une gamine de quatre ans sur les bras. Il me disait qu'il était fou d'inquiétude…

— Pourquoi la BRDP nous a refilé le bébé ? Il y a suspicion d'enlèvement ou d'assassinat ?

— Ils commencent à se poser des questions, en effet. Elle n'a donné aucun signe de vie depuis un mois et le mari est un ancien junkie… C'est suffisant pour nous mettre sur le coup.

Sacha s'approche du bureau du capitaine et saisit le dossier du gars en question. À l'intérieur, une photo de la disparue.

— Laura Pennac, commente Laurent Fialaix d'un air las.

La trentaine, brune, cheveux longs, yeux bleus, féminine. Plutôt jolie.

Le nom du mari, Nicolas Pennac, ne dit finalement rien à Mendel. Mais puisqu'il faut bien qu'il passe le temps, comme on le lui a conseillé, il décide que ce sera celle-là, sa nouvelle affaire…

7

DÉBORAH S'ÉTIRE PÉNIBLEMENT DANS SON LIT, regarde l'horloge de son portable et sursaute violemment : 8 heures ! Elle a raté le réveil de David et n'a pas pu lui préparer son petit déjeuner. Il est sûrement parti le ventre vide... Elle referme les yeux, partagée entre la culpabilité d'avoir manqué à son devoir et le plaisir de se retrouver seule.

Cela fait presque deux semaines que Nicolas a débarqué chez eux et que sa routine quotidienne s'en est retrouvée bouleversée. Déborah est une personne d'habitudes, que ses petits rituels journaliers rassurent. Son emploi du temps, jusqu'alors organisé seulement en fonction de son mari, doit désormais tenir compte de son beau-frère et de sa nièce. En parfaite maîtresse de maison, elle veille au confort de tout ce petit monde. Ça lui fait plus de travail, c'est sûr, mais elle savait à quoi elle s'engageait en insistant pour que Nicolas reste chez eux, alors elle ne va pas se plaindre. Et puis, au fond, c'est ce qu'elle voulait. Pour Emma... Bien que, pour être honnête, la gamine ne soit pas l'unique raison de son hospitalité...

Déborah a pris note des préférences culinaires de Nicolas, de son rythme de vie très éloigné du leur et elle s'efforce de le mettre à l'aise, afin qu'il se sache entouré, aimé. Juste assez pour que David soit un peu jaloux des attentions qu'elle lui porte, sans pour autant qu'il se sente menacé par la présence de son frère, ce qui pourrait le mettre en colère. La jeune femme se contente donc de discussions à bâtons rompus avec Nicolas, et de quelques rires partagés… pour l'instant. Mais à trop flirter avec le jeune homme, Déborah se prend parfois à son propre jeu. Oui, Nicolas est extrêmement séduisant et tout paraît si simple avec lui, si naturel et spontané qu'il lui arrive parfois d'oublier les limites qu'elle s'était fixées, au risque de s'attirer les foudres de son mari.

Déborah sent son cœur s'accélérer à la simple évocation des éclats de David. Le dernier date d'il y a une semaine et elle a bien cru tout perdre. Par son unique faute, parce qu'elle est allée beaucoup trop loin… Elle connaît pourtant son mari. Mais il faut dire que Nicolas s'était bien chargé de mettre de l'huile sur le feu. Encore une fois, il avait sous-entendu que David avait peut-être une maîtresse, et si Déborah, au fait du planning de son mari à la minute près, en doutait fortement, elle avait néanmoins besoin d'être sûre de sa fidélité.

— C'est certain qu'à sa place, je ne me serais pas privé non plus !

— De quoi tu parles, Nicolas ?

— Ne me dis pas que tu n'es pas au courant !

— Au courant de quoi ? Éclaire-moi.

— Ce n'est pas à moi de le faire…

— Bien sûr que si ! C'est trop facile de lâcher ce genre de bombe et de ne rien assumer derrière.

Évidemment, Nicolas savait pertinemment que ce style d'insinuation la mettrait hors d'elle et elle n'était pas dupe de ses motivations : en la retournant chaque fois un peu plus contre David, il espérait la convaincre de lui céder enfin.

— *Je ne te tomberai pas dans les bras aussi facilement, Nicolas.*

— *Tu es décidément parfaite,* aimait lui répéter son beau-frère. *Trop, peut-être.*

Trop, sûrement.

Déborah avait *toujours* été parfaite. Petite fille modèle bien obéissante, bonne élève soucieuse de plaire à ses enseignants, un véritable modèle de sagesse et de courage. L'esprit vif, le regard étonnamment aiguisé dès son plus jeune âge, elle avait passé son enfance à décortiquer le monde qui l'entourait et à essayer de le comprendre. Fine observatrice, elle occupait son temps libre à scruter la nature humaine pour en comprendre les subtilités, à anticiper les réactions de ses proches, à deviner leurs motivations autant que leurs attentes à son égard. Elle comprit vite que l'univers dans lequel elle évoluait était loin d'être parfait, lui, et que c'était souvent dû aux émotions qui interféraient avec le reste. Toute petite, elle apprit ainsi à reléguer les siennes au second plan et s'étonnait qu'il n'en soit pas de même chez les adultes. Il faut dire que son enfance avait été un peu particulière. Elle avait failli mourir deux fois. À cause de cette chose dans son ventre.

— *Bonjour, ma puce, comment tu te sens ?*

Le chirurgien qui venait de l'opérer affichait un air soucieux. Du haut de ses quatre ans, elle comprit que quelque chose de grave venait d'arriver. Elle émergeait péniblement dans une chambre toute blanche qui n'était pas la sienne, un tuyau dans le nez et une aiguille dans le bras. L'aiguille lui faisait mal. Elle essaya de l'enlever mais le geste qu'elle esquissa alors lui envoya une décharge dans tout le corps. Elle poussa un petit cri d'animal blessé et se mit à pleurer. Le médecin lui caressa gentiment la joue pour la consoler, mais même ce contact pourtant très doux lui fut insupportable. Ses pleurs redoublèrent. L'homme attendit donc que la petite se calme, pour lui expliquer ce qu'il venait de lui faire.

— *Tu avais quelque chose dans le ventre... Ce n'était pas très gros. À peine un petit clou. Tu sais ce que c'est, un clou ?*

Déborah fit oui de la tête, d'un air grave. Soudain, pleurer n'était pas si important. Le docteur lui parlait de son ventre, lui expliquait pourquoi elle avait si mal.

— *Alors voilà. Ce petit clou avait causé beaucoup de bobo dans ton ventre. Il fallait qu'on le retire et qu'on répare ce qu'il avait abîmé.*

— *Tu m'as ouvert le ventre ?*

— *Oui, ma puce.*

— *Je vais avoir une cicatrice ?*

L'homme sembla mettre un siècle avant de répondre.

— *Oui, ma puce, mais dans quelque temps, on pourra s'en occuper et la réduire. Ça s'appelle de la* chirurgie reconstructrice.

— *Recons... quoi ?*

— *Reconstructrice. On reconstruit le tissu...*

— *Parce que j'ai été détruite ?*

Le médecin était de plus en plus mal à l'aise. Cette petite paraissait incroyablement éveillée pour son âge, pour autant il n'avait aucune envie d'entrer dans les détails.

— *Disons qu'il a fallu parer au plus pressé... Mais ta maman t'expliquera le reste. Elle ne va plus tarder maintenant.*

Tout plutôt que devoir expliquer à une gamine de quatre ans qu'on lui avait charcuté le ventre. Qu'on avait dû aller le chercher si loin, ce « petit clou », que la moitié de son utérus avait été rabotée. En sauvant la vie de l'enfant, le chirurgien avait fortement entamé ses chances de la donner à son tour.

Pendant toute son enfance, Déborah souffrit dans sa chair et dans son âme à chaque nouvelle opération « reconstructrice ». Quatre en tout. Peu à peu, elle apprit à dépasser la douleur, à se retrancher ailleurs pendant qu'on lui administrait des soins qui n'en avaient que le nom quand c'étaient autant de tortures et d'humiliations. Des années durant, elle subit les palpations, les échographies par sonde, la pose de drains, le retrait d'agrafes, l'air contrit des infirmières, le regard mi-catastrophé mi-dégoûté de ses parents. Bien que confinée dans une chambre aseptisée, elle prit sur elle pour ne pas montrer son ennui et se créa un monde secret rien qu'à elle, plein de couleurs et de beauté, où elle était une princesse. L'hôpital devint sa deuxième maison et, à chaque nouvelle admission, elle prenait soin de décorer sa chambre avec des dessins, des posters de chevaux et de dauphins, d'agrémenter le siège de ses visiteurs de jolis coussins à paillettes.

Pourtant, des visiteurs, elle en avait peu. Obligée de poursuivre sa scolarité par correspondance, la petite Déborah n'avait pas d'ami. Pas de frère ni de cousin. Juste ses parents qui faisaient de leur mieux, mais ce n'était pas assez. Car ils étaient loin d'imaginer la solitude de leur enfant, sa rage d'être condamnée à ces tortures, sa haine grandissante à leur égard. Parce qu'après tout, c'était un peu de leur faute si elle en était là. Bien sûr c'était faux, et s'ils avaient pu se sacrifier pour elle et souffrir à sa place ils l'auraient fait. C'étaient juste des gens normaux dépassés par les affres que traversait leur fille et par ce calme apparent qu'elle leur opposait une visite après l'autre. Jamais elle ne se plaignait. Elle endurait chaque nouvelle épreuve avec un recul étonnant pour une enfant. Même les médecins trouvaient son comportement surprenant, si bien qu'en toute logique elle atterrit dans le bureau d'un pédopsychiatre.

Elle venait d'avoir douze ans. Elle s'en souvient parfaitement parce que, peu de temps après, elle eut ses premières règles, ce qui fut pour elle une vraie victoire sur son propre corps.

— Il paraît que tu es très courageuse, Déborah. Tout le monde est admiratif de ta sagesse. Mais paradoxalement, ça inquiète un peu tes parents, ainsi que les personnes qui te soignent…

— Pourquoi ?

— Ils se disent que tu gardes trop de choses en toi… et ce n'est pas bon.

— Pourquoi ?

— *Parce qu'à trop garder les choses pour toi, elles vont finir par te ronger... Tu as le droit d'être en colère, ou triste. C'est le cas ?*

La jeune fille haussa les épaules. Elle ne savait pas quoi répondre.

— *Tout ce que tu diras restera entre nous... Ça fait du bien de parler à un inconnu, parfois on peut lui confier plus de choses qu'aux personnes qui nous sont proches.*

Elle n'avait vraiment pas envie de lui parler. Elle préférait ne rien dire à personne par peur de ne pouvoir s'arrêter, d'en dire trop, de paraître détestable. Pourtant, elle sentait bien que le psychiatre n'en resterait pas là, qu'il ne la lâcherait pas tant qu'elle n'aurait pas dit ce qu'il espérait. Il avait exactement le même regard que ses parents, un regard qui se donne des airs encourageants pour masquer une curiosité à la limite de l'inquisition. Et puis, cette façon de lui parler comme à une débile, comme s'il fallait la ménager à tout prix, comme si elle était une petite chose fragile... Ça l'horripilait. Pourtant, elle décida de lui donner ce qu'il attendait : des confidences. Elle se racla alors la gorge, un peu gênée, puis se lança. Ce n'était pas facile mais puisqu'il le fallait...

— *Oui, je suis triste. Parce que j'ai peur de ne pas pouvoir avoir d'enfant et que j'en veux.*

L'homme se détendit un peu et prit quelques notes en s'enfonçant plus confortablement dans son siège. D'un sourire, il l'encouragea à poursuivre. Déborah hésita, se demandant jusqu'où elle pouvait aller. Si elle pouvait tout dire.

— *J'ai peur aussi qu'aucun homme ne veuille jamais de moi à cause de...*

— *À cause ?*

— *À cause de ma cicatrice... Et aussi qu'en découvrant que je ne peux pas avoir d'enfant il veuille me quitter...*, lâcha-t-elle très vite, presque en apnée, comme on se déleste d'un secret trop lourd à porter.

— Déborah, tu as beau avoir douze ans, je vois déjà la femme que tu seras et, crois-moi, tu seras très belle. Alors je doute qu'une petite cicatrice dissuade un homme de t'aimer. Et puis il n'y a pas que le physique dans une relation, il y a la confiance, le respect, le fait d'être sur la même longueur d'onde…

— La même longueur d'onde ?

— Oui, ça veut dire avoir les mêmes centres d'intérêt, se comprendre, avoir le sentiment d'être avec son alter ego… Tu comprends ?

Elle fit signe que oui.

— Et tu ressens autre chose, comme de la colère ?

Grand silence.

— Il n'y aurait pas de mal à ça. Tout le monde le comprendrait. Ce serait plus normal que de ne rien ressentir.

— Pourquoi ?

— Parce que toute personne normalement constituée a déjà connu la colère. Personne ne te jugera. Surtout pas moi.

« Toute personne normalement constituée », pas très psychologue pour le coup d'utiliser cette expression face à une gamine à moitié amputée de son utérus. Pourtant, cette phrase fit l'effet d'un coup de tonnerre dans l'esprit de Déborah. En un instant, elle réalisa qu'on ne lui demandait surtout pas d'être parfaite ni de ne jamais se plaindre. Au contraire, on attendait d'elle qu'elle montre ses failles, une certaine forme de fragilité. Alors, pour rassurer les adultes, elle en dévoila davantage.

— Je ne suis plus en colère. Je l'ai été, c'est vrai. Parce que j'avais mal. Parce que j'en voulais à…

Elle n'arriverait pas à le dire seule. C'était impossible, inconcevable qu'elle l'avoue sans être foudroyée sur-le-champ.

— À tes parents ?

— Quoi ?

Mais comment mentir ? Comment nier l'évidence ?

— Tu en voulais à tes parents ?

— Oui.

Déborah n'en revint pas de l'avoir dit si facilement, mais après tout, ce psychiatre semblait vouloir l'entendre.

— *Et aux médecins,* ajouta-t-elle comme pour atténuer son péché. *J'en voulais à tout le monde. Mais c'est terminé. Je sais qu'être énervée ne sert à rien. La colère s'est transformée… en autre chose. Et je préfère me battre pour avoir ce que je veux dans la vie, ce que je trouve important. Je ne sais pas encore comment, mais j'y arriverai.*

Au terme de l'entretien qui dura plus d'une heure, le pédopsychiatre rédigea un rapport très positif sur l'adolescente. Il avait été impressionné par sa maturité, mais aussi rassuré. Si Déborah ne montrait pas de colère, c'est parce qu'elle n'en avait plus. Si elle n'exprimait pas sa tristesse, c'est parce qu'elle croyait ainsi épargner ses parents. Il lui avait montré que s'ouvrir à quelqu'un faisait du bien et quelque chose lui disait qu'il venait de lui faire une grande révélation qui allait bouleverser sa vie. Et il avait raison. Après ce rendez-vous, plus rien ne fut pareil. Oh, bien sûr, Déborah avait toujours cette exigence vis-à-vis d'elle-même qui lui faisait accomplir brillamment tout ce qu'elle entreprenait, mais elle avait compris que loin de lui causer du tort, montrer de la faiblesse pouvait rassurer son entourage. Elle accepta donc de ne pas être parfaite en tout et d'entrouvrir une fenêtre sur son âme par laquelle on pouvait la regarder.

Car personne n'est parfait, c'est une évidence. Les plus grandes faiblesses des hommes se situent souvent là où ils croient détenir leur plus grande force, et inversement. David en était un excellent exemple. Il se prenait pour un gros dur alors qu'il était bien plus fragile qu'il ne croyait. Il avait constamment besoin que Déborah le rassure. De même, alors que tout le monde le prenait pour un salaud, un égoïste sans cœur, elle savait que c'était un raccourci bien trop simpliste. Avec l'enfance qu'il avait eue, ça aurait pu être pire. Et même si ça n'excusait pas le mal qu'il lui avait déjà fait, ça l'expliquait, ça le nuançait… Sans compter que, grâce à lui, elle était sur la voie qu'elle avait toujours désirée. Elle vivait dans une belle maison sans aucun souci matériel, avec un homme séduisant qui l'avait épousée malgré sa cicatrice et ses mystères. Alors elle s'appliquait à lui offrir la vie la plus agréable possible, comme un échange de bons procédés parce que, grâce à lui, elle allait peut-être devenir maman et être enfin comblée, avoir le sentiment d'être complète et de mériter d'aimer et d'être aimée... Ce qu'elle avait du mal à concevoir pour l'instant. C'est pour ça qu'elle acceptait de mener cette vie, qu'elle s'infligeait ce que peu de femmes de son entourage pouvaient comprendre. Et Déborah ne laisserait personne se mettre en travers de son bonheur futur.

David voyait-il quelqu'un d'autre ? Son travail lui donnait tellement d'occasions, comme l'avait si bien dit Nicolas ! En déplacement la moitié du temps, il lui était facile de s'arranger des coups de canif dans le contrat, voire de s'offrir le luxe d'avoir une maîtresse régulière... Déborah devait en avoir le cœur net. Si son mari menait une double vie, il risquait de tout foutre en l'air. Elle eut beau tenter de se raisonner, de se dire que c'était impossible, qu'elle s'en serait aperçue, le doute était désormais bien là. À quoi pourrait bien ressembler sa rivale ? Belle, sûrement, peut-être d'une beauté plus évidente. Déborah imaginait une femme à la peau mate et aux cheveux noirs, son exact opposé. Avec un ventre intact, capable de procréer. Et si cette dernière tombait enceinte, que ferait David ? Il n'avait jamais caché à sa femme son impatience à devenir père, comme pour racheter lui aussi une enfance qu'il avait plus subie qu'appréciée.

En proie à une angoisse incontrôlable, la jeune femme finit par craquer. David avait forcément laissé des traces de ses incartades. Ça pouvait être un ticket de carte bleue, une épingle à cheveux dans une de ses poches, une trace de rouge à lèvres ou de fond de teint, un nom qui reviendrait trop souvent sur son agenda... Déborah connaissait le code PIN du smartphone de son mari... Après avoir fouillé consciencieusement le reste de ses affaires, elle le subtilisa alors qu'il prenait une douche. Et, complètement absorbée par sa recherche d'indices, elle ne l'entendit pas entrer dans la chambre.

— *J'ai oublié de prendre une chemise, tu...*

David s'interrompit en voyant sa femme sursauter violemment et dissimuler l'appareil sous ses cuisses.

— *Qu'est-ce que tu faisais ?*

— *Rien.*

— *Je vois bien que si. Tu caches quoi ?*

— *Rien, je te dis.*

Déborah sentit les larmes lui monter aux yeux. Elle cherchait des moyens d'expliquer la présence dans ses mains du téléphone qu'il ne tarderait pas à trouver. D'un mouvement brusque, il la tira par le bras pour qu'elle se lève du lit. La jeune femme poussa un cri.

— *Tu fouillais dans mon téléphone, j'y crois pas !*

— *Je cherchais un numéro...*

— *Tu cherchais un numéro ?*

— *Oui...*

— *Tu cherchais un numéro !*

Le ton de David était étrangement doux, presque joyeux. Le calme avant la tempête. Déborah connaissait suffisamment son mari pour n'attendre rien de bon d'un ton aussi détaché. Elle avait raison.

— *Donc en plus de fouiller dans mon téléphone, TU TE FOUS OUVERTEMENT DE MA GUEULE !*

David n'avait pas crié mais hurlé. Terrassée par cette violence verbale, Déborah se mit à bafouiller des excuses. Que pouvait-elle faire de plus alors qu'il l'avait prise la main dans le sac ? Mais David n'était pas homme à se contenter d'un simple mea culpa. S'il y avait bien une chose qu'il ne supportait pas, c'était qu'on s'immisce dans sa vie. Encore une chose héritée de l'enfance...

— *Elle s'excuse ! Elle s'excuse et elle croit que ça va suffire ! Non mais tu te prends pour qui, là, à fouiller dans mes affaires ? Tu cherchais quoi au juste ? Hein ? Réponds !*

David la cuisina jusqu'à ce qu'elle avoue enfin ses soupçons. Incrédule, il lui demanda comment elle pouvait s'imaginer des choses pareilles, comment elle pouvait croire que c'était suffisant pour lui voler son téléphone. Il était hors de lui.

C'est Nicolas, qui rentrait tout juste d'une promenade avec Emma, qui dut intervenir pour le calmer. Ce même Nicolas qui avait frappé à leur porte en prétextant être désespéré de la disparition de sa femme, mais qui ne restait que dans l'espoir de repartir avec sa belle-sœur.

— *Arrête, David, tu vois bien que tu la terrorises !*

— *Tu sais ce qu'elle vient de faire ?*

— *Non, mais de toute façon je ne pense pas que ça mérite de se mettre dans un état pareil…*

David se calma. Heureusement. Il ne devait pas percevoir le désir de Nicolas, et encore moins s'imaginer que ça pouvait être réciproque. Parce que ça le rendrait fou. Encore pire que ça. Et Dieu seul sait alors de quoi il serait capable…

Depuis, les choses se sont apaisées. David et elle se sont réconciliés mais elle sent bien qu'il est toujours sur ses gardes. Déborah frissonne en repensant à tout cela. Elle sort de son lit et se faufile jusqu'à la salle de bains. Les bleus sur ses bras commencent à s'estomper. Elle va pouvoir recommencer à mettre des manches courtes. Du moins elle l'espère. Sinon, elle devra encore une fois mentir à sa voisine et prétendre qu'elle a buté dans un meuble. Même si elle devine bien que Frederika ne la croit pas.

8

DAVID CONTEMPLE SA FEMME DEPUIS LE SALON et se dit, comme bien souvent, qu'il ne la mérite pas. Assise à la table de la cuisine, elle consulte la liste des tâches à accomplir dans la journée. Tout est consigné dans son agenda, des courses au pressing en passant par sa séance hebdomadaire d'aquagym. La vie de Déborah est bien remplie et essentiellement dédiée au bien-être de son mari. David a parfois l'impression d'occuper toute la place, ça le gêne autant que ça le flatte. Il sait bien quelle chance il a d'avoir croisé sa route. Elle aurait pu avoir tous les hommes qu'elle voulait et c'est lui qu'elle a choisi. Lui, le type qui parle trop fort, le paon qui ne peut s'empêcher de faire la roue dès qu'il en a l'occasion. Elle lui pardonne tout, ses colères – plus spectaculaires que méchantes –, ses failles… Elle aussi manque d'assurance et, bien qu'il n'en soit pas fier, ça le rassure. Parce que sans cela, elle irait voir ailleurs, c'est certain. Elle a tellement tout ! La beauté, l'intelligence… C'est une princesse et lui n'est qu'un gueux. Un gueux immonde et grossier qui lui fait du mal avec ses coups de sang. Il s'en veut, à chaque fois. Sans pouvoir s'empêcher de recommencer. Une façon maladroite de lui témoigner à quel point il a peur de la perdre. Pourtant il ne doute pas de son amour. Il voit bien qu'elle se met en quatre pour lui être agréable, pour lui offrir un foyer irréprochable, bien qu'il ne l'ait jamais exigé. Elle connaît ses goûts par cœur, devance le moindre de ses désirs au point de s'oublier elle-même, elle partage volontiers ses fantaisies érotiques… Oui, elle est parfaite. Et fragile. David se demande si ce n'est pas ce trait de caractère qu'il apprécie le plus chez elle. Elle a besoin de lui, comme une enfant, comme s'il était le soleil alors qu'il n'est qu'une luciole à côté d'elle. Une luciole prétentieuse, un imposteur, un traître. Oui, il a trahi le serment qu'il avait fait à l'église. L'aimer, la protéger, la chérir…

Il y a dix jours de ça, il a littéralement pété les plombs parce qu'elle fouillait dans son téléphone. Bien sûr, elle n'aurait pas dû, même si à l'évidence c'est uniquement l'amour et la peur de le perdre qui dictaient ses actes. N'empêche que sa réaction a été disproportionnée. Il lui a hurlé dessus, a perdu le contrôle. Elle n'a sans doute pas compris pourquoi, mais comment lui expliquer que cela le ramenait une trentaine d'années en arrière, vers des souvenirs encore tellement cuisants que leur simple évocation suffisait à lui faire perdre pied…

Depuis cette dispute, il ne sait pas quoi faire pour se faire pardonner. Fleurs, bijoux, mots d'amour, dîners dans des restaurants chics, il ne lésine pas. Pourtant elle lui a dit qu'elle ne lui en voulait pas. Mais il a le sentiment qu'elle est plus sur la réserve que d'habitude, plus distante… S'éloigne-t-elle de lui ? Risque-t-il de la perdre ? Il ne le supporterait pas. Il serait capable du pire si elle le quittait… La meilleure façon de s'assurer qu'elle reste, c'est de lui faire un enfant. Il est évident que c'est ce qui lui manque : elle est géniale avec Emma. On voit qu'elle crève d'envie d'être mère et, David en est convaincu, c'est même la seule chose qui comblerait ce vide et cette tristesse qu'il perçoit chez elle. Mais le bébé tarde à venir. Pourtant, ce n'est pas faute d'essayer…

— Tu prépares ta journée, ma chérie ?

Déborah referme son agenda sur son marque-page – une photo de son mari – mais ne répond pas. Elle se contente d'aller lui verser du café dans sa tasse. David ne se démonte pas.

— Si tu veux, j'ai un creux dans mon planning à midi… On pourrait déjeuner ensemble ?

— Oui, bien sûr. À moins que tu n'aies mieux à faire ?

— Arrête avec ça, ma chérie, il n'y a que toi. Il va falloir que je te le dise combien de fois ?

— Je ne sais pas, murmure la jeune femme.

— Putain, mais tu me connais quand même mieux que ça ! Je me demande qui peut bien te mettre ce genre d'idée en tête. C'est la voisine ?

— Mais non…

— Tu sais que tu peux me faire confiance, allons…

David se rapproche de sa femme et la prend dans ses bras.

— Si j'apprenais que tu me trompes…, chuchote-t-elle.

— Je ne te trompe pas.

— Si tu me trompais, je ferais pareil, menace-t-elle. Parce que tu n'as pas l'air de le réaliser, mais moi aussi je plais.

— Bien sûr que tu plais, bébé. Tu es tellement belle. Comment une autre femme pourrait t'arriver à la cheville ?

Soucieux de lui témoigner son amour, David lui prend le visage à deux mains et l'embrasse longuement. Elle lui rend son baiser sans réticence pour la première fois depuis leur dispute. Encouragé et terriblement excité, David se plaque contre elle et la pousse doucement vers la table de la cuisine. Ses intentions sont claires.

— Non, arrête… Ton frère pourrait nous entendre.

— Et alors ? On est mariés, non ? J'ai le droit de faire l'amour à ma femme.

— Je ne veux pas me donner en spectacle, c'est dégoûtant.

Comme s'il avait entendu qu'on parlait de lui, Nicolas fait irruption dans la cuisine. Il croque dans l'une des tartines que Déborah a préparées pour David et, sans se soucier qu'ils soient enlacés, salue son frère et sa belle-sœur.

— Salut, les amoureux !

Déborah s'écarte vivement de son mari. Nicolas en profite pour venir déposer un baiser sur sa joue, non loin de la commissure des lèvres. La jeune femme rougit malgré elle et tressaute, comme touchée par la foudre. Nicolas, qui ne semble pas avoir remarqué son trouble, file aussi vite qu'il était arrivé : il a rendez-vous au Quai des Orfèvres. David, en revanche, connaît suffisamment sa femme pour lui demander des comptes.

— C'est de lui que tu parlais ? C'est lui qui te drague ?

— Mais non, personne ne me drague, qu'est-ce que tu racontes !

— Tu m'as dit que tu plaisais. Je veux savoir si c'est à mon f... frère.

Quand le bégaiement revient, ça n'annonce jamais rien de bon. Déborah le sait et tente aussitôt de calmer le jeu. Rendre David jaloux n'était manifestement pas une bonne idée. Et même si elle redoute de s'être laissé prendre à son propre piège elle ne peut pas lui faire entrevoir son trouble, ou cette histoire finira très mal.

— Mais non, je t'assure.

— Il te plaît à toi ? insiste-t-il. T'as envie de lui ?

— Ne dis pas n'importe quoi !

— Bah quoi, il est beau gosse, non ? Il a une belle petite gueule d'enculé ! En général, ça plaît aux femmes, ça, non ?

— Mais si t'as autant peur de lui, pourquoi tu lui permets de rester ici ?

— Parce que t'as insisté, mon chou, mais je commence à comprendre pourquoi !

— Tu ne comprends rien du tout, arrête.

— Ah non, je ne comprends rien ? Alors tu peux peut-être m'expliquer...

Depuis la rue, Nicolas perçoit les éclats de voix. Le couple se dispute une fois de plus. Il met son casque en souriant, l'air satisfait, et enfourche son scooter. Alors qu'il démarre, il lui semble entendre un bruit de vaisselle qui se brise. Il hésite un instant, mais il ne peut pas se permettre d'arriver en retard. C'est la première fois depuis quinze jours qu'on le convoque : il y a peut-être du nouveau, il doit savoir. À peine a-t-il tourné au coin de la rue que Sacha Mendel sort de sa voiture.

C'est David qui va ouvrir la porte.

— J'ai sonné trois fois, dit l'homme qui se tient à l'entrée.

— Et alors ? Vous êtes qui d'abord ?

— Commandant Mendel, j'enquête sur la disparition de votre belle-sœur.

— Je ne la connais pas et Nicolas vient de partir pour le Quai des Orfèvres.

— Je sais, c'est avec moi qu'il a rendez-vous.

— Bah qu'est-ce que vous foutez là alors ?

— J'ai d'abord rendez-vous avec vous.

— Je ne crois pas, non.

— Je vous assure que si, sourit le policier.

— C'est pas le moment.

— C'est toujours le moment. Vous me laissez entrer ou il faut que je vous embarque ?

— Alors faites vite. Je suis invité le 11 juin, à la radio, dans l'émission de Fabien Le Roy, et j'ai prévu de la préparer aujourd'hui.

De mauvaise grâce, David obtempère. Sacha n'aime pas ce genre d'homme. Imbu de sa personne, désagréable parce qu'il a les moyens de l'être. Il a peur qu'on lui salisse sa belle baraque ou quoi ? Pour la peine, pas question de s'essuyer les pieds sur le paillasson.

— Bonjour, madame !

Déborah Pennac a l'air défait et les larmes aux yeux. À en juger par les cris qui filtraient à travers la porte, son mari était en train de lui passer un sacré savon. Elle marmonne quelques mots de bienvenue au policier en replaçant une mèche de cheveux derrière son oreille, histoire de se donner une contenance. C'est une très belle femme, racée, aux yeux vifs. Elle a une élégance naturelle qui fait que, même attifée comme une clocharde, elle aurait l'air d'une reine.

— Vous voulez une tasse de café ? propose-t-elle. Je viens de le préparer.

— Avec plaisir.

Déborah fait signe à Mendel de se diriger vers la cuisine avant de le servir. Elle tremble tellement qu'elle en verse à côté.

— Pardon…

— Ce n'est pas grave, lui dit-il en posant une main sur les siennes. Tout va bien, madame ?

Elle lance aussitôt un regard à son mari qui répond à sa place, d'un ton plus amène que précédemment.

— Oui, ça va. On a eu une petite dispute.

— Voilà, se contente de dire Déborah. Je… Il me semble avoir entendu Emma pleurer, je vais aller voir.

Lorsqu'elle redescend quelques minutes plus tard, la petite dans les bras, les deux hommes ont pris place autour de la table. Le soleil filtre à travers la fenêtre de la cuisine et nimbe la jeune femme d'une lumière presque surnaturelle. Ses cheveux roux s'embrasent en une auréole qui lui donne des airs de madone et son chemisier en voile devient le plus indécent des paravents. Elle porte la petite fille tout contre sa hanche et la cajole avec une tendresse infinie, de celles qui peuvent vous rendre jaloux d'un enfant. Mais l'instant de grâce tourne court. Un nuage assombrit le ciel et la magie se retire de la pièce sans un bruit. C'est Sacha qui se décide à rompre le silence.

— Votre nièce ?

— Depuis bientôt trois semaines, répond David.

— Comment ça ?

— Nicolas et moi avons été brouillés longtemps. Je ne savais pas qu'il avait eu un enfant.

— Et le mois dernier, il débarque et vous l'invitez à rester ?

— C'est ma femme qui a insisté. Mon frère a quelque chose d'irrésistible.

La pique est évidente. Sacha perçoit le malaise de Déborah et embraie vite pour ne pas la gêner davantage.

— Vous pouviez refuser.

— C'est vrai. Mais il n'y a pas que nous dans cette histoire, il y a aussi cette petite fille. Emma a besoin de sécurité, surtout en ce moment. Je n'ai jamais connu mon frère stable très longtemps. Il vaut mieux qu'elle soit avec nous quand il rechutera.

— Drogue ?

— N'insultez pas mon intelligence en prétendant l'ignorer.

— Ce n'est pas le cas. Vous savez quelle était la nature de ses rapports avec sa femme ?

— D'après ce que j'ai compris, elle lui menait la vie dure. Nicolas n'a jamais su tenir une femme.

Déborah serre la gamine un peu plus fort, comme si elle sentait que la suite allait être humiliante pour elle.

— Et ça veut dire quoi, tenir une femme ?

— Lisez mes livres, vous le découvrirez. Mais je vous arrête tout de suite, je ne parle pas de Déborah. Ma femme est géniale et n'a pas besoin de ça. Ce sont les maîtresses femmes comme Laura qui ont besoin d'être matées. C'est ce qu'elles cherchent en étant toujours dans le conflit. Elles s'épuisent moins quand on les domine un peu. Elles peuvent même devenir de bonnes épouses, mais il ne faut jamais relâcher la bride. Nicolas s'est laissé bouffer. C'est un mou.

— Nicolas est gentil, intervient Déborah. Ce n'est pas parce qu'il est doux qu'il est mou.

— Tu ne le connais pas comme moi, bébé. Tu ne sais pas ce qu'il a dans le bide. Moi je crois qu'il l'a poussée à bout, sa bonne femme, et qu'elle s'est cassée. Point barre.

— Sans sa fille ? intervient Sacha.

— Vu l'état dans lequel nous l'avons récupérée..., répond Déborah, amère. Partir était peut-être le meilleur moyen d'éviter une enquête des services sociaux.

— Tu sais où est ma maman ? demande soudain la gamine au policier.

La petite voix donne des frissons à Mendel. Il n'avait pas prêté attention à l'enfant jusqu'à présent, comme si elle faisait partie des meubles, du décor. Pourtant, la première personne à souffrir de la disparition de Laura, c'est elle. Sacha la regarde, minuscule dans les bras de sa tante, jouant avec ses boucles blondes qu'elle enroule autour de ses petits doigts encore potelés. C'est une fillette comme on en voyait dans les publicités, autrefois, avec les joues rouges et de grands yeux bleus candides, et des manières un peu empruntées, entre coquetterie et timidité. Et dire qu'ils viennent tous d'évoquer la disparition de sa mère, devant elle, sans prêter la moindre attention à Emma... Le commandant se sent un peu minable.

— Non, pas encore, mais je la cherche, ma puce. Elle t'a dit si elle voulait partir quelque part ?

— Non. Je la verrai quand, maman ?

— Je ne sais pas, ma puce. Bientôt j'espère.

— Elle me manque...

Emma se met à gémir doucement. Déborah la berce en l'embrassant.

— Je suis là, ma chérie, ne t'inquiète pas...

Lorsque Mendel arrive au Quai des Orfèvres, Nicolas poireaute depuis deux heures. Fou de rage, il invective immédiatement le policier.

— Calmez-vous et suivez-moi, se contente-t-il de répondre.

Nicolas lui emboîte le pas, laissant sur sa chaise une vingtaine d'emballages de bonbons soigneusement noués.

— C'est inadmissible de me faire attendre comme ça. Je n'ai pas la journée, je vous signale !

— Je m'en fous, monsieur Pennac. Mais asseyez-vous donc, nous en avons pour un moment…

Le jeune homme obtempère de mauvaise grâce.

— Il y a des choses qui me dérangent dans la disparition de votre épouse, monsieur Pennac.

— On est deux, alors.

— Bien sûr, sourit le commandant. Pour commencer, ce n'est pas vous qui avez signalé sa disparition mais une collègue de travail, une certaine… Mathilde Keller. Je peux savoir pourquoi vous étiez si peu pressé de nous alerter ?

Nicolas Pennac fronce les sourcils et soupire, comme pris en faute.

— C'est vrai. On s'était disputés. J'ai pensé qu'elle s'était mise au vert quelques jours. Ça n'aurait pas été la première fois.

— Ah bon ? Ça lui arrivait souvent de partir comme ça ?

— Oui… Surtout ces derniers temps. On se disputait beaucoup.

— Pour quel motif ?

— L'argent, le sexe, la gamine, des trucs de couple quoi. Rien d'exceptionnel.

— Une disparition est toujours exceptionnelle, monsieur Pennac. Votre femme avait-elle un amant ?

— Quoi ? Bien sûr que non !

— Comment pouvez-vous en être sûr ?

— Laura n'a jamais été très portée sur la chose. Et ces derniers temps c'était pire…

— Vous n'aviez plus de rapports ?

— Qu'est-ce que ça peut vous foutre ?

— Répondez.

— Non.

— C'est elle qui se refusait à vous ?

Nicolas s'agite sur sa chaise, à l'évidence mal à l'aise.

— Les deux. Je n'avais plus d'attirance pour elle non plus.

— C'est pourtant une jolie femme…

— Si on veut.

— Je vois. Ça vous ferait quoi d'apprendre qu'elle a un amant ?

— Rien.

— Vraiment ?

— Oui.

— Vous ne seriez pas capable de faire des choses que vous pourriez regretter ?

— Non. Mais vous insinuez quoi, là ? Que je l'ai tuée ? Ça va pas la tête ?

— Je n'insinue rien. Je constate juste que votre femme n'a pas retiré d'argent ni manifesté le moindre signe de vie depuis sa disparition, alors je m'interroge. Vous ne vous interrogez pas, vous ?

— Pourquoi je suis là, à votre avis ?

— Parce que vous y avez été convié et que ça fait très mauvais genre de refuser nos invitations. Je disais donc… que je m'interroge. Et j'en suis venu à formuler trois hypothèses. Ça vous intéresse de les entendre ?

— Faites donc. Je suis là pour ça.

Sacha sourit. Le gars est énervé et il vient enfin de se départir de son mauvais jeu d'acteur. Le policier se cale dans son siège, plante ses yeux dans ceux du mari pas si éploré que ça, et énonce lentement ses idées.

— Eh bien, soit elle a voulu vous fuir et disparaître complètement… amant ou pas…

— N'importe quoi ! Pourquoi elle aurait fait ça ?

— … soit elle n'est plus de ce monde, auquel cas, vous en conviendrez, vous faites un suspect fort acceptable…

— N'importe quoi, putain !

Nicolas se lève promptement en attrapant son blouson.

— Si c'est pour entendre des conneries pareilles, je préfère me casser !

Et il tourne les talons.

— Arrête ton cinéma, cogneur.

Nicolas se fige sur place et se retourne, incrédule.

— Je vous demande pardon ?

— T'as très bien compris, répond le flic avec un sourire presque sadique. Alors reviens t'asseoir. Je n'ai pas encore évoqué ma troisième hypothèse et mon petit doigt me dit que tu vas kiffer.

9

— PUTAIN MAIS QU'EST-CE QUE TU BRANLES ! Rappelle-moi, bordel !

C'est le troisième message que Nicolas laisse à son frère depuis qu'il a quitté l'île de la Cité. Il faut absolument qu'il parle à David, et que son frère le briefe sur le discours à tenir pour convaincre Mendel de lâcher l'affaire. Oui, il a besoin de David qui est aux abonnés absents. Besoin de Déborah aussi, plus que tout. Elle l'obsède. C'est fou comme elle est devenue importante à ses yeux. C'est sûr que quand il l'a vue pour la première fois, il était loin de s'imaginer à quel point elle le troublerait, il n'espérait même pas qu'elle serait attirée par lui, et pourtant… Mais il doit rester concentré sur ses objectifs. Un SMS le tire de ses pensées : Va te faire foutre. Qu'est-ce qui lui prend, à son frère ? David ne peut pas l'envoyer promener maintenant ! Re : Après toi, connard. S'il hésitait depuis dix bonnes minutes devant le bar où il avait jadis ses habitudes, Nicolas se décide aussitôt à y entrer.

Des habitués le saluent, ainsi que le patron de l'établissement. Le jeune homme se dirige immédiatement vers la salle du fond, à la rencontre d'un autre gars aux allures de racaille. Un vague échange de politesses, une poignée de main qui cache le billet et le remplace par un sachet. Le dealer lui sourit.

— Content de te revoir. Je savais bien que tu reviendrais.

Nicolas ne répond pas, ce qui laisse le type complètement indifférent. Puis celui-ci sort de l'établissement sans saluer quiconque, se couvre avec la capuche de son gilet et traverse la rue tête baissée. Sur le trottoir d'en face, un homme adossé contre un mur. C'est Sacha Mendel. Leurs regards se croisent, l'espace d'une seconde… Mais Sacha n'en fait pas de cas. Son téléphone vient de sonner. Il décroche.

— Salut Alex !

— Sacha, t'es où ?

— Je filoche Nicolas Pennac.

— T'es sûr que c'est cette affaire que tu veux ?

— Je suis déjà dessus, je te signale.

— Les disparitions, c'est pas ton truc d'habitude.

— Ben tu vois, je peux encore te surprendre, mon chou.

— T'es con. Désolé, j'étais en réunion, ça a donné quoi sa convocation ?

— Pas grand-chose. Il joue les maris éplorés. Je lui ai quand même balancé mes derniers éléments pour voir comment il réagissait…

Si Nicolas n'est pas un enfant de chœur, son épouse est loin d'être une sainte, elle aussi. Connue des services pour menues escroqueries à la Caisse d'allocations familiales ou pour abus de faiblesse quand elle était étudiante – elle détroussait les personnes âgées dont elle s'occupait –, elle a travaillé pendant dix ans dans les assurances avant de devenir agent de voyages. Or elle a contracté une assurance vie il y a trois ans. Et l'unique bénéficiaire n'est autre que Nicolas Pennac, son époux. Si elle venait à disparaître, pour lui ce serait le jackpot.

— Tu crois qu'ils simulent sa disparition ?

— C'est possible. Ils sont couverts de dettes. Ou alors leur plan a tourné au vinaigre… Le gars est impulsif. Sa femme a déposé une plainte contre lui pour coups et blessures il y a deux ans. Le mec se drogue, aussi…

— T'en es sûr ?

— Après ce que je viens de voir, plus aucun doute ! Il vient de s'acheter une dose. Donc il a pu la tuer sous l'emprise de substances, paniquer et planquer le corps… De toute façon il n'est pas clair.

— Je vais demander un mandat de perquisition au procureur.

— Ça me paraît une bonne idée.

— Et son frère, ça donne quoi ?

— Un connard. Avec un frangin comme lui, pas besoin d'ennemi. Il a passé son temps à l'enfoncer. C'est à se demander pourquoi Nicolas préfère rester sous son toit plutôt que d'attendre chez lui que sa femme revienne…

— En parlant de femme, comment va Marion ?

— Fidèle à elle-même.

Le commissaire n'a pas l'opportunité de demander plus de détails, Mendel a raccroché. Ce dernier sort une cigarette de son manteau et l'allume avant de se diriger lentement vers son véhicule.

Arrivé devant son immeuble, Sacha s'en grille une dernière. Marion ne veut pas qu'il fume à l'intérieur. Elle est d'une imagination sans limite quand il s'agit de l'emmerder. Il monte lentement les marches, pour retarder davantage le moment où il rentrera chez lui, caresse le chaton noir qui hante la cage d'escalier depuis quelques jours.

— Salut, mon gars, tu sais que t'as une bonne bouille, toi ? T'as faim ?

Semblant comprendre les mots magiques, le minou se met à miauler d'une voix stridente et à se frotter contre les jambes du policier.

— On dirait que oui. Viens.

Il le saisit d'une main. Peu farouche, l'animal se laisse faire complaisamment en poussant de petits cris. Sacha tourne la clé dans sa serrure, referme la porte et pose le chaton par terre.

— C'est par là le resto !

Il lui verse un peu d'eau et des croquettes qu'il a achetées spécialement pour lui. Sacha a toujours aimé les chats. Leur compagnie l'apaise. Marion n'a jamais voulu adopter un animal, mais désormais il s'en torche de ce qu'elle peut bien approuver ou pas. Le petit félin mange en ronronnant comme un moteur.

Sacha se prépare un sandwich avec des restes trouvés dans le réfrigérateur. Il en croque un morceau et le repose sur le plan de travail.

— Tu me le voles pas, hein, le chat ?

Puis il se dirige vers la chambre conjugale. Il est obligé de la traverser pour aller prendre une douche. Sur le lit gît Marion, la quarantaine bouffie à force de picoler et d'avaler des médocs. Son corps – mieux conservé que son visage – est svelte et a gardé quelque chose d'adolescent. Ses bras et ses jambes semblent avoir été jetés n'importe comment sur la couette, on dirait le cadavre disloqué d'une défenestrée. Sa respiration, quoiqu'un peu sifflante, est régulière. Sans s'attarder Sacha pénètre dans la salle de bains.

L'eau chaude lui fait du bien mais lui rappelle douloureusement toutes ses tensions. Son dos n'est qu'un amas de nœuds. Il reste un long moment sous le jet, en perd la notion du temps. Ses pensées se télescopent en un fatras étrange. Tout se mélange. Strano, Petitjean, Laura Pennac, Déborah… Putain qu'elle est belle ! Ça faisait longtemps qu'une femme ne l'avait pas ému à ce point. Encore une qui est mal mariée, ça crève les yeux. Les siens, si beaux, ont l'air tellement tristes ! Le policier se repasse le film de leur rencontre, de ce moment de grâce dans la cuisine au petit matin, quand le soleil s'est fait complice de la mousseline de son corsage pour dévoiler ses seins libres et nus. Des seins ronds, parfaits, qu'il devine fermes, à la pointe arrogante... Des seins qu'il a eu envie de toucher, de lécher dès qu'il l'a vue.

La main de Sacha, pleine de gel douche, glisse doucement sur son ventre et descend jusqu'à son sexe. Il bande. Les yeux fermés, il s'adosse à la paroi de la cabine de douche et commence à se caresser, comme il imagine qu'elle pourrait le faire avec ses doigts si fins et parfaitement vernis de rouge, avec ses seins si ronds, avec ses lèvres délicates et la pointe de sa langue... Oh oui, s'enfoncer entre ses seins et loin dans sa bouche en des va-et-vient infinis, s'y sentir bien, s'y sentir accueilli, espéré, aimé... Qu'elle le tète avidement, qu'elle l'aime tout entier, qu'elle lui lèche les couilles, qu'elle lui suce la queue jusqu'à ce qu'il jouisse ! La caresse se fait plus ferme, de plus en plus rapide. Sacha se crispe, l'orgasme vient. Oh oui... Les spasmes de la jouissance, l'eau chaude et accueillante comme une bouche de femme, l'image de Déborah qui persiste sur sa rétine... Il atteint l'extase dans un râle de soulagement. Pas très déontologique, mais la déontologie ce n'est pas excitant.

Détendu, vêtu de vêtements mous et confortables, Sacha traverse la chambre sans un regard pour l'épave qui y est échouée et part bouquiner en finissant son sandwich, le chaton sur les genoux.

Il a tout prévu pour le chat, sauf le plus important : une litière. La chaleur humide qui envahit soudain son pantalon le lui rappelle cruellement.

— Et merde !

Il se lève doucement pour ne pas effrayer le minou tout penaud, ôte son jogging et déplie un journal qu'il pose sur le carrelage de la cuisine.

— Tiens, ce sera ta litière en attendant mieux.

Il est bon pour une autre douche. Mais l'idée l'excite plus qu'elle ne l'ennuie… Sacha s'apprête à quitter la pièce quand il aperçoit à l'entrée, par terre, quelque chose qui n'y était pas à son arrivée ! Quelqu'un a glissé une enveloppe sous la porte de l'appartement. Il la saisit, l'ouvre. À l'intérieur, une lettre écrite au normographe, ces petites réglettes aux lettres préformées qu'il suffit de remplir.

Lâche l'affaire
ou il pourrait arriver
des bricoles à ta femme

Strano. Strano qui a découvert la véritable identité de Mendel. Strano qui a deviné son intention de poursuivre l'enquête. Mais Strano… qui ignore à quel point ses menaces sonnent comme de douces promesses…

10

ÇA FAIT AU MOINS UNE HEURE que Déborah essaie de se rendormir, mais comment faire avec tout ce tapage ? Elle tourne, se retourne dans le lit, cherchant par tous les moyens à réveiller son mari.

— Bébé… arrête de gigoter…

La jeune femme ouvre le tiroir de sa table de chevet et en sort deux bouchons d'oreilles qu'elle malaxe un instant avant de les caler au plus près de ses tympans. Elle pousse un long soupir et se recroqueville en position fœtale dans l'espoir de s'assoupir enfin. Rien n'y fait. Elle est bel et bien réveillée…

Depuis que Nicolas est rentré de son dernier rendez-vous au Quai des Orfèvres, il a changé. En une semaine il a replongé dans la drogue. C'était prévisible, mais qu'il ramène des filles ici est intolérable. La musique, les rires, les râles, Déborah ne les supporte plus.

— David…

— Quoi ?

— Tu dors ?

— Oui.

La jeune femme retire ses bouchons et dépose un baiser sur sa tempe.

— Ça ne peut pas continuer comme ça…

— Qu'est-ce que tu veux y faire ?

David n'a pas l'air très motivé pour discuter. Il a toujours eu un sommeil de plomb et ne semble pas voir où est le problème.

— Tu pourrais lui parler. Toi, il t'écouterait… Parce que moi…

— Pour lui dire quoi ? Tu veux le virer ?

— Oui.

— Tu devras faire une croix sur Emma.

David bâille à s'en décrocher la mâchoire. Il voudrait dormir.

— Pas forcément…

— Il y a quand même un risque. Écoute, ce n'est pas si grave qu'il s'amuse un peu. Sa femme l'a quitté. c'est un homme, il a des besoins qu'il assouvit, c'est tout.

— Sous notre toit ! s'insurge la jeune femme.

— Fous-lui la paix…

— Ah oui, bien sûr toi, ça t'arrange…

— Mais non, dit-il en sombrant à nouveau.

Mais si. Elle soupçonne même David d'avoir poussé son frère à sortir. Elle ne sait pas comment il s'y est pris, sûrement au détour d'une de ces conversations fraternelles d'où elle est exclue. Toujours est-il que depuis que Nicolas mène une vie de patachon, David est plus serein. Il ne leur manifeste plus d'hostilité, ni à l'un ni à l'autre. Nicolas qui couche avec tout ce qui bouge, c'est un Nicolas qui n'a plus besoin de draguer Déborah et ça, David l'a bien compris. Une façon de montrer à sa femme qu'elle n'est qu'un centre d'intérêt parmi d'autres. Message reçu.

— J'y vais !

— Comme tu voudras, bébé…

Déborah sort de la chambre et, du haut de l'escalier, assiste au départ de la fille qui embrasse Nicolas à pleine bouche et se frotte à lui tandis qu'il ricane bêtement. La porte se referme. Nicolas s'y adosse et lève la tête : Déborah se tient là, dans une longue chemise de nuit blanche qui lui donne l'air d'un spectre. Il monte à l'étage, l'air un peu coupable.

— Déb…

— Comment peux-tu me faire ça ? Ça t'amuse de me faire du mal ?

Il se rapproche d'elle, tout doucement, et lui dit avec cet air voyou qu'ont les enfants à qui on pardonne toutes leurs bêtises :

— Ça te fait mal, vraiment ?

La jeune femme a les yeux qui brillent. Les larmes menacent de déborder. Des larmes de femme jalouse, Nicolas le sait. Alors il s'approche encore plus d'elle, pose une main sur sa joue pour l'attirer à lui et l'embrasser. Déborah recule sans rien dire, les yeux noyés.

— Faut me comprendre, merde ! J'ai des besoins. Je les satisfais comme je peux, s'emporte-t-il, vexé.

Pour toute réponse elle lui décoche une gifle retentissante et, sans un mot, retourne auprès de son mari.

Le lendemain, elle n'a pas décoléré.

— Tu es en boucle, bébé !

David aimerait pouvoir prendre son petit déjeuner en paix sans que sa femme lui fasse une scène à propos des frasques de son frangin.

— C'est vrai, ça, t'es en boucle, bébé, reprend Nicolas, provocateur.

Déborah sursaute. Elle ne l'a pas entendu arriver. Il se tient là, torse nu, yeux cernés et bouche en cœur, les cheveux en pétard et le sourire idiot des hommes qui ont passé leur nuit à faire l'amour. Ça la dégoûte.

— Tu pourrais avoir la décence de t'habiller pour venir déjeuner.

Le jeune homme ne répond pas et se sert une tasse de café.

— David, dis à ton frère que ça ne peut plus durer ! On ne tient pas un hôtel de passe et tes putes, tu les ramènes pas ici !

— Pourquoi, t'es jalouse ?

— Je pense à ta fille et à l'exemple que tu lui donnes. Est-ce que je suis la seule à m'en soucier ici ?

Déborah se tourne vers son mari, à la recherche d'un soutien, mais il n'est plus présent à la conversation. Il est en train de répondre au téléphone et, à en croire la tête qu'il fait, vient d'apprendre une très mauvaise nouvelle. Le combiné encore rivé à l'oreille, il attrape les clés de sa voiture.

— Qu'est-ce que tu fais ? Qu'est-ce qui se passe ? demande Déborah, soudain inquiète.

— C'est la merde, je dois filer.

— Mais où ? On doit passer la journée…

La porte se referme avant même qu'elle ait terminé sa phrase.

— … ensemble.

Déborah est estomaquée. Nicolas lui sourit d'un air narquois.

— Il a manifestement plus important à faire.

Après avoir conduit comme un fou, David se gare dans le parking souterrain de la place d'Italie. Il emprunte un ascenseur en verre qui lui donne une vue imprenable sur Paris au fur et à mesure qu'il s'élève. Mais David n'a que faire du panorama. Il trépigne d'impatience et bouscule les deux autres personnes présentes pour sortir plus vite. Sans prendre la peine de s'annoncer à la réception, il se dirige à grandes enjambées vers le bureau de son éditeur, frappe d'un coup de poing et entre en défonçant à moitié la porte.

— Qu'est-ce que c'est que ce bordel ?

— À toi de me le dire.

Greg Benedek raccroche l'appel qu'il était en train de passer et fait signe à David de s'asseoir.

— Prends un siège, tu me files le tournis.

— Je ne comprends rien à cette histoire… Comment c'est possible ? Qui a pu faire ça ?

Le manuscrit de *Tout pour plaire* vient d'être mis en ligne sur Internet. Il est offert en téléchargement sur plusieurs plateformes.

— Je n'en ai aucune idée, répond l'éditeur. Tu ne l'as fait lire à personne ?

— Bien sûr que non, je ne suis pas idiot. Ça fait des mois que je fais du teasing avec ça dans mes conférences, alors ce n'est pas pour me tirer une balle dans le pied en risquant qu'il soit divulgué. Ça vient forcément de chez vous. Vous avez déjà envoyé des épreuves non corrigées aux journalistes, aux blogueurs, aux libraires, non ? La fuite vient forcément de là.

— Sauf qu'on n'a encore rien envoyé.

— Alors c'est quelqu'un de la maison.

— Dans quel but ?

— Se faire de l'argent, venger une des femmes que je cite dans le livre. Je savais que je ne me ferais pas que des amis en le publiant…

— C'est ridicule. C'est justement ça qui va nous faire vendre ton bouquin et les bénéfices rejailliront sur tout le monde. Non, je n'y crois pas…

Benedek prend un air gêné. Il se cale dans son siège et étire ses longues jambes. Tout semble interminable chez lui. Ses jambes, ses bras, son visage, son nez, ce bouc qui lui allonge encore plus le menton. Il mesure dans les deux mètres et il est sec comme un coucou. Toujours vêtu de noir, les cheveux bruns à peine grisonnants sur les tempes, la peau mate et l'iris aussi foncé que les pupilles, il ressemble à un corbeau. Un corbeau au regard perçant. Benedek ne vous regarde pas, il vous passe aux rayons X.

À cinquante ans, l'éditeur a travaillé pour les maisons les plus prestigieuses et on chuchote qu'un jour ce sera lui, le P-DG de la boîte. Aussi doué pour renifler les bons coups que pour dénicher des talents, il porte un regard pertinent et bienveillant sur les gens. Et s'il accorde sa confiance avec parcimonie, il ne la place jamais dans la mauvaise personne. C'est une sorte de don. Il sait ce que les gens valent humainement rien qu'en leur serrant la main. Il ne s'engage jamais à la légère non plus, et quand il signe un contrat avec un auteur, c'est pour mener le projet à son terme, en faire le travail le plus abouti possible. Il se considère comme un accoucheur, il est doué pour ça. Écrire ne l'a jamais tenté, il ne se trouve d'ailleurs aucun talent. Et c'est tant mieux. Il se méfie des éditeurs qui se prennent pour des écrivains et inversement. Chacun son métier. Ça lui paraîtrait même extrêmement malhonnête de faire les deux et d'essayer, consciemment ou non, d'imposer sa patte à ses poulains. Greg Benedek est un homme honnête et droit, fidèle à ses principes. Certains le trouvent austère, d'autres se contentent de le traiter de tête de con, tout ça parce qu'il n'est présent ni sur Facebook ni dans les cocktails germanopratins, qu'il ne s'amuse pas à faire semblant d'aimer tout le monde, d'avoir lu tout le monde, d'avoir besoin de tout le monde. Il croit en son travail, à ses valeurs et le reste, il s'en fiche.

Ce dont il se fiche moins, à l'instant présent, c'est du tsunami qui vient de s'abattre sur lui, depuis qu'on l'a averti de la mise en ligne de *Tout pour plaire*. Il sort d'une réunion de deux heures avec la P-DG de la boîte et il ne sait pas encore ce qui ressortira de tout ça. Ça va dépendre de David.

— On s'est posé la question d'annuler la publication.

— Quoi ? C'est pas possible, vous ne pouvez pas me faire ça ! Ce livre, c'est ma chance !

— Je sais, je sais… Mais l'effet de surprise est pour le moins compromis, tu imagines bien… Alors on s'interroge sur l'intérêt de le sortir. Surtout si des journalistes l'ont déjà téléchargé.

— Mais vous n'avez pas coupé le flux ?

— Si. On a réagi aussi vite que possible. *Tout pour plaire* n'est pas resté accessible plus de quinze heures. Mais on ne sait pas combien de personnes ont déjà mis la main dessus. Et ça suffit à ébranler nos doutes. La direction voulait faire avorter le projet...

— Et mon à-valoir ?

— Tu le gardes, quoi qu'on décide. Il est légalement à toi. Sauf si on apprenait que c'est à cause de toi que le manuscrit a été divulgué... Non, la question s'est vraiment portée sur sa sortie...

— Et alors ?

— Alors j'ai obtenu qu'on le publie quand même.

— Ouf...

David a eu très peur. Ce livre, c'est son sésame pour une nouvelle carrière. Il a toujours rêvé d'être écrivain, d'être reconnu pour son talent à raconter les histoires. Il a tellement d'idées ! Tellement de choses à partager ! Il s'est toujours senti une âme d'artiste et il sait qu'il va pouvoir enfin la montrer au grand jour grâce à ce livre. *Tout pour plaire* est à la croisée des chemins. Comme dans ses ouvrages précédents, il y dispense des conseils de séduction, mais cette fois-ci il y a ajouté une partie très autobiographique – quoique romancée – dans l'espoir qu'on remarque et salue ses talents d'auteur. C'est le livre de la transition, la clé de voûte de ce vers quoi il tend depuis des années et qu'il trouve enfin le courage d'exprimer.

— Ne te réjouis pas trop vite, il y a un mais. Il sera tiré à cinq mille exemplaires.

— Quoi ? C'est une plaisanterie ? Il était prévu à vingt mille !

— Cinq mille c'est déjà bien, vu les circonstances, crois-moi. C'est mieux que le tirage de beaucoup de romanciers...

— Mais je m'en fous des autres ! Je ne peux pas être tiré à cinq mille ! Ça fait même pas toutes les librairies, ça ! Et si celles qui restent n'en prennent qu'un ou deux, il sera relégué au fond d'une étagère dans un rayon pourri. Personne ne le verra, personne ne l'achètera ! Tu sais aussi bien que moi comment ça marche !

— Tu pourras toujours faire de la pub lors de passages télé. Et puis tu as pas mal de visites sur ton site Web. Il te suffit de renvoyer les internautes sur le site d'un libraire.

— Ce n'est pas pareil. Et ça aussi, tu le sais. Putain, Greg, tu peux pas me faire ça, pas maintenant... Surtout pas maintenant.

Les épaules de David s'affaissent en même temps que ses espoirs s'envolent, il se frotte les yeux, rit nerveusement. Répète : « Surtout pas maintenant. » Greg ne l'a jamais vu comme ça. Il comprend qu'il y a autre chose que la déception du tirage.

— Qu'est-ce qu'il y a en ce moment, David ?

— Mon frère.

— T'as un frère, toi ?

— Oui. Un frère qui a toujours été plus beau, plus créatif, plus brillant que moi. Et qui vient de débarquer dans ma vie en claironnant qu'il allait sortir un roman chez un grand éditeur parisien. Je devais sortir mon livre avant lui, et tout rafler. Au lieu de ça, c'est lui qui va récolter toute la gloire et j'aurai beau faire, écrire d'autres livres même meilleurs que le sien, je ne serai jamais que le *frère de*.

Greg n'a jamais vu David jaloux de qui que ce soit, ni même découragé comme il semble l'être. C'est nouveau. Étonnant. Voilà une facette qu'il n'avait pu que deviner jusqu'à présent mais qui lui saute au visage à présent : David n'est pas sûr de lui. Toute l'assurance qu'il montre au monde entier n'existe qu'au prix d'un travail colossal sur lui-même. Greg ne l'en trouve que plus attachant et se félicite d'avoir tout de même sauvé les meubles avec ce livre. David en écrira d'autres, de toute façon, et un jour ou l'autre, le succès sera au rendez-vous, c'est certain.

— Tu sais chez qui il est publié ? demande-t-il en tapotant sur son clavier.

— Non.

— Son nom, c'est bien Pennac ?

— Nicolas Pennac.

— Je vois rien dans les fichiers…

La sonnerie du téléphone coupe David avant même qu'il ait pu répondre. C'est Déborah. Machinalement, il regarde sa montre avant de décrocher. Midi.

— Chéri, t'es où ?

— Place d'It'. Avec Greg.

— Tu avais promis qu'on passerait la journée ensemble. Tu rentres bientôt ?

— Je suis sincèrement désolé, ma chérie. Je te le jure. Mais on va devoir remettre ça… Je dois résoudre une affaire importante…

— Plus importante que moi ? demande-t-elle en écho aux sous-entendus de Nicolas.

— Ce n'est pas la question, Déb…

— C'est quoi la question alors ? T'as une bonne raison de me délaisser comme ça ? C'est à cause d'une femme ? Elle s'appelle comment ?

— Arrête, c'est pas le moment de faire un caprice, merde. Tu n'es pas le centre du monde ! Tu peux prendre sur toi, un peu !

Greg sursaute en entendant le ton sur lequel David vient de parler à son épouse. À l'autre bout de la ligne, la jeune femme accuse le coup.

— Oui… Bien sûr… J'ai l'habitude, répond-elle d'une voix étranglée. Je… je ne voulais pas t'embêter avec ça… Je vais aller à Disneyland avec Emma, ça nous changera les idées…

— Très bien. Tu vois !

Oui, elle voit. Elle voit Nicolas qui la regarde d'un air de dire qu'elle serait mieux avec lui, qu'il la veut. Elle voit que David commence à se lâcher et n'hésite pas à la houspiller devant des tierces personnes, tout en voulant qu'elle soit à sa disposition. Mais Déborah, ce qu'elle veut, tout le monde s'en fiche au final. D'ailleurs, aucun des deux le sait-il ? Non. Tant pis pour eux. Ils s'imaginent que leur petit manège peut durer indéfiniment ? Lui parler comme à une boniche, la forcer à coucher ?... Un jour viendra où ils ne la contrôleront plus, où elle reprendra les rênes de sa vie, et ce jour-là, ils risquent d'être bien surpris. Oui. Car même si elle n'en montre rien, elle est lasse de jouer le jeu de la femme parfaite. Elle veut juste être elle-même à présent, sans devoir jouer un rôle, sans être rabaissée. Elle mérite d'aimer et d'être aimée par un homme qui saura la voir telle qu'elle est et l'accepter ainsi. Elle mérite d'être heureuse et de réaliser enfin son plus grand projet de vie. Elle en a la force aujourd'hui. Et cette force, elle la doit à une petite fille de quatre ans. Sa nièce, orpheline de mère et affublée d'un père déficient. Emma mérite d'avoir une vraie vie de petite fille et des tonnes d'amour. Déborah a décidé qu'elle serait celle qui lui offrirait tout ça...

Quand elle pénètre dans le salon, suivie d'Emma, Nicolas, avachi sur le canapé, ne peut retenir un sifflement admiratif.

— Comment David peut-il passer à côté de ça ?

— Il avait un problème urgent à régler.

— Si j'étais ton mari, tu serais mon unique urgence...

Nicolas se lève et remarque que sa fille est habillée comme sa belle-sœur.

— Tu es jolie comme un cœur, ma caille ! C'est Déborah qui t'a choisi tes vêtements ?

— Oui ! Comme ça on est comme des sœurs !

— Oui, ma caille... Tu as une bien jolie grande sœur, tu sais...

Il sort une cigarette de sa poche et entreprend de l'allumer.

— Pas dans la maison !

— J'y peux rien, je suis nerveux quand je te vois comme ça... toute seule avec moi... Faut bien que je me calme !

— Tu n'as qu'à prendre un bonbon.

— Pour que tu m'engueules parce que je laisse traîner les papiers ?

— Tu n'auras qu'à les jeter, pour une fois !

— Et si tu arrêtais de me donner des ordres, pour changer ? J'en ai assez que tu me prennes pour ton toutou. Tu n'as pas à me dire quoi faire, comment élever ma fille, ni même décider arbitrairement de l'emmener à Disneyland sans me demander la permission tant qu'on y est !

— Quoi ? Ah ça c'est fort ! Si tu n'es pas content des règles de vie de cette maison, tu n'as qu'à plier bagage, je te l'ai déjà dit !

Nicolas, furieux, s'apprête à lui répondre quand on frappe à la porte.

— C'est peut-être David ! s'exclame Déborah.

— Dans tes rêves…

En effet, celui qui se tient sur le pas de la porte n'est autre que le commandant Mendel. Décidément, il arrive toujours au beau milieu de disputes, celui-là…

— Bonjour, commandant.

— Madame Pennac. J'ai cru entendre qu'il y avait un problème…

— Vous étiez là ?

— Oui, je suis devenu inséparable de votre beau-frère, il ne vous l'a pas dit ? Partout où il va, je vais… Ah ça, on vit une belle histoire d'amour !

Incrédule, Déborah se tourne vers Nicolas et l'interroge du regard. Il a l'air encore plus furieux qu'avant.

— Espèce de taré, c'est du harcèlement !

— Monsieur Pennac, ravi de vous voir, moi aussi.

Sacha s'incline avec un sourire ironique.

— Ah oui, on se vouvoie maintenant ? Ça fait mieux devant les autres ? éructe Nicolas.

— Mais c'est que je ne voulais pas te mettre mal à l'aise, mon chou, je n'étais pas sûr que tu aies parlé de notre merveilleuse idylle…

— Connard.

— Humm, attention, faudrait pas tomber dans l'insulte à agent…

— Et le harcèlement, t'en penses quoi ? Si je porte plainte contre tes méthodes, là, il va se passer quoi pour ta gueule ?

Il se passera que Mendel aura une enquête de l'IGPN de plus sur le dos, mais quand on aime…

— Ben je sais pas, mon chou, essaie donc et tu me diras.

— Ouais, eh ben tu sais quoi, connard, c'est ce que je vais faire !

Là-dessus Nicolas sort en trombe de la maison et enfourche son scooter qu'il démarre sur les chapeaux de roue.

— Il n'a pas mis son casque, c'est pas bien, ça…, plaisante le commandant. Ça va, vous ?

Sa voix s'est radoucie. Déborah lui lance un regard reconnaissant et s'écarte un peu du seuil pour le laisser entrer…

11

DÉBORAH NE PENSAIT PAS que le commandant resterait chez elle après le départ de Nicolas. Pourtant, il se tient là, complètement anachronique dans le salon parfaitement décoré, avec son grand corps et ses gestes un peu brusques. Il ne l'a pas lâchée des yeux depuis qu'il est entré et la fixe avec une intensité telle qu'elle se sent comme nue face à lui, profondément troublée. Oui, il la regarde comme s'il avait perçu les tempêtes qu'elle abrite et s'efforce de cacher au reste du monde, comme s'il avait percé à jour tous ses secrets et décidé malgré tout de l'aider.

— C'est… c'est courant que vous vous déplaciez comme ça, dans le cadre d'une enquête ? Je veux dire… vous étiez juste là, n'est-ce pas ? Et puis vous êtes intervenu à cause des cris… C'est… euh… c'est normal ?

Sacha observe Déborah Pennac sans dire un mot. La jeune femme a l'air nerveuse. Elle entortille ses cheveux sur ses doigts comme une enfant intimidée. Ses pommettes ont rosi en le voyant sur le pas de la porte et à présent elle ne peut s'empêcher de mordiller ses lèvres, de se toucher le cou… Est-ce la gêne d'avoir été encore une fois surprise en train de se faire enguirlander, ou bien un trouble d'une autre nature ? Le commandant Mendel ôte son manteau sans la quitter des yeux et attend quelques secondes avant de lui répondre d'une voix rauque.

— Ça dépend de l'intérêt que je porte à l'enquête…

— Ah. Celle-ci vous intéresse particulièrement ?

— Oui.

— Pourquoi ?

— Parce qu'il y a deux femmes potentiellement en danger dans cette histoire.

— Deux ?

La jeune femme baisse les yeux. Elle a l'air paniquée. On dirait un animal traqué qui ne sait où se réfugier. Comment ne pas avoir envie de lui suggérer ses bras ? Des images de son fantasme sous la douche reviennent en mémoire à Sacha. Ce n'est pas le moment… Il se racle la gorge et demande à Déborah si elle peut lui faire de ce délicieux café qu'elle lui a offert l'autre jour.

— Bien sûr.

C'est le genre de femme aux antipodes de Marion. Douce, attentionnée. Ce doit être bon d'être aimé d'elle. David Pennac a-t-il seulement conscience de sa chance ?

— J'ai fait des recherches sur vous… sur Google, dit-elle, très vite, comme si elle avouait un secret honteux.

— Ah ? Pourquoi ça ?

— Pour savoir à qui Nicolas avait affaire… Parce que j'ai eu l'impression que vous n'étiez pas un flic… pardon, un policier ordinaire.

— Vous pouvez dire *flic*. Merci pour le *pas ordinaire*.

Il lui sourit, flatté. Puis reprend.

— Et vous avez trouvé quoi ?

— Vous êtes marié, bien que vous ne portiez pas d'alliance.

— Je pourrais avoir divorcé.

— C'est le cas ?

— Non.

Il a conscience d'avoir pris un ton presque déçu en lui répondant par la négative. Et encore, « presque » est un euphémisme. Mais c'est intéressant que la première chose qu'elle lui ressorte soit son statut conjugal.

— Quoi d'autre ?

— Vous avez fait l'objet de plusieurs articles. On vous décrit comme efficace et frondeur. Le genre qui ne lâche jamais une affaire. Je me trompe ?

— Non.

— Voilà, c'est à peu près tout. Je crois que c'est une erreur que Nicolas se braque ainsi contre vous. Mais il est comme ça. Il ne sait évoluer que dans le chaos…

— C'est ce qu'il provoque ici ?

La jeune femme semble hésiter.

— Vous n'avez rien à craindre de moi.

— Je ne veux pas que vous utilisiez ce que je dis contre lui, commence-t-elle.

— On ne parle pas de lui mais de vous…

— Oui, il sème le chaos, mais…

— Mais quoi ?

— Disons que sa présence réveille des choses chez mon mari… Et me réveille, moi, d'une certaine façon.

— Comment ça ?

— David change au contact de son frère. C'est assez curieux, ils semblent à la fois extrêmement proches et toujours sur le qui-vive quand ils sont ensemble. Je sais que la présence de Nicolas fragilise mon mari. La preuve, c'est que David est un homme qui a besoin de tout contrôler. Son environnement, son entourage..

— Vous ?

Déborah avale son café d'une traite et va rincer sa tasse. Elle ne répondra pas à cette question. Comme elle lui tourne le dos plus longtemps que nécessaire pour sa petite vaisselle – sûrement pour masquer ses larmes et se ressaisir –, Sacha en profite pour contempler sa silhouette gracile, parfait mélange de rondeurs et de finesse… Décidément, elle l'émeut de bien des façons.

— David laisse son frère n'en faire qu'à sa tête. Nicolas se comporte comme s'il était à l'hôtel, il fume dans la maison, invite des filles rencontrées dans des bars… et David ne dit rien. Comme s'ils avaient passé un accord tacite…

— Une espèce de pacte de non-agression ?

— Non, c'est autre chose. J'ai l'impression qu'ils me cachent quelque chose. L'impression aussi que David se sent redevable… Mais je me fais sûrement des illusions. J'ai toujours eu trop d'imagination.

— L'imagination est une qualité. D'ailleurs, sans ça vous n'auriez pas pu exercer votre ancien métier.

La jeune femme rit doucement. C'est un rire tout en retenue mais sincère. Évidemment, il a fait des recherches sur elle et a découvert qu'elle était décoratrice d'intérieur avant de se marier. Un métier à l'image de ce qu'elle était, elle, la reine des apparences parfaites, la petite fille qui avait passé toute son enfance à décorer les murs blancs de sa chambre d'hôpital pour l'égayer un peu et s'y sentir chez elle…

— Pourquoi avoir arrêté ?

— Parce que, encore une fois, c'est important pour David de tout contrôler…, se contente-t-elle de répondre, laconique.

Sacha inspecte la cuisine plus en détail. C'est décoré avec goût.

— Vous vous êtes occupée de la maison ?

— Bien sûr, ça a été ma principale occupation pendant mes trois premières années ici. Chaque pièce a son caractère et son code couleur. Vous voulez que je vous fasse visiter ?

Bien sûr qu'il veut. Il meurt même d'envie de perdre son temps à parler de choses aussi fascinantes que la décoration d'intérieur, juste pour avoir un prétexte de prolonger sa visite auprès de la jeune femme. Pour le plaisir des yeux uniquement, puisqu'il ne peut pas entreprendre quoi que ce soit avant la fin de l'enquête... Et qu'elle incarne un fantasme délicieux.

Ainsi ils arpentent chacune des pièces de la grande demeure. Elle parle de nuances de couleurs qu'il ne connaît pas, rit de lui trouver un air un peu ahuri, poursuit la visite pédagogique en lui donnant quelques leçons de feng-shui. Et contre toute attente, il est ébloui...

— Vous avez du talent. Je suis certain que vous auriez pu faire encore plus dans cette maison. Pourquoi avoir arrêté en si bon chemin ?

— Ce serait comme mettre un pansement sur une jambe de bois. Je pense que les fondations sont pourries et que cette maison s'effondrera un jour ou l'autre.

Sacha ne peut s'empêcher de faire un parallèle avec le couple qu'elle forme avec David mais il se garde bien de le lui dire...

— À quoi voyez-vous ça ?

— Venez, je vais vous montrer

Glissant sa main dans celle du policier, comme le ferait une petite fille ou une amante, Déborah l'invite à monter l'escalier derrière elle. Le balancement de ses fesses va le rendre dingue, c'est sûr.

— On va où ?

Il reconnaît à peine sa voix, enrouée de désir. Il espère qu'elle le conduira dans sa chambre. Il se sent déjà prêt à oublier ses principes... Mais elle ouvre la porte de la salle de bains, lâche la main de Mendel pour n'y laisser que le froid et le vide... Et s'accroupit à côté du bac à douche.

— Si vous regardez au plafond, vous verrez déjà des moisissures qui sont un signe d'humidité, dit-elle en levant la tête.

Lui a du mal à regarder ailleurs que dans son décolleté, plutôt plongeant. Un bouton de son chemisier en soie a sauté et offre une vue délicieuse sur la naissance de ses seins. Bien au chaud, niché entre ces deux merveilles, un pendentif coquin, dont il distingue mal la forme, mais qui prend un malin plaisir à attirer son regard…

— Et puis là, poursuit-elle, c'est une catastrophe.

Déborah soulève un des carreaux du sol. Dessous, le béton semble détrempé.

— Je suis convaincue que les poutres de la charpente sont aussi friables que du sable. L'eau c'est terrible : ça détruit tout sans même qu'on s'en rende compte, de façon silencieuse, pernicieuse… On ne s'aperçoit des dommages qu'elle a causés que lorsqu'il est trop tard.

— Un peu comme quand on vit avec une personne toxique, commente Sacha.

Les yeux de Déborah se voilent un instant. Dans quelle contrée imaginaire vient-elle de se retrancher ? Elle a l'air si mystérieuse, si fragile. Elle est belle, Dieu qu'elle est belle !

— Il n'est jamais trop tard, si ? reprend-il. Je veux dire, pour assainir la maison.

— Si. Il faudrait tout raser et rebâtir, à la rigueur.

— Rien n'est impossible quand on trouve la bonne personne pour tout reconstruire…

La jeune femme ne semble pas saisir le double langage de Sacha. Elle reste un instant bouche bée – cette bouche qui l'a déjà mené à l'extase, dans ses rêves –, puis semble décider que ce n'est pas important et opine du chef.

— Mais David n'a aucune envie de savoir ce que masque sa maison parfaite. Il lui faudrait admettre qu'il s'est trompé en l'achetant… Et ça, il ne le supporterait pas. Alors on laisse la pourriture s'installer et tout saccager…

— Un peu comme un beau-frère envahissant ?

— Oui…

La jeune femme se relève en grimaçant, ankylosée d'être restée accroupie.

— Mais Nicolas a aussi de bons côtés… Il est gentil avec moi, la plupart du temps. Ce que vous avez vu n'est qu'un incident isolé. Je ne voudrais pas que vous vous fassiez des idées sur lui, sur moi… Il a des attentions que mon mari n'a même pas !

Tu m'étonnes ! Quel homme vivant sous le même toit que Déborah n'aurait pas des vues sur elle ?

— Il vous a fait des avances ?

Déborah s'empourpre violemment et botte en touche.

— C'est le frère de mon mari !

— Et alors ? C'est un homme. Séduisant de surcroît…

En disant cela, Sacha ressent une petite pointe de jalousie qu'il s'empresse de chasser. Allons bon, cette fille l'a envoûté ou quoi ?

— Je ne tromperai jamais mon mari, commandant.

Déborah s'est raidie. Son ton sec et froid comme un vent d'hiver laisse Mendel avec le même sentiment de vide que lorsqu'elle lui a lâché la main. En tout cas le message est clair. A-t-elle perçu son trouble ? Sans aucun doute… Il prend acte, plus peiné qu'il n'aurait imaginé.

Consciente d'avoir été cassante, la jeune femme se mord la lèvre inférieure. Pourquoi a-t-elle été aussi agressive ? Elle n'aurait pas dû. Pas avec lui…

— Nous avons échangé des vœux à l'église. Ça a du sens pour moi. David ne tolérerait pas que je les rompe. De mon côté, si je découvre qu'il me trompe, je divorcerai sur-le-champ. C'est ainsi. Ça s'appelle le *mariage*.

Elle ferait bien d'aller donner des leçons de fidélité à Marion… Cette fille est un trésor : un corps à damner un saint, une vertu à convertir un démon…

— C'est curieux ce que vous venez de dire. *Il ne tolérerait pas… Si je découvre…* Un conditionnel et un présent. Vous avez des doutes sur sa fidélité ?

La jeune femme ne cherche pas à justifier son lapsus.

— Disons que depuis que Nicolas est là, il m'arrive de douter. À cause de certaines de ses allusions. Mais je me fais sûrement des idées… Je vous l'ai dit : j'ai trop d'imagination.

Ce n'est pas une vraie réponse, Mendel devine pourtant qu'il devra s'en contenter.

— Vous avez le droit de mettre Nicolas dehors, vous savez… Il a une maison.

— Allez dire ça à son frère !

— Voyons, Déborah ! Ne me dites pas que vous n'êtes pas consciente du pouvoir que vous avez sur les hommes… Je suis sûr que vous saurez trouver un moyen, quel qu'il soit, pour arriver à vos fins. Vous êtes plus forte et déterminée qu'on ne le croit…

Sacha sort une carte de visite de son jean.

— Et si vous avez besoin d'aide…

— Merci.

« Vous saurez trouver un moyen, quel qu'il soit, pour arriver à vos fins… » Les mots du policier ont trotté dans sa tête toute la journée. Bien sûr qu'une femme comme elle a de la ressource… Bien sûr qu'elle sait que son couple est fragilisé par Nicolas, par cette maîtresse fantôme qu'elle redoute, par l'absence de projet commun avec son mari pour le recentrer sur leur union… Bien sûr qu'elle sait comment s'y prendre – elle connaît la solution depuis un bout de temps, d'ailleurs –, même si c'est un coup de poker, un coup de bluff, un quitte ou double. Déborah sait pourtant qu'elle doit prendre le risque, tant pis pour elle si ça ne marche pas, mais elle doit éloigner Nicolas de son foyer et de la fillette. Ce qu'elle va faire, bien que ce ne soit pas très honnête, c'est pour le meilleur. Pour éviter le pire. Pas question de perdre ce qu'elle a obtenu en se battant, ni de renoncer à ses rêves…

Déborah sort de l'ascenseur à l'odeur si caractéristique des hôpitaux. Elle est à l'étage des consultations obstétriques. Sans hésiter, elle se dirige vers la salle d'attente et prend place à côté d'un ventre bien rond. Un ventre qui lui crie sa fécondité avec arrogance. Déborah n'a même pas à se forcer pour pleurer, les larmes coulent toutes seules. La femme à côté d'elle lui tend un mouchoir.

— Merci… Vous avez rendez-vous ? lui demande Déborah.

— Oui…

— Pas moi. Je ne suis pas enceinte… Je n'ai pas besoin d'un rendez-vous… En fait… c'est de votre aide que j'ai besoin, pour sauver mon couple…

Devant l'air interrogateur de la future maman, Déborah plonge la main dans son sac et en sort un test de grossesse vierge.

— S'il vous plaît… juste quelques gouttes.

12

À SON REGARD, DÉBORAH A TOUT DE SUITE COMPRIS : Nicolas a cru qu'elle s'était faite belle pour lui. Au nom de quoi ? S'il a affiché un air coupable dès qu'il a posé un pied dans la maison, et à juste titre après la scène qu'il lui a faite, elle n'a pour sa part rien à se reprocher, rien à lui demander. À ses compliments et autres œillades énamourées, elle a opposé un silence glacial et sans appel. Qu'il se tienne le plus loin possible d'elle et de son mari à présent, ça vaut mieux pour tout le monde !

Cela fait deux bonnes heures qu'il est rentré, environ trois quarts d'heure après le retour de sa belle-sœur de l'hôpital, comme s'il la guettait, comme s'il l'avait suivie… Et si c'était le cas ? Déborah s'arrête un instant de dresser la table et fronce les sourcils. Non, si c'était le cas ce ne serait pas bien grave. Il l'aura vue rentrer dans l'établissement et en sortir, c'est tout. Rassérénée, elle saisit les deux serviettes et les plie soigneusement avant de les déposer sur les assiettes en porcelaine. Des assiettes blanc et or, ses préférées, celles qu'elle sort pour les grandes occasions – et aujourd'hui pour un petit mensonge. Les verres sont en cristal, la nappe et les serviettes rouge vif. Des roses et des chandelles blanches viennent apporter une touche romantique. En sortant de l'hôpital, elle est passée chez le traiteur et a choisi le menu avec soin. Que du bon. Caviar, poulet aux morilles, soufflé au citron et biscuits au gingembre. Le tout arrosé d'un excellent champagne. Tous les ingrédients sont réunis pour le plaisir des sens. Déborah lance un regard à son reflet dans la psyché de la salle à manger. Elle est vêtue d'une robe fourreau rose pâle, d'un ton si proche de sa carnation que de loin on a l'impression qu'elle est nue. Mais en s'approchant on remarque la dentelle, les broderies, et une foule de petits détails dont David n'aura logiquement que faire puisqu'il n'aura qu'une envie tout au long du repas : la déshabiller et ébouriffer ses cheveux remontés en chignon. Elle le fera néanmoins patienter jusqu'au bout, le temps que le champagne et le gingembre lui aient bien échauffé les sens, mais il ne sera pas déçu d'avoir dû attendre : sous la robe, une lingerie tout en transparence et si fine qu'elle laisse deviner à la main les trésors dont elle se fait l'écrin. La jeune femme sourit. David ne va pas tarder.

— Déborah…

Et son beau-frère doit partir.

— Je n'ai pas envie de discuter, Nicolas, je te demande juste de nous laisser pour la soirée, s'il te plaît.

Elle a dit ça sans agressivité. Il n'est pas question qu'ils se disputent maintenant. Ce n'est pas le moment.

— Je sais… Je vais y aller. Mais avant je tenais à m'excuser pour tout à l'heure. J'ai surréagi, je n'aurais pas dû. Tu es chez toi et c'est normal que je suive tes règles. Je suis sur les nerfs en ce moment à cause de Laura et de ce flic qui me suit partout. Tu n'as pas idée de ce que c'est d'avoir quelqu'un constamment sur le dos, comme ça…

— Tu paries ?

Nicolas accuse le coup. Il ne l'a pas volé. Bien sûr qu'il est pressant avec elle, il en a conscience, mais quand il la voit vêtue ainsi, ce n'est pas que son corps qui s'enflamme, c'est son cœur. Comme il ne pensait plus que ce soit possible depuis bien longtemps. Elle a cette classe naturelle qui le chavire, cette retenue et ce mystère qu'il rêve de percer, ce corps si gracile, si rond… Si désirable. Ce corps qui le nargue jour après jour, quand ses seins nus dansent sous ses chemisiers ou qu'elle moule ses petites fesses dans des pantalons si fins qu'ils en sont indécents… Et sa bouche… Quel homme ne rêverait de s'y perdre ? À l'exception d'un bon mari, Déborah a tout pour plaire : la beauté intérieure comme extérieure. C'est le genre de femme qui fait rêver tous les hommes, à commencer par les voyous, les mauvais garçons, les loulous qui ne se croient pas assez bien pour une princesse mais rêvent de devenir leur chevalier.

Quand il se compare à elle, lui, le *bad boy* qui n'a jamais rien fait de bien dans sa vie, avec ses tatouages et sa gueule cassée, Nicolas ne voit objectivement aucune raison pour qu'elle s'en remette à lui à moins de provoquer un peu le destin. Mais il la veut tellement qu'il est prêt à tout, prêt à l'inclure dans ses projets de vengeance, prêt à lui baiser les pieds et à lui obéir jusqu'à la mort, prêt à la violer si elle se refuse à lui une fois de trop. Oui, c'est le genre de femme qui obsède et rend dingue, pour qui l'on peut mourir, ou qu'on préférerait voir morte plutôt qu'appartenir à un autre…

— Je… Tu sais ce que j'éprouve pour toi, non ? Tu sais bien que les autres ne comptent pas, qu'elles ne sont que des pis-aller en t'attendant, toi…

Nicolas se tient là, à un mètre d'elle. Il a l'air d'un adolescent gauche qui se déclarerait pour la première fois. Les cheveux en pagaille, les joues mal rasées, et ce regard incandescent qui la déshabille… Se rend-il compte à quel point il est désirable, à cet instant précis, alors qu'il est en proie au doute ? Oui, c'est ainsi qu'il plaît à Déborah, quand il laisse tomber son masque et se montre tel qu'il est vraiment : un gamin en mal d'affection qui cherche à attirer l'attention, quitte à faire de grosses bêtises…

— Oui, je le sais…

— Tu ressens la même chose, n'est-ce pas ?

— Ce que tu perçois, je ne peux pas le nier…

— Alors juste une nuit…

— Non. Pas maintenant. Je ne peux pas…

« Pas maintenant » ça veut dire plus tard, ça veut dire oui. Déborah le sait pertinemment…

— Quand ?

— Écoute… Je veux juste que tu saches que tu m'émeus et que… Ce n'est pas simple pour moi…

— Je sais, mais…

— Il n'y a pas de mais. Tu dois juste être certain de ça… Et rien de ce qui se passera dans les jours qui viennent ne doit te faire douter de moi…

La phrase de la jeune femme résonne étrangement dans la pièce. Comme une menace, un danger imminent. Nicolas ne peut réprimer un frisson.

— Bien sûr…, articule-t-il le cœur battant.

— Promets-le-moi !

— Je te le promets.

La jeune femme sourit, manifestement soulagée, et sous l'impulsion du moment dépose un baiser sur ses lèvres. Électrisé, Nicolas entrouvre la bouche à la recherche de sa langue, mais elle s'est déjà retirée. Vient-il de rêver ?

— Vas-y maintenant, David ne tardera plus.

Il obtempère, la tête encore dans les étoiles, titubant un peu, comme si ce seul baiser l'avait enivré… La suite des événements aura pourtant vite fait de le dégriser : ce soir Déborah va annoncer à son mari qu'elle est enceinte, et Nicolas devra quitter la maison dans les heures qui suivront…

Déborah ne s'était pas trompée. À peine a-t-il mis un pied dehors que Nicolas repère la voiture de son frère en train de se garer. Il lui fait un signe de tête et quitte le quartier pendant que David sort de son véhicule, l'air soucieux, téléphone vissé à l'oreille. Au bout du fil, Greg Benedek.

— J'ai passé des coups de fil aux éditeurs d'autres maisons. Ton frère est inconnu au bataillon. Aucun roman n'est programmé à son nom pour les deux ans à venir.

— Tu es sûr de toi ?

— À cent pour cent. Il a peut-être pris un pseudo ?

— Non, c'est pas le genre. Il a trop besoin de briller et de m'en mettre plein la vue pour ça.

— Alors il t'a menti. Quel intérêt ?

— C'est une bonne question…

— Oui. En tout cas, c'est louche cette histoire.

Après s'être finalement mis d'accord sur un tirage à cinq mille exemplaires de *Tout pour plaire*, David et Greg sont allés boire un verre ensemble afin de se détendre. Là, l'auteur s'est confié sur sa situation actuelle, la visite de son frère qui se prolongeait et surtout leurs relations pour le moins houleuses depuis l'enfance. La présence de ce type ne dit rien de bon à Greg. Toujours ce bon vieux radar…

— En revanche, poursuit-il, ça ferait un bon point de départ à un thriller, tu ne penses pas ? Que veut le frère : se faire aider ou bien assouvir une sombre vengeance ? Tu devrais y songer…

— Il faut un bon mobile pour se venger.

— Et te connaissant, il ne doit avoir que l'embarras du choix !

— Merci de ta confiance !

— Oh ça va, je plaisante ! Bon, allez, c'est pas tout mais il faut que je file. Essaie de passer une bonne soirée quand même.

— Ouais, c'est mal barré…

Las, à bout de nerfs, convaincu en poussant la porte qu'il n'aura envie de rien d'autre qu'une bonne douche et une nuit de sommeil, David reste bouche bée devant l'apparition qui l'accueille. Toutes les lumières sont éteintes à l'exception de celle de la cuisine. Partout ailleurs des bougies, jusque sur une table dressée pour un dîner romantique. Déborah le débarrasse de son manteau et l'embrasse langoureusement.

— Il m'a semblé comprendre que tu avais besoin de te changer les idées ?

— Ma chérie tu es… tu es tellement belle !

— Je te plais ?

La jeune femme tourne sur elle-même pour qu'il l'admire sous toutes les coutures.

— Tu as préparé un dîner ?

— Oui, caviar, et champagne pour se mettre en bouche…

— Je connais d'autres façons de se mettre en bouche…

— Chut…

Déborah pose un doigt sur ses lèvres.

— Pas avant la surprise.

— Quelle surprise ?

— Viens… et tu le sauras.

Elle prend ses mains dans les siennes, le conduit jusqu'à la table et tire la chaise pour qu'il s'asseye, avant de lui masser doucement les épaules. David ferme les yeux et s'abandonne un instant, se détend un peu.

— Oh, bébé, tu es parfaite. Je ne te mérite pas, j'ai été odieux…

— C'est oublié. Nous avons juste besoin de nous retrouver un peu… Et j'ai exactement ce qu'il faut pour ça…

13

PAPA ! IL VA ÊTRE PAPA ! Depuis que Déborah lui a annoncé la bonne nouvelle, David se répète ce mot en boucle. Tout paraît plus lumineux autour de lui et, désormais, il entrevoit des responsabilités qui lui étaient étrangères jusqu'à présent. Plus que jamais il est important de consolider son foyer, sa famille ! Sa famille ! Enfin il va avoir une famille ! Il va cesser d'apparaître comme un loup solitaire, un don Juan incapable de se stabiliser. Et puis surtout, il va pouvoir construire ce qu'il n'a jamais connu dans l'enfance. Il va lui bâtir une existence parfaite, à ce petit. Avec une mère parfaite. Dans une maison parfaite. Tout roule enfin comme ça devrait ! Il aura beaucoup attendu pour concevoir, mais c'est parce que les êtres les plus aboutis mettent du temps à se construire, voilà tout. Bien sûr son enfant aussi sera parfait ! Il l'aime déjà si fort ! Et que dire de son épouse, qui le comble en lui offrant ce cadeau merveilleux ? Quelle belle surprise elle lui fait là ! Dire qu'il doutait d'elle, ces derniers temps… Il la soupçonnait même de ne pouvoir concevoir, alors qu'elle affirmait le contraire.

Combien de fois l'a-t-il poussée dans ses retranchements pour être certain qu'elle ne mentait pas ? Mais non, Déborah n'est pas une menteuse. Il n'aurait pas épousé une menteuse. Il n'aurait pas gardé une menteuse. Qu'il a été bête de douter ! Qu'il peut être dur parfois ! C'est plus fort que lui et pourtant il donnerait n'importe quoi pour ne plus être cette espèce de tyran...

David descend dans la cuisine, un peu groggy par la nouvelle et le manque de sommeil. Il a passé une partie de sa nuit à faire l'amour et l'autre partie à cogiter. Nicolas est déjà attablé, une tasse de café à la main. Manifestement, Déborah vient de lui annoncer la nouvelle. Il a l'air extrêmement nerveux.

— Je n'en reviens pas que tu me fasses ça maintenant !

La jeune femme, qui vient d'apercevoir son mari, le coupe pour accueillir le « futur papa ».

— Chéri ! Je viens d'annoncer la nouvelle à Nicolas !

— Eh oui ! Tu vas être tonton, c'est pas de la balle, sérieux ?

— Mouais...

— Je lui ai aussi demandé de rentrer chez lui, poursuit la jeune femme avec fermeté. Je vais bientôt être trop fatiguée pour m'occuper de deux hommes. Je ne pourrai plus lui courir après pour ramasser ses emballages de bonbons, nettoyer son linge, lui faire à manger et supporter ses frasques nocturnes. J'ai besoin de calme pour mener ma grossesse à terme dans les meilleures conditions.

— Ben merde alors !

C'est tout ce qui lui vient en tête ! David ne s'attendait pas à ça. Il jette un regard impuissant à son frère qui essaie de plaider sa cause.

— Vous ne pouvez pas me faire ça. Vous savez bien que j'ai besoin de vous !

— Écoute, ça fait plus d'un mois que tu es là, répond sèchement Déborah. Deux que ta femme a disparu. C'est triste mais primo nous n'y pouvons pas grand-chose et secundo il semblerait que tu aies trouvé des moyens de te consoler. Or ces consolations ne me conviennent pas. Par conséquent, je te demande de partir. Ici c'est chez moi autant que chez ton frère. Et je porte son enfant...

Déborah sait que, tant qu'elle sera « enceinte », David la laissera en paix, trop content qu'elle lui donne un héritier pour risquer qu'elle fasse une fausse couche. C'est pourtant ce qu'elle a prévu pour la suite et elle sait bien qu'alors les choses redeviendront comme avant, voire pires. Mais pour ce court instant, c'est elle qui tient les rênes. Même si elle a une minuscule marge de manœuvre, elle a bien l'intention de réussir en jouant finement. Pour commencer, Nicolas doit partir. Pour le bien d'Emma. Et pour lui éviter, à elle, de lui céder sous son propre toit...

Comprenant qu'il ne lui servirait à rien de protester, Nicolas se ferme comme une huître. Soudain, il n'est plus ni charmeur ni attendrissant...

— Bien. Très bien ! Puisque c'est ce que madame veut et que monsieur n'a pas assez de couilles pour tenir tête à sa femme...

— Surveille ton langage, lui intime David.

— Surveiller mon langage, surveiller mon comportement ! Il faut toujours tout surveiller avec vous ! Mais vous savez quoi ? Je ne vois pas pourquoi je continuerais maintenant que vous me fichez dehors, avec un flic sur le dos, et une gamine dans les bras !

— On garde Emma, répond Déborah.

— Non, ça ira, merci.

En entendant son prénom, la petite, qui jouait non loin de là, vient se coller à sa tante. La jeune femme enfonce le clou.

— Ce n'était pas une question, Nicolas. Elle sera mieux avec nous, le temps que tu remettes de l'ordre dans ta vie.

— De l'ordre ? Mêle-toi de tes affaires, Déb. C'est la petite *et* moi ou aucun des deux, c'est à prendre ou à laisser !

— Alors c'est ça ! Tu nous fais du chantage en mettant ta propre fille en balance ? Honte à toi.

— Non, honte à vous de nous foutre dehors !

— On ne vous fout pas dehors, répond David. Tu pourras toujours nous rendre visite. Mais comprends Déborah, elle est en droit de vouloir retrouver un peu d'intimité en ce moment.

— Et moi je suis en droit de vous dire merde !

Nicolas a crié ces mots alors qu'il se penchait pour récupérer la fillette. Emma, effrayée, se met à pleurer. Déborah la soulève de terre et la serre contre elle pour la consoler tout en lançant un regard accusateur à son beau-frère.

— Bel exemple de tes talents de père...

David est estomaqué. Il n'avait jamais vu sa femme si remontée ni ne la pensait capable d'une telle dureté. Les hormones, sans doute... Préférant calmer le jeu, il prend l'initiative de proposer un délai à son frère.

— Je t'aiderai à réemménager chez toi. Je dois partir ce soir pour Strasbourg où je vais donner un séminaire durant tout le week-end. Je rentre lundi. On pourra s'en charger mardi. Enfin, si tu es d'accord, bébé ?

— J'allais suggérer la même chose, acquiesce la jeune femme.

Mais, atterré, Nicolas ne prend pas la peine de répondre et sort en claquant la porte.

La journée s'est passée plutôt tranquillement, sans que Nicolas reparaisse. Déborah savait que l'annonce de sa grossesse mettrait David en transe, et qu'il ne la laisserait seule qu'à regret. C'est pour ça qu'il a demandé à son frère de rester jusqu'à son retour, pour être sûr qu'il ne lui arrive rien en son absence... Enfin c'est ce qu'elle suppose, bien qu'elle trouve cela plutôt curieux vu le rentre-dedans que lui fait le jeune homme et la vie qu'il mène. En réalité, David voudrait la mettre en danger qu'il ne s'y prendrait pas autrement.

— Enceinte...

La jeune femme est assise devant sa coiffeuse, dans la chambre conjugale. D'un air désabusé, elle regarde le fameux test de grossesse qu'elle a montré à David. « Vous saurez trouver un moyen, quel qu'il soit, pour arriver à vos fins... » Les paroles du policier lui reviennent. Ne va-t-elle pas trop loin ? Comment rattraper le coup si David s'aperçoit de la supercherie ? Il sera fou de rage...

— Chérie, tu as vu mes boutons de manchettes noirs ? Tu sais, ceux en forme de losange ?

Oui, elle sait. Elle va les chercher elle-même et les apporte à son mari.

— Tu es sûr que tu dois partir ?

— Il y a cinq cents inscrits, chérie...

— Tu pourrais rester avec moi, je... j'ai un mauvais pressentiment.

— Ce sont tes hormones, elles commencent déjà à faire effet, je l'ai remarqué... Mais je serai vite de retour, OK ?

— Fais-moi l'amour..., implore-t-elle.

Déborah a les larmes aux yeux. Elle ressemble à une petite fille désemparée. David aimerait la prendre dans ses bras pour la consoler... Mais le temps presse.

— Je ne peux pas, ma puce... Je dois y aller maintenant.

De mauvaise grâce, la jeune femme se résout à l'accompagner jusqu'à la porte. Dans un dernier sursaut, elle le retient par le bras.

— Il faut que je te parle de ce bébé !

Un éclat étrange brille dans ses yeux. Un éclat qu'il n'avait jamais vu auparavant. Il hésite un instant avant de se dégager doucement de son emprise.

— On a neuf mois pour en parler, et toute une vie pour l'aimer...

David embrasse tendrement sa femme et se dirige vers son véhicule. Elle agite la main d'un air triste pour le saluer et le regarde s'éloigner en frissonnant dans l'air tiède du mois de mai.

Sacha Mendel décide qu'il a assez traîné pour aujourd'hui. La filature de Nicolas Pennac n'a rien donné, pas plus qu'il n'a de trace de la disparue. Il rentre chez lui, leur dossier sous le bras. Quelque chose lui échappe forcément, un indice, même minime, qui pourrait le mettre sur une piste. En sortant de l'ascenseur, il croise le petit chat noir et lui donne une caresse amicale.

— Désolé, mec, pas ce soir.

Le chaton semble comprendre et s'éloigne gentiment. Rien qu'à l'ambiance qui règne dans l'appartement, Sacha sait que Marion n'est pas seule. Il l'entend bavarder d'un ton badin… Une voix d'homme lui répond. Philippe. Manquait plus que lui ! Sacha ne supporte pas ce triple connard qui tourne autour de sa femme. Enfin, d'après ce qu'il sait, il fait plus que lui tourner autour : ils ont profité de son infiltration pour devenir amants. Grand bien lui fasse si elle ne le dégoûte pas ! Il décharge son mari d'une sacrée corvée…

Le policier s'applique à l'indifférence et va se servir un whisky sans leur décrocher un mot ni même les regarder. Marion affiche un air contrit. Philippe, un peu gêné, ouvre la bouche pour saluer Mendel mais sa femme l'en empêche.

— Puisque monsieur ne daigne pas nous dire bonjour, ignorons-le !

Toujours silencieux, Sacha s'affale sur le canapé et se plonge dans le dossier Pennac. La perquisition au domicile du couple n'a pas donné grand-chose, hormis un agenda qui, semble-t-il, appartenait à Laura. Il était caché dans sa lingerie, peut-être renferme-t-il quelques secrets ?

Depuis qu'il est rentré de son bar habituel, Nicolas s'ennuie ferme. Déborah s'est cloîtrée dans sa chambre et il est là, avachi sur le canapé, à bouffer des bonbons dégueulasses et à faire des nœuds stupides avec des bouts de papier. Il fume aussi. Beaucoup. Joue avec son Zippo. Un peu. S'amuse à mettre le feu aux emballages, parce qu'il aime cette odeur de cramé. C'est sa madeleine de Proust à lui. Celle de son frère aussi…

Dans l'agenda de Laura, il y a un nom qui revient très souvent. Enfin, pas vraiment un nom, des initiales. D.P. Toujours le week-end, en soirée. D.P… Comme David Pennac. Et si…

— Bon sang, vous baisez ensemble ! s'exclame Sacha.

Marion et Philippe sursautent et se lancent des regards inquiets, mais le policier n'y prête aucune attention. Voilà pourquoi Nicolas s'est invité chez David ! Ce n'est pas une histoire de fraude à l'assurance vie mais de représailles ! Dans ce cas, la disparition de l'épouse adultère ne présage rien de bon… Et que dire de Déborah ? Est-elle en danger ? Fait-elle partie du plan de Nicolas pour se venger ? Que se passera-t-il si elle refuse de céder à ses avances, ainsi qu'elle le lui a suggéré ? Soudain terriblement inquiet, Sacha compose le numéro de la jeune femme…

David vient d'arriver à Strasbourg. Sa chambre d'hôtel est luxueuse, comme il aime. Il se fait couler un bain dans lequel il se délasse avec délices. Les yeux fermés, il songe à son frère. En sortant de l'eau, il lui téléphonera pour vérifier que tout est sous contrôle…

Mais les choses se passent rarement comme on voudrait et David a beau insister, ni Déborah ni son frère ne répondent à son appel. D'où elle est, la jeune femme ne peut rien entendre d'autre qu'un crépitement étrange aux rythmes hypnotiques. Elle se tient là, dans le salon, figée comme une statue de sel, éclairée d'une lumière si vive qu'elle en paraît irréelle et semble embraser la nuisette vaporeuse qui colle à sa peau trempée de sueur. Déborah respire vite, trop vite. Sa poitrine se soulève en des mouvements anarchiques qui se font l'écho de l'emballement de son cœur. Elle devrait bouger, essayer de fuir, mais elle reste là, sidérée, fascinée par les flammes qui dévorent son salon et menacent sa vie.

— … Pas le choix…

Une voix, au loin. Quelqu'un qui lui parle. Un homme. Mais elle ne comprend pas ce qu'on lui dit. Ses oreilles bourdonnent, son cœur s'affole, elle a des vertiges.

— Déborah, magne-toi !

Dans un effort qui lui paraît surhumain, la jeune femme se tourne vers la voix, au ralenti. C'est son beau-frère. Elle voit les lèvres du jeune homme s'animer sans qu'elle parvienne à comprendre ce qu'il lui dit. Il a l'air grave, terrifié. Les flammes dansent dans ses pupilles rétractées, semblant s'ouvrir sur un tunnel pour l'enfer. Il fait de grands gestes, va à sa rencontre. Déborah sent son cœur accélérer encore un peu. Et s'il avait compris qu'elle n'a fait que l'utiliser ? Qu'elle n'a aucune intention de se donner à lui ? Et si, ce soir, dans un coup de folie, il avait décidé de se venger et de la pousser dans le brasier pour la punir ?

— Nicolas ? parvient-elle à articuler entre deux respirations. Je t'en prie, aide-moi…

Mais même parler est au-dessus de ses forces. Cédant à l'effort trop intense, Déborah sent ses jambes plier sous son corps et a tout juste le temps de réaliser qu'elle va perdre connaissance, laisser les rênes à un homme si instable qu'elle n'est pas sûre qu'il la sauve. Puis c'est le black-out total. À la fois terrifiant et libérateur.

Nicolas n'a pas eu le temps de la rattraper avant qu'elle s'effondre. Il accourt et s'accroupit juste à côté de son corps, et malgré la chaleur et le feu qui s'approche dangereusement, il la contemple et sourit.

Déborah n'a jamais été aussi belle qu'en cet instant particulier, encerclée par les flammes.

II

À TROP JOUER AVEC LE FEU…

1

IL N'EST PAS TOUT À FAIT 20 HEURES mais il fait si sombre qu'on dirait la nuit déjà tombée, à cause des lourds nuages gris qui plombent le ciel. Le couloir de l'hôpital est désert. Les quelques visiteurs qui restent profitent des derniers instants avec « leur » malade, les infirmières de nuit prennent leur première pause café. Il flotte encore dans l'air les effluves du dîner des patients, mais ça ne parvient pas à couvrir l'odeur si particulière de la maladie et des détergents industriels. Le ronronnement des postes de télévision perce le silence comme pour dire que la vie est là, que l'hôpital n'est pas à l'abandon ou seulement peuplé de fantômes. Les murs un peu gris semblent labyrinthiques. Ici et là, un tableau pour égayer, des recommandations d'hygiène et de sécurité, des distributeurs de désinfectant pour les mains. Rien ne paraît pouvoir perturber la routine du personnel soignant, ou troubler les souffrances muettes que les portes closes taisent au reste du monde.

Soudain, le bruit fracassant d'un chariot métallique qui se renverse vient rompre l'apparente harmonie des lieux, accompagné d'un juron et de la chute lourde d'un corps en écho. Affolés, les infirmières et les aides-soignants de l'étage sortent de leur léthargie postprandiale, et se précipitent en direction des vociférations.

— Comment oses-tu te montrer ici, espèce de salopard ? Allez, lève-toi, qu'on discute !

L'homme qui s'est vautré dans le chariot de service se relève avec peine et titube, une main sur la tempe.

— Je suis désolé…

— Désolé ? Tu es désolé ?

La colère de son agresseur redouble aussitôt. Il se jette sur l'autre type, l'attrape par le col de son blouson et lui assène un violent coup de tête. À moitié sonné, le gars tombe à nouveau et renonce à se défendre. C'est un homme désemparé, recroquevillé sur lui-même pour se protéger au maximum de la pluie de coups de pied et de poing qui s'abat sur lui, que découvrent les infirmières en hurlant.

— Mais arrêtez-le, il va le tuer !

Les deux aides-soignants, pas plus épais que des cotons-tiges, semblent hésiter sur la façon de s'y prendre. Ni l'un ni l'autre ne s'est déjà retrouvé dans une rixe. Ils sont tétanisés et fascinés à la fois : le gars à terre a la lèvre inférieure éclatée, l'autre, qui vient de s'accroupir sur son adversaire pour mieux le tabasser, a le poing en sang. Malgré eux, cela réveille leurs bas instincts, leurs pulsions animales. L'espace d'un instant, les deux soignants connaissent la transe qu'on éprouve devant un match de boxe, juste avant qu'il y ait un K.O. quand on sent toute sa rage et son agressivité sortir enfin de soi, qu'on hurle au dominant de finir l'autre, dans un simulacre de lutte à mort… Alors ils restent là, se dandinant d'un pied sur l'autre, tandis que de précieuses secondes s'égrènent et que la colère de l'agresseur ne faiblit pas.

Une infirmière tremble comme une feuille, tête rentrée dans ses épaules, une autre invective violemment les deux bons à rien qui n'interviennent pas, une autre enfin part en courant et revient avec un seau d'eau fraîche qu'elle jette sur les deux hommes comme on éteint un début d'incendie. Ça les arrête tout net. Celui qui est au sol tousse bruyamment, il a avalé de l'eau. L'autre, pétrifié, regarde alentour d'un air hagard. Autour de lui, des blouses blanches, deux hommes qui lui disent de se calmer, quelques têtes qui se montrent ici et là, attirées par les cris. Enfin, David Pennac se redresse, lisse sa chemise trempée et se passe la main dans les cheveux.

— Excusez-moi.

— Nous allons vous demander de sortir, monsieur.

— C'est bon, j'ai recouvré mes esprits, dit-il, affable.

Pour prouver sa bonne foi, il tend la main à son frère, pour l'aider à se relever. Nicolas la saisit en grimaçant.

— Monsieur, voulez-vous qu'on appelle la police ?

— Non, ça va aller. Nous avons eu un différend mais c'est réglé, dit-il en voyant les poings de David se crisper à nouveau.

— Très bien, venez, on va vous soigner.

Nicolas regarde l'horloge du couloir et décline l'offre en arguant que ses blessures sont superficielles. Les deux frères remettent le chariot en place et, avec toute la force de persuasion dont ils sont capables, convainquent les infirmiers de retourner vaquer à leurs occupations.

À peine ont-ils tous disparu de leur champ de vision que le visage de David se tord à nouveau de haine.

— Désolé ? Tu as mis le feu chez moi et tu es désolé ?

— Je le suis, je t'assure...

— Eh bien pas tant que moi, et tu sais pourquoi ?

Nicolas, piteux, ne répond rien. David le saisit fermement par la nuque et le dirige manu militari vers la chambre 412. Il frappe un coup et le pousse à l'intérieur. Là, seule dans cette grande chambre, minuscule dans son lit étroit, un air à moitié absent plaqué sur ses traits tirés, Déborah tourne la tête vers son mari mais ne parvient pas à l'accueillir avec un sourire.

— Vas-y, bébé, dis à Nicolas pourquoi je ne lui pardonnerai jamais son imprudence.

— David, articule la jeune femme, ce n'est pas nécessaire… C'était un accident.

À cet instant précis, Déborah sait qu'elle peut encore avouer la supercherie, dire que la grossesse était inventée, que les conséquences de l'incendie ne sont pas si dramatiques que le croit son mari. Elle est consciente du fait que continuer de mentir pourrait avoir des effets délétères aussi bien pour la relation des deux frères que pour elle. Persister dans son mensonge serait jouer un jeu dangereux : si David vient à le découvrir, elle ne donne pas cher de sa peau… La jeune femme s'absorbe dans ses réflexions, le regard dans le vague.

— Déborah, dis-le, l'encourage son mari. Dis à Nicolas pourquoi je ne lui pardonnerai pas.

Il veut l'entendre, il veut qu'elle le dise. Qu'elle persiste et signe. A-t-elle le choix ?

— Parce que j'ai perdu mon bébé dans l'incendie.

Quand Sacha a vu les camions de pompiers en arrivant à Montmorency, son cœur a manqué un battement. La jeune femme venait d'être embarquée pour l'hôpital le plus proche. Elle souffrait d'une légère intoxication au dioxyde de carbone qui lui avait fait perdre connaissance. Rien de bien grave. Elle resterait un jour ou deux en observation, au cas où. Nicolas Pennac expliquait – *mentait* – à des policiers que l'incendie s'était déclaré accidentellement dans le salon, peut-être à cause d'une cigarette mal éteinte. Sacha tenta bien de le cuisiner mais l'homme semblait sous le choc, incapable de répondre à ses questions. Il simulait, c'était certain.

— *Écoute-moi bien, connard. Je ne suis pas dupe, c'est compris ? Et je sais pourquoi tu as fait ça.*

— Je n'ai rien fait du tout !

— Arrête de me prendre pour un imbécile. Je vais prouver que tu as tué ta femme et je vais prouver que tu as mis le feu à cette maison intentionnellement, pour nuire à ton frère et à ta belle-sœur. Mais je te préviens, Déborah est désormais sous ma protection, alors s'il lui arrive quoi que ce soit, je te défonce la gueule et je te torture de mes mains jusqu'à ce que tu m'implores de t'achever, c'est compris ?

— Vous êtes complètement fou. Vous me faites peur...

— C'est l'idée. Mais crois bien que ce ne sont pas des promesses en l'air. Regarde au fond de mes yeux, regarde bien.

Sacha saisit la tête de Pennac à deux mains et l'obligea à le fixer.

— Tu vois ? Tu vois ?

— Oui.

Un éclat de folie meurtrière, de rage prête à éclater faisait briller les prunelles vertes du policier avec une intensité que Nicolas n'avait jamais rencontrée de sa vie. L'espace d'un instant, il se décomposa en songeant au jeu qu'il jouait et aux risques qu'il prenait pour mettre le plan à exécution. Ce n'était pas prévu qu'il ait un psychopathe à ses trousses. Ce type-là n'avait rien qui le retenait à la vie, qui l'empêcherait de commettre l'irréparable s'il lâchait les chevaux, voilà ce que le jeune homme voyait dans ses yeux. On pouvait le menacer, le harceler, le torturer... Mendel ne céderait jamais...

Sacha se rendit ensuite à l'hôpital pour avoir des nouvelles de Déborah, avant de reprendre les hostilités vis-à-vis des frères Pennac. Maintenant qu'il soupçonnait l'un d'être l'amant de la femme de l'autre, il avait de quoi les rappeler pour un interrogatoire musclé. Et il ne leur laisserait rien passer, ne serait-ce que pour protéger Déborah...

Pour l'instant la jeune femme est encore à l'hôpital. Aucune raison donc de surveiller la maison et, comme Nicolas Pennac s'est plaint d'être harcelé auprès de sa hiérarchie, Mendel lèvera le pied pour ce soir. Après tout, une soirée off ne lui fera pas de mal, surtout qu'il doit réfléchir à la suite à donner à l'affaire Strano. Car Sacha n'a aucune intention de laisser tomber, malgré les menaces qu'il a reçues. De toute façon, il est déjà allé trop loin, il le sait. Jusqu'au point de non-retour. Désormais, la seule option qu'il ait, c'est d'épingler le trafiquant pour faire oublier la mort de Petitjean…

Sacha regarde l'heure sur son téléphone : 21 h 30. Un peu tard pour repasser au Quai, pas assez pour rentrer chez lui. Il décide d'aller boire un verre dans un des pubs des Grands Boulevards, dans le neuvième. Il n'aime pas vraiment ce coin habituellement. Trop de touristes, trop de jeunes, trop de bruit. Des bars branchés et m'as-tu-vu qui facturent les pressions à huit euros, des restaurants qui réchauffent du surgelé pour des étrangers sans papilles, trop de klaxons, trop de lumière… Pourtant c'est là qu'il a envie d'aller ce soir, pour se fondre dans la masse des insouciants, allez renifler un peu la sueur des bourgeoises en goguette, s'étourdir et s'oublier dans des verres en solitaire.

Il atterrit dans un pub plein à craquer mais où, étrangement, la plupart des sièges sont vacants. C'est soir de match, l'Angleterre qui joue. Barrages – Championship ou quelque chose comme ça. Des Anglais sont debout devant l'écran, une pinte à la main et soutiennent bruyamment leur équipe. Ça rigole, ça crie, ça râle, ça s'enflamme Guinness à la main. Sacha s'installe dans un fauteuil en cuir, avec une 1664 bien fraîche. Il n'a jamais aimé les bières brunes, encore moins servies à température ambiante. Quelques coups d'œil alentour afin de s'assurer qu'il n'y a pas de visage connu, flics ou voyous qu'il aurait passés à tabac et qui se sentiraient l'envie de prendre une revanche. Sacha préfère éviter de tomber dans un traquenard ce soir. Il a juste besoin de calme.

En embrassant la salle du regard, il croise celui d'une femme. Elle a l'air de s'ennuyer ferme et lui lance quelques œillades beaucoup plus timides que son langage corporel. Elle est plutôt pas mal. La petite cinquantaine, une classe un peu anachronique dans ce lieu populaire. Peut-être anglaise, elle a de faux airs de Charlotte Rampling, le même look aussi. Sûrement venue ici pour faire plaisir à son mari, elle se retrouve complètement délaissée et cherche à combler sa carence affective dans le regard d'autres hommes, histoire d'être rassurée sur son pouvoir de séduction.

Sacha lui sourit gentiment et trempe les lèvres dans le breuvage bien frais. Long soupir. Il se décharge enfin de la tension et se cale un peu mieux dans le fauteuil. Ferme les yeux. Pense à Déborah. Cette fille l'obsède depuis qu'il l'a rencontrée et cela ne fait qu'empirer. Il a envie d'elle, ça c'est sûr, impossible de se mentir à ce sujet. Mais il y a autre chose. Il émane d'elle une aura particulière qui intrigue Sacha, une force et une fragilité à la fois... Et tellement de mystère ! Comment a-t-elle pu épouser un homme comme David Pennac ? Elle est belle, intelligente... Elle pourrait être indépendante, forte, papillonner d'homme en homme. Au lieu de ça elle reste avec ce type qui la terrorise. Pourquoi s'acharne-t-elle à être si malheureuse ? Les bons moments qui rattrapent les crises sont-ils si exceptionnels ? A-t-elle si peur de se retrouver seule ? Dans ce genre de couple, le dominé doute tellement de lui qu'il ne se croit capable de rien. Et pourquoi Sacha a-t-il eu la sensation qu'elle le suppliait implicitement de venir la sauver ? Car oui, depuis qu'il la connaît, il ne pense qu'à ça : la sauver. La tirer des griffes de son mari, empêcher son beau-frère de lui faire du mal... Mendel pousse de nouveau un long soupir. Il faut absolument qu'il la chasse un peu de son esprit pour garder les idées claires.

— Cœur qui soupire n'a pas ce qu'il désire !

Sacha ouvre les yeux. La femme qui s'ennuie s'est assise en face de lui et lève son verre en souriant, pour trinquer. Il fait de même.

— C'est ce que disait ma grand-mère, reprend-elle avec un léger accent britannique.

— Une femme pleine de bon sens, à l'évidence.

— Qu'est-ce que vous désirez si fort que ça vous fait soupirer ?

— Je désire... Je ne sais pas. Une trêve peut-être ? Quelque chose qui me ferait disjoncter l'espace d'un instant et oublier le reste. Tout le reste...

La femme l'observe un peu mieux. Elle s'est approchée pour discuter un brin avec ce type qui avait l'air aussi seul qu'elle et un peu perdu. Pas forcément son genre d'homme. Elle scrute Sacha parce qu'il lui a parlé vrai, sincère. Une trêve... On recherche tous ça, quand on sort, ou quand on reste chez soi à espérer que le destin vienne frapper à notre porte même s'il ne frappe jamais. Ou pas comme on voudrait. L'homme est grand, mince, les épaules carrées. Ce n'est pas flagrant sous son caban mais il est bien bâti. Il a de grandes mains pleines de promesses, un regard incandescent qui vous transperce parce qu'il ne ment pas. Il a un joli sourire, aussi, même s'il a l'air un peu amer. Une quarantaine d'années sans doute, quoiqu'il fasse plus. C'est sûrement un artiste, ou alors un homme d'affaires fatigué par des déplacements à l'étranger. Il lui plaît, plus qu'elle ne pensait en venant s'asseoir face à lui. Oui, une « trêve », le mot résonne bien dans sa tête.

— Une trêve pour oublier quoi ? demande-t-elle d'une voix suave.

— Pour oublier ce que je dois, ce que je ne peux pas, ce que je représente, ce que je fuis... Pour juste *être*.

— Être quoi ?

— Rien. Personne. Juste être vivant, être dans la vie, c'est tout. Tant qu'on peut.

« Tant qu'on peut. » Oui, la vie passe vite et les occasions finissent par se faire rares... Elle en a cruellement conscience, même si elle ne veut pas se l'avouer. Elle sourit un peu tristement.

— Alors aux trêves !

— Aux trêves. Et vous ?

— Moi quoi ?

— Ça vous tente, une trêve ?

Lui ferait-il des avances ?

— Je… Qui ça ne tenterait pas ?

Il lui sourit et son charme ravage tout sur son passage. Ce n'est plus du charme, c'est un sortilège. Ses lèvres, ses yeux, la façon dont la vie et l'esprit les animent, c'est comme un aimant fascinant qui attire la femme dans ses filets…

— Tu es venue seule ?

Sa voix s'est faite plus rauque. Celle de la femme aussi.

— Non. Mon mec est là… Il regarde le match. Moi, je pourrais aussi bien être ailleurs… tu l'as compris.

— Oui, mais j'ai pas de mérite, c'est mon métier… Je suis flic.

— Ah ? Je n'aurais pas pensé…

— Et toi ?

— Je suis psychanalyste.

— C'est pour ça que tu réponds toujours aux questions par d'autres…

— Non, pas toujours.

— Ça te dit ?

— Quoi ?

— Une trêve avec moi.

— Mais… euh… c'est que je ne sais pas… mon mec…

— Est là, je sais. Tu crois qu'il s'apercevrait de quelque chose ?

— Je crois qu'il faut essayer pour le savoir…

Et sans attendre qu'il réponde, l'Anglaise se lève et se dirige vers les toilettes. Sacha boit une nouvelle gorgée de bière avant de l'y rejoindre. Les petits coins de paradis peuvent prendre toutes sortes d'allures, même celle de toilettes pour dames dans un pub des Grands Boulevards.

Déborah n'a pas dit un mot pendant tout le trajet. David, un peu gêné, n'est guère plus loquace. La voiture se gare à sa place habituelle, David sort du véhicule pour aller ouvrir la portière à sa femme. Il aperçoit Frederika Migneault derrière ses rideaux et lui fait signe, autant pour la saluer que pour lui faire comprendre qu'il n'est pas dupe de ses regards inquisiteurs. Déborah rentre dans la maison, toujours prostrée.

— Les pompiers sont intervenus très rapidement. Des voisins les ont appelés tout de suite..., commente-t-il un peu nerveusement. J'ai commandé les mêmes meubles que ceux qui ont... brûlé, les livreurs sont passés ce matin. Pour les murs... Ce sera fonction du bon vouloir de la compagnie d'entretien, mais tout cela ne sera bientôt plus qu'un mauvais souvenir...

Embarrassé par le silence de sa femme, David fait de grands gestes, parle fort, bégaie même un peu. Il ne supporte pas le feu, il en a une peur panique. Nicolas le sait pertinemment, c'est pour cela qu'il avait choisi ça, c'est sûr.

Lorsque la police a téléphoné à David pour le prévenir, le soir du drame, il a littéralement senti le sol s'effondrer sous ses pieds. En même temps qu'il le retrouvait projeté des années en arrière. L'espace d'un instant, il sentit la chaleur des flammes sur sa peau et ce nœud à l'estomac, à la fois excitant et terrifiant, provoqué par la fascination pour l'élément destructeur. Les policiers durent répéter ce qui venait de se passer au moins cinq fois avant d'être sûrs qu'il avait bien tout compris. Ils lui firent même répéter.

— *Un inc... inc... in-in-incendie... Ch... ch... chez... m... m... moi.*

Il fonça jusqu'à l'hôpital, plantant là son séminaire. Sa femme était en vie. Et c'est Déborah, sa courageuse Déborah, qui lui annonça sa fausse couche, en le prenant dans ses bras pour le consoler. Elle était convaincue qu'il ne s'agissait que d'un accident. Comment pouvait-on être candide à ce point ?

— C'est curieux, tout de même.

Enfin la jeune femme brise le silence et le ramène dans le moment présent. Elle se dirige vers la cheminée et saisit l'allume-bougie posé dessus.

— Quoi, ma chérie ? Qu'est-ce qui est curieux ?

David sursaute pendant que Déborah actionne l'objet.

— Tu recommences à fumer, et ta maison manque de partir... en fumée, elle aussi ! Ça doit être une question de karma.

Pourquoi dit-elle ça ? Pourquoi parler de « karma » ? Que sait-elle de son passé ? Rien, pourtant.

— Ce n'est pas de ma faute si la maison a pris feu. Rien à voir, merci, répond-il sèchement.

— Je dis juste...

— Tu dis rien du tout, OK ? Si c'est pour raconter ce genre de conneries, tu la fermes ! Tant qu'on y est, dis tout de suite que c'est de ma faute si tu as perdu le bébé ?

— Tu m'avais laissée seule avec Nicolas !

— Et alors ? Je pouvais deviner ce qui allait se passer ?

— Peut-être bien ! Peut-être même l'espérais-tu !

David est hors de lui. Que sous-entend-elle ? Il a bien l'intention d'en avoir le cœur net, mais c'est le moment que choisit la baby-sitter pour venir les rejoindre dans le salon.

— Emma joue dans sa chambre... Je suis désolée mais je dois y aller, j'ai un cours... Ça va, madame ?

De grosses larmes coulent sur les joues de Déborah.

— Oui... juste une petite dispute, ce n'est rien. Vous pouvez y aller, je vous assure.

La jeune fille récupère son billet et s'en va.

— Comment se fait-il qu'Emma soit encore là ? demande Déborah.

— Nicolas a proposé que tu la gardes un peu avec toi, le temps de te remettre. Une façon grossière de se faire pardonner, si tu veux mon avis.

— Ça me fait plaisir.

— Mais lui, je l'ai foutu dehors. Et je ne veux plus le voir après qu'on lui aura rendu la gamine.

— C'était un accident...

— Je ne veux plus qu'on le voie, point barre.

Sacha a passé la journée à suivre Nicolas Pennac. Plus discrètement qu'à son habitude, histoire de ne pas récolter un blâme. Intéressantes, les activités de ce type quand il ne se croit pas surveillé… Nicolas vient de relever du courrier dans une boîte postale. La boîte est au nom de la SCI LauDeLas. Les trois premières lettres du prénom de sa femme, les trois dernières du sien. Avec un jeu de mots, « l'au-delà », qui sonne comme un aveu, une intention préalable. Sacha a lancé une recherche sur cette SCI. Il a aussi demandé un historique complet du passé des deux frères, afin de creuser un peu plus leur profil…

Nicolas est reparti en sifflotant sur son scooter, convaincu que les choses se déroulent tel qu'il le désire. Il pense que tout est désormais en place, le reste ne peut que suivre de façon logique, jusqu'à l'obtention de ce qu'il est venu chercher. Toutes les graines sont semées, il n'y a plus qu'à les arroser… Mais il est loin de se douter à quel point il est tombé sur un policier scrupuleux et combien il avait raison en le traitant de psychopathe.

2

La vie de Déborah n'est désormais plus sans mystère. En quelques jours, elle est même devenue le sujet de conversation principal du quartier. Certains lui trouvent l'air triste, d'autres pensent qu'elle s'est bien remise du choc. La jeune femme sent constamment les regards glisser sur elle et elle s'applique à présenter le même visage serein qu'habituellement. Elle ne peut se permettre aucun faux pas. Pourtant, son cerveau est en ébullition. Elle se repasse inlassablement le film de cette dernière semaine : le faux test de grossesse pour se débarrasser de l'homme qui avait perturbé l'harmonie domestique, l'incendie qui l'a libérée du fardeau de ce mensonge mais lui en a imposé un autre qui a profondément affecté David… Et ce beau-frère si troublant qu'elle n'est plus très sûre de feindre le désir. Aucune de ces personnes qui observent les Pennac de loin et se permettent de commenter leur vie n'a idée de la réalité. Ils voient en David un mari fort et autoritaire, en elle une femme fragile qui se mord les doigts d'avoir voulu se mettre à l'abri du besoin en l'épousant. Eh bien qu'ils continuent ! C'est parfait, même ! Elle n'ira certainement pas les détromper.

Elle sait bien, pourtant, à quel point les apparences peuvent être trompeuses. C'est ce qu'elle n'a cessé de rabâcher à David depuis l'incendie : que Nicolas l'ait potentiellement déclenché ne signifiait pas forcément qu'il voulait lui faire du mal…

— *Ne me dis pas que tu lui pardonnes après ce qu'il t'a fait !*

— *Il ne m'a rien fait intentionnellement, n'exagère pas ! D'ailleurs nous ne sommes même pas sûrs que ce soit lui qui l'ait provoqué.*

— *On le sera grâce à l'enquête : on va porter plainte.*

— *Ça l'enfoncera encore plus par rapport à sa femme !*

— *Je m'en fous. Et puis je ne te comprends pas : il y a quelques jours à peine tu voulais le mettre dehors parce que tu ne le supportais plus…*

— *C'était à cause de ma grossesse !*

— *À d'autres ! Tu as utilisé ce prétexte pour t'en débarrasser. Et aujourd'hui tu plaides sa cause ? J'ai raté un épisode ou quoi ?*

— *Je n'aime pas accuser les gens à tort et l'idée que vous vous brouilliez à nouveau alors que vous venez de vous retrouver, tout ça à cause de moi… je… je ne peux pas l'encaisser. Et puis…*

La jeune femme baissa la tête, un peu honteuse.

— *Et puis quoi ? T'es amoureuse ?*

Toujours cette même rivalité fraternelle, cette insécurité latente qui refaisait surface à la moindre occasion… On ne se remet décidément jamais de son enfance, qu'elle ait été idyllique ou infernale. Bien sûr, c'est ce que Déborah avait cherché en se rapprochant de Nicolas, mais à trop jouer avec le feu, sans mauvais jeu de mots… Était-elle seulement encore en mesure d'éteindre le début du foyer ?

— *Mais non, ne sois pas stupide… Je… je me suis attachée à Emma, elle m'aide à aller mieux et si vous coupez les ponts je ne la verrai plus et… Je ne suis pas prête à la laisser… S'il te plaît…*

Sa voix se brisa en un sanglot. Désemparé, David la prit dans ses bras et la berça longuement, comme une enfant fragile.

— *Tu te rends compte de ce que tu me demandes, bébé ?*

Oui. Elle se rendait aussi très bien compte de son manque d'honnêteté. Car si elle avait vraiment peur de perdre la fillette, elle ne voulait pas non plus rompre tout contact avec Nicolas. Dans ce monde fait de masques et de faux-semblants, il y avait bien une chose dont elle était certaine : la sincérité de son beau-frère. Le jeune homme était le seul à se montrer tel quel, sans jeu ni calcul. Jamais il n'avait menti sur ses démons, sur ses problèmes d'addiction. Non, Nicolas s'était présenté sans fard et c'est précisément ce qui plaisait à Déborah. Toujours avec la même sincérité, il lui avait proposé de partir ensemble, avec Emma. Déborah y pensait nuit et jour, au point que l'incendie était quantité négligeable comparé à cette perspective. Alors il était hors de question que David l'éloigne d'elle...

— Hey ! Tu rêves, ma biche ?

Frederika lui tapote l'épaule avec insistance.

— Ça fait quatre fois que je t'appelle ! Ça va ?

— Oui, sourit la jeune femme. J'étais perdue dans mes pensées...

— Ça peut se comprendre après ce que tu as vécu ! Voir sa maison en feu, ça doit faire un sacré choc !

La Québécoise frissonne en se projetant à la place de Déborah. D'après ce qu'elle sait, seul le salon s'est embrasé et la jeune femme n'a pas été blessée, juste un peu sonnée par les émanations de fumée.

— Oui mais tu sais, il y a eu plus de peur que de mal... Juste des dommages matériels, alors ça va !

— Quand même, je te trouve drôlement courageuse. Et David, il l'a pris comment ?

— Pas extrêmement bien… Le feu le terrifie : depuis l'incendie il fait des cauchemars… il parle dans son sommeil… il est sur les nerfs… il me…

— Il te ?

Bat. Mais dis-le qu'il te bat, bon sang ! Frederika est pendue aux lèvres de sa jeune voisine. Elle attend le feu vert pour bondir, la prendre sous son aile, la sortir de son enfer.

— Il a eu très peur pour moi.

Ce n'est pas ce qu'elle allait dire ! Déborah ment. C'est évident. Ça sonne tellement faux ! Pourquoi protège-t-elle son tortionnaire ? Pourquoi s'infliger ça ? Richard a beau avoir expliqué à Frederika la psychologie des femmes battues, lui dire à quel point c'est difficile de tout quitter, de vivre avec la peur que leur mari ne les retrouve… l'espoir qu'il changera… rien n'y fait, elle ne peut pas accepter cette situation. Elle sait bien qu'elle devrait faire semblant de croire à cette comédie du couple idéal, mais elle en est incapable, c'est au-dessus de ses forces.

— Tu sais, dit la Québécoise à brûle-pourpoint, il n'est pas trop tard pour refaire ta vie !

Ce n'est pas la première fois qu'elle « révèle » à sa voisine ce genre de scoop, mais systématiquement, Déborah élude, prétend ne pas comprendre de quoi elle parle, affirme être parfaitement heureuse… Pourtant peut-être qu'un jour…

— Oui, peut-être bien qu'un jour…, répond la jeune femme en écho aux pensées de sa voisine.

Déborah s'interrompt brutalement et rougit comme si elle en avait trop dit. Frederika met un moment à comprendre ce que vient de glisser la jeune femme et à réagir : sortirait-elle enfin de sa léthargie ?

— Je te demande pardon ?

— Non, rien, oublie…

— Ah non ! Pas à moi ! Tu ne peux pas savoir comme ça me fait plaisir d'entendre ça ! Parlons-en si tu veux bien !

— Non, je ne peux pas…

Manifestement gênée, Déborah montre la petite fille qu'elle tient par la main, mais Frederika sait aussi qu'elles sont trop près de son domicile pour que la jeune femme soit complètement détendue : son mari pourrait surprendre leur conversation et ça la terrorise.

— Je comprends, fait la Canadienne un peu déçue. Mais tu sais que ma porte t'est grande ouverte.

— Oui… Merci.

— Bon. Et cette petite fille, c'est ta nièce ?

— Oui, elle est belle, hein ?

Le visage de Déborah s'est soudain illuminé. Cette jeune femme est faite pour avoir des enfants, c'est une évidence !

— C'est toi qui l'as habillée comme ça ? C'est adorable !

La gamine est une réplique parfaite de sa tante. Pantalon de velours rose et chemisette à fleurs avec petit gilet beige. On dirait la mère et la fille.

— Oui. Elle aime bien qu'on se ressemble, ça la rassure, après ce qu'elle a traversé…

Déborah s'est mise à chuchoter et, sur le ton de la confidence, raconte à sa voisine la disparition de Laura. Frederika, lorsqu'elle voit la jeune femme s'animer en parlant de son beau-frère, comprend très vite qu'il est la raison de son changement d'attitude. Elle espère juste qu'il n'est pas de la même engeance que David.

— Et ton mari, ça ne lui donne pas envie d'être papa ?

— Oh si ! Il adorerait avoir des enfants… mais…

— Mais ?

— J'aurai beaucoup de mal à en avoir. J'ai eu des problèmes, enfant, et… il y a peu de chances que j'y arrive naturellement.

C'est une tout autre Déborah qui parle à présent. Sa voix est étouffée, comme sans vie, et les traits de son visage se sont affaissés brutalement. Le sujet est sensible, douloureux…

— J'en suis sincèrement désolée, ma belle. Et David, il en dit quoi ?

— Il s'impatiente… Je me sens tellement nulle de ne pas y arriver, si tu savais ! Ça fait huit ans qu'on essaie… J'ai honte, j'ai tellement honte !

Et pour la première fois depuis qu'elle la connaît, Frederika voit Déborah craquer. Un sanglot unique et brutal, irrépressible. Les larmes affluent, débordent et à peine ont-elles coulé que Déborah se ressaisit en s'excusant de s'être laissée aller. Frederika est dévastée pour son amie. Elle aimerait la prendre dans ses bras, mais elle sent bien que la jeune femme préfère déjà oublier cet accès de faiblesse.

— Tu n'as pas à avoir honte, Déborah. Personne ne doit te faire sentir honteuse à cause de ça. Personne n'y songerait, d'ailleurs, à moins d'être un…

— Un quoi ?

— Ne bouge pas. Je reviens.

N'y tenant plus, Frederika s'engouffre chez elle et revient tout essoufflée, un livre à la main. Elle le glisse d'autorité dans les mains de son amie. *Identifier les pervers narcissiques pour mieux les neutraliser.*

— Mais t'es folle de me donner ça !

Paniquée, Déborah lance des regards vers sa maison en tentant de rendre l'ouvrage à sa voisine. Mais Frederika insiste et le lui fourre d'autorité dans son sac à main. Manifestement troublée, Déborah part précipitamment en serrant si fort la main d'Emma que la petite se met à pleurer.

Frederika regarde son amie s'éloigner. Quelque chose a changé chez elle, et ce n'est pas seulement le fait qu'elle envisage de quitter David ou soit amoureuse de son beau-frère. Non, c'est quelque chose de plus profond que ça, et plus inquiétant. Frederika a clairement identifié à quel point la jeune femme semble impatiente, agacée, à bout de nerfs… Mais aussi avec quelles attentions elle s'occupe de sa nièce, jusqu'à en faire sa copie conforme. Pas besoin d'être mariée à un psy pour comprendre ce qui est en train de se produire : Déborah reporte tout son amour sur Emma, comme une mère sur sa propre fille, comme une femme stérile sur un enfant tombé du ciel. C'est trop, c'est dévorant et ça se voit. On dirait que la jeune femme oublie que cette petite a déjà un père, un foyer, et qu'elle n'est qu'une transition dans sa vie. Oui, Frederika sait reconnaître les signes d'un amour disproportionné, ce genre de passion qu'on développe quand on n'a rien d'autre à quoi se raccrocher. Elle ne la sent pas du tout, cette histoire. Pire, ce mauvais pressentiment qu'elle a à chaque fois qu'elle pense à sa voisine ne fait que s'intensifier, avec, en filigrane, cette nouvelle question : que se passera-t-il quand le père viendra récupérer son enfant ?

Déborah a serré si fort la main d'Emma qu'elle a dû lui promettre une glace pour calmer ses pleurs. Elle s'en veut de l'avoir brutalisée comme ça, dans la rue... Sitôt rentrées à la maison, la fillette lui réclame sa récompense.

— Je veux une glace au chocolat !

— Oui, ma p...

Déborah s'interrompt. Nicolas et David sont assis sur le canapé et la regardent sans dire un mot. La jeune femme va chercher un esquimau pour Emma et lui demande d'aller le manger un peu plus loin, puis elle s'assied face aux deux hommes et attend, le cœur serré. C'est Nicolas qui rompt le silence.

— Je venais prendre de tes nouvelles.

— Ça va un peu mieux. Et toi ?

— Ce n'est pas brillant... Je m'en veux d'avoir mal éteint ma cigarette.

— On n'est pas sûrs que ça vienne de ça.

David foudroie son frère du regard.

— Ça fait une semaine, reprend Nicolas, un peu gêné.

Même si Déborah sait ce que ça signifie, l'idée qu'il reparte avec Emma lui est insupportable.

— C'est trop tôt, s'il te plaît, ne me fais pas ça !

— Tu sais bien que non, ce n'est pas trop tôt... Et puis j'avais dit que c'était juste pour quelques jours. Je ne peux pas vivre sans ma fille.

— Moi non plus !

Elle a presque crié. Nicolas lui lance un regard grave. Il sait bien à quel point elle est attachée à Emma, mais il sait justement que la petite est un excellent moyen de pression sur la jeune femme, et que tôt ou tard elle finira par les rejoindre pour de bon... Alors Déborah peut bien souffrir un peu pour le moment, parce que dans quelques jours, si tout marche comme prévu, elle sera avec eux. Pour toujours...

— Bébé, nous aurons nos propres enfants, lui répond David. Et eux, nous ne les quitterons jamais ! Je t'avais dit que c'était provisoire.

— C'est de ta faute ! insiste la jeune femme. C'est parce que tu as pété les plombs alors qu'on n'est même pas sûrs que ce soit à cause de lui ! Si tu étais plus raisonnable, Nicolas ne songerait pas à partir.

— Nicolas par-ci, Nicolas par-là ! Un jour c'est un connard, le lendemain c'est un martyr. Faudrait te décider, ma chérie, parce que je commence à en avoir marre de tes atermoiements !

— Ce ne sont pas des atermoiements, je dis juste que tu pourrais reconnaître qu'on n'a aucune certitude, et voir à quel point Nicolas est désolé. Si moi je le peux, tu le peux aussi !

— Je connais mon frère, pas toi.

— Qu'est-ce que tu en sais ? intervient Nicolas en relevant un sourcil.

— Je sais que ma femme te cherche des excuses parce que tu as su la charmer, mais je ne suis pas dupe de ta vraie nature.

— Je te déconseille d'aller sur ce terrain-là… Je pourrais en dire autant voire plus sur la tienne, ne l'oublie pas.

Les deux hommes s'affrontent du regard. Ils vont en venir aux mains, c'est sûr.

— Arrêtez ! proteste la jeune femme en se levant brusquement.

Mais une baisse de tension lui coupe les jambes et elle retombe mollement sur son siège en se tenant la tête.

— Bébé, tu n'es pas bien ?

David s'est précipité vers elle, l'air inquiet.

— Tu vois dans quel état tu la mets ? lance-t-il à son frère.

— Moi ? Mais c'est toi qui la terrorises ! se défend Nicolas.

— ARRÊTEZ !

Cette fois Déborah a hurlé.

— Je n'en peux plus de vos embrouilles, de vos gamineries. Je suis fatiguée d'être prise entre deux feux ! Je sors d'une fausse couche et d'une intoxication au dioxyde de carbone, vous ne croyez pas que je mérite une trêve ? Je ne demande pas grand-chose : juste qu'on oublie cette histoire d'incendie et que je puisse garder Emma encore un peu… Je m'en occuperai bien, c'est promis. Cet enfant c'est mon rayon de soleil, j'ai besoin d'elle… S'il te plaît, Nicolas, encore juste une semaine !

Le jeune homme semble hésiter un peu, puis les grands yeux dorés de Déborah ont raison de sa réticence…

— D'accord, mais je veux des excuses, dit-il à son frère.

— Quoi ?

David s'étrangle de surprise.

— Je veux que tu t'excuses de m'avoir tabassé à l'hôpital et que tu reconnaisses que je n'ai pas voulu faire de mal à Déborah.

— Jamais de la vie.

— Alors la réponse est non.

— David, je t'en supplie, mon amour !

C'est un comble ! Sa femme ne voit-elle pas ce qui se joue ici ? Nicolas, sous ses airs de faux jeton, jubile littéralement. Non seulement la belle Déborah le supplie de lui laisser sa fille, mais il se paie le luxe d'humilier son frère devant elle. Seulement voilà : comment refuser ce qu'elle demande sans passer pour un monstre d'égoïsme ?

— Je suis désolé de t'avoir tabassé et je reconnais que tu n'as pas forcément voulu faire de mal à Déborah.

Mais tu ne perds rien pour attendre, connard, complète-t-il mentalement avant d'aller se servir un verre pour se calmer.

Nicolas sourit, manifestement satisfait, et regarde sa belle-sœur d'un air de dire : « Tu vois, ce n'est pas si compliqué de le faire plier. »

Emma a terminé sa glace et ça se voit. La frimousse toute barbouillée elle s'approche de son père pour lui faire un câlin. Nicolas rigole en lui frottant la bouche avec un mouchoir.

— Décidément, cette petite aime le chocolat, risque Déborah.

— Oui, depuis qu'elle est sevrée, je crois que c'est même sa passion !

— C'est sûr ! Tu te rappelles la glace à Deauvil…

La jeune femme s'interrompt brusquement et se tourne, toute pâle, vers son mari. David est de dos et finit de se servir un verre de cognac. A-t-il entendu ce qu'elle vient de dire ? Elle devrait vite faire diversion en parlant d'autre chose, pour noyer la gaffe, mais elle reste là, dans un silence où résonnent encore les mots qu'elle vient de prononcer. David a très bien entendu. Le cognac a même failli lui tomber des mains. Glacé. Il se sent glacé. Tout semble tourner au ralenti autour de lui. Avec une lenteur infinie, il pose la bouteille, prend son verre et avance de quelques pas vers sa femme. Elle se met aussitôt à trembler en le regardant avec des yeux mouillés.

— J'ai bien entendu ? se contente-t-il de demander. Vous avez des souvenirs en commun ? Il va falloir me raconter !

Le ton est froidement sarcastique, trop calme. Déborah tremble de plus belle.

— Ce n'est pas ce que tu crois...

— Ah ? Et je crois quoi à ton avis ? feint-il d'un ton toujours aussi doux.

Les larmes de Déborah se mettent à couler. Elle lance un regard désespéré à Nicolas, qui s'obstine dans la contemplation de ses chaussures et ne lui sera d'aucune aide.

— Je... je vais t'expliquer... Je voulais te le dire de toute façon...

— Ah oui ? Et me dire quoi ? hurle soudain David. Que tu te tapes mon propre frère depuis des années apparemment ? Qu'il est ton amant et que tu n'es qu'une traînée de plus qui n'a pas su lui résister ?

3

— TU BAISES MA FEMME, CONNARD, et tu viens la baiser jusque chez moi ?

David a attrapé Nicolas par le col, le poing déjà levé. Déborah est partie précipitamment de la pièce en pleurant et, au salon, on entend soudain qu'elle déplace un meuble, fait tomber des tiroirs. David est fou de rage et d'inquiétude : est-elle en train de faire ses bagages ? Mais la jeune femme redescend très vite en tenant un livre dans les mains.

— Attends, laisse-moi te montrer, lâche-le !

David tourne la tête vers sa femme et regarde l'ouvrage qu'elle tient. Il est de grand format, la couverture est rigide et d'un vert pastel, ornée d'un nounours rose.

— Regarde, insiste Déborah en tournant frénétiquement les pages avant de s'arrêter sur l'une d'elles et de pointer une photo du doigt.

Ce que David a pris pour un livre, c'est un album de photos dans lequel on peut voir Emma bébé. Sur celle que lui montre

Déborah, la petite a environ un an et le visage barbouillé de glace au chocolat.

— On parlait juste de ça, sanglote la jeune femme, juste de ça, je te jure !

David relâche son frère.

— Je ne comprends pas…

C'est Nicolas qui prend alors la parole, la voix tout aussi tremblante que celle de sa belle-sœur.

— On aurait dû te le dire avant, mais on ne savait pas comment… La première fois que nous nous sommes croisés, avec Déborah, c'était aux obsèques de maman, tu te souviens ?

— Vous ne vous êtes pas adressé la parole : je suis resté avec elle tout le temps !

— Je lui ai pourtant glissé mes coordonnées…

C'était il y a près de cinq ans. En novembre, sous une pluie battante et glaciale. Les deux frères enterraient leur mère à Bordeaux et se revoyaient pour la première fois depuis presque trois ans. Ce jour-là David n'avait pas eu un regard pour son cadet, il n'avait pas su voir sa tristesse et sa culpabilité. Déborah, si. Nicolas l'avait compris immédiatement. Comme son frère, il était tombé instantanément sous le charme de la jeune femme, même s'il venait à peine de rencontrer Laura. Il avait profité que David s'absente cinq minutes afin de passer un coup de fil pour s'approcher de celle qui lui lançait quelques sourires timides en cachette de son mari.

— Ça fait des années que ton frère essaie de renouer avec toi, David… Des années qu'il me donne de ses nouvelles, m'envoie des photos d'Emma parce qu'il sait que j'adore les enfants… Des années qu'on attend le bon moment pour vos retrouvailles.

— Et tu crois que je vais avaler ça ? demande David, incrédule.

— C'est la vérité ! proteste Déborah.

— C'est ce qu'il te fait croire, nuance ! Mais moi je n'y adhère pas deux secondes.

— Tu as tort, répond Nicolas. J'ai changé, tu sais. J'avais vraiment envie de me rapprocher de toi…

— En te tapant ma femme ? Ça, tu t'étais bien gardé de me le dire !

— Je ne l'ai jamais touchée.

David scrute les yeux de son frère et ne parvient pas à y déceler la preuve qu'il ment.

— Je ne sais plus quoi penser…

— Crois-moi ! s'écrie la jeune femme.

— Comment as-tu pu me cacher ça, toi en qui j'avais confiance ?

— Tu peux toujours avoir confiance…

— Facile à dire, pourtant tu m'as trahi.

— Je ne t'ai pas trahi ! Je voulais vous réconcilier !

— Mais de quoi tu te mêles, Déborah ? Tu te prends pour qui ? Tu n'as pas compris qu'il n'y a jamais rien de gratuit avec Nicolas ? Qu'il tisse sa toile autour de toi pour m'atteindre parce qu'il a senti que tu étais le maillon faible ? Qu'il t'a prise par les sentiments en utilisant son propre enfant ou peut-être même en te faisant croire que tu lui plais, pour mieux m'approcher ?

— Tu sous-entends qu'on ne peut pas juste s'intéresser à moi ? Que tout tourne forcément autour de toi ?

— Non, ma chérie, je dis qu'avec Nicolas rien n'arrive jamais par hasard et qu'il a su voir ton beau cœur pour s'en servir. Tout ce qu'il sait faire, c'est détruire les gens qui l'aiment. Crois-moi. Regarde comme il nous divise déjà, regarde ce qu'il a fait ici, les conséquences pour notre bébé !

— C'était un accident, tu n'as pas le droit de me le balancer continuellement en pleine figure ! proteste Nicolas.

— Un accident ? Comme l'autre ? De toute façon nous allons porter plainte pour l'incendie. Au moins nous en aurons le cœur net. Je sais pertinemment qui tu es vraiment sous tes airs cool et je ne te laisserai pas anéantir mon foyer au nom d'une vengeance grotesque.

Nicolas semble surpris.

— Quelle vengeance ? Je ne comprends pas de quoi tu parles. Tu délires ? T'es complètement fou ?

— Ben voyons... T'as pas d'autre argument pour ta défense ?

— Je n'ai pas besoin de me défendre. Tu es complètement parano et à côté de la plaque, mon pauvre David. Tu peux te la raconter autant que tu veux auprès de ta femme et de tes fans, mais moi je sais à quel point tu débloques et je sais même reconnaître les signes avant-coureurs de tes accès de démence ! T'as jamais réglé ton problème.

— D...de q...quel problème tu p...parles ?

— Tu le sais très bien... Mais ta femme, elle le sait que tu as fait un séjour en HP ?

— Et la faute à qui ?

Déborah se laisse tomber sur le canapé, bouche bée.

— De quoi parle-t-il ? demande-t-elle à David.

— Occupe-toi de tes affaires, répond-il, hors de lui. Et toi, Nicolas, tu dégages, MAINTENANT.

— Ouais, c'est ça, esquive... Mais ta folie, tu ne pourras jamais l'esquiver : elle finira toujours par te rattraper !

— Je ne suis pas fou, hurle Dávid, c'est compris ?

Nicolas prend ses affaires en criant qu'il reviendra chercher sa fille le lendemain. Déborah le supplie de rester mais David claque la porte si fort sur son frère que la jeune femme sursaute violemment et pousse un cri. Tétanisée, elle le regarde comme s'il était le diable.

— Quoi ? Toi aussi tu me crois fou ? Je t'ai déjà fait du mal pour que tu aies peur de moi ?

— Je...je ne sais pas...

— Comment ça, tu ne sais pas ? C'est oui ou c'est non, merde !

Déborah, l'air paniquée, se retrouve acculée contre la porte. Sa respiration est rapide, elle semble au bord de la syncope.

— Parfois on peut faire du mal sans s'en rendre compte ou s'en souvenir…, risque-t-elle. Et depuis l'incendie, tu…

— Mais de quoi tu parles, putain ? Je t'ai jamais touchée, OK ? Alors ne t'avise jamais de prétendre le contraire, c'est compris ?

Hors de lui, David s'allume une cigarette. La jeune femme fixe l'extrémité incandescente, comme fascinée, et se met à bafouiller de vagues excuses.

— Pardon, je ne voulais pas dire ça… Je suis fatiguée… je vais prendre une douche et me coucher.

Et elle s'enfuit du salon en pleurant, le plantant là.

— Putain mais vous êtes tous dingues ici ou quoi ! hurle David en lançant son verre de cognac par terre.

Il a du mal à réaliser à quel point les choses ont changé depuis l'arrivée de Nicolas. Il savait bien que ce serait le cas en lui ouvrant sa porte, pourtant il était loin d'imaginer qu'il finirait par douter de sa propre femme. Pourquoi l'accuse-t-elle ainsi de lui faire du mal ? Il est aux petits soins pour elle comme au premier jour. Bien sûr, il a parfois ses humeurs, mais il s'est toujours racheté avec des cadeaux et de gentilles attentions, non ? Il est un bon mari, tout le monde peut en témoigner. Alors, qu'elle aille se plaindre de lui si bon lui semble, personne ne la croira. Pas plus qu'il ne la croit quand elle prétend ne pas être attirée par Nicolas. Il la connaît suffisamment pour savoir reconnaître le désir dans ses yeux. Reste à savoir s'ils sont déjà passés à l'acte ou s'ils en ont juste envie pour l'instant. Mais David entend bien le découvrir…

Le calme après la tempête a toujours quelque chose de déconcertant car il se pare d'un faux silence. En réalité, le bruit reste à l'intérieur. Les cris continuent de faire battre les tempes, le sang se fait l'écho du tumulte en tambourinant douloureusement contre les tympans, la fureur, partout, crie sa présence malgré l'apaisement apparent. Déborah a passé au moins une demi-heure sous la douche, pour se laver de la rage, apaiser sa peur et chasser les cris de sa tête. Sa respiration est régulière, son pouls plutôt bas. Elle sort de la cabine, se passe une serviette autour du corps et serre les robinets au maximum. Il y a de la buée partout dans la pièce, mais elle aime assez cette atmosphère humide et chaude comme un cocon. Elle se sèche un peu les bras et les jambes et sort de la salle de bains.

David a déposé Emma dans sa chambre et l'a laissée là. La petite gazouille et joue avec ses poupées. La jeune femme la contemple un instant, débordante d'amour pour elle. Elle est si jolie, si parfaite avec ses boucles blondes ! Elle pourrait vraiment être sa fille, personne ne songerait à la contredire si elle la présentait comme telle ! Emma joue à la maman. Déborah aussi aimerait bien. Et si le destin lui a permis de s'occuper de cette enfant, c'est peut-être parce que les choses doivent être ainsi, et que ses années de sacrifice trouvent enfin leur justification. Non, Déborah ne laissera personne se mettre en travers de son chemin et elle fera ce qu'il faut pour rester avec Emma. Même si elle doit abandonner ce qu'elle a bâti jusque-là. Sa décision est prise : ça fait longtemps que la jeune femme se sait capable de tout pour obtenir ce qu'elle désire vraiment. Elle se sent plus forte que jamais et prête à tout pour s'occuper de cette fillette. Et quand David comprendra qu'elle lui a échappé, Déborah sera trop loin pour qu'il la rattrape. Il ne pourra plus jamais poser la main sur elle.

La jeune femme s'approche de l'enfant en souriant et la soulève de terre. Emma, arrachée à son jeu, proteste, pleurniche, mais Déborah la serre fort contre elle et s'assied dans le rocking-chair en la berçant doucement pour qu'elle se calme.

— Ne pleure pas, je t'en supplie, je n'ai que toi, que toi, ma petite fille…

La fillette s'apaise un peu, pose sa tête sur l'épaule de sa tante et s'amuse à compter les drôles de ronds rouges sur la peau de la jeune femme. Est-ce qu'ils servent à donner son âge, comme pour les coccinelles ? demande Emma en promenant ses doigts sur les points.

— Non, ma chérie, ce n'est pas ça.

Comment Déborah pourrait-elle dire à l'enfant que ces marques rouges, ce sont des brûlures de cigarette ?

4

DEVANT LA PORTE BLEUE, sous le drapeau français, est planté un policier en faction chargé de filtrer les visiteurs. Son regard fatigué se pose sur la voiture qui vient de se garer à côté de lui. Des gars de la maison. Les rayures sur le toit, à l'endroit où on pose le gyrophare, en sont la preuve. Le conducteur rabat le pare-soleil où POLICE s'affiche en toutes lettres.

Les deux hommes qui sortent du véhicule saluent brièvement le vigile en lui montrant leur carte, puis s'engouffrent dans le couloir qui mène au bureau de Sauvage. Le commandant Mendel préférerait être ailleurs, occupé à interroger les Pennac ou encore à relancer ses contacts au sujet de Strano. Il a réussi, en un temps record, à mettre en place tout un système de surveillance des endroits où le Sicilien aime se rendre. Pas une surveillance officielle, non, juste quelques indics, positionnés au bon endroit et sachant laisser traîner leurs oreilles. Et voilà qu'il lui faut encore se coltiner l'interrogatoire de la veuve du capitaine Petitjean. Sacha n'était pourtant pas obligé, seul le commissaire Toussaint en a reçu l'invitation, mais il est plus prudent d'entendre aussi ce qu'elle peut raconter, on ne sait jamais...

Charlotte Petitjean fait face aux deux hommes de l'IGPN, l'air un peu impressionnée. Elle a ramené ses genoux l'un contre l'autre pour que sa jupe ne dévoile pas trop de chair, comme le font les femmes bien comme il faut. Une trentaine d'années, blonde aux cheveux mi-longs, des lunettes, elle a un physique assez banal. Quand elle rit, on comprend tout de suite qu'elle n'a pas inventé le fil à couper le beurre, c'est un rire un peu niais, sans charme, celui des filles qui se croient belles et se contentent de leur erreur. Mais là, elle ne rit pas. Elle renifle pour bien montrer son malheur, elle se lamente même, demande aux hommes autour d'elle ce qu'elle va devenir, dit qu'elle crève de peur de finir seule... À voir sa tête déconfite et l'air plus las que sévère de Sauvage, ils la cuisinent déjà depuis quelques minutes.

— Mon mari a été tué et vous me traitez comme une criminelle ! Jamais vous n'auriez osé faire ça s'il était en vie !

— Madame, votre mari et vous viviez bien au-dessus de vos moyens, vous en avez conscience ?

Christian Sauvage en a vu d'autres. Il connaît ce genre de bonnes femmes qui s'habillent comme des poules de luxe en espérant émouvoir tout ce qui porte couilles. Mais elle peut bien remuer le croupion autant qu'il lui plaît, il lui manque un argument de taille pour lui plaire. Le style d'argument qu'il ne trouve que dans le secret des backrooms du Marais. Bien sûr, Sauvage garde ses goûts personnels pour lui et tait ses préférences à ses collègues, prétendant qu'il entretient sa musculature pour séduire les filles, et se garde bien de décliner sa profession à ses conquêtes d'un soir. La veuve du capitaine ne lui plaît décidément pas. Trop de parfum, trop de simagrées, trop de clichés. Le genre qui pousse son mari à la faute avec ses caprices d'adolescente et l'oblige à passer la voir alors qu'il est en sous-marin. Sacha Mendel l'avait prévenu et il avait raison. Mendel... Ce mec-là est flic jusqu'au bout des doigts, pense Sauvage, ça se voit tout de suite. Il a cependant le mauvais goût d'être hétéro, dommage. D'ailleurs, quand on parle du loup... on en voit la queue, se dit-il en souriant tandis qu'il pénètre dans la pièce avec son commissaire. La femme s'imagine que ça lui est destiné et se détend un peu.

— Je ne tiens pas les comptes de mon mari ! geint-elle. Comment j'aurais pu le savoir ?

— Avec un minimum de jugeote, madame. On n'offre pas des Louboutin avec un salaire de simple flic, réplique Sauvage en désignant ses escarpins.

La femme se tortille sur sa chaise, c'est bien sa veine que cette brute sache reconnaître des chaussures de marque ! Elle cherche des arguments à opposer aux deux policiers. Héritage, gain au jeu, primes, tout y passe, en vain. Ils ne sont pas dupes.

— Mon mari ne me racontait pas d'où venait l'argent. Je me suis bien dit que c'était louche mais il était tellement stressé par son enquête que je n'osais pas l'embêter avec ça.

— Stressé ?

— Oui. Ces derniers temps, il se sentait en danger, il était sur le qui-vive. Il parlait beaucoup d'un gars qui lui mettait la pression.

— Un gars de Strano ?

— Je ne sais pas. Il le surnommait le Punk. Il disait qu'il le harcelait, le suivait partout. Parfois même quand on était ensemble, mais moi je n'ai jamais rien vu...

Alex Toussaint a violemment sursauté aux paroles de la femme. Sacha sort précipitamment de la salle. Le commissaire s'excuse auprès de ses confrères et le suit.

— Non mais ça va pas de quitter la salle d'interrogatoire comme ça ?

— Ce n'est pas intéressant ! En revanche, je viens de comprendre quelque chose par rapport à l'affaire Pennac : Nicolas et sa femme n'avaient pas de quoi vivre dans un atelier d'artiste dans Paris. Ils menaient un train de vie supérieur à leurs moyens.

— Dis plutôt que tu as quitté la salle parce que tu viens de réaliser que tu étais dans la merde.

La ride entre les deux yeux du commissaire vient de se creuser dangereusement, comme si son visage allait se fendre en deux en écho au séisme qui agite son esprit. Il attrape Sacha par le bras, ses lèvres tremblent légèrement.

— Sacha, réponds-moi.

— Répondre à quoi ?

— Ne fais pas l'innocent avec moi, Sacha, je parle de ce surnom, le Punk. Tu crois qu'ils vont mettre combien de temps à réaliser que c'est le tien ?

— Et alors, ce n'est qu'une coïncidence !

— Tu en es vraiment sûr ?

Le commandant répond par l'affirmative, visage fermé, mais Toussaint ne parvient pas à le croire. Sacha a changé. Il a certes toujours été un peu borderline, le genre à s'arranger avec la procédure, notamment lors d'interrogatoires musclés – mais qui n'a jamais été confronté à un violeur d'enfants ou à un salaud qui vitriole les femmes ne peut ni comprendre ni se permettre de donner des leçons. Sacha est un ami et un bon flic qui prend son métier à cœur, c'est pourquoi Toussaint a toujours fermé les yeux sur ses méthodes. Mais depuis quelque temps, avant même l'affaire Strano, les choses se sont accélérées, le commissaire le sait pour avoir dû étouffer des plaintes pour harcèlement, menaces ou même violences policières. Il a tenté de se convaincre que c'était dû aux tensions avec Marion, sa femme, et s'est même imaginé que permettre à son commandant d'infiltrer le réseau de Strano lui donnerait l'occasion de prendre du recul, de se concentrer sur autre chose. Sacha a besoin de se sentir utile, de savoir qu'il œuvre pour le bien. Du moins c'est ce que le commissaire Toussaint a toujours pensé mais il n'en est plus aussi sûr. Les rapports de Petitjean et de Mendel ne se croisaient jamais, comme s'ils ne communiquaient pas entre eux, s'évitaient, et Sacha n'a pas manifesté la moindre surprise quand Alex lui a annoncé la mort de son collègue. Il a juste protesté lorsqu'on l'a retiré de l'enquête. Il aurait voulu rester infiltré dans le réseau du Sicilien. Était-ce seulement pour mener à bien son enquête ou pour des raisons moins avouables ?

— Je te le répète, ce n'est qu'une coïncidence. Tu crois quoi ?

— Je ne sais pas ce que je crois…

La gorge serrée, Toussaint envisage avec angoisse que son ami ait basculé… Mais ce n'est pas le lieu pour lui demander des preuves de son intégrité. Sacha lui adresse un sourire qui se veut rassurant et lui tapote l'épaule.

— Tu m'excuseras auprès des gratte-papier ? J'ai une enquête à faire avancer !

Et sans laisser au commissaire l'occasion de lui répondre quoi que ce soit, Mendel tourne les talons et quitte le bâtiment d'un pas rapide. Le Punk, il est vrai que c'est son surnom, au 36. À cause de la musique qu'il écoute… Mais il n'est certainement pas le seul à Paris ! Pas de quoi en faire un plat ni même s'en inquiéter. Du moins essaie-t-il de s'en convaincre pour justifier la légèreté qu'il a opposée aux inquiétudes d'Alex… Une fois dans la rue, il hèle un taxi. Un indépendant de la vieille école, avec un plan archi-usé qui déborde de la boîte à gants et dont la voiture a des relents de tabac froid. Le chauffeur n'est plus tout jeune, et sûrement un peu sourd à en juger par le volume de la radio. Sacha ouvre la bouche pour lui demander de baisser le son, mais se ravise en entendant le nom de l'invité spécial de l'émission… Il se souvenait que Pennac devait passer chez Fabien Le Roy, mais il ne pensait pas avoir la chance de suivre l'émission en direct !

— Aujourd'hui, nous recevrons le coach en séduction David Pennac, la coqueluche de ces dames ! David viendra nous parler de ses techniques et de ses conquêtes dans deux minutes. Et n'oubliez pas : l'émission est filmée et retransmise en vidéo sur notre site Web !

Dans la loge de maquillage, David Pennac est aux anges. L'émission à laquelle il a été invité fait une grande audience et va l'aider à booster les ventes de son livre. Son éditeur sera bien obligé de suivre les commandes et de tirer plus d'exemplaires que prévu ! Il se sent en veine aujourd'hui, conquérant, complètement focalisé sur sa carrière. Le reste n'est que détails, obstacles surmontables. Bien sûr, il y a toujours le doute, l'angoisse que sa femme lui ait menti à propos de ses relations avec Nicolas, et ces cauchemars où les cris et le feu viennent lui cramer les tympans. Mais l'un dans l'autre, les choses vont tout de même dans le bon sens. Nicolas n'a pas reparu et Déborah ne sait comment se faire pardonner ses mensonges. Elle est de nouveau l'épouse parfaite qu'il connaît et qu'il aime : douce, attentionnée, discrète. David sourit en l'imaginant devant son écran d'ordinateur. Elle doit guetter son apparition ! Cette opportunité, ça fait longtemps qu'il l'attendait. C'est une émission littéraire, avec des journalistes de qualité. Il doit faire bonne impression, être charmant sans être charmeur, sûr de lui sans être arrogant, humble sans être menteur. Ce sera du gâteau. Son métier, c'est justement de plaire, non ?

— David, on vient vous chercher dans cinq minutes !

L'animateur principal lui sourit gentiment, David ferme les yeux un instant, pour être parfaitement serein, en possession de tous ses moyens.

— Monsieur Pennac ?

Cette fois-ci, c'est un coursier qui vient le déranger. L'homme casqué lui remet un pli et s'en va, sans un mot. Intrigué, David ouvre le courrier et se décompose.

— Un problème, monsieur ? lui demande la maquilleuse.

Mais David se sent bien incapable de répondre. Le ciel vient de lui tomber sur la tête.

Sacha n'en a pas raté une miette. Il s'est arrangé avec le chauffeur de taxi pour qu'il se gare et attende la fin de l'émission. Tant pis pour le prix de la course ça valait le coup. Du grand spectacle. Non seulement David Pennac a perdu tous ses moyens sitôt arrivé sur le plateau, bégayant, faisant des fautes de français monumentales, mais les journalistes n'ont pas été tendres avec lui. Un vrai pugilat. Ils ont pourtant commencé à le charrier gentiment, tout en reconnaissant les qualités littéraires du livre qu'ils avaient lu en avant-première, mais Pennac est tout de suite monté sur ses grands chevaux, et son arrogance lui a valu une mise à mort médiatique en bonne et due forme. Coach en séduction ou pas, il n'a pas fait le poids face aux cinq chroniqueurs et a vite perdu pied, au point de se faire insulter en direct par les auditeurs.

— Vous m'avez piégé ! s'époumone-t-il à présent face à ses détracteurs. C'est scandaleux, je vais porter plainte pour atteinte à mon image !

David est furieux. Contre ces salopards qui se sont payé sa tête sur un plateau autant que contre lui qui a raté son entrée et les a agressés d'entrée de jeu, tant il était dévasté par le courrier reçu juste avant l'émission. Mais plus que tout, il est fou de rage vis-à-vis de sa femme. Elle ne perd rien pour attendre, celle-là.

Il saute dans sa voiture et l'appelle aussitôt.

— Allô ?

— T'es où ?

— Au parc avec Emma, pourquoi ?

Même pas à la maison en train de l'écouter et de le soutenir ! David raccroche et démarre sa voiture en trombe.

— Déborah, ça va ? Tu es pâle comme un linge...

Frederika a réussi, plutôt facilement d'ailleurs, à convaincre la jeune femme de venir faire une promenade avec d'autres mamans du quartier. Elle s'est dit que ça lui ferait du bien de sortir et de voir d'autres femmes...

— Non. C'est David. Je ne sais pas ce qu'il a. Il est très en colère.

— Contre toi ?

— Non. Enfin je ne sais pas, peut-être... Je... ne sais pas ce que j'ai fait de mal.

Elle se lève, tourne sur elle-même, au bord des larmes, complètement désorientée.

— Hey, calme-toi, ma belle, on est là, OK ? Reste avec nous...

— Non, je dois y aller, il va me chercher...

— Mais il sait que tu es au parc avec Emma, tu le lui as dit.

— Oui, c'est vrai.

Les autres femmes interrogent Frederika du regard : « Ça va aller ? » Non, ça ne va pas : Déborah a l'air complètement effrayée et tremble comme une feuille. Si seulement elle pouvait l'aider...

Le temps de faire à peine une trentaine de kilomètres depuis un Paris plutôt fluide, David a reçu plus de quinze appels. Il n'en a pris aucun. Il sait très bien ce que c'est : des annulations de séminaires et son éditeur en oiseau de mauvais augure. Il a tout perdu. Ses chances de sortir *Tout pour plaire*, comme celle de devenir romancier. Tout ça à cause de Déborah ! Il se gare n'importe comment sur le trottoir et manque écraser un piéton, ouvre le petit portail du parc et se lance à la recherche de son épouse. Elle est là, au milieu d'autres bonnes femmes dont il se moque éperdument.

— Tu comptais me le dire quand ? hurle-t-il.

Cramoisie, recroquevillée sur elle-même, Déborah n'est plus qu'une ombre dotée d'une voix de souris.

— De quoi tu parles ?

— Vas-y, prends-moi pour un con devant tes connasses de copines, surtout n'hésite pas, j'adore ça, aujourd'hui c'est moi qui régale ! Non mais tu te rends compte de la merde dans laquelle tu me mets ? Tu as pensé à ma réputation ?

— Je suis désolée...

C'est aux autres mamans que Déborah s'est adressée dans un souffle.

— Allez, ça suffit, on va régler ça à la maison.

David, hors de lui, attrape sa femme par le bras et la soulève quasiment de terre en la tirant du banc. Les mamans, choquées, tentent de protester.

— Mais ça va pas de lui parler sur ce ton ?

— Vous n'avez pas à la traiter comme ça, elle vous suivra si elle le veut !

— Vos gueules.

Et sans faire plus de cas des autres, il traîne Déborah jusqu'au bac à sable, récupère Emma et tous trois disparaissent dans la voiture. Les femmes, estomaquées, hésitent sur la conduite à tenir.

— Vous voyez qu'il la bat ! s'écrie Frederika.

— Non, on n'a rien vu, il est énervé mais il ne l'a pas frappée devant nous !

— Enfin, il lui a quasiment arraché le bras !

— N'exagérons pas, et puis on ne sait pas ce qu'elle lui a fait, elle avait l'air de savoir de quoi il parlait en tout cas !

— Je connais Déborah, insiste Frederika, et je peux vous assurer qu'elle est malheureuse, elle est en prison avec lui.

— Une prison plutôt dorée... Elle l'a sûrement épousé en connaissance de cause : il est peut-être caractériel, mais elle ne manque de rien, persifle une des mères. Il suffit de voir comment elle s'habille et la voiture de son mari. On ne peut pas tout avoir : il y a forcément un prix à payer...

Frederika s'attendait à plus de solidarité, elle comptait même là-dessus pour faire bouger les choses, mais si personne ne la suit... Décidément Déborah est bien seule...

David n'a pas desserré les dents de tout le trajet et ne se décide à parler qu'une fois devant la maison.

— Tu m'avais dit que Nicolas n'était pas venu réclamer Emma. Et j'apprends par voie de justice que c'est toi qui as refusé de la lui rendre ?

— C'est vrai… Je n'ai pas pu me résoudre à la lui confier. Il n'est pas apte à s'en occuper.

— Il a fait appel à un avocat, Déborah ! Tu sais ce que ça veut dire ?

La jeune femme saisit le courrier posé sur le tableau de bord et s'absorbe dans sa lecture, comme une enfant têtue qui refuse qu'on lui fasse un sermon.

— Ça veut dire que si on ne la lui rend pas, Nicolas va nous faire un procès, qu'il gagnera ! Et je ne te parle pas de la pub que ça va me faire, surtout qu'il me menace de divulguer des choses qui pourraient me causer du tort !

— Tu parles de ton passé psychiatrique ?

— Je t'ai dit que c'était une erreur et que ça ne te concerne pas !

— Je refuse que Nicolas récupère Emma ! Il est trop instable !

— Tu n'as pas à juger de ce qui est bien pour cette gamine, tu n'es pas sa mère, t'entends ? Et puis arrête de la déguiser pour en faire ton clone, c'est ridicule à la fin !

David sort de la voiture en claquant la portière. Effrayée, Emma fond en larmes tandis que Déborah porte les mains à ses oreilles. Quelques minutes passent avant que la jeune femme se décide à le rejoindre, à quitter le véhicule avec la petite dans ses bras pour seul rempart…

5

Nicolas est accoudé à son bar habituel, mais pour la première fois depuis longtemps, ce n'est pas pour noyer son chagrin ni tromper son ennui. Cette fois-ci, il a quelque chose à fêter et compte bien arroser sa victoire ! Il imagine la tête qu'a dû faire David en lisant la missive avant son émission ! Tout devait y être, le pathos, la colère… Et puis quel scandale il a su faire en direct ! Il faut dire que son frère a toujours été un acteur formidable… Déborah est loin de se douter à quel point sa vie va changer maintenant que les choses sont en place. Nicolas sourit et lit pour la trentième fois le SMS de la jeune femme : *Tu as gagné. Je vais parler à David.*

— Champagne ! La bouteille !

— On fête quelque chose ?

Coupé dans son élan, Nicolas se fige un instant avant de tourner lentement la tête vers l'homme qui a parlé. Sacha Mendel.

— Vous n'allez pas me lâcher, hein ! Vous n'avez pas de vie privée ?

— Non, répond Sacha en se commandant un whisky.

— C'est du harcèlement !

— Oui.

— Je me suis plaint à votre hiérarchie.

— Je sais. En même temps on dirait que ça vous plaît : vous ne cherchez pas à changer vos habitudes pour me semer.

— Parce que je n'ai rien à cacher.

— Comment c'était dans votre couple ?

— Je n'ai pas à vous répondre…

Pourtant Nicolas répond, avoue qu'il se débrouillait pour être peu souvent chez lui, parce que sa femme lui menait la vie dure, pouvait être violente et pas seulement verbalement. Il a souhaité être libre plusieurs fois, oui, mais pas au point de lui faire du mal…

— J'avais prévu de la quitter, c'est vrai. Mais je ne pensais pas que ça se passerait comme ça… Avoir à faire ça…

— À faire quoi ?

— À aller chez mon frère mendier son aide. Je pensais lui en mettre plein la vue avec la sortie de mon roman. Je voulais qu'il soit fier de moi et peut-être même un peu jaloux. Je voulais lui montrer que je pouvais avoir la belle vie, moi aussi, du succès…

— Et sa femme, vous voulez l'avoir aussi ?

— Et pourquoi pas ? Vous avez vraiment le sentiment qu'elle est heureuse, Déborah ? Moi pas. C'est une perle, elle mérite qu'on prenne soin d'elle. Je sais qu'elle pleure souvent, je l'ai entendue la nuit. Et si je peux l'aider, je le ferai.

— Surtout si ça lui permet de vous tomber dans les bras…

— Je suis loin de la mériter. Je n'ai rien, je ne suis rien, comment pourrait-elle venir à moi sans rien en contrepartie ? Ce serait déséquilibré, malsain… Et les relations malsaines, moi aussi j'ai donné avec Laura, et je sais que ça n'évolue jamais dans le bon sens. J'ai cru pouvoir la changer… mais, présente ou disparue, elle a le même effet sur moi : elle me précipite vers le gouffre, là où mes vieux démons m'appellent et me jurent qu'ils se languissent de moi. J'ai peur de sombrer.

Sacha vide son verre d'un trait et en commande un second.

— Vous parlez de ma vie...

— Vous êtes marié ?

— Même modèle de femme que la vôtre, répond le policier. Intéressée, infidèle, autoritaire... La reine du chantage affectif. Tous les numéros plus le complémentaire ! Au début de notre mariage, j'ai cru pouvoir la sauver d'elle-même, lui donner le goût des choses simples et du bonheur... Mais en réalité j'ai épousé un immense trou noir, avide de toute substance vitale, et de mon oseille accessoirement.

— Notez qu'elle aurait pu trouver plus attrayant qu'un salaire de flic, plaisante Nicolas, qui se détend sensiblement.

Sacha rit de bon cœur et trinque avec lui. Il boit une gorgée, émet un petit claquement de langue et s'allume une clope, sans que le patron du bar songe à le lui interdire. Et c'est tant mieux, Sacha a horreur de cette société où l'on n'a plus le droit de rien faire. Fumer des fausses clopes, baiser sous plastique ou par téléphone, manger des merdes bourrées de pesticides mais sans sucre, sans gras, et sans goût, très peu pour lui. C'est un jouisseur. Il se sent bien dans ce rade miteux, entouré de camés et de paumés, certes, mais au moins sont-ils vrais, authentiques. Le commandant propose une tige à Pennac. L'homme la saisit et laisse le flic l'allumer. Sacha affiche toujours une mine joviale, presque hilare.

— T'as pris quelque chose, ce soir ? demande-t-il en recrachant la fumée au visage de Nicolas.

— Non, rien. Pourquoi ? J'ai l'air défoncé ? Ça m'étonnerait !

— Dommage...

— Pourquoi ça ?

— Parce que ça aurait pu excuser le fait que tu joues aussi mal.

— Q...quoi ?

— Ouais. T'es bien renseigné sur ma femme, à ce que je vois… C'est la magie d'Internet, je suppose. Mais la prochaine fois que tu essaieras de faire vibrer la corde sensible en prétendant avoir la même vie que moi, un conseil : sois plus subtil. Tu pensais quoi, connard ? Que je ne te voyais pas venir avec tes violons et tes ficelles plus grosses que toi ?

L'air ahuri de Pennac finit de mettre Sacha en colère. Semblant soudain péter les plombs, le policier bondit de son siège et le traîne jusque dehors où il le plaque contre un mur, main sur la gorge.

— Arrête de nier, je vois clair dans ton jeu.

— Je ne vois pas de quoi tu parles, mec, tu es cinglé ou quoi ?

— Non pas que je sois à cheval sur le protocole, mais appelle-moi mec encore une fois et je te défonce la gueule, connard. C'est quoi ton plan ? Pourquoi tu tournes autour de Déborah, tu veux la tuer comme tu as tué ta femme ?

— Je n'ai pas tué ma femme, c'est elle qui s'est barrée !

— Me prends pas pour un con, s'il te plaît !

Sacha resserre sa prise sur la gorge de Pennac. L'homme s'agrippe à sa main, les yeux exorbités, l'air passe à peine dans sa trachée.

— Vous m'ét… ranglez.

— Alors cesse de mentir, tu veux bien ? Laura est certes loin d'être une enfant de chœur. Je sais qu'elle est partie de son ancien travail dans les assurances avec les dossiers médicaux de certains patients. Vous avez monté une SCI pour racheter en viager le bien de ceux d'entre eux qui ne feraient pas long feu. Pour autant, ça n'a pas permis de couvrir toutes vos dettes. D'ailleurs c'est quoi ces dettes ? Jeu ? Drogue ?

— Je ne sais pas de quoi vous parlez ! Et jamais je n'aurais touché à Laura ! Je ne suis pas un assassin.

La main de Mendel se crispe un peu plus.

— Ben voyons. Reste à savoir pourquoi Laura a disparu si tu ne l'as pas tuée : vous vouliez repartir à zéro en fraudant l'assurance vie ? Vous avez tenté l'arnaque de trop et elle s'est mis des personnes peu recommandables à dos ? Ça expliquerait que tu n'aies pas signalé sa disparition.

— Mais non ! Je vous jure que je ne sais pas où elle est !!!

Le visage de Nicolas est écarlate, il respire avec de plus en plus de peine, ses ongles griffent la main du commandant. Bon sang, personne ne va intervenir ? C'est de la violence policière ! Nicolas est terrifié. Car s'il se défend d'être un assassin, il sait en reconnaître un et, flic ou pas, le type qui lui serre la gorge a les yeux d'un tueur. Plus rien à voir avec l'homme affable qui lui faisait la conversation quelques minutes plus tôt. Le voilà son vrai visage, et ça fait froid dans le dos…

— Dis-moi ce que tu veux à David et Déborah et je te lâcherai.

— Rien ! Je ne veux rien !

— Tu mens.

Cette fois-ci, Nicolas suffoque, il secoue la tête et implore Sacha du regard pour qu'il arrête. Il essaie d'articuler une explication inaudible. Sacha retire un peu sa pression et le fixe dans les yeux avec un sourire mauvais en attendant qu'il répète.

— Je veux… Déborah. Elle aussi.

— Ça m'étonnerait.

Nicolas parvient à extraire son téléphone de la poche arrière de son jean et lui montre le SMS qu'elle lui a envoyé : *Tu as gagné. Je vais parler à David.*

— Elle va partir avec moi… Ce n'est pas moi le danger, c'est David, croyez-moi. Fouillez son passé, vous verrez… Je sais que tout m'accable, mais je n'ai rien fait à Laura. Je ne l'aimais plus, c'est vrai, mais elle non plus. Et je suis tombé amoureux de Déborah, ce n'est pas un crime, ça ! Tout ce que je veux, c'est la sortir des griffes de David. Il n'est pas celui qu'il prétend. C'est lui qui est fou. Vraiment fou… Et je l'ai suffisamment pratiqué pour reconnaître les signes avant-coureurs d'une crise. C'est pour ça que je suis resté dans les parages, pour protéger Déborah. Elle ne réalise pas de quoi il est capable…

Nicolas ne cherche même plus à se débattre, comme si rien n'était plus important que la révélation qu'il est en train de faire. Et s'il disait la vérité ? Si David Pennac avait tué sa maîtresse devenue trop envahissante ? Et s'il était sur le point de recommencer avec sa propre femme ? L'homme a pourtant l'air de tenir à son épouse, mais les apparences sont parfois tellement trompeuses… Sacha lâche Nicolas.

— Je vais vérifier ta version. Mais t'as pas intérêt à essayer de m'entuber.

— Merci…

— Et un dernier conseil : pas la peine d'essayer de faire ami-ami. On n'a rien à voir toi et moi, parce que moi, à ta place, crois bien que j'aurais eu très envie de tuer ma femme…

Nicolas le croit volontiers. Ça ne fait aucun doute : la femme de ce dingue a du souci à se faire.

6

— Madame Keller ? Suivez-moi, je vous prie.

Le commandant Mendel conduit la femme jusqu'à son bureau. Elle a une soixantaine d'années et transpire la douceur. Il émane d'elle quelque chose d'infiniment maternel, de bienveillant. Mathilde Keller a des cheveux lisses et longs jusqu'aux épaules, cheveux qu'elle teint – ainsi que le trahissent ses racines blanches –, elle se maquille peu, porte quelques bijoux offerts par son mari, et enveloppe sa silhouette généreuse d'étoles vaporeuses. Elle sent le savon de Marseille et l'honnêteté des femmes de bonne famille. Après avoir décliné son identité, elle n'oublie pas de remercier le policier de lui permettre de l'aider dans son enquête.

— Vous avez déclaré la disparition de Laura Pennac le 3 mars dernier, c'est bien ça ?

— Oui, monsieur. Laura n'était pas venue travailler depuis trois jours, sans prévenir personne, et je ne parvenais pas à la joindre à son domicile.

— Vous avez essayé de contacter son mari ?

— Je n'ai pas son numéro de portable et il ne répondait pas à mes appels sur le fixe.

— Très bien. Depuis combien de temps connaissez-vous Laura Pennac ?

— Nous sommes collègues depuis cinq ans. Amies depuis deux.

— Elle se confiait donc à vous ?

— Oui…

Depuis son altercation avec Nicolas Pennac, Sacha a décidé de creuser la piste de David. Accusé sans preuve d'être l'amant de Laura, il nierait. C'est pourquoi le commandant a cherché du côté des amies de Laura pour savoir si l'une d'entre elles était au courant. Seule Mathilde Keller a répondu par l'affirmative.

— Pouvez-vous me dire tout ce que vous vous rappelez, madame ?

— Il y avait de l'eau dans le gaz entre Laura et son mari. Il se droguait et buvait, je crois. L'ambiance était irrespirable. Souvent, Laura me confiait qu'elle avait l'impression d'avoir deux enfants à la maison. Le couple se disputait beaucoup…

— Vous savez à quel sujet ?

— Non, pas vraiment. Tout, rien. Mais chaque nouvelle dispute minait Laura. Je le voyais sur son visage : elle n'était pas heureuse. Jusqu'au jour où…

La femme fait une courte pause. Elle s'apprête à trahir un secret qu'on lui a confié et si Laura reparaît, elle lui en voudra sûrement. Mathilde Keller a beaucoup hésité à répondre aux questions de la police. Heureusement, son amie Violette a su la convaincre de le faire – « Imagine que cette jeune femme soit en danger et que tout ce dont tu te souviens puisse la sauver ? La vie avant l'honneur !… » Mathilde s'est donc résolue à révéler la double vie de sa jeune collègue.

— Jusqu'au jour où ?

— Laura a rencontré quelqu'un. Je l'ai compris très vite parce qu'elle a changé radicalement. J'ai redécouvert son sourire, c'était merveilleux ! Le bonheur lui allait si bien.

— Vous savez de qui il s'agissait ?

— Elle ne m'a jamais dit son nom. Je sais juste que c'était un homme marié. Mais elle était aussi prudente que pudique. Elle se contentait de l'appeler *mon ami*.

— Leur liaison durait encore quand elle a disparu ?

— Oui.

— Pensez-vous qu'ils auraient pu partir ensemble ?

Bien sûr que Laura l'avait envisagé mille fois. Elle n'en pouvait plus de son mari. Il ne travaillait pas, il ne faisait rien dans la maison et, surtout, il devenait fou furieux à chaque fois qu'il avait bu. Ou pris de la drogue... Laura vivait un enfer avec lui et craignait pour sa fille. Quel exemple lui donnait-il ? Et surtout, ne finirait-il pas par les mettre en danger en attirant chez eux d'autres drogués ? Oui, Laura était convaincue d'avoir trouvé son sauveur en la personne de son amant. Mais n'était-il pas, lui aussi, qu'une illusion ?

— Je n'en sais rien, répond Mathilde, gênée. Vous savez, ce genre d'histoire mène rarement bien loin. Cet homme lui disait qu'il était dingue d'elle, et qu'il allait tout quitter pour elle... Bien sûr, Laura croyait ses promesses et voulait se séparer de Nicolas aussi. Un jour, elle a fait une tentative, d'ailleurs.

— Une tentative pour le quitter ?

— Oui. Mais il l'a très mal pris. Ils ont eu une horrible dispute... Je crois même qu'il l'a giflée à plusieurs reprises. Elle a été très choquée. Alors elle a décidé d'utiliser des moyens plus détournés...

Voilà qui devenait de plus en plus intéressant. Des « moyens plus détournés » sont souvent des moyens plus dangereux...

— Quels genres de moyens, madame ?

— Je ne sais pas. Elle m'a juste dit avoir la preuve que Nicolas était inapte à l'éducation d'Emma... Et elle comptait faire pression sur lui avec ça. Laura adore sa fille, commandant. Jamais elle ne l'aurait laissée avec son père si la situation n'était pas grave.

— Vous pensez qu'il aurait pu lui arriver quelque chose à cause de ce chantage ?

— Peut-être, mais ça m'étonnerait fort, tout de même. Je lui ai conseillé de ne pas mettre tous ses œufs dans le même panier et de cacher cette preuve, quelle qu'elle soit, au cas où...

— Elle l'a fait ?

— Elle m'a assuré que oui...

— Vous savez où ?

— Non. Elle m'a simplement dit qu'elle l'avait dissimulée dans un cadeau fait à la seule personne en qui elle avait confiance : son ami.

Voilà donc pourquoi Nicolas Pennac tenait tellement à s'incruster chez son frère : il recherchait la preuve que Laura avait laissée chez David. Or, d'après ce que Mendel a compris, Laura aurait dû se sentir plus en danger en compagnie de son amant qu'auprès de son mari. Sacha doit à présent avoir une bonne discussion avec l'arrogant David Pennac, et en profiter pour mettre Déborah en garde : elle est en danger elle aussi tant qu'elle est encore avec son époux.

Lorsque Sacha arrive chez les Pennac, David est absent. La jeune femme lui explique, un peu gênée, que son mari a tellement honte de sa prestation à la radio qu'il passe le moins de temps possible à la maison, et dans le quartier, pour n'avoir à affronter le regard de personne. Pas même celui de sa femme.

— C'est si grave que ça ?

— Oui. Il était déjà déstabilisé par la mise en ligne illicite de son roman avant parution. Son éditeur a revu sa distribution à la baisse... Mais là... c'est pire que tout. Il est question d'annuler la sortie de *Tout pour plaire*. Et les désistements pour ses conférences s'accumulent. Je ne comprends pas comment il a pu se saborder comme ça… Son boulot, c'est tout pour lui. S'il le perd, il perd son identité, il s'effondre.

— Vous croyez qu'il s'est sabordé ? J'ai plutôt l'impression qu'il s'est fait descendre.

— Non. David a les armes pour répondre aux attaques. Il sait retourner quelqu'un à la perfection. Ça n'aurait pas dû l'atteindre comme ça. Surtout que c'est lui qui a commencé à être agressif, les autres se sont alignés sur lui, c'est tout. Il connaît ça par cœur pourtant… Mais là il a pété les plombs… Il a vraiment pété les plombs…

La jeune femme, se gardant bien d'expliquer les raisons de la colère de son époux, se retourne vivement, pour cacher les larmes qui montent à ses yeux. Sentant qu'il est trop tôt pour lui demander de se confier, Sacha change de conversation.

— Vous n'avez pas encore fait nettoyer les murs ?

— Non, la compagnie de nettoyage tarde à intervenir, pourtant il le faudrait. Je crois que toute cette suie contribue à rendre mon mari nerveux… Il est un peu maniaque, il aime que tout soit parfait.

C'est fou qu'une femme comme elle soit si soumise à un type aussi exécrable. Sacha n'a jamais supporté que les plus forts intimident les plus faibles, ni aucune injustice d'ailleurs. Ça lui donne des envies de meurtre.

— Et lui, il l'est, parfait ?

Déborah baisse la tête et rit amèrement.

— C'est ce que me demande constamment ma voisine, Frederika. C'est ma seule amie dans le quartier. Les autres… je sais bien qu'elles s'en fichent de moi… Je crois même que l'idée que je sois malheureuse les réjouit, parce qu'elles sont…

— Jalouses ?

— Oui.

— Je comprends.

À côté de Déborah, même une très belle femme doit sembler plus terne qu'un amas de boue. Elle a cette grâce, cette lumière qui la rend exceptionnelle et une peau si claire, si fine, à l'aspect si doux qu'elle attire tous les regards, qu'on a envie de la toucher, de la goûter, de ne plus jamais la lâcher. Alors bien sûr qu'elle suscite les convoitises et les hostilités des autres femelles. Pourtant, Sacha ne sent en elle aucune rancune à leur égard. Elle s'excuse presque d'être aussi belle, avec son air humble et son regard malheureux. Mais même ses excuses proclament la triomphe de la beauté dans tout ce qu'elle peut avoir d'insolent.

Déborah s'est tue. Elle a les yeux humides, et replace une mèche de cheveux derrière son oreille d'une main tremblante, ce qui fait tomber sa manche de quelques centimètres et découvre un bleu. Avant même qu'elle ait pu recouvrir sa peau meurtrie, Sacha lui prend doucement le bras pour retrousser le vêtement avec une infinie délicatesse… Et ressent une décharge électrique qui le foudroie sur place. Déborah essaie de retirer son bras, l'air honteux, il l'en empêche. Ce qu'il vient de découvrir lui brise le cœur. Elle est couverte de bleus, de croûtes et de cicatrices.

— C'est David qui vous a fait ça ?

Incapable de répondre, Déborah n'arrive pourtant pas à nier, elle a du mal à respirer, halète comme une enfant, lutte contre les larmes qui montent, le chagrin qui la terrasse. Elle semble sur le point de perdre pied. Sacha ne sait que faire. Pas ça. Pas elle !

— S'il vous plaît, articule-t-elle d'une voix blanche. Ne dites rien. Prenez-moi juste dans vos bras…, implore-t-elle.

Et alors qu'il la serre tout contre lui, la jeune femme se laisse aller et éclate en sanglots. Ils restent comme cela au moins cinq minutes, le temps que ses pleurs s'apaisent. Sacha caresse doucement le dos de la jeune femme, en priant pour ne pas lui faire mal si d'aventure ses blessures s'étendaient jusque-là. Peu à peu, elle se décrispe sous ses caresses et soupire. Elle est trempée de sueur et chaude comme un bébé qu'on réveille de sa sieste. Déborah a trouvé un refuge, une citadelle qui la protège du reste du monde et elle s'y sent bien, alors elle se colle un peu plus contre le policier qui frémit. Elle est près, trop près de lui. Le trouble monte chez Sacha. Il devrait reprendre ses distances...

— Embrassez-moi. S'il vous plaît.

— Je ne peux pas, Déborah...

Refusant d'entendre sa réponse, elle lui coupe la parole d'un baiser sur les lèvres. Un baiser si doux, si troublant que Sacha n'ose plus bouger, tétanisé comme un adolescent.

— Je vous en prie, ne me rejetez pas... J'ai juste besoin qu'on m'aime un peu...

Comment résister ? Comment la repousser alors que pour la première fois depuis longtemps, semble-t-il, elle s'en remet à un homme ? Sacha cède et lui rend son baiser. Avec une infinie tendresse, pour ne pas l'effaroucher, malgré la force du désir qu'elle lui inspire, l'envie qu'il a de lui arracher ses vêtements et de la prendre encore et encore. Avec une infinie tendresse parce qu'elle ne lui inspire pas que du désir, mais qu'elle le touche, l'émeut, comme il ne l'avait pas été depuis des siècles. Comme si elle le réveillait d'un simple baiser, lui, le pas beau au bois dormant, sauvé par une princesse en détresse. Alors Sacha oublie tout, pourquoi il est ici, ce que prétend Nicolas à propos de sa belle-sœur et leur soi-disant liaison, l'affaire Strano et l'épée de Damoclès qu'elle fait peser au-dessus de sa tête, la harpie qui lui sert de femme. Plus rien ne compte que leur étreinte, que ce chaton, ce moineau délicat qui s'est posé entre ses bras...

Un bruit de clé dans la serrure les interrompt. Ils sursautent violemment et s'arrachent l'un à l'autre.

— Qu'est-ce que vous faites ici ?

David, qui vient de rentrer, a l'air exténué. Il l'est. Et il ne voit pas la présence du flic d'un bon œil. Déborah reboutonne sa manche rapidement, d'un air coupable.

— Je fais mon boulot, répond le commandant.

— Ah ? Vous avez du nouveau pour l'incendie ?

— Comment ça, du nouveau ?

— Depuis que mon épouse est allée porter plainte, on n'est tenus au courant de rien. C'est comme si on avait pissé dans un violon.

— Une plainte ?

Sacha se tourne vers Déborah, qui lui jette un regard implorant. Le policier comprend qu'elle a menti en prétendant être allée au commissariat.

— Je ne suis pas là pour la plainte, se contente-t-il de répondre pour la couvrir.

— Ça m'étonnait aussi ! le provoque David. Et alors, il est là pour quoi aujourd'hui ?

Décidément, Sacha n'a jamais supporte le ton arrogant de ce connard, mais maintenant qu'il sait ce qu'il fait subir à sa femme, il n'a qu'une envie : lui en coller une.

— Je vais vous demander de me suivre au poste.

— Quoi ? Et pourquoi ça ?

— Je vous le dirai sur place.

— Ça ne peut pas attendre demain ?

— Non.

Comprenant qu'il ne sert à rien de discuter, David éclate de rire en écartant les bras, en signe de résignation.

— OK, je vous suis. C'est sûr que je n'ai que ça à faire, moi ! Hein, entre fonctionnaires... Vous permettez au moins que je me change ? Que je prenne une douche ? Au cas où mes cernes ne vous auraient pas sauté aux yeux, je suis exténué.

Ses cernes ! Ce type ne pense vraiment qu'à sa petite personne. Cela dit, c'est vrai qu'il a une sale tête. Sacha reconnaît qu'il a les traits tirés et le regard anxieux d'un homme au bord du burn-out. Il fait peine à voir, oui, mais que ce salopard qui bat sa femme ne compte pas l'émouvoir, il serait déçu.

— Je vous attends dans ma voiture, vous avez un quart d'heure. Passé ce délai, je viens avec les menottes.

David émet un sifflement. Qu'est-ce qui lui prend, à ce flicaillon de merde, de le traiter comme un criminel ? S'il veut jouer au cow-boy avec lui, il est mal tombé... David attend que Mendel ait pris congé et demande à Déborah si elle sait ce que lui veut le flic.

— Non, il ne m'a rien dit... C'est peut-être à cause de la garde d'Emma. Nicolas a pu porter plainte...

— Eh merde. Je n'y avais pas pensé !

— L'avocate que j'ai contactée nous donne raison de la garder : Nicolas n'est pas en état de s'occuper d'un enfant. N'importe quel juge en conviendra.

— Tu es sûre, bébé ?

— Oui. Mais ne parle pas de cette affaire le premier, ce n'est peut-être pas pour ça que tu es convoqué !

— Tu as raison, ma puce... Qu'est-ce que je ferais sans toi ?

Et il l'embrasse goulûment.

— Non, je ne pourrais pas me passer de toi..., répète-t-il.

Dans la voiture, David est nerveux, ne tient pas en place. Ça plaît à Sacha qu'il soit inquiet. Pennac se donne du mal pour le faire parler, il y va au charme, à la menace... Il teste toute sa palette de négociateur en vain. Le commandant reste aussi muet qu'une tombe.

— Je ne suis pas une de vos proies, ne vous fatiguez pas.

— Mais quoi alors ? C'est secret défense ? Vous menacez de me passer les menottes et je n'ai pas le droit de savoir pourquoi ?

— Surprise !

David se rembrunit et se mure dans le silence.

— Vous êtes vexé ? ironise le policier. Faut juste apprendre à être plus subtil, mon gars. Prenez exemple sur votre frère.

— Quoi, mon frère ?

Sacha sourit. Le talon d'Achille de David est si évident, si puéril. Enfin… *les* talons d'Achille !

— Il sait mieux s'y prendre, même avec les femmes on dirait. Ah ça, je comprends que vous l'ayez viré de chez vous !

— Pourquoi vous dites ça ?

— Pour rien. Je n'aimerais juste pas qu'il soit sous le même toit que ma femme, surtout une femme comme Déborah !

David blêmit brusquement, comme si le sang avait soudain déserté son visage. Il ne supportera aucune allusion à sa femme, même d'un flic qui fait manifestement tout pour le provoquer.

— Quoi, ma femme ? Faites très attention à ce que vous allez dire !

— Si vous réagissez comme ça, c'est que vous êtes déjà au courant, on dirait !

— Au courant de quoi ?

David a les poings crispés, le cœur qui bat la chamade. Il est prêt à exploser.

— Non mais vous avez conscience des signaux qu'elle envoie aux mecs ? Elle ne les regarde pas, elle les tutoie des yeux.

Sacha a tourné la tête vers David en souriant d'un air entendu. Les regards des deux hommes se croisent, les yeux de Pennac sont injectés de sang et menacent de jaillir de leurs orbites. C'est sûr, cette fois il va sortir de ses gonds.

7

En fait de pétage de plombs, Sacha s'est plutôt retrouvé face à un pétard mouillé. Mouillé de larmes, de sueur, et de propos dégoulinants. Si David Pennac jouait les cadors devant sa femme et la battait comme plâtre, il s'avérait n'être qu'une couille molle s'écrasant aisément devant plus fort que lui.

— *Non, mais vous avez conscience des signaux qu'elle envoie aux mecs ? Elle ne les regarde pas, elle les tutoie des yeux.*

En lui disant cela, Mendel voulait le pousser à bout, le mettre en colère afin de le coffrer un moment pour protéger Déborah, il espérait aussi utiliser sa rage comme argument de départ pour le cuisiner et l'accuser d'avoir porté le coup de trop à sa maîtresse. En réalité, il s'attendait à tout sauf à ce que l'homme craque. Au comble de l'agitation, David Pennac eut soudain un mal fou à parler, à articuler des sons audibles et compréhensibles, il se mit à tenir des propos confus, mais pas comme un homme en colère, non, plutôt comme un homme effrayé.

— Pourquoi vous dites ça sur Déborah ? Pourquoi vous voulez la salir ? Elle ne mérite pas ça, elle n'est pas comme vous prétendez !

— Vous ne la regardez plus, manifestement. Parce que si c'était le cas, vous sauriez que je dis la vérité.

— C'est faux ! Déborah ne voit que moi. Elle m'aime autant que je l'aime.

— Vous l'aimez ? Vraiment ?

— Bien sûr, quelle question !

Sacha était convaincu que David Pennac couchait avec sa belle-sœur, et sûrement avec d'autres. Alors qu'il arrête un peu sa comédie ! Mais David nia en bloc et jura, la main sur le cœur, n'avoir jamais rencontré Laura.

— Je vous en supplie, n'allez pas mettre ces idées-là dans la tête de ma femme ! Vous n'avez aucune preuve, ne détruisez pas mon couple sur de simples présomptions. Je ne peux pas la perdre, vous comprenez ?

Ce que le commandant comprenait, c'est que Pennac était au bord de l'explosion : il était en train de tout perdre, sa réputation professionnelle, ses perspectives d'avenir, sa femme, et même sa maison qui menaçait de tomber en ruine. Mais Mendel n'avait aucune intention de se laisser émouvoir et comptait bien lui faire passer l'envie de jouer les amoureux transis, quand il était capable de brutaliser sa femme comme lui-même avait pu le constater.

Pourtant, David ne dévia pas d'un iota de sa version et, au terme d'un interrogatoire musclé de plus de deux heures, Sacha dut se résoudre à le laisser partir.

À peine a-t-il ouvert la porte de son bureau que le commandant tombe nez à nez avec Nicolas Pennac. Le timing est parfait. Il laisse les deux frères se saluer et les observe. Malgré l'apparente froideur de leurs liens, Sacha ne sent pas de véritable hostilité entre eux. Si David est un peu agité – « Ne crois pas les conneries qu'on va te raconter ! C'est juste pour nous faire craquer » –, son cadet a l'air assez serein, presque satisfait. « Nous faire craquer », la formule interpelle le commandant.

— Entrez, monsieur Pennac, intime-t-il gentiment à Nicolas.

Le jeune homme remarque immédiatement le changement de ton mais il sait d'expérience que, chez Mendel, c'est souvent annonciateur de moments nettement moins agréables. En effet, le commandant attaque sans même attendre qu'il soit assis.

— Où est Laura ?

— Je vous ai déjà dit que je n'en savais rien. Je n'ai rien à voir avec sa disparition.

— Et moi je vais te dire ce que je crois. Je crois que tu as découvert que ta femme avait un amant et qu'elle voulait te quitter. Tu ne l'as pas supporté et tu l'as frappée, histoire de lui en faire passer l'envie. Mais là, elle t'a dit qu'elle avait une preuve contre toi qui lui permettrait de divorcer sans ton accord et d'obtenir la garde exclusive de votre fille. Te sentant acculé, et comprenant que tu n'allais plus pouvoir compter sur le fruit de vos petites arnaques, tu l'as tuée.

— Mais vous délirez !

— Pas tant que ça... Vous êtes sanguins avec les femmes, dans la famille. Et puis parfois elles poussent à bout, hein... Une première gifle part, comme ça pour les calmer, et puis on n'arrive pas à s'arrêter tant qu'elles ne se taisent pas !

— Je n'ai ni battu ni tué Laura ! Elle a disparu !

— Oui et du coup toi tu vas t'installer chez ton frangin et sa femme... Pourquoi ?

— Parce que je suis dévasté par cette disparition ! Ils peuvent vous le dire !

— Ah, c'est commode, des témoins à ton malheur. Et puis comme ça tu fais d'une pierre deux coups. Voire trois ! Non seulement tu peux fouiller tranquillement dans les affaires de David pour retrouver les preuves accablantes que Laura y a cachées, mais en plus tu peux t'amuser à faire voler son couple en éclats en draguant sa femme. Comme ça tu sauves ta peau et tu te venges !

— De quoi vous parlez ?

— David était l'amant de ta femme, me dis pas que tu ne le sais pas !

Sacha lui met l'agenda de Laura sous les yeux. Nicolas reste muet.

— Pour en revenir à ton frère et à ta belle-sœur, ce ne serait pas bien malin de ta part de t'en prendre à eux maintenant, tu ne crois pas ?

— Je n'ai aucune des intentions que vous me prêtez !

— J'espère pour toi… Mais sache que je suis sur ton dos. À chaque pas que tu feras, je serai là, à t'épier, à te scruter, prêt à t'arrêter, c'est compris ? Je serai là jusqu'à ce que je trouve Laura, jusqu'à ce que j'apporte la preuve de ta culpabilité. Alors tu peux bien t'amuser à nier, te plaindre à mes supérieurs, ou essayer de faire porter le chapeau à ton frère en disant qu'il est fou…

— Il l'est. Vous n'avez pas enquêté sur lui ?

— C'est en cours.

— Eh bien vous verrez que vous faites fausse route avec moi, mais il sera peut-être trop tard, n'oubliez pas qu'il ne vit pas seul.

— Pourquoi lui confier ta fille s'il est si dangereux ?

— Ce n'est pas à lui que je la confie, mais à Déborah !

— Ah oui, ton amoureuse prête à te rejoindre. Tu as une drôle de façon de t'arranger avec la réalité !

— Vous avez lu son SMS comme moi.

— Je crois surtout qu'on peut l'interpréter de bien des façons. Et je me ferai un plaisir de lui en demander le véritable sens.

Sacha aurait déjà dû le faire quand il est allé chez elle, mais leur dérapage lui a littéralement court-circuité le cerveau.

— Tu peux clamer ton innocence, je ne suis pas dupe d'un gars comme toi. Je le vois dans tes yeux que tu es coupable, et je ne te lâcherai pas.

— Je suis en état d'arrestation ?

— Non.

— En garde à vue ?

— Non plus.

— Alors je n'ai plus rien à vous dire.

Nicolas Pennac quitte la pièce en renversant la chaise, de rage.

Alex passe la tête par la porte du bureau. Sacha lui fait signe de s'asseoir. Il a besoin de débriefer.

— C'est un véritable panier de crabes, cette histoire ! Et le problème c'est qu'on n'a même pas de corps.

— Que te dit ton instinct ?

— C'est embrouillé... Je crois que Laura avait un amant et venait de quitter son mari. Nicolas Pennac a donc un mobile.

— Crime passionnel ?

— Oui. Mais en même temps, c'était David Pennac son amant, j'en suis convaincu bien qu'il s'en défende, et il est violent avec les femmes, il a pu déraper aussi. Son frère prétend qu'il est fou, et j'avoue que certaines de ses réactions ne sont effectivement pas nettes. J'ai demandé au procureur de se rencarder sur les dossiers médicaux des deux frangins...

— Tu devrais garder un peu de recul. Tu prends toujours les choses trop à cœur et ce n'est pas sans danger, pour les autres comme pour toi.

— Qu'est-ce que tu veux dire par là ?

— Tu harcèles Pennac mais tu ne peux pas utiliser des méthodes de voyou parce que tu n'en es pas un, n'est-ce pas ?

— Qu'est-ce que tu sous-entends ? Bien sûr que non, je n'en suis pas un !

— Je ne sous-entends rien. Je te rappelle juste les propos de Charlotte Petitjean à propos du Punk.

— Et tu crois quoi ? Que je suis passé de l'autre côté ? Que je bosse pour Strano ? Que je suis un ripoux ? Eh bien rassure-toi, je ne suis pas corrompu ! Mais merci pour la confiance.

Sacha, furieux, prend sa veste et quitte le 36. Alex Toussaint soupire d'un air las. Il connaît ce genre de colère, chez son ami, et sait que ce n'est qu'un paravent. Sacha lui cache quelque chose, c'est évident. Et si ça l'est pour lui, ça ne tardera pas à le devenir pour les gars de l'IGPN. Alex doit absolument le faire parler pour savoir s'il peut l'aider, le protéger. Mais autant faire boire un âne qui n'a pas soif…

Il est tard pour rentrer. 21 heures, peut-être. Curieusement, Déborah ne l'a pas appelé pour savoir ce qu'il fabriquait. David se gare à quelques mètres de sa maison et semble hésiter avant de descendre. Il croise son reflet dans le rétroviseur et aperçoit une espèce de caricature d'adolescent mal dans sa peau. Il regarde le gamin obèse avec mépris et l'invective en se moquant de lui.

— B…ben quoi… P…porcinet ? T'as pppp…peur de rentrer chez ttt…toi ?

David rigole et sort de sa voiture. Arrivé dans la cour il aperçoit, à travers une fenêtre, que sa femme est avec Nicolas.

— Qu'est-ce que tu fous là, connard ?

Son frère se tient face à Déborah, près, trop près, mais ça n'a pas l'air de la déranger. Elle sourit, elle bavarde en se passant la main dans les cheveux. Et lui, son mari, il est là, tapi dans l'ombre comme un voleur, à guetter l'adultère. David s'amuse à les doubler, comme pour rajouter à sa colère, à sa souffrance.

— Oh, Déborah ! Tu es tellement désirable ! … Et toi tellement séduisant, Nicolas ! Fais-moi vite l'amour avant que l'autre abruti rentre à la maison…

À l'intérieur, la tension est à son comble. L'espace d'un instant, Déborah et Nicolas ont cessé de jouer. Elle n'est plus cette femme hystérique qui veut récupérer l'enfant d'un autre, il n'est plus le père à fleur de peau prêt à faire un procès à sa belle-sœur. David ne va pas tarder mais Nicolas a pourtant envie de la prendre dans ses bras… Le corps de l'un appelle celui de l'autre et, peu à peu, la distance se réduit. Nicolas n'a jamais été aussi près d'elle, sur le point de la toucher, de la posséder enfin. Ses yeux caressent le corps de la jeune femme et semblent la dévorer. Elle tremble et le fixe de cet air indéchiffrable qu'ont parfois les femmes quand elles vous désirent... La distance se réduit encore et encore, quand un bruit de clé les fait sursauter et les ramène à la réalité.

À peine entré, David s'en prend brutalement à son frère.

— Qu'est-ce que tu fais ici ?

— J'étais inquiet pour Emma et Déborah.

— Passe encore pour ta fille. D'ailleurs, j'en ai assez de cette histoire et je t'invite à la récupérer. Mais tu laisses Déborah en dehors de ça.

— Je ne peux pas !

Le jeune homme lance un regard grave à sa belle-sœur et s'approche de son frère.

— Je crois que tu vas mal, David, tu as besoin de te faire aider.

Puis, se rapprochant un peu plus pour chuchoter à l'oreille de son frère :

— Et je suis au courant pour Laura : les flics m'ont tout raconté.

— Au courant de quoi ? Pas besoin de faire des messes basses, je ne cache rien à Déborah, moi !

— David, ne m'oblige pas à le dire. Mais prends conscience de la réalité : tu ne vas pas bien. Regarde-toi ! Déborah, tu l'as déjà vu dans cet état ?

— Non, se contente de répondre la jeune femme.

David jette un regard au miroir du salon. Mal rasé, les cheveux sales, une barbe trop longue... Il se néglige, ces temps-ci. En même temps, toutes ses conférences ont été annulées, alors bien présenter est le cadet de ses soucis...

— Et ça faisait combien de temps que tu ne l'avais pas vu en jogging ?

— Je ne l'avais jamais vu sortir comme ça, avoue-t-elle encore.

— J'ai besoin d'être confortable, c'est un crime ?

— Ça ne te ressemble pas, essaie d'argumenter Déborah.

— Quoi ? Je ne suis plus assez bien pour toi ? Tu préfères le genre *bad boy*, c'est ça ? C'est Nicolas qui t'excite, maintenant ?

— Ne dis pas n'importe quoi, mon chéri, c'est toi que j'aime. Mais je crains que tu ne fasses une dépression.

— Ben voyons !

— Tu ne t'en rends pas compte, reprend Nicolas, mais tu te laisses aller, tu dors mal… Et tu as des accès de violence.

— C'est faux !

— Déborah est terrifiée, tu ne le vois donc pas ? Elle a peur de toi !

— Et je suis inquiète…

— Je te rappelle que celui qui a failli la tuer en mettant le feu à la maison, ce n'est pas moi !

Nicolas accuse le coup.

— C'est vrai. Mais depuis l'incendie tu as changé. Toi et moi on sait pourquoi et…

— Tais-toi.

David se laisse tomber dans un fauteuil du salon et soupire longuement. Les yeux fermés, il réfléchit au meilleur moyen de se débarrasser de Nicolas sans effrayer Déborah. Il se doute bien que Mendel a fait part au jeune homme de ses soupçons quant à la relation de son frère avec Laura. Si Nicolas est ici, c'est parce qu'il veut en découdre avec son aîné, et si au passage il peut provoquer une rupture de son couple, il ne va pas se gêner. Déborah, troublée par la baisse de forme – pourtant fort compréhensible – de son époux, peut s'en trouver plus facilement influençable et imaginer qu'il débloque. Mais il a bien toute sa tête, qu'elle se rassure ! Il est extrêmement stressé, certes, mais il y a de quoi ! David prend une grande inspiration et se concentre. Il doit reprendre le leadership.

— Tu as raison, reprend-il. Je me suis accordé quelques jours de lâcher-prise afin de me ressourcer, mais aussi d'améliorer les choses autour de moi. Par exemple, je ne souhaite pas que nous soyons en guerre, toi et moi.

Impressionné, mais pas surpris, par le retournement de son frère, Nicolas lève un sourcil dubitatif et rentre dans son jeu, comme il avait prévu de le faire le cas échéant.

— Moi non plus, David, c'est aussi pour ça que je suis là.

Et, sans un mot de plus, Nicolas s'empare de l'injonction posée sur un guéridon, sort son briquet et y met le feu en souriant. David a eu un mouvement de recul, comme chaque fois qu'il voit une flamme un peu trop près de lui. Déborah sourit, soulagée. Mais David ne pipe mot et va se servir un remontant. Il l'avale cul sec, se dirige vers sa femme qu'il attrape par la taille et se tourne de nouveau vers son frère.

— Alors tout est encore possible. Nous allons rassembler les affaires d'Emma pour que tu puisses la récupérer demain matin, est-ce que ça te convient ?

— Oui, mais Déb…

— Parfait, le coupe David. Maintenant, je souhaite rester seul avec mon épouse. Nous avons des choses à nous dire, mais ne t'inquiète pas, tout ira bien. N'est-ce pas, bébé ?

David resserre un peu la pression sur les hanches de la jeune femme. Nicolas interroge Déborah du regard, elle lui fait signe qu'il vaut mieux obtempérer. Il s'en va donc, puis laisse s'écouler quelques minutes avant de démarrer son scooter. Ne percevant aucun bruit suspect, il se résout à partir.

David tend la main à Déborah pour qu'elle s'asseye à côté de lui. La jeune femme obéit sans un mot.

— J'ai été négligent avec toi ces derniers temps, bébé. J'aimerais me racheter. Que dirais-tu d'aller en Bretagne, tous les deux, dans ce petit coin de nature dont tu me parles si souvent ?

David sourit, usant de ce charme dont il sait qu'il est difficile de lui résister. Alors Déborah acquiesce, en silence, s'efforçant de réprimer le frisson qui lui parcourt le dos. Frisson de joie ou d'appréhension, elle l'ignore. Tout ce qu'elle sait, c'est que son avenir risque bien de se jouer là-bas… et que personne ne pourra lui venir en aide.

8

IL ARRIVE TOUJOURS DE LA MÊME FAÇON, LE RÊVE. Il remonte le temps, sournoisement, et lui fait revivre en accéléré les moments heureux de sa vie comme sa rencontre avec Déborah ou son départ aux États-Unis, puis arrivent son séjour en hôpital psychiatrique et l'horreur dont il s'est rendu responsable. Mais là, les choses se mettent à ralentir, à s'étirer comme un chewing-gum qui lui collerait au cœur. Elles s'installent, prennent leur temps, les secondes deviennent des heures et partout le feu et l'excitation, la peur, et partout les cris de femmes ou d'enfants, suraigus et glaçants malgré la chaleur. Des bruits de pneus qui s'agrippent au bitume, de tôle qui se froisse et se renverse, d'arbres qui s'arrachent et de chute vertigineuse rythmée par le bruit sourd des corps qui se cognent aux parois… Les cris s'aggravent, résonnent comme un vieux vinyle passé à la mauvaise vitesse… Des cris aux paroles incompréhensibles, des paroles qui accusent – mais de quoi ? –, qui interrogent – qui ? –, qui condamnent – à quoi ? Il s'arrête toujours comme ça, le rêve. Avec ces questions angoissantes et la frustration de ne pas saisir ce que disent les voix ni de savoir quoi répondre pour s'en libérer enfin...

Mais il a pris de l'ampleur, le rêve. Il a pris de cette force, de cette vigueur qu'ont les obsessions les plus destructrices, celles qui écrasent tout sur leur passage et contre lesquelles il est impossible de lutter. Alors aujourd'hui, il dure un peu plus qu'habituellement. Il parle plus fort, il part moins lentement. Il prend tout le soin qu'il faut pour se faire bien entendre. Il emprunte une voix familière, une voix aimée – celle de Déborah –, comme pour mieux endormir sa victime, la mettre en confiance avant de lui assener le coup fatal. Et il parle, et il parle, le rêve.

— *Je vais partir, David. Je ne te supporte plus. Je ne t'ai jamais aimé. Il est temps que tu paies le mal que tu m'as fait. Je pars. Avec Nicolas.*

Il n'a jamais été aussi insupportable, le rêve. Intolérable, oppressant. David est en nage, David s'agite dans son lit, lutte contre le rêve en jetant ses poings dans l'air. Il gémit, secoue la tête.

— *Non ! Pas Déborah !*

Mais le rêve rigole et se moque bien de ses protestations...

Et il le réveille toujours de la même façon.

David pousse un hurlement. Déborah sursaute et le prend dans ses bras, le console, lui dit qu'il a encore fait son cauchemar, qu'elle est là, que tout va bien.

— C'était horrible, j'ai rêvé que tu me quittais...

— Je suis là...

Oui, elle est là. Mais pour combien de temps ? Restera-t-elle si lui perd tout ? Son travail, sa situation, cette assurance qui la rassérène ? Déborah est tombée amoureuse de lui, il le sait bien, mais l'amour s'effrite parfois au fil du temps et ce qui fait alors tenir le couple ce sont les habitudes, la sécurité, un certain confort. Elle a eu le temps de découvrir la personnalité de l'homme qu'elle avait épousé et d'être déçue, de se rendre compte que l'argent n'était pas plus fort que le dégoût… Est-elle amoureuse de Nicolas ? Aime-t-elle seulement encore son mari ? David n'en sait rien. Il multiplie les attentions, les cadeaux, il la surveille, guette la moindre de ses réactions, cherche l'indice le plus infime qui le mettrait sur la voie et confirmerait ce qu'il craint tant. Mais rien, rien ne lui permet d'affirmer que Déborah ne l'aime plus et songe à le quitter. Pourtant, elle lui échappe, c'est sûr Elle a changé, c'est à peine s'il la reconnaît. Pas physiquement, mais à l'intérieur. Il la trouve si froide, si distante, si indifférente à tout, à lui surtout. Parfois il la regarde et se demande qui est cette étrangère, cette femme qui a pris la place de la sienne, et il crève d'envie de la secouer pour lui faire avouer l'imposture.

— *Tu es complètement parano,* lui répond-elle quand il lui fait part de ses doutes. *Tu devrais consulter, j'ai peur que tu fasses un burn-out.*

Il sait qu'elle n'a pas tort. Qu'il ne va pas bien, en ce moment. Et dire qu'il se croyait sorti d'affaire, désormais fort et à des années-lumière des démons du passé ! Mais il a suffi que Nicolas refasse surface, avec ses allusions, son art de la manipulation et son odeur de soufre pour que tout lui revienne. Pour que le rêve resurgisse, des années, des siècles plus tard, toujours aussi fort et angoissant, voire plus virulent depuis l'incendie où Déborah a perdu son bébé.

Même ça, ça lui paraît étrange, à David, lointain, comme tout le reste. En fait, depuis qu'il a vu sa maison couverte de suie, c'est le monde entier qu'il a l'impression de voir masqué par un nuage de fumée. La musique n'est plus qu'une succession de notes dépourvues de sens. Les gens lui semblent dénués de toute substance vitale, leurs paroles sont creuses, leurs mimiques sans la moindre signification. Même son propre corps lui paraît déconnecté de son esprit, ses sensations sont étouffées, comme si elles appartenaient à un autre ou que son cerveau ne savait plus quoi en faire. Non, il n'y a pas que sa femme qui lui est désormais étrangère. Il évolue parmi des fantômes qu'il aimerait pouvoir frapper encore et encore pour les rendre enfin réels, pour les voir saigner et souffrir, pour sentir leur chair s'écraser sous ses poings afin de se croire un peu plus vivant.

David connaît très bien ce sentiment d'étrangeté permanent pour l'avoir éprouvé quelques années plus tôt. C'est pour ça qu'il a fait un séjour en HP. Ce qu'on appelle « dépersonnalisation-déréalisation » est un syndrome dissociatif souvent comorbide avec la schizophrénie, maladie qui se déclare à la sortie de l'adolescence. Mais c'est aussi un mécanisme de défense, le moyen que trouve le cerveau de se protéger en cas de choc intense. C'est un des symptômes du stress post-traumatique. Les victimes d'attentat et les soldats revenus de la guerre connaissent bien ce phénomène. Le stress post-traumatique peut toucher tout le monde, du plus faible au plus fort. Et on a beau se croire au-dessus du lot, on n'y coupe que rarement. L'hypervigilance en est un des signes : on ne dort plus ou mal, on devient irritable, violent, on vit avec la crainte d'un désastre imminent. Et puis il y a l'évitement, l'amnésie… On oublie des événements directement ou indirectement rattachés au traumatisme. On a des absences, des trous dans ses souvenirs, des moments où les fusibles sautent et où on est en roue libre et pas pour le meilleur… David, lui, avait tout le package quand il a été hospitalisé. Le doute a longtemps plané sur une possible schizophrénie. Et puis, il s'en est sorti. Mais aujourd'hui ? A-t-il suffi du retour de son frère dans sa vie ? A-t-il suffi d'un incendie pour le dérégler à nouveau ? Souffre-t-il toujours du même syndrome post-traumatique pour un événement dont il n'a gardé que peu d'images ? Oublie-t-il à nouveau des pans entiers de sa vie ? A-t-il des trous dans son emploi du temps ? Risque-t-il de devenir violent ?

Il ne veut pas. Il ne peut pas se permettre d'échouer dans ses plans. Il ne peut pas renoncer maintenant et se laisser aller. Il doit absolument se ressaisir et reprendre le contrôle de sa vie. Oui, c'est ça, il est urgent qu'il cesse d'être dans le faux, dans le jeu ! Pour ce faire, il va commencer par rédiger un article assassin sur les journalistes qui l'ont laminé à la radio et exposer au grand jour les tentatives d'intimidation dont il est l'objet. Il va tâcher de contrôler sa colère, pousser Déborah à lui dire la vérité, et surtout, il va se tenir à la ligne de conduite qu'il s'est fixée avec Nicolas. Mais une chose à la fois, et aujourd'hui c'est le jour du grand départ, direction la Bretagne ! Nicolas a récupéré sa fille et Déborah a bien besoin de couper avec la routine… Elle va être servie !

David et Déborah ont quitté les grandes artères depuis longtemps, direction les côtes sauvages de Plouha et ses hautes falaises escarpées, entre Saint-Brieuc et Paimpol. Ils sont seuls sur la route, et longent la falaise des Rejetées. En ce début de juin peu clément, des trombes d'eau s'abattent sur le pare-brise et imposent aux essuie-glaces le rythme d'un métronome emballé, dans un couinement caoutchouteux qui berce la jeune femme. Elle a toujours aimé la pluie. La pluie qui abreuve, la pluie qui lave, qu'elle soit lourde et glaciale ou légère comme une ondée printanière : Déborah l'aime surtout quand elle est dessous. La jeune femme n'a jamais compris pourquoi les gens se mettent à courir ou dégainent leur parapluie pour un peu d'eau, une eau venue du ciel qui touche aussi bien les nantis que les clochards, cette même eau qui lui fait ressentir son corps plus vivement que jamais en lui procurant mille sensations ! Oui, Déborah aime la pluie, comme si c'était son élément, sa patrie.

— C'est une bonne idée de s'isoler un peu, déclare-t-elle pour rompre le silence. Je suis contente qu'on aille dans cette demeure…

David hoche la tête et lui sourit.

— Comment la connais-tu ? C'est complètement paumé.

— C'est un ami qui m'en a parlé.

— Tu as des amis, toi, maintenant ?

Déborah rougit et consulte son téléphone pour se donner une contenance.

— Ah ça y est ! Plus de réseau !

— On est définitivement coupés du monde... Juste toi et moi, bébé.

À peine une dizaine de kilomètres encore, parcourus sous une pluie diluvienne et les voilà arrivés. David a bien failli rater l'entrée de la propriété cachée derrière des arbres imposants. Il y a à peine la place pour que le quatre-quatre se faufile dans l'allée de gravier, si bien qu'il craint un instant s'être trompé de chemin, mais au bout de quelques secondes, il découvre enfin la maison qui sera le théâtre de leurs retrouvailles. C'est une imposante bâtisse en pierres, le genre qui traverse les siècles sans que jamais le temps qui passe ne l'entame, préférant s'enfoncer dans le sol humide telle une pierre tombale à la gloire de l'humanité qui ne fait que passer. Son toit est fait d'ardoises si bleues qu'elles semblent avoir jailli du cerveau d'un peintre fou et contrastent avec le ciel aux lourds nuages gris. Partout autour il n'y a que de la verdure. Un herbe drue qui scintille sous la pluie, des buissons touffus pour abriter les petits animaux qui se seraient laissé surprendre par les intempéries, et encore des arbres au loin, se regroupant en une orée de forêt timide. David, impressionné par le calme de la maison dans le tumulte des éléments, dépose Déborah à la porte de la demeure et entreprend de faire un tour du propriétaire. À côté de la bâtisse, à une trentaine de mètres à peine, le bord de la falaise. David Pennac s'approche prudemment, la main crispée sur son parapluie et se penche pour en apprécier la hauteur. Wow ! Une forte rafale de vent manque le déséquilibrer. C'était moins une ! Un accident est si vite arrivé...

Sacha Mendel a dû faire des pieds et des mains pour accélérer le processus. C'est fou ce que l'administration peut être lente, parfois. Malgré le caractère d'urgence évident, le policier a peiné à obtenir les dossiers des Pennac. Aussi, quand le pli lui parvient, il déchire l'enveloppe plus qu'il ne la décachette. Dossiers scolaires, médicaux, activités des parents… Il feuillette le tout à la hâte et sort un document qui a particulièrement retenu son attention : un rapport de police datant d'une vingtaine d'années et sur lequel figurent les noms des *deux* frères Pennac. Sacha le lit et blêmit. Il le relit encore une fois, comme pour être sûr qu'il n'a pas rêvé.

— Putain.

Non, il n'a pas rêvé. Pire, il a désormais la certitude que Déborah est en danger. Par sa faute.

Déborah se sent un peu nerveuse. Pour se donner une contenance, elle entreprend de faire un peu de rangement par ici, d'épousseter un meuble par là…

— Laisse, chérie. Va te détendre quelques heures, je m'occupe de tout !

David tient à ce que la soirée soit parfaite, et cette maison lui semble le cadre idéal pour cela. Meublée simplement mais avec goût, l'ensemble est propre malgré une légère odeur due à l'humidité des lieux. Ça sent le bois qui a travaillé et peut-être un peu le renfermé, mais les canapés sont doux et moelleux et les poutres apparentes ainsi que les bougies, éparpillées ici et là, accentuent l'impression de chaleur. Il a prévu un dîner romantique accompagné d'un champagne onéreux et a même glissé leurs tenues les plus chics dans sa valise, ne laissant rien au hasard. Lorsque Déborah paraît, fraîche et reposée, il sait que la soirée va être inoubliable.

— Installe-toi confortablement, ma belle, pendant que je nous sers de cette petite merveille pétillante !

David verse le champagne dans des coupes quand, soudain, des phares de voiture transpercent les fenêtres. Deux minutes plus tard, on frappe à la porte. David Pennac ouvre et se trouve nez à nez avec son frère.

— Toi ? Ici ?

S'il avait su ! Bon sang, s'il avait su, il l'aurait mis en garde à vue ! Loin de la jeune femme ! Mais comment aurait-il pu deviner ? Sacha, fou d'inquiétude, fonce dans sa voiture en direction de la maison des Pennac. Il essaie aussi d'appeler chacun des deux frères, afin de demander à l'un de protéger Déborah de l'autre...

— C'est moi qui lui ai dit où on allait, explique Déborah d'un air coupable.

— Mais pourquoi t'as fait ça, bébé ? C'est notre escapade en amoureux !

David ne comprend pas, mille et une hypothèses se bousculent dans sa tête. Nicolas et Déborah sont-ils vraiment amants ? Veulent-ils le lui annoncer maintenant ? Nicolas sait bien qu'il ne le supporterait pas, qu'il serait capable du pire... Déborah a-t-elle juste évoqué ce petit séjour à son beau-frère sans pour autant l'inviter à les rejoindre en Bretagne ? Mais pourquoi est-il venu, alors ? Avec quels sombres desseins tordus ? Ou alors l'a-t-elle appelé à la rescousse parce qu'elle a peur de lui ? Elle doit pourtant bien se douter que c'est précisément ce genre de chose qui risque de le faire exploser ! Vite, il lui faut une réponse ou David ne répond plus de rien...

— Quand je lui ai dit... je n'avais pas compris que c'était un week-end romantique, je croyais qu'on se mettait juste au vert et j'imaginais que ce seraient les conditions idéales pour une bonne réconciliation, alors je lui ai demandé de nous rejoindre, je voulais te faire la surprise... Et puis, quand je t'ai vu préparer les provisions, j'ai réalisé ce que tu espérais de cette parenthèse et j'ai essayé de le contacter, mais je suis tombée sur sa messagerie... Et après je n'avais plus de réseau.

— Tu n'aurais pas dû, Déborah. Tu n'aurais pas dû ! gronde David.

Sacha tambourine et carillonne à la porte des Pennac, personne ne vient lui ouvrir.

Nicolas ne pouvait pas repartir immédiatement, après toutes ces heures de route. Il a donc été décidé qu'il passerait la nuit sur le canapé et quitterait les lieux aux aurores. La soirée en amoureux serait remise au lendemain. Nicolas a aidé à préparer le repas et débouché une bouteille de vin. De la bonne musique, de l'alcool et quelques pétards ont fini de détendre l'atmosphère. Le trio rit, danse dans une insouciance presque adolescente. Après les tensions des dernières semaines, ils ont, chacun à sa façon, l'impression d'arriver au bout d'un cycle et d'en célébrer un nouveau en s'enivrant les sens.

David est complètement parti, il s'allonge sur le canapé, un verre à la main, et sourit en fermant les yeux. Déborah et Nicolas dansent un slow incertain : la jeune femme ne tient pas vraiment l'alcool, en tout cas moins bien que son beau-frère. Lui, ce ne sont pas quelques joints et six verres de vin qui peuvent lui faire quoi que ce soit. Il voit son frangin à moitié défoncé sur le canapé et sourit : dans cet état, il n'est pas très dangereux… Ni très conscient de son environnement. Déborah se frotte contre Nicolas, lascive, avec cette lueur dans les yeux qui sonne comme une promesse. Elle porte une robe légère en soie, sans rien dessous, le jeune homme en est convaincu. Ses seins pointent à travers l'étoffe, tout contre son torse, et il a pu constater de ses mains qu'il n'y avait aucun autre tissu que celui de la robe pour couvrir ses fesses. Il la caresse doucement et elle se laisse faire, colle son bassin un peu plus contre lui. Tout a été tellement facile ! Déborah se sentait si seule avec David, n'importe qui aurait pu faire l'affaire pourvu qu'il lui promette de la sortir de là, et ce quelqu'un ce fut lui ! Nicolas resserre un peu son étreinte et respire le parfum de ses cheveux, de son cou fin sur lequel il a envie de promener ses doigts...

David ouvre les yeux. Il lui semble que les mains de son frère se baladent *un peu trop* sur le corps de Déborah, qu'ils sont *un peu trop* collés l'un à l'autre, qu'elle titube dangereusement et ne sait plus tout à fait ce qu'elle fait. Mais David sait, lui, et il ne laissera pas ce salopard la tripoter ! Nicolas a la tête dans le cou de la jeune femme, comme un vampire prêt à donner la mort. David se lève brusquement.

— Lâche-la, articule-t-il d'une élocution hasardeuse.

Son frère éclate de rire, d'un rire mauvais dont il lui semble que Déborah se fait l'écho, mais David sait que son état de stress modifie sa perception de la réalité. Il doit se concentrer sur Nicolas et contenir la violence qu'il sent monter en lui.

— Déborah, éloigne-toi. Tu ne sais pas ce dont il est capable !

David a la tête qui tourne dangereusement. Il a envie de vomir, sent le plancher se dérober sous ses pieds, mais la colère est là et va l'empêcher de sombrer. Il doit virer Nicolas, il le connaît, il sait qu'il va faire du mal à Déborah.

— Mais non, chéri, tout va bien. Je crois que tu es un peu saoul, c'est tout, lui dit gentiment sa femme.

Oui, elle est si gentille, sa Déborah. Elle lui sourit, alors il sourit à son tour, un peu bêtement. Elle éclate de rire.

— Tu te verrais ! dit-elle.

David rigole aussi, puis croit comprendre que son frère l'insulte.

— Il est confit, Porcinet ! Allez, c'est bon, t'as eu ta dose, là.

— Te mmm...moque pas de mmmm...moi !

— Tu vois, Déb ? T'as épousé un bègue, ça craint ! Tu seras mieux avec moi...

— Arrête...

À peine la jeune femme a-t-elle protesté que David se rue sur son frère et l'attrape par le col. Nicolas, qui a encore tous ses moyens, le pousse et le fait tomber. David émet un cri, non de douleur mais d'humiliation. Il se retrouve projeté des années en arrière, quand il n'était que le faire-valoir de son petit frère, quand il devait subir les brimades, quand il a pété les plombs. Mais il n'est plus cet adolescent qui a fini par faire peur à sa propre mère. Aujourd'hui il est bien plus fort et déterminé. Bien plus dangereux que ce que Nicolas aurait pu imaginer. David se relève et prend un air mauvais.

— Ça, tu vas le regretter.

9

Sacha Mendel est de très mauvaise humeur. Il a passé une nuit abominable à imaginer les pires scénarios. David et Déborah Pennac ont quitté leur domicile et Nicolas Pennac est lui aussi introuvable. Il leur a laissé des dizaines de messages, leur a intimé de donner de leurs nouvelles, a rameuté tout le voisinage, en vain. Les deux suspects principaux de son enquête se sont volatilisés avec une nouvelle victime potentielle. Alors, comme chaque fois qu'il a besoin de se calmer, Sacha Mendel a méticuleusement démonté et nettoyé son Sig Sauer. Il a fait ça chez lui, pendant sa longue nuit d'insomnie, avec, en fond sonore, les ronronnements de Watson, son petit chat noir, et les ronflements de Marion. Sa femme n'aime pas qu'il manipule son arme dans l'appartement, mais elle n'aime rien de toute façon… Pendant qu'il s'occupait de l'arme, il a beaucoup pensé à l'autre, celle dont il avait dû se débarrasser. Il la regrette, même s'il peut s'en procurer quand il le désire. Elle lui manque comme une cigarette manque à l'abstinent…

Il se revoit demander à un petit trafiquant de lui fournir un calibre fraîchement importé d'ex-Yougoslavie, puis tester sa prise en main, glisser quelques billets au gars avant de repartir avec son joujou. Il se souvient du nœud à l'estomac quand il se baladait avec, de la façon dont il projetait de s'en servir, du nombre de fois où il l'a palpée, comme on caresse un rêve. Et puis enfin, il se remémore le moment clé où il est passé à l'acte, où les choses ont chaviré ou plutôt l'ont fait basculer de l'autre côté, celui des hommes qui n'ont plus foi qu'en leur propre loi.

Il avait emprunté ce jour-là une des voitures fournies par Strano à ses gars, menotté sa cible et mis un sac sur sa tête pour ajouter à son stress plus que pour l'empêcher de regarder le paysage – quand bien même ce serait le dernier qu'il pourrait jamais contempler… Puis il l'avait conduit sur ce terrain vague où il savait que personne ne s'aventurait jamais à cette heure de la journée. Il avait pris le temps de coller une photo sur un morceau de placoplâtre délabré, conduit la cible au pied du mur et l'avait forcée à s'agenouiller avant de retirer le sac en toile.

—*Pourquoi tu fais ça ? Tu veux du fric ? Je dirai jamais rien de tout ça, promis…*

Mendel lui fourra un chiffon dans la bouche pour le faire taire. Tout ce qu'il pourrait dire serait sans effet. La décision de Sacha était prise, il allait l'exécuter.

—*Je veux te voir mort, c'est tout.*

Il sentit alors quelque chose se planter en lui, physiquement se planter en lui, dans son estomac, dans son cœur, sur sa peau C'était comme un frisson doux et brûlant à la fois, une ivresse, un sentiment de puissance intense. Il devint Dieu, l'espace d'un instant. Un Dieu de colère, un Dieu vengeur qui allait ôter la vie à une vermine. Il saisit l'homme par les cheveux et tira violemment sa tête en arrière.

—*Regarde et prie !*

L'homme écarquilla les yeux devant la photo que lui montrait Mendel, sur le mur. Il essaya de recracher son bâillon, pour marchander encore sa vie sans valeur, en vain. Le tenant toujours par les cheveux, Mendel dégaina son arme clandestine et plaqua le canon contre le front du gars en pleurs. Le type pleurait à gros bouillons, comme un enfant qui a fait une bêtise grave et ne veut pas être puni.

— *Tu es méprisable.*

La pomme d'Adam de l'homme se mit à monter et descendre nerveusement, à toute vitesse, il s'étouffait avec sa morve, grognait ce qui devait être des excuses. Mais sa peur n'était que justice, sa peine une imposture. Quand Mendel ôta le cran de sécurité, l'homme fit sous lui. Sacha attendit que l'auréole sombre finisse de grossir, ça lui plaisait que cette ordure meure dans sa pisse. Tellement qu'il en sourit d'aise. Un sourire de fou qui fit craquer le gars un peu plus. Il se mit à trembler de tout son être. C'était un tremblement entier, violent. Pas une cellule ne fut épargnée par ce jerk intempestif. Sacha dut resserrer un peu sa prise pour que la tête ne lui échappe pas des mains.

— *Oh, t'es épileptique ou quoi ?*

Le commandant tira plus fort sur les cheveux, se pencha au-dessus du type pour s'assurer que c'est bien son visage qu'il verrait juste avant de mourir et non pas le ciel, puis il pressa la détente. La tête de l'homme partit violemment en arrière dans un mouvement qui n'avait rien de naturel, Sacha le retint un instant encore par les cheveux et regarda le sang se répandre sur le sol, puis il le lâcha enfin comme on jette un papier par terre.

Le plus frappant, ce sont les sensations que ça lui procura. Bien sûr, il lui était déjà arrivé de tirer sur des hommes dans l'exercice de ses fonctions... De les blesser, parfois même de les tuer. Mais jamais auparavant il ne s'était trouvé dans cette situation. C'était proche de ce qu'on peut ressentir lorsqu'on se bat dans la rue et qu'on a le dessus, mais d'une intensité sans égale. Un plaisir absolu, une tempête à l'intérieur de soi… Un orgasme. D'ailleurs, il lui semble avoir eu une érection à ce moment-là. Évidemment, il n'avait aucune intention de recommencer, c'était juste l'histoire d'une fois, parce qu'il le fallait. Et il n'était pas spécialement fier de lui. Sacha se sentit même très mal, juste après. Honteux, sale, aussi méprisable que la vermine dont il avait débarrassé ce monde. Il oublia aussitôt à quel point il l'avait désiré, ce moment, comme il l'avait préparé avec soin, attendu, fantasmé avant de le réaliser. Les yeux mouillés de l'homme vinrent le hanter souvent dans ses rêves, au point de l'empêcher de dormir… Et pourtant.

Pourtant aujourd'hui, il sent de nouveau l'envie monter en lui, comme un drogué qui lutte contre l'envie de replonger. Oui, ressentir de nouveau ce frisson absolu de toute-puissance, appuyer sur la détente et décider d'arrêter une vie. Il n'a jamais rien connu de plus fascinant. Il pourrait acheter une nouvelle arme, au cas où… Ce ne sont pas les occasions de s'en servir qui manquent. Ça pourrait être sur Strano, s'il échappe trop longtemps à la justice… Ça pourrait être sur l'homme qu'il va devoir interroger ce matin, s'il s'en sort avec des mensonges…

Car si Sacha Mendel est d'une humeur exécrable aujourd'hui, c'est aussi à cause de la nouvelle qu'il vient de recevoir. Un homme nu a été retrouvé errant devant son domicile et tenant des propos confus. Ses mains étaient couvertes de sang quand les policiers l'ont arrêté. Il prétend ne se souvenir de rien, ne pas savoir ce qui s'est passé. Il réclame sa femme à cor et à cri mais elle reste introuvable et ne répond à aucun appel.

Cet homme que va interroger Sacha, c'est David Pennac. Et s'il joue trop bien la comédie de l'amnésie et que Déborah ne reparaît pas très vite, alors non, Mendel n'hésitera pas une seconde à le supprimer, lui aussi.

Sauf qu'à la différence de Lionel Petitjean, lui, il le fera souffrir avant…

III

BONJOUR, DÉBORAH..

1

— PENNAC, OUVRE, JE SAIS QUE TU ES LÀ !

Ça fait dix bonnes minutes que Sacha tambourine à la porte de Nicolas quand une voisine promenant son chien s'arrête à sa hauteur.

— Il n'est pas chez lui. Qu'est-ce que vous lui voulez ?

— Police.

La femme regarde la carte du commandant et s'éclaircit un peu la voix avant d'enchaîner.

— Il a des ennuis ?

— Ça ne vous regarde pas. Vous êtes sûre qu'il n'est pas ici ?

— Oui, répond-elle un peu pincée. Il est parti il y a une heure environ.

— Vous savez où ?

— Non.

Elle aimerait surtout bien en savoir plus sur les raisons de la présence du policier ici… Mais l'air peu amène de Mendel l'en dissuade, et puis d'ailleurs, il tourne déjà les talons et redémarre son véhicule à la hâte. La femme reprend sa promenade avec son chien.

Si Pennac n'est pas chez lui, alors Sacha sait où le retrouver. Il traverse la moitié de Paris en grillant feux rouges et priorités, gyrophare en marche qu'il n'éteint qu'à l'approche de sa cible. Il pénètre dans le bar, le balaie du regard et fonce sur l'homme.

— Ça fait deux heures que je t'appelle sur ton portable. Pourquoi tu décroches pas ?

— Il est sur silencieux. Qu'est-ce qui vous prend de vous exciter comme ça ? Vous avez retrouvé ma femme ?

— Me prends pas pour un imbécile, Pennac. Je crois que tu sais très bien pourquoi je suis là.

Nicolas Pennac hausse les épaules. À ce moment précis, remarque le commandant, la ressemblance avec son frère est frappante. C'est cette même mine parfaitement paumée que lui a opposée David pendant son interrogatoire... Les mêmes yeux aux vaisseaux éclatés par le cannabis, aussi.

— Je veux voir un médecin. J'ai demandé à voir un médecin.

David Pennac était en boucle depuis le début de sa garde à vue. Les bras croisés autour de la poitrine, il regardait dans le vide et conservait une posture un peu rigide, cou raide et tête immobile, pour ne pas aggraver les nausées.

— Je suis malade, ça ne va pas du tout, où est le médecin ? Vous ne pouvez pas me le refuser, je connais mes droits.

La commissure des lèvres légèrement retroussée, Mendel l'écrasa de tout le mépris dont il était capable.

— Où est Déborah ?

Pennac sursauta en entendant le prénom de sa femme, un sourire fugace illumina son visage l'espace d'un instant, puis son front se barra de plis soucieux, ses yeux se cognèrent aux quatre coins de la pièce, il ouvrit la bouche et la referma comme un poisson mourant, puis fixa enfin le commandant d'un air ahuri.

— *Déborah ? Elle est où ?*

— *C'est ce que je vous demande.*

— *Elle est à la maison ?*

— *Non, monsieur Pennac, elle n'est pas chez vous. Où est-elle ?*

— *Déborah ?*

David Pennac s'exprimait comme un enfant de cinq ans, ton apeuré, air perdu. Il simulait, Sacha en était convaincu.

— *Où est votre femme, Pennac ?*

— *Je ne sais pas. Je me sens mal.*

Mendel sentait la colère monter. Il sortit une cigarette et l'alluma pour se calmer. David Pennac pâlit, ses traits se décomposèrent un peu plus.

— *La fumée... ça me rend malade...*

— *Je m'en fous. Où est Déborah ?*

— *Je ne sais pas... Je veux voir un médecin, je vous jure que ça ne va pas...*

Le médecin était en route. Il devait arriver d'un instant à l'autre, mais Mendel n'était pas pressé de le voir débarquer. Il comprenait parfaitement le petit jeu de Pennac pour échapper à la garde à vue.

— *Vous le verrez, mais dites-moi d'abord ce qu'il s'est passé cette nuit.*

— *Je... Cette nuit ? Je ne sais pas... Je ne m'en souviens pas... Où est ma femme ?*

David Pennac lança au commandant un regard angoissé.

— *On vous a ramassé errant complètement nu devant chez vous, les mains maculées de sang. Votre femme demeure introuvable et ne répond pas au téléphone.*

L'air incrédule, David Pennac se gratta la tête, se frotta le visage et fronça les sourcils.

— *Je me souviens de la maison... On était dans une maison.*

— *Où ça ?*

— *Je ne sais plus. C'est Déborah qui avait choisi le lieu... et qui me guidait.*

— Ben voyons, comme c'est commode !

Sur le point de perdre son calme, Mendel s'approcha du suspect et lui souffla sa fumée de cigarette dans le visage. La réponse de Pennac ne se fit pas attendre, il rendit tout le contenu de son estomac sur les chaussures du commandant. Celui-ci fit un bond en hurlant.

— Ça va pas, espèce de connard, tu te crois où, bordel ?

Luttant contre l'envie de lui arracher la tête, Sacha sortit précipitamment de la pièce pour aller chercher des serviettes en papier. Là, il tomba sur le médecin. Décidément, rien n'allait comme il le souhaitait.

— Je viens voir votre client, il est là ?

— Il vient de me gerber dessus. Mais je vous préviens, c'est un simulateur.

— C'est à moi d'en juger.

Soit. Mais qu'il le fasse en connaissance de cause, fort de tous les éléments pouvant aider à son diagnostic.

— Je sais. Cela dit, laissez-moi vous recommander un peu de lecture auparavant.

Le commandant alla chercher un document et lui tendit les détails du dossier médical de Pennac que le procureur avait pu obtenir. Il y était indiqué qu'à seize ans, David avait eu un épisode psychotique concomitant à l'incendie de sa maison. Sa mère avait failli y laisser la vie. David avait d'abord nié être à l'origine du feu avant d'avouer, sans être pour autant capable d'expliquer les raisons de son geste. Il présentait exactement les mêmes symptômes qu'aujourd'hui : confusion, nausées, amnésie. Il s'en était sorti après un court séjour en hôpital psychiatrique, où on avait conclu à un dérapage anecdotique…

— Il faut qu'il parle, insista-t-il auprès du médecin. *Son épouse est introuvable et seul lui sait où elle est. J'espère juste qu'on n'arrivera pas trop tard…*

Le médecin opina du chef d'un air grave et pénétra dans la salle d'interrogatoire. Hélas, lorsqu'il en ressortit, ce fut pour annoncer sa décision d'hospitaliser Pennac.

— *État de choc post-traumatique. Votre gars a besoin d'une assistance psychiatrique avant de pouvoir être interrogé. Vous n'en tirerez rien de toute façon.*

— *Mais il simule !*

— *Non, je ne crois pas. Ses symptômes sont bien réels. Il est mal en point.*

— *Putain !*

— *Si ça peut vous aider,* ajouta le médecin, *il s'est souvenu que son frère était présent pendant la soirée avec sa femme…*

C'est pour ça que Sacha a conduit comme un fou jusque chez Nicolas Pennac et qu'il n'est pas près de le lâcher… En attendant de pouvoir interroger son salopard de frère.

Nicolas semble abasourdi par le récit que lui a fait Mendel. Il se prend la tête entre les mains et, les larmes aux yeux, assure à Sacha qu'il va tout lui dire.

— Nous étions effectivement dans une maison, à la campagne. Mais je suis reparti dans la nuit…

— L'adresse, vite.

Nicolas fouille dans ses souvenirs, hésite, l'air complètement déboussolé. Ses mains tremblent, il fourrage dans les poches de son jean dont il sort un papier froissé sur lequel il a noté l'adresse et le tend au policier, incapable de prononcer un mot. Sacha déchiffre l'écriture et appelle aussitôt ses collègues pour envoyer une équipe sur place. Le commandant crève d'envie de tout planter là et de foncer chercher la jeune femme, et peut-être même de la sauver, mais il ne peut pas se permettre de lâcher Nicolas, ni de différer l'intervention.

— Pourquoi t'es parti ?

— David a pété les plombs. On avait bu… Un peu fumé, mais juste fumé, je vous le jure !

— Je m'en fous des merdes que tu sniffes, continue. Qu'est-ce que tu entends par *pété les plombs* ?

— J'ai dansé avec Déborah… On était bien, on riait, elle était belle…

— Tu as eu des gestes déplacés ?

— Non. Mais ce n'est pas l'envie qui me manquait… Et David l'a vu. Il a commencé à s'énerver, à délirer.

— C'est-à-dire ?

— Il s'est mis à bégayer, à s'imaginer qu'on se moquait de lui… Il a dit des horreurs à Déborah, qu'elle n'était rien sans lui, qu'elle n'était qu'une merde qu'il avait ramassée dans la rue… une salope qui voulait que je la saute…

Sacha Mendel sent chacun de ses muscles se crisper, il s'attend à ce que Nicolas lui dise que David s'est mis à la frapper, il s'y prépare, psychologiquement, ainsi qu'aux pires hypothèses…

— Et toi ? Tu as fait quoi ?

— Moi, j'ai essayé de calmer le jeu, de lui dire qu'il était trop défoncé pour distinguer le réel de l'imaginaire… J'ai proposé qu'il aille se coucher mais il est devenu enragé. Il s'est mis à hurler que je couchais avec sa femme…

— C'est vrai ?

— Non ! Mais je lui ai répondu que je savais qu'il était l'amant de Laura. Il a nié, bien sûr…

— Et Déborah ?

Nicolas marque un long silence. Il sait que ce qu'il va dire est grave et va le faire passer pour un lâche. Mais il le fait en connaissance de cause.

— Elle a complètement changé d'attitude. Elle est devenue glaciale. Je n'avais jamais vu autant de dureté dans son regard. Ça s'est fait brutalement, en l'espace d'une seconde… Comme si…

— Comme si ?

— C'est comme si, d'un coup, tout ce qui la retenait à David venait de voler en éclats.

Déborah avait été très claire à ce sujet lorsqu'elle en avait parlé avec le policier. Sacha se souvient parfaitement de sa conception du mariage et de la fidélité : « Nous avons échangé des vœux à l'église. Ça a du sens pour moi. David ne tolérerait pas que je les rompe. De mon côté, si je découvre qu'il me trompe, je divorcerai sur-le-champ. C'est ainsi. Ça s'appelle le *mariage*. »

Pour autant, le policier ne croit pas que le changement d'attitude de Déborah était seulement imputable à la révélation de son beau-frère. La jeune femme attendait depuis longtemps une excuse pour s'affranchir de cette union. Son cœur n'appartenait plus à David depuis bien longtemps, et leur couple ne reposait plus que sur une illusion qu'elle avait besoin d'entretenir pour ne pas avoir le sentiment d'avoir tout raté. Déborah préférait nier ses désirs et ses sentiments plutôt que d'admettre son échec. Mais tout dans son attitude criait son envie de liberté et son besoin d'aimer, et d'être aimée. Qu'elle se l'avoue ou non, la présence de son beau-frère et le baiser qu'elle avait échangé avec Sacha avaient contribué à lui faire prendre conscience de sa solitude, de son malheur. La certitude que David avait rompu ses vœux en la trompant avait fini de la libérer.

— Elle m'a demandé de quitter la maison immédiatement, reprend Nicolas, afin de s'expliquer avec son mari. Bien sûr, j'ai refusé... J'avais bu, j'étais fatigué... pas en état de conduire. Et puis j'avais peur de la suite.

— Peur de quoi ?

— David n'a jamais supporté qu'on aille contre sa volonté et, dans sa tête, Déborah lui appartient. Alors je me suis dit que si elle voulait lui demander des explications et le quitter... elle risquait de passer un mauvais quart d'heure.

— Et tu es parti quand même ?

— Déborah ne m'a pas laissé le choix, et finalement j'ai pensé que ma présence ne ferait qu'aggraver les choses.

Et depuis, la jeune femme est introuvable. Alors Nicolas Pennac peut bien raconter l'histoire qui l'arrange puisqu'il n'y a plus personne pour le contredire, mais Sacha n'est pas dupe de son petit jeu. Qui ferait ami-ami avec l'amant de sa femme sans avoir une idée derrière la tête ? Qui s'amuserait à séduire sa belle-sœur, au risque de la mettre en danger, sans être le dernier des salopards ? Si, pour l'instant, David reste le premier suspect dans la disparition de la jeune femme, Sacha n'oublie pas non plus que l'épouse de Nicolas s'est aussi volatilisée et que ça commence à faire beaucoup de disparitions autour de lui.

— Si tu crois en Dieu, mon gars, c'est le moment de prier pour qu'il ne soit rien arrivé de fâcheux à Déborah. Sinon je peux t'assurer que tu iras rejoindre ton frangin en cellule.

— Je n'ai rien fait de mal, je vous le jure !

— Promesse de drogué…

En proie à un profond dégoût, Mendel tourne les talons et quitte le bar. Il manque d'air, il manque d'espoir, tout ça sent très mauvais. Il sort son téléphone et bouscule le gars à capuche qu'il a déjà croisé sur ce même trottoir. Mendel s'excuse vaguement et rejoint sa voiture, sans remarquer que l'homme prend des photos de lui. Puis le type compose un numéro en souriant d'un air mauvais.

— Allô ? C'est bien lui… Je vous ai envoyé les photos à l'instant. C'est un putain de keuf.

— Oui, je sais. Tu ne le lâches pas, d'accord ?

— D'accord.

Le gars enfourche sa moto et démarre… À la suite de Sacha.

À l'autre bout du fil, Gabriel Strano se cale dans son fauteuil en cuir blanc. Il sourit à l'homme qui lui fait face. Lorsqu'il sourit ainsi, personne ne pourrait croire que Gabriel est un gros trafiquant de drogue, et qu'il n'hésite pas à supprimer quiconque se met en travers de son chemin. On l'imaginerait plus volontiers mécène, ou peut-être même comédien.

— Ça tombe bien que vous soyez là ! Dieu et les anges sont décidément de mon côté !

Strano tapote sur son téléphone et son imprimante se met aussitôt en marche pour sortir les photos de Mendel. Le Sicilien les contemple un instant et les tend à l'homme.

— Je veux tout savoir de lui. Qui il est, pourquoi il est flic, pourquoi on lui a fait craquer une infiltration de plusieurs mois. Je veux savoir où il habite et avec qui il baise. Ce qu'il lit, combien il pèse. Tout. Et vite.

— Pas de problème, monsieur Strano. J'y passerai la nuit s'il le faut, mais demain matin vous aurez quatre-vingts pour cent des réponses à vos questions. Le reste arrivera dans la semaine, soyez-en assuré.

Gabriel Strano incline légèrement la tête en signe de remerciement. Il n'est pas inquiet. L'homme assis en face de lui est un crack. Il n'y a pas un système informatique qu'il ne sache pirater.

2

Sacha Mendel a dû sortir prendre l'air après la visite des hommes de l'IGPN. Enfin, « prendre l'eau » serait plus juste. Comme contaminé par la crise qui règne en France, en Europe, dans le monde, le mois de juin déverse des torrents de larmes glacées sur un peuple déjà frileux. Mais même sous le soleil, Mendel aurait frissonné. Il est comme gelé de l'intérieur, déserté par la flamme qu'il croyait inextinguible jusqu'à présent. Il se sent vide, mort à lui-même… Comme si plus rien n'avait de sens, à commencer par sa propre existence.

Sacha ne se reconnaît plus, ne sait plus qui il est. Mais l'a-t-il jamais su ? La vie est passée si vite, l'entraînant d'ambitions démesurées en désillusions. Gamin, il se rêvait un destin, une mission à accomplir qui justifierait sa présence sur terre. Il s'imaginait fort, capable de soulever des montagnes, d'être une sorte de redresseur de torts, sauveur de la veuve et de l'orphelin. Il n'y a pas que les fillettes dont on farcit la tête de contes. Un homme se doit d'être un chevalier, un prince Faire carrière, gagner de l'argent, ne jamais trébucher. Envolées, les velléités d'être photographe, oubliée, la sensibilité d'artiste : quand on a un bon cerveau et une musculature bien faite, on se doit d'être un homme, un vrai. D'entreprendre des études de droit fastidieuses, de se remplir le crâne de textes de loi à recracher aux partiels, puis de s'engager dans une formation virile qui rendra fière maman quand elle en parlera à ses copines.

— Il fera un excellent policier ! Avec ses capacités, il a tout pour devenir rapidement commissaire !

Mais ça ne l'a jamais tenté. Trop administratif à son goût. Quitte à s'engager dans la police, autant faire du terrain, être en prise avec la misère du monde et faire son possible pour l'alléger un peu.

Au final, il n'a rien allégé du tout. C'est à peine s'il a interrompu quelques flagrants délits. Tout le reste n'a été qu'enquêtes, perquisitions, interrogatoires. De l'après-coup. Du travail qui empêche seulement que les choses continuent, pas qu'elles commencent. Sacha l'a vite compris, dès les premiers mois, peut-être même les premières semaines de service. Pourtant il s'est voilé la face et s'est noyé dans l'action pour maintenir l'illusion de servir à quelque chose, a tu son mal-être, l'a relégué aux oubliettes. Sacha est un bon flic, parce qu'il renifle mieux que personne l'odeur du mensonge pour la connaître de l'intérieur : toute sa vie n'est qu'un leurre, lui-même n'est qu'un imposteur. Il est le clown triste qui joue les Bozzo avec force éclats de rire lors des sorties entre collègues, il est l'époux qu'on croit volage quand il n'est plus marié que sur le papier, il est le policier qu'on croit profondément humain quand il n'arrive plus à se connecter qu'à la colère et la haine. Oui, Sacha Mendel fait parfaitement illusion. On le croit toujours promis à un grand avenir dans la police, on recherche avec plaisir sa compagnie et sa générosité dans les soirées. Mais le problème, c'est qu'il ne se trompe plus lui-même et sent bien qu'il est en train de couler, de basculer. Vers quoi, il l'ignore ou du moins préfère ne pas s'en soucier. Il sait en revanche que la flamme a été soufflée par l'usure du temps, parce que la mèche était artificielle, parce qu'il s'est trop vite consumé. Il espère encore, presque malgré lui, qu'une étincelle pourra toujours se produire et ramener un peu de lumière en lui. Qu'elle provienne de la satisfaction d'avoir sauvé une vie, ou d'une fée qui soudain s'intéresserait à lui et renverserait les codes des contes pour enfants. Une fée qui aurait des cheveux aux reflets roux et des yeux dorés, et qui aurait autant besoin qu'il la sauve que la capacité de le révéler à lui-même…

Mais cette fée-là, si elle existe ailleurs que dans ses rêves, a pris des allures d'étoile filante. Déborah Pennac, la douce, la belle Déborah Pennac, n'était plus dans la maison indiquée par son beau-frère. Disparue, volatilisée, comme si elle avait chevauché un arc-en-ciel pour repartir vers un monde auquel aucun mortel n'a accès. À part quelques empreintes, la scientifique n'a trouvé aucune trace de Déborah. À part quelques empreintes et une goutte de sang séchée, dans la cuisine, sur le bord de l'évier. Et hormis l'espoir que le sang ne soit pas celui de la jeune femme ou qu'elle se soit juste blessée en cuisinant, plus rien ne compte pour Sacha que de la retrouver encore en vie. Pas même les lourdes accusations qui pèsent sur lui depuis ce matin.

Sacha est assis près de la vitre du café où il a échoué. Un café juste à côté du 36, où Alex sait qu'il a ses habitudes.

— Je savais que tu serais là, se contente de dire le commissaire en s'asseyant.

Toussaint commande un café serré au serveur et se débarrasse de sa veste.

— Quel temps de merde !

Sacha ne lui facilite pas la tâche. Il regarde les gens courir sous la pluie, à la recherche d'un abri, sans dire un mot. Alex en profite pour scruter ses traits, lire dans chacune des rides qui sillonnent son visage comme pour y trouver un chemin vers son esprit ou la preuve qu'il n'est coupable de rien. Le silence s'installe entre les deux hommes et amplifie les bruits alentour. Celui des gouttes épaisses qui s'écrasent contre la vitre, le giclement de l'eau quand les voitures traversent une flaque, le léger brouhaha des clients qui discutent sur fond de radio et le cliquetis de couverts qu'on empile. Que des bruits auxquels, dans le meilleur des cas, on ne prête aucune attention. Des sons banals qui composent pourtant notre quotidien, le rythment, nous indiquent où l'on se trouve, l'heure qu'il est... C'est le bruit incessant de la vie qui continue avec ou sans nous, celui d'un galop effréné pour combler le vide.

— Il faut que tu leur dises où tu étais ce soir-là, Sacha.

— Je n'étais nulle part. Je ne peux pas inventer un alibi pour leur faire plaisir.

— Tu peux au moins faire un effort pour te rappeler quelque chose. Quelqu'un t'aura forcément remarqué. Une caméra de surveillance peut t'avoir filmé.

— Je m'en fous, Alex.

— Tu ne peux pas dire ça et tu le sais. Ils ne te lâcheront pas.

Lorsque Mendel est arrivé au poste ce matin, il a tout de suite compris que quelque chose clochait. Prévert et Sauvage étaient présents, dans le bureau d'un Toussaint aussi blême que le cul d'une bonne sœur. Et pour cause. Un appel anonyme avait dénoncé Mendel comme étant l'auteur de l'exécution de Petitjean.

— Ils n'ont aucune preuve. Une dénonciation anonyme, ça ne pèse pas lourd devant un tribunal.

— Mais les présomptions sont fortes et tu le sais. Tu es gaucher, le tireur aussi. Ta taille correspond à celle qu'a estimée le légiste. Sans parler de ton surnom, le Punk.

— Et alors ? Ça ne prouve rien !

— S'ils creusent, ils découvriront que tes méthodes sont parfois plus que discutables. Je t'ai couvert, mais...

— Et quoi ? Tu as peur d'avoir un blâme ?

— Il ne s'agit pas de moi. Donne-leur ce qu'ils veulent au lieu de te braquer. Crois-moi, c'est une mauvaise idée de te mettre l'IGPN à dos.

— Alex, tu me connais ! Ils m'accusent de bosser pour Strano ! C'est n'importe quoi et je ne vais pas m'abaisser à m'en défendre ! Jamais je ne choisirais ce camp-là… J'ai vu des gamines de quinze ans faire des passes pour se payer une dose, des familles entières ravagées à cause de cette merde ! Et tu crois que je tremperais dans un trafic ? Que je jouerais les hommes de main pour sauver la peau de ce salopard de trafiquant ? T'es malade ou quoi ? Je suis du côté des justes. Pas de ces sous-merdes.

— Je ne comprends pas, ça ne te ressemble pas d'être aussi manichéen… Il n'y a pas les bons d'un côté et les méchants de l'autre. C'est plus compliqué que ça et tu le sais.

— Je vomis les trafiquants comme les consommateurs. Non mais sérieusement, Alex, quel genre de flic tient ces discours de gaucho ? Ça fait trop longtemps que t'as pas fait de terrain, crois-moi.

— Mon discours t'ennuie ? Le tien me choque. On dirait que tu ne connais pas la drogue, que tu ne sais pas à quel point c'est difficile de s'en sortir, un peu comme un mec qui vote FN alors qu'il vit dans la Creuse et n'a jamais vu un Arabe de sa vie.

Furieux, Sacha se lève brusquement et va régler sa consommation. Il attrape la porte du café, puis se ravise et revient sur ses pas en pointant le commissaire du doigt.

— Une gamine de vingt ans est morte dans mes bras parce que Strano lui avait fourni de la came. Elle était belle, intelligente, mais elle s'est fait avoir et je n'ai rien pu faire, je n'ai pas pu lutter contre cette merde. Alors non, je ne serai jamais modéré et je ne pourrai jamais bosser pour une ordure pareille, c'est compris ?

Sur ce il s'allume une cigarette. Le patron du café, qui connaît l'animal, lance un regard réprobateur au commissaire, mais comme personne dans le bar ne semble s'offusquer qu'on transgresse la loi Évin, il renonce à sermonner le policier.

Alex a envie de croire son ami. Oui, il le connaît depuis des années et sait son aversion pour la drogue. Aversion d'autant plus surprenante que Sacha n'est pas exempt de toute addiction. Le commandant doit bien fumer deux paquets de cigarettes par jour et, s'il a le coude léger au point d'avoir parfois frôlé le coma éthylique lors de soirées, il est aussi accro au sexe, si on en croit les états de service dont il ne se cache pas. Alors, qui dit qu'il n'a pas fini par goûter à la drogue, dans un contexte aussi facile que celui d'une infiltration ? Qui dit qu'il n'est désormais pas prêt à tout pour avoir sa dose, quitte à tuer un collègue pour son nouveau patron ? Mais rien, dans ses pupilles ou dans le tremblement de ses mains, ne semble indiquer qu'il en consomme. Non, Sacha est juste un mec malheureux marié avec son boulot, un gars sûrement trop sensible pour supporter le monde qu'il côtoie sans chercher à l'adoucir comme il peut. Pas un vendu. Encore moins un assassin.

— Je ne crois pas que tu aies quoi que ce soit à voir avec ça, Sacha.

C'est l'essentiel pour Mendel. Alex sera son meilleur ambassadeur auprès des gars de l'IGPN : s'il est convaincu de son innocence, il saura les convaincre à son tour. De toute façon, lui-même serait incapable de plaider sa propre cause. Il n'arrive pas à accorder de l'importance à cette affaire. Bien sûr, il n'a pas laissé tomber l'idée de coincer Strano, c'est d'ailleurs une de ses priorités. On n'abandonne pas comme ça une enquête que l'on mène depuis des mois. Surtout quand on a un tempérament obsessionnel. Et on peut dire que Strano l'obsède. Mais depuis peu, une nouvelle obsession est entrée dans sa vie : l'affaire Pennac. Tout d'abord intrigué par la disparition de la sulfureuse Laura Pennac et la présence de Nicolas chez son frère, Mendel a vite compris qu'il avait affaire à plus grave qu'une simple disparition de personne. Son instinct lui disait que la femme n'était plus de ce monde, et s'il a longtemps imaginé que le mari y était pour quelque chose, il craint désormais de s'être fourvoyé en négligeant la piste de David Pennac. Et s'il avait supprimé sa maîtresse ? Et s'il était aussi fou que le prétend son frère et avait fini par s'en prendre à Déborah ?

Mendel s'est souvenu que Déborah lui avait parlé de sa voisine, Frederika Migneault, à qui elle se confiait parfois. Peut-être aura-t-elle des informations pouvant l'aider dans l'enquête ? C'est en tout cas ce qu'il espère, et la raison pour laquelle il a décidé d'aller lui rendre visite.

— Monsieur Migneault ?

— Docteur. Je suis psychiatre, précise l'homme aux cheveux blancs.

— Commandant Mendel, j'ai eu votre femme au téléphone.

— Oui, je suis au courant, entrez donc.

Le couple invite le policier à s'asseoir, mais celui-ci préfère se faire une idée de la vue et se dirige vers les fenêtres du salon.

— Ça donne directement chez les Pennac, constate-t-il.

— N'exagérons pas, répond le psychiatre, nous sommes à une dizaine de mètres.

— Mais c'est assez près pour entendre les disputes, ajoute Frederika, les larmes aux yeux.

La Québécoise a le cœur gros. Depuis qu'elle a appris la disparition de son amie, c'est à peine si elle mange, si elle dort. Elle se sent coupable de n'avoir pas signalé le couple à la police. Tout, pourtant, concourait à confirmer ses soupçons : les bleus sur les bras de la jeune femme, la scène terrible que David lui avait faite dans le parc… Déborah était en danger et elle, elle n'a rien fait !

— Vous agissez maintenant, en me parlant d'elle, madame Migneault.

— J'espère que ça suffira… Vous dites que David est interné en psychiatrie ?

— Il est en observation, en effet. Il est assez désorienté, manifestement...

— Il ne va quand même pas se faire passer pour une victime ! s'indigne-t-elle.

N'y tenant plus, elle expose sa théorie sur les pervers narcissiques. C'est sûr, Déborah était complètement sous sa coupe, aveuglée, soumise.

— Ou simplement amoureuse, tempère Richard Migneault. Elle ne jurait que par lui.

— Pourtant, reprend Frederika, elle avait changé, ces derniers temps. Depuis quelques jours, elle semblait envisager de pouvoir refaire sa vie avec quelqu'un d'autre.

— Vous savez qui ?

Sacha a posé cette question du tac au tac, avec la voix qui tremble légèrement comme celle d'un collégien qui apprend que la plus jolie fille de la classe a peut-être des vues sur lui. Il se remémore ce baiser, si doux, qu'ils ont échangé il y a quelques jours à peine et se prend à espérer...

— J'ai pensé à son beau-frère, parce qu'il est plutôt mignon et qu'il est le seul homme qu'elle ait croisé récemment... Mais je n'y crois pas vraiment.

— Si ma femme a vu juste, il n'a pas ce dont elle a besoin, enchérit le médecin. Les femmes qui subissent des violences, physiques ou psychologiques, perdent toute confiance en elles. Elles finissent par se croire incapables de se débrouiller seules, de pouvoir refaire leur vie ailleurs, avec quelqu'un d'autre. Il leur faut presque toujours une aide extérieure pour s'extirper de l'emprise de leur conjoint. Ça peut être une amie, une association, ou un amoureux en effet, mais l'homme doit représenter à la fois une forme d'autorité, de légitimité à les sortir de là, mais aussi une sorte de garant de valeurs qui n'existent pas dans leur couple. Il doit être perçu comme une sorte de chevalier en armure, capable de les sauver...

Et Nicolas Pennac ne correspond pas exactement au profil, se dit Sacha. Lui, par contre…

— Mais il y a quand même un argument qui joue en sa faveur, rectifie la jeune femme.

— Lequel ? demande Mendel.

— Sa fille. Je crois que Déborah était surtout intéressée par la petite… Trop, je pense. Comme une obsession…

Une obsession. Rien de tel, en effet, pour faire courir n'importe qui à sa perte.

3

— J'AIME MA FEMME, VOUS M'ENTENDEZ ? Tout ça c'est des conneries !

David Pennac a recouvré ses capacités mentales. À peine a-t-il été diagnostiqué apte par les médecins de l'IPPP[1] qu'il a été rapatrié au poste. Directement en garde à vue, sans passer par la case départ. Il a pourtant l'air aussi abattu et paumé que lorsqu'on l'a cueilli devant chez lui, mais c'est peut-être dû au coup qu'il a pris sur la tête. Coup ou chute, d'ailleurs, on n'en sait rien, si ce n'est que la plaie avait abondamment saigné, et que c'était son propre sang qui lui maculait les mains, quand on l'a retrouvé. L'homme prétend n'avoir toujours aucun souvenir de sa soirée avec Déborah et nie chacun des faits dont a témoigné sa voisine.

— Je n'ai jamais levé la main sur Déborah ! Je suis fou d'elle ! Cette salope québécoise est complètement folle de vous raconter ça ! Et puis c'est quoi cette histoire de stérilité ? Déborah était

1. Infirmerie Psychiatrique de la Préfecture de Police. (*N.d.É.*)

enceinte ! Elle a fait une fausse couche à cause de l'incendie ! Vous n'avez qu'à aller chercher le test de grossesse chez nous ! Je vous y autorise. Mais arrêtez de me raconter n'importe quoi ! Retrouvez ma femme plutôt…

— Pennac, tu me fatigues, se contente de répondre le commandant Mendel. Tu vas arrêter ton cinéma et me dire où est Déborah.

— Je n'en sais rien. Pour la centième fois : je ne sais pas ! Il faut vous le dire comment ? Vous feriez mieux de vous concentrer sur Nicolas. Il a forcément quelque chose à voir dans la disparition de Déborah, d'ailleurs sa propre femme est portée disparue, dois-je vous le rappeler, pauvre imbécile ?

— Je te conseille de modérer tes propos, connard. Tu n'es pas en position de force, au cas où tu ne l'aurais pas remarqué.

— Déjà je ne vous permets pas de me tutoyer. Et puis je veux voir mon avocat. J'ai droit à un avocat.

— T'as le droit de rien du tout, t'es pas aux États-Unis ici. Alors tu te calmes et tu réponds à mes questions en restant poli, même si je te les pose encore cent fois, c'est compris ? Tu réalises ce qu'il se passe là, ou bien t'es trop taré pour t'en rendre compte ?

Joignant le geste à la parole, Sacha dépose la synthèse du dossier psychiatrique de David sous son nez. Pennac reste un instant interdit.

— Vous ne savez rien de cette histoire, et vous ne devriez même pas avoir ça entre les mains : j'étais mineur à l'époque. Et ce n'est pas moi qui ai déclenché l'incendie.

— Ce n'est pas ce que dit ton frère…

David éclate de rire. Un rire désabusé aux notes étranglées.

— Dire que j'ai cru, l'espace d'un instant, que Nicolas avait changé ! Mais non, évidemment. Vous savez qu'il est jaloux de moi ? Que c'est la seule raison de sa coopération avec vous ?

— Jaloux ? Plutôt justifié étant donné que tu couchais avec sa femme, non ?

— Je n'ai pas couché avec ma belle-sœur. Je ne la connais même pas ! Je ne l'ai jamais vue.

— Je crois que si. Je crois que tu as séduit Laura, comme tu te vantes de si bien savoir le faire, dans le seul but d'emmerder ton frère. Sauf qu'elle a cru à tes promesses et qu'elle est tombée amoureuse. Elle t'a demandé de quitter Déborah et menacé de tout révéler de votre liaison. Dans un accès de colère, parce que soudain la situation t'échappait et que tu as horreur de ça, tu l'as tuée. Alors, de deux choses l'une, soit Nicolas l'a pigé et a cherché à se venger en séduisant et en faisant du mal à ta femme, soit, lorsque Déborah a compris que tu la trompais, elle a enfin trouvé la force de te quitter, ce que tu n'as pas supporté...

David Pennac accuse le coup. Énoncées comme cela, ces hypothèses ont l'air complètement plausibles, d'autant que tout joue contre lui. Son amnésie, ses derniers dérapages. Sa personnalité qu'il sait antipathique pour des hommes comme Mendel. Même les voisins semblent s'être ligués contre lui. Et il aura beau prétendre qu'il n'a jamais brutalisé sa femme, ou qu'elle n'était pas stérile, personne n'aura envie de le croire et il ne peut s'en prendre qu'à lui-même.

C'est pourtant le b.a.-ba de susciter un minimum d'empathie chez son interlocuteur pour savoir le convaincre. Mais David s'est cru au-dessus de ça. Au-dessus des techniques qu'il enseigne. Il s'est figuré qu'on saurait le voir et l'aimer pour ce qu'il est, sans qu'il ait besoin de recourir à des artifices. Tu parles ! Les gens ne perçoivent chez l'autre que ce qu'ils sont capables d'y projeter. Frederika Migneault s'imagine avec complaisance qu'il martyrisait Déborah pour se conforter dans l'idée qu'elle ne pouvait pas trouver mieux que son Richard qui l'avait arrachée à son pays natal. Les animateurs qui l'ont descendu à la radio l'ont traité comme un arriviste sans culture pour se donner une légitimité dont ils sont les premiers à douter. Et à présent le flic en face de lui le prend pour un fou, un assassin, sans même lui accorder le bénéfice du doute. Pourquoi ? S'il est bien un moment dans sa vie où David doit mettre à profit son don pour lire dans l'esprit des gens et les séduire, c'est maintenant. Tant pis pour la migraine, tant pis pour tout le reste, il doit comprendre comment fonctionne Mendel s'il veut qu'il le lâche. Le policier porte une alliance, qu'il fait souvent tourner ou ôte de son doigt. Il a la peau un peu terne, les cernes marqués. De grands doigts fins toujours en mouvement, les yeux d'un vert profond qui plongent au fond de vous comme pour vous mettre à nu et s'échappent quand vous essayez d'en faire autant... Chaque détail est analysé, chaque souvenir de leurs conversations précédentes est passé au crible. Puis, d'un geste du menton David montre le paquet de cigarettes qui dépasse de la poche de chemise du policier.

— Je peux vous en prendre une ?

— Je croyais que ça vous rendait malade...

David attrape la clope que lui tend le commandant, la cale entre ses lèvres et laisse Mendel la lui allumer.

— Je n'allume jamais des feux que je ne saurais pas éteindre, commente-t-il. Coucher avec ma belle-sœur aurait été stupide de ma part. Comme allumer un feu dans une maison sans avoir d'extincteur à portée de main. En outre, aussi curieux que ça puisse vous paraître, je n'ai jamais trompé ma femme. Je suis heureux en ménage. Il n'y a jamais eu que Déborah. Depuis le jour béni où je l'ai rencontrée.

— Racontez-moi votre rencontre..., l'encourage Mendel.

La façon dont on raconte une histoire en dit bien plus qu'on n'imagine sur le conteur lui-même. Les deux hommes le savent et, prêts à s'affronter dans un véritable combat psychologique, se calent chacun dans son siège tandis que David commence à évoquer ses souvenirs.

— Vous croyez au coup de foudre ? Moi je n'y croyais pas...

Et pour cause. David Pennac venait de créer une machine de guerre. Son entreprise de conseil en séduction avait pris un essor si remarquable que ses bénéfices l'avaient assujetti à l'impôt sur la fortune. Tout lui souriait. Les clients lui faisaient des ponts d'or pour chacune de ses interventions, il venait de rencontrer celui qui deviendrait son éditeur, et il ne se refusait rien. Gros travailleur toute l'année, David s'offrait dorénavant un mois complet de vacances vers des destinations paradisiaques en formule grand luxe. Il portait des vêtements de marque, des grosses montres, et ne conduisait que des « pièges à filles ». Le dernier bolide qu'il s'était offert était une charmante petite MG décapotable rouge qui lui avait valu une nuit *muy caliente* avec une touriste espagnole aussi belle qu'insatiable ! Il rentrait d'ailleurs de l'hôtel qu'il lui avait grassement payé, ce matin-là...

— Il devait être dans les six, sept heures du matin... Il faisait déjà jour et extrêmement lourd. C'était au mois d'août. Le ciel était assombri de lourds nuages gris et le soleil, qui perçait à travers eux, diffusait une lumière presque irréelle. C'était mon quartier, sans l'être... Je ne reconnaissais rien, j'avais ce sentiment d'étrangeté qui...

David marque un temps d'arrêt durant lequel ses traits se figent dans un sourire extatique, comme s'il avait quitté la cellule pour des lieux plus enchanteurs.

— Qui..., insiste le commandant.

— Rien, se reprend David. La lumière m'a ébloui. Ainsi que la conductrice de la voiture qui m'a embouti.

Une épave, plutôt qu'une voiture. Une Ford Fiesta grise et sans âge aux vitres si sales qu'il n'était pas étonnant qu'elle lui soit rentrée dedans.

— *Bon sang, vous avez pas vu la priorité ?* hurla-t-il depuis la décapotable.

Et, lorsque la portière s'ouvrit et que la jeune femme sortit, larmes aux yeux, mains tremblantes, il se dit que les femmes étaient de sacrées actrices, toujours prêtes à arborer leur fragilité en rempart à de justes sanctions. Il n'allait en faire qu'une bouchée, histoire de lui apprendre à se moquer des gens comme ça.

— *Et vous, vous ne pouvez pas regarder un peu autour de vous au lieu de vous pavaner comme un vieux beau ?*

David resta estomaqué. Lui, un « vieux beau » ? À trente ans ? Non mais d'où elle sortait, cette petite insolente ?

— *Vous en avez du culot ! C'est vous qui m'êtes rentrée dedans !*

— *Et alors ? Si vous n'aviez pas roulé aussi vite, j'aurais pu vous voir arriver. Vous savez que c'est limité à trente, ici ?*

Elle devait avoir une vingtaine d'années et, si elle tremblait comme une feuille, c'était plus de rage que de peur ! Ses yeux dorés semblaient lancer des éclairs. Sans qu'il s'explique vraiment pourquoi, elle avait l'air de le détester. Sûrement une de ces étudiantes bobos qui méprisaient les signes extérieurs de richesse tout en rêvant secrètement qu'un prince charmant blindé à millions finisse par les épouser. Il les connaissait bien, ces minettes-là. Et celle-ci ne devait pas déroger à la règle. Il prit le temps de l'observer un peu mieux. Si on occultait le fait qu'elle était habillée comme un sac – une robe blanche informe qui lui arrivait à mi-cuisse sans rien révéler de ses courbes –, elle paraissait bien faite et avait un charmant petit minois. Il se mit aussitôt en mode prédateur et changea d'attitude.

— *Vous avez raison, j'allais trop vite. Mais j'avais un rendez-vous urgent, une question de vie ou de mort.*

— *Ah oui ? Quel genre de rendez-vous ?*

— *Un rendez-vous avec le destin, puisque je vous ai enfin rencontrée.*

La jeune femme resta un instant sans voix, bouche entrouverte, sur laquelle il s'imaginait déjà déposer un baiser.

— *Vous êtes sérieux ?*

— *Toujours quand je parle d'amour. Moi c'est David et vous ?* demanda-t-il d'un sourire charmeur.

— *Je vais vous l'écrire sur le constat.*

— Quoi ? Mais non, laissez, je vous fais un chèque pour les réparations et je me fais pardonner autour d'un dîner, qu'en dites-vous ?

— J'en dis qu'on va faire un constat.

Toujours ce regard incandescent, insolent... Excitant. Mais il eut beau sortir l'artillerie lourde pour la séduire, la jeune femme demeura hermétique à son charme. Pire, plus il la draguait, plus elle se braquait.

— J'ai compris, vous êtes lesbienne, c'est ça ?

— Pardon ?

— Oui, je ne vois pas d'autre explication, et puis ça se voit en fait ! Y a qu'à vous regarder avec votre espèce de burqa, là.

— Ma quoi ?

— Votre robe. Elle ne vous met pas du tout en valeur d'ailleurs. Bref, on va le faire votre constat, monsieur, la provoqua-t-il.

— Mais vous êtes vraiment un connard !

De nouveau les éclairs. Dans les yeux de la fille piquée au vif – ce sur quoi il comptait – et dans le ciel. Le tonnerre se mit à gronder si fort que les nuages semblèrent se déchirer en deux. David s'apprêtait à lancer une nouvelle pique quand des trombes d'eau se déversèrent soudain sur eux.

— Ma voiture !

Il se précipita sur sa MG et la recapota non sans mal. Le spectacle était tellement comique que la jeune femme éclata de rire sans songer un instant aller se mettre à l'abri.

— Vous êtes ridicule ! Tout ça pour une voiture !

Elle riait de bon cœur. Furieux, David se retourna vers elle et constata que la robe blanche présentait des avantages insoupçonnés. Désormais plaquée sur le corps de l'insolente qui ne portait qu'une fine culotte en dentelle pour tout dessous, elle révélait le corps parfait et juvénile de sa propriétaire. David se trouva dans l'incapacité de prononcer quoi que ce soit, complètement hypnotisé par les courbes de la jeune femme.

— *Refermez la bouche ou vous allez finir par vous noyer,* lança-t-elle, amusée.

Elle se dirigea vers sa voiture, reprit place derrière le volant et attrapa du papier et un crayon dans sa boîte à gants.

— *Voici mon numéro. Appelez-moi pour le chèque.*

Mais au lieu de prendre le morceau de papier qu'elle lui tendait, il fit le tour de la voiture et vint s'asseoir à côté d'elle…

— C'est comme ça que notre histoire a commencé, conclut David. Ah ça, j'ai ramé parce qu'elle n'avait rien à voir avec les filles que j'avais rencontrées auparavant. Elle était belle, c'est sûr, mais tellement intelligente et drôle ! J'ai dû tester sur elle toutes mes techniques de drague et aucune n'a fonctionné. Elle les démontait toutes les unes après les autres…

Non, ce n'étaient pas les cadeaux, le baratin, la poudre aux yeux qui avaient marché avec Déborah. Pas plus que les masques ou les jeux sociaux. Ce qui avait fini par séduire la jeune femme, c'est que David Pennac reste lui-même. C'est ce qu'elle avait entrevu de lui quand il s'était ouvert sur son enfance, ses peurs, ses doutes, ses désirs. La façon dont il s'était mis à nu, sans jolie phrase ni effet de manche. C'est ce qu'elle avait perçu d'authentique en lui.

Sacha imagine volontiers que David ait pu tomber amoureux de la jeune femme, même si la Déborah de l'époque lui semble bien éloignée de l'épouse fragile qu'il a lui-même rencontrée. Il trouve ça infiniment triste, pourtant, quelque chose dans l'histoire que lui conte David l'émeut, fait vibrer la corde sensible. Peut-être parce qu'il est lui-même malheureux en amour et rêverait d'une telle collision avec le destin. Peut-être parce qu'il conçoit que même un homme comme Pennac puisse sincèrement tomber amoureux de Déborah… Qui ne tomberait pas amoureux d'elle ?

— Déborah m'a révélé à moi-même. Elle m'a rendu meilleur. C'est vrai que je n'étais qu'un connard avant… Mais j'ai changé, grâce à elle. Elle a un cœur grand comme ça, elle ne mérite pas qu'il lui arrive quoi que ce soit ! Vous imaginez qu'elle a même pris la défense de Nicolas après l'incendie ? Elle est si pure. Elle a besoin de moi. C'est ma petite poupée fragile.

— Et si la poupée avait voulu être autonome et reprendre sa liberté ?

— Non. Nous nous sommes juré de rester ensemble jusqu'à ce que la mort nous sépare…

Un coup frappé à la porte fait sursauter violemment les deux hommes.

— Commandant, les résultats du labo.

Mendel ouvre l'enveloppe et ses mains se mettent à trembler. Plus question de croire aux histoires de Pennac car la conclusion est sans appel : le sang retrouvé dans la maison de campagne est bien celui de Déborah.

4

SACHA MENDEL N'A PAS ÉTÉ AUSSI DÉTENDU depuis bien longtemps. Allongé sur un divan en velours un peu mou, il fait face à la fenêtre ouverte et contemple les contours flous des toits de Paris. L'ardoise humide brille sous une timide percée du soleil et un léger vent fait bruisser les feuilles des arbres quelques mètres plus bas. C'est à peine s'il perçoit la circulation parisienne au hasard d'un coup de klaxon par-ci, par-là. Il aspire une longue bouffée et garde longtemps la fumée dans ses poumons avant de la recracher en renversant un peu plus la tête en arrière, puis passe le joint à la main qui se tend. La femme blottie contre lui l'attrape en souriant, frissonne légèrement et se colle un peu plus à son amant. Elle a la chair de poule. Il couvre un de ses seins nus de sa main et dépose un baiser sur ses lèvres. Elle le lui rend en souriant, sans dire un mot, comme si parler risquait de briser la magie de cette parenthèse. Les choses sont simples avec Elizabeth. C'est ce que Sacha aime chez elle. Cette impression que rien ne sera jamais sujet à scène, à douleur. Elle prend les choses comme elles viennent et fait l'amour comme si chaque fois pouvait être la dernière. Et puis tout est doux chez elle. Son prénom et ce son si particulier du *th* final qui sonne comme un appel au baiser, son corps à la peau moelleuse et veloutée comme une pêche bien mûre. Il aime ses seins qu'elle s'échine à redresser quand elle marche, omoplates exagérément creusées pour leur donner un air arrogant quand ils ne demandent qu'à capituler dans la bataille contre le temps, son haleine légèrement mentholée pour masquer les effluves de tabac, son sexe, humide et chaud, qui l'aspire avec gourmandise quand il vient en elle.

Il n'était pas prévu qu'il la revoie. Elle ne lui avait pas donné sa carte de visite après leur rencontre dans le pub des Grands Boulevards, mais il connaissait son prénom et son métier : ça lui a suffi pour la retrouver. Lorsqu'elle a ouvert la porte de son cabinet, elle n'a pas paru surprise, après tout elle savait qu'il était commandant de police. Il venait la consulter au sujet de David Pennac, mais espérait bien sûr qu'elle partagerait plus que ses connaissances en psychologie. À sa façon de lui sourire, il a tout de suite compris qu'elle en avait autant envie que lui et, sans dire un mot, ils se sont déshabillés et ont fait l'amour. Deux fois. Maintenant ils sont là, habillés de silence et des vapeurs de l'herbe qu'elle lui a proposée, et ne se sont pas encore résolus à parler. C'est Sacha qui chuchote le premier.

— Bonjour...

— Bonjour...

Il faut bien qu'il lui révèle les raisons de sa présence ici. La stupeur de David Pennac lorsqu'on l'avait cueilli devant chez lui, les accents de sincérité avec lesquels il évoquait son amour pour Déborah quand tout le monde le soupçonnait de la maltraiter, la peur que Sacha avait lue dans ses yeux quand David avait appris que le sang trouvé dans la maison de campagne appartenait à la jeune femme.

— Je l'ai poussé dans ses derniers retranchements mais il n'a pas craqué. Il avait l'air complètement paumé, comme s'il ne comprenait pas ce qui lui tombait dessus… Et vraiment inquiet pour elle. Je ne sais pas quoi penser. Tu crois qu'il est fou ?

La femme éclate de rire. Ce n'est pas un rire moqueur mais plutôt attendri, comme on se réjouit de la naïveté d'un jeune enfant. Sacha aime la voir s'abandonner comme ça. Il sourit à son tour et lui embrasse le bout d'un sein.

— *Fou*, ça ne veut rien dire. Ton gars a l'air sous le choc, plutôt.

— À moins qu'il ne simule. Quand je lui ai parlé du sang, il a eu l'air terrifié. Mais j'ai eu l'impression que c'est de lui qu'il avait peur, de ce qu'il avait pu faire pendant ses absences… Il m'a même demandé si les psychiatres avaient conclu à une crise psychotique. Ce serait commode, une crise de folie, pour les circonstances atténuantes.

— Son discours me semble trop cohérent pour conclure à un délire. S'il était en crise, il utiliserait un langage confus et ce n'est pas le cas. Et puis, un psychotique n'aurait pas pu avoir cette carrière non plus, ni faire preuve de cette discipline qui semble le caractériser. Même physiquement, ça se verrait.

— Comment ça ?

— Il retournerait son agressivité contre les autres ou contre lui-même en adoptant des conduites à risque, par exemple, ou en se faisant du mal.

— Il est violent avec sa femme.

— Tous les hommes qui battent leur compagne ne sont pas fous.

— Mais comment tu expliques son amnésie ? Les médecins assurent qu'il était vraiment malade quand il est parti à l'hôpital.

— Ça peut être le coup sur la tête, ou alors on l'avait drogué ?

— À part du cannabis et de l'alcool, on n'a rien trouvé à l'analyse toxicologique…

— Le GHB ne laisse pas de trace… On a pu le droguer pour donner l'illusion qu'il avait pété les plombs.

— C'est pas con.

— Reste à savoir à qui profite le crime..., déclame-t-elle en riant sur un ton qui se veut mystérieux.

Cette dernière phrase a trotté dans la tête de Sacha toute la journée, comme si elle était révélatrice d'un élément lui ayant échappé. Il s'est repassé tout ce qu'il sait de David. L'incendie qu'il aurait provoqué à l'adolescence, son départ aux États-Unis, sa fantastique ascension. Ascension qui vient d'en prendre un sacré coup. Depuis l'incendie de sa maison, David, jusque-là en parfaite maîtrise des apparences, accumule les faux pas et la disparition de Déborah semble lui avoir assené le coup de grâce. Et si tout ça n'était que le fruit d'une entreprise de destruction menée par Nicolas pour se venger de la liaison entre son frère et Laura ? Et si Nicolas, enfant terrible à qui on pardonnait tout, ne pouvait se construire qu'en opposition à David ? Une bonne raison pour chercher à le détruire en tirant sur des ficelles qu'il a semble-t-il toujours su actionner. En outre, si David a bien été drogué au GHB, qui mieux que son frère pouvait s'en procurer et le lui administrer ? Mais dans ce cas, qu'a-t-il fait de son épouse... et de Déborah ?

Fou d'inquiétude, Sacha a sauté dans le premier train en partance pour Bordeaux, afin de rejoindre la ville natale des frères Pennac à quelques kilomètres de là. Il espère en apprendre plus sur eux en allant fouiner dans leur passé et avoir des arguments pour interroger Nicolas.

Sacha arrive devant l'école où les deux garçons ont fait leur scolarité. Il pleut des cordes et il se maudit de ne pas avoir pris de parapluie. Il sonne au portail en une rafale de petits coups nerveux. Attend deux minutes. Sonne à nouveau. Enfin apparaît un homme de l'autre côté du grillage. Il a une soixantaine d'années et une démarche légèrement claudicante.

— Vous êtes le policier de Paris ? Je suis Jean-Baptiste Gachon, c'est à moi que vous avez parlé au téléphone. Venez, on sera plus au sec sous le préau.

La cloche qui annonce la récréation sonne et mange les derniers mots de l'homme. Sacha le suit à l'abri, au milieu des gamins surexcités que viennent de recracher les salles de classe.

— Vous avez pu faire les recherches que je vous avais demandées ? demande Mendel en forçant un peu la voix pour couvrir les cris des enfants.

— Oui, mais je m'en souvenais très bien de toute façon. J'avais une trentaine d'années à l'époque. J'étais pion depuis trois ans, suite à un licenciement. Je pensais que c'était transitoire, que je ne ferais pas ça toute ma vie… Mais la vie est ce qu'elle est. On se contente de ce qu'on a et c'est pas plus mal… Et puis je les aime bien, les gamins…

Sacha lui adresse un sourire poli. Lui aussi aime bien les enfants. Il aurait aimé en avoir, d'ailleurs tout le monde lui a toujours dit qu'il ferait un bon père. Ça aurait été génial de pouvoir transmettre ce qu'il a compris de la vie, et donner de l'amour à un gosse. Mais la vie, comme le dit Gachon, a parfois d'autres plans. Maintenant c'est trop tard, et puis c'est peut-être aussi bien comme ça. Quand Sacha voit comment évolue le monde, il se dit que donner la vie, c'est faire un cadeau empoisonné… En outre, il aurait passé son temps à s'inquiéter, et rendu son gosse dingue, c'est sûr.

— Tout le monde se souvient des frères Pennac par ici, continue Gachon. On boit encore le vin de leurs vignes, d'ailleurs. C'étaient des gamins à problème.

— Comment ça ?

— David Pennac était plutôt introverti, un peu gras, il bégayait. On ne savait jamais ce qu'il pensait, parce qu'il était très secret… et quand il essayait de s'expliquer, on ne comprenait rien. Les autres gamins se moquaient de lui. Son petit frère prenait souvent sa défense. Les autres l'écoutaient : Nicolas avait un tempérament de meneur. Il était plutôt nul à l'école et les profs le traitaient comme une merde, et là c'est David qui le défendait. Ah ça, on peut dire que ces deux-là se serraient les coudes !

— Ils étaient proches ? s'étonne Sacha.

— Ils étaient parfaitement complémentaires et interchangeables...

— *Interchangeables* ? Ça veut dire quoi ?

L'histoire des frères Pennac était en effet loin d'être simple. Leur mère était la veuve d'un riche exploitant de vin et ils n'avaient jamais manqué de rien, sur le plan matériel. Mais la femme était revêche et avare de son affection.

— C'est comme si elle avait eu le cœur trop étroit pour y laisser entrer ses deux fils à la fois. D'un jour à l'autre, elle changeait d'objet d'affection, portant aux nues celui qu'elle avait ignoré la veille, dénigrant l'autre après l'avoir couvert d'éloges. Ils étaient interchangeables dans son cœur, c'est ce que j'ai voulu dire.

— Vous vous souvenez de l'incendie de leur maison ?

— Et comment ! Mais ce n'était pas leur coup d'essai. Ils avaient déjà fait les quatre cents coups, gamins.

— Comme beaucoup de gosses, non ?

— Non. Ce n'était pas dans un bon esprit : eux étaient toujours dans la surenchère malveillante.

Les frères Pennac avaient notamment commis des actes de cruauté sur la chienne de leur voisin. L'homme avait porté plainte mais l'affaire était restée sans suite. Peu de personnes se soucient des souffrances d'un animal mort parce que des enfants ont inséré et allumé des pétards dans ses orifices... Ils s'étaient aussi amusés à s'introduire chez une vieille voisine pour déplacer des objets afin de la rendre folle... De la graine de délinquants... qui s'en prenaient toujours à des victimes de sexe féminin. Peut-être à cause de l'image déplorable de la femme que leur renvoyait leur mère, entité aussi exigeante que menaçante. L'un était devenu un macho, l'autre s'était trouvé une maîtresse femme…

— Et donc, selon vous, c'était Nicolas le meneur ? s'enquiert Mendel.

— Je n'en sais rien pour être honnête. Je crois vraiment que ça dépendait des jours. Je vous le répète : ils étaient interchangeables.

— Vous insistez beaucoup sur ce mot. Pourquoi ?

L'homme hésite un instant avant de répondre. Il ne veut pas de problème avec l'école, surtout qu'il aurait dû signaler certaines choses à l'époque…

— Vous comprenez, je n'avais pas envie de m'en mêler, ni de me mettre la veuve Pennac à dos… Mais le lendemain de l'incendie, je suis allé voir Nicolas pour m'assurer qu'il tenait le coup, entre sa mère intoxiquée par la fumée et son frère en psychiatrie… Oui, parce que c'est David qui s'était dénoncé, vous savez…

— Oui, je sais. Eh bien ?

— Eh bien… le gamin n'avait pas l'air traumatisé du tout. Il était même plutôt joyeux, comme si ce n'était pas grave. Au début je me suis dit qu'il était sous le choc, que c'était une forme de déni. J'ai voulu le rassurer, alors je lui ai pris les mains…

— Et ?

— Il m'a dit de me taire, sinon il me dénoncerait pour attouchements. Que c'était sa parole contre la mienne. Tout ça avec un sourire… angélique. C'était glaçant. Et je l'ai cru. Je pense vraiment qu'il l'aurait fait… C'est pour ça que je n'ai pas parlé. Je ne voulais pas avoir de problème… Je savais ce que c'est de perdre son emploi…

— Parlé de quoi, monsieur Gachon ?

— Si c'est David qui avait mis le feu… pourquoi Nicolas avait-il des cloques sur les doigts ?

5

SUR LE CHEMIN DU RETOUR, Mendel a bien tenté d'accélérer les choses. Il a téléphoné à Alex pour qu'il place Nicolas Pennac en garde à vue, mais le commissaire a estimé que les présomptions étaient trop légères, d'autant que de nouveaux éléments venaient de surgir.

— *Quels éléments ?*

— *La scientifique a trouvé des empreintes de Laura Pennac chez David. Il y en a partout… Surtout dans la chambre à coucher.*

— *Le salopard !*

Sacha tombait de haut. D'habitude son instinct était sans faille et il avait vraiment cru David quand il lui avait dit à quel point il aimait sa femme et juré qu'il n'avait jamais rencontré sa belle-sœur. Mais l'homme était un professionnel de la séduction, du mensonge, et Sacha s'était fait avoir comme un bleu.

— *Ce n'est pas tout,* a poursuivi Toussaint. *En fouillant dans son ordinateur, nous avons découvert que c'est lui qui avait divulgué son propre manuscrit sur Internet.*

— Quoi ? Mais c'est un suicide professionnel. Pourquoi aurait-il fait ça ?

— Aucune idée. Lui seul le sait mais il a refusé de nous répondre. Il nie tout en bloc, son aventure avec Laura comme le piratage de son propre livre. J'ai fait prolonger sa garde à vue. Je commence à croire qu'il est vraiment dingue.

Non, David Pennac n'est pas dingue et Sacha ne le lâchera pas tant qu'il n'aura pas parlé. Parce que sans ça, il n'est pas sûr de retrouver Déborah en vie. Il le sait, il le sent. Elle n'est pas morte, elle est toujours là, quelque part, mais où ? Dans quel état ? Et pourquoi ne reparaît-elle pas ? Sacha envisage avec angoisse les différentes possibilités. Il aimerait croire qu'elle a quitté son mari en découvrant sa liaison extraconjugale, mais il ne parvient pas à s'en convaincre. Comme le lui a fait remarquer le docteur Migneault, elle est trop soumise à son mari pour se sortir seule de ses griffes. En outre, si elle lui a fait une scène à ce sujet, l'issue a pu être plus dramatique qu'une simple rupture. Dieu seul sait ce qu'un homme comme David peut faire subir à une femme qui le contrarie. Il a pu lui assener le coup de trop et la laisser pour morte. Son amnésie subite serait un moyen de déguiser son crime, en la justifiant par le même stress post-traumatique que celui qu'il avait invoqué à l'adolescence. Pourtant quelque chose ne colle toujours pas : il n'y a pas une mais deux disparitions. Laura et Déborah Pennac. Deux parfaites inconnues l'une pour l'autre, épouses de deux frères ennemis qui se sont subitement réconciliés, comme par magie. Il y a forcément quelque chose qui échappe à Sacha, mais quoi ? Habituellement, on dresse un bilan victimologique pour comprendre le mobile d'une disparition, or les deux femmes sont aussi énigmatiques l'une que l'autre : pas de famille, pas d'amis ou presque… Leurs maris respectifs les avaient isolées du reste du monde. Dans quel but ? Parce qu'il y a forcément un dénominateur commun entre les deux femmes, un même sort qui leur aura été réservé…

Sacha Mendel se cogne la tête contre la vitre du train. Perdu, il essaie de comprendre comment les frères ont grandi, se sont construits, mais il ne trouve aucune logique à leur évolution. Au lieu de chercher le dénominateur commun entre les deux disparues, il réfléchit à ce qui rapproche les deux frères. « Interchangeables »… Le mot du surveillant lui revient en tête, comme une mauvaise chanson dont on n'arrive pas à se débarrasser. Et une idée commence à germer. Elle est encore un peu bancale, elle manque d'éléments pour être étayée, mais c'est ce que le commandant a de mieux pour l'instant… Et il sait comment la vérifier.

À peine a-t-il posé un pied à Paris qu'il attrape un taxi pour aller vérifier son hypothèse. Direction Issy-les-Moulineaux, chez Mathilde Keller.

— Bonjour, madame, j'aurais à nouveau quelques questions à vous poser.

— Bien sûr, commandant…

La femme ouvre la porte en grand et lui fait signe d'entrer. Tout au fond de l'appartement, une vieille dame chapeautée et gantée rajuste son manteau en de tout petits gestes un peu maniérés.

— Je vais prendre congé, chère Mathilde, chuchote-t-elle comme si elle était à la messe.

— Oh, vous n'êtes pas obligée, Violette, ce monsieur est de la police, il a des questions sur la disparition de Laura, vous savez, mon amie disparue… Vous pouvez rester ! N'est-ce pas qu'elle peut rester ?

Sacha acquiesce en silence, tout en espérant que la vieille dame s'en aille. Quelque chose le met mal à l'aise chez elle. Peut-être est-ce l'odeur de naphtaline qui se dégage de ses vêtements, ou encore cette espèce de timidité qui l'empêche de le regarder dans les yeux. Cette femme semble échappée d'un autre siècle, effrayée par la modernité et les manières de ses contemporains. Ignorant les encouragements de son amie, Violette Moreau chuchote de vagues au revoir et traverse le couloir d'un pas lent. La porte d'entrée se referme derrière elle.

— Vous avez une piste ? s'enquiert Mathilde.

— Pas encore. J'ai vraiment besoin que vous me parliez de Laura. Tout ce que vous pourrez me dire, même ce qui vous semble anodin, peut être important pour moi.

Sacha dépose la photo de Laura Pennac sur la table de la cuisine. En voyant le visage de sa collègue, la femme mobilisera mieux ses souvenirs. Elle prend la photo dans une main et sourit.

— Elle avait changé. Cette photo, ce n'est plus elle.

— Comment ça ? s'étonne le policier.

La dame se lève et s'absente quelques instants pour revenir avec un dépliant.

— C'est la nouvelle brochure de notre agence. Pour l'occasion, le patron a fait faire une photo de toute l'équipe. Voyez, Laura est ici.

Elle pointe une femme du doigt. Sacha plisse les yeux et la regarde d'un air surpris.

— C'est elle, là ?

— Oui. Elle avait beaucoup changé, ces derniers temps.

En effet. La femme sur la photo n'a rien à voir avec la Laura Pennac qu'il recherche. Non seulement elle a une vingtaine de kilos de plus, mais elle a sacrifié sa chevelure pour une coupe à la garçonne. Que de temps perdu !

— Je ne l'aurais pas reconnue.

— Je m'en doutais. Elle avait pris un peu d'embonpoint, mais ça lui allait bien, je trouve. C'est le genre de femme faite pour être un peu charpentée. Elle disait qu'elle en avait marre de se battre contre sa nature et qu'il était temps qu'elle l'accepte. Que la simple volonté de séduire des hommes n'était plus une raison suffisante pour s'affamer et renier ce qu'elle était, s'interdire de profiter de la vie. Elle avait fait la paix avec elle-même, vous savez…

— Vous savez ce qui avait provoqué ce changement ?

— Oui. Elle était amoureuse, tout simplement ! Elle rayonnait… C'était un vrai rayon de soleil. Une amie généreuse sur qui on peut compter.

En effet, sur la photo, on peut voir une femme épanouie qui semblait croquer la vie à pleines dents.

— Elle ne paraissait pas avoir grand-chose à voir avec la femme autoritaire que décrit son mari…

— Cet homme-là est un imbécile, si vous voulez mon avis ! Laura était une femme sensible qui se protégeait derrière une apparence un peu hautaine, mais elle avait le cœur sur la main. Elle était très protectrice avec les autres, toujours prête à rendre service. Mais lui bien sûr, comme il n'était pas à la hauteur, il essaie maintenant de la faire passer pour la méchante…

— Pas à la hauteur de quoi ?

Mathilde Keller hésite un peu, se tortille sur sa chaise, semble rechigner à parler. Sacha l'encourage d'un sourire.

— Madame, il faut vraiment tout me dire… Pour Laura.

— Bien… Mais c'est un peu gênant… je crois qu'elle n'avait jamais connu le plaisir avant… Elle venait d'une famille bourgeoise très conservatrice, ça n'avait pas dû aider. Je crois que son mari et elle ne s'étaient jamais vraiment *trouvés*, si vous voyez ce que je veux dire… il avait fallu qu'elle arrive à la quarantaine pour enfin s'assumer, disait-elle…

Et peut-être n'aurait-elle jamais su ce qu'était le plaisir si elle n'avait pas rencontré David. Peut-être aurait-elle continué de se satisfaire d'une relation tiède et n'aurait-elle pas voulu quitter son mari. Peut-être alors serait-elle encore là… Le seul espoir qu'a Sacha est de retrouver les preuves cachées par Laura chez son amant. Mais l'appartement a déjà été fouillé, en vain. Pas facile de dénicher une preuve dont on ne connaît pas la nature.

En quittant l'appartement de Mathilde, Sacha aperçoit Violette Moreau qui donne à manger aux pigeons, à quelques mètres de là. Elle lui fait un petit signe amical auquel il ne répond pas.

Chez les Pennac, force est de constater que les collègues de Mendel ont fait du bon boulot. La maison a beau avoir été passée au crible, elle est loin d'avoir été mise sens dessus dessous. Tout y est parfaitement à sa place, conformément à la façon dont Déborah avait tout agencé. Sacha se remémore la visite qu'elle lui avait fait faire de la maison, la fierté avec laquelle elle lui avait expliqué la provenance des tissus, le thème de chacune des pièces. Elle avait tout fait en sorte qu'on s'y sente bien, et que partout règne l'harmonie.

Sacha fouille dans les vêtements de David, dans son bureau… Si seulement il savait quoi chercher ! Dépité, il se laisse tomber lourdement sur le canapé du salon et ferme les yeux un instant avant de les laisser courir sur les murs vert pâle. Tout est dans cette tonalité, des meubles aux objets, en passant par les rideaux. Tout, à l'exception d'une statuette en céramique rouge et doré. Un *maneki-neko*, ces petits chats japonais censés porter bonheur qu'on trouve dans tous les restaurants asiatiques. Mendel se lève et s'approche de l'objet. C'est une tirelire. Il la secoue doucement : il y a quelque chose à l'intérieur. Se pourrait-il que ce soit la preuve qu'il recherche ? Non, ce serait trop facile. Et puis, il faudrait un sacré culot pour laisser trôner un cadeau de sa maîtresse dans la pièce principale de la maison conjugale. Mais David Pennac est l'arrogance incarnée doublée d'un joueur. Qu'aurait-il à perdre en s'amusant un peu quand il sait que la police ne pourra jamais l'arrêter ?

Car, si l'hypothèse de Mendel est juste, on ne pourra pas plus accuser David du meurtre de sa femme qu'on ne pourra confondre son frère pour celui de Laura. Oui, Sacha Mendel a désormais la certitude d'avoir compris ce qu'il se passait : les deux frères sont complices, chacun a accepté de faire disparaître la femme de l'autre. Laura devenait de plus en plus dure avec Nicolas et menaçait de partir avec Emma, alors David l'a séduite et supprimée. Si on retrouve son corps, il y a fort à parier que la mort remonte à une date où Nicolas pourra invoquer un parfait alibi. Et il en sera de même pour Déborah : quel meilleur alibi qu'une garde à vue qui, en se prolongeant, non seulement rend insoupçonnable David mais laisse toute la latitude à son frère pour se débarrasser de la jeune femme ? Ce qui explique pourquoi David tient tant à se faire passer pour fou, allant jusqu'à saborder lui-même sa carrière professionnelle. Sacha le voit d'ici, dans quelques années, écrire un best-seller sur son burn-out et la disparition de son épouse bien-aimée. Épouse qui s'était avérée ne pas être aussi valorisante et soumise que David l'espérait, incapable, qui plus est, de lui donner un enfant.

Oui, ce plan est d'autant plus parfait que le commandant ne peut rien prouver pour l'instant et que sans corps il n'y a pas de meurtre. La seule chance qu'il a, c'est de retrouver Déborah à temps afin qu'elle puisse témoigner… Et de vérifier le contenu de cette tirelire.

Le commandant enfile un gant en latex et saisit l'objet qu'elle contient. Une clé USB. Il emballe précautionneusement le tout dans un sac en souriant, quand la sonnerie de son téléphone retentit. À peine a-t-il décroché que son sourire se fige et se transforme en un rictus douloureux.

6

SACHA MENDEL N'EST PAS PRÉCISÉMENT ce qu'on appelle un « nez ». S'il est amateur de vin, il est bien incapable de distinguer les arômes de mûre ou de cuir que peut exhaler tel nectar, de même qu'il ne saurait dire quel parfum exactement empeste l'ascenseur qui le conduit jusque chez lui. De prime abord, les effluves qui lui parviennent sont plutôt frais et inspirent immédiatement une sensation de bien-être, de plaisir. Ça sent les agrumes de Méditerranée, ou peut-être l'herbe coupée. Mais très vite, une deuxième note vient agacer ses narines, agressive et entêtante, fortement épicée, poivrée, presque soufrée. C'est le parfum d'un homme. Un parfum à deux visages. Et si Sacha Mendel n'a pas l'odorat aiguisé, il ne manque néanmoins pas de flair. Et ce que son flair lui dit, c'est que ça sent mauvais. Très mauvais

Quand sa femme lui a téléphoné, quelques minutes plus tôt, pour lui intimer de venir car il avait de la visite, Sacha a tout de suite imaginé que les enquêteurs de l'IGPN avaient décidé de faire une descente chez lui. Et bien qu'il n'ait rien qui puisse le compromettre à son domicile, il ne s'est tout de même pas fait prier pour rentrer, de crainte que Marion ne commette un impair. Il a conduit jusque chez lui la peur au ventre, mais ce n'était rien à côté de l'angoisse qui monte en lui à présent.

Cette odeur, il la connaît. Un jus hors de prix, un artifice de luxe pour qui en a les moyens... Pas l'eau de toilette bon marché d'un flic, non, fût-il de l'IGPN, mais le parfum d'un homme dangereux dont Mendel ne pensait pas recroiser la route si vite.

À peine a-t-il introduit la clé dans la serrure que la porte s'ouvre sur une Marion souriante et virevoltante.

— Enfin tu es là !

Quel accueil ! Ça faisait bien longtemps qu'elle ne s'était pas donné autant de mal pour être charmante en sa compagnie. Mais ce n'est évidemment pas pour lui qu'elle fait l'effort d'être agréable, non, c'est pour leur invité surprise. L'homme est confortablement installé dans un fauteuil, le chaton Watson sur les genoux, un verre de vin à la main.

— Strano.

— Mendel.

Le trafiquant incline légèrement la tête pour le saluer.

— Excuse mon impolitesse, mais je suis incapable de déloger un chat qui m'a choisi pour se reposer. Je suis un homme à chats. Tu vois, j'aurais pensé qu'un gars comme toi était plutôt attiré par les chiens... Ton côté extraverti, évident, un peu fou... En tout cas c'est l'image que tu donnes, cela dit, il ne faut pas se fier aux apparences, n'est-ce pas ?

Sacha crispe légèrement la mâchoire, pas assez discrètement pour que Strano ne s'en amuse pas. Il se dirige vers le Sicilien sans mot dire et saisit délicatement le chaton qu'il repose un peu plus loin.

— Qu'est-ce que tu fais ici ?

L'homme se lève et époussette ses vêtements pour en chasser les poils. Il est vêtu de blanc, de la tête aux pieds. Pantalon souple, pull fin porté à même la peau, chaussures de cuir mat à peine rehaussées d'un liséré rouge. Il porte aussi une grande écharpe brodée de fils d'or qui retombe de part et d'autre de son buste. Ne manque plus que la tiare. Le pire, se dit Mendel, c'est que ça lui va à la perfection. N'importe quel homme aurait l'air déguisé, ridicule, habillé ainsi, pas Gabriel Strano. On dirait un ange tombé du ciel, un ange bronzé au sourire irrésistible. S'il était homo, Sacha se dit qu'il tomberait sûrement sous le charme, comme sa femme, comme toutes celles et ceux qui croisent la route du Sicilien, parce qu'au-delà de sa beauté presque féline, il y a chez cet homme un vrai mystère. Un mystère qui résulte de la curieuse cohabitation en lui de l'insolence et de la sagesse. Quand Strano vous regarde, il semble vous défier, vous exhorter à vous dépasser vous-même et à sortir des sentiers battus pour ne plus vivre selon des lois qu'il méprise. Quand Strano vous regarde, il vous parle en silence, vous nargue, vous toise, vous jauge.

Sacha n'a jamais été à l'aise avec le silence. Loin de l'apaiser, ça l'angoisse. C'est comme les endroits trop bien rangés : ce qui le stresse, au final, c'est le vide, le rien, l'idée de la mort que ça lui renvoie. C'est une faiblesse de ne pas être capable de supporter le silence, de ne pouvoir le laisser faire son œuvre aussi sûrement que le temps. Mais c'est comme ça, Sacha, lui, a besoin de le briser, chaque fois qu'il s'installe, comme pour se prouver que ce n'est pas définitif, qu'il n'est pas encore mort.

— Qu'est-ce que tu fous là ? répète-t-il.

— Comme ça faisait quelque temps que je n'avais plus de nouvelles, j'ai voulu m'assurer que tout allait bien…

— Maintenant que c'est fait, je ne te retiens pas.

— Sacha ! le sermonne Marion.

— Non, ce n'est rien, répond le mafieux. Nous avons un petit différend tous les deux… Mais je compte bien sur ce dîner pour le dissiper.

— Tu ne vas pas rester ici ?!

— Bien sûr que si ! rétorque sa femme. Gabriel a même gentiment proposé de nous faire sa spécialité : des pâtes à la carbonara !

— Oui mais les vraies, hein. Pas celles que vous préparez en France avec de la crème et des lardons sous plastique ! Non, j'ai apporté de la pancetta et du vrai parmesan de chez Luigi, mon traiteur, et je vais vous faire toucher du doigt le paradis... C'est le genre de repas qui fait qu'on peut mourir en paix, juste après...

La menace est à peine masquée. Strano a sûrement planqué des hommes tout autour de l'immeuble. Sacha a les poings liés.

— Je ne savais pas que tu étais ami avec des gars de l'IGS, se réjouit Marion.

— IGPN, la corrige Sacha.

Strano sourit. Il a noté le changement d'attitude de Mendel. La soirée peut commencer. Il va dans la cuisine américaine et lui sert un verre de vin.

— Un grand cru sicilien. Tu vas voir, il est prodigieux. Et je propose de porter un toast à l'amitié interservices, qu'en dites-vous ?

— Avec plaisir, minaude Marion. À l'amitié !

— Puisse la nôtre durer très longtemps, Sacha.

Mais derrière le sourire avenant, le regard de Strano est froid, dur. Il met en garde Mendel. Il le tue mille fois pendant le silence qui s'ensuit. Sacha n'est pas impressionnable, pourtant il a des frissons.

— Goûte, lui intime le Sicilien.

— Pourquoi, il est empoisonné ?

Pour toute réponse, Strano éclate de rire et en avale une bonne gorgée avant de se mettre aux fourneaux.

— Les pâtes à la carbonara, c'est toujours tes préférées ?

— Trop fort ! acquiesce la femme de Mendel.

— Facile, je sais tout de mon ami le commandant ! Vous savez ce qu'on dit, chère Marion : garde des amis près de toi et tes ennemis plus près encore...

— Mais vous êtes amis ! corrige-t-elle.

— Oh, c'est toujours un peu la guerre entre nos services ! Ami ou pas, si Sacha franchissait la ligne, je l'enverrais en taule sans la moindre hésitation, comme chacun de mes collègues le ferait. Bon, certes, la vie d'un flic en prison est loin d'être rose et il ne faut pas lui souhaiter…

Strano adresse un clin d'œil à l'épouse de Sacha. En même temps qu'il s'affaire au-dessus des casseroles, il flirte, la complimente et montre à quel point il connaît leur vie, comme si c'était Mendel qui la lui avait racontée. Elle semble complètement hypnotisée par les gestes sûrs et gracieux de l'homme, sa voix profonde et chaleureuse, son sourire si charismatique. Elle plaisante, sourit, se passe la main dans les cheveux, cherche le contact physique. « Mon cher Gabriel » par-ci, « laissez-moi vous aider » par-là… Elle l'effleure pour prendre un ustensile, lui touche l'épaule en signe de connivence. Même avec Philippe elle n'est pas comme ça, remarque Sacha.

— Et voilà ! s'exclame Strano en servant son plat. Vous m'en direz des nouvelles !

— Hummm, c'est délicieux ! s'extasie Marion.

Sacha la trouve ridicule. On dirait presque qu'elle a un orgasme tant elle en fait des caisses. Il porte sur elle un regard dur, méprisant, qu'elle ne voit pas, tout occupée à attirer l'attention de leur invité.

Mais Strano, lui, le croise, ce regard de haine que le policier pose sur son épouse. Car s'il est extrêmement doué pour séduire, détourner l'attention, Gabriel Strano est, à l'instar des prestidigitateurs, un maître dans l'art de faire diversion pour mieux approcher sa proie. Il parle, bavarde, charme sans même y penser, comme une seconde nature qu'il laisserait s'exprimer tandis que tout son être, son essence sont concentrés sur leur vraie tâche, dans un silence que les autres n'entendent pas mais qui le sert au-delà de ce qui est imaginable. Gabriel Strano profite du bruit qu'il provoque pour assoupir la méfiance de ses interlocuteurs et aller forer au plus profond de leur esprit, pour leur sonder le cœur et en connaître les secrets les moins nobles. Et ce que comprend Gabriel Strano, c'est que Sacha Mendel, s'il est loin d'être le flic modèle qu'il prétend, est la personne la plus malheureuse qu'il lui ait été donné de rencontrer. C'est une âme à vif, qui erre et qui se cherche. Et comme le Sicilien ne croit pas au hasard, il comprend aussi qu'il est là pour le guider vers la voie qui doit être la sienne. Il plonge alors ses yeux dans ceux du flic, attrape la chaîne en or qu'il a autour du cou et la tire pour attraper sa croix. Il la baise, toujours sans lâcher le commandant des yeux, et lui sourit, comme un curé qui s'apprête à confesser un enfant. Sacha frissonne à nouveau. Il y a de la folie dans les yeux de son ennemi.

— Bien, ma chère, dit Strano à l'attention de Marion. Puisque vous avez terminé votre assiette, il va falloir nous laisser entre hommes à présent, nous avons des choses sérieuses à nous dire.

Certaine que son attirance pour lui est réciproque, la femme proteste d'une moue capricieuse.

— On n'est pas sérieux après deux bouteilles de vin et je n'ai aucune envie de quitter une aussi bonne compagnie que la vôtre !

— Allons, allons.. Je comprends bien le problème, mais vraiment j'insiste pour que vous nous laissiez. Que diriez-vous d'aller téléphoner à Philippe pour calmer vos ardeurs ?

Marion manque s'étouffer avec son vin et devient presque de la même couleur.

— C'est toujours son amant, n'est-ce pas ? demande-t-il à Sacha.

— Comment as-tu osé propager de telles rumeurs sur mon compte ?

Sacha, médusé, ne répond pas. Il est partagé entre la colère d'avoir été espionné au point que même ça ne soit pas un secret, et une forme de soulagement, voire de jovialité à la vue de la réaction de sa femme. Mais Strano, lui, n'a aucune envie de rire.

— Marion, votre chambre est par là-bas, si je ne m'abuse…

Interloquée, la femme reste un instant immobile. Des tas d'émotions affluent dans sa tête. Colère, frustration, déception. Pourquoi lui faire un tel numéro de charme si c'est pour la traiter comme ça ? Sûrement un mauvais tour orchestré par Sacha pour l'humilier. Elle sent les larmes lui monter aux yeux, mais il est hors de question que son mari ou Strano la voient pleurer. Un flot d'injures déborde de ses lèvres tandis qu'elle tourne les talons et claque la porte de sa chambre.

— Tu devrais dire à ta femme qu'on ne m'insulte pas impunément…, menace le Sicilien.

— Qu'est-ce que tu veux ?

Maintenant que Marion est partie, ils vont pouvoir enfin cesser cette mascarade.

— Du cognac. Tu as ça ?

Strano va s'asseoir sur le canapé. Il regarde la pièce et tout ce qu'il y a autour de lui, comme pour en prendre la mesure. Sacha obtempère en jetant des regards inquiets vers la chambre conjugale.

— Détends-toi, nous sommes entre amis.

— Je ne crois pas.

— Entre frères, même, dirais-je.

— Encore moins.

— Pourtant nous nous ressemblons terriblement, toi et moi…

Mais Sacha a beau le scruter, Gabriel voit bien qu'il ne leur trouve aucun point commun. À lui de lui faire prendre conscience de tout ce qui les unit.

— Ta femme… Ce que tu ne supportes pas chez elle, c'est qu'elle t'ait trahi. Je ne parle pas seulement de son amant. Je pense plutôt qu'elle ne s'est pas montrée sous son vrai visage quand tu l'as rencontrée et que tu t'es senti piégé. Tu lui en veux de t'avoir menti, manipulé. Et tu t'en veux encore plus de l'avoir épousée, d'avoir contribué à faire toi-même de ta vie un enfer, de t'être trahi, toi aussi. Tu vois, on a ça en commun, toi et moi : nous ne supportons pas la trahison…

Strano trempe ses lèvres dans le cognac et plante ses yeux dans ceux du policier. Lui aussi l'a trahi, à sa façon, en se faisant passer pour un barman un peu cupide quand il n'était là que pour le faire tomber. Semblant lire dans les pensées de Sacha, il enchaîne.

— Au point d'être capables d'exécuter un traître de sang-froid.

— Si vous voulez me descendre…

— Ah non, ne sois pas vulgaire ! Ne me vouvoie pas, s'il te plaît ! Ne me gâche pas le plaisir de ce bon cognac dégusté en présence d'un ami ! Parce que, n'en doute pas, je suis ton ami. Le meilleur que tu puisses avoir en ce moment, surtout avec le coup de fil qu'ont reçu tes collègues de l'IGPN…, ironise-t-il.

C'est donc Strano qui l'a dénoncé. Pourquoi ? Pour le plaisir de faire tomber un flic qui ne faisait que son boulot en le surveillant ?

— Une simple dénonciation ne suffit pas à faire tomber quelqu'un. Et vous ne pouvez rien prouver.

S'il a joué le jeu de l'amitié devant Marion, il est hors de question que Sacha continue de tutoyer ce salopard.

— Ah bon ? Tu paries combien que je peux trouver des témoins oculaires crédibles et sans casier pour te reconnaître formellement avant la fin de la semaine ?

— Qu'est-ce que vous voulez ? Casser du flic, c'est ça ?

— Pas du tout. J'aime bien les flics, surtout quand ils sont de mon côté. Bon, OK, je n'ai pas compris tout de suite qui tu étais. En fait, j'ai commencé à avoir la puce à l'oreille quand Lionel m'a révélé son petit secret…

En effet, le capitaine Petitjean avait, de lui-même, proposé un arrangement à Strano. Il orienterait l'enquête ailleurs et informerait le caïd sur les soupçons ou preuves le concernant, en échange de quoi il toucherait des sommes rondelettes pour arrondir ses fins de mois. Mais sa trahison s'arrêtait là. Il n'avait jamais vendu Mendel.

— Bien sûr, il ne m'a pas dit que tu étais flic aussi, mais comme vous avez débarqué presque en même temps… pas besoin d'être extralucide pour comprendre… Je vous ai donc surveillés à mon tour, tous les deux. Et j'ai même suivi votre itinéraire jusqu'au terrain vague dans le treizième grâce aux émetteurs des voitures que je vous avais prêtées. Tu comprendras ma surprise quand j'ai compris qu'un flic aussi intègre que toi avait descendu son collègue…

— Qu'est-ce que vous voulez ?

— Eh bien, vois-tu… il me serait fort utile d'avoir un allié dans la police. En ce moment même, dans votre salle de perquisition, il y a un objet qui aurait tout intérêt à disparaître… De quoi me faire oublier ta trahison.

Pour le remercier, Strano demanderait aussi à un de ses jeunes gars de s'accuser de l'exécution de Petitjean.

— Il n'en est pas question.

— Tu devrais y réfléchir, crois-moi. Les bœuf-carottes sont sur ton dos et ils ont fait des découvertes édifiantes à ton sujet.

— Et comment vous sauriez ça ?

— Peu importe, mon ami ! Figure-toi qu'ils ont fait appel à un psy. Le gars a étudié ton profil et trouve parfaitement plausible que tu aies tué Lionel.

— Vous mentez.

— Toujours selon le psy, reprend Strano, imperturbable, il y a deux possibilités : soit tu as trempé trop longtemps dans ce milieu, et l'immersion totale, les problèmes avec ta femme, tout ça a pu te faire perdre tes repères au point de ne plus distinguer aussi nettement le bien du mal…

— Conneries !

— … soit tu te prends pour un justicier, et comme tu sais que les mailles de la justice sont parfois un peu larges, tu as décidé de t'occuper de certains malfrats… Dis-moi, ils savent à quel point tu es taré, Sacha ? Ah ça, tu es un flic de génie. L'instinct et l'intelligence servis par une mémoire extraordinaire. Mais trop d'intelligence et une sensibilité à fleur de peau, ça fait rarement bon ménage. T'es une cocotte minute et t'as même pas ta femme pour te servir le repos du guerrier tellement c'est une plaie ! Combien de fois t'as pensé à la tuer, elle aussi ? Tiens, et elle, elle sait que t'as des photos d'elle au pieu avec son amant, dans ton ordinateur ? Elle sait que tu gardes ça pour le divorce, pour qu'elle ait pas un euro ?

Si Strano dit la vérité – et quelque chose lui souffle que c'est le cas – Sacha est en effet dans de sales draps. Mais de là à bosser pour cette enflure, non. Car il n'est pas dupe. Ce petit service ne serait que le premier d'une longue série qui l'aliénerait plus sûrement que n'importe quoi. Et s'il est vraiment cet homme avide de justice que décrit le psy de l'IGPN, il est hors de question qu'il mette son énergie au service d'un trafiquant de drogue. A fortiori de Strano.

— Dégage.

— Ah ! Enfin tu me tutoies !

— Fichez-moi le camp.

Strano part d'un grand éclat de rire. Il s'amuse beaucoup, à l'évidence. Une caresse au chaton qui ronronne gentiment sur le canapé, une bise sur la joue du policier qui tremble de rage, et il se dirige vers la sortie.

— Je te laisse du temps pour réfléchir…

— C'est tout réfléchi. Je ne céderai pas plus à votre chantage qu'aux lettres anonymes.

— Quelles lettres anonymes ? Allons, je ne t'ai encore rien donné, mon ami !

Strano met des gants blancs et extirpe de son pantalon une feuille qu'il dépose sur la console, à côté de la porte.

— Maintenant c'est fait. Tous les détails du petit colis que tu dois récupérer sont là-dedans. Évidemment, ce n'est pas mon écriture, et il n'y a aucune empreinte sur cette feuille. *Arrivederci !*

L'homme referme la porte tout doucement et dévale les escaliers en sifflotant. Dans son élan, il percute, au niveau des boîtes aux lettres, une vieille dame qui lui lance un regard furieux, prête à en découdre.

— Allons mamie, ce n'est pas une heure pour traîner dans les cages d'escaliers ! Montez prendre votre tisane et allez vous coucher !

Gabriel aime bien les vieilles qui ont le goût de la castagne, mais la soirée l'a fatigué. Il quitte l'immeuble sans attendre sa réponse.

Dans son appartement, Sacha saisit le papier que lui a donné Strano et laisse échapper un long soupir. Il ferme les yeux un instant, puis les rouvre sur sa femme. Elle se tient dans le salon, regard haineux et sourire mauvais.

— Je veux que tu supprimes les photos dont il parlait. Celles que tu gardes dans ton ordinateur. Ah, tant qu'on y est : il n'y aura jamais de divorce. Pas après ce que j'ai appris ce soir, tu en as conscience ?

7

La liste des problèmes de Sacha Mendel s'allonge de jour en jour. Le principal devrait être l'enquête que l'IGPN a diligentée sur lui, et les menaces de Strano qu'il sait devoir prendre très au sérieux. Pourtant, ce n'est pas ça qui mobilise toute son énergie. Non, ce qui l'empêche de dormir, lui fait atteindre les trois paquets de cigarettes par jour, c'est la disparition de Laura et Déborah Pennac. Ce sentiment oppressant que le sort de l'une est plié quand l'autre risque de connaître le même s'il ne la retrouve pas. À présent qu'il est convaincu de la complicité des deux frères, il doit absolument comprendre leur mobile pour les faire tomber. Mais il n'a pas le commencement d'un indice. Alors qu'il espérait bien tirer quelque chose de la clé USB trouvée dans le *maneki-neko*, tout ce qu'elle contient, c'est le scan du dernier bilan sanguin de Nicolas Pennac. Il est daté d'il y a quatre mois et prouve qu'il continue de se droguer. Mais au lieu de lui apporter des réponses, ce nouvel élément soulève une nouvelle question : s'il était évident que ces résultats bousilleraient ses chances d'obtenir la garde de sa fille en cas de divorce, pourquoi Nicolas a-t-il accepté de faire une analyse de sang ?

Mendel arrive au Quai. Il dépose la clé USB et se dirige tout droit vers la geôle de garde à vue. David Pennac n'y est plus. Le commandant est alors interpellé par Laurent Fialaix, l'officier qui lui a révélé l'affaire.

— Si tu cherches Pennac, il est dans le bureau de Toussaint, avec son baveux.

— Et merde !

Sacha frappe à la porte du commissaire et entre sans attendre de réponse.

David Pennac est assis face au bureau d'Alex, accompagné d'un homme d'origine asiatique d'une soixantaine d'années. Son avocat. Maître Lojong, dont l'intelligence retorse et la parfaite maîtrise des lois sont aussi réputées que son goût des scandales et sa télégénie. Il est de tous les grands procès et ne perd pour ainsi dire jamais. C'est le chouchou des médias… Et de ses clients fortunés.

— Qu'est-ce qui se passe, ici ?

— Maître Lojong, se présente l'avocat. Je représente M. Pennac.

— Je sais qui vous êtes, maugrée Sacha.

— Maître Lojong a demandé la levée de la garde à vue de M. Pennac, précise le commissaire Toussaint.

— Sur quels motifs ?

— Le médecin requis a estimé que l'état de santé de mon client n'était pas compatible avec une prolongation de sa détention.

— Ce n'est plus une prolongation que je demande, mais une requalification, le coupe Mendel. Je soupçonne M. Pennac d'avoir organisé l'enlèvement de sa femme avec son frère dans le but de la tuer, comme je les soupçonne d'avoir procédé avec Laura Pennac. En vertu de quoi, et conformément à la loi Perben de 2004, je requalifie le motif de la garde à vue en crime et délit d'enlèvement et de séquestration commis en bande organisée. Le temps de garde à vue étant porté à quatre-vingt-seize heures dans ce cas, comme prévu par l'article 224-5-2 du code pénal.

En entendant les accusations, David Pennac bondit de sa chaise.

— C'est n'importe quoi ! Vous n'avez pas le droit de dire des conneries pareilles ! J'aime ma femme, je vous l'ai dit ! Jamais je ne lui ferais le moindre mal...

— Ah oui ? explose Mendel. Alors comment se fait-il que nous avons retrouvé le sang de Déborah dans la maison de l'Oise où vous avez passé la soirée ?

— Dans l'Oise ?

— Ah oui, c'est vrai, j'oubliais que vous avez perdu la mémoire...

— Mais, la maison était...

— Je vous conseille de ne plus rien dire, intervient Lojong avec autorité.

— Mais la maison...

— Taisez-vous, David !

L'avocat attrape son client par le bras et, d'un simple plissement d'yeux, le réduit au silence. Pennac se rassied et prend sa tête entre ses mains comme découragé...

— Vous avez bien potassé votre sujet, concède l'avocat. Néanmoins l'avis du médecin reste défavorable et, en outre, je n'ai pas connaissance de preuves vous permettant de requalifier la disparition de Déborah Pennac. Je me trompe ?

Sacha est bien obligé d'admettre que non.

— Parfait, alors dans ce cas, monsieur Pennac, vous êtes un homme libre, déclare Lojong en se tournant vers son client.

Mais David demeure sans réaction, comme si son dernier coup d'éclat avait fait office de baroud d'honneur. Ses yeux fixent le vide, il a l'air au bout du rouleau.

— J'ai pris soin d'appeler son frère pour qu'il vienne le chercher, poursuit l'avocat à l'intention des policiers. Je vais aussi demander une expertise médicale de mon client afin de déterminer si les conditions de détention et d'interrogatoire ont aggravé son état mental. Si c'est le cas, je suppose que nous serons appelés à nous revoir. Messieurs, ce fut un plaisir, conclut-il d'un ton affable.

Lojong se lève lentement, un léger sourire au coin des lèvres. D'une tape dans le dos, il encourage David à en faire autant. Pennac le suit, sans dire un mot.

— Putain, Alex, mais dis-moi que c'est pas vrai ! explose Sacha une fois les deux hommes sortis.

— J'ai bien peur que si...

— Ça va pas se passer comme ça ! Je te le dis, moi ! Je vais leur coller au cul, aux deux frangins. Je vais pas les lâcher comme ça et je vais découvrir ce qu'ils ont fait à Déborah !

— Déborah et Laura.

— Oui.

— Sacha...

— Quoi ?

— Il n'y a pas trente-six façons de le dire...

Et pourtant le commissaire s'agite sur son siège, manifestement embarrassé, cherchant le meilleur moyen de parler à son ami. Sacha comprend immédiatement qu'il y a un problème. Encore un. Ou, du moins, un de ceux qu'il a préféré occulter.

— C'est l'IGPN, c'est ça ?

Alex Toussaint sourit. Sacha essaie de l'aider, c'est le monde à l'envers...

— Oui. Ils ont fait appel à un de leur psys et...

Et Strano avait raison. Sacha s'assied, prêt à écouter la suite.

— Et il a décrété que j'étais taré, c'est ça ?

— Il a envisagé la possibilité que tu aies tué Petitjean.

— C'est n'importe quoi, tu le sais bien. Pourquoi j'aurais fait ça ?

— Je n'ai pas les détails. Tout ce que je sais, c'est que tu dois rencontrer le gars, pour une expertise complémentaire.

— J'irai pas.

— T'as pas le choix. Tu es suspendu en attendant le résultat...

Nicolas est venu chercher son frère pour le ramener chez lui. Les retrouvailles n'ont pas donné lieu à des effusions, pourtant, après ce qu'il vient de traverser, David est sincèrement soulagé de le voir. Nicolas prend soin de harnacher Emma dans son siège auto. La petite est étonnamment calme et silencieuse. David se demande si elle perçoit son désarroi ainsi que celui de son père. Elle lui adresse un joli sourire quand la voiture démarre, comme pour le rassurer.

— Tu es belle comme un cœur aujourd'hui, Emma. Une vraie petite poupée...

Nicolas lui a mis le pantalon de velours et la chemisette à fleurs que Déborah lui avait achetés. David Pennac lutte pour que les larmes ne montent pas...

— Je ne veux pas être une poupée, je préfère être une princesse.

David rit de bon cœur.

— Alors tu es une princesse !

— Non. Les princesses, elles ont des robes à volants. Pas des pantalons. C'est moche, les pantalons. C'est à cause de Déborah. Elle est méchante. Elle veut pas que je sois une princesse.

— Emma, la sermonne son père. Tu sais ce que je pense des petites filles capricieuses ?

L'enfant se rembrunit. Nicolas lance un regard inquiet à son frère.

— Désolé. Ça va aller ?

— Non. Mendel pense qu'on est complices.

— Quoi ? Comment ça ?

— Il pense qu'on a monté un plan pour faire disparaître nos femmes.

— Eh bien qu'il le croie. Tant qu'il ne le prouve pas...

— Je te trouve bien désinvolte ! Tu sais ce que ça veut dire ?

— Ça veut dire que ce qu'il croit, je m'assois dessus et tu ferais bien d'en faire autant. Et puis arrête de parler de ça devant ma fille, tu veux bien ? Elle est déjà assez traumatisée comme ça.

Nicolas regarde la fillette dans le rétroviseur et se met à chuchoter.

— Je pense lui offrir un chien, histoire de lui changer les idées. Tu sais, le même que la chienne des voisins… Tu te souviens, quand on était gamins… C'était quoi comme race ?

— Un cocker.

— Ah oui c'est ça. Comment elle s'appelait déjà ?

— J'en sais rien. Tu lui as fait du mal ? Dis-le-moi si c'est le cas !

— On était deux pour le faire, je te rappelle… C'était quoi son nom déjà ?

— Le nom de qui ?

— De la chienne des voisins !

— Est-ce que tu as fait du mal à Déborah le soir où on s'est vus ou quand j'étais chez les flics ?

David n'a aucune envie de digresser ou de plaisanter. Il lui faut des réponses avant qu'il ne devienne fou.

— Je te donne ma parole que je ne lui ai rien fait, mais tu le sais bien, bon sang ! La seule chose à faire, c'est de laisser passer du temps, d'attendre. Pour l'instant, Déborah a juste disparu. Elle a pris le large pour réfléchir, parce qu'elle a perdu un enfant et qu'elle n'a pas supporté tes dernières sautes d'humeur. Elle va forcément se calmer et revenir, parce qu'elle t'aime. Tu ne dois pas envisager d'autre version et tu dois en convaincre la police, c'est ce que je leur ai dit aussi. S'ils avaient quoi que ce soit qui laisse entendre qu'il lui est vraiment arrivé quelque chose, on ne serait pas ici à se balader en voiture, tu ne crois pas ?

— Je ne sais pas… Et le sang ?

— On a retrouvé de son sang, OK. Mais ça ne t'arrive jamais de te couper un doigt en cuisinant ou la joue en te rasant ? Moi je t'assure que mon sang, on doit en retrouver un peu partout chez moi. Non, arrête de te prendre le chou. Tu retournes à tes habitudes, tu l'attends, tu es confiant, d'accord ?

David se détend un peu. Nicolas a raison, tout ça est ridicule. Il ne pensait pas se l'avouer un jour, mais il est content de retrouver son petit frère tel qu'il l'a connu dans l'enfance, sûr de lui et ayant réponse à tout. Pourtant, une angoisse l'étreint. Si Nicolas retrouve son assurance, ne risque-t-il, lui, pas de perdre la sienne ? D'ailleurs n'a-t-il pas déjà commencé ? Seraient-ils des sortes de vases communicants ? Non, c'est stupide. Il est David Pennac, le coach qu'on s'arrache, et s'il a eu une période difficile, les choses vont s'arranger et il va récupérer sa niaque.

— Bon alors, c'était quoi le nom de ce fichu chien ? Si je le retrouve pas, je vais pas en dormir de la nuit, plaisante Nicolas.

— Frikoute. Mais on l'appelait Frifri.

Nicolas sourit, manifestement reconnaissant.

— Je crois que je vais partir quelques jours avec la petite : je connais un camping abordable dans le Sud... Tu n'as qu'à nous rejoindre si tu veux.

— Avec Mendel qui m'a pris pour nouvelle cible, c'est pas gagné. Du coup il te fiche la paix, on dirait ?

— Ouais, on dirait. En même temps il n'a rien, si ce n'est une plainte pour harcèlement sur le dos..., ironise Nicolas.

Enfin chez lui. Si sa maison est désespérément vide, David n'en est pas moins soulagé d'être rentré. Il a l'impression d'être parti depuis des mois, d'avoir vieilli de cent ans, de ne pas s'être lavé depuis plus longtemps encore. Il se débarrasse de ses vêtements et gravit les marches complètement nu. Arrivé dans la salle de bains, il fait couler la douche un instant pour que l'eau soit bien chaude et se glisse enfin sous le jet brûlant. Il se frotte énergiquement, comme s'il était couvert de plusieurs centimètres de crasse, passe et repasse la brosse à ongles sur chaque parcelle de son corps jusqu'à en être écarlate. Il a toujours l'impression de sentir aussi mauvais, que cette odeur de pisse et de misère de la geôle lui collera à jamais à la peau. David ouvre la bouche et se rince les dents, puis les brosse avec bien plus de dentifrice qu'il n'en faut. Pour se laver la bouche, bien se la nettoyer… Tout en lui semble si sale. Tout dans cette cabine semble tellement pourri. Ici et là, les fameux champignons que Déborah passe son temps à combattre. Ils s'installent toujours aux mêmes endroits, dans les recoins, entre les carreaux. David prend un peu de dentifrice sur sa brosse et commence à récurer. Encore et encore. La brosse à dents devient noire, mais il n'arrêtera pas tant que subsistera le moindre parasite. Il frotte, il gratte, frénétiquement, comme si sa vie en dépendait, puis il s'effondre en larmes, se laisse chuter lourdement dans le bac qui s'enfonce subitement dans le sol, dans un fracas qui lui fait craindre de passer à travers le plancher.

La peur lui a coupé l'appétit. David pensait dévorer une pizza en sortant de la douche mais n'a finalement rien avalé. Il espérait pouvoir s'endormir vite, oublier ces dernières heures dans le confort de son lit, mais la peur lui a aussi coupé le sommeil. Pas la peine d'insister. David a passé la nuit à tourner et retourner dans son lit. Il se lève, ouvre la fenêtre de la chambre et s'imprègne de l'air frais quand il remarque une voiture de flic banalisée. Ces gars-là ne sont pas très discrets, à moins que ce ne soit fait exprès, pour le déstabiliser.

— Essayez toujours, grogne-t-il sur un ton de défi.

David a faim. Vraiment faim cette fois-ci. Il s'habille à la hâte et prend sa voiture, escorté par l'officier qui le filoche. Comme d'habitude, il n'y a pas de place pour se garer devant la boulangerie. Il laisse la voiture en double file, juste derrière une Austin Mini rouge de laquelle surgit une femme pendue à son téléphone.

Elle ne prend même pas la peine d'ôter la clé du contact et le devance dans la boutique.

— Ah ! Monsieur Pennac ! Ça fait plaisir de vous voir ! Comment ça va ? Vous avez des nouvelles de votre dame ? l'interpelle la boulangère.

S'il pensait passer inaperçu, c'est raté. Tous les clients de la boulangerie le regardent désormais. Certains le reconnaissent, d'autres espèrent comprendre de quoi parle la commerçante et tendent l'oreille, l'air de rien.

— Ça va, marmonne-t-il.

— Vous avez l'air fatigué. Ils vous ont relâché hier, c'est ça ?

Un repris de justice ? Quelques frissons agitent la file des clients. La femme à l'Austin se retourne et le dévisage sans vergogne. Mal rasé, tenue débraillée, il sort du lit. Et il est terriblement sexy. Elle lui adresse un sourire un peu navré, comme pour s'excuser de l'impolitesse de la boulangère. David lui rend un clin d'œil complice.

— Ça ira mieux quand j'aurai dégusté vos délicieux croissants, madame Page. Je vais vous en prendre quatre.

Fin de la discussion. Pour se donner une contenance, David compose le numéro de son éditeur et sort de la boutique.

— Allô, Greg ? Tu voulais que je te rappelle... Oui, une tragédie, mais pas autant que le prétendent les journaux... C'est juste une crise, elle va revenir... Oui... Tu as bien fait d'avancer la sortie de *Tout pour plaire*... Combien ? Putain trente mille !... Oui bien sûr, pour les signatures je dois me remettre en selle. Je te fais aussi toutes les conférences que tu veux, surtout si la presse est là ! Mais oui, je vais assurer... Aucune femme n'aime les hommes qui larmoient... Et ce n'est pas en m'apitoyant sur mon sort que je la ferai revenir... C'est noté... De rien... Bye.

David remonte dans sa voiture et croque dans une viennoiserie. Il redémarre et, toujours escorté du policier chargé de sa surveillance, rentre chez lui.

À quelques centaines de kilomètres de là, un autre homme sort de sa voiture. Nicolas Pennac. Il se dirige vers la maison où Emma et lui vont passer quelques jours. D'une main il tient celle de la petite, de l'autre il saisit la clé de la porte d'entrée qu'il déverrouille prudemment.

— Chérie, je suis rentré !

Nicolas prend soin de refermer la porte derrière lui. Il lâche la main de la fillette et se dirige vers la cuisine. *Elle* est là, assise sur une chaise, mains dans le dos. Exactement là où il l'a laissée.

— Eh bien ? C'est comme ça que tu accueilles ton amoureux ?

La jeune femme se lève lentement, s'approche de lui et dépose un baiser sur ses lèvres.

— Bonjour.

Il lui attrape doucement la tête, repousse une mèche de cheveux et caresse le gros bandage qui lui couvre une partie du cou. Ça n'a pas l'air d'avoir de nouveau saigné. Il sourit, satisfait.

— Bonjour, Déborah.

IV

ON FINIT TOUJOURS PAR RETOURNER À SA CAME

1

VOILÀ DEUX JOURS QUE LA PETITE NE MANGE RIEN. Déborah prend pourtant sur elle pour ne rien montrer de son stress, mais Emma sent bien à quel point l'ambiance est électrique entre son père et sa tante. C'est à peine s'ils s'adressent la parole. Nicolas se renferme sur lui-même, en proie à de violentes migraines qui le rendent particulièrement agressif. La jeune femme a beau lui dire que c'est psychosomatique, une façon d'exprimer son sentiment de culpabilité, il ne veut rien entendre.

— Culpabilité de quoi ? Tu en as de bonnes, toi.

— Peut-être n'assumes-tu pas ce que tu as fait à ton frère. Vouloir se venger est une chose, le faire en est une autre. Il faut un certain tempérament…

— Quoi ? Tu sous-entends que je suis une lavette, c'est ça ?

— Au contraire. Parfois on se lance dans des entreprises qui nous dépassent, qui ne nous correspondent pas, au fond, et dans ce cas-là, il n'y a pas de honte à faire machine arrière…

— Tu regrettes, toi, de m'avoir suivi ?

Nicolas a parlé d'un ton menaçant. Un ton qu'elle a appris à connaître et à déchiffrer. Si, en son for intérieur, elle crève d'envie de hurler, de lui crier qu'elle ne l'a pas suivi par amour pour lui mais pour Emma, et pour échapper à David et lui faire payer le mal qu'il lui avait fait, et qu'au fond elle les méprise autant l'un que l'autre, Déborah n'en montre rien. Elle se fait violence pour contrôler ses tremblements, pour masquer le profond dégoût que son beau-frère lui inspire, dégoût qu'elle éprouve aussi pour elle-même lorsqu'elle se souvient de l'attirance qu'elle a cru éprouver pour lui…

— Je me dis que tu as meilleur fond que tu ne crois…, tâche-t-elle d'argumenter. Que tu t'es peut-être embarqué dans une entreprise qui ne te correspond pas, que tu regrettes…

— Arrête de dire n'importe quoi. T'es pas dans ma tête.

— Non, bien sûr. Mais si tu me laissais t'aider…

— Tu me fais chier, Déb. C'est toi qui me files des migraines avec tes grands discours. C'est toi qui as l'air de regretter. Pourtant je t'ai laissé le choix.

— C'est vraiment ce que tu penses ? s'indigne-t-elle.

Nicolas sourit. Déborah n'a en effet eu aucun choix. Il a su la séduire à la barbe de son frère, et lui faire miroiter ce que David n'avait pas su lui donner : un enfant. Il suffit souvent de tirer les bonnes ficelles pour faire de n'importe qui sa marionnette docile. Le plan avait, jusque-là, fonctionné à merveille et non seulement Déborah était à lui, mais personne ne les retrouverait dans ce petit coin de paradis. La maison était loin de tout, complètement isolée, et à des années-lumière de l'adresse qu'il avait donnée à la police. En effet, tout avait été prévu dans les moindres détails. Que David absorbe du GHB pour brouiller ses souvenirs et reproduire une amnésie qui ferait douter de sa santé mentale, et que lui-même indique une demeure dans l'Oise, louée au nom de son frère mais en liquide, afin de détourner les policiers de sa véritable destination, en Bretagne. Nicolas avait pris soin d'entailler Déborah, juste derrière l'oreille, pour collecter un peu de son sang qu'il avait pris soin de répandre dans la maison leurre. Oui, tout était parfait. Le jeune homme attrape sa « compagne » par la taille et l'embrasse dans le cou. Elle se raidit un peu et détourne la tête.

— N'abuse pas de ma patience, Déb, lui lance-t-il, vexé. Je veux bien être gentil mais il va falloir me donner des preuves de ton affection...

— Je sais... mais là c'est... ce n'est pas... enfin... c'est pas la bonne période du mois...

Nicolas relâche un peu son étreinte et l'oblige à lui faire face. Il plante ses yeux dans ceux de la jeune femme. Elle a l'impression d'être transpercée au fer rouge.

— C'est vrai ça ?

La jeune femme baisse les yeux et s'applique à se composer un air de circonstance.

— J'ai mal au ventre...

— OK. Mais dès que ce sera fini, il n'y aura plus d'excuse...

— Oui, je sais...

— Bien ! Bon, j'ai faim. T'as préparé quoi ?

Ouf, le déjeuner fera diversion cette fois-ci. Déborah installe Emma sur sa chaise, lui sert une purée de pois cassés et du poisson pané, tandis que Nicolas s'attaque à la plâtrée de pâtes qui lui est destinée. La fillette renifle son assiette et fait la grimace.

— Mange, lui ordonne son père.

La petite prend un peu de purée dans sa cuiller, la porte à sa bouche d'un air dégoûté et en fait tomber la moitié par terre. À la voir faire, on pourrait croire qu'elle est à peine âgée de deux ans. Son père soupire, excédé, et se tourne vers la jeune femme.

— Aide-la !

Déborah obtempère et tente de faire avaler de la purée à la fillette qui se contorsionne pour ne pas manger.

— C'est pas bon ! J'en veux pas ! Je veux comme papa !

— Mais regarde, répond la jeune femme, moi aussi je mange du poisson et de la purée !

— Je veux comme papa ! Pas comme toi !

— Fais-moi plaisir, s'il te plaît, mange…, supplie Déborah, désarmée.

— Je veux ma maman ! Je veux ma maman ! Je veux ma maman !

La gamine s'est mise à hurler d'une voix stridente, comme pour ajouter au stress de sa tante et à la migraine de son père. Le jeune homme est prêt à exploser, ça se voit. Il faut agir, faire quelque chose pour que la tension ne monte pas encore d'un cran. À bout de nerfs, Déborah gifle la fillette, qui stoppe net son caprice mais se met à pleurer.

— Non mais ça va pas la tête ? Je t'interdis de lever la main sur ma fille, t'entends ?

Déborah reste un instant interdite. Elle prend la petite dans ses bras, paniquée par son propre accès de violence.

— Pardon, pardon, ma chérie, je n'aurais pas dû…

— C'est sûr que t'aurais pas dû, gronde Nicolas.

— Excuse-moi… ça ne se reproduira plus… Emma et moi, on va y arriver… tu vas voir. Finis ton assiette tranquillement, on va trouver un moyen de rendre cette purée plus appétissante… Ne te fâche pas pour ça…

— Mais je n'ai aucune intention de divorcer, docteur !

Sacha avait dû se soumettre à l'expertise psychiatrique exigée par l'IGPN, mais il n'était pas une question à laquelle il ne s'était préparé. Il savait bien que son couple serait sur la sellette, puisque ce n'était un secret pour personne qu'il y avait de l'eau dans le gaz entre sa femme et lui. Aussi, quand le psychiatre lui avait demandé si son mariage était en danger, Sacha, conscient qu'il lui fallait au contraire démontrer sa stabilité émotionnelle, s'était fait un plaisir de sortir les violons.

— *Nous avons eu une période un peu difficile, c'est vrai. Je crois même qu'on peut appeler ça une* crise...

— *Une crise ?*

— *Oui, c'était comme si on n'arrivait plus à se comprendre, ma femme et moi... Comme si on ne savait plus communiquer qu'en se disputant, alors on ne se disait plus grand-chose. Et, c'est vrai, j'ai pensé au divorce. Elle aussi, je crois.*

— *Ce n'est plus le cas ?*

— *Non. Depuis mon retour, on retrouve peu à peu nos marques.*

— *Pourtant vous étiez contre votre exfiltration du réseau Strano...*

— *C'est vrai. Professionnellement je suis toujours déçu de ne plus être sur l'affaire. Mais je crois que si j'étais resté absent plus longtemps de chez moi, Marion et moi nous ne nous en serions pas relevés.*

Il faut toujours saupoudrer ses mensonges de quelques vérités. Et s'il n'avait jamais autant haï son épouse, Sacha Mendel n'avait jamais été aussi loin de divorcer que depuis qu'elle avait surpris sa conversation avec Strano. En échange de la promesse qu'il ne songerait plus à la quitter, elle s'était engagée à dire à l'IGPN que son mari était avec elle le jour où Petitjean a été abattu. La version officielle était qu'ils avaient eu une violente dispute parce qu'il était rentré éméché, et qu'il avait fini par s'écrouler, ivre mort, sur le canapé. C'est aussi pour vérifier le témoignage de Marion que le psy interrogeait Sacha sur leur couple. L'entretien dura presque trois heures, les mêmes questions revinrent plusieurs fois, formulées différemment, pour vérifier qu'il ne mentait pas, et chacune de ses réponses fut enregistrée et agrémentée d'un commentaire annoté sur un grand cahier. Sacha Mendel fut parfait. Rien dans son langage, sa posture, ses paroles ne put corroborer la thèse selon laquelle il aurait tué Petitjean. Il connaissait les techniques de communication sur le bout des doigts, peut-être mieux que le psy, qui n'y vit que du feu.

Convoqué au Quai des Orfèvres pour connaître les résultats de l'expertise, Sacha y pénètre la tête haute et le regard conquérant.

Toussaint l'accueille chaleureusement et attend d'être dans son bureau pour lui annoncer la bonne nouvelle.

— Entre les résultats de cet entretien et le témoignage de Marion, tu es complètement blanchi. Mais pourquoi tu ne voulais pas dire que tu étais avec elle ?

— Parce que ce jour-là je n'étais pas dans un état brillant… Je me suis dit qu'elle en rajouterait des caisses et que je passerais pour un alcoolique… Ça aurait pu jouer contre moi.

— Tout le monde prend des cuites de temps en temps… Et puis tu vois, elle t'aime, ta femme, puisqu'elle est venue raconter ce qui s'était passé.

— Oui… Elle tient à moi, c'est sûr.

Alex Toussaint ne saisit pas l'ironie et offre un café à son ami.

— Tu reprends du service demain.

— Pourquoi pas maintenant ?

— Les joies de l'administration…

— Dois-je te rappeler que Déborah Pennac a disparu depuis une semaine à présent ? Chaque heure compte et tu me dis que je ne serai pas opérationnel avant demain ?

— Laurent a repris l'affaire en attendant…

Le capitaine Fialaix n'a pour autant pas avancé. Tout ce qu'il a pu constater, c'est que David semble avoir repris une vie normale, comme si Déborah n'avait jamais existé et disparu.

— Et dire que Pennac jouait les maris éplorés !

— C'est vrai. Il se paie même le luxe de saluer les policiers qui planquent devant chez lui. Sa nouvelle version c'est que Déborah a pris du recul pour réfléchir. Nicolas n'a pas reparu non plus. Il se serait mis au vert avec la petite…

— Et David dit quoi à propos de son frère ? Un jour il l'accuse et le lendemain il le croit blanc comme neige, c'est ça ? Ils sont complices, j'en suis certain. L'un se pavane devant les flics, pendant que l'autre est Dieu sait où avec Déborah. Je t'ai dit qu'il fallait le filer…

— Et je t'ai répondu qu'on n'avait pas assez d'éléments pour ça. Demain, l'enquête est de nouveau à toi. C'est tout ce que je peux te dire...

Il n'y a rien de plus à tirer de Toussaint. Sacha décide d'aller fêter sa réaffectation dans sa cantine préférée, une brasserie à l'ancienne avec chaises en bakélite et plats traditionnels. Il salue les serveurs et s'assied à sa table habituelle, tout au fond de la salle. À peine a-t-il passé sa commande qu'une voix familière s'élève à quelques mètres de lui.

— La même chose que mon ami, s'il vous plaît !

Gabriel Strano. L'homme tire la chaise en face de Sacha et s'installe avec un grand sourire.

— Je ne suis pas votre ami.

— Nous allons y travailler, tu vas voir.

Strano pose ses mains jointes sur la table et se penche un peu vers le policier. Il fait presque tache, dans sa chemise pourpre impeccablement repassée. Trop propre, trop clean pour le lieu. Le Sicilien, tout sourires, a ce ton condescendant que Sacha déteste tant. Le ton de quelqu'un qui se fout de sa gueule et y prend un plaisir manifeste.

— Si toi et moi on tricote bien notre morceau d'écharpe, reprend le trafiquant, on va se tisser une belle relation, ça va être chouette, tu verras.

— Qu'est-ce que vous faites ici ? Vous ne pouvez plus vous passer de moi, c'est ça ? Vous n'avez rien d'autre à faire que venir m'emmerder ?

— Allons, allons... Pas de grossièretés entre nous. On vaut mieux que ce langage de charretier toi et moi, non ? Il ne faut pas être si négatif !

Mendel sourit à son tour, manifestement soufflé par le culot de son interlocuteur. Il se penche vers lui, le regarde droit dans les yeux et, d'un ton grave, décide de mettre les choses au point.

— Je vais te faire tomber. C'est assez positif comme proposition ?

Mais l'homme n'a pas l'air plus impressionné que ça.

— Pour me faire tomber, il faudrait déjà que tu sois stable toi-même, ce qui n'est pas le cas. Tu ferais mieux de balayer devant ta porte.

— Ma porte est propre, l'IGPN a lâché du lest.

— Oui, je suis au courant. Le témoignage de ta petite femme chérie, ton expertise psy, tout ça… Bravo hein. Mais… comment dire ?

Strano fait mine de réfléchir, un léger sourire au coin des lèvres. Sacha se dit qu'il le lui effacerait volontiers à coups de poing. Comme s'il lisait dans ses pensées, l'homme se frotte un peu le menton puis sort une enveloppe de sa mallette. Dans l'enveloppe, deux photos.

— Tu connais la différence entre ces deux personnes ? interroge le Sicilien.

Sur l'une des photos on peut voir un de ses hommes de main. Un grand blond, de la même carrure que Sacha. Sur l'autre, Marion Mendel. Sans attendre la réponse du policier, Strano enchaîne.

— Eh bien, vois-tu, pour la même somme d'argent, l'un fera de toi un homme libre en allant s'accuser du meurtre de ton collègue, alors que l'autre reviendra sur son témoignage et t'enverra en prison. Et ne prétends pas le contraire, je sais ce que vaut ta femme… En même temps, poursuit-il, tu ne ferais que quitter une prison pour une autre, et je ne suis pas sûr que Fleury-Mérogis serait la pire…

— Vous ne savez rien de ma vie.

— J'en sais suffisamment pour dire que tu es ton pire geôlier.

Le serveur apporte deux énormes croque-monsieur assortis de frites au couteau. Gabriel Strano en profite pour commander le vin, un bourgogne premier cru qui coûte le quart du salaire de Mendel.

— L'addition est pour moi, bien sûr.

— Quoi de plus lucratif que la drogue ? Mais je ne boirai pas d'un vin qu'elle a payé.

— *Drogue*. Tout de suite les grands mots. Les gros mots ! Et puis d'abord, ça veut dire quoi, *drogue* ?

Toujours cette prudence qui fait que même avec une dizaine de micros planqués tout autour de lui vingt-quatre heures sur vingt-quatre, Strano ne ferait jamais aucune gaffe permettant de le confondre.

— Je ne suis, poursuit-il, qu'un humble chef d'entreprise.

— Centres d'appels vers l'étranger, boutiques de réparation et désimlockage, et maintenant la cigarette électronique… Que des commerces vite ouverts et vite fermés, raille Mendel.

— C'est vrai, je flaire systématiquement le nouveau truc qui va rendre les gens accros, c'est un crime ? Bon, je te le concède, c'est salaud de ma part d'encourager les gens à avoir l'air aussi con en fumant des cigarettes électroniques. Mais à part ça, je ne vois pas où est le mal. Les gens sont des moutons, Sacha. La conformité, c'est ça le vrai opium du peuple et c'est ce que je deale, précisément. La banalité, ça rassure. Ça te dit que tu vaux autant que ton voisin, qu'il n'est pas meilleur que toi. Tu es dans le rang, tu utilises ton cerveau comme il faut. Tu as les mêmes rêves que tout le monde, la même vie. Tu es un bon membre du troupeau, personne ne viendra t'abattre parce que tu as cinq pattes ou deux sous de jugeote. Je soulage la misère du peuple, son angoisse du vide, sa peur d'être anormal ! J'évangélise l'idiot en lui donnant l'impression qu'il recèle un peu de divin ! En fait, je suis un grand humaniste ! Comme toi, mon ami !

Boudant le vin que lui a versé le serveur, Sacha boit une gorgée d'eau.

— Arrête de me prendre pour un con, tu veux bien ?

— Loin de moi cette idée, mon ami. Au contraire, je t'estime beaucoup. Suffisamment pour te demander un service.

— C'est ça, et dès que tu auras trouvé un autre pigeon, tu me descendras. Mais t'imagine pas que je vais me laisser faire. Moi aussi je sais beaucoup de choses sur toi, plus que tu ne crois… Et si je n'arrive pas à te faire tomber…

— Tu me buteras, c'est ça ? rigole Strano. J'aime quand les flics ne sont pas manichéens. D'ailleurs, puisqu'on est entre nous, pourquoi tu l'as buté, Petitjean ? Pour le fric ? Pour une femme ?

Sacha ne répondra pas. Lui non plus n'est pas à l'abri d'un enregistrement sauvage. Pourtant, la question le déstabilise un instant. Strano, qui ne le lâche pas des yeux, détecte la sueur qui commence à perler à son front, sa respiration qui se fait plus courte… Mendel a les yeux dans le vide et se repasse une partie du film dans sa tête…

Il était au Quai, presque deux ans plus tôt. En face de lui, une gamine d'une vingtaine d'années, jolie petite blonde au look de rockeuse. Elle était vêtue de noir et avait entouré ses yeux de khôl. Son jean était lacéré sur les cuisses ainsi qu'au niveau des fesses, et le vernis sombre de ses ongles était écaillé. Elle avait replié une jambe sous sa cuisse et s'abîmait dans la contemplation de ses cheveux, qu'elle épointait de coups d'ongle secs. Sacha sortit un miroir de son tiroir et le posa devant elle.

— *Regarde,* ordonna-t-il. *Regarde-toi ! Tu crois que ça va finir comment si tu continues ?*

Amélie était une étudiante qui se prostituait pour se payer des vêtements de luxe et un peu « de quoi tenir » pendant les examens. De quoi tenir : coke, amphétamines, et Dieu sait quoi d'autre. La jeune fille haussa les épaules et détourna le regard de son reflet. Mais Sacha n'avait pas dit son dernier mot.

— *Et ça, t'en dis quoi ?*

Cette fois-ci, il lui montra des photos de prostituées blessées, mortes.

— Elles aussi ont commencé pour le fun, pour l'argent facile. Jusqu'au client ou à la dose de trop.

— Ça ne m'arrivera pas ! Moi je suis intelligente, c'est juste occasionnel. Et puis ça va, je suis pas la seule étudiante à faire ça.

— Peut-être, mais c'est toi que j'ai chopée à Colonel-Fabien. Qu'est-ce qui t'a pris d'aller tapiner là-bas ? T'as pas vu la mafia chinoise ? Tu sais ce qu'ils leur font aux indépendantes ?

— J'étais à sec... Et je trouvais aucun client sur le Net... Je savais pas pour les Chinois...

Mendel, oubliant un instant où il est et surtout avec qui, attrape son verre de vin et ferme les yeux de plaisir quand le bourgogne diffuse ses arômes de fruit mûr dans son palais. Imperturbable, Strano poursuit ses hypothèses.

— Non, je sais pourquoi tu l'as buté, ton collègue. C'est parce que tu ne supportes pas l'injustice ! Ouais, je suis sûr que c'est ça. Enfin que c'est ce que tu crois. Tu imagines que tu es un gars à l'ancienne, un chevalier en armure qui pourfend les méchants... Je respecte, hein, vraiment. Même si je ne suis pas dupe, moins que toi en tout cas !

— Dupe de quoi, connard ?

Strano sourit, Sacha est ferré.

— Tout ça n'est que posture, du folklore pour masquer ta vraie nature.

— Ma *vraie nature* ! Et c'est quoi, ma vraie nature ?

Cette fois-ci, Strano éclate de rire.

— C'est dingue que tu ne l'aies pas encore compris. Mais vraiment, j'adore être celui qui va te l'apprendre. Je vais te révéler à toi-même, Sacha ! Et je suis très fier de ça, c'est hyper gratifiant, vraiment ! Ta vraie nature ? C'est simple. Tu es un sociopathe.

Peut-être même un psychopathe. Et tu ne peux pas savoir comme ça me plaît, sachant que tu es flic !

— Ah oui, et tu sors ça d'où ? T'es psy, toi aussi ?

— Pas besoin d'être psy. Moi je vois les âmes des gens. C'est un cadeau que Dieu m'a fait. Je t'ai déjà dit à quel point je crois en Dieu ? Non ? Fais-moi penser de t'expliquer ça un jour, tu verras, la foi c'est un truc génial, aussi génial que ton truc à toi. Mais je digresse. Quand je te regarde, c'est pas un policier classique que je vois, pas un mec bien obéissant et respectueux des lois, quitte à relâcher des salopards dans la nature. Non. Toi t'es un pitbull, un justicier, un mercenaire... Flic, juge et bourreau à la fois. Si tu savais comme je suis content de te connaître !

— On nage en plein délire...

Mais Sacha a beau protester, il laisse néanmoins Strano poursuivre...

— Tu as toujours pris un pied fou à casser la gueule des méchants qui s'en tirent trop facilement. Jusqu'ici tu t'en sortais avec la gentille petite morale prête à utiliser qu'on t'a inculquée à l'école, t'imaginant que tu œuvrais pour le bien... Mais tu n'es jamais allé aussi loin, je me trompe ? Il a dû te mettre sacrément en colère, Petitjean, pour que tu le descendes comme un chien. Et là, je crois que ça a été une sorte de choc, de révélation pour toi. Parce que, entre nous, ose prétendre que tu n'as pas eu de frisson, que tu ne t'es pas senti tout-puissant, que même tu n'as pas regretté de ne pas avoir fait un peu plus durer le plaisir en le descendant ?

— Je n'ai pas tué Petitjean.

— À d'autres. N'insulte pas mon intelligence. Tu ne t'en rends peut-être pas compte, mais moi qui t'ai connu avant... Je sais que ça a fait office de déclencheur. Je le vois. Tu n'es déjà plus le même, tu deviens enfin celui que tu aurais toujours dû être et j'ai envie de t'aider à devenir cet homme. Toi et moi on va se protéger. Tu vas me couvrir, et je te couvrirai pendant tes petits règlements de compte...

— Je n'ai aucune envie de régler des comptes.

Face à l'air complètement neutre qu'affiche Sacha, Strano n'est pas dupe.

— Je suis doué pour découvrir la drogue d'un individu, je te l'ai déjà dit, et je trouve toujours un moyen de le satisfaire. Ta came à toi, c'est ce sentiment d'être Dieu et de décider du châtiment des âmes impures. Et tu as beau t'en défendre, et peut-être même t'être juré que tu ne recommencerais pas, un homme accro finit toujours par revenir à sa came...

2

Un tonnerre d'applaudissements vient ébranler la salle. L'amphithéâtre est plein à craquer, David y a joué à guichets fermés, comme une rock star au faîte de sa gloire. Comme pour d'autres avant lui, ses démêlés avec la justice et le parfum de soufre qu'il dégage désormais ont contribué à le rendre plus intéressant, plus désirable. Il a encore des détracteurs, mais à peine plus qu'avant l'enchaînement dramatique qui aurait pu le précipiter au fond du gouffre. On continue de le trouver arrogant, de le croire méprisant… David sait bien qu'on ne projette sur les autres que ce dont on est capable soi-même. Bien sûr, la question de la disparition de sa femme reste en suspens, malgré des interviews aussi inquisitrices que les interrogatoires de la police, où il jure que si Déborah lui a brisé le cœur en partant, il n'a pas touché un seul de ses cheveux et continue à l'attendre, à espérer qu'elle revienne vers lui. Mais dans le doute, les soupçons finissent par s'estomper pour la majorité qui laisse volontiers l'os de la haine à ronger à une poignée d'irréductibles en mal de bouc émissaire. Et il est là, aujourd'hui, au terme d'une conférence opportuniste qui a fait plus d'entrées qu'il n'en avait jamais rêvé.

— David ! David ! David ! On t'aime, mec ! Lâche rien !

David Pennac savoure les acclamations, les sifflements, les voix qui scandent son nom à l'unisson. C'est comme une drogue qui lui rendrait l'énergie et la fougue perdues ces derniers temps.

— Merci du fond du cœur, je ne peux pas me passer de vous !

Il frappe son torse du poing, juste au niveau du cœur, et baisse humblement la tête, yeux fermés comme pour contenir des larmes d'émotion, puis s'incline bien bas, le dos cassé en deux, mains au niveau des chevilles. Les flashs des téléphones portables crépitent de partout. David sourit, se relève et joint les mains en un salut indien. Sa gestuelle a changé, son look aussi. Il n'est plus David le séducteur mais un homme meurtri, mal rasé, débraillé... Un phénix en pleine renaissance, un monstre aux ressources inépuisables qui refuse la fatalité et vient prêcher la bonne parole, évangéliser ses pairs pour les aider à se relever des pires épreuves. Plus question de séduction dans ses nouvelles interventions, bien que ses livres sur le sujet se vendent comme des petits pains à l'issue de chacune d'elles. Non, le thème principal de son show est son expérience, le mea culpa d'un homme tellement dédié à son travail qu'il n'a pas vu la femme qu'il aime s'éloigner, la solitude de l'homme qui a tellement réussi et tellement manqué de modestie que tout le monde rêve de le voir à terre... Et pour éviter aux autres de subir les mêmes affres que lui, il dispense l'infinie sagesse qu'il en a retirée et sa nouvelle philosophie de vie.

Bien sûr, c'est terriblement opportuniste, éminemment cynique, voire obscène. Mais tout cela, le spectacle, les acclamations, le rythme effréné auquel s'enchaînent les rendez-vous, contribue à remplir sa vie, à l'occuper et à l'empêcher de trop réfléchir et faire n'importe quoi. Alors tant pis pour ceux que ça dérange, à commencer par le commandant Mendel. Non, David ne stoppera pas la machine parce que la vitesse le grise, qu'elle est tout ce qu'il lui reste. Un bain de foule, des mains à serrer, des cadeaux jetés à l'aveugle que les vigiles attrapent au vol. On le touche, on lui donne des accolades, on le bouscule, on l'étouffe d'un intérêt aussi malsain que lucratif. Et David s'efforce de garder le sourire, un rictus plaqué sur son visage décomposé qui lui donne des allures de Joker.

— Allez viens, on rentre.

Greg, son éditeur, l'attrape par un bras et l'aide à se frayer un chemin jusqu'à la sortie. David lui est reconnaissant d'être là, de lui avoir remis le pied à l'étrier dès son retour de garde à vue, même si les choses sont allées très vite. Trop vite. Cela fait plusieurs jours que Déborah a disparu et David se comporte comme si rien d'horrible n'était arrivé. Il dispense déjà ses conseils, à l'instar d'un vieil homme qui aurait mis une vie à faire le point sur la pire épreuve qu'il ait traversée. C'est pitoyable, presque autant que tous ces gens qui gobent l'histoire comme si c'était possible, de guérir si vite.

— T'as l'air épuisé, tu arrives à dormir ? s'inquiète l'éditeur.

David plaque sa tempe contre la vitre de la voiture et regarde Greg dans le rétroviseur.

— Ça va.

— Tu viens boire un verre à la maison avant que je te dépose ? Ça fera plaisir à Julie de te voir…

— Non, merci. Je veux être chez moi, au cas où…

« Au cas où… » Greg Benedek sait ce que ça signifie, mais il n'est pas dupe. Il y a peu de chances que Déborah revienne et il ne croit pas que David ait encore le moindre espoir.

— Pas à moi, s'il te plaît. Me sers pas cette soupe.

— Quelle soupe ?

— Tu crois vraiment qu'elle va revenir ?

— À ton avis, pourquoi je me casse le cul à crier sur tous les toits que j'ai compris mes erreurs, que j'ai changé ?

— En si peu de temps ? Dix jours, c'est court.

— Et alors ? Si tu crois que je simule, pourquoi tu es encore là ? Pour le fric, c'est ça ? Et tu me demandes de venir boire un verre comme si on était amis ?

— On est amis. Justement.

Mais le visage fermé de son auteur dissuade Greg de continuer la conversation, ou même d'insister pour qu'il vienne un instant chez lui. Il soupire et roule jusque chez David.

— Merci. Je suis désolé, comprends-moi, s'il te plaît…

David adresse un sourire piteux à son éditeur et descend de la voiture, fait quelques pas jusqu'au portail, agite la main pour le saluer autant que le rassurer, puis rentre chez lui.

Partout, à même le sol, sur les sièges, les tables, les meubles, des vêtements sales jetés sans même y penser et des cadavres de bouteilles de bière et de vin. Les rideaux sont tirés pour empêcher les voisins de l'épier et accentuent l'impression de confinement. Dans la cuisine, quelques sacs poubelles qu'il devient urgent de sortir.

David se déshabille en montant l'escalier et pénètre dans la salle de bains. Il enjambe le bac à douche à moitié enfoncé dans le sol, referme les portes de la cabine et ouvre les robinets. L'eau coule sur sa tête, le long de son dos légèrement voûté. Est-elle froide ou chaude ? Est-ce seulement agréable ? Rien, dans son regard, n'en donne le moindre indice. Ses yeux se perdent dans le vide, dépourvus de toute expression. Et il reste là, immobile, impassible, imperméable à son environnement, comme un robot déconnecté.

Marion est au téléphone. Sacha peut l'entendre minauder depuis le palier. Elle s'amuse, elle rit de son rire si haut perché qu'il lui file déjà la migraine. Et tandis qu'il traverse le long couloir menant à l'appartement, Sacha ralentit le pas, hésite. Il sent ses tympans vibrer, ses tempes se resserrer autour de son cerveau et l'envie de faire demi-tour pour fuir à toutes jambes avant qu'elle ait terminé de l'émasculer. Mais il ne peut pas. Ils ont passé un accord tous les deux. Alors il insère docilement la clé dans la serrure et pousse la porte en même temps qu'un profond soupir.

— Tu parles… Rien à foutre… Mais non… Crois-moi… Moi aussi… Non, moi plus que toi ! Hihihi !

Marion Mendel lance un regard de défi à son mari et poursuit la conversation avec son amant, comme si de rien n'était.

— Tu pourrais te cacher au moins, faire semblant, je sais pas… Je préférais quand tu faisais semblant…

— Tu faisais semblant, toi, pendant ton infiltration, quand tu te tapais une salope de vingt ans ?

— De quoi tu parles ?

Marion prend soin de demander à Philippe de patienter et coupe le micro de son téléphone. Puis elle regarde Sacha longuement, avec une rage froide. Son mari la prend-elle vraiment pour une idiote ? Croit-il qu'elle ignore ce qu'il est devenu ? Un alcoolique qui la trompe à tour de bras. Croit-il qu'elle n'a pas eu vent des rumeurs ? Que c'est facile, pour elle, de devoir affronter le regard goguenard des collègues de Sacha, de subir leurs allusions déplacées, de supporter la honte d'être cocufiée sans la moindre discrétion ? Ça fait des années qu'elle s'accroche à ce mariage, à lui. Oh, c'est sûr, elle n'a jamais eu le courage de le quitter et de voler de ses propres ailes en se trouvant un emploi. Ce n'est pas qu'elle ne veut pas, juste que la tâche lui paraît incommensurable et qu'au final, elle a engrangé tellement de rancœur que tout ce qui compte désormais c'est de faire payer Sacha, de lui rendre la vie impossible pour se venger de sa propre peine, pour oublier à quel point elle a gâché ses chances par fainéantise, par peur. Toutes les femmes ne sont pas destinées à faire de beaux mariages ou des carrières éblouissantes et elle n'est que la petite reine d'un royaume en déroute. Elle n'est pas la plus jolie femme du quartier, elle a cessé d'en être la plus jeune et ne peut qu'assister, impuissante, à la capitulation de son propre corps face au temps, constater que le nombre de regards qu'elle attire dans la rue ne fait que décroître, qu'elle est vieille avant d'avoir vécu, juste parce qu'elle a fait un mariage de raison, de peur, alors qu'elle aurait pu être libre et heureuse, et ne jamais perdre son amour-propre. Alors non, elle ne lâchera jamais son mari. Elle préfère se refuser un avenir meilleur plutôt que lui permettre d'être libre et heureux. Oh, il n'est pas pire que certains hommes. Il ne l'a jamais battue et même s'il semble à des années-lumière d'elle, il est toujours là quand elle trébuche, quand elle veut en finir… Ce n'est pas un homme si mauvais, mais il cristallise à lui seul tout ce qu'elle a raté. S'il n'avait pas été là, elle aurait dû travailler. S'il n'avait pas suggéré qu'il pouvait l'aider, elle serait devenue forte. S'il n'existait pas, elle aurait su se réinventer. Ils ne sont, ni plus ni moins, qu'un couple comme il y en a tant, de ceux qui se nourrissent de leur fiel, un couple sans amour assommé d'habitudes et de petites vacheries. Un couple banal, minable. Et pour ça, il devra payer. Encore, toujours.

— J'ai lu tous les mails que tu lui as envoyés, finit-elle par répondre. Fais pas cette tête, ça fait longtemps que je connais ton mot de passe. Et tu sais quoi ? Tu ne vas même pas le changer. Tu vas me laisser continuer de fouiller dans ton ordinateur si l'envie m'en prend, parce qu'entre ça et ce que je sais d'*autre* j'ai largement de quoi te faire plonger.

— Non mais écoute-toi ! Vois ce que tu es devenue, Marion…

La femme éclate d'un rire amer et hausse les épaules avant de reprendre sa conversation téléphonique. Sacha reste coi et se remémore les paroles de Gabriel Strano : « Pour la même somme d'argent, l'un fera de toi un homme libre en allant s'accuser du meurtre de ton collègue, alors que l'autre reviendra sur son témoignage et t'enverra en prison… En même temps, tu ne ferais que quitter une prison pour une autre… »

— Strano a raison : en prison, j'y suis déjà…

— Quoi ? demande Marion.

Sans prendre la peine de répondre, Sacha se verse un whisky et s'assied sur le canapé. Une première gorgée pour le soulagement immédiat, puis une autre, et encore une. Il se sert un deuxième verre. Déjà, la voix de sa femme n'est plus qu'un son étouffé. Il attaque le deuxième verre, soupire et ferme les yeux sur ses souvenirs.

Sacha avait pris Amélie, la jeune étudiante qui se prostituait, sous son aile et s'était engagé à lui trouver un boulot honnête pour payer ses frais. Elle était donc surveillante à Beaubourg le week-end et en licence de psychologie le reste du temps. Le policier avait l'habitude de rendre visite à sa jeune protégée au moins une fois par semaine, pour s'assurer qu'elle ne manquait de rien. Il s'était pris d'affection pour elle, comme un grand frère aide une petite sœur en détresse. Ce jour-là, il s'était débrouillé pour aller la voir malgré un emploi du temps compliqué. Son infiltration était chronophage mais il refusait de déroger à son devoir de tuteur.

— *T'avais pas un rendez-vous ?* s'étonna-t-elle.

— *Après… Pourquoi ? T'es pas contente de me voir ?*

— *Non, c'est pas ça, mais j'ai un TD important demain et je suis pas au point. C'est sur le développement cognitif de l'enfant… Piaget. Ça me saoule, c'est pas ma came… Moi je préfère la psychopath…*

— *Mais tu n'avais pas déjà un TD la semaine dernière ?*

— *Si, en neurologie…*

Sacha écourta donc sa visite. Les études avant tout.

— *À la semaine prochaine. Et merde pour demain !*

— *Merci !*

— *Dis pas merci : ça porte malheur. Tu ne fais pas de connerie, hein ?*

Pour toute réponse, elle se hissa sur la pointe des pieds et lui colla un énorme bisou sur la joue. Il la quitta, rassuré.

Dans la rue, quelques mètres plus loin, il croisa Lionel Petitjean. Il ne s'attendait pas à le voir là et son cœur manqua un battement. Quelques regards furtifs alentour le rassurèrent : Strano n'était pas dans le coin.

— *Hey, mais c'est le Punk ! Qu'est-ce que tu fous là, mec ?*

— *Je rendais visite à une amie. Et toi ?*

— *Pareil... Les bons plans, ça se sait vite, hein ?*

Petitjean lui adressa un clin d'œil appuyé qu'il ne comprit pas vraiment. Pressé de reprendre la surveillance de Strano, Sacha poursuivit son chemin sans plus se poser de question.

Ce n'est qu'une fois dans le métro, une quinzaine de stations plus loin, qu'il percuta. Il sortit comme un fou et courut dans les escaliers pour faire le trajet en sens inverse. Mais quand il fut arrivé sur le quai, une annonce lui indiqua que suite à un accident de voyageur le trafic était fortement ralenti. Ça pouvait prendre des dizaines de minutes avant que la circulation soit rétablie. Il appela la jeune fille. Pas de réponse. Deuxième, troisième tentative. Toujours la messagerie. En proie à un mauvais pressentiment, il grimpa les marches quatre à quatre pour sortir de la station, et héla un taxi...

Devant la porte d'Amélie, il hésita un instant et tendit l'oreille. Pas un bruit ne filtrait. Toujours cette angoisse diffuse. Il frappa. Rien. Ouvrit la porte qu'elle n'avait pas verrouillée. La referma, tira le verrou par habitude. Par terre, une capote usagée. C'est la première chose qu'il vit. L'angoisse lui attrapa le cœur et le tordit dans tous les sens, serra, serra tellement fort qu'il crut qu'il allait mourir. Sans comprendre pourquoi, il se mit à trembler si violemment qu'il dut se retenir au bureau de la jeune fille pour ne pas tomber. Et c'est là qu'il la vit. Nue, à même le sol, une seringue à côté d'elle, avec un sachet d'héroïne entamé. Puis, comme pour se convaincre que tout cela était bien réel, il regarda à nouveau le corps nu de la jeune femme, la seringue, la dope.

— *Pas ça !* cria-t-il.

Mais déjà les yeux d'Amélie se révulsaient, son corps de nymphe s'agitait de spasmes en laissant échapper d'immondes gargouillis, sa poitrine se soulevait à un rythme frénétique, sa respiration était sifflante. Vite ! La mettre sur le côté pour qu'elle ne s'étouffe pas en vomissant, car Sacha pressentait bien que son corps tentait de recracher le poison par tous les moyens possibles. À peine l'eut-il retournée qu'elle déversa un flot de bile sur le sol, éclaboussant au passage le jean du policier. Mais loin de la calmer, cet effort fit l'effet d'un ouragan sur un champ de ruines. Comme un dernier sursaut trop intense pour que son cœur tienne encore le choc. Soudain, elle ne respira plus. Panique. Les deux mains sur la cage thoracique pour forcer le cœur à battre de nouveau, Sacha pressa fort, longtemps. Un, deux, trois.

— *Respire !*

Un, deux, trois. Il souffla dans sa bouche. Il aurait permis à sa propre vie de quitter son corps pour ranimer la jeune fille.

— *Respire, putain, me lâche pas, ma belle ! Bats-toi !*

Mais le cœur des drogués ne connaît pas de bonne raison de battre. Il essaie juste de rêver un peu et de s'anesthésier pour oublier la douleur de vivre. Et dès qu'il en a l'occasion, il préfère arrêter. Pour ne plus jamais avoir mal. Parce que la prostitution, l'argent facile, les jolis vêtements… tout ça n'était que prétexte pour la drogue. Et la psychologie une maigre tentative de guérir un mal-être si intense que rien n'aurait pu le soulager. C'est comme ça qu'Amélie mourut dans les bras du commandant Mendel.

Hébété, abasourdi, terrassé de culpabilité, il se mit à sangloter. Comment avait-il pu passer à côté de ça ? Comment n'avait-il pas vu les traces de piqûre sur ses bras ? Pourquoi avait-il cru naïvement qu'elle avait raccroché ? Il n'avait pas su voir à quel point sa détresse était profonde. Pas compris qu'elle était en sursis, qu'il faisait déjà, depuis des semaines, du bouche-à-bouche à une moribonde… Il n'eut pas le temps de s'apitoyer davantage. Quelqu'un s'était mis a tambouriner à la porte.

— *Amélie, c'est moi. Ouvre-moi, miss, j'ai oublié mon portefeuille.*

La voix de Petitjean. Sacha balaya la pièce des yeux et trouva le portefeuille de son collègue. Alors il comprit. La raison de leur rencontre fortuite sur le trottoir, l'allusion au « bon plan » que le capitaine avait faite... Et surtout que ce salaud bossait vraiment pour Strano et refourguait sa dope à des gamines contre un peu d'argent ou de sexe. De rage, de dégoût, Mendel faillit vomir à son tour.

— *Ouvre je te dis !*

L'homme n'allait pas tarder à défoncer la porte. Sacha prit le portefeuille, une photo de la gamine qui traînait sur son bureau et s'échappa par la fenêtre.

La bouteille de whisky a diminué de moitié. Et se frottant le visage, Sacha constate qu'il est trempé de larmes. Il ferme de nouveau les yeux et retourne à sa culpabilité, dans des vapeurs d'alcool qui ne l'atténuent en rien. Au loin, il croit entendre la voix de Strano lui dire qu'on finit toujours par retourner à sa came...

3

NICOLAS PENNAC EST ASSIS DANS LA CUISINE, coudes sur la table, tête entre les mains. La migraine ne l'a pas quitté depuis trois jours. C'est comme un étau qui se resserre autour de son crâne, chaque jour un peu plus, et lui donne la sensation que ses yeux vont finir par jaillir de leurs orbites. Impossible de rassembler ses idées et se concentrer avec cette fichue douleur que tout vient aggraver : le bruit des vagues, les piaillements de sa fille, les pas de Déborah sur le carrelage. Ça le rend dingue, ça lui donne des envies de violence qu'il contrôle comme il peut. Nicolas met ça sur le compte du sevrage. Une semaine environ qu'il ne s'est pas shooté. Si c'est là le seul symptôme de manque, il s'en tire à bon compte puisque ce fichu mal de crâne finira bien par passer. Il se pince la peau entre les yeux.

— Mets-en une autre, c'est insupportable !

Déborah obéit et jette une deuxième aspirine dans le verre d'eau. Elle sait qu'il ne sert à rien de parler, de protester que l'abus de médicaments peut avoir des conséquences pires que le mal, car quand la douleur s'installe, elle prend possession de l'esprit, devient son seul maître, l'unique voix qu'il peut entendre.

La jeune femme connaît bien cette sensation d'impuissance, d'injustice, l'envie de hurler sa souffrance, de la cracher et s'en purger comme d'une bile noire... Elle le sait pour l'avoir expérimentée dès son plus jeune âge, au plus profond de sa chair, avec toute l'incompréhension qu'on a de ces choses-là à quatre ans, huit ans, dix ans. Oui, elle a souffert durant toute son enfance, et d'un peu plus que d'une vague migraine due aux drogues. Et elle se tenait mieux que ça, cachant comme personne ses envies de s'arracher le ventre avec les ongles, de tirer sur les fils pour extraire elle-même ce qui lui restait d'utérus, se brûler au fer rouge pour faire disparaître ces horribles cicatrices. Elle se contentait de sourire et de se taire. Et plus elle souffrait, plus elle souriait et se taisait. Les infirmières pouvaient verser tous les produits qu'elles voulaient sur ses plaies, les gratter, remettre les drains en place, jamais elle ne se plaignait, jamais elle ne pleurait. Ce corps était une blague, un test. Il n'était pas à elle, il n'était pas elle. Un jour elle pourrait se le réapproprier car il ne la ferait plus souffrir. Mais en attendant elle refusait de l'habiter, cet infirme, ce traître, de le laisser la gouverner. Alors on pouvait bien y faire tout ce qu'on voulait, ça ne la concernait pas, elle était ailleurs, loin de la douleur physique, totalement en contrôle d'elle-même. Elle était déjà si forte ! Bien plus forte que cette lopette qui geint pour un simple mal de tête...

Nicolas vide son verre d'une traite.

— Merci. Je ne te mérite pas, je le sais.

Déborah baisse la tête. Non, il ne la mérite pas. Et elle ne mérite pas ça non plus. Tout ce qu'elle voulait, c'était un enfant rien qu'à elle. Bien sûr, on veut toujours ce qu'on n'a pas, mais pour elle, ça allait au-delà du simple caprice. Déborah a toujours eu le sentiment qu'élever un enfant lui permettrait d'accéder à la part d'innocence dont on l'avait amputée. Comme si porter les meilleurs soins à une petite fille constituait une réparation rétroactive. Alors, quand elle a commencé à envisager d'adopter Emma, elle a perdu pied, grisée par l'idée de la maternité.

D'un point de vue extérieur, ce qu'elle a fait est sûrement insensé, dangereux, fou, mais comment résister à son instinct, à cette petite voix au fond d'elle qui lui chuchote que c'est son destin, son bonheur qui sont en train de se jouer ? D'un point de vue extérieur, on pourrait la prendre pour une simple victime, mais ça lui est égal : les gens passent leur temps à la prendre pour ce qu'elle n'est pas. Et si aujourd'hui elle est contrainte de cohabiter avec cet homme qu'elle méprise, elle sait qu'elle a fait ce qu'elle croyait juste pour atteindre son rêve. Pourtant, aujourd'hui, Déborah n'en est pas moins une prisonnière, un vulgaire objet de désir, l'instrument de vengeance d'une stupide lutte fraternelle. Et elle ne peut rien contre ça. On ne joue pas impunément avec la folie des autres… Qu'importe, elle garde la foi, certaine que son heure viendra : la police doit la chercher. David doit être extrêmement convaincant en mari éploré et le commandant Mendel remue sûrement ciel et terre pour la retrouver. La sauver.

— Tu m'aimes un peu, hein ?

Si Nicolas pose cette question, c'est bien qu'il doute. Le jeune homme a beau avoir le dessus physiquement, il ne peut avoir accès à ses pensées. Déborah sourit.

— Bien sûr.

— Nos destins sont liés pour toujours, tu me le promets ?

— Nos destins sont liés pour toujours, répète-t-elle.

Nicolas Pennac se lève en grimaçant et contemple sa fille. Il sait qu'il a une mine à faire peur avec ses joues creusées et ces cernes sombres. Son teint est cireux et il semble avoir maigri. On devrait dire aux drogués que le remède est parfois pire que le mal… La petite ne semble pas effrayée pour autant.

— Et toi, tu l'aimes ta nouvelle maman ?

— C'est pas ma maman !

— Si, c'est ta nouvelle maman… Ma nouvelle femme…

Déborah frissonne, incapable de savoir si c'est en raison du rejet d'Emma ou de la déclaration de Nicolas.

— Embrasse-moi !

Le jeune homme s'est rapproché de Déborah. Elle se raidit et détourne la tête.

— Pas devant la petite !

— Si, devant la petite ! Les papas embrassent les mamans, c'est comme ça !

Il la saisit par le menton et lui maintient fermement la tête pendant qu'il tente d'introduire la langue dans sa bouche.

— Pas comme ça ! S'il te plaît !

— Non, ça ne me plaît pas. Tu ne vas pas me prendre de haut comme Laura, je te préviens ! Tu sais tout ce que j'ai fait pour toi ? Tu sais tout ce que j'ai fait ?

De colère, il jette son verre par terre, où il vole en mille éclats. Cette fille va le rendre fou. Ce n'est pas lui qui est allé la chercher, après tout ! Certes, il a tenté de la séduire, parce qu'elle est belle comme toutes ces filles qu'il ne peut jamais avoir, parce qu'elle est la femme d'un autre, la femme de son frère... Mais c'est elle qui a fait le reste, elle qui l'a encouragé à la draguer, elle qui lui a fait des yeux de biche prête à succomber, elle qui s'est amusée à lui souffler le chaud et le froid pour lui tourner la tête, elle qui l'a suivi jusqu'ici ! Qui l'y a conduit, même, inéluctablement. Alors maintenant, il en a soupé de ses simagrées de princesse qui ne sait pas ce qu'elle veut. Il n'a plus l'âge de se faire balader et va lui faire passer l'envie de minauder, migraine ou pas. Si Déborah ne sait pas de quoi il est capable, elle est sur le point de le découvrir !

— Ça suffit.

Nicolas saisit la jeune femme par un bras et la traîne dans le salon, de force.

— Pas là, pense à la petite ! proteste-t-elle. Elle est juste à côté !

— Rien à foutre. Je veux ce qui me revient.

Il jette Déborah sur le canapé et déboutonne son pantalon. Que faire ? Rien, elle ne fait pas le poids et en a parfaitement conscience. Qui est le pire, au final, des deux frères ? Déborah n'en sait rien, mais ce qu'elle sait, c'est que si elle se sort de cet enfer, plus jamais elle n'acceptera de se soumettre à un homme, plus jamais elle ne rognera son indépendance. Plutôt mourir que souffrir à nouveau.

Nicolas arrache plus qu'il n'ôte le dernier rempart de tissu entre elle et lui. La petite culotte verte vole à travers la pièce. Hébétée, Déborah suit des yeux sa trajectoire sans dire un mot, jusqu'à son point de chute, juste à côté de la cheminée. La voilà nue. Nicolas se fige un instant et la contemple, l'air incrédule, comme un gamin pas sage que le Père Noël aurait trop gâté. Le voilà, l'instant qu'il a tant attendu, espéré, qui occupe ses rêveries diurnes depuis des mois, des années, depuis qu'il l'a croisée à l'enterrement de sa mère. Est-ce mal de désirer la femme de son frère aussi fort, quand celle qui vous a donné la vie gît dans son cercueil à quelques mètres de là ? Peut-être bien, mais il n'a jamais été un bon garçon de toute façon. Et puis la vie a tous les droits, même celui de se manifester, impérieuse, dans un désir si ardent qu'il a eu du mal à le cacher ce jour-là. Mais si le grand moment est arrivé, s'il est aussi excité qu'un homme puisse l'être, il a peur d'être déçu. Il la voit bien, froide et raide comme une poupée de cire, qui détourne la tête et regarde ailleurs comme s'il n'existait pas, comme si elle n'était pas là, à poil devant lui. Ah non, il ne la laissera pas gâcher son plaisir. Après tout, il l'a bien mérité. Alors elle peut jouer les vierges effarouchées autant qu'elle veut et gémir qu'elle n'est pas prête, lui intimer d'être patient et doux… Ce genre de femmes est incapable de lâcher prise si on ne les force pas un peu, ça les libère de leur sentiment de culpabilité, ça leur plaît qu'on les bouscule.

Nicolas sourit d'un air cruel. Oui, il va lui donner exactement ce dont elle a besoin : un homme, un vrai, qui prend ce qu'il veut, qui va la prendre comme elle ne l'a jamais été. Et sans plus attendre, sans aucun autre préliminaire, il se couche sur elle et écarte ses cuisses, la pénétrant d'un coup sec et brutal, aussi profond que possible, juste pour le plaisir de l'entendre crier et de voir ses yeux se voiler…

Dans la cuisine, Emma sursaute en entendant le cri de sa tante et stoppe son geste, comme prise en flagrant délit. Elle attend un peu, le bras en suspens, puis, ne percevant plus que les gémissements de son père, décrète qu'ils n'ont pas vu ce qu'elle faisait et ne la gronderont pas. Elle saisit le tesson de verre parmi les éclats qui jonchent le sol et fait passer un rayon de soleil à travers. Un arc-en-ciel aux couleurs vives vient danser sur les murs blancs, au gré de ses gestes gracieux. La fillette sourit : c'est joli ! Elle en veut d'autres, elle veut des arcs-en-ciel partout !

Alors, Emma se penche en avant, rassemble tous les éclats qu'elle peut dans ses petites mains potelées et les fait tomber en cascade sur ses genoux. Le bruit cristallin la fait rire, elle recommence encore et encore, puis saisit un morceau de verre et le porte à sa bouche.

4

FREDERIKA MIGNEAULT NE SAIT PLUS QUOI PENSER. Quand elle a abordé David Pennac dans la rue, c'était plutôt pour l'invectiver, lui demander s'il n'avait pas honte de parader ainsi alors que Déborah était portée disparue. N'avait-il donc pas de cœur pour continuer à mener sa petite vie tranquille, entre conférences et interviews obscènes ? Frederika n'en pouvait plus de ne pas savoir ce qui était arrivé à son amie. Elle avait besoin de réponses, de la confirmation que son mari avait fait du mal à la jeune femme ou de l'espoir qu'elle s'était enfuie pour une vie meilleure, mais pas question de rester dans l'incertitude.

— *Qu'est-ce qu'il y a ? Ça vous amuse de m'épier constamment ? Vous pensez que je ne souffre pas assez comme cela*, réplique-t-il.

Elle s'apprêtait à lui lancer une pique bien sentie quand quelque chose dans le regard de son voisin l'en empêcha. Là où elle pensait déceler de la folie, de la violence, de la suffisance, elle ne voyait que du désespoir. Un désespoir si profond qu'à bien y regarder, tous les traits de son visage en étaient altérés. David Pennac avait pris dix ans, comme s'il avait passé sa vie à boire et à fumer. Ses paupières s'étaient affaissées, de même que ses joues, et des plis amers entouraient désormais ses lèvres. Il n'arborait plus ce sourire en coin qui exaspérait tant la Canadienne. De nouvelles rides barraient son front et plissaient le coin de ses yeux, et il semblait que sa chevelure avait massivement blanchi. Non, ce n'était plus le David Pennac arrogant et conquérant que Frederika connaissait, mais un homme las.

— *Je crois que si, vous souffrez.*

Elle fut au moins aussi surprise que lui de s'entendre prononcer ces mots, ainsi qu'une invitation à venir déjeuner chez elle, en l'absence de son mari. Qu'est-ce qui lui prenait ?

— *Vous êtes sûre de vouloir m'inviter ? Je croyais que j'étais le diable à vos yeux...*

— *Oui, je suis sûre. Ça fait combien de temps que vous n'avez pas fait un vrai repas ?*

— *Un vrai repas ? Vous voulez dire avec des légumes ?* plaisanta-t-il.

— *Précisément.*

David esquissa un sourire. Pas un de ses sourires de tombeur qui horripilaient plus sa voisine qu'ils ne la séduisaient, mais un vrai sourire, discret, presque timide, reconnaissant. Il devait ne se nourrir que de bières et de pizzas, à en juger par son nouvel embonpoint.

David aurait pu lutter, décliner l'invitation, mais c'était la première main qui se tendait sincèrement vers lui depuis la disparition de sa femme, alors, voisine ennemie ou véritable âme charitable, il n'avait aucune envie de faire le difficile et accepta l'invitation de bon cœur.

— Vous avez des nouvelles de l'enquête ? risque-t-elle une fois qu'ils sont attablés.

— Non. Les flics continuent de me surveiller, comme si j'étais coupable, mais ils ne font rien d'autre…

Frederika se concentre sur la feuille de salade qu'elle vient de piquer avec sa fourchette, d'un air gêné.

— Vous aussi vous le croyez.

— Quoi donc ?

— Que j'ai fait du mal à Déborah.

Il a parlé d'un ton dur, sec et son visage s'est brusquement fermé. La jeune femme entreprend de mâcher consciencieusement sa bouchée pour se donner une contenance. Elle déglutit péniblement, sans oser regarder son interlocuteur. Soudain, elle n'est plus aussi convaincue que c'était une bonne idée de l'inviter. Et s'il s'en prenait à elle ? Qui le saurait ? Qui l'entendrait crier ?

— Non, je n'ai jamais dit ça, répond-elle d'une voix blanche.

— Mais vous le pensez.

— Je…je ne sais pas. Je ne vous connais pas.

— Eh bien sachez que j'aime ma femme, s'écrie l'homme en reposant bruyamment sa fourchette dans l'assiette.

Frederika fait un bond sur sa chaise. Soudain en proie à la peur, elle sent les larmes qui lui montent aux yeux et cherche un prétexte pour quitter la table et appeler son mari. Mais avant même qu'elle se lève, David pose une main sur la sienne.

— Je sais que les apparences sont contre moi, Frederika. Je sais que je me comporte comme un connard la plupart du temps… Je ne nierai pas mes défauts car, sans eux, je ne serais pas devenu ce que je suis… Mais je vous jure que je n'ai pas touché un cheveu de Déborah. Il faut me croire…

— Ce n'est pas moi qu'il faut convaincre, bredouille-t-elle. Je ne vois pas en quoi ça change quelque chose que je vous croie ou non.

— Je ne sais pas… C'est peut-être parce que vous êtes son amie ? Je sais que vous étiez sa confidente et j'ai le sentiment de pouvoir encore un peu l'atteindre à travers vous… Si vous finissez par sentir l'amour que j'ai pour elle, alors peut-être qu'elle le sentira, elle aussi... Je ne sais pas pourquoi elle est partie. Vous le savez, vous ? S'il vous plaît, dites-le-moi si c'est le cas...

Est-il sincère quand il prétend croire que Déborah est partie de son plein gré ? N'y est-il vraiment pour rien ?

— Je ne sais pas. Votre relation était tendue, non ?

— Pas plus que les autres couples.

— Je...je vous entendais vous disputer...

— Oui, ça nous arrivait. Je suis colérique.

— Vous étiez dur...

Frederika se souvient des hésitations de Déborah à lui parler des colères de son mari. Des marques qu'elle a aperçues plus d'une fois sur ses bras, des larmes qui faisaient un peu trop souvent briller ses yeux... Et David Pennac a beau secouer la tête, elle sait ce qu'elle a vu.

— Je l'aime.

— ...

— Est-ce qu'elle vous a jamais dit que je lui avais fait du mal ?

— Qu'est-ce que ça change ? Ce n'est pas parce qu'elle ne l'a pas dit que ce n'était pas le cas !

— Mais bon sang vous pouvez sortir de vos préjugés l'espace d'une minute ? Regardez-moi dans les yeux. Voyez-moi comme personne ne se donne la peine de le faire et osez me dire que j'ai pu vouloir faire du mal à Déborah, que je ne l'aime pas comme un fou ! C'est si difficile que ça de me regarder sans a-priori ?

Mon Dieu ce regard ! David Pennac est fébrile, désespéré. C'est un homme cassé qui ne comprend pas ce qui lui arrive. Bien sûr que non, Déborah ne l'a jamais accusé de quoi que ce soit. Elle a toujours nié en bloc les accusations que sa voisine pouvait porter contre lui, n'a jamais dit qu'il la battait ou la tyrannisait. C'est Frederika toute seule qui est arrivée à cette conclusion. Et si elle s'était trompée ?

— Non.

— Non ?

— Non, ce n'est pas si difficile à croire. Non, Déborah ne vous a jamais mis en cause. Et non, je ne sais plus où j'en suis !

Soudain, Frederika Migneault se sent complètement minable. Elle repense à tout ce temps qu'elle a passé à chercher la confirmation de ses soupçons, à harceler Déborah pour qu'elle avoue son malheur, à épier les Pennac pour mieux raconter leur vie aux autres voisines... Et surtout, elle se rappelle avec quelle véhémence elle a chargé David Pennac, lors de sa déposition à la police. Tout ça sur la base de quoi ? De vagues soupçons jamais confirmés, de lectures pour bonnes femmes qui s'ennuient, malgré les exhortations à la prudence de Richard et le manque d'intérêt de ses amies. Et si elle n'était qu'une délatrice sans envergure qui pointe les autres du doigt avec complaisance, pour ne pas avoir à se regarder en face ? À part formuler de vagues excuses, elle ne sait pas quoi répondre.

— Je crois que je me suis laissé emporter... J'avais envie de voir Déborah comme une victime et de me sentir utile... C'était stupide de ma part. Et je vous ai causé du tort. J'irai voir la police cet après-midi pour revenir sur mon témoignage.

— Ils vont croire que j'ai fait pression sur vous.

— Non, j'irai avec Richard. On fera le nécessaire...

Frederika ne veut surtout pas être à l'origine d'une erreur judiciaire. Bien sûr, une petite voix lui dit bien que c'est là tout le talent des pervers narcissiques de vous faire douter de vous, de vous faire culpabiliser pour mieux vous manipuler, mais cette fois-ci, Frederika préfère l'ignorer.

Lorsqu'il rentre chez lui, David est soulagé. Il sait que, désormais, au moins une personne croit son innocence plausible. C'est un bon début. Il a su trouver les mots. Ces mots qui lui paraissaient si étranges, ces derniers temps, dépourvus de sens. Mais tout lui semble désormais plus brillant, plus limpide, comme s'il se réveillait d'une longue léthargie. Même ses affreuses migraines et ses cauchemars commencent à s'estomper.

Il consulte machinalement son téléphone portable : toujours pas de nouvelles de son frère. C'est la première fois que Nicolas le laisse aussi longtemps sans message depuis la fin de sa garde à vue. Il l'a revu une fois, en coup de vent, mais sait, grâce à leurs appels réguliers, que son frère est dans ce fameux camping dont il avait parlé. C'est bien, il va de l'avant. Comme s'il s'était résolu à ne plus avoir de nouvelles de Laura. Nicolas l'encourage d'ailleurs à faire de même, à se convaincre que Déborah reviendra quand elle sera prête, qu'elle a juste pris du recul. C'est une belle version que David répète donc avec force conviction, que ce soit à la police ou aux journalistes. Mais elle ne revient pas, évidemment.

Pas de nouvelles, bonnes nouvelles ? tape-t-il sur son portable. C'est au moins le dixième message qu'il envoie à Nicolas en cinq jours.

Réponds-moi, putain ! Sous le coup de la colère, il lance le téléphone sur le canapé. L'appareil rebondit et tombe dessous. David peste et se met à quatre pattes pour l'attraper. Il tâtonne un peu et, avant de rencontrer le mobile, touche un sac du bout des doigts. Il le tire jusqu'à lui. C'est le sac de sport de Nicolas. Ne résistant pas à la curiosité, David l'ouvre. Chaussettes, paquets de clopes, des dizaines de bonbons et encore plus de papiers vides pliés et noués… Un pull informe qu'il enfile.

— Ouais, yo, je m'appelle Nicolas, je suis un gros loser foncedé !

David singe son frère et continue l'inspection. Dans une poche intérieure, une feuille A4 pliée en deux. Il l'ouvre et découvre la reproduction d'une photo de bus scolaire. La réaction est immédiate : David se met à trembler, a le sentiment que la terre vient de s'ouvrir sous ses pieds pour le conduire jusqu'en enfer. Il se passe la main sur les lèvres pour étouffer un cri et se lève, aussi pâle que la mort. Sonné, il titube un peu, tourne sur lui-même, ne sait plus où il est, l'espace d'un instant. Puis il se dirige d'un pas lourd vers la cave de sa maison.

Une forte odeur de moisissure lui saute au visage. David se couvre instinctivement le nez avec la manche de son pull et se dirige prudemment vers le fond de la pièce, en se servant du flash de son téléphone pour guider ses pas. Arrivé devant un vieux coffre en bois, il s'accroupit et passe la main sur ce qu'il croit être de la poussière.

Sa paume s'enfonce dans une matière à la fois molle et duveteuse, humide et friable, une matière organique, vivante, qui semble laisser un dépôt gras sur sa peau. Avant même de comprendre ce qu'il vient de toucher, David pousse un cri d'horreur :

— Ah, mais c'est dégueulasse !

Comme si cela ne suffisait pas, un nuage chargé de spores fétides s'échappe du tapis spongieux pour s'engouffrer dans sa bouche et ses narines. Le coffre est en réalité presque entièrement recouvert d'une épaisse couche de champignons gris et filandreux. Luttant contre le dégoût, il soulève le couvercle, y plonge les mains, pour en ressortir une petite boîte métallique.

À l'intérieur, un journal jauni. Il l'ouvre à une page bien précise. Une page qu'il connaît par cœur et où il retrouve la même photo de bus scolaire que sur la photocopie. Au-dessus de la photo, un titre :

DRAME À L'ÉCOLE SAINTE-MARIE.

Qu'est-ce que ça veut dire ? Pourquoi Nicolas garde-t-il cette photo avec lui ? Incrédule, David se remémore la première discussion qu'il a eue avec son frère, le soir où il a débarqué chez lui : « Tu ne te dis pas que *ça* peut être lié à la disparition de ma femme, David ? L'idée ne t'a même pas effleuré l'esprit ?… On finit toujours par payer pour ses fautes. Il ne peut pas y avoir prescription pour ce qu'on a fait. » Ces mots avaient des allures d'avertissement… Nicolas se croyait-il menacé ? Était-il l'objet d'un chantage ? Si c'est le cas et que la disparition de Laura est liée à leur crime, Déborah est en grand danger.

Tout se bouscule dans la tête de David. Il sort en trombe de la puanteur de sa cave et se repasse en accéléré leurs dernières conversations. Le voilà de nouveau dans la voiture qui le ramenait du poste de police, au terme de sa garde à vue, il revoit Emma habillée comme sa tante, se rappelle l'insistance de Nicolas pour connaître le nom du chien des voisins…

— Oh putain !

David se précipite vers son ordinateur et tape l'URL de sa banque en ligne.

Nom d'utilisateur : Dpennac.

Mot de passe : oublié.

Du moins le prétend-il. Afin de le lui renvoyer par mail, le serveur lui propose de répondre à une question secrète.

Nom de votre premier animal de compagnie : Frikoute.

Voilà pourquoi Nicolas insistait tant pour que son frère lui rappelle son nom. Ce n'était pas leur chienne, mais le seul animal qu'ils aient côtoyé dans l'enfance, c'est pourquoi David a estimé que c'était une bonne question de sécurité pour récupérer ses codes.

— Putain !

Tout s'explique : la manœuvre de Nicolas pour accéder aux codes bancaires de son frère, son silence depuis plusieurs jours. Quelqu'un a enlevé Laura pour obtenir une rançon et, n'ayant pas d'argent, Nicolas a voulu pirater le compte de David pour payer les maîtres chanteurs. Mais pourquoi enlever Déborah aussi ? Pourquoi ne pas faire simplement chanter les frères Pennac sans s'en prendre à leurs femmes ? Si quelqu'un sait ce qu'ils ont fait, c'est suffisant pour les obliger à payer… À moins qu'il ne s'agisse d'une vengeance. Oui, l'idée est peut-être de les faire souffrir en les privant des personnes auxquelles ils tiennent le plus… Œil pour œil, mort pour mort. Comme l'a dit Nicolas, on finit toujours par payer pour ses fautes.

5

SACHA EST ALLÉ DÉCHARGER SA TENSION dans les toilettes du 36. Il se branle comme on se gratte, sans faire appel à des fantasmes élaborés, juste pour relâcher un peu de pression. C'est facile. Quelques mouvements bien appuyés, rapides, frénétiques. Pas tant pour le plaisir que pour l'analgésie qui s'ensuit, pour avoir la queue et le cœur en période réfractaire, qu'ils se calment et se taisent pour quelques minutes. Le commandant sort des WC et va se laver les mains, presque au ralenti. Il a le cerveau aussi mou que le sexe et ça lui fait un bien fou, cette sensation d'être dans le coton. Il se passe de l'eau fraîche sur le visage et fixe son reflet, à la recherche de quelque chose de familier. Qu'est devenu le garçon facétieux, l'adolescent révolté ? Il a cédé la place depuis longtemps à un adulte las qui se complaît dans un simulacre de vie, dont le principal plaisir est d'aller se masturber pendant les heures de boulot. Les yeux verts ont beau interroger l'étranger dans le miroir, Sacha ne trouve aucun sens à tout ça. Il émet un petit rire amer et s'allume une cigarette.

— Si tu te fais choper à fumer ici…

Le capitaine Laurent Fialaix se dirige vers les urinoirs en lui lançant un regard réprobateur.

— Quoi, tu vas me dénoncer ?

— Moi je m'en fous, mais la loi…

— J'emmerde la loi.

— Tu la représentes.

— Raison de plus.

— Ça doit être crevant, non ?

— Quoi ?

— Cette colère permanente… Moi je ne pourrais pas.

Fialaix remonte sa braguette et quitte le lieu d'aisances. Sacha se dit que c'est bien la peine de faire la morale aux autres quand on n'est pas fichu de se laver les mains après avoir uriné. Pourtant, le capitaine n'a pas tort. Cette colère qui anime Mendel et ne le lâche jamais l'épuise, le consume. Il finira par crever d'hypertension ou d'une crise cardiaque, à ce rythme-là. Tant mieux. Il préfère que sa vie s'arrête brusquement, sans avoir le temps de se poser des questions, de se sentir coupable pour ses fautes ou de se découvrir lâche et hurler de terreur à l'idée de passer l'arme à gauche. Puisqu'il faut bien crever, puisque tout est vain, que rien n'a de sens, alors à quoi bon sentir venir la mort et se repasser le film d'une vie qui n'aura servi à rien ? À rien. Pas même à sauver une gamine de la drogue. Tout juste à buter son assassin, à le punir a posteriori plutôt qu'à l'empêcher de nuire…

Sacha Mendel se remémore les paroles de Strano. Ou plutôt il les entend comme si le mafieux était là, juste derrière lui ou, pire, dans sa tête : « Il a dû te mettre sacrément en colère, Petitjean, pour que tu le descendes comme un chien. Et là, je crois que ça a été une sorte de choc, de révélation pour toi. Parce que, entre nous, ose prétendre que tu n'as pas eu de frisson, que tu ne t'es pas senti tout-puissant, que même tu n'as pas regretté de ne pas avoir fait un peu plus durer le plaisir en le descendant ?… Je sais que ça a fait office de déclencheur. Je le vois. Tu n'es déjà plus le même, tu deviens enfin celui que tu aurais toujours dû être. » Non, Strano se trompe : ils ne sont pas de la même trempe. S'il pouvait se débarrasser de sa colère, de ses remords, alors peut-être Sacha deviendrait-il cette espèce de psychopathe qu'a cru détecter le trafiquant. Mais il ne tire aucune gloire, aucun soulagement de ce qu'il a fait. Au contraire, ça le tourmente, ça le hante. Sa carrière est en danger, il a du mal à se concentrer et perd du temps dans une affaire qui requiert pourtant toute son attention et dans laquelle il n'a pas le début d'un indice, juste une intime conviction que rien ne vient confirmer. Et pour tout arranger, le seul témoin à charge contre David Pennac vient de se rétracter : ce matin, Frederika Migneault est revenue sur sa déposition en déclarant qu'elle n'était fondée que sur des suppositions personnelles non étayées par des faits. Sacha a bien cherché à savoir si David Pennac avait acheté son faux témoignage, et l'avait même menacée de poursuites le cas échéant, mais rien ne l'a fait vaciller. À écouter la femme, David était soudain aussi pur et innocent que l'agneau qui vient de naître. Ah ça, il est très fort !

— Ouais, t'es impressionnant, mon gars !

Pourtant, s'il veut être complètement honnête, Sacha n'a jamais eu la preuve non plus que David était violent avec Déborah. La jeune femme a toujours éludé ses questions, même quand il a découvert les marques sur son corps, même quand ils se sont embrassés. Était-elle sous la coupe de son mari, incapable de le dénoncer de quoi que ce soit, ou bien juste sincère ? D'ailleurs, a-t-elle embrassé Sacha parce qu'il l'attirait, ou pour couper court à son interrogatoire, afin de protéger son mari ? Non, ça ne tient pas la route. Il ne va pas se mettre à douter comme Frederika Migneault. Si David Pennac a su la manipuler, Sacha ne se fera pas avoir, lui. Pennac est si fort qu'il a sûrement convaincu sa femme qu'elle méritait tout le mal qu'il lui faisait, que c'était normal, au point qu'elle prenne sa défense en toute occasion. Comment peut-on contrôler quelqu'un à ce point ? Mais la question n'a aucune importance. Ce qui est urgent pour l'instant, c'est de retrouver Déborah. Et pour cela Mendel doit comprendre David et Nicolas, forcément complices de la disparition de leurs femmes. Il lui faut connaître leurs motivations, découvrir, au-delà d'un incendie sans conséquence, quel sombre secret les unit et les raisons de la folie de l'un, ou de l'autre... Voire des deux.

David a beau retourner cette histoire dans tous les sens, quelque chose le chiffonne dans la théorie qu'il a élaborée. Nicolas, une victime ? Ce même Nicolas qui le tyrannisait enfant, prêt à casser la figure à quiconque le contredisait ? Lui, le voyou aux mauvaises fréquentations, serait devenu une chiffe molle manipulée par un maître chanteur ? Impossible. Alors oui, Nicolas est bien venu chez son frère dans un but précis, mais pas forcément celui de lui extorquer de l'argent pour payer la rançon de sa femme. Déjà, il n'aurait pas mis aussi longtemps à récupérer ses codes bancaires, et puis plus David se repasse le film de ces dernières semaines, plus il lui semble évident que Nicolas est à l'origine de tout ce qui a déraillé dans sa vie. La diffusion du manuscrit depuis l'ordinateur de la maison, les empreintes de Laura dans la maison, l'envoi d'un courrier d'avocat juste avant sa prestation à la radio... Une « simple » victime de chantage n'aurait pas perdu son temps à faire ça. De même, à bien y réfléchir, David n'est plus vraiment lui-même depuis que son frère a débarqué dans sa vie. Les migraines, les cauchemars, cette sensation d'être détaché de la réalité qu'il a d'abord mise sur le compte du choc provoqué par l'incendie que Nicolas avait allumé... Et si, en réalité, il avait été drogué ? Ça expliquerait son amnésie et cette impression de recouvrer ses facultés depuis qu'il ne le voit plus. D'ailleurs, quoi de plus facile pour un junkie qu'avoir accès à toute une pharmacopée...

Reste à savoir dans quel but ce tordu aurait fait tout ça. La raison échappe encore à David Pennac. Serait-ce pour lui voler sa femme ? Il est indéniable que Nicolas a su séduire Déborah, jouer avec son besoin de plaire, d'être rassurée... Avec son désir d'enfant. Peut-être même a-t-il réussi et l'a-t-elle suivi de son plein gré. Depuis que Nicolas avait aperçu son aîné à l'enterrement de leur mère, sûrement que son bonheur aux côtés de Déborah lui était insupportable au point de vouloir se l'approprier. Et quelle sera l'étape suivante ? Il séduit sa belle-sœur, il vole l'argent de son frère, le fait passer pour fou et détruit sa carrière mais après ? Et pourquoi s'en prendre à lui maintenant, après toutes ces années ? Qu'est-ce qui a déclenché ce désir de vengeance chez Nicolas, alors que si l'un doit faire payer quelque chose à l'autre, ce n'est pas certainement lui...

David s'était juré d'oublier ce pan de son passé. Juré que ce ne serait même plus un mauvais souvenir, même pas une vague réminiscence. Et pourtant il se retrouve projeté, malgré lui, bien des années plus tôt, en contrebas de la route qui longeait leurs vignes, dans la ruine qui leur servait de refuge depuis la plus tendre enfance.

— *Je fais le serment de me taire à jamais ou de brûler dans les flammes de l'enfer,* répétèrent-ils à l'unisson.

— *Il ne faudra plus jamais en parler, de toute façon maman a fait le nécessaire.*

— *Et sssssi dddde nou-nouvelles pppppppreuves sssssu-sssssurgissent ?*

— *On les détruira. Et si l'un de nous craque, l'autre le détruira aussi.*

Et soudain, une révélation. Si Nicolas a disjoncté, c'est à cause des phrases d'accroche de son livre !

David Pennac vous révèle enfin tous ses secrets,
même les plus inavouables.
Les fantômes du passé vont trembler.

A-t-il paniqué et cru que David allait révéler leur crime ? A-t-il décidé de détruire son frère, comme il avait juré de le faire ce jour-là ?

— *Ça a commencé ici et ça finira ici.*

David se souvient qu'en entendant ces mots, il avait eu froid dans le dos. Son frère avait beau être plus jeune que lui, il lui faisait peur. Ce qu'il avait vu dans les yeux de Nicolas, alors qu'ils prêtaient serment, l'avait incité à fuir très loin. Et si, après avoir nié en être l'auteur, David s'était finalement accusé de l'incendie, c'était afin d'être envoyé aussi loin que possible, quitte à passer pour un fou, un pyromane, alors que c'était Nicolas qui avait mis le feu à la maison en brûlant leur carnet de correspondance – où était consignée leur absence le jour du drame qu'ils avaient causé.

« Ça a commencé ici et ça finira ici… » David sait ce que ça veut dire. Si Déborah a suivi Nicolas, il la retient désormais en otage pour attirer son frère jusqu'aux ruines. Et boucler la boucle définitivement.

David compose à nouveau le numéro de Nicolas et laisse un message.

— Ça va, tu t'es bien amusé ? Je comprends mieux, maintenant, pourquoi tu insistais tant sur la version à servir à la police. Mais je te préviens : si tu as touché à un seul cheveu de Déborah, je te tue. C'est MA femme, tu m'entends, MA femme ! Et j'ai changé les codes de ma banque ainsi que la question secrète, connard ! Tu peux faire une croix sur mon fric !

À présent, plus de temps à perdre, il doit se rendre aux ruines, dans la région de Bordeaux. Pas évident avec l'officier qui surveille ses allées et venues, mais il a sa petite idée. David Pennac réunit tout l'argent qu'il peut, enfile des vêtements de sport, ouvre une fenêtre qui donne sur le jardin, l'enjambe et se faufile à travers les buissons, plié en deux pour ne pas attirer l'attention. Au bout du jardin, il y a un mur de pierre à escalader qui doit faire environ deux mètres cinquante. David n'a pas vraiment l'habitude de crapahuter le long d'une paroi verticale et il glisse, jure, s'écorche les mains au passage, avant d'atteindre le sommet et de se laisser retomber lourdement de l'autre côté, au milieu de tuiles cassées et de gravats. Quelques pas encore et le voilà dans une ruelle qui débouche tout droit sur l'arrêt de bus 56, celui qui mène au centre-ville. Une fois monté à bord, David regarde sa montre, satisfait : le timing est parfait, son plan a des chances de réussir. Il descend cinq arrêts plus loin, et parcourt quelques mètres à pied, jusqu'à la boulangerie.

C'est l'heure de pointe. Les voitures klaxonnent, se garent en double file… Pourvu qu'elle vienne ! Chaque minute qu'il passe à l'attendre l'expose un peu plus. La femme en Austin Mini a du retard. Et si elle travaillait entre midi et deux ? Et si elle avait bêtement décidé de se mettre au régime et de supprimer les sucres lents ? David Pennac déglutit nerveusement au fil des hypothèses les plus farfelues qu'il ne peut s'empêcher d'élaborer. Une voiture de police remonte la rue et ralentit à sa hauteur. Il sursaute violemment puis baisse la tête en faisant mine de regarder sa montre. L'officier qui le surveillait a-t-il remarqué qu'il s'était enfui ? Son cœur bat à tout rompre, il retient son souffle.

La voiture s'arrête. Un homme en uniforme en descend et dit à l'autre qu'il ne sera pas long. David bande tous ses muscles et se prépare à piquer le sprint de sa vie. De grosses gouttes de sueur perlent à son front. Il lève la tête vers l'agent, poings crispés, mais l'homme pénètre dans la boulangerie sans le regarder et en ressort cinq minutes plus tard avec deux gros sandwichs. David laisse échapper un soupir tandis que la voiture s'éloigne. Il continue de guetter et s'apprête à renoncer quand l'Austin Mini se gare enfin devant la boulangerie. La conductrice sort en trombe, sans avoir pris la peine de retirer la clé – comme à son habitude. Bingo ! David saute dedans et démarre tout doucement, sans faire crisser les pneus, l'air le plus naturel possible.

6

NICOLAS PENNAC EST DE TRÈS MAUVAIS POIL. Il a encore fait des cauchemars toute la nuit. Encore une fois, ses rêves l'ont ramené vingt-cinq ans en arrière, sur cette même route sinueuse qui longe les vignes de sa mère. Il est le chauffeur du bus, mais aussi chacun des enfants présents ainsi que le bitume brûlant du mois de juin. Ça sent le goudron et les gaz d'échappement, la vigne en fleur et la terre qui a soif. Un oiseau passe dans le ciel et hurle à vous déchirer les tympans. C'est un corbeau géant, annonciateur de mort. S'ensuit un court moment de silence, une trêve. Le véhicule roule à la limite autorisée, les gamins surexcités par le voyage se chamaillent, debout sur leur siège, l'institutrice gronde, son assistante essaie, tant bien que mal, de calmer les enfants en leur chantant une comptine, au milieu de l'allée. Et soudain, les pneus éclatent. Le chauffeur appuie de ses deux pieds sur la pédale de frein, essaie de contrôler le volant qui semble animé d'une vie propre et tourne sans aucune logique. Les enfants hurlent, les femmes aussi. Puis c'est la chute. Les tonneaux.

Le bruit de la tôle qui racle le bitume, se déchire et arrache tout sur son passage.

Nicolas se réveilla en hurlant. C'est à peine si Déborah sursauta. Couchée sur le dos, à côté de lui, une main plaquée contre les barreaux du lit, elle resta impassible, yeux grands ouverts sur le plafond. Comme si elle se moquait de sa souffrance, des fantômes qui ne cesseraient de le hanter que lorsqu'il serait enfin en enfer...

— *Encore ce cauchemar...*

— *Je sais.*

— *Je suis malade, Déborah, je sens que quelque chose ne va pas chez moi... J'ai besoin de toi.*

— *Je sais.*

Encouragé, il lui caressa un sein, posa sa tête sur elle... Dans l'espoir qu'elle le console. Mais Déborah n'esquissa pas le moindre geste ni ne dit un mot.

Plus que le rêve, voilà ce qui l'a mis de mauvaise humeur.

La jeune femme le sait pertinemment, mais si elle est désormais contrainte de dormir avec lui et de le laisser la toucher, il n'aura rien d'autre que son corps.

À présent Déborah finit de donner le bain à Emma qui se mure de plus en plus dans le silence. Il faut dire que parler est encore douloureux pour la petite qui s'est entaillé les lèvres avec un morceau de verre. Évidemment, Déborah s'est fait un plaisir de le reprocher à Nicolas. S'il n'avait pas décidé de la violer ce jour-là, laissant la petite au milieu des tessons, Emma n'aurait pas eu le loisir de les porter à sa bouche. Déborah frissonne en imaginant ce qui aurait pu se passer si elle les avait portés à ses yeux...

— C'est de ta faute !

Dans la pièce à côté, Nicolas a presque hurlé. La jeune femme sursaute. A-t-il lu dans ses pensées ?

— Tu m'as piégé, poursuit-il, j'ai fait tout ce que tu m'as dit et je me retrouve prisonnier dans ce trou à rats. Ça va mal finir, je le sens, et ce sera à cause de toi, parce que tu n'as pas respecté ta part du contrat !

— Nicolas ? interroge-t-elle.

Déborah sort la petite du bain et l'enveloppe dans une serviette.

— Tu crois que tu vas t'en sortir en jouant les victimes ? C'est quoi ton truc ? Tu veux me faire porter le chapeau ? Dire que c'est moi qui suis fou, c'est ça ? Ah ça, tu as la part belle ! C'est moi qui fais tout le sale boulot ! Mais je suis plus malin que tu crois ! Des preuves contre toi, il y en aura. Et si je plonge, tu plongeras aussi.

— Non mais à qui tu parles comme ça ? s'écrie-t-elle en frictionnant sa nièce.

Nicolas s'exprime de cette voix étrange qu'ont les hommes ayant perdu le contact avec la réalité.

— À ton avis ?

Nicolas titube dans l'embrasure de la porte, un téléphone portable dans la main gauche. Ses yeux sont injectés de sang, il a l'air d'un fou, d'un moribond en sursis… Oui, à bien y regarder, il fait peur à voir. Et Déborah a peur.

Au Quai des Orfèvres, Sacha est hors de lui.

— Putain, mais je suis le seul à trouver ça louche que Nicolas Pennac ne réapparaisse pas ?

— Calme-toi, Sacha, lui intime Alex.

— Me calmer ? Ce type a une gamine avec lui et c'est un camé… Sans parler du fait, puisque tout le monde s'en fout, qu'il séquestre peut-être Déborah, voire l'a tuée.

— L'enquête suit son cours. On a ratissé les environs.

— Je veux un mandat d'amener contre Nicolas Pennac.

Le commissaire Toussaint soupire. Sacha sait aussi bien que lui que ce mandat ne peut viser qu'une personne déjà tenue pour auteur ou complice de faits avérés.

— Alors on le fout en garde à vue ! Je le ferai parler. Au moins, lui n'a pas les moyens de se payer les honoraires de maître Lojong !

Toussaint a peur d'une bavure, d'un vice de procédure, il sait que Sacha est borderline, mais il sait aussi que plus les jours passent, plus les chances de retrouver Laura et Déborah s'amenuisent. Alors, de guerre lasse, il accorde à son commandant la permission d'arrêter Nicolas Pennac.

— Reste à savoir où il est, ajoute le commissaire.

— Je vais aller rendre visite à son complice, et cette fois-ci je ne le lâcherai pas tant qu'il ne se sera pas mis à table.

Enfin les choses vont bouger un peu. Sacha se réjouit à l'avance de son entrevue avec David Pennac. Il espère de tout cœur que l'homme résistera, histoire de lui faire passer l'envie de se payer sa tête.

Sacha se gare derrière la voiture de son collègue en faction et le salue.

— Tout roule ?

— Affirmatif, mon commandant. Rien à signaler.

Eh bien ça ne va pas durer. Action prévue dans moins d'une minute ! Mendel sonne à la porte de Pennac. Pas de réponse. Il sonne à nouveau, insiste, jette un œil à l'officier qui lui signifie ne pas comprendre pourquoi la porte ne s'ouvre pas. N'y tenant plus, Sacha enroule sa main dans la manche de sa veste, et la passe à travers une fenêtre. En trois coups de poing, il a complètement enlevé le verre. Il se faufile dans l'ouverture et appelle Pennac.

Mais force est de constater que l'homme n'est pas là. Mendel ressort par la porte d'entrée et demande à l'officier d'alerter le 36.

— Il s'est enfui, espèce de branleur !

Hors de lui, Sacha retourne dans la maison à la recherche d'un indice, pistolet à la main. Rien. Aucune trace de David Pennac. Dans la cuisine, une porte est restée ouverte. Il actionne un interrupteur et descend prudemment l'escalier qui le mène vers ce qui doit être une cave. L'odeur est immonde. Ça sent le moisi, le renfermé, les cadavres dans le placard. Il utilise la lampe de son téléphone pour balayer les murs et le sol d'un faisceau lumineux. C'est infesté de champignons. Il avance prudemment vers un coffre ouvert récemment et tombe sur le journal que David a laissé là.

DRAME À L'ÉCOLE SAINTE-MARIE.

> Vendredi matin, alors qu'ils étaient en route pour leur voyage de fin d'année, les élèves de l'école Sainte-Marie ont été victimes d'un terrible accident. Le bus qui les conduisait à Biarritz a quitté la route à peine un quart d'heure après le départ de l'école et est allé s'écraser trente mètres plus bas. Les pneus du véhicule auraient éclaté après avoir rencontré un obstacle sur la route. Le bilan est très lourd : vingt-trois blessés dont un grave et un enfant décédé. La petite Zoé Freitas, cinq ans, a été tuée sur le coup. Une enquête a été ouverte.

Il s'agit d'une école voisine de celle qu'ont fréquentée les frères Pennac et l'accident a eu lieu à quelques mètres de chez eux. Ça ne peut pas être une coïncidence, et si cet article ressort aujourd'hui, il y a forcément une raison. Surexcité par la possibilité d'avoir peut-être enfin un début de piste, Sacha prend immédiatement contact avec le commissariat de Bordeaux pour avoir une copie de l'enquête.

— Faxez-le-moi s'il n'est pas numérisé… Ce sera plus simple. Merci !

Le commandant ressort de la maison pour foncer au 36, sirène hurlante, gyrophare sur le toit.

Le commissaire Toussaint manque avoir une crise cardiaque en le voyant débouler dans son bureau.

— Et si j'avais tout faux ? demande-t-il à Alex. Si, depuis le début, les Pennac étaient innocents et victimes d'une terrible vengeance : celle des parents de la petite décédée dans le bus ? Les Freitas auraient juré de détruire leur famille comme les Pennac ont détruit la leur…

Bien sûr, il faudrait d'abord s'assurer que les deux frères étaient bien à l'origine de cet accident mais l'instinct de Sacha lui dit qu'il est sur la bonne voie.

— Après toutes ces années, ça ne tient pas vraiment la route, tempère le commissaire.

Sacha en a conscience mais pour l'instant c'est tout ce qu'il a. Il jette des coups d'œil anxieux au fax qui ne se déclenche toujours pas. N'y tenant plus, il rappelle ses collègues bordelais.

— On vous envoie le dossier dès qu'on peut…, s'entend-il répondre. La machine est en panne, là.

— J'ai besoin d'avoir des éléments rapidement, bordel !

— Je peux toujours vous les donner par téléphone, en attendant. Vous voulez savoir quoi ?

— Quelles ont été vos conclusions ? C'était bien un accident ?

— Difficile à dire. On n'a jamais su si ce qui avait fait éclater les pneus avait été déposé intentionnellement sur la route ou se trouvait là par hasard.

— Il n'y a eu aucun suspect à l'époque ?

— Si, des gamins. Les fils Pennac, enfants de riches vignerons…

Sacha Mendel jubile. Il tient enfin un minuscule morceau de fil et il ne le lâchera pas. Pour la première fois depuis le début de son enquête, il a le sentiment de pouvoir enfin défaire la pelote.

— Ils ont été interrogés ?

— Oui mais ça n'a rien donné. Leur mère a déclaré qu'ils étaient restés avec elle toute la soirée précédant le drame. Et la journée ils étaient à l'école.

— Les profs ont pu l'attester ?

— Ce n'est pas dans le dossier. Je suppose que oui.

— Que sont devenus les parents de la petite Zoé ?

— Ils sont partis peu de temps après.

— Vous savez où ?

— En Australie. Ils ont refait leur vie là-bas.

— Ils avaient les moyens ?

— Pas vraiment. Il était maçon et elle femme de ménage…

La mère Pennac a sûrement dû participer aux frais, afin d'étouffer définitivement l'affaire. Il faudra retrouver les mouvements bancaires de l'époque pour en avoir la confirmation. Appeler aussi Interpol pour s'assurer que les Freitas sont toujours là-bas. Parce que si c'est le cas, alors la théorie de Mendel ne tient plus…

Sur la route sinueuse qui longe le domaine Pennac, la voiture que David a « empruntée » fonce à vive allure. Enfin, elle ralentit avant de se garer sur le bas-côté. David bondit du véhicule et dévale la pente en direction de la maison abandonnée. Il se fraye un chemin dans les ronces, se tord les chevilles à plusieurs reprises, et atteint ce lieu maudit où il ne pensait jamais revenir. Il prend soin de ne pas regarder le sol, de peur de tomber sur des débris de bus… Et, il pénètre prudemment dans les ruines qui n'ont pas tant changé que ça.

— Nicolas ! Déborah !

Il crie leur nom à s'en faire péter les cordes vocales, quand soudain quelque chose le fait taire. Sur le seul mur encore entier, une photo. Celle de son frère et lui, prise à l'époque de l'accident. Au-dessus de la photo, en lettres rouges, un tag sans équivoque.

NOUS SOMMES COUPABLES,
NOUS ALLONS PAYER.

Ces quelques mots, ce « nous » sonnent comme un aveu de folie. Nicolas n'a pas pour but de briser son frère, comme il l'imaginait. Il est entré dans un délire de culpabilité si fort qu'il estime devoir payer son crime et le faire payer aussi à David.

— Mon petit frère ! T'es fou, oh mon Dieu ça t'a rendu fou ! Qu'est-ce que tu as fait à Déb ! Putain ! T'es où, t'es où ?

David a beau crier, ni Dieu ni les putains ne lui répondent. Il prend alors son téléphone et le rallume, mais il n'y a aucun réseau dans cette cuvette. Il remonte péniblement la pente, à la recherche des quelques barres qui le relient au reste du monde, et dès qu'il capte, essaie d'appeler son frère, tombe encore sur le répondeur. David s'effondre sur le bitume, se prend la tête entre les mains et pleure, crie. Il laisse un message presque incompréhensible où il supplie Nicolas de ne pas faire de mal à Déborah, où il se propose de prendre sa place... Sa place... Une place pour une autre... David pousse un cri. Soudain, il se rappelle d'un élément qui l'a choqué, lorsqu'il était au Quai des Orfèvres avec son avocat, mais qu'il a vite occulté, encore trop sonné pour réagir. Comment a-t-il pu être confus au point d'en faire abstraction ? Le jour de la fin de sa garde-à-vue, Mendel a fait référence à une maison dans l'Oise alors que, s'il ne se souvient pas des coordonnées précises de la demeure, David est en revanche certain de s'être rendu en Bretagne ! Si seulement il se rappelait l'adresse de cette maison où le drame s'est joué. Cependant il a beau forer sa mémoire, rien ne transperce le brouillard. La dernière chose nette dont il se souvienne, c'est d'être monté en voiture avec sa femme. Il ne sait plus quoi faire ni où aller. Il est seul, sans personne sur qui compter. Que va devenir Déborah ? David secoue énergiquement la tête pour ne pas y penser. Ses mains agrippent le sol rugueux, il se replie sur lui-même, dans une pitoyable tentative de prière à un Dieu auquel il ne croit pourtant pas. Il n'a jamais cru qu'en lui-même, et lui-même c'est ça : une coquille vide, un imposteur incapable de protéger sa femme ou d'assumer ses actes, un couard qui sanglote sur une route de province sans aucune perspective d'influer sur le cours de sa vie. Tout ce qui lui vient c'est ce « Pourquoi ? » qu'il répète comme une litanie, bouche déformée par les pleurs, yeux tournés vers un ciel qui l'écrase de chaleur.

Quand soudain ses cris sont stoppés net. La sonnerie de son téléphone vient de l'alerter d'un SMS. Il essuie ses larmes d'un revers de manche et découvre, horrifié, le message provenant du téléphone de son frère.

7

NERVEUX, IRRITABLE, SACHA MENDEL est comme un lion en cage depuis qu'il a passé son dernier appel au commissariat de Bordeaux. Tout va trop lentement à son goût, comme si on lui avait passé le film de l'enquête à la mauvaise vitesse. Ce qui le stresse le plus, c'est ce sentiment d'impuissance, cette obligation d'attendre qu'il y ait du nouveau, n'importe quoi, pour enfin agir. D'être tributaire d'un détail, d'un témoignage jusque-là incomplet qui apporterait une nouvelle pièce au puzzle, d'un indice oublié, d'une erreur que pourraient commettre les suspects. Aussi, lorsque le capitaine Fialaix débarque brusquement dans son bureau et se fraye un passage dans le nuage de fumée sans même songer à lui faire un reproche, Sacha comprend immédiatement qu'il y a du nouveau.

— Ils ont rallumé leur téléphone.

— Les cons ! Oh mais les cons !

Sacha n'en croit pas ses oreilles. Il espérait une faute, certes, mais pas aussi grossière que celle-là ! Ils doivent se croire vraiment intouchables ! Grand bien leur fasse.

— Ils sont où, alors ?

— Ils ne sont pas ensemble, répond Fialaix. David Pennac est actuellement entre Angers et Le Mans et…

Le capitaine est interrompu par le téléphone de Mendel. Sacha l'attrape et s'apprête à rejeter l'appel, mais le numéro lui est familier…

— Commandant Mendel ?

Cette voix, Sacha connaît cette voix. Faible, lasse, dépouillée de son arrogance habituelle… mais il la reconnaît ! C'est la voix de…

— David Pennac. Il faut m'aider, commandant. Il faut m'aider.

— David, où êtes-vous ?

Laurent Fialaix griffonne quelques mots sur un papier et le tend à Sacha : « Son frère est en Bretagne. On affine la localisation et je te préviens dès qu'on les a logés. » Le commandant opine du chef tandis que son collègue quitte la pièce.

— C'est lui… C'est lui depuis le début, se lamente David au bout du fil.

— Qui ça, votre frère ?

— Oui. Il a tout manigancé depuis le début. Rien n'était vrai… Tout ce qu'il voulait c'était me détruire… Mais pourquoi s'en prendre à Déborah, elle n'y est pour rien ! Oh mon Dieu, c'est de ma faute… Je vous en prie, il faut la sauver !

David sanglote, suffoque, il est si confus dans ses propos qu'on pourrait le croire fou – autant que sincère. Mais Sacha n'est pas dupe. Pennac sent que les choses lui échappent, que l'étau se resserre sur lui et que son complice a l'intention de le doubler. C'est la seule raison pour laquelle il appelle aujourd'hui.

— Alors dites-moi où elle est !

David Pennac se mord la main, de rage et d'impuissance. Comment faire comprendre à ce flic qu'il est innocent ? Que pour le bien de Déborah il faut cesser de lui faire un procès à charge, au faciès, juste parce que sa tête ne revient pas à Mendel ou que sa femme le séduit un peu trop. Car même lorsqu'il était pris dans une tourmente qui lui semble désormais dérisoire en comparaison de la disparition de la jeune femme, David a bien remarqué comment le policier la regardait. Et il a compris que sa motivation à la retrouver allait bien au-delà de la simple conscience professionnelle.

— Je sais que vous ne me croyez pas et que je ne vous ferai pas changer d'avis à mon sujet, mais pour elle, pour Déborah, ne négligez pas la possibilité que je dise la vérité. S'il vous plaît.

Change-t-il de tactique ou bien David Pennac est-il vraiment sincère ? Il y a des accents d'honnêteté dans ses mots, une sorte de désespoir qui transparaît dans ses soupirs, au point de soudain faire douter Sacha. Mais comment croire un homme dont le métier est de vous apprendre à mentir ?

— Je ne néglige aucune piste, surtout pas celle que je privilégie, à savoir que vous êtes complices, votre frère et vous. Pour une raison qui m'échappe, vous avez décidé de vous débarrasser de vos épouses respectives et imaginé un crime parfait, que l'un accomplirait pendant que l'autre se forgerait un alibi.

— Mais c'est ridicule ! Si on avait décidé d'être complices, on ne se serait pas montrés ensemble en public après huit ans sans se voir ! Putain ! mais vous ne comprenez pas que Nicolas est complètement fou ?

— C'est exactement ce qu'il dit de vous...

S'il n'était pas aussi inquiet, David croit bien qu'il éclaterait de rire. Il secoue la tête et, relâchant pour quelques secondes son attention de la route, manque percuter une voiture qui le klaxonne furieusement. Il inspire lentement et décide de tout reprendre à zéro.

— Il a toujours été habile pour faire accuser les autres à sa place. C'est un manipulateur-né, il est naturellement doué pour tromper son monde, faire croire n'importe quoi à n'importe qui.

— S'il était plus doué que vous, c'est lui qui ferait des conférences à votre place, non ?

— Il lui a toujours manqué une chose : la pugnacité. Moi j'ai dû me battre contre un handicap. Ça m'a donné une volonté qu'il n'a jamais eue. Tout a toujours été facile pour lui. C'était un joli garçon, charmant et charmeur. Moi j'étais le vilain petit canard, le suiveur apeuré trop lâche pour refuser d'être dans ses mauvais coups.

— Arrêtez, vous allez me faire pleurer !

Bien sûr, David ne s'attendait pas à ce que Mendel le croie. Il sait qu'il est difficile de l'imaginer en gamin introverti et mal dans sa peau. Et si, lors de ses conférences, il s'amuse de l'étonnement de son auditoire et en joue, aujourd'hui il maudit ce chemin qu'il a parcouru et le fait paraître si éloigné du gamin qu'il était.

— Vous savez ce que je pense ? poursuit Sacha. Je crois que vous êtes complètement détraqués, tous les deux : vous étiez déjà des enfants dégénérés et vous n'avez pas changé. Votre folie n'égale que votre haine des femmes et, pour une obscure raison seulement concevable par vos esprits pervers, vous avez décidé ensemble de vous en prendre à Laura et Déborah, comme à des jouets dont on ne veut plus et qu'on détruit par simple plaisir sadique, de même que vous avez orchestré l'accident du bus scolaire pendant votre enfance.

— Le bus ? Comment êtes-vous au courant ? s'étonne David.

— Osez nier que vous êtes à l'origine de ce carnage ?

— Je ne le nierai pas.

Le commandant Mendel, qui était prêt à poursuivre le pugilat, est stoppé net dans son élan. A-t-il bien entendu ? Pennac vient-il d'avouer ce qu'il cache depuis toujours ?

— Vous pouvez répéter ?

David Pennac prend une longue inspiration, sa décision est prise. Puisque c'est ce drame qui est à l'origine de tout, puisque c'est sa lâcheté, son incapacité à reconnaître son crime qui ont mis sa femme en danger, alors, pour la première fois de sa vie, il va cesser de mentir à ce sujet. Parce que la vérité, si elle le met à terre, peut sauver Déborah.

— Vous avez parfaitement compris. Mais laissez-moi vous raconter exactement comment les choses se sont passées...

Et David se replonge dans son enfance, conduisant comme un automate, sans prendre la peine de lire la pancarte indiquant qu'il arrive dans la banlieue du Mans.

Nicolas avait toujours été plus précoce que lui et tandis qu'à quinze ans David était encore un petit garçon féru de jeux électroniques, son cadet commençait à s'intéresser aux filles. Il avait ce charme et ce bagout qui feraient de lui un tombeur, une fois adulte. Mais Nicolas était impatient. C'était un enfant capricieux qui supportait mal la frustration. Il avait des envies d'ailleurs, des fantasmes de sexe glanés ici et là, au détour d'un porno regardé en cachette quand leur mère dormait ou de catalogues de lingerie qu'il lui empruntait. Il ne se considérait pas comme un gamin et entendait bien qu'on le traite en adulte. Aussi, quand il s'entichа de France Lapierre, la jeune étudiante venue faire son stage d'institutrice en maternelle, alors que lui était en classe de cinquième, il ne comprit pas qu'elle lui rie au nez.

— *Peut-être dans quelques années ?* lui répondit-elle gentiment.

— *Mais nous n'avons que huit ans d'écart !*

— *Ce serait du détournement de mineur, Nicolas.*

— *Mais je suis consentant, c'est même moi qui te le propose.*

— *Tu vas commencer par me vouvoyer, et en plus sache que je ne suis pas pédophile ! J'aime les hommes, pas les petits garçons.*

— *Je ne suis pas un petit garçon !*

— *Si. Et si tu continues d'insister, je vais te présenter mon copain, qui te montrera ce que c'est, un homme.*

On ne déteste jamais aussi bien que ceux qu'on a un jour aimés. Le béguin du garçon se transforma progressivement en rancoeur, puis en détestation, et finalement en une haine si farouche qu'elle ne pouvait avoir été provoquée par la seule jeune femme. En réalité, France Lapierre cristallisait toute la détresse et la frustration d'un enfant en mal d'amour parce que sa mère n'avait pas su l'envelopper de tendresse. Les sautes d'humeur de Muriel Pennac et le rejet de ses fils avaient provoqué en eux une défiance des femmes : ils n'étaient qu'un grand gouffre affectif, avides de tout ce qui pourrait le remplir. Rien n'est plus redoutable que cette faim-là, rien n'est plus dangereux que celui à qui on a refusé ne serait-ce que des miettes de chaleur. Nicolas n'avait plus qu'une idée en tête : se venger. De France, des femmes, de sa mère, qui les résumait toutes.

— Les clous sur la route, reprend David, c'était son idée. Il savait qu'elle accompagnerait les petits à Biarritz, ce jour-là. Il ne supportait pas l'idée qu'elle s'amuse loin de lui et voulait juste que les pneus crèvent pour empêcher le voyage. Je n'étais pas très chaud pour le faire, car j'avais bien envisagé que le bus se renverse, mais Nicolas s'est moqué de moi et m'a dit qu'on devait être solidaires… Alors j'ai fini par accepter.

France Lapierre se sortit de l'accident avec quelques ecchymoses et une grosse frayeur. Le bilan fut plus lourd pour les enfants. Si on trouvait l'auteur de ce geste, il aurait à répondre de ses actes devant la justice. Nicolas, qui le savait pertinemment, devint agressif, paranoïaque… Son mauvais tour avait tué une petite fille. Il s'en voulait terriblement, bien sûr, mais il était surtout paniqué à l'idée d'être démasqué.

— C'est lui qui a mis le feu à la maison pour détruire nos bulletins d'absence le jour de l'accident…

— Pourquoi vous accuser à sa place ?

— Sur le coup, je ne me souvenais plus de ce qui avait déclenché l'incendie. Les psychiatres ont parlé de *choc post-traumatique* : je ne me rappelais rien et j'avais à peine le sentiment d'être vivant. Et puis, quand ça m'est revenu, j'ai eu peur. Peur de Nicolas. D'une certaine façon, ce feu m'a sauvé. Grâce à lui, j'ai compris que j'aimais la vie, que j'avais en moi une force, un élan qui me poussait à fuir cette famille de fous. Alors, j'ai saisi l'opportunité, presque sur un coup de tête. Je me suis accusé de l'incendie à la place de mon frère et j'ai demandé à ma mère de m'envoyer en pension à l'étranger. Bien sûr, elle a sauté sur l'occasion, trop contente d'avoir un *problème* de moins dans sa vie ! Et c'est en m'éloignant de ma famille que j'ai pu devenir enfin moi-même, me rendre apte à l'amour... Et j'aime Déborah...

— Aussi fort que vous la frappez ? le provoque Sacha.

— Je n'ai jamais levé la main sur elle.

— Comment expliquez-vous les marques sur ses bras ?

— Elle m'a dit qu'elle était tombée... Mais c'est vrai que je l'ai un peu bousculée quand j'ai découvert la lettre de l'avocat, et la peau de Déborah marque vite.

— Quel avocat ?

David ne répond pas. Il se demande soudain si ces marques n'étaient pas plutôt celles des coups de Nicolas. Peut-être avait-il commencé à lui faire du mal alors qu'il était sous son toit... Mais pourquoi ne lui aurait-elle rien dit ? Quel chantage odieux son frère lui faisait-il pour qu'elle se taise, ne dise rien à l'homme qui l'aime plus que sa vie ?...

Fialaix fait irruption dans le bureau de Sacha en tirant une tête de dix pieds de long : Nicolas Pennac a coupé son téléphone avant qu'on puisse le localiser précisément. Sacha se fait violence pour ne pas hurler. David est désormais son seul lien avec Déborah, il ne doit pas le rompre.

— David, dites-moi où est votre femme.

Ainsi le policier ne le croit pas. Il a raconté tout ça pour rien... David sent les larmes lui monter aux yeux et ne fait rien pour les retenir...

— Vous nous pensez toujours complices, n'est-ce pas ? Mais vous ne comprenez pas que c'est ce qu'il veut que vous croyiez, tous ?

— Comment ça, tous ?

— Avant de repartir de Bordeaux, j'ai reçu un message de son téléphone.

— Nous avons vu qu'il l'avait rallumé, en effet.

— Vous savez où il est ?

— En Bretagne. Nous ne connaissons pas les coordonnées exactes.

— En Bretagne ?...

Bien sûr qu'il est là-bas, depuis le début ! Mais s'il n'a pas bougé, Nicolas les a en revanche tous bien baladés, prétendant être parti camper avec sa fille. David hésite à révéler à Mendel ce que son avocat l'avait empêché de dire au sujet de la maison de l'Oise, cette maison désignée par son frère pour brouiller les pistes. Le policier le croira-t-il seulement ? Il y a des chances, puisque son téléphone a été localisé en Bretagne. Et puis, il n'a pas le choix, c'est le moment de jouer cartes sur table s'il veut avoir une chance d'être pris au sérieux, et de venir en aide à sa femme. Alors David Pennac prend une grande inspiration et déballe tout ce qu'il sait, le peu qui lui revient en mémoire.

— Mais pourquoi vous ne l'avez pas dit plus tôt ? explose Mendel.

— M'auriez-vous cru ?

Honnêtement, non. Sacha doit bien l'admettre. Mais aussitôt, une foule de questions lui viennent à l'esprit.

— Vous avez loué cette maison ?

— Non, elle appartient à des amis d'amis, d'après ce que m'en a dit Déborah... C'est elle qui s'est occupée de récupérer les clés. Je me dis à présent qu'elle en a eu connaissance par Nicolas. Il lui aura indiqué pour nous tendre un piège... Il faut que je me rappelle où c'est, putain !

David bifurque en direction de Saint-Brieuc, espérant que l'itinéraire lui revienne une fois sur la bonne route.

— Vous disiez que votre frère vous avait envoyé un SMS ?

— ...

— Eh oh !

David sursaute. Le flic vient de lui exploser le tympan.

— Quoi ?

— Le SMS de votre frère, il dit quoi ?

— Il vient de son téléphone, mais il n'est pas de lui...

— Déborah ?

Oui. Déborah. Et s'il est soulagé de la savoir encore en vie, David est dévasté par ce qu'il a lu.

Je t'en supplie, David, dis à Nicolas de me relâcher.
J'ai peur. Je te jure que je ne dirai rien, que je partirai loin.
Tu n'entendras plus jamais parler de moi.
Déborah.

Ainsi donc elle croit son mari complice de son enlèvement. Mais comment peut-elle penser ça, quand elle sait à quel point il l'aime ? À bien y réfléchir, cela faisait plusieurs semaines que Déborah le regardait différemment, comme s'il lui faisait peur.

— Je crois que Nicolas lui a monté la tête. Il a fait en sorte qu'elle me craigne, qu'elle me déteste pour mieux le suivre... Déborah est cand...

David s'interrompt soudain. Quelque chose vient de lui revenir, une image, floue, incertaine... Mais un morceau de souvenir, c'est sûr. Il voit une maison... *La* maison ! Elle est au bord d'une falaise, il y a du vent et... ce toit si particulier à la couleur étrange...

— David, qu'est-ce qu'il y a ? Pourquoi vous ne dites plus rien ?

— La maison...

— Vous savez où elle est ?

— Je crois que oui.

— Donnez-moi l'adresse.

— Vous pensez toujours que je suis le complice de mon frère ?

Évidemment que Sacha le pense toujours. Nicolas a dû décider de garder Déborah pour lui et de ne pas la tuer, et ce SMS que la jeune femme a envoyé à son mari est en réalité une preuve accablante contre lui. Alors il a raconté une jolie histoire pour rendre tout cela cohérent mais le commandant n'est pas dupe. Loin de là.

— Non, je crois que vous êtes innocent, ment-il pourtant.

— D'accord, voilà l'adresse.

Mendel note le lieu quand il est interrompu par un bip de son téléphone. Il vient de recevoir un MMS de Gabriel Strano. Curieux, le commandant l'ouvre et blêmit en voyant la photo qui s'affiche sur l'écran. Et si la voiture de David fonce sur la route en dépassant allègrement la limitation de vitesse, s'il est fébrile et se répète inlassablement : « J'arrive, j'arrive, bébé, j'arrive... J'arrive, j'arrive, bébé, j'arrive... J'arrive, j'arrive, bébé, j'arrive... », Sacha, lui, est tétanisé. Pour lui, impossible de foncer en Bretagne : il a quelque chose à faire avant. C'est à contrecœur que le commandant envoie une équipe à sa place, mais il n'a pas le choix...

À des kilomètres de là, dans une maison, perdue au fin fond de la Bretagne, la petite Emma regarde avec de grands yeux apeurés l'outil que son papa a posé sur la table.

— Il l'a mis là pour moi, ne t'inquiète pas, ma chérie.

Déborah sourit à la fillette pour la rassurer, alors qu'elle est morte de trouille, elle aussi.

— Ça sert à quoi ?

Déborah se frotte le visage en tremblant comme une feuille. La petite fille n'a jamais vu quelqu'un trembler aussi fort. Ça lui fait peur.

— Ça sert à couper les mauvaises herbes, ou le grillage... Ça s'appelle un sécateur.

— Ah ? Et pourquoi c'est là ?

— Je... j'ai fait une grosse bêtise et je crois que j'ai mis ton papa très en colère...

— Tu as fait quoi ?

— J'ai utilisé son téléphone sans son autorisation.

— Il va te punir ?

Déborah sent les larmes couler le long de ses joues et laisse échapper un gros sanglot.

— Oui.

— Il va te mettre une fessée ?

— Je ne crois pas... Emma, va dans ta chambre, s'il te plaît. Il revient, tu vois ?

— Non.

— S'il te plaît, ma puce, va jouer de la flûte dans ta chambre, ça me fera plaisir de t'entendre d'ici... Va !

La petite sent bien qu'il ne sert à rien de protester. Elle prend sa poupée et se dirige dans la chambre en traînant les pieds. Elle n'a pas envie de jouer de la flûte, mais aux premiers cris qui lui parviennent de la cuisine, elle décide qu'elle peut bien souffler un peu dans l'instrument, ne serait-ce que pour couvrir les voix.

En entendant les sons stridents, Déborah soupire de soulagement. Autant que la gamine ne comprenne pas ce qu'il se passe.

— Je t'en supplie, arrête ! hurle-t-elle à pleins poumons.

Mais l'heure n'est plus aux négociations. Alors, convaincue qu'elle ne criera plus, quoi qu'il lui en coûte, elle tend doucement sa main gauche sur la table. Son tremblement n'empêche pas le sécateur de se plaquer à la naissance de son doigt, juste en dessous de l'alliance. Les deux lames s'écartent au maximum, restent ainsi quelques secondes aussi longues que l'éternité, et se referment d'un coup sec. Incapable de tenir la promesse qu'elle s'était pourtant faite, Déborah hurle de douleur et perd connaissance.

V

LES AILES DES PAPILLONS

1

LORSQU'IL CHERCHE À TROUVER LA PAIX, Gabriel Strano ferme les yeux et pense à toutes sortes de choses. Il visualise la photo de ses parents, prise à la maternité peu de temps après sa naissance. Son père, la moustache fière et l'œil conquérant, pose une main protectrice sur son fils, premier d'une nouvelle lignée de Strano. Sa mère a l'air épuisé et comblé des jeunes accouchées en serrant fort son bébé contre elle, un léger sourire sur les lèvres. C'est dans une clinique privée de Neuilly-sur-Seine que le petit Gabriel est venu au monde. C'est un fils d'immigrants siciliens, mais pas d'ouvriers en quête d'une vie meilleure, non. Car si ses parents ont fui quelque chose, ce n'est certainement pas la misère.

Lorsqu'il cherche à trouver la paix, Gabriel Strano ferme les yeux et se rappelle la sensation des vêtements impeccablement repassés, toujours à la pointe de la mode, que sa mère lui faisait porter pour aller à l'école. Tenues parfois un peu trop amidonnées, pas toujours très confortables, mais qui procuraient comme un hoquet de joie à son père. Francesco Strano appelait cela ses

« larmes sèches », parce qu'il ne pleurait pas vraiment, en réalité, même si ça y ressemblait un peu quand même. Son fils était sa fierté. Il aurait souhaité fonder une grande famille, mais sa femme et lui ne devaient pas être très féconds puisque aucun autre bébé n'était venu après Gabriel. Giulia préférait imaginer qu'ils ne pouvaient pas concevoir un deuxième enfant aussi parfait que Gabriel, que ça aurait été injuste pour les autres parents. Giulia Strano était, et est toujours, une mère généreuse et aimante, une formidable cuisinière dont les petits plats sont réputés dans tout le quartier. Son fils aime se souvenir des effluves du *ragù* qui mijotait pendant des heures dans sa grosse cocotte en fonte, de ce parfum de tomate et d'huile d'olive, des herbes aromatiques qui lui chatouillaient le nez en libérant leur saveur dans la sauce bouillonnante. Il lui suffit d'y penser pour entendre la musique douce et régulière du ploc-ploc de la préparation…

Lorsqu'il cherche à trouver la paix, Gabriel Strano ferme les yeux et se replonge avec délices dans ces heures insouciantes pendant lesquelles il arpentait les rues du quartier à vélo, avec sa bande de copains. Il lui semble entendre leurs rires concurrencer le piaillement des oiseaux, sentir encore la brûlure d'un genou qui s'écorche sur le sol… Il revit cette ambiance si particulière des soirs où il se faufilait parmi les adultes venus dîner, au milieu des discussions enflammées et dans l'odeur un peu terreuse de l'herbe sèche, pour aller chiper un morceau de gâteau avant l'heure du dessert. Il se rappelle avec émotion la fausse indignation de sa mère qui le sermonnait pour la forme et le laissait repartir avec son butin sucré… La vie lui était douce et facile, Gabriel Strano a eu ce qu'on appelle une « enfance idéale », élevé par un père médecin et une mère artiste peintre. À cette enfance de rêve a succédé une jeunesse privilégiée, « dorée », comme on dit. École privée, rallyes, HEC. La voie royale. Et l'enfant espiègle a tout naturellement cédé la place à un jeune homme charmeur et confiant en l'avenir, fort de cette assurance des gens qui n'ont jamais chuté. De là à dire qu'il s'est ennuyé, lassé des compliments des professeurs qui le trouvaient brillant, des œillades de filles trop faciles pour être vraiment séduisantes, de l'amour étouffant de parents trop pieux à son goût, il n'y a qu'un pas… Que nous franchirons.

Lorsqu'il cherche à justifier son virage à cent quatre-vingts degrés, Gabriel Strano ferme les yeux et se remémore la journée qui a changé sa vie pour toujours. Il est dans sa jeune vingtaine, remonte la rue de Trévise avec ses belles fringues et son sourire séducteur, les filles se retournent sur son passage, les hommes le défient du regard… Il pénètre dans un immeuble, monte des escaliers biscornus quatre à quatre jusqu'au deuxième étage. Une fille aux allures androgynes l'attend sur le palier, l'embrasse, ils font l'amour. Elle est très amoureuse de lui. Lui, il l'aime bien. Pas de sa faute s'il se lasse vite… Elle s'appelle Johanna et est étudiante en sociologie, il ne sait pas exactement à quoi ça va lui servir. Peut-être lui a-t-elle déjà expliqué mais, de fait, il ne l'écoute pas vraiment quand elle parle. Il n'est jamais très présent, bien qu'il en donne parfaitement l'illusion. Il offre des cadeaux, a de gentilles attentions, mais ce n'est que pour mieux masquer son ennui et parfois même se convaincre lui-même qu'il vit quelque chose d'intéressant. Ce n'est pas une tâche aisée, quand on a tout ce qu'on veut, de s'attacher vraiment.

— *Tiens, au fait, j'ai presque terminé mon mémoire ! Je vais enfin être en vacances…*

Johanna vient de rompre le silence post-coïtal dans lequel il aime pourtant s'abîmer.

— *Tu vas pouvoir t'occuper de moi*, la provoque-t-il gentiment.

— Tu *vas pouvoir t'occuper de moi !* le corrige-t-elle en souriant.

— *Il me semblait que je venais de le faire…*

Strano est un brin macho. Un « hétérosexuel de type ringard », aime lui préciser Johanna pour le taquiner. Ça le fait rire, même si ce n'est pas complètement faux. Il l'aime décidément beaucoup.

Pas assez pour l'épouser cependant. Il se mariera à une femme ronde et docile, qui lui donnera de beaux enfants et les éduquera dans les valeurs catholiques chères à ses parents. Et ses maîtresses seront fortes et libérées comme sa petite étudiante un peu garçonne. La fille hausse les épaules et passe un T-shirt informe. Il en logerait trois comme elle, à l'intérieur.

— *J'ai trouvé quelque chose qui pourrait t'intéresser…*

Johanna se dirige vers une des étagères de son petit studio, se hisse sur la pointe des pieds et tend son corps au maximum pour attraper une chemise cartonnée. Le mouvement relève un pan du T-shirt qui découvre la moitié d'une de ses fesses.

— *En effet, ce que je vois est très intéressant !*

— *Tu n'accorderas plus la moindre importance à mon postérieur quand tu verras de quoi il est question…*

— *J'en doute.*

Pourtant, piqué dans sa curiosité, le jeune homme se lève à son tour et, du haut de son mètre quatre-vingt-quatorze, saisit l'objet en question et l'ouvre, sous le regard triomphal de sa petite amie.

— *Alors, ça te la coupe, hein ?*

Elle s'attend à ce qu'il relève la pique et lui prouve derechef le contraire mais Gabriel, à qui ce prénom angélique seyait jusqu'alors parfaitement, ne l'entend déjà plus. Il vient de découvrir le fascinant et excitant secret de famille que ses parents lui avaient caché jusque-là. Bien résolue à rompre le silence, la jeune fille explique comment elle a mis le doigt dessus.

— *Tu sais que mon mémoire porte sur les flux migratoires en Europe au cours du XXe siècle. Comme tu es d'origine sicilienne, je me suis un peu plus intéressée à ton pays d'origine, dans l'espoir de retrouver tes ancêtres.*

— *Et on peut dire que tu les as retrouvés…*

Quelle était la probabilité qu'il découvre ainsi une histoire qu'on lui avait toujours cachée ? Qu'il couche avec une étudiante en sociologie qui s'intéresserait aux émigrations siciliennes dans les années 1970 ? Qu'elle donne soudain un tout autre sens à sa vie et lui apporte enfin le sel qu'il y manquait ? La probabilité était quasiment nulle, et pourtant le miracle venait de se produire. C'est ce jour-là qu'il se mit à croire vraiment en Dieu. Il s'était toujours cru isolé du reste du monde, dans une petite bulle familiale trop confortable pour qu'il gagne un jour en envergure, et voilà qu'il se découvrait l'héritier d'une grande famille sicilienne. Tout lui paraissait désormais si évident ! Pourquoi ses parents avaient quitté le pays, pourquoi ils n'avaient jamais voulu lui parler des membres de leur famille et prétendaient qu'ils étaient tous morts ! Son père avait quitté la Sicile pour fuir la « Famille ». Les Strano faisaient partie de la mafia et bafouaient tous les principes et valeurs auxquels le médecin avait prêté serment.

Gabriel prit un billet d'avion pour Palerme le jour même.

Lorsqu'il cherche à justifier ses choix, Gabriel Strano ferme les yeux et se met dans la peau du jeune homme qu'il était quand il a posé le pied en Sicile. Il revoit encore ce cousin qu'il ne connaissait pas, tenir une pancarte à son nom et le prendre dans ses bras comme s'ils avaient toujours été frères, sans pour autant lui adresser la parole de tout le trajet. Il se souvient du stress et de l'excitation qu'il a ressentis quand ils se sont garés devant l'imposante maison cachée derrière des grilles. Il n'avait jamais éprouvé autant de joie, ne s'était jamais senti plus vivant que quand il rencontra Sylvio, son grand-père. L'homme émit le même petit hoquet – les larmes sèches – que son père quand il aperçut le jeune homme et Gabriel sut qu'il venait de retrouver sa vraie famille, qu'il était ici chez lui. Gabriel, qui avait grandi dans le confort mou de la petite-bourgeoisie parisienne, allait enfin mettre un peu de piment dans sa vie. Drogue, prostitution, trafic d'armes. Il n'est pas un domaine criminel dans lequel la famille ne trempait pas. Les Strano étaient redoutablement bien organisés, leurs ramifications tentaculaires s'étendant dans toute l'Europe.

Lorsqu'il veut se convaincre d'avoir fait le bon choix, Gabriel Strano ferme les yeux et se retrouve au milieu d'enfants, dans une maison vivante et bruyante. Il lui semble sentir encore la moquette épaisse du bureau de son grand-père, quand il l'a foulée la première fois, et redécouvrir les objets hétéroclites meublant la pièce. Un globe terrestre de couleur noire patiné par le temps, des livres anciens à belle reliure partout sur les étagères, des armes d'un autre âge exposées dans des vitrines au milieu des photos jaunies de ses aïeux, des coffres et des malles rapportés des quatre coins du monde. Il y avait aussi un perroquet du Gabon aiguisant son bec sur son perchoir, et un petit cactus à moitié rabougri posé près de l'unique fenêtre. La pièce sentait le cigare et le whisky. Le jeune Gabriel venait d'être propulsé dans un film du *Parrain*. Mais Sylvio Strano ne ressemblait pas à Marlon Brando. C'était un homme d'une soixantaine d'années à l'allure élancée et au regard perçant. Son grand front avait beau être un peu ridé, ses cheveux gris ne l'avaient jamais cédé à la calvitie et son pas restait extrêmement alerte. Il était d'une élégance sobre et sans faute de goût : Gabriel tenait beaucoup de lui. Les deux hommes ne s'y trompèrent d'ailleurs pas et se reconnurent instantanément. Une reconnaissance d'âme à âme, d'une intelligence à l'autre, comme une évidence, une passation de témoin qui coulait de source.

Lorsqu'il se sent un peu vaciller, que ses convictions le mettent à l'épreuve, Gabriel Strano ferme les yeux et se laisse gagner par la chaleur de ses frères de Sicile, par la confiance qu'on lui a témoignée dès son arrivée au pays, où il a passé les deux semaines les plus folles de sa jeune vie. Le jeune homme croyait aux liens du sang et à la loyauté à la famille : il voulait en faire partie et prospérer avec elle. Ses arguments étaient simples. Un fils de médecin qui a côtoyé des artistes toute sa vie grâce à sa mère savait naturellement comment se procurer de la drogue et à qui la revendre. Il lui était donc déjà arrivé de dealer quelques amphétamines auprès de ses camarades de promo ou de peintres en mal d'inspiration, mais s'était toujours gardé d'en consommer : il avait une trop haute opinion de lui-même pour croire que quelques comprimés pourraient le rendre plus génial qu'il n'était. Cela fit sourire son grand-père qui, lui aussi, avait l'impression de contempler un miroir qui lui faisait remonter le temps. L'homme accepta de l'aider et lui donna quelques astuces pour blanchir de l'argent. C'est comme ça que Gabriel découvrit qu'il lui suffisait de racheter les billets gagnants de la Française des jeux auprès de quelques tenanciers de PMU véreux pour écouler ses revenus illicites. Soutenu par sa puissante famille, il se mit donc à dealer du shit, de la coke et de l'ecstasy. Ses revenus augmentèrent rapidement, ce qui n'était pas difficile à justifier à l'âge où on se fait rémunérer au noir pour payer ses études… Études qu'il poursuivit brillamment jusqu'à leur terme et décida de mettre à profit sitôt son diplôme en poche. Il ouvrit un premier commerce de téléphonie, puis un deuxième, puis d'autres, en France, en Sicile, ainsi que dans d'autres pays d'Europe. Ses boutiques changèrent de produits en fonction des modes et poussèrent un peu partout comme des champignons : il pouvait se vanter d'avoir le sens des affaires !

Lorsqu'il veut se convaincre qu'il est un homme bien, Gabriel Strano ferme les yeux et pense à la famille qu'il a fondée. À sa femme et ses enfants, deux beaux garçons. À l'église qu'ils fréquentent assidûment en compagnie de ses parents qui, comme son épouse, ignorent tout de sa double vie.

Gabriel Strano se signe, les yeux toujours fermés. Il est sur une des gigantesques tours de la Défense. Pas dans une tour, sur une tour de presque deux cents mètres de hauteur, l'équivalent d'une cinquantaine d'étages. Sur le toit, tout au bord, à son extrême limite, les talons dans le vide. Il ne tient en équilibre, dos au gouffre, qu'en restant à la fois extrêmement détendu et légèrement crispé. Les pieds écartés à hauteur des épaules, bras levés, paumes en l'air, il a des allures du Rédempteur de Rio. Et c'est en effet comme cela qu'il se voit. Comme un prophète guérisseur qui apaise, voire abrège les souffrances de malheureux qui n'ont pas plus d'utilité pour ce monde morts ou vifs. Il se considère comme un passeur, un révélateur, un guide spirituel qui précipite les gens vers leur destin, qu'il soit paradisiaque ou infernal. Son prénom, Gabriel, signifie « héros de Dieu », et il s'en remet régulièrement au Seigneur afin qu'Il décide de le laisser poursuivre sa mission ou de le rappeler à Lui. C'est pour cela qu'il se plie tous les mois à ce petit rituel. Pour laisser la possibilité à Dieu de le relever de ses fonctions…

Gabriel Strano rabat les bras le long du corps et tangue un peu. Le vent souffle fort, aujourd'hui… Peut-être est-ce le moment ? Peut-être n'est-il plus un juste et Dieu va-t-Il le rappeler ? Strano tangue de plus en plus. Si quelqu'un surprenait cette scène, il pourrait le croire suicidaire, paniquer, hurler, le faire sursauter et tomber. Mais Gabriel prend toujours grand soin que personne n'assiste à ses discussions avec le Divin. Cela peut durer une dizaine de minutes, souvent plus, parfois moins. Et puis soudain, lorsqu'il estime avoir été épargné, il prend appui sur son pied gauche, envoie la jambe droite en avant, et, le plus naturellement du monde, s'éloigne de la mort comme s'il ne l'avait jamais frôlée.

Un pas, deux pas, cinq. Strano ouvre les yeux et fait signe à ses hommes de faire venir son invitée. Les deux molosses ouvrent la porte métallique qui mène au toit et en sortent la femme ligotée. Elle hurle, yeux exorbités noyés de larmes, mais ses cris sont étouffés par un morceau de tissu.

— Enlevez-lui son bâillon.

Un des sbires s'exécute et le donne à l'homme qui lui tend la main. La femme se met à hurler, supplier… Strano n'y prête aucune attention.

— C'est sa culotte ?

— Oui.

— Bien. J'aime l'idée qu'elle meure ainsi qu'elle a vécu : comme une salope.

La femme se débat de plus belle, sanglote, implore sa pitié.

— Je vous en supplie, je ne comprends pas ! Je ne vous ai rien fait !

— Je sais.

— Pitié ! Détachez-moi !

Strano fait signe à ses gars de s'exécuter. Comme il le leur avait demandé, les hommes n'ont pas trop serré les liens en tissu pour éviter qu'elle garde des marques sur les poignets.

— Merci, merci ! Je ne dirai rien… c'est promis.

— Je sais.

Un seul regard et les hommes de main comprennent qu'il est temps. Ils saisissent la femme et s'approchent du bord, puis la balancent pour prendre de l'élan. Gauche, droite, gauche, droite…

— Pitié ! Je ne vous connais même pas !

Hystérique, elle voudrait parvenir à se débattre, à se libérer de l'emprise de ces hommes pour qui elle n'est rien d'autre qu'un paquet dont il faut se débarrasser. Elle aimerait pouvoir le faire et bondir loin de ce gouffre auquel on la condamne, mais elle n'en fait rien. Elle est tétanisée, au point qu'elle a l'impression que ses forces l'ont complètement désertée. Elle ressent cette espèce de chatouillement qu'on éprouve dans les montagnes russes, au moment où on amorce la chute et qu'on a la sensation que tous les organes tentent de s'échapper du corps. Ses mains cherchent désespérément à accrocher les bras d'un de ses bourreaux, ses yeux fouillent les regards indifférents à la recherche d'une hésitation, d'une possible compassion. Mais rien. Il n'y a rien que le vide tout autour d'elle. Elle est seule, elle est quantité négligeable dans les mains de ces hommes. Et elle va mourir. Les hommes prennent leur élan une dernière fois, comme avec un vulgaire sac de farine et la jettent enfin dans le vide. À peine a-t-elle eu le temps de réaliser qu'ils l'ont lâchée, que la femme perçoit déjà les effets de la chute vertigineuse. Elle les ressent avant de réussir à les interpréter. L'air, aussi dur et lisse qu'un mur n'offrant aucune prise, lui fouette le visage et s'engouffre dans sa bouche grande ouverte, l'étouffe, l'empêche de crier. Elle a l'impression de peser des tonnes, d'avoir des viscères en plomb qui menacent de lui faire exploser le ventre, la font basculer face au sol, comme pour lui faire prendre toute la mesure de ce qui l'attend quelques mètres plus bas. Incrédule, elle espère que c'est un mauvais rêve, qu'elle va se réveiller. Elle ne comprend pas pourquoi, elle ne comprend pas ce qu'elle fait là. Elle ne peut pas mourir, pas maintenant, pas comme ça. Peut-être va-t-elle tout de même s'en sortir ? Peut-être ne mourra-t-elle pas ? Mais si l'esprit réfute encore l'inéluctable, le corps, lui, a déjà compris que c'était la fin. Il ne reste plus qu'une seconde avant que la femme s'écrase sur le sol, quand elle perd connaissance, pour ne plus jamais se réveiller.

Le crâne de la malheureuse se pulvérise sur le bitume comme une pastèque bien mûre, en même temps qu'une goutte de pluie vient s'écraser sur l'épaule de Strano. Un des hommes se précipite vers son patron avec un parapluie pour l'escorter jusqu'à l'intérieur. Strano demande à l'autre de lui passer son téléphone portable pour s'assurer que Sacha Mendel a bien pris connaissance de son dernier message et sourit en découvrant l'accusé de réception. Il se sent en paix, sûr d'avoir fait le bon choix, et n'a plus envie de fermer les yeux pour aujourd'hui.

En bas de la tour, il y a des gens qui crient, d'autres qui pleurent, d'autres qui restent agglutinés avec un air hébété autour du corps disloqué. Certains vomissent aussi. Ce n'est pas tous les jours qu'on assiste à un suicide. Et celui de Charlotte Petitjean, avec sa tête écrasée et sa jupe relevée sur son sexe intact, est, il faut le dire, assez spectaculaire.

2

— VAS-Y ! DIS-LE que t'aimerais bien me voir crever ! De toute façon c'est pas la peine, je le vois dans tes yeux !

Marion Mendel est hystérique. Un doigt accusateur tendu à quelques centimètres de lui, le corps crispé, prête à lui bondir dessus, elle crache son venin comme une vipère enragée. Ses traits sont tellement déformés par la haine que Sacha se demande comment un jour il a pu la trouver belle. Et plus elle s'énerve, plus elle lui crie dessus, moins il la considère comme un être humain, aimable, respectable. Il se détache progressivement des apparences pour voir enfin son vrai visage, celui qu'il devinait mais n'osait croire réel, il s'éloigne de tout ce qui, dans le passé, a pu les unir, et le lien s'étire, s'affine, s'amenuise jusqu'à ne plus exister. Sacha était depuis longtemps au-delà de l'amour, il dépasse enfin le stade de la haine. Marion n'est plus qu'un individu parmi d'autres, un obstacle, une nuisance, un problème qu'il va falloir résoudre.

À l'heure qu'il est, il aurait dû être sur les traces de David Pennac, en route pour délivrer Déborah de ses kidnappeurs, si le MMS de Strano ne l'avait pas obligé à faire ce crochet.

Coupe-papier en cuivre. Confisqué le 3 mai.

Le message était sibyllin mais la photo explicite. On y voyait Marion dans un centre commercial, acceptant une enveloppe d'un homme qu'il a clairement identifié comment un des sbires de Strano. Ainsi donc elle avait accepté de revenir sur ses déclarations à l'IGPN contre une somme d'argent et Strano ne lui offrirait davantage pour acheter son silence qu'en échange du service qu'il exigeait de Sacha : subtiliser un coupe-papier en salle de perquisition. Mendel n'a cependant aucune intention de céder à ce chantage et il va faire changer sa femme d'avis, quoi qu'il en coûte.

— Tu te rends compte du temps que tu me fais perdre, Marion ? Je suis sur une affaire grave, c'est une question de vie ou de mort !

— Je ne t'ai pas demandé de venir !

— Écoute, si ce n'est pas pour moi, fais au moins preuve de compassion pour les innocentes que je dois secourir !

— De la compassion ?

La femme éclate de rire.

— De la compassion ! Comme celle dont tu as témoigné à l'égard de Lionel ?

— Ne parle pas de ce que tu ne comprends pas.

— J'en ai assez compris, l'autre soir. Et pour le reste, ton *ami* Gabriel s'est chargé de tout bien me raconter. Tu n'es qu'une ordure, un fou furieux et tu devrais t'estimer heureux d'être resté dans la nature aussi longtemps.

— Ce n'est pas une raison pour me balancer. D'ailleurs tu n'as aucune preuve alors que j'ai une photo de toi prouvant que tu as accepté de l'argent !

Marion Mendel se penche sur le message que son mari lui montre.

— Tu as une photo de moi prenant une enveloppe, rien d'autre. Ne me prends pas pour une idiote. Ce jeu-là a assez duré. Tu m'as fait assez de mal comme ça.

— De quel jeu tu parles ?

Comment ose-t-elle lui parler du mal qu'il lui a fait alors qu'il s'est épuisé à vouloir l'aider, la comprendre, la sauver de ses idées noires et qu'elle a piétiné toutes ses bonnes intentions, qu'elle n'a opposé qu'une haine froide et vicieuse à ses élans de tendresse pour finir par le mépriser et le traiter avec moins de considération qu'un simple meuble !

— Tu m'as éteinte. Tu as soufflé ma flamme !

— Ta *quoi* ? Mais tu délires, ma pauvre !

— Tu ne te rends compte de rien ? Tu ne sais pas quel calvaire c'est de vivre avec toi ! C'est comme côtoyer un fantôme ! Tu n'es jamais là, jamais vraiment présent à ce qu'il se passe autour de toi. Tu observes, tu analyses, tu fais semblant… Mais au fond ce qui te plaît c'est de tout contrôler, d'avoir la mainmise sur ton entourage jusqu'à lui ôter toute volonté, toute capacité de s'en sortir seul, sans toi… Tu es étouffant, Sacha, tu es omniprésent et tellement culpabilisant avec tes grands discours et ta morale ! Tu te prends pour un sauveur… Mais tu es un gouffre dans lequel on se perd ! Tu n'aimes rien autant que toucher les ailes des papillons pour ensuite leur reprocher de ne plus pouvoir voler !

— Mensonges ! Tu n'es qu'une menteuse qui récite très mal la leçon qu'un salopard lui a soufflée contre une poignée d'euros. Personne ne gobera ces conneries !

— Tu paries ?

Non, il ne parie pas. Il repense à Amélie l'étudiante qu'il n'a pas su sauver, et se demande si, au final, Marion n'a pas raison. Il a mis la jeune fille sous sa protection comme il le fait toujours, lui a dit quoi faire, comment se comporter, a tenu à contrôler son emploi du temps dans ses moindres détails afin de s'assurer qu'elle ne replongerait pas. Résultat, elle est morte. Est-ce parce qu'elle avait le sentiment que sa propre vie lui échappait, qu'elle n'avait plus accès au moindre libre-arbitre ? Sacha ne sait pas, ne sait plus. Le sentant ébranlé dans ses convictions, Marion Mendel enfonce le clou.

— Tu te prends pour un ange de vertu et au nom de ça tu joues les censeurs. Mais tu n'es qu'un mégalomane, une larve qui se prend pour un lion. Et j'ai un scoop pour toi : je me ferai un plaisir d'en rajouter un max pour te charger au procès.

— Salope.

Quand discuter est vain, que les mots deviennent inutiles pour ramener son interlocuteur à des intentions meilleures, restent les actes et les menaces. Sacha saisit une carafe d'eau et en jette le contenu au visage de sa femme.

— Si tu ne fermes pas ta gueule, la prochaine fois ce sera pas de l'eau, à toi de voir.

Le jet froid lui a fait pousser un petit cri. La menace implicite de lui balancer de l'acide a cependant fait taire Marion Mendel plus sûrement que toutes les supplications du monde. Elle le fixe un instant, incrédule, hébétée. Son mari soutient son regard. Elle n'y décèle pas la moindre trace de mensonge, pas d'émotion, si ce n'est peut-être une lueur de défi, comme s'il espérait au fond de lui avoir un prétexte pour mettre ses promesses à exécution. Elle sent soudain ce qui lui restait de cette flamme amoindrie s'éteindre complètement. Elle n'a pas d'autre choix que de le quitter si elle veut lui survivre et se sortir de cet enfer. Aujourd'hui même, elle ira acheter un aller simple pour n'importe où. D'ici le mois prochain elle aura emménagé loin, très loin. Elle refera enfin sa vie et apprendra à se faire confiance. Elle deviendra ce qu'elle aurait toujours dû être et sera libre, heureuse, peut-être.

À la perspective de cette fuite, Marion Mendel sourit. Elle est surprise de voir son mari lui sourire en retour. Qu'est-ce qui peut bien le mettre de bonne humeur ? Elle scrute un instant ce visage jadis aimé, toujours familier, et sent un frisson glacé la parcourir, car elle en est sûre : il sourit à la perspective de la défigurer.

Sacha a quitté une Marion terrorisée et qui ne parlera pas de sitôt à l'IGPN. Il peut donc foncer jusqu'à la maison maudite où Déborah est peut-être encore en vie. Nicolas a rallumé son portable quelques instants, pour envoyer les coordonnées GPS du lieu-dit à son frère. David n'avait pas menti sur l'adresse, un bon point pour lui. La voiture du policier se faufile, sirène hurlante, entre les véhicules du périphérique. C'est l'heure de pointe et les automobilistes s'écartent péniblement pour lui laisser le passage. Sacha peste, s'énerve au volant et balance des noms d'oiseaux à tous ceux qui le ralentissent. Mais en réalité, c'est contre lui qu'il est en colère. Les mots de sa femme résonnent dans sa tête et l'empêchent de se concentrer sur la route, sur la mission qu'il doit accomplir. Et si elle avait raison ? Non, il ne peut, il ne veut le croire. Et s'il sait pertinemment que Marion n'a pas tous les torts dans la déroute de leur couple, il ne laissera pas cette garce lui mettre ce genre d'idée en tête, pas plus qu'il n'autorise Gabriel Strano à jouer avec ses nerfs. Il trouvera un moyen de briser les chaînes qui le relient à ses deux maîtres chanteurs, même s'il doit les briser eux-mêmes avec.

Enfin Sacha roule librement, bloqué sur la file de gauche, pied au plancher. Ce qu'indique le compteur de vitesse n'a aucune espèce d'importance. Il doit avoisiner les deux cents kilomètres-heure, facile. La voiture gloutonne avale les kilomètres comme si les distances n'étaient qu'une vue de l'esprit, le moteur monte dans les tours, couine, vrombit et fait vibrer l'habitacle si fort qu'il pourrait bien se détacher, se dissoudre dans l'air. Mais Sacha ne s'en soucie pas. Pour la dixième fois depuis qu'il a quitté le périphérique, il tente de joindre David. Et pour la première fois depuis deux heures, David Pennac décroche. Lui aussi roule à vive allure, mais pas autant qu'il le souhaiterait. La Mini est loin d'atteindre les performances des voitures de sport qu'il a l'habitude de piloter. Lorsqu'il décroche, Sacha est surpris par le silence au bout du fil au point de lui demander s'il s'est arrêté en chemin.

— Non, c'est une voiture hybride, explique David comme si ce détail était d'un quelconque intérêt.

— Pourquoi vous ne répondiez plus ?

— Vous me croyez coupable.

— Je vous croyais coupable.

— Et maintenant ?

— Je ne sais plus.

— Tu parles !

— C'est un début…

— Nicolas m'a envoyé un SMS me donnant les coordonnées de la maison, au cas où j'aurais oublié *où aller chercher mon paquet*.

Évidemment, Sacha est au courant de ce message, mais il préfère jouer la carte de la prudence et laisser David venir à lui, lui donner l'impression qu'il le convainc peu à peu. Ça ne devrait pas être compliqué, rien de plus simple que de manipuler quelqu'un qui croit tirer les ficelles…

— Vous savez de quoi il parle ? demande Sacha.

— Non. Je vous jure que non.

Il a la voix d'un homme épuisé, à bout.

— OK, je veux bien vous croire, David…

— Dites-moi qu'il ne lui a pas fait de mal, je vous en supplie, dites-le-moi.

— Je l'espère tout autant que vous…

Quelque chose dans la voix du flic dénote une impatience et une peur qui dépassent allègrement ses attributions. À leur simple souffle, leur respiration plus ou moins saccadée, les deux hommes se jaugent, s'apprennent, à l'affût du moindre élément qui devrait les alerter. David sait ce qu'il vient d'entendre : cet homme au bout du fil fera tout pour retrouver Déborah, quoi qu'il lui en coûte.

Parce qu'il en est tombé amoureux. David ignore si ça doit le rassurer ou au contraire l'inquiéter…

— Difficile de ne pas aimer Déborah, n'est-ce pas ?

— Je suppose, répond le flic en se fermant aussitôt.

— Je ne connais pas un homme qui ne l'ait croisée sans tomber sous son charme.

— Alors pourquoi tenter le diable en laissant votre frère s'inviter chez vous ?

— Parce que je me suis surestimé. Parce que j'ai sous-estimé l'impact qu'elle a sur les hommes.

— Elle est belle, c'est sûr.

— Pas seulement. Elle a cette forme de pureté que nous avons tous perdue depuis bien longtemps et qui fait qu'on a envie de s'accrocher à elle pour toujours et de mourir dans ses bras. Elle est l'idéal de chacun, la vierge immaculée et l'amante volcanique à la fois. Les hommes sentent ces choses-là. Cette rareté, ce cadeau du ciel qu'on nomme la *grâce*.

David sourit. Malgré la peur, malgré l'horreur, et cet horrible pressentiment qui ne le lâche pas, il sourit à l'évocation de Déborah, au souvenir de la douceur de sa peau, de son rire mélodieux, de ses yeux d'or… S'il devait lutter à mort contre son frère pour la sauver, il n'hésiterait pas une seconde. Et tant pis si personne ne croit en son amour : l'essentiel, c'est que Déborah n'en doute plus jamais, qu'il parvienne à le lui dire, à le lui montrer une dernière fois. Alors il quittera ce monde en paix, parce qu'il aura su ce qu'aimer signifie, et qu'il l'aura été en retour.

— Si jamais il m'arrivait quoi que ce soit, et qu'elle soit saine et sauve, promettez-moi que vous prendrez soin d'elle…

Un cri strident vient emplir la maison. Long, suraigu comme la soupape d'une cocotte minute et qui semble ne jamais vouloir s'arrêter. Emma crie, hurle, tape des pieds, secoue la tête. Elle ne veut pas rester là, dans cette pièce. C'est sombre et ça sent mauvais.

Elle a peur. À bout d'arguments, Déborah lui décoche une gifle. Ça la calme tout net. La petite écarquille les yeux, porte la main à sa joue et se met à pleurer. Déborah ne cherche pas à la consoler, elle n'est pas sûre de pouvoir de toute façon. La fillette, penaude, part se réfugier contre un vieux meuble en bois et s'assied par terre en sanglotant. Elle ne parvient pas à détacher les yeux du bandage de fortune que s'est fait Déborah. Il couvre sa main gauche et lui donne une drôle de forme. On dirait qu'il lui manque un doigt, mais avec tout ce rouge, Emma n'en est pas sûre. Elle n'ose pas demander. Ce ne sont pas des choses qu'on demande aux grandes personnes. Surtout quand elles sont énervées, et là c'est le cas. Pas comme quand son papa et sa maman se disputaient, non. Là c'est beaucoup plus grave, Emma le sent. Papa a puni Déborah parce qu'elle avait fait une grosse bêtise. Il lui a fait très mal. Et maintenant il l'a attachée avec un truc en fer contre le radiateur. Sa tante est retenue par le poignet et elle se tient souvent sa main rouge, comme quand on se pince le doigt dans la porte.

Papa est très en colère et veut qu'elles arrêtent de le « faire chier ». Papa dit souvent des gros mots mais en temps normal jamais quand il s'adresse à sa petite fille. C'est qu'il doit être vraiment très fâché. Il en a assez de leurs caprices, alors qu'il fait son maximum pour les rendre heureuses. Déborah a été trop bavarde. Elle n'aurait pas dû prendre le téléphone de papa et essayer de parler à quelqu'un. Quand on parle trop, les choses peuvent tourner très mal. Déborah a l'air malade et elle pleure beaucoup. Peut-être qu'Emma aurait dû être plus gentille avec elle, l'appeler « maman » pour qu'elle soit moins triste. La fillette se berce doucement contre le meuble en bois qui tape alors contre le mur.

— Arrête s'il te plaît, tu vas mettre ton papa en colère ..

Effrayée, la gamine s'immobilise tout net. Elle ne veut pas être punie.

— Il est parti, papa ?

— Pour l'instant, ma chérie, pour l'instant. On pourrait essayer de s'évader, tu sais.

— S'évader ?

— Oui, partir pendant qu'il n'est pas là.

— Comment ?

— Moi je ne peux rien faire, mais peut-être que tu peux essayer d'ouvrir la porte ?

La fillette se lève docilement et se dirige vers la lourde porte en fer. La poignée a été ôtée. À la place, il y a juste un trou dans lequel Emma glisse ses petits doigts.

— Essaie d'ouvrir, essaie de toutes tes forces.

La gamine tire, pousse, s'écorche les doigts, y met tout le poids de son corps. Mais une quinzaine de kilos ce n'est rien à côté d'une porte en métal.

— Vas-y, ma puce, tu es notre seule chance !

— J'y arrive pas !

— Je t'en supplie... Toi seule peux nous sauver...

Déborah se sent fébrile. Son doigt est en train de s'infecter. Si on ne vient pas à temps, elle perdra sa main, son bras, la vie. Emma non plus ne survivra pas si on ne les trouve pas. Pourtant, épuisée par ses efforts, l'enfant renonce et retourne se réfugier vers le mur, piteuse.

— Ce n'est pas grave si tu n'y arrives pas, ma chérie... C'est de ma faute si on est là. Je n'aurais pas dû être aussi bavarde. C'est dangereux de trop parler... Je suis désolée...

Emma ne veut pas que papa s'énerve contre elle comme il l'a fait avec sa tante. Jamais. Alors elle ne sera jamais bavarde. Elle ne dira plus rien. Sans même s'en apercevoir, la petite reprend le mouvement de balancier qui fait taper le meuble contre le mur, mais cette fois-ci, Déborah ne réagit pas. La jeune femme somnole, sent la fièvre qui monte en même temps que l'angoisse de mourir ici. Elle se raccroche à la certitude que le commandant Mendel finira par la trouver. Qu'il ne laissera pas tomber et viendra la sauver, parce qu'il est comme ça et qu'elle lui plaît… Elle sait aussi que David viendra vérifier si elle est encore là, encore en vie.

Elle ignore si les deux hommes arriveront ensemble, ou si l'un des deux la trouvera avant l'autre, ou même ce qu'il va se passer. Ce qu'elle sait en revanche, c'est que si par miracle elle réchappe à tout ça, mais que David trouve un moyen d'être innocenté malgré toutes les preuves qui l'accablent, alors elle tuera elle-même ce salaud de ses mains.

3

LES HEURES ONT PASSÉ COMME DANS UN RÊVE, ou plutôt un cauchemar. Le téléphone a beau sonner sur le siège à côté de lui, David ne répondra plus. Sa décision est prise et ce ne sont pas les quelques kilomètres qui lui restent à parcourir, ni même les bavardages vains avec le flic amoureux de sa femme qui vont le faire changer d'avis. L'homme las, dépassé par les événements l'a cédé au guerrier. Il ne saurait s'expliquer à quel moment s'est opéré le changement. Peut-être quand il a demandé au commandant de prendre soin de Déborah en cas de problème. Oui, à ce moment-là, quelque chose s'est révolté contre la fatalité et a repris le contrôle de son esprit. Serait-ce le fait que son corps a enfin évacué les drogues administrées par son frère ? Ou bien un regain de cette foi en lui-même qu'il avait acquise aux États-Unis ? Peu importe. Ce dont il est sûr à présent c'est qu'il ne va pas se laisser manipuler si facilement par son frère. Car sa perception de la situation a évolué d'un coup elle aussi.

À bien y réfléchir, Nicolas est loin d'avoir perdu les pédales. Ce message au-dessus de leur photo dans les ruines bordelaises, il ne l'a pas tagué par conviction mais pour faire croire que c'est David qui l'a inscrit. Pour le faire passer, lui, pour fou. D'ailleurs c'est ce qu'il essaie de faire depuis le début, en mettant en ligne le manuscrit de *Tout pour plaire* depuis son ordinateur, en le droguant pour altérer son comportement, et en mettant le feu à sa maison pour le replonger dans un passé traumatisant. Et il a presque réussi ! C'est ça le plus fort. Mais David est plus malin que ce dingue ne l'imagine. Nicolas s'est toujours cru supérieur à tout le monde et il est sans doute loin d'imaginer que son entreprise de destruction a échoué. Sur toute la ligne. Car David est un survivant, un lion, un phénix que rien ne peut abattre. Il se rebâtira une carrière encore plus brillante et il reconquerra Déborah. Mais avant ça, il va la délivrer de ce tordu. Oui, il va la sauver. Et il va tuer son frère. Le réduire au silence, au néant. David sera arrêté mais il plaidera la légitime défense et en tirera un nouveau livre encore plus poignant que le précédent. Et il racontera sa version de l'histoire, si bien que personne ne doutera un instant qu'il est sincère pour la simple raison… qu'il l'est.

David engage son véhicule dans la petite allée de gravier, le bruit des cailloux projetés hors de la route par les pneus lui est familier, il reconnaît aussi la végétation, la petite statue de pierre au bout du chemin, ainsi que ce toit d'un bleu outremer. Comment a-t-il pu oublier ces tuiles si atypiques ? Il se gare dans la cour, ouvre la portière, surpris par la chaleur moite qui règne à l'extérieur. Le temps est à l'orage et rend la respiration pénible, mais ça ne l'arrêtera pas. Il saisit une pierre de bonne taille, ce sera son arme. Une arme qu'on attrape au hasard quand on est agressé et qu'on panique. Une arme qui servira la version qu'il racontera à la police.

— Nicolas ! Je sais que tu es là !

Ses cris sont couverts par le sifflement d'un train qui passe non loin de là.

David pénètre dans la maison et avance doucement, sur ses gardes.

— Déborah ! Bébé !

Mais il a beau appeler son frère, sa femme, aucun ne lui répond. Le salon est vide, le débarras aussi. À croire que personne n'habite ici. Pourtant, il en est sûr, ils sont là. C'est diffus, très léger, mais il lui semble percevoir le doux parfum de Déborah flotter dans l'air. Il en capture les effluves fantômes, les traque, les interroge, comme un chien de chasse qui cherche une piste. Rien ne trahit la présence de son frère en revanche. Rien dans les chambres, rien dans la salle de bains, ni dans la pièce qui sert de débarras. David a le sentiment d'être dans un décor de film, dans une espèce de maison témoin trop parfaite pour être honnête. Tout est impeccablement entretenu, curieusement familier et étranger à la fois. Des bribes de sa dernière soirée avec Déborah lui reviennent en mémoire. Il se souvient des mains de Nicolas sur les reins de sa femme, de sa propre incapacité à faire le moindre geste pour l'en empêcher… Il essaie de se souvenir de ce qui s'est passé ensuite, pour se préparer au pire… Mais il se heurte toujours au même trou noir, comme à une flaque de mazout épaisse et molle dans laquelle il serait englué.

Ne reste plus que la cuisine à explorer. À environ un mètre de la porte, ses yeux accrochent un détail, quelque chose qui n'a rien à faire dans une maison aussi bien rangée : un papier de bonbon plié et noué, posé à même le sol. Enfin une trace de Nicolas ! Le cœur battant, David s'accroupit pour le ramasser et c'est alors qu'il voit non pas un mais une dizaine d'autres papiers de bonbons, pliés à l'identique, qui forment un cercle tout autour de la table de la cuisine. David n'aime pas ça, sa gorge se serre aussi implacablement que son mauvais pressentiment s'intensifie. Il se relève lentement comme pour différer l'inéluctable, l'insupportable, et voit un objet trônant sur le meuble, pile au centre. Il se remémore le dernier SMS de son frère et avale nerveusement sa salive.

Voici les coordonnées de la maison,
au cas où tu aurais oublié où aller chercher ton paquet.

Voilà donc ce fameux paquet. C'est une boîte emballée dans du papier journal, comme un cadeau improvisé. David la prend en tremblant plus fort que jamais. Il redoute ce qu'il y a à l'intérieur. Le goût âcre de la peur se propage dans sa bouche, le ronge jusqu'aux intestins. David secoue un peu l'objet mystère et perçoit un petit bruit sourd. Il essuie hâtivement ses mains moites et ôte le papier précautionneusement, avec une infinie lenteur, ainsi qu'il le faisait enfant, pour retarder la découverte d'un nouveau jouet et faire durer le plaisir. Mais là, c'est l'horreur qu'il retarde, quelque chose au fond de lui en est convaincu. Bientôt il n'y a plus le moindre papier comme rempart au contenu de la boîte. David l'ouvre alors d'un coup sec, comme on arrache un pansement, et pousse un hurlement.

— Non, non, non, non, non, non, non… !

Le doigt de Déborah. Son annulaire gauche. Si petit, si fin, déjà en train de se nécroser. David le saisit délicatement, comme on attrape un insecte qu'on ne veut pas blesser, et le presse, glacé et dur, contre sa joue trempée de larmes. Il le caresse, l'embrasse, lui parle.

— Oh, ma chérie, pardon, pardon. Oh mon Dieu ! Non ! Déborah ! Déborah !

David se frotte frénétiquement le visage avec le doigt. Rigole. Pleure. Crie le nom de sa femme. Et soudain s'écroule, inconscient.

Du fond de sa cellule, il a semblé à Déborah qu'elle entendait quelque chose. Elle retient son souffle, pliée en deux de douleur, prête à demander à la gamine de taper de toutes ses forces contre la porte en fer, prête à hurler avec ce qui lui reste de force pour que la police vienne la sauver… Mais il lui faut être sûre qu'il s'agit bien de la police. La jeune femme tend l'oreille, à l'affût du moindre bruit de pas, de voix d'hommes inquiets, de pneus qui crissent ou de sirènes au loin, mais rien. Rien que le silence. Elle a dû rêver. Délirer peut-être… Épuisée, elle replonge dans un sommeil un peu trop lourd.

Ce sont les cris des hommes dans la cour qui réveillent David. Hébété, il regarde avec horreur ce doigt qu'il n'a pas lâché et se demande combien de temps il est resté évanoui. Sa bouche est sèche et pâteuse, il a la nausée. Nicolas s'est enfui, Déborah n'est pas là. Il n'y a que son doigt, auquel son alliance est restée accrochée, prise dans le sang coagulé. Un morceau d'elle comme un trophée, une preuve que son frère l'a torturée avant de la tuer. Car il ne fait aucun doute que Déborah est morte à l'heure actuelle. Nicolas ne se sera pas embarrassé d'une femme affaiblie par une récente amputation, et il a toujours jeté sans état d'âme les jouets qu'il avait cassés. Morte. Elle est morte en croyant son mari complice de cette horreur, sans se rappeler combien il l'aimait. Plus que la perte, atroce, qui tord chaque parcelle de son cœur, c'est l'idée qu'elle se soit crue trahie et condamnée à mort par l'homme qu'elle avait épousé qui fait le plus mal à David Pennac. Elle ne méritait pas ça. C'est si loin de la vérité ! Elle représentait tellement tout pour lui !

— On va fouiller la maison ! entend-il.

Les hommes se rapprochent. Et tout l'accable, *lui*. Ses empreintes partout dans la maison, ce doigt dont il n'arrive pas à se débarrasser… David doit trouver un moyen de s'échapper sans qu'on le voie, pour retrouver son frère et le tuer…

Les policiers ont pour consigne d'explorer les lieux de fond en comble. Une femme est certainement retenue ici contre sa volonté.

Blessée peut-être. Les pompiers sont aussi sur place. Une poignée d'hommes inspectent la grange à quelques mètres de la maison, quand d'autres pénètrent dans la bâtisse, arme au poing.

Salon : rien à signaler. Chambres : rien à signaler. Un bruit incongru attire l'attention de l'un d'entre eux. Le capitaine Antoine Mallet opère un quart de tour sur sa droite et se dirige vers la cuisine. Il y a des papiers de bonbons pliés et jetés par terre, une boîte vide avec ce qui semble être du sang à l'intérieur, des morceaux de papier journal à même le sol. Mais pas âme qui vive.

— Cuisine : rien à signaler, dit Mallet dans son talkie-walkie.

Il s'accroupit pour observer les emballages de plus près et remarque une petite tache humide sur le carrelage. Il trempe le bout d'un doigt dans le liquide, le porte à ses narines. Grimace. C'est de l'urine. Quelqu'un était là il y a peu de temps. La petite flaque aurait séché avec la chaleur sinon. Mallet balaie la pièce du regard, s'approche de la fenêtre ouverte qui donne sur le jardin. A priori, rien à signaler non plus. Il s'apprête à tourner les talons quand il aperçoit, au loin, la silhouette d'un homme franchissant une ligne de chemin de fer aussi vite que possible, en direction de la route !

Le capitaine rameute ses collègues, saute dans sa voiture et se lance à sa poursuite. Il fait un signalement du suspect par radio et reçoit immédiatement une réponse.

— Ici le commandant Mendel, je suis à sept kilomètres de la maison. Soyez prudents mais ne le tuez pas ! Le suspect est peut-être le seul à savoir où est l'otage.

Sacha ignore si l'homme que poursuivent ses collègues est Nicolas ou David, mais dans les deux cas, la consigne est la même. Il ne peut pas rouler plus vite qu'il le fait déjà, les pneus crissent et la voiture se couche quasiment dans les virages.

— Et merde ! entend-il à la radio.

— Qu'est-ce qu'il y a ?

— On est coincés devant la voie ferrée, il y a un train de marchandises qui passe !

Peu importe, le gars est à pied et ses hommes en voiture : il n'a aucune chance de s'en tirer. Sacha essaie de nouveau, sans grande conviction, d'appeler David. Toujours rien. Enfin il arrive près de la maison et pénètre dans la propriété. Ébloui par la lumière du soleil qui perce derrière de gros nuages noirs, il plisse les yeux pour s'assurer de ce qu'il voit. Au loin, la voiture de police franchit la voie ferrée désormais dégagée.

Il s'élance à la suite de ses hommes et les rejoint en quelques minutes. Les voitures se sont garées sur le bas-côté de la route heureusement peu fréquentée, tous ses collègues sont sortis de leur véhicule et, arme au poing, dans la chaleur suffocante et électrique d'un jour d'orage, tiennent David Pennac dans leur ligne de mire. Pourtant, l'homme n'est pas armé et semble plus désorienté que dangereux. Il titube, comme saoul, de l'autre côté de la route, et éructe des mots incompréhensibles. Il semble en plein délire.

— À genoux, tout de suite ! hurle un des policiers.

Pennac jette des regards anxieux alentour, hésite à reprendre sa course folle ou encore à foncer dans le tas et attaquer ces chiens qui se sont trompés de cible. L'homme amorce un demi-tour, pour tourner le dos à ses poursuivants et détaler tant qu'il en est encore temps, quand une voix familière le stoppe tout net.

— David, s'écrie Mendel, faites pas le con ! Venez !

Venir ! Pour quoi faire ? Se laisser passer les menottes et accuser d'un crime qu'il n'a pas commis ? Jamais ! Pourtant, il sait bien qu'il n'y a pas d'autre issue, rien de mieux à faire que de se rendre et de plaider sa cause, démonter une à une chacune des accusations erronées pour rediriger les soupçons de Mendel vers la bonne personne. Mais à quoi bon, quand sa seule raison d'être vient de disparaître ? À quoi bon continuer de jouer dans cette mauvaise pièce, de servir la moralité d'une fable grotesque et sans lumière à laquelle il ne croit plus ? Un pied sur le bitume, l'autre dans la terre polluée de la bordure de route, David Pennac laisse l'air lourd le plomber, l'ancrer sur place, menacer de le fondre dans le décor. Accablé d'une infinie tristesse et de cette résignation qui signe la mort de tout espoir, David Pennac se met alors à pleurer, en silence. Oui, lui, le tombeur, le brillant orateur à qui tout réussit depuis des années, craque pour de bon. Adieu la cuirasse qui masquait ses doutes, envolée l'assurance qu'il ne tirait que de l'amour. Le voilà à nu, tel quel. Et ce n'est pas beau à voir, il le sait. Que vaut un homme seul, un homme qui n'a pas su retenir l'amour ? Que sera sa vie désormais que la chaleur l'a déserté, ne laissant à la place que la coquille vide qu'il a, au fond, toujours été ? La voilà donc la punition pour ses erreurs passées, pour son crime infect. L'ironie du sort est bien cuisante. C'est une enragée qui ne lâche l'affaire que quand elle vous a bien laminé... Il s'entend encore claironner qu'à chaque problème il y a une solution, ou déclamer des clichés du type « Action-Réaction » comme un mauvais commercial qui s'imagine faire illusion quand il ne brasse que de l'air... Mais toutes ses belles théories ne valent rien dans la vraie vie. Son ingéniosité de pacotille ne lui est d'aucune aide, confrontée à de véritables ennuis. Que peut-il faire ? Comment peut-il s'en sortir quand tout l'accable ? Quand tant de gens le détestent ou le croient fou ? Quand le flic qui mène l'enquête l'a déjà déclaré coupable ? Que lui reste-t-il quand Déborah est morte et que tout ce qu'il garde d'elle c'est ce doigt que Nicolas lui a tranché pour le faire davantage souffrir, lui ?

— Je ne peux pas ! répond-il enfin, avec un étrange sourire.

David secoue la tête d'un air résigné et, malgré la route et la dizaine de mètres qui les séparent, plante ses yeux dans ceux du commandant.

— Je ne peux pas, ça ne sert à rien ! Vous ne me croyez pas.

— On va discuter, Pennac, je vous le promets, mais rendez-vous...

— Je n'ai pas à me *rendre* : je suis innocent !

Il continue de secouer la tête comme un enfant têtu qui refuse d'entendre raison.

— Alors on va discuter de votre innocence… Tout n'est pas perdu.

— Mais vous ne comprenez pas ? C'est son doigt ! J'ai son doigt ! C'était ça mon paquet !

Sous les yeux horrifiés des policiers, David Pennac brandit l'annulaire de son épouse. Sacha, qui n'avait pas vu ce qu'il tenait jusque-là, plisse les yeux, incrédule, et sent une bouffée de haine monter en lui ainsi qu'une violente nausée. Il doit se faire violence pour ne pas vider son chargeur sur l'homme en face de lui.

— Il est complètement fou, chuchote Mallet, prêt à tirer.

— Il nous le faut vivant.

La tension est palpable. Il fait lourd, humide. De lourds nuages gris viennent assombrir le ciel un peu plus, de minute en minute. La chaleur et l'électricité ambiantes rendent les policiers nerveux.

— Il n'y a pas d'issue, Pennac. Lâchez votre arme !

David réalise qu'il tient toujours la grosse pierre dans la main. Il assure sa prise et la porte à hauteur de son visage. Les policiers crispent un peu plus le doigt sur la détente.

— Lâchez ça, Pennac !

David hésite. Dans une main une pierre, dans l'autre un doigt. Comme si quelqu'un avait joué et perdu à papier-caillou-ciseaux. Il rit. La comparaison est si incongrue ! Un coup de tonnerre éclate dans le ciel, comme en écho à son rire insane. C'est curieux, il n'a pas vu l'éclair. À peine s'est-il fait la réflexion que le ciel sombre se zèbre de lumière. Lui suffit-il de réclamer pour que le ciel lui obéisse ?

— C'est trop tard ! crie-t-il au commandant. Tout est fini.

— Je vous jure que non, laissez-moi vous aider !

Sacha Mendel ne peut pas rester sans rien faire. La situation est en train de se scléroser et Déborah reste sa priorité. Pas de temps à perdre en négociations qui n'en finissent pas. Il va aller récupérer David Pennac, tout en douceur, et lui faire avouer où est sa femme.

Le commandant range son arme dans son étui et marche en direction de David : quel mal pourrait-il bien lui faire avec ce misérable caillou ? Il s'approche tout doucement pour ne pas l'affoler et s'apprête à traverser.

— Calmez-vous, David, on va trouver une solution.

— C'est trop tard, je vous dis…

Nouvel éclair, nouveau coup de tonnerre. À croire que les dieux en colère vont déverser leur rage sur ces humains ridicules qui n'ont su empêcher la grâce d'être souillée, qui n'ont su protéger une simple petite fleur et ont laissé ainsi toute la beauté de ce monde lui échapper avec elle. Oui, les dieux vont le punir et David est prêt à accepter la sentence, à subir la mise à mort. Que le ciel s'abatte sur lui, l'arrache de la terre, l'électrocute et le déchire, le traîne loin de ce monde, plus haut que la plus haute des montagnes, et qu'il projette son corps indigne contre le sol pour le briser et le soustraire une fois pour toutes à la vie ! Hélas, David le sait bien, les dieux se sont désintéressés depuis bien longtemps des vermines dans son genre.

Des gouttes épaisses et tièdes commencent à tomber des nuages qui se pressent au-dessus de sa tête. Elles frappent son crâne, lourdes, rapides. Elles redoublent de vigueur, se multiplient à l'infini et formeront bientôt un rideau dense et glacé, mais David ne bouge pas. C'est à peine s'il les sent. Les oiseaux se sont tus. Plus un bruit alentour. Juste sa respiration et son cœur qui bat le désespoir. Au loin, il perçoit le vrombissement d'une voiture sûrement pressée de rentrer avant que l'orage n'éclate pour de bon. Lui non plus n'a jamais aimé conduire sous la pluie, alors il comprend l'impatience du conducteur. Du bienheureux conducteur qui va sans doute rejoindre sa femme et ses enfants, dans sa jolie maison, à des années-lumière de sa misère à lui qui n'aura plus jamais accès à la joie.

Oui, il a bien raison de foncer, cet homme-là...

David Pennac sourit, amer. Car soudain, la solution vient de lui apparaître. La seule sortie digne, droite, honnête. Il ouvre sa main et lâche la pierre désormais inutile, fait un signe de tête à Sacha que le policier ne parvient à interpréter, puis fait volte-face dans un timing parfait, et se jette sans un mot sous les roues de la voiture de sport lancée à grande vitesse.

4

SACHA N'ARRIVE PAS À CHASSER les images de sa mémoire. Elles le hantent nuit et jour, le torturent, ne le lâchent pas d'une semelle. C'est comme une idée fixe, une graine morbide qui ne pouvait espérer mieux que de germer dans son esprit déjà pétri de culpabilité et labouré par le remords. Tout se mélange dans sa tête, les derniers spasmes d'Amélie, la jeune étudiante, et les frissons de Déborah quand il l'a retrouvée, leurs deux corps frêles en bout de course, à l'agonie, aussi légers que leurs âmes meurtries et leur vie qui filait entre ses doigts, dans ses bras, malgré sa révolte et ses cris. Pourquoi l'histoire doit-elle toujours se répéter ? Qui est le scénariste de cette histoire sans lumière ? S'il le tenait, Sacha le menacerait, le tabasserait, le supplierait à genoux de faire cesser la douleur, d'empêcher la mort et l'horreur, de lui permettre d'accéder à sa part de beau, celle qui devrait être promise à tout homme, celle sans laquelle on finit par ne plus vouloir tourner les pages…

Il fallut d'abord attendre qu'on récupère sur la route le corps éparpillé de David Pennac pour retourner à la maison. La voiture de sport, lancée à pleine vitesse, n'avait que très peu décéléré quand sa conductrice avait repéré le suicidaire. Pennac avait été fauché au niveau des mollets et, après avoir percuté le capot et le pare-brise dans un bruit sourd, s'était retrouvé propulsé dans les airs, pour finir sa course quelques dizaines de mètres plus loin, tandis que la voiture réussissait à s'immobiliser sans causer plus de dommages. Le corps de Pennac avait continué de glisser sur le bitume pendant quelques secondes si bien que toute la peau avait été arrachée sur près d'un tiers de son corps. En conséquence du traumatisme crânien et des violentes abrasions subies, son visage écorché n'était plus qu'une masse informe et sanguinolente, sans nez ni oreilles. Un de ses bras avait été arraché par le véhicule et gisait dans le fossé à quelques mètres de là. David Pennac était mort sur le coup. Sans avouer sa culpabilité ni son mobile, et surtout sans révéler ce qu'il avait fait de Déborah. Il était mort en tenant le doigt de la jeune femme dans la main, crispé sur un trophée si morbide que Sacha regrettait de ne pouvoir le tuer une deuxième fois.

Lorsque enfin le commandant put retourner à la maison, et malgré les protestations des collègues qui lui assuraient l'avoir déjà fouillée de fond en comble, Sacha ne put se résoudre à la quitter comme ça, sans avoir constaté par lui-même que Déborah n'y était pas. Il fit venir les chiens qui ne reniflèrent rien, chercha un indice, n'importe lequel, même le plus maigre, dans tous les recoins, dans chaque tiroir, dans le moindre pot de fleurs. Il était prêt à renoncer quand Mallet entendit des bruits étranges. S'il avait été seul dans cette maison, Sacha aurait laissé mourir les deux prisonnières. Après des années à écouter de la musique à fond dans ses écouteurs, son audition avait légèrement diminué, juste assez pour ne pas percevoir cette fréquence-là à faible volume.

— Vous entendez ? demanda le capitaine.

— Quoi ?

— Comme un sifflement de bouilloire… Un son aigu…

Mendel ordonna aussitôt le silence et tendit l'oreille, en vain. Guidé par sa seule conviction d'avoir détecté quelque chose d'important, Antoine Mallet remonta à la source du bruit, à tâtons, hésitant parfois, revenant sur ses pas, pour finalement se diriger vers la pièce servant à entreposer des meubles disparates. Là, il marqua quelques secondes d'arrêt, pour s'assurer que ses sens ne le trompaient pas.

— Ça vient de derrière le meuble !

Moreau tira à lui une armoire de petite taille et découvrit une ouverture dans le mur qui débouchait immédiatement sur un escalier menant au sous-sol.

— Une cave ? s'étonna Mendel.

Le choix de l'emplacement était étonnant. Peut-être avait-elle été construite en temps de guerre, pour échapper à l'ennemi ? En bas de la quinzaine de marches, il y avait une porte métallique. Derrière, quelqu'un soufflait dans un instrument à vent. Une flûte peut-être. Sacha l'entendait très clairement à présent. Il se précipita vers la porte sans poignée et hurla.

— Y a quelqu'un ?

Le son s'arrêta net et fit place à un silence de mort. Sacha scrutait la porte, à la recherche d'un moyen de l'ouvrir rapidement. Impossible de la défoncer.

— Appelez les pompiers, demandez-leur de l'aide. Il nous faut un chalumeau, un bélier, n'importe quoi, je m'en fous. Mais je veux qu'on ouvre cette putain de porte !

Le commandant colla son oreille contre la cloison, à l'affût du moindre son.

— Y a quelqu'un ? répéta-t-il.

Un coup tapé sur la porte le fit sursauter. Puis le silence. De nouveau un coup. Encore le silence. Des coups tapés à hauteur de cuisses, par une personne à terre ou bien…

— Emma ? C'est toi, ma puce ?

Mais pour toute réponse, il n'y eut qu'un troisième coup.

Lorsqu'ils parvinrent enfin à forcer la porte, ils découvrirent la fillette terrifiée, dans des vêtements maculés d'excréments. Un pompier la prit dans ses bras pour l'emmener loin de cet enfer. Au fond de la salle, menottée à un radiateur, Déborah gisait, inconsciente. La première chose qui sauta aux yeux du commandant, ce ne fut pas son pansement imprégné de sang, mais sa maigreur. Déborah avait dû perdre une dizaine de kilos. Ça lui donnait un côté presque irréel, avec sa peau plus diaphane que jamais et sa respiration si faible qu'il l'avait crue morte, l'espace d'un instant. La jeune femme était brûlante : sa plaie avait dû commencer à s'infecter. Elle parvint cependant à ouvrir les paupières et plongea ses prunelles dorées dans les yeux du commandant comme un noyé s'accroche à une corde qu'on lui lance.

— Vous êtes venu…

— Je suis là… Vous êtes sauvée.

— J'ai réussi ?

— Oui.

— Emma…

— Elle est hors de danger elle aussi. C'est elle qui vous a sauvée, elle soufflait dans sa flûte pour qu'on l'entende…

— Je lui avais dit de le faire…

— On va vous sortir de là, d'accord ?

— Où est David ?

Sacha hésita un instant à lui révéler la vérité, mais il lui était impossible de mentir à ses yeux-là.

— Il est mort.

Elle parut soulagée et ferma les yeux un instant. Sa tête se renversa en arrière et elle perdit de nouveau connaissance.

— Vite ! J'ai besoin d'aide ! Dépêchez-vous ! hurla-t-il, paniqué.

Les ambulanciers arrivèrent avec une civière et y déposèrent la frêle jeune femme. Elle reprit connaissance dans l'escalier.

— Commandant ?

— Je suis là.

— Nicolas… Où est Nicolas ? Vous l'avez attrapé ?

— Pas encore.

La jeune femme haleta, en proie à une crise de panique.

— Il le faut, il faut l'arrêter !

— Oui, on le recherche activement. Mais pour l'instant vous êtes en sécurité.

— Non, vous ne comprenez pas…

— Quoi ?

La jeune femme semblait de nouveau perdre connaissance…

— Déborah ! Je ne comprends pas quoi ?

La jeune femme leva le bras vers le commandant, dans un geste qui aurait pu être une caresse sur la joue, avant de le laisser retomber lourdement, manifestement épuisée.

— Il a dit qu'il allait revenir nous chercher…

Elle sombra de nouveau. Son bras se balança doucement en dehors du brancard et se délesta de son pansement, découvrant, sous le regard horrifié de Sacha Mendel, le moignon infecté.

Déborah se remettra de sa blessure. Si elle est arrivée fortement dénutrie à l'hôpital, les médecins sont optimistes quant à son rétablissement. Malgré tout, Sacha ne peut s'empêcher de culpabiliser et surtout de superposer l'image de son corps malmené à celui d'Amélie en train de mourir. Les paroles de Marion lui reviennent constamment en mémoire. Déborah a-t-elle elle aussi fait les frais de ses conseils et de sa manie de vouloir tout contrôler ? Lui a-t-il ôté, comme aux autres, le libre-arbitre qui aurait pu lui éviter de tomber dans ce piège ? Il sait bien que se poser la question est vain, d'autant plus qu'il n'est pas près d'arrêter de veiller sur Déborah. S'il a une chance de rattraper ses erreurs passées, de se racheter un peu en la protégeant de Nicolas Pennac, alors il le fera, quitte à la surveiller de trop près, l'étouffer, l'agacer au point qu'elle le rejette. Même si au fond de lui, il n'est pas sûr qu'il pourrait le supporter…

Il est allé récupérer la petite Emma qui a passé une nuit en observation à l'hôpital. Elle est dans un meilleur état que sa tante. Manifestement, elle n'a subi aucune privation de nourriture et n'a pas de séquelle physique de son enfermement. En revanche, elle n'a pas dit un mot depuis qu'on l'a trouvée. Les psychologues disent qu'elle fait un blocage. Ce sera à elle de décider du meilleur moment pour s'exprimer, que ce soit dans quelques jours ou plusieurs années…

À Paris ce jour-là, comme la veille en Bretagne, le temps est orageux. Il fait si sombre dehors que même la lumière des néons ne parvient pas à se frayer un chemin dans la chambre d'hôpital. Déborah est alitée, les yeux dans le vague. Son plateau repas est intact, comme il l'était souvent dans son enfance, durant ses séjours postopératoires. C'était une forme de superstition. Enfant, elle se disait qu'en parvenant à se passer de nourriture, elle démontrerait sa bravoure et mériterait ainsi sa guérison. C'était aussi une façon de se prouver qu'elle pouvait avoir le dernier mot, rester maîtresse de son corps, malgré tout, malgré la faim qui lui faisait tourner la tête mais finissait par l'enivrer…

Trois coups à la porte de la chambre la tirent de ses souvenirs. À cette façon de taper, Déborah devine immédiatement qu'il s'agit du commandant Mendel. Il entre dans la chambre et la salue, mal à l'aise, un peu gauche. Il ne s'est pas rasé et ses yeux sont cernés. Il la fixe avec une intensité qui la déstabilise, comme s'il regardait une apparition. C'est un homme de contradictions chez qui la maladresse le dispute à la force, le désir s'embarrasse de timidité, et dont l'intelligence aiguë ne demande qu'à s'effacer devant sa naïveté. Elle lui sourit, il rougit.

— Vous n'avez pas touché à votre repas… Il faut manger, Déborah.

Il a dit ça pour se donner une contenance, parce que même au fond de son lit d'hôpital, avec son air misérable et le maigre sourire qui tente de cacher ses larmes, elle le trouble. C'est tout juste s'il ne rougit pas devant elle comme un gamin mal dégrossi. La jeune femme ne répond pas. Elle a l'air désespérée et tellement fragile… Il se racle la gorge, de plus en plus gêné.

— Je peux faire quelque chose ?

— Non… Je suis là où je devais me retrouver…

Sacha ne comprend pas. Il l'interroge du regard. La jeune femme semble hésiter un instant, puis lâche, très vite :

— J'ai compris que ça finirait comme ça depuis longtemps… C'est à cause de mes mensonges que j'en suis là.

— Ne dites pas n'importe quoi, Déborah. Vous êtes sous le choc…

— Vous ne savez rien de moi, proteste-t-elle avec véhémence. Je suis ici parce que j'ai séduit Nicolas, et qu'à jouer à des jeux trop dangereux…

— Je ne peux pas vous laisser dire ça, Déborah. Rien ne justifie les horreurs que vous avez subies. David et son frère se sont servis de vous et vous ont fait du mal. C'est vous la victime, pas eux.

— Moi aussi, je me suis servie d'eux. J'ai voulu rendre mon mari jaloux, et puis quand j'ai vu que la situation m'échappait… j'ai fait croire que j'étais enceinte pour chasser Nicolas. Et j'ai payé le prix fort, en me retrouvant une première fois dans cet hôpital…

Ainsi donc David Pennac ne mentait pas quand il prétendait que sa femme avait fait une fausse couche. La jeune femme semble croire qu'une espèce de justice divine la punit de ses erreurs et se torture avec une culpabilité qui n'a pas lieu d'être. Mais c'est là tout l'art des personnalités perverses d'inverser les rôles et de faire porter le chapeau à leurs victimes. Déborah doit absolument se recentrer sur la vie, sur l'espoir. Et Sacha a la solution pour ça.

— Je suis venu avec quelqu'un qui a besoin de vous, Déborah…

Le policier tend une main vers le couloir. Emma la saisit timidement et entre à son tour dans la pièce. Tout aussi impressionnée que le policier, elle s'absorbe dans la contemplation de ses chaussures.

— Elle n'a plus que vous… Va voir Déborah, ma puce…

La petite ne bouge pas.

— Elle ne parle pas beaucoup en ce moment, poursuit-il.

Il soulève délicatement la fillette et la dépose sur le lit. De grosses larmes se mettent à rouler sur les joues de la gamine ainsi que sur celles de la jeune femme. Déborah hésite un instant, comme si elle ne savait par quel bout l'attraper, puis la prend finalement dans ses bras. La petite se raidit légèrement et renifle un peu…

— Elle a subi un gros traumatisme, explique Sacha. Ça prendra du temps, pour elle aussi… Mais je crois qu'elle est avec la personne qu'il lui faut. Si vous le voulez bien ?

Déborah embrasse tendrement la petite et tend sa main intacte au policier, larmes aux yeux. Il la saisit du bout des doigts, comme s'il avait peur de l'effaroucher. Elle le serre fort en retour, et parvient enfin à articuler :

— Merci…

5

Alex Toussaint sent son ventre gargouiller. Son estomac proteste violemment contre le jeûne forcé qu'il a dû subir. Fort de ses cent quarante kilos, il est rare que le commissaire saute un de ses cinq repas quotidiens. Pourtant, et bien que son corps crie famine, il a préféré ne pas tenter le diable aujourd'hui, convaincu qu'il aurait fini par tout rendre. Et Toussaint a horreur de vomir. Il respecte trop la nourriture pour la recracher dans des toilettes à l'hygiène douteuse. Ça lui fait ça chaque fois qu'il se rend à la morgue pour identifier un cadavre. C'est d'ailleurs la raison pour laquelle il évite d'y aller en général, mais cette fois-ci il n'a pu s'y soustraire : Mendel avait des recherches importantes à effectuer pendant ce temps. C'est dans un gargouillis tonitruant qu'il traverse les couloirs, sous le regard hilare de ses hommes.

— Bah alors, commissaire, on n'a pas fait quatre-heures ?

— Moquez-vous !

Son habitude de prendre un goûter a toujours amusé son équipe. Loin de s'en offusquer, il est généralement le premier à en rire.

— Ah, on dirait que vous n'avez pas apprécié la visite chez le boucher ?

La simple évocation du légiste lui met le cœur au bord des lèvres. Le commissaire juge plus prudent d'aller se retrancher dans son bureau, le temps que les images du cadavre s'estompent un peu.

— Alex !

Sacha Mendel le stoppe avant qu'il n'atteigne la porte.

— Alors ça a donné quoi ? lui demande-t-il.

— Crâne en bouillie sous le masque facial. Fractures multiples de la colonne, du bassin et des membres, dont deux ouvertes. Viscères complètement éclatés avec de multiples hémorragies internes. Charlotte Petitjean s'est aplatie sur le sol comme une crêpe.

— Le légiste a conclu à un assassinat ?

— Difficile à dire. Il n'y a pas de trace de lutte, ni de contrainte. Ça pourrait aussi bien être un suicide.

— C'était pas le genre…

— On est bien d'accord.

— Je suis certain que c'est…

Mendel marque une longue pause, fixe soudain la porte d'entrée avec insistance et dévisage l'homme qui vient de pénétrer au bras du lieutenant Ritoux.

— C'est Strano.

— Oui, c'est possible, répond le commissaire qui tourne le dos à l'entrée du bâtiment.

— Non. T'as pas compris : Strano est là. Derrière toi.

Sacha lui montre la porte, du menton. Son visage s'est complètement fermé, son regard émeraude est aussi dur que la pierre. D'un pas décidé, il s'avance à la rencontre du trafiquant.

— Qu'est-ce que vous foutez là ?

— J'accompagnais une… amie sur son lieu de travail.

Gabriel Strano a lourdement insisté sur le mot « amie » et sourit en voyant le commandant se crisper un peu plus.

— Pourquoi, c'est interdit, monsieur le policier ? le provoque-t-il un peu plus.

— Qu'est-ce qui se passe, vous vous connaissez ? demande la jeune femme.

Le lieutenant Audrey Ritoux, soudain très gênée par la situation, lâche le bras de son petit ami.

— Tu ne sais pas qui est ce fils de pute ? répond Sacha.

Non, elle ne le sait pas. Enfin, elle croyait le savoir jusqu'à présent, mais quelque chose lui dit qu'elle a dû lourdement se tromper. Ou du moins se faire avoir encore une fois. Si elle estime être un bon flic, peut-être pas la meilleure mais du moins la plus appliquée et la plus disciplinée du Quai, la trentenaire est consciente que son flair de policier est totalement inefficace avec les hommes. C'est d'ailleurs son drame, et la raison pour laquelle elle enchaîne les déceptions amoureuses.

Celui-ci, elle l'a rencontré sur Internet. Quand il a commencé à s'intéresser à elle, elle s'est bien dit que c'était trop beau pour être vrai : ils avaient tellement de goûts et de passions en commun ! De quoi croire au destin autant qu'en sa bonne fée. Gabriel s'était présenté comme un jeune chef d'entreprise aussi galant que séduisant, doublé d'un amant comme elle n'en avait jamais connu. Elle était à deux doigts de lui proposer de l'épouser, et songeait déjà à le présenter à ses amis…

— C'est Gabriel Strano.

— Quoi ? Le trafiquant de drogue ? s'écrie-t-elle, dégoûtée.

— Si c'était le cas, ne serais-je pas en prison, messieurs les policiers ?

Strano a répondu d'un ton amusé, presque badin. Audrey n'aime pas la tournure que prennent les choses. Déjà, quelque chose a changé en l'homme qui se tient à côté d'elle. Un je-ne-sais-quoi dans son grain de voix, une façon de se tenir, de ne pas la regarder…

— Ce même trafiquant, reprend Sacha, qui est aussi marié, père de deux enfants.

La jeune lieutenant tombe des nues. Elle sent les larmes lui monter aux yeux, autant de honte que de déception.

— Dégage de là, poursuit Sacha à l'intention de Strano. Dégage ou bien je te coffre.

— Vous n'avez aucun motif pour m'arrêter.

— Alors dégage ou je te casse la gueule !

Strano éclate de rire.

— Dans ce cas, je me ferai un plaisir de porter plainte !

— Tu me fais quoi là ? Une démonstration de force ?

— Non. J'aime bien m'exhiber avec mes putes, surtout quand elles sont de la police.

Si Sacha saisit bien l'allusion que fait Strano, ce n'est pas aussi évident pour la jeune femme. Comment pourrait-elle deviner que son amant attend du commandant Mendel qu'il le serve en échange de son silence sur sa « bavure » ? Sacha crispe le poing, prêt à mettre ses menaces à exécution, quand Audrey le devance et décoche à Strano une baffe magistrale qui résonne dans tout l'étage. Toussaint décide d'intervenir pour calmer les esprits.

— Monsieur, si vous n'avez rien de précis à faire ici, je vous conseille de quitter nos locaux immédiatement.

— Sans même un baiser d'adieu ? demande-t-il à la jeune femme en se frottant la joue.

— Partez, insiste le commissaire.

Gabriel Strano hausse les épaules et prend congé, plutôt satisfait de son coup d'éclat. Il n'en espérait pas plus. Comme Mendel ne semble pas vouloir lui rendre le petit service qu'il lui a demandé, il a décidé de passer à la vitesse supérieure et de lui prouver que rien ne l'arrêtera. Oui, il connaît chacune des faiblesses de chacun de ses collègues. Oui, il a d'autres brèches à exploiter qu'une pauvre fille qui traîne sur des sites de rencontres. Non, il n'a pas peur de venir à découvert au Quai des Orfèvres car il se sait intouchable.

Et oui, Mendel finira par plier et subtiliser ce coupe-papier, sans quoi Gabriel balancera son petit secret… et s'en prendra encore aux membres de sa famille quand il sera mort.

Lorsqu'il a découvert que Petitjean se nourrissait sur la bête et piquait dans le stock pour payer des bijoux à sa femme ou s'envoyer en l'air avec des junkies, Strano lui a gentiment demandé d'arrêter, sans le menacer, sans même le torturer. Il a tenté la manière douce, se contentant d'un coup de poing dans le ventre et de la promesse de le tuer, lui et sa famille, s'il recommençait. Petitjean ne l'a pas pris au sérieux. C'est ça, le problème avec les gens. Il leur faut des évidences, sinon ils ne comprennent pas bien les choses. Un méchant doit avoir l'air méchant. S'il est charmant et bien éduqué, comme lui, Gabriel Strano, tout de suite on s'imagine qu'il va être tolérant, comme un gentil pigeon qu'on peut plumer sans risquer le moindre coup de bec. Mais ce n'est pas parce qu'il a de la classe qu'il doit se laisser marcher sur les pieds ! Pas avec des pompes si belles ! Alors, de temps à autre, il est obligé de faire un exemple, pour montrer que s'il a des manières, il peut aussi les jeter aux orties. D'une tour de deux cents mètres par exemple… La photo de Charlotte Petitjean, prise la veille à la morgue par une connaissance, devrait calmer les rebelles pour un temps…

En passant la porte, Gabriel frôle une jeune femme de l'épaule, la bouscule presque.

— Veuillez m'excuser, madame.

— Ce n'est rien, monsieur.

Ces yeux ! Quels yeux ! Graves et doux à la fois. Dorés comme le soleil. Sous le charme de l'apparition aux cheveux de feu, Gabriel Strano tient son regard quelques secondes et y voit mille contradictions, mille sombres promesses. C'est à peine s'il remarque la fillette accrochée à sa main.

— Déborah, entrez, je vous en prie, crie presque le commandant.

Strano se tourne vers Mendel. Le policier a parlé avec un léger tremblement dans la voix, comme s'il était fébrile, comme s'il avait peur… Pour elle ? Quelques coups d'œil à l'un et à l'autre et le doute n'est plus possible. Oui, Mendel est terrifié à l'idée que le Sicilien s'approche d'elle. Il lui faudra savoir qui elle est, d'autant que plus il la regarde, plus son visage lui est familier. La connaît-il ? Strano salue la jeune femme d'un sourire de prédateur et s'en va, en se disant que Dieu est décidément toujours de son côté.

Le timing ne pouvait pas être pire. S'il s'écoutait, Sacha irait défendre à Strano de jamais oser recroiser Déborah. Mais il sait bien qu'il ne ferait qu'accroître son intérêt pour elle. Car il a bien remarqué comment le trafiquant la regardait. Avec insistance et convoitise. C'est sûrement le genre de femme qui lui plaît, tout comme à lui, mais pour des raisons différentes. Plus elles sont vulnérables, plus Strano doit prendre plaisir à les dévoyer, à les sadiser… Mais Sacha ne laissera pas cette ordure poser les yeux une nouvelle fois sur la jeune femme, encore moins les mains. Il s'est juré que plus jamais il n'arriverait quoi que ce soit de mal à Déborah. Pourquoi diable les femmes comme elle attirent-elles toujours des hommes qui les détruiront ? Dégagent-elles quelque chose qui les désigne systématiquement comme des victimes potentielles ? Quoi qu'il en soit, Sacha n'a plus le choix. S'il veut que Strano cesse de rôder autour de lui, voire de Déborah, il sait ce qu'il lui reste à faire.

— Déborah, vous pouvez m'attendre dans mon bureau un instant ? Je vais vous faire porter un café par un collègue, je ne serai pas long.

Le commandant se dirige vers la salle de perquisition, à la recherche de l'objet que Strano lui a indiqué. C'est un coupe-papier retrouvé dans un bureau qui avait servi de scène de crime. Un marchand d'art du nom de Léandre Delettre avait eu le crâne défoncé à coups de statue en bronze, au terme d'une bagarre qui avait plongé la pièce dans un grand chaos. Le coupe-papier a été embarqué avec d'autres objets trouvés sur place, sans pour autant faire l'objet d'une attention particulière. Comporte-t-il une empreinte, même partielle, ou encore l'ADN de Strano ? Pour quelle autre raison l'homme tiendrait-il autant à le récupérer ? Sacha prend l'objet sous plastique et le range dans la poche arrière de son jean. Une fois arrivé dans son bureau, il dépose le sachet dans une enveloppe, griffonne quelques mots sur une feuille de papier et appelle un officier.

— Tiens, tu m'envoies ça au labo. Je veux le résultat en urgence.

Strano croyait l'intimider ? Il n'a fait que le conforter dans sa décision. Sacha est bien déterminé à le mettre hors d'état de nuire, afin, croit-il, de protéger Déborah… Mais il ignore à quel point Strano déteste qu'on lui désobéisse.

6

LORSQU'ELLE A PERCUTÉ CET HOMME à l'entrée du 36, Déborah a bien cru que son cœur allait lâcher. Lui, ici ? Comme un avertissement, une exhortation à jouer fin, à ne pas sortir du cadre fixé pour ne pas subir un retour de bâton. L'a-t-il reconnue ? À sa façon de la dévisager, elle pourrait penser que oui, mais il se peut aussi qu'il soit simplement tombé sous son charme, comme bien d'autres hommes avant lui. La jeune femme sait qu'elle n'a rien laissé transparaître de son trouble, ni montré, dans son attitude, qu'elle l'avait déjà croisé… Et elle n'a aucune intention de le porter à la connaissance du commandant, qui a eu l'air particulièrement fébrile en lui demandant d'aller s'installer dans son bureau. Prudence, donc.

— Comment va Emma ? lui demande Mendel en revenant.

La petite n'a pas lâché la main de sa tante. Elles sont toutes deux habillées de gris, comme deux versions du même chagrin.

— Pas terrible. On va aller voir un psychologue.

— C'est une bonne chose… Je crois qu'il serait préférable qu'elle ne soit pas avec nous pendant la déposition… Une collègue va s'en occuper pendant ce temps, si vous voulez bien ?

La jeune femme acquiesce. Lorsque le lieutenant Ritoux vient chercher la petite, Déborah la serre doucement contre elle.

— Tu te tiens tranquille, d'accord ?

L'enfant opine du chef tandis que sa tante explique qu'elle a des crises de panique durant lesquelles elle peut devenir assez violente.

— Comment allez-vous, Déborah ? lui demande Sacha une fois la fillette partie.

— Ça va.

Il sait bien que c'est un mensonge, qu'on ne sort pas indemne de l'enfer d'une séquestration, ni des viols qu'elle a subis et que le légiste a confirmés, encore moins de l'amputation barbare de son doigt. Elle aurait pu y laisser la main entière, voire la vie. La douleur est sûrement lancinante, arrivant par vagues si aiguës qu'elle doit avoir parfois envie d'en finir… Sans parler des sensations aussi contradictoires que frustrantes désormais envoyées par le membre fantôme… Et pourtant Déborah est là, digne, droite et fière avec son front lisse et son regard qui ne fuit pas. Elle est là et elle dit que ça va avec une telle conviction qu'il est presque tenté de la croire, admiratif de la force de caractère et du courage de ce petit bout de femme à l'air si fragile. Malgré son visage émacié et son corps décharné, il émane toujours d'elle cette lumière fascinante qui la rend presque irréelle de beauté.

— Alors nous allons commencer. Vous déclarez donc avoir été séquestrée, violée et torturée par Nicolas Pennac, c'est bien ça ?

— Oui. Par Nicolas et David Pennac.

— Avez-vous clairement identifié votre mari ? Était-il présent à certains moments de votre détention ?

— Non. Mais il était le complice de Nicolas, ça ne fait aucun doute.

— Comment pouvez-vous en être aussi sûre ?

Sacha lui-même ne sait plus quoi penser de David Pennac. S'il l'a toujours cru coupable, son intime conviction a tout de même été ébranlée par son suicide.

— J'ai surpris une conversation téléphonique entre eux, un jour que je donnais le bain à Emma. Nicolas lui a même dit qu'il ne plongerait pas seul en cas de problème…

— Pourtant votre mari a toujours nié être impliqué dans cette histoire. Il avait l'air de vraiment tenir à vous.

— David avait un tel don de persuasion qu'il est possible qu'il s'en soit convaincu lui-même… Mais je sais ce que j'ai entendu. Ce que j'ai vécu à ses côtés aussi… je sais de quoi il est capable et je ne veux plus lui trouver d'excuses.

— Pourquoi être restée toutes ces années avec un homme qui vous rendait malheureuse ?

Déborah sourit amèrement. Bien sûr que la question se pose, mais l'homme en face d'elle, avec cette force sauvage qui émane de lui, cette mâle assurance, peut-il vraiment comprendre comment une femme finit par s'enfermer dans une vie qui la rend malheureuse ? Tout ce qu'elle espère mais n'ose dire au policier, c'est que David a souffert avant de mourir. Moralement et physiquement. Autant qu'elle, voire plus. Car il l'a brisée. Car, à cause de lui, elle ne pourra jamais faire confiance à un homme. Mais ça, elle préfère le garder pour elle.

— Je l'ai épousé de mon plein gré. Je savais comment il était et je l'ai accepté tel quel. Je ne pouvais pas me permettre de rater ce mariage qui représentait ce que je pouvais accomplir de mieux…

Alors elle acceptait d'être brimée par un mari tyrannique ? Tout ça parce qu'elle manquait si cruellement de confiance en elle qu'elle estimait que c'était là sa seule grande réussite ? Sacha est en colère. Il déteste l'entendre parler d'elle en ces termes, pourtant il doit rester le plus neutre possible et faire avancer l'interrogatoire.

— Nicolas Pennac a-t-il évoqué ce qu'était devenue sa femme, Laura ?

— Il a dit qu'il lui avait fait ce que tout homme ferait d'une femme comme ça…

— Vous pensez qu'il l'a tuée ?

Déborah se mord nerveusement la lèvre inférieure, comme pour dompter sa peur, et se tord les mains. Sacha a peur qu'elle finisse par arracher son bandage.

— Oui, c'est ce qu'il m'a fait comprendre. Il m'a dit que j'irais la rejoindre si je… si je ne…

La voix de la jeune femme s'étrangle dans un sanglot. Elle le contient comme elle peut et tente de se ressaisir en ajustant une mèche de cheveux d'une main tremblante.

— Je devais lui obéir, reprend-elle. J'ai couché avec lui. Je l'ai laissé me toucher…

Sa voix se brise dans un souffle rauque, son regard fuit soudain celui du policier, comme pour masquer sa honte.

— Il vous a violée, Déborah. Vous n'aviez pas le choix.

— Pourquoi ? demande-t-elle soudain à Sacha. Qu'est-ce qu'on avait fait de mal, Laura et moi ? Je faisais de mon mieux pour plaire à David, je vous le jure. Qu'est-ce qui ne va pas chez moi pour qu'il ait voulu me tuer ?

— Rien, Déborah. Au contraire, vous avez tout pour plaire, c'est peut-être ça, le problème… Peut-être que vous le renvoyiez à ses propres faiblesses et qu'il ne l'a pas supporté…

— Et quelle idiote, j'ai été de croire que Nicolas s'intéressait vraiment à moi !

— Nicolas m'a montré un SMS où vous disiez que vous alliez parler à votre mari. Vous aviez l'intention de quitter David pour son frère ?

La jeune femme baisse la tête, honteuse.

— Au début, Nicolas me paraissait tellement différent de David, il me disait que j'étais merveilleuse, qu'on pouvait recommencer une vie à trois avec Emma... Il avait compris que je voulais un enfant par-dessus tout et que je m'étais déjà trop attachée à sa fille pour y renoncer comme ça. Je... je sais bien que mon affection pour elle a quelque chose de disproportionné... Mais une petite voix au fond de moi n'arrêtait pas de me chuchoter que c'était ma seule chance d'être mère et j'ai tout fait pour accaparer une orpheline... Vous vous rendez compte ? J'ai honte... Mais plus rien n'avait d'importance que ce désir-là. L'attirance que j'ai pu ressentir pour Nicolas était dérisoire à côté. David me connaissait bien : il savait que je ne résisterais pas à Emma. Je crois qu'elle faisait partie intégrante du piège et je me suis fait avoir.

Déborah s'est ressaisie et parle désormais avec détachement, comme s'il s'agissait de l'histoire d'une autre. Ses yeux secs, la rigidité de sa posture, ainsi que le choix de ses mots qu'elle semble peser méticuleusement ne sont pas sans rappeler le comportement des suspects qui cherchent à dissimuler leurs méfaits. Un jeune policier pourrait s'y méprendre. Mais l'expérience a appris à Sacha qu'on retrouve souvent cette distanciation chez les personnes traumatisées. De même un fort sentiment de culpabilité est typique des victimes de manipulateurs, qui leur font croire qu'elles sont responsables de leur propre malheur. Sacha se sent impuissant face aux dégâts commis par les frères Pennac. Il ne sait quoi répondre et ce n'est pas son rôle de la consoler pour l'instant. Il doit juste comprendre le mécanisme, l'engrenage dans lequel elle s'est retrouvée pour avoir une chance de coincer Nicolas.

Pourtant son instinct lui souffle que Déborah ne lui a pas tout dit. Elle a quelque chose d'un peu trop fixe dans le regard, elle ne cligne pas assez des yeux...

— Quand avez-vous compris que c'était un piège ? reprend-il d'une voix neutre.

— Quand nous nous sommes retrouvés dans cette maison, tous les trois, ce fameux soir. C'est Nicolas qui m'en avait parlé. Il avait les clés et m'avait demandé de le rejoindre... Quand David m'a suggéré de faire un break, je ne me voyais pas jouer encore la comédie de l'amour et partir dans un endroit inconnu avec lui. J'avais aussi peur de sa réaction quand je lui annoncerais mon intention de le quitter. Alors je lui ai proposé qu'on aille là-bas. Je devais rompre une fois que Nicolas m'aurait rejointe, pour qu'il me protège au cas où…

— Pourquoi ne pas le lui dire chez vous ?

— Je ne sais pas… C'est Nicolas qui m'a convaincue de faire comme ça. Évidemment c'était un piège. Et je réalise maintenant que David savait exactement ce qui allait se passer.

— Qu'est-ce qui vous fait dire ça ?

— David avait un comportement étrange, en fin de soirée. Comme s'il avait été drogué. Quand il a commencé à devenir agressif, Nicolas lui a dit : *T'as eu ta dose*. Ça l'a calmé aussi sec, comme si c'était un code entre eux…

— Et ensuite ?

— David a vite perdu connaissance. Nicolas a passé un coup de fil et m'a dit que son frère allait enfin lui fiche la paix, qu'il tenait sa revanche et que plus rien ne nous séparerait… Je ne comprenais pas ce qu'il me disait. Je me souviens que mon cœur s'est mis à battre si fort que j'ai dû m'asseoir. Je ne sais pas combien de temps s'est écoulé, ni ce que Nicolas pouvait bien faire à cet instant-là. À un moment donné, il a mis David sur la banquette arrière de sa voiture et l'a ramené à Paris. Il m'a expliqué à son retour qu'il l'avait déposé devant sa voiture après avoir effacé les coordonnées du GPS.

— Et comment a-t-il ramené la voiture de son frère ? Il n'avait pas le temps de faire deux allers-retours et on a un enregistrement vidéo de l'heure exacte à laquelle il est passé au péage.

— *Quelqu'un* est venu la chercher.

— *Quelqu'un* ?

Un tiers, il ne manquait plus que ça !

— Oui…

— Vous le connaissez ?

Déborah lève les yeux au ciel et se mord à nouveau les lèvres. Elle sait qu'elle doit être prudente et s'en tenir à cette version, pour ne pas se mettre en danger. Mais il est difficile de cacher la vérité à Sacha Mendel, elle l'a compris depuis le début de cet entretien. Elle qui pensait venir pour un simple témoignage se sent sur la sellette… Pourtant, c'est une question de vie ou de mort pour elle, alors il lui faut mentir sans sourciller.

— Non.

Encore ce regard sans clignement qui suit un mouvement des yeux vers le ciel. Déborah ne lui dit pas tout. Pourquoi ? Qui est cette personne qu'elle prétend ne pas connaître ? Le commandant pressent qu'il est trop tôt pour le lui demander frontalement.

— Je n'arrive pas à me souvenir de son visage, poursuit-elle. J'étais dans un état second. Les battements de mon cœur s'étaient ralentis et j'avais l'impression de n'avoir aucune volonté, de ne plus pouvoir bouger…

— Et après leur départ, qu'avez-vous fait ?

— Rien. Je crois que je me suis endormie. Je ne sais plus, c'est le trou noir absolu. Nicolas a reparu avec Emma deux jours plus tard, il me semble, mais peut-être était-ce plus tôt, ou plus tard, j'ai perdu la notion du temps. J'ignore aussi quand il m'a coupée derrière l'oreille, pour collecter un peu de mon sang…

Tout comme son mari, la jeune femme a dû être droguée. Ses symptômes ressemblent fortement à ceux de quelqu'un qui a ingéré du GHB, la fameuse drogue des violeurs.

— Que s'est-il passé à son retour ?

— Je me souviens qu'il a dit à Emma d'aller jouer dans sa chambre. J'étais encore un peu endormie et je lui ai dit que je voulais partir, de me conduire à la gare la plus proche. Là il m'a dit que c'était hors de question, que je n'avais pas bien compris la situation… Et il m'a giflée si fort que ma lèvre s'est ouverte… Après il m'a tirée par les cheveux jusqu'à une chambre et il m'a enfermée pendant deux jours, sans manger. Pour que je comprenne que maintenant c'était lui le chef…

Déborah, toujours de la même voix neutre qui masque son émotion, décrit les privations de nourriture, les menaces de mort, les viols subis.

— Il voulait que je me donne à lui de mon plein gré. Il disait que puisque j'avais su l'allumer, alors je devais l'éteindre… Je prétextais être indisposée, je disais avoir besoin de temps pour reculer l'échéance, mais il a fini par perdre patience et, la première fois, il m'a forcée.

— Les fois suivantes aussi, insiste Sacha.

— Non. C'est moi qui venais à lui. Parce que j'avais faim et que je voulais avoir à manger. Parce que j'avais peur qu'il finisse par me tuer si je ne lui plaisais plus. Ce qui m'a sauvée du sort que me réservait David, c'est que Nicolas est vraiment tombé amoureux de moi, à sa façon.

À sa façon ? En lui coupant un doigt ? En l'affamant, la violant, la séquestrant ?

— Il ne faisait pas semblant de m'aimer, vous savez…, reprend-elle. Je le voyais dans son regard. Ses sentiments n'ont jamais cessé d'évoluer. Du simple désir des premiers jours est née une véritable affection… Mais elle est devenue envahissante, obsédante… Il ne voulait pas juste me séduire. Il voulait me voler à son frère, me posséder…

Comme un enfant qui cherche à accaparer sa mère. Était-ce le comportement de la jeune femme avec Emma qui avait déclenché cette folie en rappelant à Nicolas les manques de son enfance ?

Mais Sacha a beau retourner le problème dans tous les sens, il ne voit pas quelle était la motivation de David dans cette histoire. Pourquoi s'allier à un frère qu'il méprisait et lui demander de tuer son épouse alors qu'il semblait l'aimer comme un fou, et qu'au pire un simple divorce aurait fait l'affaire ? Même Déborah ignore le mobile de son mari. D'ailleurs, elle ne l'a jamais revu après cette fameuse soirée. Tout ce qu'elle croit avoir saisi des discussions téléphoniques entre David et son frère n'était peut-être que pure mise en scène de Nicolas.

Sacha sent un frisson le parcourir alors que, pour la première fois depuis le début de cette enquête, il commence à croire qu'il s'est fait berner et que David Pennac était une victime, au même titre que Déborah. Victime de son succès, de son arrogance, des jalousies de voisins en mal de scoop... Victime aussi d'un égoïsme qui a fini par éloigner sa femme et la pousser dans les bras d'un autre, victime enfin d'un frère envieux qui savait exactement sur quelles ficelles tirer pour le déstabiliser et lui faire perdre toute crédibilité... Mais au nom de quelle folie Nicolas a-t-il enclenché ce processus ? Quelle est sa motivation profonde ? Comment ce type qui n'a jamais rien réussi de sa vie a-t-il pu s'embarquer dans un plan aussi machiavélique ?

— Il a perdu la raison, intervient Déborah comme si elle avait entendu les questionnements de Mendel. Je crois qu'il y pense jour et nuit depuis des années. Il fait souvent des cauchemars, crie dans son sommeil que David lui a volé la vedette... Je crois qu'il le tient pour responsable de tous ses échecs. Nicolas se sent spolié.

— Si nous ne vous avions pas retrouvées dans la maison, Emma et vous, vous seriez peut-être mortes à l'heure qu'il est. Que s'est-il passé pour qu'il vous laisse dans cet état ?

La jeune femme se trouble. Évoquer les derniers instants qu'elle a partagés avec Nicolas ne va pas être chose aisée. Pourtant, elle prend une grande inspiration et raconte son histoire, comme un bon petit soldat.

— Nicolas m'a punie d'avoir voulu négocier avec David. Je lui ai envoyé un SMS avec son téléphone. Il m'a coupé le doigt en représailles, celui qui portait une alliance. J'ai cru mourir de douleur... Je ne voulais pas crier... Pour ne pas lui faire ce plaisir ni faire peur à Emma... Mais je n'ai pas pu m'en empêcher... J'ai perdu connaissance juste après.

Le médecin a estimé que l'amputation de la jeune femme remontait à environ trois jours avant qu'on ne la retrouve, temps qu'elle avait passé enfermée dans la cave avec l'enfant.

— Pourquoi vous a-t-il enfermées toutes les deux ?

— Pour me ramener à la raison et me montrer ce qu'Emma devait subir à cause de ma rébellion.

— Il avait l'intention de revenir ?

— Oui. Il a juré qu'il reviendrait. Il ne me laissera pas tranquille, même maintenant, j'en suis sûre.

Ce serait carrément stupide de sa part de se manifester à nouveau. La partie est terminée pour lui : il n'aura jamais accès à cette vie qu'il rêvait de voler à son frère. Mais Sacha a beau expliquer à Déborah que Nicolas ne peut plus rien lui faire, elle ne démord pas de sa version : Nicolas ne s'avouera pas vaincu et reviendra la chercher.

— Enfin, bon sang, que veut-il à ce point ? Qu'est-ce qui l'obsède à ce point chez vous ?

Déborah revoit le jeune homme comme s'il était là, devant ses yeux, titubant dans le jardin où il tenait à se balader en « amoureux ». Les crises, plus intenses que jamais, s'étaient rapprochées et le mettaient en rage…

— *Qu'est-ce que tu m'as fait ?* lui hurla-t-il soudain en la secouant comme un prunier. *Comment tu as réussi à me mettre dans cet état ? Tu sais à quel point je t'aime ? Tu te rends compte au moins ? Tu te rends compte, Déborah ?*

— *Je n'ai rien fait ! C'est toi, l'artisan de ton propre malheur… et du mien !*

— *Ton indifférence me tue, Déborah, tu me précipites vers la mort… Mais je te préviens, je n'irai pas seul ! Je t'y entraînerai avec moi si tu ne me donnes pas ce que je te demande.*

— *Je me suis déjà donnée à toi !*

— *Ce n'est pas de ça que je parle et tu le sais pertinemment.*

Terrassé par sa migraine, Nicolas tomba à genoux devant elle, mains dans l'herbe, tête baissée, hurlant comme un fou des propos incompréhensibles... Le lendemain, il était parti. Et elle avait un doigt en moins.

Le commandant a bien raison de croire que la rivalité fraternelle n'était pas la seule motivation de Nicolas. Déborah possédait quelque chose que le jeune homme désirait plus que tout, mais qu'elle ne lui accorderait jamais... Pas plus qu'elle ne l'évoquerait devant un policier.

— Tout ce que je sais, élude-t-elle, c'est que je ne veux plus avoir mal. Je préférerais mourir ! Oui, je me tuerais plutôt que le laisser me reprendre, Sacha !

La jeune femme a presque crié son prénom, se départant pour la première fois de sa réserve. Ses yeux sont profondément cernés, elle semble épuisée, au bord du malaise. Sacha prend conscience de l'épreuve que ce témoignage constitue pour la jeune femme et s'en veut de l'avoir poussée comme ça.

— Je ne le laisserai plus vous approcher, Déborah. On va retrouver ce salaud et le mettre derrière les barreaux, je vous le promets.

La jeune femme laisse aller les larmes qu'elle n'a que trop retenues. Elle a l'air d'une petite fille perdue. Troublé, Sacha contrôle avec peine son envie de la prendre dans ses bras pour la consoler, de lui proposer son cœur comme refuge... Constatant la pâleur de la jeune femme, il saisit un sucre qui traînait sur son bureau et le lui tend. Déborah l'accepte volontiers. Elle déchire délicatement l'emballage et le dépose dans la main du commandant, effleurant sa paume de son pansement. La jeune femme retire sa main aussi prestement que si elle avait reçu une décharge électrique et la cache derrière son dos, comme si elle avait honte de son infirmité. Le policier se penche lentement vers elle, attrape son poignet, prend la main blessée dans les siennes et y dépose un baiser.

— Ça n'enlève rien à ce que vous êtes, Déborah…, dit-il, la gorge serrée.

N'étant pas en état de rentrer seule, Déborah a consenti à ce que Sacha la raccompagne. Elle se sent bien avec lui, en sécurité. Elle aime la force qui émane de lui, son entièreté, la folie qu'elle devine chez lui. À croire qu'elle n'est attirée que par des hommes borderline, pourtant elle a envie de croire que la folie de celui-ci est compatible avec la sienne. Quand elle regarde leur reflet dans le rétroviseur, avec celui de la petite qui dort sur la banquette arrière, elle se dit qu'ils pourraient former une belle famille… Ça la fait sourire. Un peu tristement. Mais sourire quand même.

— Ça va ? demande-t-il.

— Ça va aller, répond-elle.

— Vous êtes sûre que c'est une bonne idée de rester dans cette maison ?

— C'est ma maison.

— Vous n'avez pas peur que ça remue de mauvais souvenirs ?

— C'est ma maison.

— Elle n'est pas en bon état. Ce n'est pas sain d'y rester.

— Pourquoi dites-vous ça ?

— J'ai dû appeler les services sanitaires, j'ai découvert un champignon, l'autre jour, qui menace de tout bouffer chez vous…

— Je ne veux personne dans ma maison.

— Il faudra pourtant les laisser entrer.

— Non. C'est ma maison.

Sacha n'insiste pas. Il est fréquent que les victimes d'agression aient un besoin maladif de se retrancher chez elles et ne souffrent aucune intrusion.

— Comme vous voudrez, Déborah. Un de mes hommes sera là pour vous protéger et surveillera votre maison tant qu'on n'aura pas mis la main sur Nicolas. S'il revient…

— Il va revenir.

— On sera là pour le mettre hors d'état de nuire. OK ?

— Oui.

— Bien. Au revoir alors…

Sacha a l'air gauche. Il ne sait pas comment s'y prendre avec elle, tant elle oscille entre des comportements contradictoires… La jeune femme aide la petite à descendre du véhicule. Emma, encore ensommeillée, se frotte les yeux sans rien dire. Sous le coup d'une impulsion, le policier enlace la jeune femme et dépose un baiser sur son front. Elle lui sourit : finalement, elle a dû être suffisamment convaincante et n'avoir rien laissé transparaître de ce que Nicolas lui avait dit la dernière fois qu'elle l'avait vu. Ne rien dire, ne rien montrer, il en va de sa survie.

La jeune femme fait signe au policier et rentre dans sa maison, sans se soucier du regard des voisins indiscrets qui l'épient derrière leur fenêtre. Et elle ne remarque pas plus que Sacha l'homme de main de Gabriel Strano qui les surveille de l'autre côté de la rue.

7

IL N'AVAIT PAS FALLU DEUX JOURS pour que Nicolas Pennac refasse surface. Sacha espérait sincèrement que l'homme se ferait oublier, voire quitterait le territoire. Mais quand il vit Déborah arriver au Quai, plus maigre et blême que jamais, le commandant comprit immédiatement. Incapable d'articuler quoi que ce soit, la jeune femme se contenta de tendre son téléphone portable au policier. Sa main tremblait si fort qu'il dut l'immobiliser dans la sienne afin de pouvoir lire le message envoyé par Pennac.

Tu m'appartiens.

Trois mots simples comme préliminaires d'un jeu du chat et de la souris avec Déborah dans le rôle de la proie. Une proie terrorisée qui ne semblait plus rien voir ni entendre d'autre que sa peur.

— *Je ne supporterais pas qu'il me reprenne !*

— *Ça n'arrivera pas, je vous le promets.*

— *Ce ne sont que des mots !*

La jeune femme, hystérique, jura de nouveau qu'elle se tuerait si Nicolas devait resurgir dans sa vie. Sacha ne l'avait jamais vue dans un tel état de nerfs : s'il ne parvenait pas à l'apaiser, il lui faudrait la faire hospitaliser, pour son propre bien.

— *J'espère que pour vous aussi, Déborah, ce ne sont que des mots. Je ne vous laisserai pas vous punir du mal qu'on vous a fait.*

— *Ma vie ne vaut pas grand-chose, de toute façon...*

— *Ne dites pas ça ! Pas quand vous êtes responsable d'une petite fille de quatre ans qui a besoin de vous, autant que vous d'elle !*

— *C'est faux !*

Déborah éclata en sanglots. Elle faisait peine à voir avec ses grands yeux cernés, ses joues creusées par les insomnies et son corps diaphane qui semblait grelotter sous la fine étoffe de sa robe. La jeune femme tremblait si fort qu'elle évoquait ces feuilles d'arbre qui se détachent par à-coups sous les assauts du vent, une fois l'automne venu, pour aller s'écraser en virevoltant sur un cimetière végétal. De grosses larmes roulèrent le long de ses joues pour aller se noyer dans une bouche déjà pleine de chagrin. Alors qu'elle se mettait à renifler, Sacha lui tendit un mouchoir dans lequel elle se soulagea bruyamment, sans se soucier de la bienséance, à la manière des enfants. Dans un nouveau sanglot, elle s'entêta à réfuter les propos du commandant.

— *Emma n'est pas heureuse avec moi. Je ne sais pas m'y prendre avec elle...*

— *Peut-être lui rappelez-vous de mauvais souvenirs,* risqua Sacha, *mais ça s'estompera avec le temps, elle est encore petite : elle oubliera.*

— *Non, elle ne m'aime pas, je le sais. Je n'aurais pas dû m'évertuer à être mère. Si la nature en a décidé autrement, c'est pour une bonne raison : je suis mauvaise.*

Sacha accueillit avec angoisse la déclaration de la jeune femme. La fillette constituait jusque-là son unique raison de vivre. Convaincue de ne pas rendre sa nièce heureuse, Déborah n'avait plus de réelle raison de tenir bon et l'accumulation de malheurs qu'elle avait subis avait sapé ses réserves d'énergie, au point qu'elle était parfaitement capable de mettre à exécution sa menace d'en finir. L'idée même que la jeune femme songe au suicide lui perforait le cœur plus sûrement qu'une balle tirée à bout portant. Il ne la connaissait pas, avait à peine échangé un baiser avec elle, qui ne représentait sûrement pour elle qu'une tentative désespérée de se raccrocher au premier venu, pourtant il ne pouvait s'empêcher d'être ému par sa grâce et de souhaiter, un jour peut-être, pouvoir l'aimer et la faire sourire... Il aurait voulu lui donner des arguments en faveur du choix de la vie, mais il se sentait lui-même tellement perdu qu'il préféra se taire, de peur qu'elle ne lui rie au nez.

Suite à la visite de Déborah Pennac, Sacha déclencha le branle-bas de combat. Le message en question avait été envoyé du quartier de la gare Montparnasse à Paris, puis le téléphone s'était éteint pour émettre à nouveau dans la région lyonnaise. Par acquit de conscience, Mendel fit pister l'appareil et appréhender son utilisateur, mais évidemment, ce n'était pas Nicolas. Le téléphone était un appareil au forfait prépayé acheté en grande surface dont le jeune Pennac avait dû se débarrasser à son retour à Paris, comptant sur la convoitise d'un passant pour le faire voyager. À quoi jouait-il exactement ? Pensait-il vraiment pouvoir toucher ne serait-ce qu'un cheveu de sa belle-sœur avec la protection dont elle bénéficiait ? Pourquoi se mettait-il en danger en révélant ses intentions ?

— Ça t'amuse, connard, de la torturer ?

Sacha Mendel a beau tourner le problème dans tous les sens, quelque chose dans le mobile de Pennac lui échappe. Il y a forcément un élément déterminant qu'il ne connaît pas encore.. Mais lequel ? Couvert de dettes, Nicolas n'a jamais été sur le point de publier un livre comme il le prétendait. Il aurait, selon Elizabeth, appelé à la rescousse, développé une obsession morbide à l'égard de son frère, nourrie par le sentiment d'avoir été dépossédé de ce qu'il croyait lui revenir de droit. Son objectif était d'obtenir réparation en récupérant ce que David lui avait volé. Il s'est inventé un succès littéraire et a décidé de s'approprier sa maison, sa femme, jusqu'à peut-être se prendre pour son frère.

— Mais dans ce cas, pourquoi s'associer avec David ?

— Pour prouver qu'il pouvait le duper ? lui répond le commissaire Toussaint qui vient d'entrer dans son bureau.

Sacha sursaute violemment, il ne l'a pas entendu arriver.

— Peut-être…

Mais il n'y croit pas. Quelque chose cloche dans cette histoire et il ne parvient pas à savoir quoi.

— Je ne suis plus aussi sûr de la culpabilité de David Pennac, pourtant et j'ai du mal à imaginer qu'un type aussi impulsif que Nicolas, drogué de surcroît, puisse avoir fomenté tout ça…

— Et tu as peut-être raison.

Surpris par la réponse de Toussaint, Sacha écarquille les yeux et scrute le dossier que le commissaire tient entre les mains. Il y est écrit « Succession Moreau » au feutre noir. La propriété dans laquelle a été séquestrée Déborah avait appartenu à Violette Moreau, une vieille dame décédée trois ans plus tôt des suites d'une longue maladie. Ses héritiers avaient mis la maison en vente mais n'avaient trouvé aucun acquéreur : la bâtisse avait été contaminée par la mérule, un champignon xylophage familier des côtes atlantiques et, bien que traitée à temps, elle n'inspirait pas confiance aux éventuels acheteurs. En attendant de trouver un nouveau propriétaire, l'agence immobilière gérant le bien la faisait entretenir deux fois par an. Que venait faire Nicolas Pennac là-dedans ? Rien ne semblait le lier à Violette Moreau : ancienne institutrice, elle était clown d'hôpital bénévole et membre fondateur du club de botanique de son village où elle avait coulé une retraite des plus tranquilles. Alors comment avait-il entendu parler de cette maison inhabitée ? Et comment s'était-il procuré les clés ?

— Du nouveau à propos de la baraque ?

— Tu ne devineras jamais qui assurait la propriété de Mme Moreau !

— Le cabinet où travaillait Laura Pennac ?

— Trop fort.

— C'est comme ça qu'elle et Nicolas ont eu connaissance de l'existence de cette maison…

— Ainsi que du décès de sa propriétaire. Ils devaient s'y rendre régulièrement. Faire un double est extrêmement facile, surtout quand on sait tenir un discours d'assureur…

Soudain, Sacha est parcouru d'un frisson glacé. La maison a été fouillée de fond en comble après le sauvetage d'Emma et Déborah, à la recherche de traces de sang ou de quoi que ce soit ayant appartenu à Laura Pennac. Les chiens ont parcouru l'immense propriété, des grilles jusqu'au bord des falaises escarpées, à travers les massifs de roses et de violettes, mais rien n'a été relevé trahissant la présence de la femme de Nicolas, ni même son décès. Et si… ? Si Nicolas les avait mis sur une fausse piste depuis le début en prétendant qu'elle avait disparu ? Si c'était elle qui tirait les ficelles de cette machination que le jeune homme semblait incapable d'avoir imaginée seul ?

— Tu penses la même chose que moi ? demande Sacha.

— Ça expliquerait les empreintes de Laura Pennac retrouvées chez David, confirme le commissaire. Ce n'est pas lui qui l'aurait séduite, mais elle ! Ou alors elle est allée rejoindre Nicolas quand il était seul chez son frère pour faire accuser David !

— Ça expliquerait aussi pourquoi Déborah est restée si évasive à propos d'une tierce personne qui aurait aidé Nicolas à transporter David dans le coffre de sa voiture. Elle n'a jamais dit clairement s'il s'agissait d'un homme !

— Mais pourquoi Déborah protégerait cette femme en se taisant ?

— Aucune idée… Peut-être qu'elle la croit sous la menace et qu'elle essaie de la protéger ?

— Quelque chose ne colle tout de même pas, répond le commissaire. Je ne vois pas pourquoi Nicolas ferait cette fixette sur sa belle-sœur s'il est complice avec sa femme.

— Déborah a l'air de penser qu'il est vraiment tombé amoureux d'elle… Peut-être qu'il a fini par se débarrasser de Laura quand il n'en a plus eu besoin ?

— Ce qui nous ramène à la case départ avec cette fichue disparition qu'on n'arrive pas à résoudre, soupire Alex.

— Et à la nécessité de demander des explications à Déborah, renchérit Sacha.

Le commandant a décidé d'aller interroger la jeune femme à son domicile cette fois-ci, il doit l'obliger à se souvenir, à parler. Il ne pourra rien faire sans son aide. Au volant de sa voiture, il retrouve un itinéraire désormais familier. Depuis qu'elle a reçu ce funeste SMS, il y a de ça plusieurs jours, Sacha a pris l'habitude de rendre visite quotidiennement à Déborah, bien que ses visites soient en général plus tardives. Il lui semble qu'elle apprécie leurs petits rendez-vous et il se prend à espérer que si elle a recommencé à se maquiller, c'est pour lui. Lorsqu'elle lui ouvre la porte ce jour-là, drapée d'une robe légère couleur sang, Sacha en oublie presque aussitôt les motifs de sa visite.

— Vous êtes belle ! s'exclame-t-il. Je veux dire, ça fait plaisir de vous voir ainsi…

S'il avait un chapeau, il l'ôterait sur-le-champ pour le tortiller entre ses mains comme un vieux garçon devant une jeune fille. Mais il n'a pas de chapeau. Plaisir ? Le mot est faible. Ce qu'il éprouve c'est juste une irrépressible envie de plaquer sa bouche sur ses lèvres délicates, et un besoin de fumer qu'il ne sait pas comment réfréner. La violence du désir qu'il éprouve pour elle est si forte qu'il en a mal. Se rend-elle seulement compte de l'effet qu'elle lui fait, nue sous sa robe ? Réalise-t-elle à quel point ses seins menus dansent dans le décolleté un poil trop large ? A-t-elle mesuré la transparence du tissu quand il est pris dans un coucher de soleil et ne dissimule rien de son anatomie ? Sait-elle les efforts qu'il doit faire pour ne pas lui sauter dessus et assouvir enfin les fantasmes qu'elle peuple nuit après nuit, seconde après seconde ?

— Merci. Vous êtes en avance, ce soir. Vous étiez pressé de me retrouver ? sourit-elle.

— Je...je...j'avais...

— Vous avez soif, décrète-t-elle en coupant court à ses bégaiements d'adolescent niaiseux.

— Oui.

— Emma est déjà couchée...

Et lui n'a plus aucune envie de lui parler de Laura Pennac, pourtant il le faudra bien... Déborah s'applique, dans la cuisine, à la préparation d'un mojito. C'est devenu leur rituel du soir.

— Vous savez, le champignon dont je vous ai parlé à votre retour..., s'écrie-t-il pour qu'elle l'entende depuis le salon.

— Eh bien ?

— Je crois savoir ce que c'est.

— ...

— Je crois que c'est de la mérule, poursuit-il pour meubler le silence glacial qu'elle lui oppose. C'est un champignon ultra-destructeur qui peut pousser de plusieurs centimètres en une nuit et réduire une maison à néant en quelques mois...

— C'est aussi un champignon qui pousse en bord de mer. Pas à Paris.

Bien sûr que la jeune décoratrice connaît ce parasite, mais Sacha est décidé à aller au bout de son raisonnement.

— Certes, mais savez-vous qu'il suffit de toucher une plinthe infectée avec le bas de son pantalon pour collecter des spores qui pourront ensuite se développer dans n'importe quelle maison, y compris en Île-de-France...

— Où voulez-vous en venir ? demande-t-elle en revenant dans le salon, les verres à la main.

Déborah a un petit hoquet de surprise en voyant que Sacha a enfilé des gants en latex. Elle pose les cocktails et l'interroge du regard.

— Je pense que Laura Pennac était la complice de Nicolas.

— C'est absurde, elle a disparu et c'était David le complice de Nicolas. Pourquoi vous ne voulez pas me croire ?

— Je crois surtout que vous savez pertinemment qui a aidé Nicolas à mettre David dans le coffre ce fameux soir, et que cette personne c'était votre belle-sœur !

— Pas du tout !

— Si ce n'est pas elle, qui est-ce ?

— Je n'en sais rien, tout ce que je sais, c'est que c'est un homme !

— Un homme dont vous ne m'avez rien dit.

— Parce que je ne me souviens pas de son visage ! C'est si dur à comprendre ? J'ai un énorme trou noir, je ne m'en souviens pas !

La jeune femme s'est tendue comme un arc. Ses yeux lancent des éclairs.

— D'accord… Mais j'ai un moyen simple de prouver que Laura Pennac est venue chez vous il y a plus d'un an… Je vais faire un prélèvement des champignons que j'ai trouvés dans votre cave et demander à un laboratoire de comparer la souche à celle de la maison dans laquelle vous étiez retenue…

Déborah n'aime pas cette histoire de champignons. Elle connaît parfaitement ce parasite, hautement contagieux et destructeur, une sorte de sida du bois. Il est fort probable que Sacha ait raison et que la même mérule ait colonisé les deux habitations, mais elle n'a aucune envie d'en avoir la confirmation, de s'entendre dire que sa maison est menacée et elle avec… Seulement elle ne peut pas l'empêcher de faire son métier, alors elle se contente d'aspirer quelques gorgées du mojito en attendant que le commandant revienne...

Ça ne lui aura pris que quelques minutes. Sacha range le prélèvement dans sa sacoche avec un sourire satisfait et saisit le verre que lui tend la jeune femme. Elle le regarde d'un air étrange, pupilles dilatées, un léger sourire au coin des lèvres. Il s'assied tout près d'elle, avale une rasade du breuvage pour se donner une contenance et lui sourit en retour. Un sourire bête, naïf, le sourire de l'homme qui espère avoir ses chances, qui donnerait tout le temps qu'il lui reste à vivre pour avoir le privilège de toucher celle qu'il aime en secret...

— Sacha... je voulais vous dire merci...

— Merci de quoi ? répond-il, la voix rauque.

— D'être là, pour moi, tous les soirs. De me protéger...

Il faut qu'elle arrête immédiatement de le fixer si intensément. Il faut qu'elle arrête immédiatement de passer sa langue sur ses lèvres. De lui poser la main sur la cuisse... De lui poser la main sur la cuisse ?

— Déborah, vous devriez... faire attention... Je suis un homme, vous savez... Je ne suis pas de marbre...

Il se fait l'effet du grand méchant loup qui mettrait en garde le petit chaperon rouge quand il n'a qu'une envie : la dévorer. Sacha déglutit péniblement et saisit délicatement la main de la jeune femme pour la retirer de sa cuisse. Il doit se soustraire à ce contact électrisant, sinon il ne répond plus de rien !

— Je vois ça..., se contente-t-elle de répliquer.

Et avant même qu'il ait pu remercier Dieu et tous les saints, Déborah a dégrafé le haut de sa robe, lui offrant une vision si divine qu'il lui faut un instant pour réaliser ce qu'elle vient de faire. Il reste là, soufflé autant par son geste que par sa beauté, sans oser la toucher, lui parler, ni même respirer. C'est elle qui lui saisit la main et la pose doucement sur sa poitrine.

— Touche-moi...

— Tu es sûre ?

Pour toute réponse, la jeune femme s'assied à califourchon sur lui et l'embrasse langoureusement. Ce n'est qu'au bout de quelques secondes qu'il réalise qu'il a encore ses gants en latex. Il s'interrompt un instant pour les retirer mais Déborah stoppe son geste.

— Non... n'arrête pas de me toucher.

Elle approfondit alors son baiser et se plaque si fort contre lui qu'il en oublie qu'il porte des gants, ne songeant plus qu'à découvrir ce corps tant désiré, l'embrasser, le caresser pour la faire vibrer sur tous les accords possibles et la prendre encore et encore, avec force, lentement, frénétiquement, jusqu'à ne plus savoir où il s'arrête et où elle commence, pour fusionner enfin avec elle et lui ôter sa peine, l'emplir de jouissance... Il ne se lasse pas de lui tenir le visage, de presser doucement ses seins, de les goûter, les lécher, les aspirer comme pour se nourrir de son essence, de caresser ses hanches fines, empoigner ses fesses rebondies, d'enfouir sa tête entre ses jambes et de la déguster lentement, comme un fruit délicat, de sentir ses réticences s'envoler pour la voir s'abandonner, par vagues, de crispations délicieuses en gémissements d'extase...

Lorsqu'ils se réveillent, enlacés comme deux amants désormais inséparables, le soleil est déjà haut dans le ciel. C'est Sacha qui, le premier, reprend conscience. Déborah a l'air d'un ange, complètement nue et abandonnée dans ses bras. Une petite cicatrice d'environ cinq centimètres barre son ventre, il la caresse doucement. La jeune femme se réveille et sourit.

— C'est la première fois depuis longtemps que je n'ai pas peur de ce qui m'attend en me réveillant...

— Hier c'était le dernier jour de ta vie où tu avais peur en te réveillant, mon ange.

— Promets-le-moi.

— Je te le jure.

Sacha lui embrasse le cou pour sceller sa promesse et laisse ses mains se balader sur le corps souple de sa maîtresse. La jeune femme se laisse aller, sourire aux lèvres. Elle se sent incroyablement bien, détendue, sereine… Quand soudain Emma déboule en criant dans le salon et force le couple à se réfugier sous un plaid.

— Papa est revenu, papa est revenu !

Sacha ne sait alors ce qui le surprend le plus. Le fait que la fillette ait recommencé à parler… ou bien l'emballage de bonbon plié qu'elle tient entre ses doigts.

8

SACHA MENDEL A LE SENTIMENT D'ÊTRE PASSÉ dans une essoreuse. D'avoir franchi en une seconde la frontière entre le paradis et l'enfer, il roule à toute allure vers le Quai des Orfèvres, sans vraiment regarder la route.

Quand Déborah a vu le papier que lui tendait la petite Emma, elle est entrée dans une rage aussi soudaine qu'incompréhensible. Incapable de se contrôler, la jeune femme bondit, complètement nue, devant la gamine effrayée et se mit à lui hurler dessus en la secouant si fort qu'elle lui coupa la respiration.

— *Tais-toi, tu m'entends ! Je veux que tu te taises !*

— *Déborah, arrête, tu la terrorises !*

— *Je m'en fous ! Je veux qu'elle la ferme ! Tu vois, tu vois qu'elle fait tout pour me pousser à bout ! Elle ne m'aime pas ! Elle veut qu'il revienne !*

Sacha fut obligé de mettre la petite à l'abri dans sa chambre, pour la protéger de sa tante. Il avait beau savoir que la peur pousse parfois les gens dans leurs retranchements et leur fait adopter des comportements aberrants, il détestait ce qu'il avait aperçu d'elle alors. Ce n'était plus la gracieuse et fragile sylphide dont il était tombé amoureux, mais une harpie aux seins pointus dont le visage déformé par la haine n'était pas sans lui rappeler celui de sa femme. Rien. Sacha ne reconnaissait plus rien en elle. Il lui fallut quelques minutes pour se détacher de cette vision et venir en aide à la jeune femme. Pour commencer, il lui décocha une baffe magistrale qui l'arrêta aussi sec.

— Il n'est pas là, j'ai vérifié, calme-toi !

Il fit un pas vers elle pour l'enlacer, mais elle le repoussa vivement.

— Il est venu ici. Il a laissé ce papier exprès !

— C'est peut-être un vieux papier, laissé avant toute cette affaire, qu'Emma aura retrouvé par hasard ?

— Impossible. J'ai tout nettoyé de fond en comble, je l'aurais vu. Il est là, je te dis ! Je ne peux pas rester là… Je dois partir…

— Tu as quelque part où aller ?

— Je trouverai… Je veux aller le plus loin possible. Dis-moi que c'est possible…

— Bien sûr, ma belle, bien sûr…

Rasséréné, la jeune femme consentit alors à se calmer et se blottir contre lui. Elle était à nouveau la douce Déborah, apeurée et traquée, celle qui s'en remettait à lui en toute confiance.

— Tu sais où on pourrait aller ?

— On ?

— Toi et moi…, répondit-elle en souriant. *Enfin si tu veux bien…*

Déborah lui proposait ni plus ni moins de s'enfuir avec elle, de recommencer à zéro, ailleurs. Elle lui offrait ce dont il avait toujours rêvé : une femme à aimer et qui l'aimerait en retour. Une femme qu'il désirait si fort que rien ne pourrait jamais éteindre ce feu qui le consumait en sa présence. Mais sa proposition était plus motivée par la peur que par un amour véritable. Peut-être était-elle tout de même amoureuse, ou peut-être l'aimerait-elle plus que tout un jour, mais qui peut prétendre vouloir s'enfuir avec un homme après une seule nuit d'amour ?

— *C'est tentant, bien sûr…*

— *Mais ?*

Le corps de la jeune femme venait de se raidir. Elle pressentait déjà les mots qui rejettent et qui font mal… Et n'en attendait que la douloureuse confirmation.

— *Mais je suis marié.*

— *Divorce !* s'exclama-t-elle en ponctuant son injonction d'un baiser fougueux.

— *Si j'arrive à divorcer, ma belle, je peux t'assurer que je ne rempilerai pas de sitôt. Rien de personnel, hein…*

— *Rien de personnel ? Mais je suis quoi, moi, pour toi ?*

— *Je ne sais pas encore… Je suis amoureux de toi, c'est sûr, cela dit ce n'est pas suffisant pour…*

— *Pas suffisant ? C'est suffisant pour me baiser pourtant !*

— *Déborah, ne le prends pas comme ça, ce n'est pas ce que je dis !*

— *Et tu veux que je le prenne comment ? Je ne suis pas assez bien pour toi ? Je ne suis qu'une pauvre fille qui n'a rien fait de sa vie… qu'on console vite fait en couchant avec elle et qu'on remercie le lendemain ?*

Désemparé, Sacha ne sut quoi répondre. Tout ce qu'il parvint à répéter, c'est : « Je suis désolé. » Désolé d'avoir peur d'aimer, désolé de l'avoir trouvée laide dans la colère et de l'avoir comparée à sa femme, désolé d'être incapable de lui dire qu'elle est un soleil et qu'il en mourrait si elle le quittait…

— *Tu es désolé ? Pas tant que moi. – Tu es exactement comme tous les hommes, comme David. Tant que je tiens le gentil petit rôle que tu m'as attribué, tout va bien. Mais dès que je sors du rang, tu montres ton vrai visage, celui d'un manipulateur sans scrupule pour qui je ne compte pas. Et l'étape suivante c'est quoi ? Tu vas me battre ? M'humilier pour te sentir exister ?*

— *Déborah, arrête. Tu racontes n'importe quoi !*

— *N'importe quoi ? Bien sûr… Tu ne vois pas dans quel état je suis, combien j'ai besoin de toi et ne vis que pour nos rendez-vous !*

La voix de la jeune femme se brisa en un sanglot avant de recouvrer un semblant de dignité.

— *Décidément,* ironisa-t-elle pour ne pas pleurer, *il n'y aura pas un homme qui ne m'aura pas fait de mal.*

Le ton s'était fait glacial, sans appel. Comme si soudain elle avait refermé toutes les portes qu'il avait mis tant de temps à ouvrir, les portes de son cœur, de sa chaleur, le laissant au-dehors, glacé et livré à lui-même. Dans un geste triste et sans grande illusion, Sacha leva la main à hauteur de sa joue pour l'effleurer, la supplier de lui pardonner sa couardise, mais la sonnerie de son téléphone l'en empêcha. C'était le commissaire Toussaint. Sacha devait le rejoindre séance tenante. Alex n'avait pas donné plus d'explication.

— Il y a intérêt à ce que ce soit sérieux !

Sacha est fou de rage d'avoir dû laisser Déborah dans cet état : si Nicolas a vraiment refait surface, il doit rester à ses côtés pour la protéger. Toussaint opine du chef d'un air grave et l'escorte jusqu'à son bureau. Prévert et Sauvage, les gars de l'IGPN, l'y attendent de pied ferme. Sacha n'aime pas ça.

— Qu'est-ce qui se passe, encore ?

C'est Prévert qui prend la parole, un sourire mauvais plaqué sur son visage rond, tandis que Sauvage dévisage Sacha d'un air impuissant.

— Un homme s'est accusé, hier matin, du meurtre de Petitjean. À votre place.

— Je vous demande pardon ? Je crains d'avoir mal compris…

— Vous avez très bien compris. Nous avons de nouveau interrogé votre femme hier soir, alors que, comme à votre habitude, vous aviez découché.

Mendel ne parvient pas à contenir les tressaillements de sa mâchoire. Qu'est-ce que Marion est allée raconter ?

— Elle ne vous a pas dénoncé, rassurez-vous. Elle est bien trop terrorisée pour ça… Mais nous ne sommes pas dupes, reprend le Caniche.

— Et vous m'avez dérangé pour me dire ça ? Il me semblait que la question était déjà réglée !

— Il me semble que dans le cadre de votre travail, votre place est plutôt ici que chez je ne sais quelle prostituée, poursuit Prévert.

— Et il me semble encore que la façon dont je mène mes enquêtes ne vous regarde qu'en cas de problème, riposte le commandant.

— Ce qui est précisément le cas. Depuis le début, votre arrogance et vos mauvaises manières sont autant d'aveux de votre incapacité à vous maîtriser. Depuis le début, tout concorde à vous désigner coupable et les faux témoignages de l'un ou de l'autre ne changent en rien mon intime conviction. Depuis le début, je ne vous sens pas, commandant Mendel.

— Et depuis le début je ne vous apprécie pas davantage, Prévert.

Toussaint se racle la gorge bruyamment dans une pitoyable tentative de faire diversion et de ramener son ami à la raison.

— Vous savez ce que moi, j'apprécie tout particulièrement ? reprend le Caniche d'un air satisfait. C'est de faire descendre de leur piédestal les flics ripoux qui se prennent pour des cadors.

Sacha est dans un état de tension extrême. Ses yeux sautent d'un Sauvage étrangement en retrait, presque spectateur de la scène, à un Prévert qui le défie du regard en tapotant des doigts sur la table et ricanant nerveusement comme s'il attendait quelqu'un ou quelque chose. Oui, c'est ça : le Caniche espère faire péter les plombs du commandant Mendel, il veut le voir hors de lui, le pousser à l'agresser pour démontrer qu'il est borderline. Mais Sacha ne lui fera pas ce plaisir, ça non. Il inspire profondément et se cale dans son siège en souriant.

— Alors je vous souhaite bien du plaisir dans vos prochaines enquêtes.

Le sourire de Prévert se fige tandis que celui de Sauvage point au coin de ses lèvres, trahissant une certaine admiration pour cet homme qui, quelques secondes auparavant, lui faisait l'effet d'une cocotte minute prête à exploser. Décidément, ce flic lui plaît… Le moins qu'on puisse dire, c'est qu'il a des couilles… Juste comme il aime.

À peine les inspecteurs sont-ils partis que Toussaint attrape Mendel et le serre dans ses bras.

— Putain, tu m'as fait peur !

Sacha croit bien que le commissaire va lui broyer toutes les côtes.

— Lâche-moi, mon chou, ou tout le monde va savoir qu'on est ensemble, plaisante-t-il.

Mais si Toussaint prend congé en rigolant, Sacha, lui, rit jaune. Il pressent que Prévert n'en a pas fini avec lui, et ce n'est pas son numéro d'équilibriste qui y changera quoi que ce soit. Il faut vraiment qu'il se calme quelque temps, qu'il se trouve un exutoire, un sport, n'importe quoi lui permettant de relâcher un peu de pression, histoire d'être un flic exemplaire pendant une poignée de mois.

Sur son bureau, une enveloppe attire son attention. Le tampon bleu ne laisse aucun doute sur l'origine du courrier : ce sont les résultats de l'analyse demandée au labo. Avec l'affaire Pennac, Sacha en avait presque oublié Strano, mais il se dit que ce serait la première vraie bonne nouvelle du jour d'avoir enfin un début de preuve accablant le trafiquant. Il déchire le papier, lit les conclusions et blêmit. De rage, il froisse le courrier et le jette en boule dans la corbeille. Et bien sûr, c'est le moment que choisit Strano pour lui téléphoner, dans un timing parfait qui en dit long sur la présence de policiers à sa solde dans l'entourage de Sacha.

Strano est au volant de sa décapotable, une oreillette Bluetooth vissée au tympan. Il goûte les sensations que lui procurent le vent dans ses cheveux et le son cristallin de son lecteur CD diffusant la version de Muse du tube « Feeling Good ». Au ton de la voix de Sacha, il devine bien sa colère.

— Pas trop déçu, mon ami ? Allons, allons… Il n'y a pas de quoi s'énerver… Bien sûr que tu n'as rien trouvé sur le coupe-papier… Mais oui, je le savais… C'était juste un petit test pour savoir si te menacer, toi, était suffisant pour te recruter. Et devine quoi ? J'ai ma réponse ! Tu croyais pas que j'allais me mettre en danger si facilement, si ? Ah tu me vexerais presque !… Ah non, pas les insultes, mon ami !… Bon, tu dis ça parce que t'es un peu fâché… Tu pourrais quand même me remercier pour le mec qui s'est dénoncé à ta place, non ? Quel ingrat !

Strano éclate de rire, il tombe une vitesse, décélère un peu et consulte son GPS. Il sera à destination dans trois cents mètres.

— Je disais quoi déjà ? Ah oui… J'ai donc bien compris que te menacer *toi* n'était pas convaincant… En revanche, menacer ta chérie…

Le voilà arrivé. Gabriel Strano se gare et attend patiemment la réaction de Mendel. Lequel reste interdit un instant, semble hésiter, puis répond sans grande conviction :

— Laisse Marion en dehors de ça.

— Hum, c'est mou… Tu pourrais y mettre plus de cœur ! Ça en dit long sur tes sentiments pour elle. En même temps, vu le personnage, je te comprends… Mais bon… Non, ce n'est pas d'elle que je parle. Mais de ta vraie chérie. Celle que tu vois en cachette de ta femme…

Déborah ! Cette espèce d'enfoiré va s'en prendre à Déborah ! Strano n'a pas le temps de terminer sa phrase que Sacha a déjà raccroché. Fébrile, il sort précipitamment du bâtiment et saute dans sa voiture, sirène hurlante. Sur le trajet jusqu'à Montmorency, le policier a le temps de concevoir les pires scénarios, de l'imaginer morte, blessée. Non, pas elle, elle ne peut pas à nouveau tomber dans les griffes d'une pareille ordure ! Plus il se rapproche, plus il panique, plus il se remémore l'état de stress dans lequel était David Pennac en s'élançant à la poursuite de son frère. Cet homme-là n'avait pas le comportement d'un coupable, mais bien d'un homme amoureux fou d'angoisse. Comme il l'est lui-même à présent, se sentant tout aussi coupable que lui de n'avoir pas su accueillir l'amour de la malheureuse Déborah.

Sacha s'en veut terriblement de l'avoir rejetée, ce matin. Il s'en veut aussi d'avoir montré à quel point il tenait à elle, le jour où le Sicilien l'a croisée au 36. C'est sûrement comme ça qu'il a commencé à s'y intéresser. Pourtant, quelque chose dans ses souvenirs du passage de Strano au poste lui laisse un goût d'inachevé… Mais quoi ? Son cerveau fonctionne à toute vitesse, comme grisé par la vitesse du véhicule, et se passe, encore et encore, le film de son coup d'éclat. Il se remémore la stupéfaction du lieutenant Ritoux découvrant le vrai visage de sa dernière conquête, le sourire ironique de Strano, son regard qui s'accrochait un peu trop longuement à celui de Déborah, comme si… Non, ce n'est pas possible ! Et pourtant il jurerait qu'ils se connaissaient déjà. Mais où se seraient-ils croisés ? Nicolas trempe depuis longtemps dans le milieu de la drogue… Se pourrait-il que le mystérieux complice que Déborah ne veut pas dénoncer soit Strano ? Strano qui se serait sali les mains lui-même ? Non, ça ne tient pas la route. Sacha ne sait pas, ne sait plus… Mais ce n'est pas ce qui compte pour l'instant.

Le policier arrive devant la maison et se gare sans même couper le contact ni saluer son collègue qui surveille la maison. Il sonne comme un fou furieux à l'interphone, prêt à escalader le portail s'il le faut. Les grilles s'ouvrent enfin sur la jeune femme, qui n'a pas décoléré depuis qu'il l'a quittée quelques heures auparavant. Comme elle a raison de lui en vouloir ! Comme il a été stupide de la repousser ! Et comme il est heureux qu'elle soit saine et sauve !

Soulagé, il la serre aussi fort qu'il le peut, l'embrasse, lui demande pardon.

— J'étais mort d'inquiétude. Je t'aime, Déborah ! Je ne suis qu'un con ! Je veux passer ma vie avec toi, te protéger…

Mais il ne se heurte qu'au silence de la jeune femme, vite interrompu par la sonnerie du téléphone. Strano. Sacha décroche.

— Déborah Pennac : c'est bien ce que mes hommes m'avaient rapporté de leurs filatures, mais tu comprends, je voulais en avoir la confirmation. Bien belle maison, pour une bien belle femme…

Sacha se retourne et voit le mafieux appuyé contre son cabriolet, de l'autre côté de la rue. Le commandant sort précipitamment de la cour, enregistre rapidement que l'officier en voiture chargé de la surveillance de Déborah a été neutralisé, et traverse la rue en courant. Strano lève la main gauche, comme pour lui faire signe. Mais en fait de salutations, il a juste donné le feu vert à ses hommes de main.

Deux molosses sortent de leur voiture avec une étonnante agilité et plaquent Sacha. Mendel a à peine le temps de réaliser qu'il vient d'être projeté au sol avec une violence proportionnelle au gabarit de ses adversaires. Les deux ont fondu sur lui sans lui laisser aucune possibilité de répliquer, et se mettent à le rouer de coups. L'un d'eux a un coup de poing américain. Sacha sent ses arcades sourcilières se fendre et saigner sous le métal épais, ses côtes se briser sous les coups de pied. Il perd la notion du temps, de la douleur, oublie toute velléité de se défendre. Tout ce qui compte, c'est Déborah. Il s'accroche de toutes ses forces à l'idée que tant qu'ils le tabassent, ils ne la touchent pas, qu'elle aura le temps de s'enfermer chez elle à double tour et d'appeler du renfort. Qu'il sera peut-être amoché mais qu'elle sera saine et sauve…

De l'autre côté de la rue, juste derrière le portail entrouvert, Déborah assiste, bouche bée, au passage à tabac commandité par Strano. L'homme n'a pas bougé d'un iota et semble se repaître du spectacle. Incrédule, elle le fixe intensément. Gabriel lâche alors un instant la scène des yeux et la salue d'un mouvement de tête, qu'elle lui rend imperceptiblement, presque malgré elle. Le temps semble passer au ralenti. Déborah paraît fascinée, incapable de réagir comme elle devrait. Strano sourit et fait un deuxième geste à l'intention de ses sbires, sans lâcher la jeune femme des yeux.

Un des hommes saisit une barre de fer. Déborah comprend qu'ils n'en ont pas fini avec Sacha. Non, il ne peut pas mourir maintenant ! Elle secoue la tête, ses lèvres prononcent : « Non », mais aucun son ne sort de sa bouche. Elle prend alors son téléphone, compose lentement un numéro, sans parvenir, elle non plus, à détacher son regard de celui de Gabriel. Comprenant ce qu'elle est en train de faire, le mafieux rappelle ses gars, lui adresse un clin d'œil auquel elle répond par un petit signe de la main et il disparaît aussi vite qu'il est arrivé.

— Vous avez demandé la police…

— Oui, un homme vient d'être agressé devant chez moi. Il a été attaqué par deux hommes et il est inconscient. C'est le commandant Sacha Mendel.

Déborah reste quelques secondes immobile et regarde la voiture de Strano s'éloigner jusqu'à ne plus être qu'un point à l'horizon. De l'autre côté de la rue gît le corps inerte de son amant, ce corps qui l'a fait vibrer cette nuit comme jamais aucun autre auparavant. Le corps de l'homme qui l'a rejetée ce matin même. Elle pourrait courir vers lui, affolée, crier son nom, prier pour qu'il s'en sorte et dire combien elle l'aime…

Mais Déborah ferme les yeux un instant, prend une grande inspiration, pose une main sur le portail qu'elle pousse d'un coup sec pour le refermer tout à fait, et tourne les talons.

VI

MÉRULE

1

L'HOMME S'AVANCE D'UNE DÉMARCHE SOUPLE dans les couloirs de l'hôpital. À le voir marcher ainsi, vêtu d'un costume en velours carmin et chaussé de richelieus aussi silencieux que les chaussons d'une nonne, on pourrait croire qu'il glisse, semblable à une goutte de sang dans une artère anémiée. Il se dirige d'un pas fier et assuré, sans hésiter un instant, dans les couloirs labyrinthiques, comme s'il les avait déjà parcourus des centaines de fois. Il émane de lui un magnétisme tel qu'on ne peut s'empêcher de le dévisager quand on le croise, de lui sourire timidement lorsqu'on est une femme, de faire profil bas si on est un homme. Nul besoin pour lui de porter une arme ou de se départir de son sourire avenant pour impressionner, commander, s'imposer. Ainsi, c'est à peine si on lui demande de décliner son identité à l'entrée de la chambre pourtant surveillée. Cependant, l'homme tient à ce que les usages soient respectés.

— Gabriel Strano, annonce-t-il d'une voix feutrée.

L'officier en faction note son nom dans un carnet et lui fait signe d'entrer. Strano grimace un peu en pénétrant dans la chambre claire. Tout ici l'agresse, de la lumière criarde aux relents de pisse et de bouffe dégueulasse, en passant par le bruit strident des machines qui mesurent les constantes du patient. Sans dire un mot, il déplace doucement une chaise marronnasse qui gêne son passage et s'assoit sur le rebord du lit aux draps d'un blanc déprimant. Il se penche doucement vers l'homme alité, comme s'il s'apprêtait à lui administrer les derniers sacrements.

— Bonjour, Sacha, murmure-t-il à son oreille.

Sacha Mendel ouvre ses paupières enflées sur le visiteur. Il ne distingue d'abord qu'une masse rouge, auréolée de la lumière des néons. La masse devient plus nette, se précise... Et laisse désormais entrevoir le sourire radieux du Sicilien qui a le culot de venir le narguer jusqu'ici.

— Ça t'amuse, c'est ça ? demande le commandant.

— Je me réjouis de te voir aussi vivant...

— Tu es le diable. Heureux de voir que tu as retrouvé ton costume.

— Le diable n'était au départ rien d'autre qu'un ange très ambitieux, sourit Gabriel.

— Ah ? Et ton ambition c'est de venir t'assurer que j'aurai des séquelles ?

Sacha grimace en essayant de se redresser un peu dans le lit. Il a deux côtes fêlées et ses nombreuses contusions lui font souffrir le martyre. Incapable de dissimuler sa souffrance, il lance un regard noir à Strano.

— Si j'avais voulu que tu aies des séquelles, je t'aurais arrangé un accident de la circulation. Crois-le ou non, je t'ai choisi de véritables artistes ! Des orfèvres du passage à tabac ! Des dentellières du poing américain ! Des pros, quoi. Tu n'imagines quand même pas que tu aurais pu en réchapper si je ne l'avais pas souhaité, hein ?

Sacha ferme les yeux. Il ne se rappelle pas comment tout cela s'est terminé, il sait juste que Déborah a appelé les secours et qu'elle va passer le voir d'un moment à l'autre. Strano doit absolument partir avant qu'elle arrive… Mendel prend une grande inspiration et, feignant la somnolence, s'applique à respirer avec régularité.

— Non ! s'étonne Strano. Ne me dis pas que tu fais semblant de dormir !

Mendel ne répond rien. Son visiteur éclate alors de rire. Un rire franc, comme s'il venait d'entendre la meilleure des blagues ou d'assister à un spectacle extraordinaire. Un rire qui donne à Mendel des envies de meurtre.

— Je ne veux pas te voir ici. Casse-toi !

— Tss. C'est pas des façons de parler à un ami.

Sacha tend la main pour attraper la sonnette et appeler une infirmière mais Strano intercepte son geste et confisque l'objet.

— Qu'est-ce que tu veux ? Tu n'as pas encore assez joué avec moi ? Il te faut quoi de plus ?

— Rien. J'attends que tu sois prêt, c'est tout.

— Prêt à te rejoindre, jamais.

— Ne te sous-estime pas.

— Ne te surestime plus !

Strano plaque ses deux mains de part et d'autre du visage boursouflé de Mendel et plonge ses yeux dans les siens. Les deux hommes se fixent, se scrutent, se trouvent et s'accrochent, mais ce qui intéresse Gabriel se situe bien au-delà d'un combat de testostérone. La chose qu'il cherche se trouve en profondeur, enfouie sous le déni et la culpabilité. Il la voit pourtant clairement, elle est bel et bien là, la graine, et elle a commencé à germer. Sacha a amorcé sa métamorphose.

— Parfait, parfait, répète-t-il d'un air satisfait. Tu es parfait.

Gêné – troublé ? – par la proximité de son ennemi dont le regard magnétique le fascine, malgré lui, Mendel esquisse un mouvement de recul.

— Désolé d'éteindre tes embrasements amoureux, connard, mais si tu ne me lâches pas immédiatement, blessé ou pas, je te défonce la gueule.

Strano repose doucement la tête du policier, comme s'il s'agissait de son bien le plus précieux et lui sourit en lui caressant la joue comme on pardonne ses écarts à un enfant insolent.

— Tu es tout de même bien ingrat alors que j'ai fait ça pour ton bien…

— Ça quoi ? Menacer une innocente et me péter les côtes ? Euh, j'ai comme un doute, là !

— Tout de suite les grands mots ! J'avais besoin de vérifier que tu pouvais encore t'émouvoir de quelque chose, t'impliquer, te mettre en colère. Je voulais m'assurer que tu étais vivant, que tu vibrais, tu comprends ?

— Pas vraiment, non, mais je suppose que ça ne changera rien à ton laïus ?

— En effet, concède le Sicilien. Il fallait que je vérifie à quoi ressemble ton âme quand elle prend le dessus sur ta raison, que je sache si Dieu peut te compter parmi Ses bras armés. S'il y a des choses que tu redoutes, des choses que tu as peur de perdre. Les hommes qui n'ont aucune attache deviennent vite ingérables.

— Tu es complètement fou, articule le commandant.

— Peut-être, mais au moins je m'amuse… Comme un fou ou pas ! Tu ne m'en veux pas trop, j'espère ? Je te jure que j'ai fait ça pour ton bien.

— Mais bien sûr ! Vas-y, donne-toi de grands airs et affuble-toi de toute la bonne conscience dont tu es capable... Mais tu as beau afficher de jolies manières, te saper avec des fringues de luxe et péter dans la soie, ça ne fait pas de toi un noble, un juste, un homme digne. Tu restes un connard d'enfant gâté qui s'emmerdait tellement à sucer des cuillères en argent qu'il s'est improvisé vendeur de mort pour tromper son ennui et se donner l'illusion d'être important. Tu peux me sourire et me bourrer le mou autant que tu veux, prétendre que tout ce que tu fais c'est par amitié, je ne goberai jamais tes salades, tu m'entends ? Tu n'es qu'une sale petite ordure capable de jeter une femme du haut d'une tour sans s'émouvoir, d'en menacer une autre comme on attaque une reine aux échecs, tu n'es qu'un lâche qui confie à d'autres les basses besognes et peut regarder un homme se faire frapper à coups de pied dans le visage en se réjouissant du spectacle.

— Tu es un peu à vif, je le conçois, répond Strano sans sourciller. Mais tu réaliseras que, aussi pénible notre dernière rencontre ait pu être, elle va se révéler décisive, essentielle pour ton avenir. Tu te rendras à l'évidence quand tu sauras ce que j'ai vu.

— Ah ouais, et t'as vu quoi à part mes dents sur le trottoir ?

— J'ai vu que je t'aimais bien. Parce que tu es à la fois capable du cynisme le plus radical comme de la naïveté la plus touchante. Tu as du cœur, Sacha, et ça me plaît. Je ne pourrais pas aimer quelqu'un qui n'en a pas. Même si le tien a un don pour s'attacher aux mauvaises personnes. Enfin… je parle de cœur mais, toi et moi, on sait qu'elle fait vibrer une tout autre corde, chez nous, ta Déborah.

— Si tu touches à un seul de ses cheveux…

Strano part à nouveau d'un grand éclat de rire.

— Je n'ai aucune vue sur elle, rassure-toi. Elle ne me plaît pas, ou alors juste pour assouvir mes fantasmes les moins avouables. Oui, je crois que je ne pourrais pas m'empêcher de lui faire mal, très mal, pour le plaisir, pour qu'elle arrête de m'enfumer avec ses airs de vierge effarouchée. C'est ça, je crois que j'aurais envie de la fouetter jusqu'au sang, pour strier son petit corps de salope de marques indélébiles. De l'humilier, peut-être aussi. De lui pisser sur les seins et dans la bouche, et de l'obliger à tout avaler, tu vois ?

Le commandant en pleurerait d'impuissance. L'homme qui se tient devant lui est *vraiment* l'incarnation du Mal. Une espèce de sadique amoral qui se repaît des tortures psychologiques qu'il lui inflige. Sacha le voit qui guette sa colère, attend de voir couler les larmes de sa défaite. Mais le policier ne lui fera pas ce plaisir. Jamais.

— Enfin bon, il ne faut jamais dire jamais, hein, poursuit Strano comme s'il avait lu dans ses pensées. Mais pour être tout à fait honnête, moi j'aime les femmes normales. Un peu coquines, hein, pour le fun, mais normales. Le genre que je peux dominer gentiment, juste parce que c'est moi l'homme, sans avoir à les salir pour les faire plier. Que veux-tu, je suis un hétérosexuel de type ringard !

Gabriel Strano aime évoquer cette *private joke* qui remonte à ses vingt ans, à l'époque où il baisait mollement la petite Johanna qui a changé sa vie. Pour la remercier, il l'a pistonnée dans une grande entreprise qui avait un budget recherche & développement à gaspiller dans des études sociologiques. Elle n'en a jamais rien su et végète depuis quinze ans à un poste complètement inutile dont elle ne se fera jamais virer. Il y a bien longtemps qu'il ne la trouve plus désirable – d'ailleurs, ça fait belle lurette qu'il sait que ses véritables inclinations sexuelles ne sont pas de cet ordre-là –, mais ça n'empêche pas les sentiments...

Comme si les horreurs qu'il vient de raconter à Mendel ne suffisaient pas, Strano décide d'enfoncer un peu plus le clou.

— Cela dit je comprends que tu la sautes, hein, ta Déborah. Mais de là à l'aimer... C'est encore plus stupide qu'avoir épousé Marion. Vraiment.

Strano s'est départi de son sourire ironique et affiche un air grave. Un regard qui pique la curiosité de Sacha car il sait que si son visiteur aime jouer, il ne feint jamais ses émotions. Pas par souci d'honnêteté, ce qui serait un comble, mais parce qu'il s'estime dispensé de tout jeu social tant il a une haute opinion de lui-même et l'assurance de n'être jamais exposé à des représailles, aussi désagréable qu'il puisse se montrer.

— Pourquoi tu dis ça ? T'es jaloux ? réplique Mendel.

Strano est ravi d'avoir enfin attiré l'attention du policier. Il est temps que quelqu'un lui ouvre les yeux et, en bon Samaritain soucieux de guider les loups vers le troupeau, il va se faire un plaisir de tenir ce rôle. Sans omettre aucun détail de ce qu'il a vu de cette étrange créature, pendant que son amoureux se faisait ravager le portrait.

— Je dis ça parce que je n'ai perçu aucune trace d'inquiétude sur son visage, ou dans ses yeux, pendant la bagarre. Elle s'est contentée de te regarder et de me sour…

— J'étais sous le choc ! le coupe une voix féminine.

— Déborah ! s'exclame le policier.

Surpris, Strano se retourne vers l'entrée de la chambre et découvre la jeune femme, dont les yeux, cette fois-ci, sont des plus expressifs et lui lancent des éclairs. Une de ses mains est crispée sur son sac, tandis que l'autre reste collée à la porte.

— On ne vous a jamais dit que c'était impoli d'entrer sans frapper, madame ?

— Je sais qui vous êtes, monsieur, et vous ne m'impressionnez pas. Je vais vous demander de partir d'ici ou bien j'appellerai la sécurité. En outre, je vous reconnais formellement comme étant le commanditaire de l'agression du commandant Mendel et je vais me faire un plaisir de déposer plainte contre vous.

Le moins que l'on puisse dire, c'est que la biche sait montrer les crocs ! Strano émet un sifflement admiratif. Elle en a, du cran, pour inverser ainsi la vapeur et tirer avantage de la situation. Toute femme normalement constituée serait pétrifiée devant un homme aussi dangereux. Pas Déborah Pennac. Gabriel a beau plonger les yeux dans les siens, la sonder comme il sait si bien le faire, il se heurte à un mur de glace. Jamais il n'a vu un tel contrôle de soi. Il n'est pas dupe et sait bien que plus la muselière est grande, plus féroce est la bête.

Il lance un coup d'œil rapide à Sacha, comme pour s'assurer qu'il a bien vu la même chose, mais le policier, sonné par les analgésiques, a sombré dans une semi-inconscience. Déborah, suivant le regard de Strano, constate à son tour la défection de Sacha.

Rassurée, elle s'approche de Gabriel, fouille dans son sac à main et lui tend une carte de visite.

— Vous vous trompez sur mon compte, je suis prête à vous le prouver…

Incrédule mais amusé, Gabriel imaginerait presque qu'elle lui fait des avances, ce qui serait pour le moins incongru vu la situation… Il saisit la carte qu'elle lui tend tout en lui donnant la sienne, frôle ses doigts fins et prolonge un peu le contact, pour voir, tout en la déshabillant du regard. Déborah ne cille ni ne retire sa main. Elle le fixe droit dans les yeux, avec une fascinante effronterie.

— Madame, je ne vous appellerai pas, dit Gabriel en rangeant la carte dans la poche intérieure de sa veste rouge sang.

— Moi non plus, monsieur.

Et sans se serrer la main ils se séparent. Sachant tous deux pertinemment que l'un d'eux ment.

2

DÉBORAH PRESSE LE PAS mais ça ne suffit pas à décourager sa voisine, qui la hèle et entreprend même de lui courir après.

— Déborah ! Attends-moi !

La jeune femme se retourne en soupirant. Il ne manquait plus qu'elle ! Bien qu'elle fasse tout pour l'éviter depuis son retour à Montmorency, elle se doutait bien que Frederika finirait par la coincer. Bon gré, mal gré, Déborah la salue en souriant.

— Désolée, on doit aller au marché, j'ai promis à Emma de lui offrir une robe de princesse.

Intimidée, la petite se réfugie derrière les jambes de sa tante en baissant la tête.

— Ce n'est pas grave, moi aussi je dois y aller. Je peux faire un bout de chemin avec vous ?

— C'est que…

— Le beau commandant va vous rejoindre, c'est ça ?

— Comment le sais-tu ?

— Je l'ai croisé dans la rue à plusieurs reprises.

Déborah se mord les lèvres pour ne pas répondre à sa voisine que c'est plutôt de derrière sa fenêtre qu'elle l'a remarqué, alors que, comme à son habitude, elle l'épiait…

— La petite a l'air d'aller un peu mieux, chuchote la Québécoise. Mon mari dit qu'à cet âge-là, avec un bon suivi, on finit par oublier ses traumatismes.

— Disons qu'on s'accommode de ses cicatrices, à la longue…

— Je ne sais pas, avoue Frederika, un peu embarrassée.

La Québécoise ignore par quel bout prendre son amie. Il lui semble que des siècles se sont écoulés depuis la dernière fois qu'elles se sont parlé, et que la confiance qu'elle avait mis tellement de temps à gagner s'est presque complètement évaporée. Déborah reste distante, sur ses gardes…

— Tu sais, ma belle, reprend-elle maladroitement, si tu as besoin de parler, tu as une amie de l'autre côté de la rue. Il suffit de traverser.

« Ma belle »… Déborah a horreur qu'on l'affuble de ce genre de sobriquet. Ça pue le manque d'imagination et l'affection bon marché aussi sûrement qu'un désodorisant pour chiottes. Ça sonne faux, c'est dit uniquement, pour se donner des airs de compassion et se gargariser de bons sentiments en toc.

— Merci, Frederika. J'apprécie ton offre à sa juste valeur, répond-elle, hypocrite.

— C'est bien normal…

Déborah presse un peu le pas. Pas autant qu'elle voudrait car sa nièce a déjà du mal à suivre. Elle espère que sa voisine comprendra qu'elles ont fait le tour, qu'elle n'a plus rien à lui dire, que la représentation est terminée. Mais la Canadienne s'ennuie ferme dans sa petite vie bien rangée, et n'a manifestement pas l'intention d'en rester là.

— Tu sais, je me suis beaucoup inquiétée pour toi, pendant ta disparition…

— C'est gentil.

— C'est vrai. Et puis, tu sais, je m'en veux du rôle que j'ai joué par rapport à ton mari. Je ne comprends pas comment j'en suis arrivée là…

— De quoi parles-tu ?

— Eh bien… je l'ai accablé dans mon premier témoignage. J'ai dit qu'il te traitait mal, j'ai répété bêtement ce que j'avais cru comprendre, j'ai dit que c'était un pervers narcissique, qu'il te battait sûrement…

— Tu as fait ce que tu pensais être ton devoir, Frederika.

— Peut-être, mais je n'avais pas à l'accabler sans preuve. D'autant que tu n'as jamais confirmé qu'il te faisait du mal… Tu répétais souvent combien c'était un homme attentionné et que tu tenais à lui… C'était bien le cas ?

Déborah acquiesce en silence. Frederika Migneault est en réalité rongée par le remords. Elle ne cesse de penser à sa dernière entrevue avec David, de se rappeler à quel point il lui a semblé sincère et amoureux de sa femme. Elle s'est rendu compte, trop tard, qu'elle n'avait fondé ses soupçons que sur les apparences, sur du vent, sur une sensation qu'elle avait érigée en vérité universelle au mépris de la présomption d'innocence. Et même si elle a pu revenir sur sa déposition accablante, elle ne peut s'empêcher de culpabiliser. Parce qu'elle a bien remarqué que le beau-frère de Déborah avait l'air un peu paumé, que ce n'était pas normal qu'il délaisse son enfant comme il l'avait fait, et que ce n'était pas le genre de la jeune femme de vouloir suivre un homme sur un coup de tête. Mais elle a préféré la cible facile, le coupable idéal, évident, celui qui l'arrangeait au fond, car imaginer l'espace d'un instant que ce beau couple n'avait rien à se reprocher, aucun malheur à dissimuler, aurait été, quelque part, insupportable. Mais aujourd'hui David est mort. Mort de désespoir, à ce qu'on lui a dit, parce qu'il croyait sa femme décédée et que l'idée même de lui survivre était au-dessus de ses forces. David Pennac s'est jeté sous les roues d'une voiture et il est mort déchiqueté, comme son cœur l'avait été quand il avait découvert le doigt coupé de Déborah. C'est d'une tristesse infinie, d'une injustice profonde, et Frederika se sent en partie responsable du drame, alors si elle pouvait faire quoi que ce soit pour son amie, elle le ferait.

— Tu sais, je n'aime pas trop parler de ça, élude Déborah.

— Je comprends… Je veux juste que tu saches aussi que j'étais aux obsèques de David… et que c'était une belle cérémonie.

Déborah était encore à l'hôpital quand l'incinération a eu lieu. C'étaient les dernières volontés de David de subir l'épreuve du feu, comme pour s'émanciper une fois pour toutes de son adolescence tourmentée.

— C'est bien…

— Si tu veux aller te recueillir dans le jardin des souvenirs avec moi, là où ses cendres ont été dispersées… je serais heureuse de te soutenir.

— Je n'ai pas l'intention d'y aller, Frederika.

Devant l'air surpris de sa voisine, la jeune femme se trouve contrainte d'expliquer sa décision.

— Si David a su te convaincre de ses bons sentiments, alors tant mieux pour toi, mais je peux te dire en te regardant droit dans les yeux qu'il est responsable de tout ce qui m'est arrivé. Jamais je ne lui pardonnerai, jamais je n'irai lui rendre hommage.

Et, de fait, Déborah a planté ses yeux dans ceux de sa voisine et la fixe sans ciller. Captivée par les pupilles dorées de la jeune femme, Frederika ne parvient pas à s'en détacher, et de même qu'elle a tenté de lire dans ceux de David, elle sonde à présent les yeux de son amie. Elle cherche la zone de fragilité, le chagrin inébranlable qu'on couvre d'un voile de pudeur, d'une colère toute relative prête à fondre comme neige au soleil à la première marque de sollicitude. Mais elle a beau chercher, elle ne trouve rien de tout ça. Pas même une forme de paix qui révélerait un sincère soulagement. Non, rien. Pas une émotion alors que ces deux-là ont vécu plusieurs années ensemble et qu'elle le portait systématiquement aux nues. Pas la moindre trace de larme. Pas même un battement de cils.

Soudain extrêmement mal à l'aise, comme un convive qui prend conscience qu'il n'est pas le bienvenu chez ses hôtes, Frederika se racle nerveusement la gorge et tente de se donner une contenance, de trouver une raison logique à la réaction de Déborah, à en avoir confirmation.

— Richard me dit souvent que le deuil prend des aspects parfois surprenants, mais que le chagrin n'en est pas moins grand pour autant…

Richard ! Toujours son fichu mari. Richard par-ci, Richard par-là ! C'est tout de même fou de voir à quel point cette femme qui a traversé l'Atlantique et réussi à monter sa boîte dans un pays étranger est incapable de penser sans l'aval de son mari, de croire un minimum en elle s'il n'est pas là pour la congratuler ou lui confirmer qu'elle est sur la bonne voie ! Pas étonnant qu'elle l'ait elle aussi si facilement rangée dans la catégorie des victimes ! Quand donc les femmes cesseront-elles de faire leurs ces clichés qui les enferment dans des carcans d'incompétence ? Frederika ne voit-elle pas à quel point elle est forte ? Sûrement plus que l'homme qui couche avec elle mais la traite comme une fillette écervelée ? Déborah est partagée entre le mépris et la peine pour la jeune Québécoise, même si, au fond, elle sait bien que c'est la même chose…

— Merci de ta compréhension, se contente-t-elle de répondre.

Après tout, elle ne peut pas sauver le monde entier. Si déjà elle arrive à se sauver elle-même, ce sera bien…

Déborah prend congé de sa voisine et dépose sur sa joue une bise délicate, tout en légèreté. Frederika se surprend à trouver le baiser doux, tendre presque. Et alors qu'elle regarde Déborah s'éloigner, troublée par cette marque d'affection, elle en vient à oublier à quel point elle a été choquée par ce qu'elle a vu dans ses yeux quelques minutes plus tôt : une forme de dureté et d'absolue froideur.

— *Tu es très chaude, ce matin !*

Ce furent les premières paroles de Sacha à Déborah, au réveil. Il faut dire que la jeune femme avait entrepris de le réveiller de la plus délicieuse façon qui soit, avec un art à rendre jalouse la plus habile des geishas.

— *C'est toi qui me fais cet effet…*

Et l'entendre le dire redoublait celui qu'elle lui faisait. La voir s'activer ainsi au-dessus de lui, complètement dédiée à son plaisir, semblant se dédoubler à l'infini pour le couvrir de caresses, telle une Shiva du sexe dont la bouche insatiable lui procurait mille délices, était comme un rêve devenu réalité. Il ignorait ce qu'il avait fait pour mériter ça mais était prêt à récidiver toute sa vie, un jour après l'autre, pour que cet état de grâce ne s'achève jamais.

Depuis ce jour où Gabriel Strano était venu lui rendre visite à l'hôpital deux semaines auparavant, Déborah était pour Sacha la plus douce, la plus attentionnée des compagnes. Elle acceptait sans sourciller ses allées et venues entre son appartement et la maison, lui assurait qu'elle comprenait ses difficultés à tout plaquer pour elle et jurait qu'elle l'attendrait patiemment. Oui, la jeune femme était en tout point parfaite, comme si elle tentait de donner tort à Strano et à ses accusations ridicules, ou de se faire pardonner ses éclats du fameux matin où Nicolas s'était manifesté. Mais qu'avait-elle à se faire pardonner quand il était tellement compréhensible qu'elle ait perdu le contrôle ? Cette perfection était évidemment très confortable pour Sacha, il était le roi, un vrai pacha couvert d'attentions alors qu'elle en méritait sûrement plus que lui. Jamais elle ne se plaignait et elle éludait toujours ses questions quand il prenait de ses nouvelles. Elle s'attachait à lui plaire à chaque instant, à devancer le moindre de ses désirs, à être la compagne dont il avait toujours rêvé. Au point d'en devenir sans surprise, presque étouffante. Et plus elle s'efforçait d'avoir l'air légère, plus ça pesait à Sacha. S'il était toujours sous le charme de ses courbes et de sa beauté si singulière, il regrettait de ne pas ressentir l'incertitude des amoureux, celle qui fait rater au cœur des battements quand on n'a pas eu de nouvelles de l'être chéri depuis plusieurs heures et qu'on guette, dans une délicieuse douleur, la moindre de ses manifestations… C'est un état de grâce qui, s'il ne peut durer et doit faire place à une relation plus sereine où la crainte d'abandon sera reléguée au second plan, fait qu'on se sent aussi fébrile qu'un adolescent, qu'on est vivant en somme. Pourtant, il se sentait coupable d'avoir ce genre de pensée, surtout à ce moment précis où il était là, allongé sur ce lit, le sexe gonflé dans la bouche de cette beauté qui se donnait du mal pour l'amener au bord de la jouissance et le retenir encore un peu avant de le laisser enfin exploser et se répandre au fond de sa gorge offerte. Sacha jouit dans un long gémissement, agrippant la tête de la jeune femme pour aller au plus profond d'elle et ne plus jamais en ressortir… Une fois l'orgasme passé, c'est éperdu de reconnaissance et loin de ses considérations pseudo-intellectuelles sur l'amour et la sérénité qu'il lui dit enfin les mots qu'elle attendait.

— *Je t'aime, putain, je t'aime* !

— *Tu peux m'appeler Déborah* ! sourit-elle.

— *Je ne plaisante pas… Tu es la femme dont j'ai toujours rêvé, tu sais…*

— *Et je suis aussi un super coup* !

Sacha rit de bon cœur.

— *C'est le moins que l'on puisse dire. Où as-tu appris à faire ces choses ?*

— *Grâce à Internet, j'ai appris toutes les façons de faire plaisir à quelqu'un.*

— *Quelqu'un ?*

— *Quoi, quelqu'un ?*

— *Pas juste aux hommes ?*

Le sourire de Déborah se figea imperceptiblement.

— *Bien sûr que si, quelle question* !

— *Bah je ne sais pas, tu aurais dû dire* faire plaisir aux hommes, *pas* à quelqu'un, *non ?*

— *C'est un terme générique, je ne vois pas où est le problème.*

Quand elle commençait à froncer les sourcils ainsi, la bouderie n'était jamais loin…

— *Je me dis juste que tu as peut-être été déjà tentée par des expériences entre femmes… D'où ton terme générique.*

— *Tu veux en venir où ? Tu me demandes si je suis lesbienne alors que tu viens de jouir dans ma bouche* ?

Le terrain devenait de plus en plus glissant, Sacha jugea préférable de manœuvrer un peu pour cesser de s'embourber.

— *Non, ma chérie. Je me demandais juste si tu serais d'accord pour tenter une nuit avec une autre femme…*

Incrédule, Déborah le dévisagea un instant. Était-ce bien la seule raison de sa question ou bien la testait-il ?

— *Si l'idée t'excite, je peux l'envisager*, répondit-elle en haussant les épaules.

Et sans attendre sa réponse elle partit se doucher, prétextant qu'elle voulait arriver tôt au marché pour acheter une robe à la petite.

— *Tu n'auras qu'à nous rejoindre !* lança-t-elle en partant.

Déborah avait une façon bien à elle de clore une discussion.

Sacha a pris le temps de prendre un café avant de se rendre au marché. Le mois d'août touche à sa fin et le soleil n'est déjà plus très vaillant… Le commandant déambule dans les rues d'un pas légèrement claudicant à cause de ses côtes encore douloureuses. Enfin, il arrive sur la place et croit distinguer la belle Déborah et la petite fille. Il les appelle mais elles ne l'entendent pas : elles sont arrêtées devant un stand de fleurs qui retient toute l'attention de la fillette, malgré l'impatience manifeste de sa tante.

Un forain, remarquant l'air grave d'Emma, lui tend gentiment un petit bouquet de violettes. D'abord hésitante, la petite le saisit délicatement et regarde les fleurs d'un air émerveillé.

— Qu'est-ce qu'on dit, Emma ?

— Merci, minaude la gamine.

— Merci qui ?

— Merci, monsieur.

Le marchand s'extasie sur la politesse de la fillette et la bonne éducation que lui donne sa maman.

— Ça te fait plaisir ? demande-t-il.

— Oui, s'exclame Emma en portant le bouquet à son visage, ça sent bon !

— Alors profites-en, petite, parce que les violettes sont encore plus timides que toi ! Elles ne veulent pas qu'on les sente et on ne peut saisir leur parfum qu'une seule fois, après ton nez sera tout engourdi. Elles aiment bien jouer à cache-cache !

— Comme mon papa et ma maman…, dit la fillette d'un air un peu triste.

— Mais non, regarde, on dirait que ton papa vous a retrouvées. Bonjour, monsieur, c'est une bien belle famille que vous avez là.

Déborah sursaute violemment, elle n'a pas entendu Sacha s'approcher.

— Merci, monsieur. J'ignorais que les violettes avaient un pouvoir magique, répond Sacha d'un ton complice, en prenant Emma dans ses bras.

— Elles contiennent en effet une molécule qui inhibe l'odorat et…

— Et on devrait y aller, coupe Déborah, manifestement agacée. Je dois acheter un poulet pour midi avant qu'il n'y en ait plus.

Surpris par cette véhémence, Sacha suit néanmoins le mouvement et attrape sa compagne par la taille. À les voir ainsi, qui pourrait deviner qu'il est encore marié et que Nicolas est toujours dans la nature ? Que la jeune femme oscille constamment entre la crainte de perdre son nouveau compagnon et l'angoisse d'être rattrapée par un fou qui s'est juré de la posséder ? Mais les deux se sont parfaitement trouvés, aussi doués l'un que l'autre pour dissimuler leurs pensées…

3

— UN PENNY POUR TES PENSÉES !

— Pardon ?

— Tu es bien silencieuse depuis que je vous ai rejointes au marché… Tu n'as quasiment pas décroché un mot de tout le trajet. Quelque chose te préoccupe ?

La jeune femme pose son panier à provisions sur la table de la cuisine et hausse les épaules.

— Pas plus que d'habitude.

Déborah est une femme mystérieuse dont il est difficile de percer la carapace. Sacha ignore si elle a toujours été comme ça, ou si c'est une sorte de réaction aux épreuves qu'elle a traversées. N'est-elle pas en train de refouler complètement son traumatisme ? Depuis que le commandant est sorti de l'hôpital, Déborah n'a presque pas évoqué Nicolas, comme si rien de tout cela n'était réel, n'avait jamais existé. Ce n'est que sporadiquement, par à-coups, qu'elle se décide à en parler et ressasse alors toujours les mêmes souvenirs, les raconte systématiquement de la même façon, au mot près, comme une formule magique qui conjurerait le sort...

— Tiens ! poursuit-il, j'ai croisé ta voisine en chemin...

— Ah, toi aussi ? Pas de bol.

— Pourquoi tu dis ça ? Elle t'apprécie beaucoup, tu sais...

— Elle s'intéresse à moi parce qu'elle a la flemme d'ouvrir un roman policier. Je la distrais de sa routine, voilà tout.

— Je ne crois pas que ce soit l'unique raison. Elle culpabilise beaucoup du rôle qu'elle a joué dans l'enquête et je pense qu'elle a vraiment de l'affection pour toi. Tu devrais peut-être lui donner une seconde chance, essayer de t'en faire une amie.

Sacha doit reprendre le travail le lendemain, et savoir Déborah entourée le rassurerait, même si elle reste sous étroite surveillance.

— Je n'ai pas besoin d'amie. Je t'ai, toi, et j'ai Emma. Ça suffit à mon bonheur.

Déborah réalise-t-elle seulement le poids qu'elle lui fait porter alors qu'ils se connaissent à peine ? Être aimé de façon si absolue est certes un cadeau inestimable, mais c'est aussi une responsabilité difficile à assumer. Comment supporter d'être la seule source d'affection, de distraction de quelqu'un ? Sacha ne peut pas lui consacrer tout son temps ni s'investir à hauteur de ce qu'elle lui demande. Pas plus qu'il ne souhaite l'encourager à se replier davantage sur elle-même. Le policier se remémore à quel point David semblait l'avoir coupée du reste du monde. Est-ce un reliquat de cette relation ou bien se serait-elle laissé complaisamment isoler par un David que son exclusivité rassurait malgré lui ?

— Je serai moins présent quand j'aurai repris du service et...

Un coup de fil interrompt le commandant. C'est le capitaine Fialaix.

— Merci de me rappeler, répond Sacha. Oui... Ah très bien, tu peux m'en dire plus ? Super ! On va peut-être enfin pouvoir avancer ! Tiens au fait, j'ai quelque chose pour toi, moi aussi. Je viens d'apprendre que la maison d'un voisin de Déborah Pennac a été placée en quarantaine… C'est Frederika Migneault qui me l'a dit… Oui… La mérule, comme par hasard…

Intriguée, Déborah se rapproche de son amant et l'interroge du regard.

— Oui, continue Sacha. Ils l'ont détectée trop tard, elle est fichue. Le propriétaire s'appelle François Geay, il est vétérinaire. Tu peux faire des recherches sur lui et appeler le labo pour vérifier si c'est la même souche que celle de la maison de Violette Moreau ? De mon côté je vais les secouer : je n'ai toujours pas reçu les résultats d'analyse des champignons trouvés chez Déborah Pennac. Merci. À demain.

À peine a-t-il raccroché que la jeune femme lui saute littéralement dessus.

— Mais qu'est-ce que ça peut faire cette histoire de champignons ! Tu n'as pas plus urgent à régler, avec Nicolas qui court toujours dans la nature ?

— Ça fait précisément partie de mon enquête. Je trouve la coïncidence troublante. Tu connais ce François Geay ?

La jeune femme baisse les yeux, l'air manifestement troublé. Serait-il celui avec qui Nicolas a évacué David de la maison bretonne ? s'interroge Mendel.

— Je l'ai aidé à décorer sa maison il y a de ça deux ou trois ans. Il s'est montré agréable, sans plus. Mais tu avais l'air de dire que vous aviez du nouveau pour l'enquête ?

— Possible.

— Quoi ?

— Je ne peux pas t'en parler.

— Je suis la première concernée, me semble-t-il !

La jeune femme a crié. Il a beau vouloir qu'elle extériorise ses émotions, Sacha a du mal à supporter ses éclats, comme s'il avait épuisé tout son capital de patience avec Marion et ne souffrait rien chez Déborah qui puisse lui rappeler sa femme. C'est sûrement injuste pour elle qui a tant souffert et prend constamment sur elle.

Mais s'il est prêt à la voir se répandre dans les larmes, il ne lui accorde pas la possibilité de se mettre en colère, d'afficher de nouveau cet air dur et sauvage qu'il a surpris le lendemain de leur première nuit.

— Et je suis celui qui doit poser les questions dans cette affaire, Déborah. Fais-moi confiance, je fais tout pour te mettre hors de danger… D'ailleurs excuse-moi, j'ai un coup de fil à passer.

Sacha part s'isoler un moment dans le jardin, afin de demander des comptes au laboratoire qui n'a toujours pas analysé ses prélèvements, mais aussi pour relâcher un peu de pression. Il comprend que Déborah ait besoin de savoir où en sont les recherches, mais il trahit déjà le code de déontologie en couchant avec elle et ne peut pas l'inclure davantage dans son enquête. La jeune femme ignore à quel point il est déjà sur la sellette à cause de la mort de Petitjean, et tant que cette affaire ne sera pas officiellement classée, il devra rester extrêmement prudent. Enfin, c'est ce qu'il se dit pour se donner bonne conscience.

Sans même y prêter attention, Sacha allume une nouvelle cigarette avec celle qu'il est en train de terminer. Plus dépendant que ça, tu meurs. Peut-être devrait-il essayer les fameuses cigarettes électroniques que commercialise Strano ? Pour ça, il faudrait évidemment qu'il ait vraiment envie d'arrêter… Lorsque son téléphone se met à sonner et qu'il voit justement le nom de son ennemi s'afficher sur l'écran, Sacha se dit qu'ils ont une connexion presque surnaturelle.

— Justement je pensais à toi, répond-il du tac au tac.

— Heureux de constater que tu as de saines pensées ! plaisante le trafiquant.

— Qu'est-ce que tu me veux ?

— Te souhaiter une excellente reprise. Je suis ravi que tu ailles mieux.

— Ben voyons…

— Bien sûr que oui ! La santé de mes hommes m'importe beaucoup !

— Je ne suis pas l'un d'entre eux.

— Si, mais tu ne le sais pas encore. Tu es chez la belle Déborah ?

— Qu'est-ce que ça peut te foutre ?

— Ça m'inquiète…

— Parce que tu es jaloux ?

— Elle n'est pas ce qu'elle paraît… Je me rappelle à présent l'avoir déjà rencontrée…

— La première fois c'était au Quai et tu n'avais fait que la croiser.

— Je la connaissais déjà, elle était…

— Ça ne m'intéresse pas.

Sacha raccroche.

Lorsque Mendel rentre dans la maison, quelque chose l'alerte immédiatement. C'est peut-être la paix qu'il y règne et qui contraste avec le crépitement de l'huile chaude éclaboussant la cocotte en fonte où Déborah a mis le poulet à cuire, ou encore sa voix, le ton qu'elle utilise, un curieux mélange de froideur et de jubilation… Mais à qui parle-t-elle ? Le commandant s'approche doucement de la cuisine et ne parvient pas immédiatement à interpréter ce qu'il voit. C'est une bien curieuse scène à laquelle il assiste, et dont le dialogue semble tout droit sorti d'un film d'horreur ou d'un documentaire médical.

Assise sur le rebord de l'évier, Emma semble terrorisée. Ses petites jambes restent immobiles, au-dessus du sol, et elle tend une main tremblante vers Déborah. Ses yeux sont rouges et pleins de larmes, bien qu'elle se morde les lèvres pour ne pas se laisser aller aux sanglots. À côté d'elle, une main sur le robinet fermé, Déborah est étrangement calme.

— Tu vois, cette vilaine cloque sur ta peau, c'est parce que tu t'es brûlée au deuxième degré.

La jeune femme parle avec un détachement qui pourrait laisser penser qu'elle fait la leçon à la petite. Mais en réalité, elle lui *donne* une leçon. Une leçon des plus cuisantes. Médusé, Sacha tend l'oreille…

— Ça te fait mal ? demande la jeune femme.

La petite opine du chef d'un air misérable. On voit bien qu'elle ne retiendra pas ses pleurs très longtemps.

— C'est normal. La brûlure se propage. Tu comprends pourquoi tu ne dois pas t'approcher de l'huile bouillante ?

La petite fait signe que oui. Déborah a l'air satisfaite.

— Bien.

Elle ouvre enfin le robinet et lui prend la main. La petite se met à pleurer en même temps que l'eau commence à couler sur sa plaie.

— Arrête tes simagrées, lui intime sa tante, agacée.

Agacé, Sacha émet un claquement de langue. La gamine stoppe ses larmes tout net et tourne la tête vers lui tandis que Déborah rince précipitamment une cuiller restée dans l'évier, comme s'il l'avait prise en faute. Quelque chose dans cette scène l'a mis éminemment mal à l'aise. Pourquoi Déborah souriait-elle ainsi ? Est-ce parce qu'elle estime avoir efficacement enseigné la prudence à l'enfant – d'une bien curieuse manière –, ou parce qu'elle a commencé à détester la fille de son bourreau, sans même s'en apercevoir au point de l'avoir brûlée intentionnellement ? Non, c'est n'importe quoi ! Même au terme du calvaire que la jeune femme a vécu, Sacha a du mal à concevoir qu'elle puisse s'en prendre à une fillette, en représailles. À moins que Déborah n'ait été plus affectée par sa séquestration qu'il ne le pensait… Les paroles de Strano reviennent comme un boomerang à la mémoire du commandant : qu'entendait-il par « Elle n'est pas ce qu'elle paraît » ? Sacha sait qu'il n'y a qu'un seul moyen de le découvrir.

4

LES DEUX HOMMES ONT BEAU ÊTRE À L'ABRI DES REGARDS et des oreilles indiscrètes, confortablement installés dans les sièges en cuir de l'Aston Martin, Mendel n'est pas très à l'aise et chuchote plus qu'il ne parle.

— Tu en es vraiment sûr ?

— Il est des yeux qu'on n'oublie pas...

Gabriel Strano a garé son véhicule à trois rues du Quai des Orfèvres. Le commandant ne tenait pas à ce qu'on le voie descendre de sa voiture : il a assez de problèmes comme ça avec l'enquête sur la mort de Petitjean. Strano lui tend une main qu'il se décide à serrer après quelques hésitations. C'est un contact ferme et doux à la fois.

— Tu vas avoir du pain sur la planche, reprend le caïd.

— N'en profite pas pour t'enfuir...

— Allons, seuls ceux qui ont quelque chose à se reprocher songent à fuir !

Sacha sourit comme on accueille la saillie d'un mauvais garnement, et prend congé de son interlocuteur, encore sous le choc de la révélation que le trafiquant vient de lui faire ainsi que de sa propre capacité à se fier à un homme qu'il a, jusque-là, toujours méprisé. Mais tout est question de priorités, dans la vie…

Strano le regarde s'éloigner dans son rétroviseur. C'est fou ce que ce flic peut être attachant ! Il lui fait penser à ces petits arbres d'Islande qui, malgré la terre aride et un climat rude, poussent coûte que coûte, offrant leur bois sec et tordu aux yeux d'un monde trop arrogant pour comprendre leur force de vie et leur beauté. Il s'en va, balançant ses grands bras à la manière d'un homme affairé, le front soucieux, le regard dans ses pensées. Sacha Mendel ne se soucie pas de qui il croise, ni qu'on l'aime ou le méprise. Il avance parce qu'il n'a pas le choix, bien qu'il ait oublié depuis longtemps quelle était sa destination… Sacha lui plaît, Gabriel ne le lâchera pas.

Déjà au temps où le policier jouait les barmen pour le bien de son enquête, Gabriel avait remarqué dans son regard ce qu'il ne croisait que trop rarement. Une intelligence vive, malicieuse et acide. Celle qui vous dit que rien n'est grave, que la vie n'est qu'une mauvaise pièce où se jouent des destins bien dérisoires en somme, que les règles et les systèmes ne sont que divertissements destinés à contenir les foules, à leur cacher leur insupportable vacuité, à leur faire oublier leur peur de la mort. Oui, cette lucidité est la première chose que Gabriel ait décelée dans les yeux émeraude de l'homme qui vient de prendre congé, mais ce n'est pas la seule. Sacha Mendel brûle. D'ennui autant que d'envies. Il brûle et finira par se consumer entièrement s'il ne laisse enfin s'exprimer sa nature profonde. Mendel est un pur, un juste qui se débat encore avec des principes trop étriqués pour une âme comme la sienne. Gabriel et lui ont cela en commun et tellement plus encore ! Car s'il est une chose que le policier ignore et que Strano n'est pas près de lui révéler pour l'instant, c'est ce lien insoupçonnable qui les unit, découvert au hasard de l'enquête commanditée par le trafiquant… Un lien surprenant, presque ésotérique, qui les conduira peut-être au sommet de ce monde, ou les précipitera ensemble vers la mort. Mais d'ici là, ils auront appris à coexister et à s'apprécier. Gabriel n'a pas eu de frère, ni ne possède d'ami véritable. Mais il aura Sacha et Sacha pourra compter sur lui. Parce que désormais il voit le policier tel qu'il est vraiment et le reconnaît pleinement comme un des siens.

C'est pour ça qu'il a tenu à le mettre en garde au sujet de Déborah Pennac. Oh, des filles qui jouent les hôtesses dans les quartiers touristiques pour mettre un peu de beurre dans les épinards, il y en a pléthore dans ses bars de nuit ! Ça ne prête pas forcément à conséquence et elles finissent souvent par se ranger, au terme de leurs études, et même par oublier leurs écarts de conduite comme par magie. D'ailleurs, il est rare que Gabriel les remarque vraiment au point de se souvenir d'elles, dix ans plus tard. Pourtant, plus qu'une couleur d'yeux, aussi atypique soit-elle, ce sont parfois les regards qui se gravent dans sa mémoire, à l'instar de celui que la jeune Déborah arborait quand un client venait l'accoster… Le même qu'elle avait quand Sacha s'est fait attaquer devant ses yeux. Oui, Déborah, quand elle oublie de se maîtriser, laisse transparaître à quel point elle hait les hommes. Voilà ce que Gabriel a révélé à Sacha. Ça et d'autres choses encore, notamment les conditions dans lesquelles il l'a recroisée, il y a quelques semaines…

Pour fêter son retour les collègues du commandant ont déposé un cadeau sur son bureau. Sacha l'ouvre précautionneusement et, découvrant un livre sur l'autodéfense, sourit de bon cœur à la blague avant de consulter le rapport que lui a remis le capitaine Fialaix. Si Nicolas Pennac reste introuvable, on a en revanche mis la main, au milieu des objets entreposés dans le débarras, sur la poignée de porte démontée pour empêcher Déborah de s'échapper. Étrangement, aucune empreinte n'a été relevée. Sacha ne peut s'empêcher de penser que quelque chose ne colle pas. Nicolas Pennac séquestre et torture sa belle-sœur, lui envoie des messages menaçants et il prendrait soin d'effacer ses empreintes ? Ce n'est pas logique. Rien n'est logique dans son comportement. Pourquoi aussi demander une analyse sanguine de détection de drogue alors qu'il se gavait d'anxiolytiques et excitants ? Non, quelque chose ne tourne pas rond. La seule explication, c'est que Nicolas n'a pas agi seul, c'est certain, et que son – sa ? – complice, plus prudent que lui, a su effacer toute trace permettant de remonter jusqu'à lui. Sacha doit retourner dans cette maison en Bretagne et la forcer à lui révéler ses secrets. Malheureusement, les scellés de la maison vont être levés. Qu'à cela ne tienne, le commandant compose le numéro de l'agence immobilière qui gère le bien et réclame la liste des héritiers de Violette Moreau : il a besoin de leur autorisation pour poursuivre ses recherches.

— Commandant Mendel ?

Une femme a frappé doucement à la porte grande ouverte. C'est une jolie fille d'une trentaine d'années, blonde au look de pin-up tatouée.

— Qu'est-ce que vous voulez ?

— Je suis déjà venue la semaine dernière mais vous n'étiez pas là… Votre collègue m'a dit de repasser parce que vous voudriez m'interroger vous-même… C'est au sujet de Laura. Laura Pennac.

Sacha se lève prestement et fait signe à la visiteuse de s'asseoir.

— Vous êtes ?

— Clarisse Desprez, je suis barmaid à la Rose sans l'épine.

— Le bar lesbien ?

— Oui.

— Je vois. Et vous connaissez Laura ?

— C'était une habituée, on est devenues amies.

Sacha est perplexe. Laura Pennac, lesbienne ?

— Vous êtes sûre qu'on parle de la même femme ? Celle qui a disparu est mariée.

— Beaucoup de lesbiennes le sont. Parfois du fait qu'elles ignorent leur vraie nature ou préfèrent la taire parce que c'est tabou… Laura venait d'une famille stricte où ces choses-là étaient honteuses, impensables… Et elle ne l'a compris que sur le tard. C'est à cette époque que je l'ai connue. Elle était perdue, prise dans un mariage qui la rendait malheureuse, elle ne savait pas comment s'en sortir ni assumer son homosexualité.

— C'était quand ?

— Il y a cinq ans.

— Sa fille a quatre ans.

— Oui, elle était enceinte à l'époque…

— Une de ses amies m'a assuré qu'elle avait un amant. Un homme marié.

— Oui, elle voyait quelqu'un, en effet. Mais c'était une femme.

D'abord sceptique, Sacha se remémore néanmoins les propos tenus par Mathilde Keller, la collègue de Laura. Elle disait que la jeune femme parlait effectivement de son « ami » sans jamais donner de nom. Il pouvait aussi bien s'agir d'une femme. En outre, Laura avait drastiquement changé d'apparence physique depuis quelque temps : elle s'était coupé les cheveux, et avait cessé de s'infliger des régimes à tout-va. Elle avait décidé de s'assumer. Et toujours selon sa collègue, elle avouait qu'elle venait de découvrir le plaisir, comme une femme qui s'épanouit enfin dans ses vraies inclinations…

— Vous connaissez le nom de cette femme ? Vous l'avez déjà rencontrée ?

— Je l'ai aperçue de loin, une fois. Elle était venue chercher Laura au bar mais elle n'est pas rentrée. Je ne saurais pas la décrire et je ne sais pas grand-chose d'elle, si ce n'est que leur relation semblait assez fusionnelle. Laura était complètement sous le charme et a fini par ne plus venir au bar, mais on se donnait des nouvelles de loin en loin, par téléphone.

— Vous pensez que cette femme peut avoir quelque chose à voir avec la disparition de Laura ?

— Je n'en sais rien, encore une fois je ne la connais pas... Mais je sais que le mari de Laura n'était pas du genre à accepter de se faire larguer pour une femme. Si elles ont décidé de vivre leur histoire au grand jour, j'ai peur qu'il lui ait fait du mal... C'est pour ça que je suis venue. Il fallait que vous sachiez. Ce n'est pas un crime d'être homosexuel, et personne n'a à payer pour ça.

Bien sûr que non, ce n'est pas un crime. Pourtant, la recrudescence d'agressions homophobes enregistrée ces derniers temps en dit long sur la lente évolution des mentalités.

— Je vous remercie, madame. Si jamais quelque chose vous revenait, voici ma carte. Appelez-moi.

— Je n'y manquerai pas.

En regardant Clarisse Desprez s'éloigner dans le couloir, Sacha réfléchit à ce témoignage qui vient un peu plus rebattre les cartes. David Pennac avait toujours nié être l'amant de sa belle-sœur. Mais comme on avait retrouvé des empreintes de Laura chez lui, Sacha ne l'avait jamais pris au sérieux...

— Hey, tu es dans la lune ?

Perdu dans ses pensées, Sacha n'a pas remarqué Déborah. Il rougit violemment et se décompose.

— Tu ne pouvais pas mieux tomber...

— Pourquoi tu dis ça ?

La jeune femme semble aussitôt absorber le stress de Sacha et s'empourpre à son tour. Puis, d'une main tremblante, elle sort une enveloppe de sa poche. À l'intérieur, une feuille avec un emballage de bonbon collé au recto, et au verso deux mots.

J'arrive.

Ainsi donc Nicolas a décidé de refaire surface. Sûrement plus déterminé que jamais à récupérer ce dont il pense avoir été dépouillé. Par son frère, de la possibilité d'une carrière et de la fortune. Par Déborah, de sa virilité. Car il y a une chose qui ne fait désormais plus aucun doute, dans l'esprit du policier.

— Je crois qu'il va falloir qu'on parle d'abord d'autre chose, Déborah, pour bien comprendre les motivations de Nicolas.

Sacha referme doucement la porte sur elle et l'invite à prendre un siège. Il s'assied juste à côté d'elle et lui sourit avec toute la bienveillance dont il est capable, malgré la douleur que les mots qu'il va prononcer lui infligent déjà.

— Parler de quoi ? répond la jeune femme d'un air inquiet.

— De ta liaison avec Laura Pennac.

5

— SI C'EST UNE PLAISANTERIE, elle est de très mauvais goût.

Déborah est désormais aussi pâle qu'un linge. Elle nie. Évidemment. Et il ne peut s'empêcher de vouloir la croire, de tout son cœur…

— Laura Pennac était lesbienne, Déborah.

— Mais tu disais qu'elle avait couché avec mon mari ! Elle l'avait même noté dans son agenda !

— Elle voyait bien quelqu'un, mais c'était une femme. Mes déductions étaient fausses. David ne te trompait pas avec Laura, il t'aimait vraiment, je crois.

Dire cela lui coûte et prend le goût amer de l'erreur policière.

— Tu *crois* ? Tu veux que je te rappelle l'enfer d'où j'ai réchappé ?

— Je ne pense pas qu'il était le complice de Nicolas, malgré les apparences. Il n'a cessé de clamer son innocence et son amour pour toi…

— Ah oui ? Tu étais là, chez nous, quand je pleurais en m'endormant ou qu'il s'absentait pendant des jours ?

— Il t'aimait peut-être mal, mais je crois sincèrement que tout ce qu'il faisait, c'était pour toi... Mais toi, Déborah, tu faisais quoi quand il n'était pas là ?

Elle n'en croit pas ses oreilles. Ainsi donc il l'interroge, à présent, comme si elle avait menti, fait quelque chose de mal ?

— Je faisais ce que j'avais à faire, répond-elle, en crispant ses mains autour de ses bras, dans une position de défense.

— Qui voyais-tu quand tu sortais ?

— Je ne sortais pas.

— Déborah, qui d'autre à part toi peut être ce mystérieux D.P. dans l'agenda de Laura ?

— Je n'en sais rien mais ce n'est pas moi ! Tu croyais bien qu'il s'agissait de David et maintenant tu penses que c'était une erreur ! C'est si inconcevable que tu te trompes encore ?

— Déborah, tu dois absolument me dire la vérité.

— Mais quelle vérité ? Celle que tu veux entendre à tout prix n'est que le fruit de ton imagination ! Pourquoi tu doutes de moi à présent ? Pourquoi tu me fais subir un interrogatoire comme si j'étais coupable alors que je viens encore de recevoir une lettre de menaces ?

Pourquoi ? Parce qu'il doit vérifier sa théorie, quitte à pousser la jeune femme dans ses retranchements...

— Je crois que Laura et toi vous vous êtes rencontrées à l'enterrement de votre belle-mère. Tu n'as pas juste croisé Nicolas ce jour-là, mais une femme qui, comme toi, souffrait d'un mauvais mariage avec un homme qui ne lui convenait pas. Vous vous êtes immédiatement reconnues, comme si vos malheurs se répondaient, et parce que vous partagiez la même défiance vis-à-vis des hommes. Vous êtes tombées amoureuses et tu t'es attachée à sa fille comme si c'était la tienne, raison pour laquelle tu tenais tant à la garder avec toi quand tu as appris la disparition de sa mère !

— C'est du délire ! s'écrie la jeune femme.

Si Sacha croit vraiment à cette hypothèse, alors elle est plus en danger que jamais. Mais comment convaincre de son innocence un homme qui pense avoir tout compris d'elle ? Comment lui faire saisir sa précarité, sa peur, son besoin qu'il la protège et la sauve de ce cauchemar ?

— Déborah, je ne te jugerai pas. Mais tu dois me dire la vérité, parce que si j'ai raison, je tiens un début de mobile. Nicolas n'aura pas supporté d'être dépouillé de ses rêves de carrière par son frère, ni de sa femme par sa belle-sœur !

— Je ne peux pas inventer la réponse qui te convient, Sacha. Ce que tu imagines est faux. Je t'aime, tu ne le vois pas ?

— Peux-tu seulement aimer un homme, Déborah ?

— Quoi ?

La jeune femme accuse le choc, larmes aux yeux. Ainsi donc il doute d'elle encore plus profondément que ce qu'elle pensait. Qu'a-t-elle mal fait, mal dit pour qu'il remette ses sentiments en cause ? Impuissante, elle l'écoute exposer la suite de sa théorie.

— Ça remonte à la période où tu étais hôtesse de bar, n'est-ce pas ?

— Mais qu'est-ce que tu racontes, je n'ai jamais été hôtesse !

— Le propriétaire du night-club où tu officiais t'a reconnue formellement, Déborah…

— Ce n'est pas possible, puisque je n'ai jamais…

Déborah s'interrompt soudain, réalisant de qui Sacha est en train de parler. Il faut toujours un grain de sable dans les machines les mieux huilées, des obstacles au bonheur quand il s'annonce trop insolent. Et c'est le rôle que cet homme, Strano, a décidé de jouer. Pourquoi ? De quoi se mêle-t-il ?

— C'est le type qui t'a presque tué qui t'a dit ça ? Et tu l'as cru ? Lui plutôt que la femme avec qui tu dors ? Toute ta théorie sur ma soi-disant homosexualité repose sur le témoignage d'un trafiquant de drogue qui veut ta peau ? Tu ne comprends pas ce qui se passe ? Il veut faire le vide autour de toi en commençant par te faire douter de moi ! Il te manipule !

Ébranlé par le raisonnement de la jeune femme, Sacha reste muet. Il prend sa tête entre ses mains, allonge ses longues jambes sous la table et, n'y tenant plus, s'allume une cigarette.

— Tu n'as jamais imaginé qu'il pouvait être de mèche avec Nicolas ? poursuit Déborah.

— Pardon ?

— Oui ! L'un est trafiquant, l'autre un drogué. Ce n'est pas inimaginable qu'ils se connaissent et que…

La voix de Déborah se brise soudain, comme si toutes ses forces l'avaient abandonnée d'un seul coup. Pourquoi Strano l'accuse-t-il comme il le fait ? Quelles pourraient être ses motivations profondes si ce n'est une complicité avec Nicolas ? Oui, la théorie se tient.

— Et que ? interroge Sacha.

— Et que cet homme dont j'ai oublié le visage, celui qui est venu chercher David en Bretagne, ce soit lui ! Ça expliquerait pourquoi il veut te faire douter de moi, comme par hasard au moment où je reçois une lettre de menaces de son complice. Dès que je l'ai croisé, j'ai su que je l'avais vu quelque part ! Mais je peux t'assurer que ce n'est pas dans un night-club.

Sacha exhale lentement la fumée de sa cigarette et se noie, au propre comme au figuré, dans un brouillard épais duquel il craint de ne jamais pouvoir sortir. Déborah est tendue sur sa chaise, corps en avant, et se frotte nerveusement les bras. Ses lèvres tremblent de rage et de frustration. Elle ressemble à une bête traquée, blessée, qui ne sait plus que faire pour échapper à son sort. Il la fixe intensément et se perd dans son regard translucide.

Déborah se sent acculée. C'est plus fort qu'elle, quand elle est stressée, elle ne peut pas s'empêcher de se gratter encore et encore. Jusqu'au sang, parfois. Que faire, que dire pour qu'il la croie ? Laisser parler les émotions, baisser la garde, parler au cœur directement, il n'y a pas d'autre solution. Les larmes affluent au bord de ses longs cils et débordent enfin.

— Il ne faut pas oublier que c'est moi la victime, et peut-être cette Laura aussi ! Tu as oublié ce que j'ai perdu ? dit-elle en brandissant sa main mutilée. La dernière chose dont j'aie besoin c'est que tu doutes de moi… Parce que tu es tout ce qu'il me reste.

Et soudain Déborah craque et éclate en sanglots, complètement démunie. Désarmé devant son chagrin, Sacha la prend dans ses bras et la serre de toutes ses forces, lui baise le front. Le pendentif de la jeune femme vient se nicher contre son torse, tout contre son cœur. Son cœur. C'est lui et lui seul qu'il doit écouter, en effet, loin des discours destinés à le manipuler…

— Pardon…

— Je veux partir, Sacha, loin de tout ça…

— On prendra des vacances quand ce sera terminé, je te le promets.

— Non, je veux m'enfuir loin, maintenant, pour toujours. Recommencer à zéro, ailleurs.

S'enfuir loin, pour toujours. C'est évidemment tentant, songe Mendel. Mais les paroles de Strano s'invitent alors dans son esprit, en écho à celles de Déborah : « Seuls ceux qui ont quelque chose à se reprocher songent à fuir. » Et c'est le cas de la jeune femme, il en est convaincu, malgré ses larmes et ses protestations. Déborah cherche à fuir une culpabilité qui la ronge. Mais de quoi se sent-elle coupable ? Tout ce qui semble toujours avoir dirigé les actes de Déborah, c'est son infini besoin d'amour. À cause de cela, elle s'est embourbée dans un mauvais mariage, s'est sûrement jetée dans les bras d'une autre femme, puis de son beau-frère. Et enfin dans les siens… Ce désir éperdu d'être aimée, d'être sauvée n'est-il pas la preuve de sa fragilité ? Fragilité qui fait d'elle l'alliée idéale pour un homme qui cherche à se venger de son frère, ainsi que la porte d'entrée rêvée vers une escroquerie parfaite pour une manipulatrice qui n'en serait pas à son coup d'essai, Laura Pennac.

6

DEPUIS SON RETOUR CHEZ ELLE, Déborah a beaucoup réfléchi, comme un bilan accéléré sur sa vie et ce qui l'a conduite ici, dans cette maison de Montmorency qu'elle va bientôt devoir quitter. Elle est assise sur le canapé du salon, le regard dans le vide, surveillant vaguement sa nièce qui joue à la poupée. Elles partagent toutes deux un traumatisme qui les a changées irrémédiablement et les lie à jamais. C'est une soirée calme, pas un bruit ou presque ne filtre de la rue. Les voisins sont attablés autour d'un bon repas ou se détendent devant leur émission de télévision préférée. Chacun mène sa petite vie paisible, certain de son immuabilité, serein, comme tous ceux qui n'ont jamais rien vécu de grave et ignorent que la fatalité peut les frapper. Mais c'est un calme qui précède la tempête, à l'instar des chaudes journées d'été qui annoncent les orages les plus dévastateurs. Tout ce que connaissait Déborah est sur le point de s'effondrer et elle ne sait pas à quoi ces ruines céderont la place. Elle n'a aucune certitude si ce n'est qu'elle se dirige inéluctablement vers son destin, et que tout ce qu'elle a fait n'a été dicté que par le souci de sauver une petite fille malmenée par la vie. Et ce n'est qu'en restant au plus proche d'Emma, quitte à paraître trop fusionnelle ou à être incomprise, qu'elle pouvait accomplir sa mission.

Aujourd'hui, il n'y a plus qu'elles deux. Elle le sait : Sacha ne la croit plus. Il est convaincu qu'elle lui cache des choses, qu'elle a eu une liaison avec Laura, et surtout que lui, elle ne l'aime pas vraiment. Il a tort, mais elle ne le fera pas changer d'avis. Alors, quand il rentrera, elle le quittera.

Des phares se reflètent dans les fenêtres de sa belle demeure. Le voilà. Elle reste là, immobile et digne, et attend qu'il pénètre dans la maison en prenant une grande inspiration.

— C'est moi ! s'écrie Sacha à la manière de David, du temps où il vivait ici.

Oui, c'est lui. Lui qui lui a brisé le cœur aujourd'hui. Lui à qui elle ne peut pourtant pas en vouloir. Emma aussi s'est attachée au policier. Elle court dans sa direction, sourire aux lèvres. Le sourire s'étire un peu plus quand il lui tend un petit cadeau.

— C'est pour moi ?

— Oui, ma puce. C'est un pendentif comme celui de ta tante Déborah. Ça s'appelle de l'*ambre*.

— Il y a un clou dedans ?

— Non, ma chérie. Ça représente une petite étoile. Comme toi. Ça te plaît ?

— Oh oui ! C'est joli ! Merci !

La gamine minaude un peu, son collier autour du cou. La scène est si touchante et simple à la fois que Déborah aurait presque envie d'en oublier ses résolutions. Mais elle doit tenir bon.

— Sacha, il faudrait qu'on parle, je crois…

Le policier s'approche de sa compagne et l'embrasse tendrement. Malgré elle, Déborah agrippe son cou et lui rend son baiser avec une infinie douceur.

— Moi d'abord, répond-il. Je veux te dire que je prends très au sérieux les menaces de Nicolas.

— Tu me crois donc ? s'étonne-t-elle.

— Je suis convaincu que tu es la victime d'une sombre machination, Déborah. Et que ni Nicolas ni Laura ne te laisseront tranquille… Parce qu'ils en veulent à ton argent et feront tout pour que tu leur cèdes.

— Mais Laura est…

— Non. Et je crois que tu le sais.

— Ne m'accuse pas à nouveau de te cacher des choses, je ne le supporterai pas !

La jeune femme a les larmes aux yeux. Quitte-le, maintenant ! Mais elle a beau s'exhorter au courage, elle n'y parvient pas.

— Je vais retourner dans cette maison en Bretagne et trouver des preuves, quelque chose nous a sûrement échappé. À commencer par la présence de Laura.

— Il était tout seul, combien de fois devrai-je te le répéter ?

Rien dans le langage corporel de la jeune femme ne trahit le mensonge. Elle le fixe droit dans les yeux, sans ciller, et proteste avec une énergie telle qu'il ne peut que la croire, pourtant il doit insister afin de dissiper tous ses doutes.

— Je n'en suis pas si sûr. Il n'y a aucune empreinte sur la poignée de porte de la cave où tu étais enfermée alors que Nicolas n'a jamais rien fait pour cacher sa culpabilité.

— Laura n'était pas avec lui !

— On a retrouvé des emballages de somnifères dans la maison. Ça crée des amnésies, à haute dose… Tu n'avais jamais de fortes migraines pendant ta détention ?

— Si, mais…

— Nous n'avons pas pu faire d'analyse probante à ton arrivée à l'hôpital parce qu'on t'avait déjà injecté toutes sortes de produits pour combattre l'infection. Mais je crois que tu étais droguée, que tu n'as pas tout vu. Je vais aller là-bas et fouiller la maison de fond en comble, tout retourner s'il le faut. J'attends juste l'autorisation des propriétaires, ainsi que de ma hiérarchie. Je trouverai quelque chose, des empreintes sur un objet que Laura n'aura pas pensé à nettoyer, une trace de chaussure dans un endroit où elle n'aurait pas dû s'aventurer. Je ne lâcherai rien tant que tu ne seras pas à l'abri.

Déborah prend les mains de Sacha dans les siennes et baisse la tête pour cacher les larmes qui lui montent aux yeux.

— Ne pleure pas, ma belle, on va y arriver. Tu vas t'en sortir.

— Tu crois ?

La jeune femme resserre ses doigts autour des paumes du commandant. Il lui caresse doucement les mains, effleure le moignon. Pour la première fois, elle ne se soustrait pas à la caresse. Après tout, ce vide fait partie d'elle, lui aussi. Et il est parfois si présent qu'il en occulte le reste. Déborah a commencé à ressentir ce qu'on appelle le « syndrome du membre fantôme » quelques heures à peine après son amputation. C'est, la plupart du temps, la sensation que son doigt est toujours là, dans une position normale, avec son alliance qui le comprime légèrement. Parfois c'est une douleur insupportable, semblable à celle qui l'a fait hurler au moment de la mutilation. Dans ces moments-là, elle jurerait que son sang vient taper au bout de son doigt et s'y agglutine au point de le faire enfler si fort que sa bague devient un étau menaçant de lui transpercer la peau. Même son mariage est devenu un mariage fantôme... Et si quelqu'un peut bien l'en guérir, ça ne peut être que cet homme qui la caresse malgré sa difformité... Alors Déborah décide de remettre à plus tard ses intentions de rompre avec le seul qui soit encore là pour elle, et malgré les premières réticences du policier qui ont vite fait de s'évaporer, elle lui fait l'amour, avant de s'endormir dans ses bras.

6 heures. Déborah ignore comment elle a atterri dans son lit, Sacha a dû la porter jusque-là. C'est la sonnerie de son téléphone qui les a réveillés. Le policier chuchote, pour ne pas déranger sa compagne.

— Qui était-ce ? demande-t-elle alors qu'il raccroche.

— Ma femme. Il faut que j'y aille, c'est urgent manifestement.

— Qu'est-ce qui se passe ?

— Je n'en sais rien… Rendors-toi, j'irai directement au travail après. Je passerai vers midi si tu veux bien.

— OK…

La jeune femme se replonge sous la couette, laissant Sacha seul avec son angoisse. Pourquoi ce coup de fil matinal ? Il ne pense pas qu'il y ait un rapport avec l'affaire Petitjean. L'affaire est sur le point d'être classée, Marion n'y peut plus grand-chose. Il devrait être rassuré, pourtant ça ne lui dit rien de bon.

À peine a-t-il franchi le seuil de la maison que Déborah saute hors du lit, saisit son téléphone ainsi que la carte de visite de Gabriel Strano, et compose fébrilement son numéro.

Sacha ne s'attendait pas à ça. Quand il est arrivé à l'appartement, un huissier quittait les lieux.

— Qu'est-ce que ça signifie, c'est quoi ce délire ?

— L'huissier vient de constater l'abandon du domicile conjugal, explique Marion Mendel.

Si elle avait d'abord songé à s'enfuir, après leur dernière dispute, Marion, conseillée par son amant, avait finalement décidé de se battre afin de récupérer un peu de l'estime de soi dont Sacha l'avait dépouillée.

— Pourquoi tu as fait ça ? Si tu veux divorcer je suis plus que consentant !

— Je ne veux pas juste divorcer, Sacha. Je veux qu'on t'attribue tous les torts possibles pour que tu paies un maximum à la séparation ! Je veux une pension alimentaire digne de ce nom, je veux qu'on reconnaisse à quel point tu es un mauvais mari et comme j'ai été malheureuse !

— Malheureuse ? Tu n'as jamais rien foutu de ta vie, j'ai cédé à tous tes caprices ! Ne me pousse pas trop loin, Marion !

— Je ne te permettrai pas de me faire du mal comme tu me l'as laissé entendre l'autre fois. Alors oui, j'ai lancé l'offensive, comme ça, s'il m'arrive quoi que ce soit, tu seras le premier suspect !

Sacha se rappelle bien l'avoir menacée à mots couverts de la défigurer lors d'une précédente dispute. Mais ce n'étaient que des mots… Pourquoi irait-il risquer sa liberté à peine recouvrée pour ce déchet bouffi d'alcool et de médicaments ?

— Tu me dégoûtes. S'il faut que j'hypothèque ma vie pour ne plus jamais voir ta gueule, je le ferai sans hésiter. Tu n'as même pas à t'embarrasser de ces procédures ridicules.

Marion Mendel reste un instant coite. Étrangement, et malgré tout le mal qu'elle pense de son mari, elle est déçue. Peut-être espérait-elle voir un sursaut d'amour dans son regard ? Qu'il se jette à ses pieds et lui demande pardon de l'avoir fait souffrir ? Mais non, rien de tout ça.

— Tu n'as pas le droit de dire que je te dégoûte…

Non, il n'a pas le droit de la mépriser comme ça, d'être celui qui est parti le premier, de lui ôter jusqu'au droit de le quitter… Pas le droit de l'avoir aimée puis laissée sur le bas-côté, d'avoir fait d'elle ce qu'elle est devenue… Mais elle ne parvient pas à l'exprimer. Sa gorge est serrée et lui fait atrocement mal. Elle est au pied du mur, plus aussi sûre pourtant de vouloir sauter. Il suffirait d'un mot, d'un regard un peu moins dur pour qu'elle y croie et s'y accroche, renonce à l'amant qu'elle ne s'est choisi que parce qu'elle se sentait délaissée, pour se rassurer et remplir ses longues journées solitaires loin de son mari en mission… Tendue à l'extrême, elle guette, espère, attend.

— Tu me dégoûtes, répète-t-il durement.

Et, sans état d'âme, il quitte l'appartement. Peut-être le Sicilien a-t-il raison d'évoquer un changement radical, chez lui, car désormais plus jamais Sacha Mendel ne se laissera manipuler par qui que ce soit. Ou à ses risques et périls.

Gabriel Strano n'aime pas être tiré du lit aux aurores. Aussi n'est-il pas dans les meilleures dispositions lorsqu'il sonne à la porte de Déborah Pennac. Sa mauvaise humeur s'efface néanmoins lorsqu'elle lui ouvre, tout juste vêtue d'une nuisette en crêpe de soie. C'est un petit bonbon rose, qui exalte les envies de romantısme et de sensualité, un appel aux caresses langoureuses et aux baisers enflammés. Oui, Déborah Pennac est d'une beauté à couper le souffle.

— Vous jouez un jeu dangereux, dit-il en guise d'introduction.

— Je n'ai pas le choix.

Gabriel Strano pénètre dans la maison d'un pas lent de prédateur.

— Vous êtes sûre de ce que vous voulez ?

— J'ai besoin d'une seconde chance, c'est tout ce que je demande, commence-t-elle à bafouiller d'un air désespéré.

Elle a les larmes aux yeux, c'est sûrement ainsi qu'elle est la plus belle. Et elle le sait.

— Épargnez-moi vos discours misérabilistes. Ça ne m'émeut pas. Allez droit au fait.

Déborah accuse le coup et ses larmes sèchent comme par magie. Strano s'inclinerait presque devant le talent de la dame.

— Vous savez ce que je veux, et que j'ai besoin de vous pour ça. J'ai de l'argent, je vous paierai.

— Mais j'espère bien. Cela dit, de l'argent, j'en ai aussi.

Le regard qu'il lui lance est explicite. Déborah s'y est préparée. D'un geste, elle fait glisser la nuisette à ses chevilles. Strano la regarde en silence et sourit. Oui, elle va payer. Très cher. Son sourire carnassier s'étire un peu plus. Il va se régaler. En revanche, pour le romantisme et les petits bonbons roses, il faudra repasser. Le Silicien déboutonne lentement sa braguette, sans la quitter des yeux, et s'avance vers elle, le regard aussi dur que s'il comptait la tuer.

— Retourne-toi.

7

SACHA MENDEL EST ALLÉ DIRECTEMENT au Quai des Orfèvres en sortant de chez lui. Il est assis à son bureau, mégot brûlant accroché aux lèvres, et laisse la fumée acide lui couler dans les yeux. Devant lui, un courrier de l'IGPN, les conclusions définitives de l'enquête. Dans sa poitrine, un cœur qui bat trop vite, en écho au mauvais pressentiment qui l'étreint depuis qu'il a quitté Marion. D'un geste lent, il saisit l'enveloppe, la décachette en tremblant. Le bruit du papier qui se déchire emplit la pièce d'une plainte presque accusatrice. Il glisse ses longs doigts à l'intérieur, et parcourt le message en diagonale à la recherche des mots clés. « Témoignage concordant de Marion Mendel... coupable venu se dénoncer... aucun élément de preuve contre le commandant Mendel... tempérament borderline maîtrisé... » L'expression lui arrache un sourire ironique. Hormis quelques passages à tabac de gars que personne n'a envie de plaindre, rien dans son passé ne permet en effet de soupçonner la violence qu'il contient. « Commandant Mendel lavé de tout soupçon... »

Il devrait être soulagé, mais en réalité il est déçu. Tout ça n'est que mascarade et il n'est entouré que d'enfants crédules qui ne demandent qu'à croire aux histoires qu'on leur raconte pourvu qu'ils aient le beau rôle, et que ça les conforte dans leur représentation du monde.

Personne, des agents de l'IGPN à son ami le commissaire, n'a su voir que Sacha, lui, n'y croit plus. Pas comme on le lui a enseigné, pas comme on attend de lui qu'il le transmette à son tour. À moins d'être directement confronté au terrain, aucun de ses supérieurs ne peut imaginer à quel point ce métier use. Qu'entre le manque de reconnaissance de la population, les mariages qui finissent par se déliter à cause de trop nombreuses absences et la tentation de toucher du doigt un monde plus faste qui leur fait de l'œil, il est facile pour les flics de basculer.

Personne ne peut comprendre qu'à moins de se blinder complètement jusqu'à ne plus rien ressentir, il n'y a guère d'alternative aux horreurs qu'on croise à longueur d'interventions. Mais se blinder c'est ne plus rien ressentir, et pourquoi vivre comme un mort quand on peut éprouver encore des frissons ? Quand on détient le pouvoir de sauver une jeune femme de la prostitution, de dissuader un pédophile de poser la main sur un gamin, ou encore d'ôter de ce monde un policier qui le corrompt ? Et Sacha tient à ce qu'il ressent. À ce besoin de préserver ce qui est pur, de détruire la pourriture. Est-il un misanthrope, ou bien un philanthrope, il ne le sait pas. Les fines frontières du bien et du mal se télescopent dans son esprit, et se mélangent dans des nuances de gris. Tuer de sang-froid a été plus facile qu'il ne l'aurait cru, comme si c'était la seule option possible, la seule suite logique aux agissements de Lionel Petitjean, la seule sanction envisageable pour le meurtre d'une jeune femme qui serait sinon resté impuni. La mort du capitaine n'a rien de grave, aux yeux de Mendel, elle n'est que justice. Une justice que la loi des hommes n'aurait pas su rendre, parce que cette loi-là est dérisoire. Si dérisoire que Sacha ne peut plus s'y conformer, quand partout où il regarde il ne voit que fange et laideur, quand partout, comme dit Strano, il n'y a que des « âmes sales » parfaitement indifférentes aux conséquences de leur égoïsme. Où est la beauté ? Où se cache la pureté ? Jour après jour, elles se font grignoter un peu plus par la somme d'individualismes forcenés. Je pollue, je prends, je détruis. Je, je, je. J'ai un avis sur tout, j'envie la terre entière, je veux ma part du gâteau et tant pis pour ceux que j'écrase au passage, après moi le déluge. Telles des cellules malignes, ces âmes sales prospèrent et prolifèrent... Combien d'hommes sur terre pour les en empêcher ? Combien le veulent ? Combien le peuvent, en toute impunité, sans même une tache sur leur dossier professionnel ?

Oui, Sacha devrait sourire, se réjouir, être soulagé, pourtant il ne parvient pas à occulter cette angoisse diffuse qui ne semble pas vouloir le lâcher, comme si une catastrophe était sur le point de se produire.

Le commissaire Toussaint glisse la tête dans l'embrasure de la porte.

— Je te dérange ?

— Je t'en prie, entre.

Alex installe son imposant derrière sur la chaise la plus solide à sa disposition, et pose à son tour une enveloppe sur le bureau de son ami. Il garde les mains dessus, parfaitement parallèles, comme s'il rechignait à la lâcher.

— T'en fais une drôle de tête..., remarqua Sacha.

— Disons que ce que j'ai à te dire est délicat. Enfin, je crois...

Intrigué, le commandant s'avance un peu sur son siège, coudes en appui sur son bureau. Ce n'est pas le genre d'Alex de tourner autour du pot. La crainte d'un problème imminent se rappelle au bon souvenir de Mendel et lui contracte douloureusement l'estomac.

— Je t'écoute.

— Bien… Tu n'es pas souvent chez toi en ce moment à ce qu'il paraît…

— Non.

Gêné, Toussaint se racle la gorge et éponge son front trempé de sueur d'un grand mouchoir à carreaux.

— Je dois te demander où tu résides, quand… tu n'es pas avec ta femme.

— Je crois que tu le sais déjà, non ?

En effet, la nouvelle s'est répandue comme une traînée de poudre au 36…

— Oui. Mais tu n'es pas sans savoir que Déborah Pennac est au cœur de l'enquête et que…

— Que ce n'est pas déontologique, ni pour autant la première fois qu'un flic sort avec un témoin, une victime… une suspecte.

— Suspecte ? Tu la soupçonnes de quelque chose ? questionne le commissaire en se tortillant sur sa chaise.

— Je n'exclus pas qu'elle soit mêlée à l'affaire d'un peu plus près que j'imaginais…

De plus en plus embarrassé, Toussaint tripote nerveusement un coin de l'enveloppe puis, semblant céder à une impulsion, la tend à Mendel.

— Tu devrais lire ce qu'il y a là dedans.

C'est le fax contenant la liste des héritiers de Violette Moreau.

— L'agence nous l'a envoyé hier…

— Bon sang, Alex, tu ne pouvais pas me le dire avant ?

Le commissaire ne répond pas et fait signe à son ami de se pencher sur le document. Sacha embrasse la dizaine de noms du regard, quand ses yeux s'arrêtent sur des initiales familières.

D.P.

Voyant la pâleur soudaine de son ami, le commissaire ne peut qu'énoncer la conclusion qu'il redoute.

— Déborah Pennac. L'agence nous l'a confirmé.

Et le mauvais pressentiment de Sacha se confirme à son tour… Il déglutit péniblement et répond d'une voix blanche.

— Tu disais que tous les héritiers étaient des enfants que Violette Moreau avait rencontrés à l'hôpital, c'est bien ça ?

— Oui. Avant d'être en Bretagne, elle officiait à Bordeaux. J'ai appelé le procureur dans la foulée pour qu'il demande des détails à l'hôpital. Tu ne vas pas aimer la suite, Sacha…

Le commandant s'en doute. Il attrape une nouvelle cigarette et l'allume maladroitement, une partie refusant de s'embraser. Signe de malchance…

— Vas-y.

Le commissaire prend une grande inspiration, hésite sur la meilleure façon de lui annoncer la nouvelle, puis décide qu'être cash sera le mieux.

— Déborah Pennac était dans le bus scolaire qui s'est planté à cause des deux frères.

Et le ciel s'effondre sur la tête de Sacha Mendel, et la terre entière s'effondre avec lui, l'entraînant dans une chute vertigineuse. Ses organes sont en plomb et se tassent en bas de son buste, le sang déserte son visage et prive un instant son cerveau d'oxygène. Il a la tête qui tourne, la nausée. Il se sent soudain très mal. Si mal qu'il en éteint rageusement sa cigarette qui le dégoûte subitement.

— Et elle a été blessée au ventre…, complète-t-il comme une évidence.

— Un morceau de ferraille est allé se nicher dans son utérus, confirme Alex. Sûrement une des vis de l'habitacle. Elle a failli mourir.

Sacha sent les larmes lui monter aux yeux. Il se rappelle avec quelle insistance la jeune femme l'a supplié de partir loin, et imagine l'espace d'une seconde qu'il lui a dit oui, qu'ils sont loin de tout, hors de portée de la justice… Mais il a temporisé, s'est méfié.

Et voilà que son devoir se rappelle à lui. Il fait signe à Toussaint de poursuivre.

— L'intervention a été lourde et il y a eu des complications, reprend le commissaire. Ça a laissé des séquelles. Elle a passé dix ans à se faire charcuter le ventre. D'actes réparateurs en chirurgie esthétique pour réduire les cicatrices.

— Réduire les cicatrices mais pas la blessure.

— Une blessure qui en fait la complice idéale de Laura Pennac.

— Non…

— Pourtant, il faut te rendre à l'évidence, Sacha.

— Non !

Alex ne peut pas comprendre. Il ne connaît pas Déborah comme lui. Qu'il y ait manipulation de sentiments, peut-être. Mais Sacha ne peut croire à la complicité de plein gré des deux femmes.

— De toute façon, pour l'instant, nous n'avons pas un début de preuve. Il faut la mettre en garde à vue et l'interroger jusqu'à ce qu'elle nous dise la vérité. Sans ça, nos hypothèses ne feront pas long feu devant un tribunal.

Sacha acquiesce en silence et se lève lentement. Il va aller la chercher, et elle dira la vérité.

Le commandant effectue le trajet comme dans un sommeil sans rêve. C'est une conduite sans pensée, sans aucun parasite, comme s'il avait été soudain vidé de toute capacité à réfléchir. Hélas, c'est une maison déserte qu'il découvre à son arrivée. Déborah a rassemblé quelques affaires et elle est partie, emmenant avec elle la petite Emma. Sacha rit nerveusement. Le timing est décidément parfait. Il hume l'air, sort son téléphone et appelle Gabriel Strano.

— *Ciao*, mon ami ! J'étais justement sur le point de t'appeler !

— La maison de Déborah empeste ton eau de Cologne.

— C'est de l'eau de parfum, espèce de rustre !

— Qu'est-ce que tu foutais chez Déborah ?

— Une visite de courtoisie, sur son invitation, avant qu'elle ne parte du côté de Bordeaux !

— Sur son invitation ? Et on peut savoir ce qu'elle te voulait ?

— Que je la baise, pour commencer. Mais rassure-toi, mon ami, je crois bien lui avoir fait passer l'envie de te tromper. Ah ça, on peut dire que je l'ai bien...

Non. Sacha ne veut pas savoir ce que Gabriel lui a fait, ni si c'était mérité ou non. Tout ce qu'il sait, c'est qu'à l'instant présent il ne peut s'empêcher d'être infiniment triste. Ainsi donc Déborah n'a pas hésité à le trahir, à se donner à un autre, le laisser la toucher, la pénétrer et souiller ce qui, au final, ne lui a jamais appartenu à lui. Il aimerait hurler et rire à la fois, comme pour se moquer de sa propre naïveté. Comment lui, le cloporte, a-t-il pu se rêver en noces avec une rose ? Comment a-t-il pu y croire ne serait-ce qu'un instant et s'imaginer qu'il accédait enfin à sa part de bonheur ? Non, le bonheur n'est pas pour lui. La part qui lui échoit dans la vie est celle de la colère, de la déception, de la vengeance... Et encore une fois, c'est Gabriel qui lui sert de révélateur.

— Épargne-moi les détails, articule le policier au terme d'un silence de plomb. Dis-moi seulement ce qu'elle voulait.

8

ELLES SONT LÀ, DANS LA MAISON DE BRETAGNE, immobiles dans un silence presque religieux et sans lumière pour ne pas attirer l'attention. Déborah a roulé sans s'arrêter depuis Paris. Le jour commence déjà à décliner et le moment fatidique approche, mais elle n'a pas peur parce qu'elles sont enfin réunies pour toujours. Ce qui les lie, personne ne pourrait le comprendre, en saisir la mesure, mais ça lui est bien égal. Au moment où la jeune femme se résout à allumer une bougie, en un ultime symbole d'espoir et de renouveau, la sonnerie de son téléphone l'avertit de la réception d'un SMS. Strano.

Les papiers seront à l'endroit convenu dans cinq jours.

D'aucuns pourraient trouver qu'elle a payé le prix fort, celui de la douleur et de l'humiliation. Peut-être même Gabriel Strano en est-il lui-même convaincu ? Il serait déçu. Ses cris, ses pleurs, son regard de proie qui capitule, tout ça n'était que simulation, poudre aux yeux pour qu'il estime lui avoir donné une bonne leçon. Pourtant, ni les coups, ni la brûlure quand il s'est introduit dans ses reins sans aucun préliminaire, ni même ses mots ou ce qu'il l'a forcée à subir ensuite, non, rien de tout ça ne l'a atteinte. Pas même physiquement. Encore moins moralement. Car ce qu'il ignore d'elle, c'est sa capacité à se détacher de toute sensation, de la moindre émotion, pour n'être plus qu'un bout de chair inerte et froid, une vulgaire poupée de chiffon dans les mains du pire des tortionnaires. Au moins toutes les invasions qu'aura subies son corps durant son enfance lui auront-elles conféré cette force que personne ne peut soupçonner ! Strano a cru la posséder quand il n'a été qu'un instrument pour atteindre la liberté. Oui, enfin elle va vivre ! Enfin, elles vont obtenir la paix qu'elles méritent et plus rien ne pourra les arrêter après cette nuit, pas même Sacha qui ne retrouvera jamais la moindre des preuves qu'il espère.

Déborah embrasse la cuisine du regard et compte, pour la dixième fois peut-être, le nombre de bidons d'essence entreposés autour d'elle. Il y en a quinze. De quoi faire flamber toute la maison. On conclura, certes, à un incendie criminel, c'est le cadet de ses soucis. Dans, cinq jours, elles auront de nouveaux papiers d'identité. Dans six jours, elles seront au bout du monde, dans un pays sans accord d'extradition avec la France.

Un bruit de voiture la sort de sa rêverie. Non, ce n'est pas possible ! Elle a pris soin de dire à Strano qu'elle partait pour Bordeaux, acheté en liquide une voiture d'occasion à un particulier et s'est procuré un téléphone sans abonnement pour s'assurer de n'être pas traçable ! Déborah prévoyait d'attendre la nuit pour incendier la demeure, afin que l'intervention des pompiers soit la plus retardée possible, mais il va lui falloir changer ses plans…

— Reste là, je m'en occupe, dit-elle en tâchant de ne pas céder à la panique.

La jeune femme prend un bidon dans chaque main et se dirige en premier vers la cave où elle était enfermée…

Lorsque Sacha arrive dans la propriété de Violette Moreau, rien ne trahit la présence de qui que ce soit à l'intérieur. Pas une lumière n'est allumée et on ne distingue aucune voiture. Elle doit être garée derrière la maison, pour ne pas attirer l'attention. La nuit est en train de tomber et on n'y verra bientôt plus rien. Par prudence, il emporte avec lui une lampe torche et s'imprègne un instant de la douceur de ce soir d'été. Le pincement qui ne l'a pas lâché depuis le matin se rappelle à son souvenir et lui titille l'estomac, comme pour lui rappeler que le dénouement est proche. Il a ce sentiment à la fois grisant et terrifiant que ce qui suivra est de l'ordre de l'inéluctable. Il est déterminé, dénué du moindre doute, sait qu'il fera ce qu'il faudra puisqu'il y a une innocente à sauver dans cette histoire.

Sacha contemple la lumière du soir. Il a toujours aimé ce moment particulier, entre chien et loup, où les bêtes de la nuit et celles du jour se rencontrent enfin et croisent leurs chants lancinants en une symphonie mélancolique. Une lumière presque irréelle lutte encore pour gagner le combat du crépuscule et éclaire au loin les contours escarpés de la falaise. Au contact du rayon de soleil, le parterre de violettes s'embrase d'indigo et frémit sous la caresse de la brise. Sacha se laisse, lui aussi, frôler par l'air du soir, à la recherche du délicat parfum des fleurs au milieu des notes d'humus et des embruns. « *Les violettes ne veulent pas qu'on les sente…* » Les paroles du fleuriste sur le marché reviennent alors avec force à sa mémoire, avec tous les détails de la scène : la fillette et son petit bouquet dans les mains, l'agacement de Déborah et son empressement à s'en aller. « *Les violettes ne veulent pas qu'on les sente…* », la phrase vient de nouveau se cogner dans son crâne, comme une idée fixe, comme un avertissement qu'il n'a pas su comprendre, en son temps. Pourquoi se focalise-t-il ainsi sur ce détail insignifiant alors qu'il devrait s'élancer à la poursuite des fugitives qu'il sait être à l'intérieur de la maison ? Pourquoi ces violettes le fascinent-elles soudain à ce point ? Comme attiré par un aimant, le commandant se dirige presque malgré lui vers le massif de fleurs. Nombre d'entre elles ont été piétinées par les agents de la police scientifique, lors des dernières fouilles. Fouilles desquelles même les chiens sont rentrés bredouilles. Si ces fleurs ont, comme le prétendait le forain, le pouvoir d'inhiber l'odorat, se pourrait-il qu'elles dissimulent une bien plus triste réalité que la simple allusion au prénom de la défunte propriétaire du terrain ? Sacha s'agenouille et les caresse du bout des doigts, en une trêve éphémère avec la réalité, dans un instant de grâce qu'il parvient à dérober à la fatalité. Il se penche en avant, comme un croyant implorant le pardon de son créateur, et hume le parfum volatil qui s'évapore déjà pour n'être plus qu'un insaisissable souvenir... Le commandant n'a pas de pelle, juste ses mains et cette absence de doute, cette odieuse certitude de la découverte funeste qu'il fera s'il creuse. Il pourrait attendre un peu, appeler du renfort pour faire la sale besogne à sa place. Mais il préfère assumer son erreur jusqu'au bout, comme il l'a fait avec le frère de celui qu'il s'apprête à déterrer. Ses longs doigts s'enfoncent alors dans la terre humide, et la jettent plus loin, par poignées. L'odorat endormi mais les autres sens à l'affût, il a la sensation d'entendre les racines crier de douleur lorsqu'il les arrache à leur berceau, de voir anormalement bien malgré le jour qui décline, d'être parfaitement éveillé, entièrement dans la vie alors qu'il se tient sûrement au-dessus d'un cadavre.

Il creuse depuis cinq minutes, dix minutes, l'éternité peut-être et plus rien n'existe alentour. Rien ni personne, pas même la femme qui est sortie de la maison pour l'observer et assiste, impuissante, à la macabre découverte. Sacha cesse soudain de creuser.

Il a senti quelque chose, là, sous ses doigts, un objet dur et froid. Le commandant prend un mouchoir et le saisit précautionneusement. C'est un sécateur. La pénombre gagnant du terrain, il allume sa lampe torche et l'inspecte rapidement avant de le glisser dans sa poche. Si la lame semble avoir été nettoyée hâtivement, il reste ce qui apparaît comme un résidu de sang séché. Le cœur battant la chamade, Mendel retourne à ses recherches morbides, lampe coincée entre les dents pour s'éclairer un peu. Il lui faut à peine deux minutes de plus avant de rencontrer un nouvel obstacle à la fouille. Cette fois-ci, c'est une masse spongieuse dans laquelle s'enfoncent ses doigts. Ses gestes se font alors plus doux, plus précis, à la manière des archéologues lorsqu'ils découvrent un trésor. Et enfin apparaît une main. Une main d'homme molle et grasse au toucher. Une main d'homme en décomposition. Sacha porte la main devant ses narines pour se préserver de l'odeur, mais il ne sent toujours rien. Alors il continue de creuser autour de la main, dents serrées, nez pincé, quasiment en apnée, mais seulement par réflexe. Bientôt le bras, maculé de terre. Sacha l'époussette un peu et découvre les tatouages encore très nets, malgré les larves qui grouillent déjà sous sa peau. Nicolas. L'identité du macchabée ne fait plus aucun doute. Puis viennent l'épaule, le cou et enfin un crâne en phase de saponification, avec son aspect visqueux et cireux à la fois, ainsi qu'un visage défoncé, ensanglanté. Ce n'est pas beau à voir. À genoux au-dessus du cadavre, Sacha continue pourtant de forer la terre, de la creuser afin qu'elle ne lui cache plus rien. Pas même cette autre main qui commence à apparaître, à une vingtaine de centimètres seulement du bras tatoué. Une deuxième main gauche, sans ongle et encore plus fortement gonflée et cireuse que celle de Nicolas. Une main de femme ensevelie depuis plusieurs mois, à en juger par son état. Sacha Mendel s'arrête un moment. A-t-il vraiment besoin d'aller plus loin pour vérifier à qui elle appartient et l'identifier malgré les chairs entamées par les insectes nécrophages ? Ne le sait-il pas déjà ?

D'un revers de manche Sacha s'éponge le front et réalise qu'il est en larmes. Qu'elles ont commencé à couler sans même qu'il s'en aperçoive ni puisse les empêcher de se répandre en fontaine. Avec elles s'échappent ses dernières illusions, ses ultimes espoirs de trouver cette fameuse beauté quelque part en ce monde. Tout ici-bas n'est que laideur et personne n'y peut grand-chose, pris tous autant que nous sommes dans un train lancé à grande vitesse à travers un champ de ruines, avec pour unique terminus la mort. Au moins Laura et Nicolas Pennac auront-ils fini le trajet ensemble…

Déborah l'observe toujours, de loin. Elle a arrosé la maison entière d'essence et craquera bientôt l'allumette, comptant sur l'effet de surprise pour s'échapper avec Emma. Son cœur bat à tout rompre, sa respiration s'est transformée en une course anarchique qu'elle ne parvient pas à ralentir.

— C'est Sacha ! s'exclame la gamine.

— Tais-toi, Emma.

Mais les enfants ont, eux aussi, ce sixième sens qui sait leur dire que la situation n'est pas normale. Et si la fillette est trop jeune pour mettre des mots sur ce qu'elle a déjà traversé, sur les menaces à mots couverts de sa tante quand elle lui disait que trop parler pouvait appeler des sanctions radicales, cette fois elle sait qu'elle a un allié. Que les policiers sont du côté des gentils et que Sacha peut empêcher Déborah de l'emmener très loin pour toujours. Alors, malgré la peur d'être grondée, ou même giflée, la petite prend une grande inspiration et, larmes aux yeux, petite voix désespérée au maximum de ses possibilités, elle décide de hurler son nom.

— Sacha ! Sacha ! Sacha !

Aussitôt, le policier tourne la tête vers la voix de la petite. Et il les voit, à l'avant de la maison, la main de l'une prisonnière de celle de l'autre. Le temps est comme suspendu, et pendant ce court instant de paix qui précède la tempête, son regard croise celui de Déborah. Malgré la distance qui les sépare, il lui semble y lire de la déception, mais déjà il s'élance après elle et déjà elle s'enfuit loin de lui.

La jeune femme est encore sous le choc. Ainsi donc Emma l'a trahie, malgré tout ce qu'elle a fait pour elle. Malgré tout l'amour qu'elle voulait lui offrir. Déborah traîne désormais la fillette réticente comme un boulet qui la ralentit et ne tient pas ses promesses.

— Dépêche-toi, bon sang !

La petite trébuche et tombe. Déborah la tire sur quelques mètres, puis s'arrête, regarde partout autour d'elle, prend sa nièce dans ses bras et la dépose dans un container à poubelles.

— Je reviendrai te chercher. Reste là et ne dis pas un mot, sinon…

Terrifiée, la fillette acquiesce. Déborah referme le couvercle sur sa tête et s'élance à nouveau. Sacha a gagné du terrain et a l'avantage de posséder une lampe. La lumière a dangereusement baissé et Déborah distingue péniblement où elle met les pieds. Elle court, de toutes ses forces, parce que sa vie en dépend. Elle court et ça n'empêche pas la distance de se réduire.

— Arrête-toi ou je tire !

Eh bien, tire. Laisse-moi fuir ou tue-moi, se dit-elle en continuant sa course folle. Déborah court comme jamais elle ne s'en serait crue capable, elle s'éloigne de la maison, dans la nuit tombante, avec la sensation d'être légère et de survoler la terre plus qu'elle ne la foule. Elle court si vite que ses jambes lui semblent animées d'une vie propre, que son cerveau lui fait l'effet d'être devenu une machine à survivre. Elle traverse la ligne de chemin de fer, indifférente aux menaces de l'homme qui la poursuit. Elle va s'en sortir, elle connaît les lieux mieux que lui et sait exactement où elle va ! Elle va couper à travers champs, sauter la clôture qui la sépare de la route comme David l'a fait avant elle, mais elle sera plus maligne que lui ! Si elle a de la chance elle pourra arrêter une voiture et s'enfuir, sinon, elle connaît une cachette idéale, de l'autre côté de la route : un ancien bunker construit en temps de guerre et impossible à repérer pour qui ne connaît pas son existence. Déborah traverse le ruban de bitume, dévale la pente raide qui mène jusqu'au bunker, pose les pieds au hasard, grisée par son évasion spectaculaire et se tord la cheville dans un trou de taupe fraîchement creusé. La jeune femme laisse échapper un petit cri de surprise autant que de douleur avant de réaliser qu'elle est en train de tomber. Alors, comme au ralenti, elle voit le sol se rapprocher lentement d'elle, fait de grands gestes pour éviter la chute, mais ne peut rien contre la gravité qui l'entraîne déjà tout droit dans la clôture en barbelés. Ce sont d'abord ses mains et ses bras qui sont écorchés. La douleur est violente, elle se débat comme un poisson dans un filet, mais plus elle remue, plus le piège se referme sur elle et s'enroule, telle une couronne d'épines, des ronces affamées, autour de son corps, de son visage. Partout elle sent sa peau transpercée, déchirée. Son visage lui fait l'effet d'être déchiqueté, arraché. Elle ferme les yeux aussi fort qu'elle peut, de crainte qu'une pointe ne lui crève un œil, crie, proteste, et puis plus rien. Aux bruits de pas et aux plaintes des humains insanes succède un silence de mort. Plus un hibou n'ose chanter, plus un buisson ne se permet de frémir. La jeune femme vient de perdre connaissance. Sa tête a dû heurter un obstacle en tombant. Sacha la rejoint enfin et s'accroupit devant le corps inanimé, ce corps si parfait qui abrite un être si laid, celui d'un troll déguisé en fée. Inconsciente, Déborah n'oppose aucune résistance et offre une face ensanglantée au regard de son amant. Son visage est profondément entaillé sur tout un côté, de la tempe jusqu'au menton. Il ne peut s'empêcher de se dire qu'il existe sûrement une justice divine, quand, en souriant, il constate que la laideur de cette femme ne sera désormais plus seulement intérieure.

Le policier a chargé le corps de Déborah sur son épaule, comme un sac un peu lourd, et la ramène à sa voiture avant de se diriger vers la poubelle où il l'a vue déposer Emma. Pauvre petite, comme si tous ces traumatismes ne suffisaient pas, il a encore fallu que sa tante la bousille une dernière fois en la jetant comme un vulgaire déchet…

Entendant les pas de Sacha, la fillette glisse ses petites mains sur le rebord du container et lève doucement le couvercle avec sa tête. Ses grands yeux effrayés sont pleins de larmes quand le policier tend les bras pour la sortir de là.

— Ça va aller, ma puce. Elle ne te fera plus jamais de mal. Tu peux marcher ?

Emma fait signe que oui et place sa main minuscule dans celle de Sacha.

9

LA NUIT PORTE CONSEIL DIT-ON. Sacha Mendel l'a passée à conduire, pleins phares braqués sur une destination incertaine. Sur la banquette arrière, une fillette de quatre ans, enjeu d'une guerre sordide entamée vingt-cinq ans avant sa naissance. Menottée sur le siège passager, une femme dont il ne s'était méfié que trop tard. Il a conduit d'une traite, sans s'arrêter, sans savoir quelle suite il allait donner à tout cela, tiraillé entre son devoir de flic et la crainte que Déborah ne parvienne à s'en tirer. Déborah avec son regard de biche et sa joue balafrée… « Oh non, mesdames et messieurs les jurés, monsieur le juge… Je ne suis qu'une victime dans cette affaire, victime d'un accident qui m'a rendue folle ! Oui, monsieur le président, je plaide la folie, je demande les circonstances atténuantes… » Combien de coupables des pires atrocités avait-il vus s'en tirer parce qu'ils avaient un bon avocat, la bonne stratégie et une bonne gueule ? Combien de fois avait-il quitté un tribunal en serrant les poings de rage et de frustration à l'idée que son travail resterait vain et complètement tributaire de jugements humains partiaux ? Combien de temps enfin résisterait-il encore avant de recommencer à faire justice lui-même ? Il eut le temps de se poser ces questions mille fois, tandis qu'il roulait vers la capitale, toujours sûr de rien et surtout pas du sort qu'il réservait à sa prisonnière. Aux rares instants où elle reprit connaissance, la jeune femme l'implora de la détacher.

— *Ce n'est pas ce que tu crois, je n'avais pas le choix...*

— *Te fatigue pas.*

— *Dis-moi où tu m'emmènes*, le supplia-t-elle, devinant à son regard fou que lui-même n'en savait rien.

Comprenant qu'insister ne servirait à rien, Déborah sombra de nouveau dans le refuge de l'inconscience.

Il arriva à Paris vers 5 heures. Et ne prit sa décision qu'au moment de se garer. Quand la portière s'ouvrit sur elle et qu'elle saisit enfin clairement ses intentions, Déborah hurla, se débattit, le menaça, lui demanda pardon. Mais rien de ce qu'elle put dire ou faire ne changea ses intentions.

Cela fait des heures qu'elle est dans cette pièce sans fenêtre, menottée à une chaise, face à une porte métallique. Des heures voire une journée entière, pas facile à dire : on perd très vite la notion du temps quand on n'a aucun repère extérieur. Sa joue gauche la lance. Elle se rappelle tout juste des barbelés. La blessure ne doit pas être très grave, sinon elle aurait plus mal, sinon Sacha lui aurait prodigué quelques soins. Elle attend et tâche d'occulter la soif, la peur, le besoin d'uriner, comme elle sait si bien le faire.

La lourde porte métallique s'ébranle brutalement et s'ouvre. Déborah se redresse machinalement sur son siège. Vue de l'extérieur, sale, les cheveux emmêlés, et cette horrible balafre qui lui barre le visage de terre et de sang coagulé, elle fait peine à voir. Mais Sacha a depuis longtemps dépassé le stade de l'apitoiement. Il referme la porte derrière lui, sourd aux suppliques de la jeune femme, de la rage dans les yeux, s'approche de la table métallique et y pose avec force le sécateur qu'il a récupéré. Déborah pousse un cri. Que fait-il avec ça ?

— Non, je t'en supplie ! hurle-t-elle. Pense à Emma ! Je suis tout ce qui lui reste ! Elle n'a plus que moi maintenant…

— Je crois qu'elle peut se passer de quelqu'un comme toi.

— Je t'en supplie, on peut tout recommencer ! Je serai comme tu veux, comme tu as toujours rêvé, je te le promets ! Mais pitié, ne me fais pas ça !

En proie à la panique, Déborah s'arc-boute sur sa chaise, dans une tentative aussi vaine que désespérée de se soustraire à la colère du commandant.

— Tu le reconnais, n'est-ce pas ? demande Mendel d'une voix glaciale en désignant le sécateur. Décidément, tu as un don pour salement t'amocher…

— M'amocher ?

— Ah oui tu verrais ton visage... C'est encore pire que ton doigt, si tu veux mon avis. Bien que cette fois-ci tu ne te sois pas infligé la blessure volontairement.

— Je ne sais pas de quoi tu parles ! Laisse-moi voir ma blessure, j'ai sûrement besoin d'un médecin !

— Arrête de me prendre pour un con, tu sais très bien de quoi je parle et pour cause. Il y avait du sang séché sur les lames du sécateur, le tien… ainsi que tes empreintes. Faute grossière de ta part si tu me permets une remarque. Ah et ne me dis pas que Nicolas portait des gants quand il t'a mutilée. Parce que je crois bien que l'autopsie viendrait te contredire et les jurés n'aiment pas ça, les gens qui mentent quand tout les accuse. Nicolas était déjà mort quand tu t'es coupé le doigt : et c'est toi qui l'as tué.

— Ce n'est pas moi, c'est son complice qui l'a tué ! Celui qui avait fait disparaître David ce fameux soir…

— Ah oui, le fameux complice mystère…

— Non, pas mystère… Je n'ai pas voulu t'en parler parce que j'avais peur de lui… Mais je ne veux pas porter le chapeau pour quelque chose que je n'ai pas fait ! Cet homme, c'est Gabriel Strano ! Je le jure sur la tête d'Emma !

— Strano a un alibi en béton pour la nuit où tu es censée avoir disparu. Cinquante personnes peuvent témoigner qu'il claquait son fric au casino d'Enghien-les-Bains. Alors on va éviter de jurer des conneries sur la tête d'une fillette qui en a assez bavé comme ça, si tu veux bien.

Paniquée, la jeune femme semble chercher une autre explication, en vain. Elle a orchestré son plan machiavélique en maestro de la machination, mais elle en touche désormais les limites.

— C'est toi qui as tué Nicolas, Déborah. Et ça fait quelque temps déjà malgré les apparences. Le train de marchandises qui passe à côté de la maison, ça a dû être bien commode pour faire voyager le téléphone de Nicolas que tu as balancé dedans. Sans code PIN ni forfait nominatif, tu te doutais bien qu'une bonne âme le récupérerait. En le rallumant, et grâce à une petite application toute bête d'envoi différé des messages, la personne relançait ainsi l'envoi de SMS, faisant croire que Nicolas était toujours en vie et te menaçait. Et nous, bien sûr, on a tout gobé.

Déborah avait ensuite dû mener une véritable course contre la montre, entre le dernier message envoyé en différé pour s'assurer que David et Sacha auraient bien ses coordonnées GPS, avant de se débarrasser du portable, l'amputation de son doigt avec un sécateur qu'elle avait ensuite enfoui sous les violettes, puis l'enfermement dans la cave, en faisant claquer bien fort la porte dont elle avait ôté la poignée. Il lui avait fallu un sang-froid ainsi qu'une confiance hors du commun en ses talents de stratège !

— Ce que je ne comprends pas, c'est pourquoi tu t'es coupé un doigt, Déborah. Tu voulais quoi ? Nous convaincre un peu plus que tu étais une victime ? Rendre ton mari fou en lui faisant croire que tu étais morte ? Oui, je crois que c'est plutôt ça. Tu savais que David était fou, oui, mais il l'était de toi, Déborah. Vraiment fou de toi !

Déborah ne répond pas, son regard reste vide.

— Y a pas à dire, tu as été géniale, c'est sûr, poursuit le commandant. Aller jusqu'à recouvrir les cadavres de violettes – les reines du cache-cache – pour berner les chiens ! Ils n'y ont vu que du feu ! Tout comme David, Nicolas, Laura, et moi avec toi… Du grand art. Surtout que ça fait combien ? Dix ans, au bas mot, que tu avances tes pions ? Plus de vingt ans que tu rumines ta vengeance ? Tout ça pour rien… C'est con.

— Quelle vengeance ?

— Je suis au courant, Déborah. Je sais pour l'accident.

Sacha sort de sa poche une copie de la coupure de presse relatant l'accident d'autocar, ainsi que le pendentif dont la jeune femme ne se sépare jamais. De l'ambre avec une vis à l'intérieur, sûrement celle qui était fichée dans son ventre…

Ainsi il sait tout, il a tout compris. Déborah ignore si elle se sent soulagée ou désespérée. En vérité, ça dépendra de la décision qu'il prendra ensuite…

— Je t'en supplie, ne m'envoie pas en prison ! Je suis tombée amoureuse de toi ! Je t'aime, Sacha… Vraiment !

La voix de la jeune femme se brise dans un sanglot, son corps se plie en deux. Elle est là, misérable et fragile oiseau blessé qui a voulu se venger de son chasseur, si belle dans sa douleur, si touchante dans sa détresse… Elle est là et elle lui dit qu'elle l'aime. Et il aimerait tellement la croire.

— Je n'ai pas le choix, Déborah, tu es en état d'arrestation. En revanche, je peux obtenir les circonstances atténuantes. Avec un bon avocat, et la bonne stratégie… Tu pourrais t'en sortir à moindres frais. Mais il faut tout me raconter…

— Je ne peux pas.

Comment révéler un secret qu'on garde pour soi depuis des années, comment trouver les mots pour justifier le mal qu'on a fait ?

— Je vais t'aider, ma belle…

Sacha retourne la chaise face à Déborah et s'y assied à califourchon, bras posés sur le dossier. A-t-elle une autre option que de lui faire confiance, quand il tient son avenir entre ses mains, au fin fond de cet endroit sordide où elle est menottée ? La jeune femme opine du chef d'un air résigné, tandis que le commandant accepte de lui entrouvrir une porte de sortie.

— J'ai téléphoné à une amie psychanalyste qui m'a assuré qu'en te faisant expertiser, on pourrait démontrer que le traumatisme psychologique et les souffrances physiques que tu as endurés, petite, ont pu t'affecter gravement. Ce que tu as vécu, ça peut rendre fou...

La voilà donc, la porte de sortie qu'il lui propose ! Plaider la folie ? La perte de contrôle alors que personne n'est aussi maître de la situation qu'elle ? Qu'elle a mis au point une mécanique si précise qu'elle s'est déroulée sans anicroche depuis huit ans ? C'est cela qu'il attend d'elle ? Qu'elle renie sa formidable intelligence, sa volonté et sa force de survie pour espérer écoper d'une peine réduite ?

— Tu me crois folle ? hoquette-t-elle. Peut-être bien, oui. Mais surtout folle de douleur, folle de rage et de désespoir. De rancœur et de tristesse... Folle d'avoir été rabotée de l'intérieur, une opération après l'autre, vidée de ma féminité, de mon essence, d'éprouver une douleur si forte qu'aucun mot ne saurait la traduire. Mon enfance m'a été volée, Sacha. Elle n'a été peuplée que de murs tristes, de blouses blanches, de regards compatissants quand on insérait des sondes dans mon vagin pour regarder comment c'était à l'intérieur, quand on retirait des mèches gorgées d'un pus nauséabond de mon intimité de petite fille, quand je croisais le regard dégoûté de ma mère et que je la soutenais plus qu'elle ne le faisait pour moi ! Et tout ça pour quoi ?

— Tout ça pour des clous, répond Sacha, parfaitement conscient de la provocation.

Comment une personnalité aussi brillante, aussi sûre de sa capacité à contrôler son image, les pensées et sentiments de son entourage pourrait-elle se satisfaire de passer pour folle ? D'avoir perdu la raison pour une broutille, un accident tout bête ? Des clous ? Il compte bien la faire réagir, la pousser à l'erreur...

— Tout ça pour des clous. *Pour des clous,* c'est une expression qui veut dire *pour trois fois rien*, rit-elle amèrement. Alors voilà, pour trois fois rien, rien de plus qu'une sale blague de deux sales gamins gâtés, pour des sales clous jetés sur une sale chaussée, la petite Déborah a tout perdu. Elle est devenue un minuscule fantôme sans âme et sans avenir. Incapable de ressentir quoi que ce soit, si ce n'est l'injustice cuisante de ce qu'on appelle l'*ironie du sort*.

Là, Déborah ne ment pas. Sacha le sait. Elizabeth, sa fine et moelleuse maîtresse anglaise, l'a renseigné sur la pathologie dont Déborah semble souffrir. Pas une vraie pathologie à proprement parler, plutôt une structure de personnalité, une disposition étrange et fascinante qu'on nomme « perversité ». Il paraît que nombre de pervers ont été abusés pendant leur enfance – et qui oserait dire que ce qu'a vécu la jeune Déborah ne relevait pas de l'abus – au point de ne plus se sentir qu'à l'égal de vulgaires objets, de déserter complètement leur corps et de finir par contempler un monde peuplé d'émotions auxquelles ils n'ont plus accès. Le pervers n'a pas d'empathie et ne ressent rien de ce qui fait vibrer le commun des mortels. Les émotions, il les apprend, les simule avec brio, joue avec son prochain comme il avancerait les pions d'un échiquier. Quoi de plus facile alors, dans le cas de Déborah, que de se faire passer pour la femme idéale de l'un, la maîtresse providentielle de l'autre, la voisine maltraitée ou encore la victime terrifiée ? La seule émotion à sa portée étant l'agressivité, qu'à défaut de pouvoir retourner contre les autres elle retournait contre elle, en se scarifiant les bras, en se frappant, servant ainsi la thèse de la femme battue par son mari quand au détour d'une scène savamment orchestrée elle a dévoilée ses poignets meurtris au policier en mal de princesse à sauver…

— Alors tu as cherché les responsables de ton calvaire…

— Ça n'a pas été compliqué de les trouver, tout le monde savait qu'ils étaient à l'origine de l'accident, bien qu'ils n'aient jamais eu d'ennui à cause de ça.

— Tu as d'abord appris à les connaître... Et tu les as séduits. Avec une facilité qui me laisse, je dois bien l'avouer, admiratif. Parce que plaire durablement au chantre de la séduction qu'était David, c'était tout de même une sacrée gageure ! Pas gagné d'avance, aussi jolie sois-tu.

— Tu parles ! s'exclame la jeune femme piquée au vif. J'ai lu chacun de ses livres et écouté tous ses CD. Son type de femme était tellement évident ! Il voulait une petite chose fragile qui lui donne le sentiment d'être fort, d'avoir pris le dessus sur sa méchante maman, de ne plus être le petit gros terrorisé par un frère paumé. Ah, j'ai dû m'en taper des cauchemars, des réveils brutaux au beau milieu de la nuit parce qu'il gueulait en rêvant de son enfance ! Je connais l'histoire de l'incendie par cœur... Ça a été du gâteau de le reproduire !

— Il t'aimait vraiment. Il ne trichait pas, lui.

— Il aimait surtout ce que je représentais. Et il aimait se voir dans mes yeux. J'ai toujours été un miroir magnifiant pour les gens qui m'entourent. Je leur renvoie une image positive à laquelle ils deviennent accros. Je leur donne si bien ce dont ils ont besoin qu'ils n'ont plus jamais envie d'autre chose après cela. David est devenu un gentil animal domestique.

Le ton de Déborah, lorsqu'elle évoque David, se départ de toute la chaleur et la féminité qui émouvaient tellement Sacha, levant un coin du voile sur le vrai visage du monstre qu'elle abrite. Glacé, le policier l'encourage néanmoins à poursuivre son récit.

— Un gentil animal que tu faisais passer pour un pitbull prêt à te bouffer toute crue.

— Les gens ne regardent que ce qu'on leur montre ! Et si c'est un peu de misère, ça les rassure tellement sur leur vie de merde qu'ils s'y complaisent encore plus en faisant mine de compatir ! persifle-t-elle.

— Dois-je me sentir visé ?

Déborah hausse les épaules, inconsciente du fait qu'elle se découvre de plus en plus.

— Tout le monde en est là.

— Soit... Mais c'est quand même très fort d'avoir réussi à berner Laura et Nicolas en même temps !

— Tu essaies de me flatter ?

— Non, je suis sincère. Tu les as séduits à la barbe l'un de l'autre sans jamais te faire prendre. J'admire ton talent...

Flattée, malgré ses dénégations, la jeune femme se redresse un peu sur son siège.

— Je dois bien avouer que j'ai eu de la chance ! À l'origine, je pensais juste me faire de Laura une amie que j'avais prévu d'influencer avec mes bons conseils. Mais quand j'ai découvert son passé d'escroc et son brillant avenir de lesbienne, j'avoue que j'ai bu du petit-lait ! C'était trop facile ! s'amuse-t-elle. Je l'ai convaincue de garder l'enfant qu'elle portait, et de n'écrire que mes initiales sur son agenda lorsque nous avions rendez-vous, pour semer le doute ensuite. Même Nicolas y a cru quand tu lui as fait part de cette éventualité !

— Je suppose que c'est toi qui as encouragé Laura à porter plainte pour coups et blessures contre son mari ?

— Il fallait bien qu'il ait l'air capable de l'avoir enlevée !

— À le droguer à son insu pour fausser ses résultats sanguins et faire croire à une procédure de divorce ?

— Ah ça, il a été surpris en découvrant son bilan !

— À assurer la maison en Bretagne pour rejeter les soupçons sur elle en cas de pépin ? Puis, quand elle n'a plus été qu'un témoin gênant dont tu ne pouvais rien tirer, tu t'en es débarrassée.

Déborah se plonge dans ses souvenirs et se revoit, au bord de la falaise, les seins plaqués contre le dos de sa maîtresse, les bras autour de son cou, seules, dans le vent et les embruns, dans ce petit coin de paradis qui serait la dernière demeure de Laura.

— *Tu me serres trop fort, Déb.*

— *Je te serre comme je t'aime, Laura.*

— *Tu as l'amour vache…*

— *J'ai l'amour vengeur.*

Et sans que la femme comprenne le sens de ces paroles, les dernières qu'elle aurait entendues avant sa mort, Déborah serra, encore, toujours plus fort, malgré les spasmes et les griffures, les pieds de Laura qui glissaient dans la terre humide, la faisant peser de tout son poids sur ses bras menus. Elle serra en pensant à ceux qui la suivraient dans la mort, à sa vengeance qui était en marche, à la quantité de violettes qu'il lui faudrait acheter.

— Nicolas savait que tu l'avais tuée ? reprend le policier.

— Non, il a vraiment cru qu'elle l'avait quitté. Mais quelque part, ça l'arrangeait et a fini de le convaincre de mettre le plan à exécution.

— Mais qu'est-ce qu'il s'imaginait pour accepter de rentrer dans ton jeu, tu lui as promis quoi ? L'accès à des comptes bancaires et quoi d'autre ?

— Il croyait qu'on s'enfuirait ensemble, dit-elle comme on énonce une évidence. Et que je finirais par lui pardonner l'accident.

— Il était au courant ?

— Et rongé de culpabilité. Il croyait naïvement qu'en faisant tout ce que je lui demandais, je finirais par lui pardonner !

— Comment a-t-il pu se laisser embarquer là-dedans ?

— Au début il était réticent, mais je sais être si convaincante qu'il aurait bouffé ses propres couilles pour me faire plaisir. Et puis il pensait qu'on allait juste rendre David complètement dingue, entre la drogue qu'on lui administrait à son insu, l'incendie qui devait raviver ses traumatismes, les fausses procédures judiciaires pour récupérer Emma, la mise en ligne de son manuscrit… Le rendre dingue pour mettre la main sur sa fortune.

— Et ça a marché...

— Oui. Même David a fini par douter de son état mental, rit-elle d'un petit rire que Sacha trouve obscène. Il faut dire que je ne le lâchais jamais ! Même pendant son sommeil, je lui racontais des horreurs, je suis sûre qu'il m'entendait.

— Et dire qu'on te croyait victime d'un pervers narcissique.

Sacha ne peut s'empêcher d'admirer avec quelle détermination Déborah a parasité cette famille pour mieux la détruire, s'immisçant dans les recoins les plus intimes de leur esprit pour mieux les dévorer, à la manière de la mérule, ce champignon qu'elle a rapporté de Bretagne jusque chez elle et chez son infortuné voisin.

— Il fallait bien que ma disparition paraisse cohérente. Nicolas aussi me croyait malheureuse avec son frère. C'était facile de le manipuler.

— Et d'en faire un coupable idéal…

— En effet. Il a suffi de fumer quelques joints ensemble pour lui redonner l'envie de toucher à la cocaïne. Mais je lui ai conseillé de manger ostensiblement des bonbons devant tout le monde pour faire croire à son sevrage.

— Et associer les papiers de bonbons à sa présence… Ce qui t'a permis de faire croire à son retour…

— Oui.

— C'est malin. Vous étiez amants ?

Et pourquoi a-t-il ce léger pincement au cœur quand il pose la question ? Il devrait être indifférent, mais malgré lui, il se prend à espérer qu'elle ne se soit pas donnée à Nicolas de son plein gré.

— Non. Enfin, pas sous mon toit. Quand il est devenu trop pressant, j'ai eu cette idée de fausse grossesse pour l'éloigner et amadouer un peu plus David… En revanche, une fois en Bretagne je n'ai pas pu m'y soustraire. Mais cet imbécile était déjà en sursis, c'était un mauvais moment à passer, c'est tout.

Déborah avait commencé à lui faire avaler à son insu des doses massives de somnifères dès qu'il s'était installé dans la maison. Ça lui provoquait d'atroces migraines et l'affaiblissait de jour en jour. Le moment venu, il lui avait été très simple de l'attirer au bord de la même falaise où était morte Laura, et de l'assommer avec une grosse pierre. Cette fois-ci, elle avait fait les choses en face. Pour le plaisir de lui défoncer le visage et de voir, juste avant, l'effroi le disputer à la supplication dans ses yeux. Elle ne lui avait pas accordé ce pardon qu'il lui avait mendié jusqu'à la fin, ni expliqué pourquoi elle était en train de le tuer. Personne ne lui avait jamais expliqué, à elle, pourquoi elle avait perdu son utérus ni quelles étaient les motivations des deux frères quand ils avaient provoqué son accident ! Elle avait frappé Nicolas Pennac alors que la migraine le clouait déjà au sol, et l'avait juste regardé s'écrouler, ramper un peu, puis avait frappé à nouveau. Deux fois.

— Un frère mort supposé en fuite, l'autre à moitié fou incapable de se défendre de ton enlèvement alors que tout l'accablait… Pourquoi, Déborah ? Pourquoi prendre tous ces risques ? Tu te doutais bien que ça pouvait mal se terminer ! Qu'on découvrirait ton nom sur la liste des héritiers de la maison !

— Je pensais être loin à ce moment-là. J'ai péché par excès de confiance, peut-être que je t'ai aussi sous-estimé.

— Pourquoi ne pas simplement porter plainte et demander réparation ?

— La justice aurait été trop clémente. Ils m'ont volé ma vie, j'ai volé la leur.

— Mais tu as passé huit ans dans le lit d'un homme que tu haïssais !

— Huit ans ce n'est rien à côté d'une enfance à souffrir. Ce n'est rien à côté de la possibilité d'une rédemption.

Une rédemption, oui. Si la jeune femme avait le désir de se venger, ce n'était pas sa seule motivation. Le graal au bout du tunnel, ce pour quoi, au final, elle avait fait tout ça, c'était Emma. L'enfant qu'elle aurait dû porter dans son ventre sans cet accident… La petite fille grâce à laquelle elle pouvait tout recommencer, vivre une enfance par procuration, et qui lui permettrait rétroactivement de soigner la fillette qu'elle avait été. Car si ses séjours en hôpital avaient détruit chez elle toute trace de vie, d'émotion, Déborah était consciente de ce manque. Rien ne pourrait la ramener parmi les vivants si ce n'est de pouvoir aimer et être aimée inconditionnellement. C'est grâce à l'amour d'un enfant qu'elle ferait fondre la glace qui lui entourait le cœur. Elle avait besoin de ça pour être sauvée et recommencer à vivre.

Mais on ne s'improvise pas mère par intérim, et la petite n'avait été qu'une source de déception supplémentaire. Geignarde, si fortement attachée à sa génitrice qu'elle refusait de l'oublier, légèrement en retard, aussi, par rapport aux souvenirs que Déborah avait d'elle-même à quatre ans. Tout ça pour finalement la trahir en appelant Sacha à l'aide, refusant par là même toute possibilité de guérison à la jeune femme. Déborah est tendue comme un arc, ses prunelles dorées plongées dans celles de Sacha. Des larmes viennent diluer un peu du sang et de la terre qui maculent ses joues.

— Je ne suis pas une mauvaise personne, poursuit-elle, je voulais juste réparer le mal qu'on m'avait fait. Que justice soit rendue à l'enfant que j'étais.

— On ne rend pas justice soi-même, Déborah.

Incrédule, la jeune femme fixe en souriant son ex-amant. Croit-il vraiment qu'elle est dupe, qu'elle n'a pas perçu sa vraie nature ?

— Je sais, admet-elle néanmoins, mais tu l'as dit, j'ai sûrement des circonstances atténuantes.

Sacha Mendel sourit, se cale dans son siège et s'allume une cigarette en dévisageant Déborah. Rien, il ne ressent plus rien pour elle. Pas même une once de pitié.

— Tu les aurais eues si tu avais saisi une des perches que je te tendais ces derniers jours, Déborah.

— Quoi ? Quelles perches ? s'étonne la jeune femme.

— Je t'ai donné une occasion de me dire la vérité.

— Tu veux dire que…

— Que je savais que c'était toi ? Oui.

— Ce n'est pas possible ! Depuis combien de temps ?

Elle a beau fouiller dans sa mémoire, la jeune femme ne voit pas comment il a pu comprendre… Elle se crispe, inquiète.

— C'est à cause de ce que Strano t'a dit à l'hôpital ?

— Ça m'a conforté dans une thèse que je rechignais à explorer mais que j'avais pourtant envisagée…

Ce qui avait d'abord mis la puce à l'oreille de Sacha, c'étaient les premiers mots qu'avait prononcés Déborah lorsqu'on l'avait découverte dans la cave : elle avait demandé si elle avait « réussi ». Réussi quoi ? À s'en sortir ? Peut-être. Mais Sacha n'était pas parvenu à occulter la tournure étrange de sa question. Puis il y avait la froideur avec laquelle elle avait raconté sa détention, l'absence d'émotion quand elle évoquait David, ou encore son langage non verbal qui criait au mensonge quand elle parlait d'un tiers qui aurait aidé Nicolas à déplacer son frère… Il y avait encore ce champignon étrange qu'on avait retrouvé à la fois chez elle et en Bretagne, mais aussi chez un voisin qu'elle était la seule à connaître et dont elle avait décoré la maison quelques années auparavant. Sans parler des soupçons sur la bisexualité de la jeune femme qui venaient nourrir l'hypothèse qu'elle était la mystérieuse D.P. dans l'agenda de Laura. Ou encore de ce que Gabriel avait dit à Sacha de l'indifférence de la jeune femme pendant qu'il se faisait casser la figure, ainsi que de ses états de service comme hôtesse de night-club ou comme grand-mère acariâtre croisée en bas de chez Mendel... Devant l'air stupéfait de Déborah, Sacha se fait un plaisir de lui révéler toutes ses déductions.

— Oui, je sais que la bonne amie de Mathilde Keller, cette charmante vieille dame quasi muette qui me faisait signe de loin et la « conseillait » si bien, n'était autre que toi. Tu as même poussé le vice à t'approprier le prénom de Violette !

C'est Gabriel Strano qui avait fini par se souvenir où il avait récemment croisé ces yeux jaunes... Lorsqu'il était allé cuisiner des carbonara pour Sacha et Marion, il l'avait croisée grimée en vieille dame alors qu'elle déposait dans sa boîte une nouvelle lettre censée dissuader le policier de poursuivre son enquête, et n'avait pu oublier son regard si particulier...

— Quand j'ai évoqué la possibilité de revenir en Bretagne, j'espérais encore que tu me dirais la vérité, poursuit Mendel. Avant que mes collègues ne finissent par comprendre que tu étais mêlée à cette histoire et que je ne puisse plus m'occuper de toi.

À l'écouter, on pourrait croire que Sacha souhaitait la sauver, l'aider à s'enfuir. Au contraire. Et lorsque le commissaire Toussaint avait révélé le résultat de son enquête sur les héritiers de la succession, Sacha avait ressenti une intense colère mêlée à de la frustration : il n'aurait désormais d'autre choix que d'arrêter la jeune femme et de la livrer à un système judiciaire trop tiède à son goût. Contrairement à Alex, il n'avait pas plus cru alors à la complicité de Laura Pennac. Il avait compris que Déborah la solitaire avait œuvré seule. D'où ses dénégations quand Alex avait émis l'hypothèse que Déborah soit manipulée par Laura.

— Au lieu de ça, continue le commandant, tu as prétexté avoir été droguée quand tes analyses toxicologiques étaient clean ! Et tu t'es enfuie. Me plantant là comme si je ne comptais pas. Te donnant à Strano contre des faux papiers.

— Si tu me pensais coupable et que tu as laissé la petite avec moi, tu l'as mise en danger, tu vas avoir des problèmes crache-t-elle, furieuse d'avoir été percée à jour.

Sacha sourit. Décidément elle pense à tout. Mais lui aussi. Il sort son smartphone et ouvre une application devant la jeune femme.

Une carte de Paris se matérialise sous ses yeux et une balise clignote dans une rue du neuvième arrondissement.

— À ton avis, comment je t'ai retrouvée alors que tu avais dit à Strano que tu étais à Bordeaux ?

La jeune femme cherche un instant et réalise soudain.

— Le cadeau d'Emma ?

Oui, le bijou offert à la petite, où le commandant avait caché un émetteur pour garder sa trace, au cas où.

— Bien joué, admet Déborah. Sache que je t'admire autant que tu m'admires.

— Non, Déborah. Toi, tu me dégoûtes, répond-il comme en écho aux dernières paroles adressées à son épouse.

— C'est faux. Je sais que tu m'aimes. Que tu rêves de t'embarrasser d'aussi peu de scrupules que moi mais que tu n'oses pas, à cause de ta conscience petite-bourgeoise de flicaillon bien obéissant ! Tu m'admires et tu m'aimes encore plus.

— J'admirais ta beauté, c'est vrai, mais aussi cette fragilité que tu simules si bien… Tu t'es bien servie de moi…

— C'est là que tu te trompes, Sacha. C'est vrai que j'ai cherché à te séduire, au début, quand j'ai vu que tu ne prenais pas mes lettres de menaces au sérieux, pour être sûre que tu me traiterais comme une victime. Mais tu m'as émue, Sacha, tu m'as touchée comme personne ne l'avait fait auparavant.

— Comment te croire ? Tu as détruit tous ceux que tu prétendais aimer.

— Je ne savais pas ce qu'était l'amour, le vrai, le désintéressé. C'est en te côtoyant que je l'ai compris. Que j'en ai saisi la beauté. Que je l'ai vraiment ressenti !

À la voir, Sacha pourrait croire qu'elle dit la vérité, et il aurait peut-être raison. Mais Déborah a trop menti pour qu'il la prenne désormais au sérieux. Pourtant, semblant déceler l'ombre d'un doute dans le regard émeraude de son amant, Déborah décide de jouer cartes sur table, de miser son dernier atout.

— Je suis tombée amoureuse de toi. Je ne m'y attendais pas mais pour rien au monde je ne voudrais renoncer à toi. C'est vrai que j'aurais pu te dire la vérité, peut-être même que tu m'aurais aidée, mais peut-être t'aurais-je perdu et ça, je ne pouvais m'y résoudre.

— Pourtant tu as fini par partir.

— Parce que tu ne m'as pas laissé le choix, s'écrie-t-elle d'une voix suraiguë. Mais nous pouvons encore nous enfuir ensemble, nous serons chacun la rédemption de l'autre. Il n'y aura plus jamais de mensonge entre nous ! À nous deux on peut former une famille avec Emma ou adopter un autre enfant... Faire appel à une mère porteuse ! Strano m'a fait faire des papiers, c'est vrai, et il peut t'en fournir à toi aussi !

— Strano n'a jamais fait faire ces papiers.

— Quoi ?

Coupée net dans son envolée, Déborah laisse tomber sa mâchoire, incrédule.

— Il était convenu qu'il me prévienne quand tu ferais appel à lui pour t'enfuir. C'était logique que tu le fasses.

— Tu m'as piégée...

— Oui.

— Mais je ne t'en veux pas ! argumente-t-elle avec toute la force de persuasion dont elle est capable. On peut encore tout effacer : cette malheureuse histoire, cette déposition que tu peux oublier...

La jeune femme parle vite, comme à bout de souffle, en cours d'orgasme, au bord de la folie...

— Je t'aime...

— Tu ignores ce que ce mot veut dire. Arrête de me souiller de tes soi-disant sentiments.

Sacha se lève et la toise d'un regard méprisant. L'objet de tous ses désirs, la frêle princesse qu'il rêvait de sauver n'est plus qu'un monstre obscène capable de n'aimer qu'elle-même, une sorcière ne parvenant à dissimuler qu'à grand-peine le plaisir malsain qu'elle a pris à détruire les Pennac, dans un monologue presque masturbatoire. À la simple évocation des fantasmes qu'elle a alimentés ainsi que de leurs étreintes, Sacha a la nausée et se sent sale, incapable de lui adresser le moindre mot. Alors il lui crache au visage comme on éructe, comme on vomit, comme on éjacule une dernière fois. La jeune femme pousse un cri de surprise. Le mollard un peu gras s'accroche à son front et dégouline lentement le long de ses cils sans qu'elle puisse l'essuyer. Sacha Mendel lance un regard au miroir sans tain placé derrière la prévenue et fait un signe à l'attention du commissaire Toussaint, qui se tient de l'autre côté. Il se dirige vers la lourde porte, puis semblant se raviser retourne près de Déborah et la regarde droit dans les yeux.

— Je t'en supplie, ne me laisse pas là ! Je ne veux pas aller en prison !

Mais il reste silencieux. Et en même temps que son cœur s'éveille et se brise, Déborah découvre enfin la beauté et la douleur d'aimer.

— Tu m'aimes, toi aussi ? hurle-t-elle, soudain hystérique, en proie à la panique. Dis-moi que tu m'aimes, au moins un peu !

La jeune femme s'agite, a du mal à respirer, cherche désespérément comment retenir son amant, le faire changer d'avis, réaliser qu'elle est sa chance et qu'il est la sienne. Sacha la contemple alors un instant et se penche vers elle comme on calme un enfant qui a fait un cauchemar, puis il prend une longue inspiration et plante ses yeux dans les prunelles dorées.

— Je t'ai aimée, répond-il d'une voix grave et feutrée.

Puis il saisit la chaise sur laquelle elle est assise et la soulève comme si elle ne pesait rien, pour la placer face au miroir afin qu'elle contemple ce nouveau visage qu'elle va devoir s'approprier, et chuchote en souriant :

— Mais j'aurai sûrement été le dernier.

10

Sacha Mendel devrait être frustré, désabusé, abattu, en colère ou encore déprimé. Mais de la tourmente de ces dernières semaines, il ne reste rien qu'un questionnement d'ordre intellectuel, l'amorce d'une réflexion sur le sens des rencontres et les conséquences de ses actes. Il a bien tenté de comprendre comment, au contact de Déborah ou même de Marion, il a pu se transformer à chaque fois en marionnette docile entre leurs doigts pervers. Il s'est interrogé sur ce manque de discernement qui lui a fait confondre la pureté avec le vice et s'est demandé si d'autres à sa place se seraient aussi bien fait berner ou s'il était la cible idéale de ce genre de personnalité. Lorsqu'il était sorti du Quai des Orfèvres, au terme d'une enquête qui lui vaudrait sûrement les félicitations de sa hiérarchie, c'est une profonde remise en question qu'il avait décidé d'opérer. Il s'était dirigé vers son bar habituel, celui qui sentait bon le tabac froid et le pastis, les vieux à casquette et la frite un peu graillon, tout au fond de la salle, à sa table préférée, là où Gabriel Strano l'attendait.

— *Ça va ?* demanda le trafiquant, avec ce sourire plein de charme auquel même Mendel avait du mal à résister.

— *Nickel.*

— *C'est de l'ironie ?*

— *Si peu…*

— *On a fait une bonne équipe sur ce coup-là, non ?*

En réalité, Gabriel Strano avait adoré jouer les détectives privés pour tirer Sacha des griffes de Déborah. Il avait toujours eu ce côté très protecteur avec les siens qui ferait sans doute de lui un excellent parrain à la mort de son cousin en charge actuellement.

— *Je n'ai pas les moyens de m'offrir les mêmes maillots que toi pourtant*, plaisanta Sacha en observant l'accoutrement de son interlocuteur. *T'es déguisé en quoi ce coup-ci ?*

Strano portait un manteau et un gilet marine par-dessus une chemise de lin blanche, pour une fois l'ensemble était assez sobre.

— *Déguisé !* feignit de s'offusquer Strano.

— *Bah oui, c'est une tenue de quoi, de pape, de cardinal, de curé ? Je ne reconnais pas…*

Strano afficha un air sincèrement surpris. Il n'avait jamais prêté attention aux similitudes de ses tenues avec celles du clergé ! Mais l'idée le ravissait au plus haut point. Amusé par la révélation que lui faisait Mendel, il se fit un plaisir de rentrer dans son jeu.

— *De bonne sœur !* déclara-t-il en riant. *Ah tu me plais, toi ! Je suis bien content que tu te sois sorti de tous tes soucis… ou presque !*

Ou presque. Car si les affaires Pennac et Petitjean étaient résolues, Sacha devrait toujours composer avec Marion, ce qui n'était pas des plus réjouissants.

— *Oui*, répondit le policier. *Il y a bien ce trafiquant de drogue, que j'espère bien coincer…*

— *Mais ?*

— *Mais je crois qu'on sait ce qu'on perd, et qu'on ne sait pas ce qu'on trouve. Son successeur pourrait être pire. Et comme le gars m'a rendu un sacré service, je vais lui foutre la paix pour un temps.*

— *Tu es sérieux ?*

Mais à en juger par l'éclat franc dans les prunelles de Mendel, Strano comprit que sa question était inutile.

— *Merci*, ajouta-t-il.

— *Merci à toi.*

Pour fêter l'enterrement de la hache de guerre, Strano commanda une bouteille de champagne, que Sacha ne refusa pas cette fois. Après la première coupe, le policier s'affaissa un peu sur sa chaise et, bien que saisissant l'ironie de la situation et de cette amitié naissante avec un homme qu'il pensait mettre derrière les barreaux, il se laissa tout de même aller aux confidences.

— *Je me sens vide, Gabriel. Il n'y a plus rien là-dedans*, dit-il en se frappant la poitrine du poing.

— *Tu es vide de ce qui t'alourdissait.*

— *C'est plus général que ça. Plus rien ne me retient à rien… Je vais me dissoudre.*

— *Rien ne te retient peut-être plus mais je sais ce qui te tient : ta rage ! Tu es plus vivant que jamais. Tu es trop sonné pour t'en apercevoir, mais tu as la haine, je la sens vibrer dans chaque parcelle de ton âme. Et si tu as la haine, alors tu pourras de nouveau ressentir l'amour ! Tu dois juste t'affranchir de tes scrupules. De tes chaînes.*

— *Je sais où tu veux en venir. Mais accepter ta proposition ce serait m'enchaîner autrement.*

Strano sourit : Sacha a commencé à négocier, même s'il ne le sait pas encore.

— *Tu ne ferais rien qui soit contraire à ta morale. Tu m'aiderais juste à faire un peu de ménage parmi des gens qui ne méritent pas qu'on les laisse sur cette terre. Tu ne t'occuperais que des âmes sales, de celles que tu rêves d'éradiquer de tes propres mains quand tu trouves notre système judiciaire trop timoré. Et tu me protégerais. Parce que, comme tu l'as dit, si on m'arrête ou qu'on me tue, un autre prendra ma place. Un autre qui ne partagera pas forcément nos valeurs. Je ne suis pas le pire et tu le sais. Il vaut mieux que je reste en place puisque j'ai une morale…*

— Pitié, ne te fais pas passer pour un humaniste !

— Pitié, ne te fais pas passer pour manichéen ! Redeviens un homme libre.

Mais est-on jamais complètement libre ? Un mercenaire doit tout de même rendre des comptes. À sa conscience, pour commencer…

Les deux hommes se séparèrent sans que Sacha eût pu se résoudre à accepter la proposition du Sicilien. Il voulait pouvoir se regarder encore en face dans le miroir, se maintenir complaisamment dans l'illusion qu'il était un homme brisé, peut-être, mais un homme de valeurs, un homme juste. Il sait pourtant que le combat est perdu d'avance, que les miroirs sont des menteurs et qu'il est vérolé de l'intérieur. A-t-il toujours été ainsi, ou est-ce à force d'être traité comme tel, il l'ignore. Tout ce qu'il voit c'est qu'il n'y a pas d'issue. S'il reste sur cette terre, s'acharne à vivre cette vie, alors il continuera de tanguer de plus en plus fort, toujours au plus près du précipice, pour finir peut-être par basculer définitivement dans ce vide qui l'attire autant qu'il le révulse.

Sacha regarde sa montre : 4 heures. Le jour ne va pas tarder à se lever. Et la vie reprendra son cours, ses droits, poussera la plupart des êtres humains alentour à se lever, à proliférer, à détruire. Dans cinq heures il sera au Quai, pour finir de rédiger un rapport qui n'a pas besoin de lui, pour récolter des honneurs et des claques dans le dos qui résonneront comme des applaudissements à ses infamies, pour se mettre sur une nouvelle affaire, au moins tout aussi sordide que la précédente et que celle qui suivra encore. Dans neuf heures il mangera un sandwich sur le pouce s'il est en planque ou, s'il a le temps, il se goinfrera de bœuf aux antibiotiques dans sa cantine aux effluves rances. Il est 4 heures et dans vingt heures il sera de nouveau assis sur son canapé, un verre de whisky à la main, à se lamenter sur la vacuité de son existence, à déplorer sa tiédeur et le lot de déceptions qu'elle aura charriées.

Que fait-on de ses rêves d'absolu ? De ceux qu'on prend pour dus à l'âge où on se croit invulnérable, quand on pense ne jamais perdre ses cheveux ni sa jeunesse, et qu'on s'imagine sauver le monde et le changer ? Où est passé ce jeune gars sans concession qui allait faire la différence, ne jamais courber l'échine ni manquer aux promesses qu'il s'était faites ? À la lessiveuse, comme tout un chacun, voilà où il est allé ! Essoré, rincé, recraché par un système kafkaïen qui l'a broyé sans état d'âme, comme d'autres avant lui, comme beaucoup d'autres le seront après. Et tous les jours, à 4 heures, il sera assis sur ce fichu canapé, qui pourrait aussi bien être un siège de bar ou encore son lit tiède. Et les jours passeront pour altérer un peu plus ce qu'il aurait pu être. Et les années se succéderont sans lumière, sans espoir d'une belle rencontre de moins en moins probable, avec pour seule perspective sa misère affective, sexuelle, sa frénésie masturbatoire comme pis-aller. Du gras, partout, envahira chaque parcelle de son être. Le cœur, le cerveau, la bite et le reste. Jusqu'à ce que rien ne le fasse plus bander, pas même un verre de bon vin ni des accords de jazz, sûrement plus son métier, un métier sans moyens ni considération, un emploi vain d'épouvantail d'autrefois dans un monde où les avions ont remplacé les oiseaux. Tout cela, Sacha ne peut l'accepter. C'est pourquoi il a décidé de se soustraire à cette horloge diabolique, ce dieu sinistre, effrayant et impassible si bien décrit par Baudelaire, et que demain, à la même heure, il ne sera pas sur ce canapé. Il n'y aura plus de canapé, plus de salon de classe moyenne, plus d'appartement témoin de la dérive de son couple, plus rien. À la place il y aura le néant et une forte odeur de brûlé. Oui, demain, il aura tout fait péter.

Sacha Mendel devrait être frustré, désabusé, abattu, en colère ou encore déprimé. Il est au contraire parfaitement éveillé, présent à lui-même et serein. Sa décision était prise en rentrant chez lui. Il a vérifié que Marion dormait bien, puis a ouvert le gaz. Un brûleur uniquement, pour faire croire à l'accident. Il n'a pas regardé l'heure, mais cela doit faire une bonne heure, peut-être plus, que le poison se déverse dans l'air. Son cœur bat trop vite, il a mal à la tête. Ce sont les premiers symptômes de l'intoxication. Quand il se sentira au bord de la perte de conscience, tout au bout de ses forces, alors il actionnera l'interrupteur de la petite lampe rouge, celle qui est posée juste à côté de la porte de la chambre et dont il vient patiemment de dénuder le fil, et tout sera terminé. D'aucuns pourraient croire que c'est là un acte désespéré, mais ceux-là n'auraient rien compris du tout. C'est au contraire un acte de bravoure, afin de se soustraire une bonne fois pour toutes à ce monde trop veule et de clamer son dégoût d'une société qu'il faudrait entièrement réformer. Sa femme et lui mourront cette nuit, mais aucun d'eux n'est parfaitement innocent, alors ce n'est pas très grave.

Son cœur accélère encore un peu le rythme. Il se sent légèrement nauséeux. Ça va être le moment. Tirer sa révérence dans une grande explosion finale qui le pulvérisera plus sûrement que n'importe quelle autre méthode, ça aura de la gueule. Sacha se dirige vers la chambre où dort Marion, entrouvre la porte et saisit la petite lampe rouge. Il joue un peu avec les franges de l'abat-jour, puis laisse courir ses doigts sur le câble électrique, ferme les yeux, en apprécie la forme, la consistance, place son index en dessous de l'interrupteur, le pouce calé sur le minuscule bouton et, imperceptiblement, commence à exercer une pression.

Un bruit familier l'interrompt brutalement. Un son léger, joyeux, juste là à ses pieds. Surpris, Sacha rouvre les yeux et découvre le petit chat noir de l'immeuble.

— Watson ! Mais qu'est-ce que tu fais là, toi ?

Manifestement ravi que l'homme l'ait libéré de la pièce où il devait être enfermé, le minou se frotte affectueusement contre ses jambes.

— Non, mon loulou, tu ne peux pas rester là. Tu n'as rien fait de mal, toi.

Sacha attrape le corps souple du petit félin qui se met à ronronner aussi fort qu'un moteur de Harley. La tête du policier tourne un peu et il se prend les pieds dans la table du salon, renversant et brisant un vase en verre posé là.

— Et merde !

Affolé, le chaton plante ses griffes dans ses épaules, ce qui lui arrache un deuxième juron. Sacha titube jusqu'à la porte d'entrée et fait quelques pas dans le couloir bordé de miroirs, d'une démarche titubante. Malgré son engourdissement, il entend soudain la voix de sa femme qui l'appelle. Il a dû la réveiller en cassant le vase, c'est bien sa veine ! Aussitôt se forme dans son esprit l'image mentale des habitudes de Marion, de cette petite lampe rouge qu'elle allume toujours la nuit quand elle se lève, parce que sa lumière ne l'éblouit pas. Il peut presque la localiser, aussi sûrement qu'un GPS. Étant donné la provenance de sa voix, elle doit être à présent à un bras de l'interrupteur, et Sacha n'a guère fait que trois pas dans le couloir avec le petit chat. Elle va l'actionner, elle a déjà le doigt dessus. Cette pauvre petite créature ne mérite pas de périr de sa main à elle, à cause de ses mauvais plans à lui. Et soudain, il lui semble entendre le déclic et le bruit de l'explosion dans l'appartement. Alors son premier réflexe est de se jeter au sol, par-dessus le chaton pour le protéger. Il sent l'onde de choc le traverser de part en part, la cuisante caresse d'un millier de braises s'abattre sur lui, et il sombre sans savoir s'il a réussi à sauver son petit protégé.

11

IL A LA BOUCHE PÂTEUSE comme s'il avait traversé dix déserts sans jamais boire et son sang bat si fort dans ses tempes que son crâne va sûrement éclater, pourtant il n'esquisse pas un mouvement pour appeler à l'aide car il sait instinctivement que le moindre geste le mettra à la torture aussi sûrement que s'il entrait nu dans un brasier. Il entend une voix au loin, une espèce de son haché et déformé. Il ne distingue pas si c'est une voix d'homme ou de femme, ou peut-être les deux. Il sent le contact des bandages sur sa peau, autour de sa tête et par-dessus ses oreilles. Pourtant ça ne suffit pas à expliquer sa surdité partielle… Pourquoi est-il sourd ? Pourquoi souffre-t-il autant ? Sacha Mendel a tout juste le temps de se souvenir de l'explosion, avant de sombrer à nouveau dans un coma provoqué.

Quand il se réveille la seconde fois, ses pensées sont tout aussi confuses et sa bouche aussi sèche qu'un champ de graviers, mais la douleur est supportable. Il ouvre péniblement les yeux et sourit, un peu bêtement, parce qu'il est vivant et que le visage qui se penche au-dessus de lui est un visage familier.

— *Welcome back*, mon ami !

Gabriel est là, comme auréolé de lumière. Il a l'air d'un ange venu lui annoncer qu'il est bien vivant. Sacha sent qu'une larme coule le long de sa joue.

— Je ne pensais pas te dire ça un jour, mais je suis content de te voir.

Enfin, c'est ce qu'il a dit en substance, parce qu'en vérité il a eu un peu de mal à actionner tout ça, entre sa langue sèche et gonflée et sa mâchoire ankylosée.

— Moi aussi, Sacha, lui répond Gabriel d'un ton grave.

— À en juger par ta gueule, je dois être sérieusement amoché.

Sacha porte péniblement la main à son visage et touche le tissu cicatriciel.

— Tu as eu une partie du visage brûlé, mais c'était superficiel et ça a plutôt bien cicatrisé. En revanche tu t'es pris de nombreux éclats de verre sur toute la partie gauche du visage, c'est ce que tu viens de toucher. Tu as aussi fait un hématome cérébral et on a dû te placer sous coma artificiel pour le résorber et atténuer tes souffrances.

— Mais je suis vivant.

— Mais tu es vivant.

Sacha se remémore ses derniers instants et grimace douloureusement.

— Et le chat ?

— Le chat et toi vous vous êtes sauvé la vie mutuellement. En revanche…

Strano attrape un journal du mois précédent et le montre au commandant.

Une explosion due à une fuite de gaz
blesse grièvement un policier et tue sa femme.

Ignorant s'il se sent triste pour elle ou même coupable, Sacha choisit de ne pas réagir pour l'instant.

— Je suis défiguré ?

— Oui.

Strano lui montre un miroir. Sacha a un mouvement de recul. Qui est cet inconnu, cette gueule cassée avec une moitié de visage façon steak haché ? Médusé, il tente de distinguer ses traits sous le tissu rose et boursouflé, est tenté de se gratter pour faire ressortir son vrai visage de cet amas de chair informe. Quelle ironie du sort ! Lui qui avait refusé la proposition du trafiquant pour pouvoir continuer à se regarder dans un miroir passera le reste de sa vie à les éviter ! Sacha part d'un grand éclat de rire.

— Qu'est-ce qu'il y a ? l'interroge Strano.

— C'est un comble. Je me réjouissais de la blessure de Déborah Pennac parce qu'elle avait enfin le visage de sa laideur intérieure, et voilà que je suis pire qu'elle à présent. Sûrement tout autant à l'image de ce que je suis vraiment.

— Non, toi tu es une belle âme.

— Tu parles.

— Tu as sauvé un chaton, la preuve ! le taquine le Sicilien.

— Je voulais me suicider et tuer ma femme !

— Et alors, on a tous nos moments d'égarement, non ? Tu es juste plus doué avec un flingue !

— Toujours ta fichue proposition de tuer des gens pour toi ? Ah c'est sûr que désormais j'ai la tronche de l'emploi.

— Pour moi, mais aussi pour toi. Venge-toi, putain, venge ceux que tu n'as pas pu sauver, arrête de te prendre pour l'un de ces flics sans perspective quand le monde s'offre à toi !

— J'aime mon métier.

— Et tu continueras de le faire, et je te couvrirai quand tu devras suppléer à la justice.

— Non. Je ne veux plus faire ça.

— Et te suicider, tu le veux encore ?

— Quelle vie m'attend avec ma nouvelle gueule de tombeur ?

— Même comme ça, tu es beau...

Pour la première fois depuis qu'il le connaît, il semble à Sacha que Strano est ému. En effet, le Sicilien le regarde droit dans les yeux avec une chaleur telle qu'elle en est déstabilisante. Parfois, la beauté vient en effet se nicher dans les endroits les plus incongrus, dans une chambre triste d'hôpital ou le regard d'un pourvoyeur de mort. D'un geste aussi doux que furtif, Gabriel attrape Sacha par la nuque et, les larmes aux yeux, dépose un baiser sur son front. Un baiser bien plus chargé d'émotion que le serait un long discours.

— Tu ne vas quand même pas me rouler une pelle, rassure-moi ! plaisante Mendel, un peu gêné.

— Non, pas tant que tu ne seras pas prêt, sourit Strano. Si on avait la possibilité de te rendre ton visage, tu n'aimerais pas profiter de ta seconde chance ?

— Je n'en sais rien…

Strano sourit. Toujours cette façon de négocier sans même s'en apercevoir...

— Je connais un chirurgien, dans une clinique privée. Il se trouve qu'il me doit un petit service et que c'est un as de la reconstruction faciale. Je n'ai qu'un coup de fil à passer.

— J'ai pas les moyens.

— Tu les auras si tu acceptes ma proposition…

Il paraît que l'opération a duré presque huit heures. Il a fallu remplacer certains os, reconstituer les muscles, greffer de la peau. Sacha a dû attendre encore quelques semaines avant de découvrir enfin son nouveau visage. Lorsque le médecin a ôté les bandages, Sacha a tout de suite su, à son regard, que l'opération avait réussi. Le miroir le lui a confirmé. Sa face était comme neuve, à l'identique des deux côtés, à l'exception d'une petite balafre sur la joue gauche. Le chirurgien aurait pu la supprimer, mais Sacha a insisté pour garder tout de même une trace de son accident, afin de se souvenir, rien qu'en se regardant dans une glace, qu'il était beau bien que cassé, mais qu'il conservait une blessure pas tout à fait cicatrisée au fond de lui, et que cette faille était aussi ce qui le maintiendrait en vie.

Le voilà donc désormais sur le point de s'engager dans une nouvelle vie dont il ne sait pas grand-chose si ce n'est qu'elle sera très différente de la précédente, faite de rendez-vous familiers avec sa routine de policier, mais aussi riche d'un univers parallèle qu'il a finalement accepté d'explorer. Sacha Mendel sort de l'hôpital et s'arrête un instant devant l'entrée pour goûter les derniers rayons de septembre, s'en gorger comme un fruit pas assez mûr qui a encore besoin de soleil. Une Porsche rutilante se gare juste devant lui. Il salue le conducteur et monte dans la décapotable. Gabriel le serre dans ses bras sans dire un mot. Lui aussi goûte le plaisir d'avoir su rallier le policier à sa cause. Finalement, ce fut plus facile qu'il ne l'aurait cru. Trop, peut-être ?

La voiture, au terme d'un trajet d'une demi-heure environ, se gare dans une rue de l'île de la Cité et Strano fait signe à Sacha de le suivre. Les deux hommes pénètrent dans un immeuble ancien parfaitement entretenu et prennent l'ascenseur jusqu'au dernier étage. Sur le palier, Gabriel sort une clé de sa poche et la tend à Sacha. Celui-ci ouvre l'unique porte de cet étage et découvre un appartement immense et lumineux, décoré de meubles modernes et de tableaux contemporains. Un chat noir traverse la pièce en trottinant et se frotte à ses jambes.

— C'est… ?

— Watson. Je me suis dit que ça te ferait plaisir de voir un vieux pote.

— Oui… Il a grandi.

Sacha caresse le matou et explore son nouvel appartement. Les fenêtres, immenses, offrent une vue imprenable sur la Seine.

Gabriel le rejoint et lui tape dans le dos, comme pour lui dire que les jours sombres sont derrière lui, que ça va aller à présent. Pour la première fois de sa vie, il sent monter en lui une de ces fameuses « larmes sèches » qui assaillent parfois son père.

Et pendant qu'ils admirent le panorama, un homme, depuis le trottoir d'en face, les mitraille de photos avec son téléobjectif. Il n'a rien manqué de leur arrivée en bas de l'immeuble, ni même de leurs accolades répugnantes à la fenêtre. Satisfait de sa prise, il remonte dans sa voiture et fait défiler les clichés sous ses doigts moites.

— Parfait, sourit-il d'un air mauvais.

Mendel s'en est peut-être tiré avec les honneurs cette fois-ci, mais il n'est pas dupe. Paul Prévert sait parfaitement de quel bois est fait le commandant. C'est un ripoux, une ordure qui n'a pas hésité à tuer sa femme pour la réduire au silence. Un traître qui a abattu son collègue qui avait sûrement découvert ses affinités avec Strano. Un connard arrogant qui croyait pouvoir le prendre de haut et l'humilier juste parce que sa tête ne lui revenait pas. Mais le délit de sale gueule marche dans les deux sens, et Paul Prévert a bien l'intention de suivre son intuition...

— Je vais te faire tomber, grogne-t-il.

Oui, Prévert, le Caniche, l'homme sans mystère s'est juré d'avoir la peau du commandant et son petit doigt lui dit qu'il y arrivera.

Sacha Mendel devrait pourtant savoir qu'il faut se méfier des gens sans mystère.

Remerciements

Je tiens particulièrement à remercier :

Le commandant de police Henry Moreau, pour m'avoir levé un coin de voile sur le mythique 36, quai des Orfèvres et m'avoir initiée au grand banditisme avec ce calme et cet humour qui vous caractérisent, malgré les forcenés qui ont écourté notre dernier entretien !

Stéphane Strano, pour m'avoir ensemencée de tes idées et avoir prêté ton nom qui claque si bien ! Merci pour ta folie solaire, ta sagesse lunaire et les bouteilles de champ' dans les jardins publics !

Glenn Tavennec, pour tes talents d'accoucheur, ton soutien indéfectible, ta patience et ta constance de menhir face à mes doutes. Tu ne cesses de m'impressionner par ton professionnalisme et ton intégrité, et ce profond humanisme qui émane de toi à tout moment. Travailler avec toi est une chance rare pour un auteur et, si tu le veux bien, je te « réserve » d'ores et déjà pour les décennies à venir. Merci pour ta confiance.

Pierre Dutilleul, pour ta bienveillance et cette merveilleuse collaboration que tu as initiée, qui, plus qu'une opportunité, est une vraie chance pour moi, ainsi que pour ta patience quand je feignais ne pas savoir qui était cette Myra Eljundir dont tu me parlais à mots couverts.

Arié Sberro, pour ton enthousiasme et ton soutien, malgré les déluges qui nous tombent régulièrement sur la tête et dont j'assume évidemment l'entière responsabilité !

Cécile Boyer-Runge, pour votre confiance et votre présence bienveillante jusque sur les Salons, ainsi que toute l'équipe de Robert Laffont : des représentants avec qui j'ai adoré déjeuner à tous ceux que je croise ou avec qui je collabore et dont les sourires sont autant de motivations pour ne pas les décevoir.

Gérard Collard, Jean Casel et Marina Carrère d'Encausse, mes anges gardiens, mes bonnes fées de coups de gueule en paroles apaisantes… Merci pour votre soutien dans les moments difficiles, pour votre accueil à cet incroyable événement souvent soumis aux intempéries qu'est le Salon du Livre de Saint-Maur en Poche, pour tout ce que vous permettez qu'il s'y passe et qui m'a appris que l'eau est magique…

Les blogueurs, libraires, lecteurs, vous les David de la protection des beaux métiers de l'écriture, envers et contre les Goliath casseurs de prix, de rêves, de cet instant de grâce qu'on n'atteint qu'en se plongeant dans une lecture qui nous plaît ! Merci de continuer à aimer et défendre nos romans, de vivre et transmettre votre passion des mots, de concourir à maintenir la création en vie et de nous donner à ce point envie d'inventer plein de nouvelles histoires !

Éric Page, ma pipelette préférée, le colosse aux yeux fragiles ! Un immense merci à toi pour avoir accepté au pied levé la délicate mission – casse-gueule, il faut bien le dire – d'être mon premier lecteur, un soir où la peur me faisait hésiter entre détruire mon manuscrit et partir en Amérique du Sud, sous un faux nom, pour aller élever des lamas. Juré, craché (tiens…), tu as été au top ce jour-là !

MÉRULE

Vous, mes amis, ma famille de cœur qui nourrissez mon âme pendant que je vous remplis le ventre autour de cette grande table que nous aimons partager. Merci pour la chaleur et les rires même dans les moments plus frileux, pour la simplicité et la gentillesse… Ainsi que pour votre présence discrète et toujours bienveillante quand je me retire dans mon écriture.

Les aléas de la vie, qui m'ont certes fait camper chez moi pendant deux mois, sans salle de bains, sans sol, avec pour seule vision des poutres moisies infestées de champignons, mais m'ont tout de même bien inspirée pour cette histoire !

Cet ouvrage a été imprimé
en septembre 2014 par

CPI

FIRMIN-DIDOT

27650 Mesnil-sur-l'Estrée
N° d'édition : 53984/01
N° d'impression : 123628
Dépôt légal : octobre 2014

Imprimé en France

Composition et mise en pages
Nord Compo à Villeneuve-d'Ascq